HEYNE BÜCHER

SCIENCE FICTION

Herausgegeben
von Wolfgang Jeschke

INHALT

Walter M. Miller jr.

BEDINGT MENSCHLICH

Er wußte, daß es keinen Sinn hatte, nach dem Frühstück herumzutrödeln. Aber er brachte es nicht fertig, wortlos hinauszugehen, sie zu verlassen – einfach so. Er zog seinen Mantel in der Küche an, blieb unsicher in der Tür stehen, drehte den Hut in den Händen. Seine Frau saß noch immer am Tisch und spielte mit dem Henkel einer leeren Tasse. Unverwandt starrte sie aus dem Fenster, auf die Zwinger hinter dem Haus, ignorierte sein Hüsteln, das Scharren seiner Füße. Er warf einen kurzen Blick auf ihre verkniffenen Lippen, dann räusperte er sich.

»Anne?«

»Ja?«

»Ich kann es nicht mit ansehen, wenn du so traurig bist.«

»Dann geh doch!«

»Kann ich denn gar nichts tun?«

»Ich habe dir bereits gesagt, was du tun sollst.«

Ihre tonlose Stimme verriet deutlich, wie verletzt sie war. Und er konnte ihren Kummer weder ertragen noch aus der Welt schaffen. Zögernd ging er zu ihr und hoffte, daß sie zu ihm aufschauen, daß die maskenhafte Miene einem Lächeln weichen würde – daß sie vielleicht sogar ein bißchen weinte. Aber sie starrte weiterhin aus dem Fenster, in anklagendem Schweigen. Plötzlich lachte er leise und berührte den weichen Seidenstoff an ihrer Schulter. Schaudernd zuckte die

Schulter zurück. Annes Haar zitterte bei der heftigen Bewegung, und sie verschränkte die Arme vor der Brust, als ob sie fröstelte. Er zog die Hand zurück, und die Muskeln seines breiten, gutmütigen Gesichts erschlafften. Er schluckte hilflos.

»Die Flitterwochen sind wohl vorbei, was?«

»Ha!«

Er trat einen Schritt zurück. »Baby, du wußtest es, bevor du mich geheiratet hast«, erinnerte er sie.

»Das ist nicht wahr!«

»Du wußtest, daß ich als Bezirksinspektor für die F.B.A. arbeite und ein Asyl leite.«

Sie wirbelte zu ihm herum. »Ich wußte nicht, daß du sie *tötest!*« stieß sie hervor.

»Ich muß nur ganz wenige töten.«

»Genausogut könntest du sagen, daß du sie nur ein bißchen tötest.«

»Hör mal, Schätzchen – es sind doch nur Tiere.«

»*Intelligente* Tiere!«

»Vielleicht so intelligent wie ein sehr dummer Mensch.«

»Babies sind auch dumm. Würdest du ein Baby töten? Natürlich würdest du das tun! Du tust es doch! Das sind sie nämlich – Babies! Oh, wie ich dich hasse!«

Er wurde blaß, suchte verzweifelt nach neuen Argumenten. »Intelligenz ist ein Wort, das man nur im Zusammenhang mit Menschen benutzen kann. Es ist eine Bezeichnung für eine menschliche Funktion, und...«

»Und ihre Intelligenz macht *sie* auch zu Menschen. *Mörder!*«

»Baby!«

»Hör auf, mich Baby zu nennen! Sag lieber zu *ihnen* Baby!«

Er stöhnte leise auf, wich ein paar Schritte zurück, in die Richtung der Tür. Dann begann er wieder zu sprechen, gegen sein besseres Wissen.

»Anne, Liebling – hör mir doch zu! Denk an die vielen Vorteile, die uns dieser Job bietet. Sicher, alles im Leben hat auch seine schlimmen Seiten. Aber überleg doch – wir müssen keine Miete für dieses Haus zahlen. Ich habe meinen eigenen Bezirk und keinen Boß in meiner unmittelbaren Umgebung, der mir Vorschriften macht. Ich kann mir die Arbeit so einteilen, wie ich will. Und du wirst viele Leute kennenlernen, die das Asyl besuchen werden. Es ist ein toller Job, Liebling.«

Ihr Gesicht war wieder eine Maske. Aber sie schien ihm zuzuhören, während sie an ihrem Kaffee nippte.

Hoffnungsvoll fuhr er fort: »Was hätte ich denn tun sollen? Man hat bei meiner Arbeitseignungsprüfung festgestellt, daß ich zur Bio-Behörde gehöre, also mußte ich zur Bio gehen. Natürlich, ich muß die Stelle nicht annehmen, die sie mir anbieten. Ich kann mich jederzeit in den Allgemeinen Arbeits-Pool versetzen lassen. Aber das ist auch schon alles, was das Gesetz erlaubt, und die AAP-Leute dürfen keine Familien haben. Also bin ich da, wo ich nach Ansicht des Arbeitseignungsamtes gebraucht werde.«

»Du eignest dich also dafür, Kinder zu töten?«

Er seufzte und schloß die Augen. »Sie haben mir den Job gegeben, weil ich Kinder mag. Und weil ich ein abgeschlossenes Biologiestudium habe – vielleicht auch, weil ich einfach Leuten gewisse menschliche Gefühle entgegenbringe. Und weil ich nicht genug Grips habe, um ein richtiger Wissenschaftler zu werden. Ich bin nur ein Techniker, verstehst du? Und die Vernichtung der Tiere, die keine Interessenten finden, ist wirklich nur der kleinste Teil meiner Arbeit. Liebling, vor der Erfindung des Evolvotrons, bevor irgend jemand von der Anthropos Incorporated gehört hatte, gab es städtische Beamte, die so was erledigten. Ich glaube, man nannte sie Hundefänger. Damals existierten zwar noch keine Hunde-R-Serien und natürlich auch keine Mutanten. Ich bin also nichts weiter als ein moderner Hundefänger.«

Eisgrüne Augen wandten sich langsam ihm zu, um seinem Blick zu begegnen. Im Licht, das durch das Fenster hereinfiel, wirkte ihr Gesicht so fein gezeichnet, als wäre es aus staubigem Marmor geformt. Einer ihrer Mundwinkel zuckte verächtlich. Dann schaute sie wieder auf die Zwinger hinaus.

Er ging zur Tür, zupfte nervös an einem Holzsplitter, der aus dem Rahmen ragte. »Ich muß jetzt gehen.«

»Möchtest du einen Kuß?« fragte sie mit einem ironischen Lächeln.

Er riß den Splitter heraus. »Bis heute abend.«

Die Vordertür fiel ins Schloß. Anne lauschte seinen Schritten nach, die sich über die Veranda und dann den Gehsteig hinab entfernten. Der Motor des Zwingerlastwagens sprang an, die Turbinen erwachten zum Leben. Sie unterdrückte ein Schluchzen, rannte ihm nach – aber als sie die Veranda erreichte, hatte er den Laster bereits rückwärts auf die Straße gesteuert. Mit einem heftigen Ruck fuhr er an, raste in wütender Beschleunigung zum Highway im Osten. Sie blinzelte in die rötliche Morgensonne und ließ die Schultern hängen. Diese Welt war nicht mehr in Ordnung.

Irgendwo läutete es – dann noch einmal. Sie zuckte zusammen, dann lief sie hinein, um den Telefonhörer abzuheben. Eine sorgsam modulierte Stimme, die ölig und professionell klang, fragte nach Inspektor Norris. Sie erklärte in unfreundlichem Ton, daß er bereits weg sei.

»Weg! Oh, Sie meinen, er ist zur Arbeit gegangen. Ich dachte, Sie meinen… He, he! Ist das vielleicht die neue Mrs. Norris?« Die Stimme war jetzt ausgesprochen herzlich und noch öliger.

»Ja«, murmelte sie.

»Ach ja, Norris hat's mir erzählt. Hier ist Dr. Georges, meine Liebe. Ich habe eine dringende Sache mit Ihrem Mann zu besprechen. Aber vielleicht kann ich auch mit Ihnen reden.«

»Wahrscheinlich erreichen Sie ihn auf dem Highway. Er hat ein Telefon in seinem Lastwagen.« Was für dringende Angelegenheiten haben Doktoren mit Hundefängern zu besprechen, fragte sie sich.

»Das geht leider nicht, meine Liebe. Der Inspektor schaltet sein Telefon erst ein, wenn die Dienststunden begonnen haben. Das habe ich bereits herausgefunden.«

»Kann diese Sache nicht warten?«

»Es handelt sich um einen Notfall, Mrs. Norris. Ich brauche ein Tier aus dem Asyl – einen Schimp K-48-3, vorzugsweise einen fünfjährigen.«

»Ich kenne mich in den Zwingern nicht aus«, entgegnete sie kühl. »Sie müssen sich an meinen Mann wenden.«

»Hören Sie, Mrs. Norris, es ist wirklich ein Notfall, und ich brauche…«

»Warum tun Sie nicht einfach das, was Sie getan hätten, wenn ich nicht ans Telefon gegangen wäre?« schlug sie vor und legte auf.

Es läutete wieder. Sie blickte auf den Apparat, und ihr Gewissen regte sich. Ein Notfall? Was wäre das für ein Notfall, dem man mit einem Schimp K-48 begegnen könnte? »Vermutlich soll er ins Schlachthaus gebracht werden«, flüsterte sie und ließ das Telefon klingeln. Jedenfalls wollte sie nichts mit diesem Job zu tun haben. Eher verlasse ich ihn, dachte sie.

Langsam surrte der Laster die Vorstadtstraße entlang, die sich zwischen pastellfarbenen Plastikhäusergruppen dahinwand, durch eine dünn bewaldete Gegend. Eine Fläche von einem Morgen wurde von durchschnittlich zwei Häusern okkupiert. Da die Bevölkerung des Kontinents gesetzlich auf eine halbe Milliarde beschränkt war, bestand er aus einer einzigen großen Vorstadt mit Gemeindezentren in den einzelnen Bevölkerungsdichtezonen und verstreuten Industriegebieten. Es gab kein unbesiedeltes Land. Das hatte es schon seit den Tagen seiner Großeltern nicht mehr gegeben. Aber dies hier war gewissermaßen eine Wildnis – relativ betrachtet. Norris liebte diese Zone. Aber man fand auch hier kein Plätzchen, wo man allein sein konnte.

Er näherte sich einer Kreuzung. Ein kleines Tier saß am Straßenrand, in seinen buschigen Schwanz gehüllt. Der Scheitel des übergroßen Kopfes war kahl, aber der Körper war mit blaugrauem Fell bedeckt. Eine rosa Zunge leckte gefühlvoll über kleine Vorderpfoten, die mit Greifdaumen ausgestattet waren. Mißmutig schaute das Tier den Laster an, als Norris auf die Bremse trat und sich lächelnd aus dem Führerhaus herabbeugte.

»Hallo, Kätzchen! Wie heißt du denn?«

Die Katze Q-5 starrte ihn zunächst ausdruckslos an, dann miaute sie: *»Kiyi Rorry.«*

»Kitty rorry! Was für ein hübscher Name! Wo wohnst du denn?« Die Katze Q-5 ignorierte ihn.

»Wer sind deine Eltern, Rorry? Willst du mir das nicht sagen?«

Rorry beäugte ihn angewidert. Norris blickte sich um. In der Nähe der Kreuzung standen keine Häuser, und er befürchtete, daß sich das Tier verirren könnte. Schläfrig und gelangweilt blinzelte es zu ihm auf, dann widmete es sich wieder seiner Pfotenwäsche. Er wiederholte seine Frage.

Endlich antwortete das Tier: »Mama Kiyi, Kiyi Mama.«

»Okay, du bist also Mamas Kitty. Aber wo ist Mama? Wenn sie nun weggelaufen ist?«

Die Katze Q-5 blickte verwirrt drein und begann zu stottern. Ihr Fell sträubte sich. Sie blickte die Straße hinauf und hinab. Dann sprang sie auf und rannte den Gehsteig entlang. Norris folgte ihr in seinem Laster, passierte zwei Häusergruppen, und dann hüpfte sie auf eine Veranda, kauerte sich vor die Tür und jammerte: »Mama nicht weglaufen! Mama nicht weglaufen!«

Er grinste und fuhr weiter. Ein Ehepaar, das den genetischen Anforderungen an einer legalen Kindergeburt nicht entsprach, konnte sein Herz nur allzu leicht an eine Katze Q-5 verlieren. Aber diese Katzen waren in emotionaler Hinsicht auch viel ungefährlicher als die quasi-menschlichen Modelle, zum Beispiel die Schimpansen K, die Neutroiden. Der Tod eines Neutroiden traf manche Familien ebenso hart wie der Tod eines Kindes. Aber den Tod einer Katze Q oder eines Hundes F konnten die meisten Familien ohne formelle Trauerzeit und quasi-religiöse Riten ertragen. Ein genetisches C-Ehepaar durfte sich einen Neutroiden halten – oder zwei nicht-anthropoide Modelle, deren täglicher Nahrungsbedarf achthundert Kalorien nicht überstieg. Viele Psychologen schienen die Neutroiden als Dynamit zu betrachten, als gesetzlich empfohlenes Haustierchen mit einem niedrigeren Liebesanspruchs-Potential.

Und Anne? Norris' schwaches Lächeln erlosch. Seine Karte war mit dem Stempel ›C-genetisch‹ versehen. Sie hatten sich bereit erklärt, eine kinderlose Ehe zu führen. Anne liebte Kinder. Trotzdem hatte er sie geheiratet. Er hatte an die Tiere in den Zwingern gedacht und sich vorgestellt, daß Anne ihm bei der Arbeit helfen, ihre mütterlichen Gefühle auf diese Wesen und ihr weibliches Urverlangen in andere Bahnen lenken würde... Aber jetzt – diese Feindseligkeit...

Wenn sie sich nun eine Pseudoparty wünschte – einen eigenen Neutroiden?

Mit der gestrigen Post war die Einladung zu einer Pseudoparty gekommen. Er suchte in seiner Tasche nach der zerknitterten Karte.

Sie sind herzlich eingeladen, unsere Pseudoentbindung und die anschließende Cocktailparty zu besuchen, um mit uns die Ankunft von Honigblüte zu feiern. Das freudige Ereignis wird am Sechsten Tag der Zwölfwochen 2063 um 19 Uhr 30 stattfinden, im Empfangsraum der Rockabye Hours Clinic.

Um Antwort wird gebeten.
Mr. & Mrs. John Hanley Slade.

Sie hatten die Einladung ziemlich kurzfristig erhalten. Die Party würde schon heute abend steigen. Er hatte Slade heute anrufen und ihm sagen wollen, daß er wahrscheinlich mit Anne auf einen Cocktail vorbeikommen würde, daß es ihm aber unmöglich sei, rechtzeitig zur Entbindung zu erscheinen. Doch nachdem Anne die weniger angenehmen Aspekte seines Jobs so scharf verurteilt hatte, war es vielleicht besser, ihr die Sentimentalitäten einer Neutroiden-Pseudogeburt zu ersparen.

Als er noch einen Blick auf die Karte warf, erinnerte er sich, daß er am Sherman III-Gemeindezentrum halten mußte, um die Post zu holen. Er bog in die Einkaufsstraße, die parallel zum breiten Highway verlief, und fuhr an mehreren Blöcken mit Läden vorbei, die das umliegende Gebiet versorgten. An der Abfahrtsrampe gab er dem Aufsichtsbeamten einen Vier-Punkte-Schein und steuerte den Laster auf den Parkplatz unter der Straße. Dann ging er ins Nachrichtenbüro. Nachdem er seine Code-Scheibe in den Schlitz gesteckt hatte, ratterte ein Papierstreifen von einem

Meter Länge aus der Leitung unterhalb seiner Box. Langsam las er den Text – eine Karte von Tante Maye, eine Rechnung von den Synthamilch-Produkten, ein Brief von Annes Mutter. Die einzig wichtige Nachricht war eine Aktennotiz von seinem Chef – ein äußerst lästiger Auftrag, aber er hatte damit gerechnet.

Achtung! An alle Bezirksinspektoren. Betrifft – Deviationsneutroiden. Sie werden sofort eine systematische und gründliche Überwachung aller Tiere veranlassen, die Bermuda-K-99-Seriennummern tragen, mit Geburtsdaten von der gesamten 26. bis einschließlich 32. Woche des Jahres. Es geht um den Fall Delmont (Verletzung der beruflichen Sorgfaltspflicht). Fangen Sie alle Tiere dieser Kategorie ein, bringen Sie sie ins Asyl, und führen Sie die anwendbaren Teile der Normtests durch. Fahnden Sie nach Anzeichen endokriner Abweichungen und nach Verhaltensweisen, die nicht dem Standard entsprechen. Delmont hat ausgesagt, er hätte nur ein Nonstandard-Modell produziert, es besteht aber der Verdacht, daß es noch weitere gibt. Er behauptet, sich nicht mehr an die Seriennummer des abweichenden Modells erinnern zu können. Vermutlich ist das ein Trick, mit dem er die Untersuchung stoppen will, nachdem das erste Tier gefunden worden ist – falls er noch weitere Modelle manipuliert hat.

Wird auch nur einem Deviationsneutroiden gestattet, seine Altersgrenze zu erreichen oder danach weiterzuleben, könnte eine ernsthafte Gefahr für seine Eigentümer und andere Leute entstehen. Halten Sie alle eingefangenen K-99s fest, die auch nur die geringste Abweichung von der Norm aufweisen! Übergeben Sie die betreffenden Tiere dem Zentrallabor! Die Standardmodelle werden zu den Eigentümern zurückgebracht. Die Aktion muß binnen sieben Tagen abgeschlossen sein.

C. Franklin

»Sieben Tage«, murmelte er verärgert, steckte das Band in die Tasche und stapfte hinaus, um den Laster zu holen.

Der Bezirk umfaßte zweihundert Quadratmeilen. Bei einer Konsumquote von fünfundsiebzig Neutroiden pro Woche müßte der Bezirk während der Sechswochenperiode im letzten Jahr etwa vierzig Bermuda-K-99s aufgenommen haben. Würde er die innerhalb einer Woche einfangen können? Das erschien ihm äußerst zweifelhaft. Und er hatte nur elf leere Käfige in den Zwingern. Die anderen neunundvierzig waren mit dem Inventar seines Vorgängers besetzt, das keine Interessenten gefunden hatte und nun auf seine Vernichtung wartete. Offenbar stand dem Krematorium hinter den Zwingern eine sehr aktive Woche bevor. Anne – Anne…

Als er die Hälfte der Strecke bis Wylo City zurückgelegt hatte, surrte das Radiofon am Armaturenbrett. Er steuerte den Laster in die Langsam-Fahrspur und meldete sich hastig, in der Hoffnung, die Stimme seiner Frau zu hören. Statt dessen erklang ein höfliches, öliges Schnurren.

»Inspektor Norris?«

Norris schnitt eine Grimasse. »Ja, Georges?«

»Sind Sie im Augenblick sehr beschäftigt?«

»Um was für eine reiche Hure geht's denn diesmal wieder?«

»Aber Norris!«

»Ich habe wahnsinnig viel zu tun.«

»Eine meiner Patientinnen, eine gewisse Mrs. Sarah Glubbes, hat mich vor einer Weile angerufen und gesagt, daß ihr Baby krank ist.«

»So?«

»Sie hat gar kein Baby. Ich bin in letzter Zeit etwas zerstreut und hatte ganz vergessen, daß sie C-genetisch ist. Erst als ich bei ihr war, fiel es mir wieder ein.«

»Lassen Sie mich mal raten! Das Baby entpuppte sich als Neutroide.«

»Genau.«

»Und warum erzählen Sie mir das?«

»Er stirbt. An einem Virus achtzehnten Grades. Natürlich kann ich ihn nicht in eine Klinik einliefern lassen.«

»Haben Sie schon mal was von Tierärzten gehört?«

»Sie verstehen das nicht, Norris. Sie bildet sich ein, daß er ihr Baby ist, ihr leibliches Kind. Wie kann ich ihn denn da zu einem Tierarzt schicken?«

»Das ist *Ihr* Problem. Ist sie eine von Ihren alten Patientinnen?«

»Ja, ich kenne Sarah seit...«

»Seit Sie ihre Pseudoentbindung überwacht haben?«

»Wieso wissen Sie das?«

»Ich habe mir nur gedacht, wenn Sie der Mann sind, der die Dame durch eine Pseudogeburt geschleust hat, dann verdienen Sie den ganzen Ärger, den Sie jetzt am Hals haben.«

»Ich vermute, Sie sind ein Abolitionist.«

»Vergessen Sie's! Was wollen Sie von mir?«

»Einen Ersatzneutroiden. Aus den Zwingern.«

»Quatsch! Sie können sie nicht täuschen, Georges. Auch wenn sie blind ist, wird sie wissen, daß es nicht ihr Baby ist.«

»Dieses Risiko muß ich eingehen. Hören Sie, Norris, es ist wirklich herzzerreißend. Sie weiß, daß diese Krankheit bei einem Menschen geheilt werden kann – vorausgesetzt, daß er in eine Klinik gebracht und einer kostspieligen Behandlung unterzogen wird. Aber die kann ich für einen Neutroiden nicht herausschlagen. Und ein Tierarzt würde die erforderlichen Medikamente nicht bekommen. Es ist wirklich erschütternd.«

»Ich habe schon das ganze Lenkrad naßgeweint.«

Der Doktor machte eine kleine Pause. »Tut mir leid, Norris. Ich dachte, Sie wären ein Mensch.«

»Nur bis zu einem gewissen Grad. Ich betrachte es nicht als meine menschliche Pflicht, reichen Neurotikerinnen und einem Arzt, der Pseudoentbindungen vornimmt, ein halblegales Hintertürchen aufzumachen.«

»Wenn ich Sie korrigieren darf«, entgegnete Georges kühl. »Sarah ist nicht reich. Sie ist eine Witwe in mittleren Jahren und könnte den Klinikaufenthalt ihres Neutroiden niemals bezahlen – selbst wenn es dazu kommen sollte. Trotzdem – vielen Dank, Norris.«

»Moment mal! Aus welcher Serie stammt dieser Schimp?«

»Er ist ein K-48, fünfjährig, mit einer Altersgrenze von drei Jahren.«

Norris überlegte einen Augenblick lang. Es war ein schmutziges Geschäft, und es würde nicht funktionieren.

»Ich glaube, ich habe einen im Zwinger, der da annähernd herankommt«, sagte er schließlich zögernd.

»Sehr gut! Ich schicke Fred hinüber und…«

»Immer mit der Ruhe! Das Tier wird ganz verstört sein und Ihre Patientin nicht erkennen. Außerdem hat es eine andere Seriennummer.«

Georges seufzte. »Ich weiß, ich weiß. Aber ich will es auf einen Versuch ankommen lassen. Eine V-18 Infektion kann bei Menschen eine leichte Amnesie auslösen. Das würde erklären, warum er sie nicht erkennt. Und was die Seriennummer angeht…«

»Versuchen sie nur ja nicht, die zu ändern!« stieß Norris hervor.

»Wenn man sie einfach durchstreicht…«

»Unterstehen Sie sich! Ich werde Sie in den nächsten zwei Wochen überwachen – um sicherzugehen, daß Sie das nicht tun. Das wäre Betrug, Georges.«

»Schon gut, schon gut. Dann kann ich nur hoffen, daß sie es nicht merken wird. Wann kann Fred das Tier abholen?«

»Rufen Sie meine Frau in fünfzehn Minuten an. Ich werde vorher mit ihr sprechen.«

»Hm – ach ja – Mrs. Norris… Eh – nun, vielen Dank, Inspektor.« Georges legte hastig auf.

Norris zündete sich eine Zigarette an, holte tief Atem, um sich Mut zu machen, und telefonierte mit Anne. Ihre Stimme klang dumpf und deprimiert, aber nicht mehr wütend.

»Okay, Terry«, sagte sie tonlos. »Ich werde in den Zwinger hinausgehen, den Schimpansen aus Käfig einunddreißig holen und Fred übergeben.«

»Danke, Baby.«

»Und danach werde ich ein Bad nehmen«, hörte er sie noch murmeln, bevor die Verbindung unterbrochen wurde.

Er schaltete die Automatic aus, brachte den Laster wieder unter seine Kontrolle und lenkte ihn auf die Schnellspur. In rasantem Tempo fuhr er nach Wylo City und zu den Bezirksgroßhandelsbüros der Anthropos Incorporated, um Franklins Auftrag zu erledigen und die suspekten Bermuda K-99s aufzuspüren. Er würde die Akten aller verkauften Neuts während der Sechswochenperiode überprüfen, das derzeitige Inventar checken und die Bermuda-Seriennummern aus einem ganzen Berg von Quittungen heraussuchen müssen, die sich im Lauf von dreißig Wochen angehäuft hatten. Außerdem mußte er die betroffenen Haustierläden und Wiederverkäufer ausfindig machen, die zweifelhafte Modelle in ihren Warenbestand aufgenommen hatten, und schließlich die Spuren verfolgen, die von den Einzelhändlern zu den jetzigen Eigentümern der Schimps führten. Wenn sich die Groß- und die Einzelhändler kooperativ zeigten, würde er um die Mitte des Nachmittags alle Modelle erfaßt haben, die sich noch in den Läden aufhielten. Aber der schlimmste Teil des Jobs würde darin bestehen, die Tiere ihren Besitzern zu entreißen. Ein wachsendes Unbehagen erfaßte ihn. Der Streit mit Anne, dann die widerwärtigen Gedanken und Vorstellungen, die mit Slades Pseudoparty zusammenhingen, die bittere Reue, weil er mit Dr. Georges bei einem fragwürdigen Manöver zusammenarbeiten würde, das eine gewisse Sarah Glubbes befriedigen sollte, dazu die harte Arbeitswoche, die vor ihm lag, plus der üblichen unterdrückten Ressentiments gegen Boß Franklin – das alles versetzte ihn in eine Stimmung, die entweder düstere oder bösartige Tendenzen zeigen könnte, je nach den Umständen.

Wenn sich irgendeine vernarrte Mama weigern sollte, ihren schwanzwedelnden Liebling herzugeben, so war er genau in der richtigen Laune, um einen Auslieferungsbefehl zu beantragen und alles weitere dem Sheriff zu überlassen.

Der Neutroide lag keuchend im grellen Lampenlicht auf dem Untersuchungstisch. Sein Körper bebte und zuckte, weil sich die Muskeln krampfhaft zusammenzogen, aber die kurzen Beine waren bereits schlaff und gelähmt. Und so konnte der pausbäckige Mann sie mühelos an den Knöcheln packen, hochheben und das Rektalthermometer herausziehen. Der Neutroide quietschte und jammerte, als die Schwester die Decke über seinen kleinen Leib zog.

»Dreiundvierzig«, konstatierte der pausbäckige Mann, dessen Stimme von einem Mundtuch gedämpft wurde. Sekundenlang hielt sein Blick den ihren fest, dann wandte er den Kopf zur Tür. »Ist sie immer noch draußen?«

Die Schwester nickte.

Der Doktor starrte geistesabwesend auf das Thermometer, dann sah er wieder auf und befahl: »Bringen Sie mir eine Nekro-Spritze.«

Sie ging zum Sterilisator, hielt kurz inne. »Drei Kubik?« fragte sie.

»Zwölf«, korrigierte er.

Für einen langen Moment trafen sich ihre Augen, dann nickte die Schwester und öffnete den Sterilisator.

»Darf ich vorher hinausgehen?« bat sie tonlos, während sie die Spritze füllte.

»Natürlich.«

»Und was soll ich Mrs. Glubbes sagen?« Sie kehrte zum Tisch zurück und reichte ihm die Injektionsspritze.

»Nichts. Benutzen Sie den Hinterausgang. Fred soll zu den Zwingern hinüberlaufen und das Ersatzmodell holen. Ich habe Mrs. Norris verständigt. Ach ja – und richten Sie Fred aus, er soll vorher noch zu mir kommen, weil er etwas hinausbringen muß.«

Die Schwester blickte auf den wimmernden, zitternden Neut hinab. Ein leichter Schauer lief über ihren Rücken, dann verließ sie den Raum. Als sich die Tür geschlossen hatte, beugte sich Georges über den Untersuchungstisch, die Spritze in der Hand. Die Tür öffnete sich wieder, er richtete sich auf und sah seinen Sohn auf der Schwelle stehen.

»Nimm das mit!« knurrte er und übergab Fred das Bündel, das er in Zeitungspapier gewickelt hatte.

»Was soll ich damit machen?« fragte der junge Mann.

»Wirf es in Norris' Verbrennungsofen.«

Fred warf einen Blick auf den leeren Untersuchungstisch und nickte gleichmütig. »Kann Miß Laskell jetzt wieder reinkommen?« erkundigte er sich, als er zur Tür ging.

»Ja. Und sieh zu, daß du den anderen Neut möglichst schnell herbringst!«

»Klar, Dad. Bis später.«

Unsicher schaute sich die Schwester im Raum um, bevor sie eintrat.

»Machen Sie hier sauber«, trug Georges ihr auf, »und dann setzen Sie sich zu Mrs. Glubbes!«

»Was soll ich ihr sagen?«

»Daß ihr Baby bald wieder auf dem Damm sein wird. Sie kann es heute am späten Nachmittag abholen, wenn sie sich vorher ein bißchen ausruht.«

»Was werden Sie mit... mit dem Ersatz-Neut machen?«

»Ich werde ihm ein Schlafmittel spritzen und Mrs. Glubbes ein bißchen Kodein geben. Damit soll sie ihn füttern.«

»Warum?«

»Damit er für ein paar Tage zu groggy ist, um Notiz von ihr zu nehmen. Danach wird er süchtig sein und wie eine Klette an ihr hängen, weil sie ihm das Kodein gibt.«

»Und die Seriennummer?«

»Ich werde den tätowierten Fuß eingipsen. V-18-Lähmung – Sie wissen schon.«

»Raffiniert«, murmelte sie, aber ihre Stimme klang keineswegs bewundernd.

Nachdem sie sich im Vorraum umgezogen hatte, sperrte sie die Tür zum Sprechzimmer auf, blieb aber einige Sekunden lang stehen, bevor sie zum Wartezimmer weiterging. Die Tür war nur angelehnt, und sie spähte durch den schmalen Spalt, beobachtete die Frau, die auf dem Sofa saß.

Die grauhaarige, hagere Sarah Glubbes hielt sich kerzengerade. Sie hatte die Hände im Schoß verkrampft, ihre großen leeren Augen – trübe blaue Kreise auf gelblichen Augäpfeln – starrten an die Decke, während sich die farblosen, messerdünnen Lippen im flehenden Gebet bewegten. Die Schwester spürte, wie ihre Kehle eng wurde, und sie griff sich an den Hals. Der Neut war doch nur ein Tier – trotz allem…

Sie straffte die Schultern, setzte ein fröhliches Lächeln auf und betrat das Wartezimmer. Die gelben Augäpfel wandten sich ihr zu, in angstvoller Erwartung.

»Alles in bester Ordnung, Mrs. Glubbes«, begann sie.

»Fertig«, stöhnte Norris um drei Uhr nachmittags.

»Sechsunddreißig K-99s«, sagte der Registrator von Anthropos und schaute über Norris' Schulter auf die Liste der suspekten Neuts und der Händler, zu denen man sie geschickt hatte. »Vermutlich wird es schwierig sein, alle Besitzer aufzustöbern.«

»Allerdings. Danke, Andy. Und Ihnen danke ich auch, Mabel.«

Das Mädchen reichte ihm lächelnd ein Blatt Papier. »Das ist eine Aufstellung von dreizehn Eigentümern. Ich habe zwei lokale Läden angerufen. Die meisten wohnen hier in der Nähe.«

Er las die Namen und fühlte, wie sich seine Magenmuskeln anspannten. Es würde nicht einfach sein. Was sollte er ihnen sagen?

Hallo, Ma'am, verzeihen Sie, aber ich bin gekommen, um Ihren kleinen Jungen einzulochen… O ja, Ma'am, er wird ein hübsches Quartier haben – einen kleinen Stahlkäfig mit Stroh auf dem Boden, und er wird jeden Tag vitaminisierte Pilze kriegen. Was? Seine Gute-Nacht-Geschichten und seine rosa Honigkekse? Tut mir leid, Ma'am, Ihr kleiner Junge ist nichts weiter als ein mutierter Schimpanse, das wissen Sie doch. Er ist gar kein richtiger Mensch.

»Das werden sie natürlich sofort einsehen«, murmelte er und starrte abwesend aus dem Fenster.

»Wie, bitte, Sir?« fragte der Registrator.

»Nichts, Andy, nichts.« Norris dankte den beiden noch einmal und trat ins Sonnenlicht des Nachmittags hinaus. Jetzt lagen immer noch zwei Dienststunden vor ihm – und eine Menge Arbeit. Ein Check bei den anderen Einzelhändlern – das wäre noch die angenehmste Aufgabe. Aber es hatte keinen Sinn, sich das schlimmste bis zum Schluß aufzuheben. Er warf einen Blick auf die Liste, die Mabel ihm gegeben hatte, suchte sich die nächstliegende Adresse heraus, dann atmete er tief durch und ging zu seinem Laster.

Anne erwartete ihn an der Gittertür, als er um sechs nach Hause kam. Er blieb für ein paar Sekunden auf der Veranda stehen und schenkte ihr ein zaghaftes Lächeln, das nicht erwidert wurde.

»Dr. Georges' Sohn war hier«, teilte sie ihm mit. »Er holte den…«

Sie unterbrach sich, schob eine Hand zwischen den Gitterstäben hindurch, um mit zarten Fingerspitzen über seine Wange zu streichen.

»*Terry!* Diese Striemen! Was ist passiert? Bist du von einer Katze-Q gekratzt worden?«

»Nein, von einem Menschen-F«, erwiderte er, öffnete die Tür und ging an ihr vorbei in die Diele. Anne folgte ihm und beobachtete ihn neugierig, als er sich neben das Telefon setzte und eine Nummer wählte.

»Wen rufst du denn an?« fragte sie.

»Den Wachhund unserer Gesellschaft«, erklärte er, während der Hörer an seinem Ohr tutete.

»Dein Auge, Terry! Es ist ja ganz geschwollen. Wird es blau werden?«

»Vielleicht.«

»Hat das auch der Mensch-F getan?«

»Nein, das war ein Mensch-M namens Pete Klusky…«

Plötzlich knisterte der Telefonhörer. »*Sheriff Yates –*

Anrufbeantworter. Ich bin zwischen fünf und sieben nicht in meinem Büro. Wenn es sehr dringend ist, wenden Sie sich an Ihre Polizeistelle.«

Er legte auf und wählte verärgert die Nummer des Suchdienstes.

»Mnemotechnisches Register, Spurenermittlung und offizielle Standortbestimmung«, knirschte eine mechanische Stimme. *»Sie wünschen, bitte?«*

»Hier ist T. Norris, Sherman-9-4566-78B, Offizieller Rang B, Priorität B, Code XT-88-U-Bio. Suchen Sie Sheriff Yates.«

»Um welche Angelegenheit handelt es sich?«

»Um diskrete Geschäfte.«

»Ich werde Ihren Anruf registrieren.«

Er wartete. Der Roboter fand Yates schon beim ersten Versuch seines Wahrscheinlichkeitsexperiments – im lokalen Billardsaal.

»Langsam kriege ich einen echten Haß auf diese infernalische Maschine«, stieß Yates hervor. »Der Kerl führt sich auf, als wollte er mich psychiatrieren. Was wollen Sie, Norris?«

»Ihre Kooperation«, entgegnete Norris. »Ich schicke Ihnen drei Briefe, die Anzeigen gegen drei Bürger von Wylo enthalten. Die Leute haben Widerstand gegen die Staatsgewalt geleistet – wobei sich dieser Widerstand gegen meine Person richtete. Einen dieser Bürger zeige ich wegen eines tätlichen Angriffs an. Ich wollte ihre Neutroiden abholen, um sie im Asyl durchzuchecken, und da…«

Yates bellte ihm ein herzhaftes Gelächter ins Ohr.

»Das ist kein bißchen komisch!« schimpfte Norris. »Ich brauche diese Neutroiden. Das hängt mit dem Delmont-Fall zusammen.«

Yates hörte zu lachen auf. »Oh… Also gut, ich werde mich drum kümmern.«

»Sie müssen sich aber verdammt beeilen, Sheriff.

Können Sie die Auslieferungsbefehle noch heute abend kriegen und die Tiere morgen früh abholen?«

»Auslieferungsbefehle? Moment mal, mein Junge! Ich kann Richter Charleman nicht zu jeder Tages- und Nachtzeit belästigen. Nun, ich glaube, gegen Mittag können Sie Ihre Neuts haben – vorausgesetzt, wir müssen keine Helikopter-Posse einsetzen, um die entflohenen Mütter mitsamt ihren Lieblingen aufzuspüren.«

»Okay. Aber hören Sie – diese Anzeigen müssen zurückgezogen werden, wenn die betreffenden Leute ihre Tiere freiwillig herausrücken. Und wedeln Sie nur dann mit den Auslieferungsbefehlen herum, wenn es unerläßlich ist. Bringen Sie mir diese Neuts – das ist alles, was ich will!«

»Okay, Junge. Geben Sie mir alle nötigen Informationen!«

Norris las dem Sheriff die Namen und Adressen der drei unbotmäßigen Eigentümer vor und schilderte präzise, was in jedem einzelnen Fall geschehen war. Sobald er aufgelegt hatte, murmelte Anne: »Halt doch mal still!« Sie saß auf seinen Knien und strich eine kühle Salbe auf seine brennende Wange. Sekundenlang begegnete ihr ausdrucksloser Blick dem seinen und kehrte dann zu den roten Striemen zurück. Sie war nicht mehr böse, nur deprimiert, und es stand immer noch etwas zwischen ihnen. Er berührte ganz sachte ihren Arm. Sie schien es nicht zu bemerken.

»War es heute sehr anstrengend, Terry?«

»Ziemlich. Aber immerhin habe ich neun von dreizehn Neuts eingesammelt. Sie sind jetzt draußen im Laster.«

»Gut, daß du sie nicht alle bekommen hast! Du weißt doch, daß nur zwölf Käfige leerstehen.«

»Zwölf? Ach ja, Georges hat diesen Schimp abholen lassen…«

»Und er hat dir ein Paket geschickt«, fügte sie hinzu und sah ihm in die Augen.

»Ein Paket? Wo ist es?«

»Im Krematorium. Der Junge hat es nach hinten gebracht.«

Er schluckte, als sich ein dicker Kloß in seinem Hals bildete, und sagte nichts.

»Da fällt mir ein, Liebling – Mrs. Slade hat angerufen. Warum hast du mir verschwiegen, daß wir heute abend ausgehen?«

»Heute abend?« wiederholte er mit schwacher Stimme.

»Nun, sie sagte, daß sie nichts von dir gehört hätte. Ich konnte die Einladung nicht gut ablehnen, und so versprach ich ihr, daß wenigstens *ich* kommen würde.«

»Du…?«

»Ich weiß nicht, was du heute abend vorhast, und so erklärte ich ihr, daß du sicher gern kommen würdest, aber vielleicht arbeiten müßtest. Wenn du dich vor dieser Party drücken willst, kann ich ja allein hingehen.«

Er starrte sie an und runzelte verwirrt die Stirn. »Du willst zu einer Pseudoparty gehen?«

»Eigentlich nicht. Aber ich habe so etwas noch nie miterlebt, und ich muß gestehen, daß ich ein bißchen neugierig bin.«

Er nickte langsam, und ein kalter Zorn stieg in ihm auf. Inzwischen hatte sie die Salbe aufgetragen. Nun tätschelte sie seine Wange, brachte ein fröhliches Lächeln zustande und erhob sich von seinen Knien.

»Komm, Terry! Wir wollen deine neun Neutroiden aus dem Laster holen.«

Er warf ihr einen trüben Blick zu.

»Denken wir nicht mehr an heute morgen, Terry.«

»Okay.«

Plötzlich senkte sie den Kopf, ihre Lippen begannen zu zittern. »Ich weiß, daß dein Job…« Sie schluckte krampfhaft und wandte sich ab. »Wir treffen uns draußen«, würgte sie hervor, zwang sich erneut zu einem Lächeln, dann lief sie den Flur hinab, der zur Hintertür führte. Norris blickte ihr nach und kratzte sich unglücklich am Kinn.

Nach einer Weile rief er noch einmal das Mnemotechnische Register an. »Überwachen Sie diese Nummer«, befahl er, nachdem er sich identifiziert hatte. »Wenn sich Yates oder Franklin melden, lassen Sie es so lange läuten, bis ich zum Apparat kommen und abheben kann. Sollte ich nicht rechtzeitig im Haus sein, speichern Sie den Anruf.«

»Instruktionen zur Kenntnis genommen«, antwortete der Roboter.

Norris ging nach draußen, um die Neutriden mit Annes Hilfe ins Asyl zu bringen.

Die Käfige waren in einem großen Betonschuppen untergebracht, der in drei Säle unterteilt war. Der eine beherbergte die hochempfindlichen humanoiden Schimpansenmutanten, der zweite die unbedeutenderen Zuchtformen wie Katzen-Q, Hunde-Fs, Zwergbären und fußhohe Lämmer, die niemals zu Schafen heranreiften. Der dritte Raum enthielt eine kleine Gaskammer, mit einem Förderband, das ins Krematorium führte. Normalerweise hielt Norris diesen Raum verschlossen, aber als er daran vorbeiging, sah er, daß die Tür offenstand. Anscheinend hatte Anne die Schlüssel gesucht und gefunden, damit Fred Georges sein Paket hineinwerfen konnte.

Ein Arche Noah-Chor begrüßte ihn, als er das Quartier der Tiere durchquerte, und wurde vom sinnlosen Geplapper der puppenartigen Neutroiden übertönt, sobald er den Neut-Sektor betrat, der mit einer Klimaanlage ausgestattet war. Ein paar Dutzend schimmernder Blondköpfe begannen herumzutanzen. Ihre Körper stießen gegen das Drahtgeflecht, mit affenartiger Grazie hüpften sie in ihren Käfigen auf und ab, nachdem sie ihren Fütterer und Schutzherrn erkannt hatten.

Ihr menschliches Erscheinungsbild wurde nur durch zwei deutliche Merkmale gestört – die kurzen Biberschwänze mit dem flaumweichen, gekräuselten Fell und dem senkrecht emporstrebenden Haar am Oberkopf, das einer leuchtenden Kerzenflamme glich. Ansonsten sahen sie wie Menschenkinder aus – mit babyrosa Haut, einem eifrigen, bereitwilligen Lächeln und runden Engelsgesichtern. Sie waren geschlechtliche Neutra und entwickelten sich niemals über eine vorher festgelegte Altersgrenze hinaus, die bei jeder Serie variierte. Man konnte zwischen Altersgrenzen von eins bis zehn Jahren wählen, wobei diese Jahre dem menschlichen Reifestadium entsprachen. Sobald ein Neutroide seine Altersgrenze erreicht hatte, blieb er bis zu seinem Tod auf seiner speziellen Entwicklungsstufe stehen.

»Offenbar kennen sie dich schon sehr gut«, meinte Anne, als sie hinter einem Käfig hervorkam. »Ein lauter Willkommensgruß für Papa, was?«

Er legte die Stirn in Falten, als er sich in dem düsteren Raum umsah und die animalischen Gerüche einatmete. »Komisch… Sonst sind sie nicht so aufgeregt.«

Sie lächelte. »Ich muß dir ein Geständnis machen – das Geschrei fing an, als *ich* hereinkam.«

Er warf ihr einen kurzen, mißtrauischen Blick zu, dann ging er langsam an den Käfigen vorbei, spähte in jeden hinein. Plötzlich blieb er neben einem dreijährigen K-76 stehen.

»*Apfelschalen!*«

Er drehte sich zu seiner Frau um, versuchte mühsam seine Wut zu unterdrücken.

»Nun, was hat das zu bedeuten?«

Anne wurde rot. »Sie haben mir so leid getan, weil sie immer nur diesen Fraß aus den mechanischen Futtergeräten bekommen. Und deshalb bin ich zu Sherman III gefahren und habe sechs Dutzend Kochäpfel gekauft.«

»Das war ein Fehler.«

»Ich denke, wir können uns das leisten«, entgegnete sie verärgert.

»Darauf kommt es nicht an. Es gibt ganz bestimmte Gründe, warum sie auf mechanische Weise ernährt werden.«

»Ach! Und was sind das für Gründe?«

Er zögerte, denn er wußte, daß ihr die Antwort nicht gefallen würde. Und er spürte, wie sie innerlich wieder zu erstarren begann.

»Laß mich raten!« sagte sie mit kalter Stimme. »Wenn du sie selber fütterst, würden sie dich liebgewinnen. Habe ich recht?«

»Nun ja… Sie entwickeln ohnehin schon eine gewisse Zuneigung zu mir, weil sie wissen, daß die Futteranlagen immer dann eingeschaltet werden, wenn ich bei ihnen war.«

»Ich verstehe. Sie dürfen dich nicht lieben, denn sonst würde sich dein Gewissen regen, wenn du sie in den Sektor Nummer drei verfrachten müßtest, nicht wahr?«

»So ungefähr«, gab er zu.

»Okay, Terry. Ich füttere sie mit Äpfeln, und du läßt deine Nahrungsproduktionsmaschinen laufen«, erklärte sie in energischem Ton. »Darin kann ich keinen Widerspruch entdecken – du etwa?«

Ihr Blick verriet ihm, daß es verdammt empfehlenswert wäre, wenn ihm dieser Widerspruch zu Bewußtsein käme – ob er es nun eingestehen wollte oder nicht.

»Du willst also Freundschaft mit ihnen schließen?« fragte er tonlos.

»Und du willst sie alle rasch loswerden?« konterte sie.

»Die Flitterwochen sind wieder mal beendet, was?«

Langsam schüttelte sie den Kopf und kam auf ihn zu. »Ich hoffe es nicht, Terry – ich hoffe es wirklich nicht.« Dann blieb sie wieder stehen. Skeptisch blickten sie sich in die Augen, inmitten des schrillen Neutroidengeschnatters.

Nach einer Weile wandte er sich ab, ging zum Lastwagen, löste die Fangstricke und begann nach den quietschenden, kreischenden Puppengeschöpfen zu fischen, die wie verängstigte Äffchen in dem Maschendrahtkäfig umhersprangen. Diese Modelle waren nur an ihre jeweiligen Familien gewöhnt, fürchteten sich vor Fremden, und die Tiere im Lastwagen sahen in ihm nichts weiter als den Schurken, der sie von Mama weggeschleppt hatte, in eine erschreckende Welt voll rasch dahinwirbelnder Landschaftsbilder und dröhnendem Verkehrslärm.

Eine Zeitlang erledigten sie ihre Arbeit, ohne ein einziges Wort zu wechseln. Dann erkundigte sich Anne in beiläufigem Ton: »Was ist eigentlich der Delmont-Fall, Terry?«

»Eh? Warum fragst du?«

»Ich habe gehört, wie du am Telefon davon gesprochen hast. Hat es irgendwas mit einem blauen Auge und einem zerkratzten Gesicht zu tun?«

Er nickte mürrisch. »Indirekt. Das ist eine lange Geschichte. Nun – du weißt doch Bescheid über das Evolvotron.«

»Ich weiß nur, daß es von der Anthropos Incorporated eingesetzt wird, um Mutationen herbeizuführen.«

»Es ist eine Art sub-atomares chirurgisches Instrument, das man in der plastischen Chirurgie zur Zellenerneuerung benutzt... Paß auf! Halt diesen Schimp fest! Pack ihn am Bein!«

»Moment mal... Ich habe ihn. Sprich weitet Terry!«

»Wenn man ein Evolvotron auf die Gen-Struktur eines Eies einwirken läßt, ist das ungefähr genauso, als würde man ein mikroskopisches Billardspiel veranstalten – wobei die Protonen, Deuteronen und Alpha-Partikel die Billardstöcke repräsentieren. Der Operateur nimmt ein lebendes Ei, steckt es in das Gerät, erhält mit Hilfe eines Neutrino-Skiaskops ein ungeheuer vergrößertes Bild von dem Ei, vergleicht das Bild mit einem Gen-Plan und beginnt submolekulare Stückchen mit Einzelpartikelschüssen zu bearbeiten. Er wirbelt sie durcheinander, hämmert Kerben in das Ei – an Stellen, wo vorher keine waren, verstopft Löcher, bohrt neue Löcher. Verstehst du?«

Sie nickte nachdenklich. »Ich hab's kapiert. Und der göttliche Mensch schuf den Neutroiden aus dem Schleim des Affen...«

»Was? Halt! Fang den Kleinen da drüben ein, sonst erwürgt er sich noch mit diesem Fallstrick!«

»Okay... Komm zu Mama... So und jetzt erzähl mir von Delmont, Terry.«

»Delmont war ein unerfahrener Evolvotron-Operateur. Man braucht eine jahrelange Ausbildung, eine monatelange Praxis...«

»Praxis?«

»Es ist eher eine Kunst als eine Wissenschaft. Vor allem kommt es auf das Tempo an. Die ganze Operation darf nur ein paar Sekunden dauern. Wenn man zu lange dazu braucht, stirbt das Ei.«

»Und Delmont...«

»Er hat seine Ausbildung und die ersten praktischen Versuche zufriedenstellend absolviert, hat sogar recht gute Zensuren bekommen. Aber er war eben einer von diesen Leuten, die durchdrehen, wenn die Probezeit beendet ist und die Premiere anfängt. In der ersten Woche vernichtete er über hundert Eier. Das war zu erwarten. Wenn von zehn Versuchen einer gelingt, ist das ein guter Durchschnitt. Aber er hatte keinen einzigen Erfolg zu verzeichnen.«

»Warum haben sie ihn nicht gefeuert?«

»Man hat ihm damit gedroht. Ich glaube, da wurde er hysterisch. Jedenfalls meldete er am nächsten Morgen, er hätte einen erfolgreichen Versuch durchgeführt. Das war gelogen. Das Ei hatte ein paar Fehler – in den Determinanten des Nervensystems und in der endokrinen Struktur stimmte irgendwas nicht. Jedenfalls war es kein Standard-Neutroidenei. Er legte es in den Brutkasten, um Ruhmeslorbeeren zu erringen – und wußte ganz genau, daß man erst nach der Geburt draufkommen würde.«

»Aber man kam überhaupt nicht drauf?«

»Moment mal! Er hatte Angst, daß man *nicht* draufkommen würde. So drosselte er die Testosteronzufuhr, während das Ei im Inkubator lag, damit man es erst viel später merken würde.«

»Warum das?«

»Alle Neutroiden sind potentielle Weibchen, weißt du? Aber während sich der Fötus entwickelt, wird er mit männlichen Hormonen vollgepumpt. Dadurch verhindert man, daß sich die weibliche Geschlechtlichkeit entwickelt, und das Resultat ist ein Neutrum. Delmont sagte sich, daß es den Inspektoren ganz sicher auffallen würde, wenn da plötzlich ein Weibchen rumläuft, daß man das aber einer Fehlfunktion des Brutkastens zuschreiben würde – und nicht ihm.«

»Und?«

Norris zuckte die Achseln. »Inspektoren sind auch nur Menschen. Vielleicht hatte irgendein Bursche einen Kater, als er gerade im Dienst war, und übersah ein oder zwei Faktoren. Außerdem schauen sie alle wie Weibchen aus. Jedenfalls wurde sie nicht erwischt«

»Wieso ist man Delmont letzten Endes doch auf die Schliche gekommen?«

»Er wurde im letzten Monat dabei ertappt, wie er es noch einmal versuchte. Dabei gestand er, daß er es schon einmal getan hatte. Natürlich kann man nicht feststellen, wie oft er das in *Wirklichkeit* durchgezogen hat.«

Norris hob das letzte quiekende, wild um sich schlagende, fransenhaarige Püppchen aus dem Laderaum des Zwingerwagens und grinste Anne an.

»Zum Beispiel dieser kleine Schreihals... Das könnte ein potentielles Weibchen sein. Aber auch ein potentieller Mörder. Alle Neuts, die in diesem Laster waren, stammen aus den Maschinen in dem Sektor, wo Delmont im letzten Jahr gearbeitet hat – während er seinen Betrug verübte. Wir können keine Non-Standard-Modelle frei herumlaufen lassen – auch keine geschlechtlichen Modelle. Womöglich würden sie sich vermehren und außer Rand und Band geraten. Das Evolvotron kann jederzeit ausgeschaltet werden – falls sich das als nötig erweisen sollte. Und wenn diese Generation von Mutanten ausgestorben ist...« Er zuckte wieder die Achseln.

Anne nahm das winzige Baby-Geschöpf, das sich verzweifelt hin und her wand, in die Arme. Es wehrte sich, versuchte es zu beißen, beruhigte sich aber ein wenig, als sie es aus dem Gewirr der Fangstricke befreit hatte.

»Kri-Kri«, gurrte es nervös. »Kri-Kri...«

»Sag ihm doch, daß du kein Mörder bist«, flüsterte Anne zärtlich.

Mißbilligend sah er zu, wie sie das kleine Wesen liebkoste. Man durfte keine emotionale Bindung eingehen – diese wichtige Regel hatte er längst akzeptiert. Das Kleine war jetzt acht Monate alt und sah aus wie ein zweijähriges Kind. In einem Jahr würde es seine Altersgrenze erreichen. Und es war so programmiert, daß es genauso nach Liebe verlangte wie ein menschliches Kind.

»Bring es in den Käfig, Anne!« sagte er leise.

Sie blickte auf und schüttelte den Kopf.

»Es gehört jemand anderem«, argumentierte er. »Nehmen wir mal an, es würde seine Fixierung auf dich übertragen. Dann würdest du es seiner Besitzerin stehlen. Diese Modelle können nur ganz wenige Leute gleichzeitig lieben.«

Sie seufzte, aber sie sperrte das winzige Ding widerspruchslos in den Käfig.

»Anne...« Norris zögerte, denn er wußte, daß dies ein ungünstiger Zeitpunkt war, das Thema anzuschneiden. Aber er mußte an Mrs. Slades Pseudoparty denken, die heute abend stattfinden würde, und er fragte sich, warum Anne die Einladung angenommen hatte.

»Was, Terry?«

Er stützte sich auf den Pfosten, an dem die Fangstricke befestigt waren, und beobachtete sie aufmerksam. »Willst du ein Neut haben? Es wäre möglich, daß nicht alle zurückgefordert werden, und dann könnte ich dir eins überschreiben. Das würde uns nicht einmal was kosten.«

Für ein paar Sekunden musterte sie ihn ausdruckslos, dann blickte sie auf ihre Füße hinab. Langsam ging sie zum Fenster, wo sie stehenblieb und in die Abenddämmerung hinaussah, die Arme vor der Brust verschränkt.

»Muß ich dann eine Pseudoparty über mich ergehen lassen?« fragte sie.

Er schluckte den Klumpen hinunter, den Angst und

Sorge in seine Kehle gezwängt hatten, fand seine Stimme wieder. »Was immer du willst.«

»Das Telefon läutet im Haus.«

Er wartete.

»Jetzt nicht mehr«, sagte sie in paar Sekunden später.

»Nun, Baby?«

»Was immer ich will, Terry?« Sie drehte sich zu ihm, ihre Silhouette zeichnete sich vor einem grauen Lichtfleck ab.

Er nickte. »Was immer du willst.«

»Ich will dein Kind.«

Er zuckte zusammen, starrte sie mit offenem Mund an.

»Ich will dein Kind.«

Zögernd schob er die Hand in seine Gesäßtasche.

»Oh, hol bitte nicht deine soziale Sicherheitskarte heraus! Es ist mir egal, ob ›Genetisch-dreifach Z‹ draufsteht oder nicht. Ich will dein Kind.«

»Aber Vater Staat sagt nein, Baby.«

»Zum Teufel mit unserem Vater Staat! Einen Menschen können sie nicht durch deinen Raum drei schleusen. So weit sind wir trotz allem noch nicht. Wenn das Baby erst einmal geboren ist, muß sich die Welt mit seiner Existenz abfinden.«

»Und die Eltern werden gewaltsam getrennt und zu gewöhnlichen Arbeitern degradiert.«

Sie stampfte mit dem Fuß auf und wirbelte wieder zum Fenster herum. »Zum Teufel mit dieser ganzen verdammten Welt!« stieß sie hervor.

Norris seufzte tief auf. Er bedauerte es, daß sie so dachte und fühlte. Wahrscheinlich hatte sie recht – aber er bedauerte es trotzdem. Gerechter, frustrierter Zorn war eine ebenso schmerzhafte psychische Säure wie ungerechtfertigter. Und kein Magen machte sich die Mühe, den moralischen Wert des Wutgefühls abzuwägen, das ihn peinigte, bevor er ein Geschwür entwickelte.

»He, Baby, wenn wir zur Slade-Party gehen wollen …«

Sie nickte grimmig und folgte ihm ins Haus. Jedenfalls ist es besser, wenn sie ihren Zorn gegen die ganze Welt richtet – nicht nur gegen mich, dachte er.

Die werdende Mutter spielte vor Sonnenuntergang drei Partien Federball, dann eilte sie ins Haus, um zu duschen und sich anzukleiden, bevor die Gäste eintrafen. Ein fröhliches Lächeln erhellte ihr Gesicht, als sie in einem frischen Umstandskleid die Treppe herabstieg, den Hals immer noch leicht gerötet vom heißen Wasser, von einem schwachen Parfumduft begleitet. Es gab keinen ersichtlichen Grund, warum sie ein Umstandskleid trug, und es lag auch nicht die typische Vorsicht schwangerer Frauen in ihren Bewegungen, als sie die Arme um Johns Hals schlang und die Beine nach hinten warf.

»Liebling!« zwitscherte sie. »Ich werde massenhaft Milch haben. Ist das nicht großartig? Weißt du, ich halte nämlich nichts von der Fläschchenmethode.«

»Großartig! Also haben die Injektionen gewirkt.«

Sie blickte sich um. »Was für ein schönes Hotel! Ich bin froh, daß du nicht das Angel's Haven ausgesucht hast.«

»Ich auch«, murmelte er. »Heute abend werden wir den Empfangsraum ganz für uns haben.«

»Wie spät ist es denn?«

»Sieben Uhr zehn. Ach ja, der Doc hat angerufen und gesagt, er würde ein paar Minuten später kommen. Er mußte sich den ganzen Tag um ein krankes Baby kümmern.«

Sie fuhr sich mit der Zunge über die Lippen und blickte unbehaglich zur Seite. »Ein Klasse-A-Paar?«

»Nein, Püppchen. Klasse C – eine Witwe.«

»Oh…« Ihre Augen leuchteten auf, und sie schaute ihn neckisch an. »Nun, wirst du auf und ab laufen und eine Zigarette nach der anderen rauchen, während ich entbinde?«

Er grinste belustigt. »He, es ist doch nicht so, als würdest du wirklich…« Er brach ab und fingierte einen Hustenanfall.

»Wie meinst du das?«

»Hör mal, ich wollte nicht…«

»Was soll das heißen – ich würde nicht wirklich…?« Tränen stiegen ihr in die Augen.

»Okay, Liebling, ich werde auf und ab laufen und eine Zigarette nach der anderen rauchen.«

Eine Krankenschwester kam mit klickenden Absätzen auf die beiden zu. »Mrs. Slade, ich muß Ihnen jetzt die erste Injektion geben. Dr. Georges hat gerade angerufen. Würden Sie mir bitte folgen?«

Sie ignorierte die Schwester. »John, was wolltest du andeuten, als du sagtest, daß ich nicht wirklich…?«

»Mrs. Slade, würden Sie bitte…«

»Schon gut, Schwester, ich komme.« Sie warf ihrem Mann einen gekränkten Blick zu, dann eilte sie davon und wischte sich über die Augen.

»Werdende Mütter sind immer ein bißchen hysterisch«, tröstete ihn ein Krankenwärter, der in der Nähe auf einer Bank saß. »Nehmen Sie's nicht so tragisch! Wenn das Baby erst mal da ist, wird sie nicht mehr so empfindlich sein.«

John Hanley Slade fuhr gereizt zu dem Lauscher herum, starrte in ein freundliches, humorvolles Gesicht, das ihn angrinste. Unsicher erwiderte er das Grinsen, dann ging er hinüber und setzte sich neben den Mann.

»Ist das ihr erstes Baby?«

John Hanley nickte und strich sich nervös durch das schüttere Haar.

»Ich sehe sie kommen – ich sehe sie gehen, es ist immer das gleiche.«

»Was soll das bedeuten?« grunzte John.

»Das gleiche Theater, die gleichen Sorgen, die gleichen Verhaltensweisen, die gleichen Gespräche, die gleichen Fragen. Der Mann läßt immer die Bemerkung fallen, daß es doch gar keine richtige Geburt sei, und die Dame wird immer sauer. Das passiert bei jeder Pseudoparty.«

»Für Sie ist das alles Routine, was?« fragte John Hanley kühl.

»Allerdings.« Der Wärter beobachtete den werdenden Vater eine Weile, dann forderte er ihn auf. »Los, fragen Sie mich schon!«

»Was soll ich Sie denn fragen?«

»Ob ich das alles albern finde. Ich meine, weil es doch immer das gleiche ist...«

John starrte ihn kampfeslustig an. »Nun?«

»Ob ich glaube, daß es albern ist? Nein.«

»Sehr schön. Dann ist da alles klar.«

»Ich finde es nicht albern, weil es für die Dame unbefriedigend wäre, einfach die Moneten hinzublättern, einen Neut zu kaufen und es dabei bewenden zu lassen. Da würde irgendwas fehlen – zwischen Schlafzimmer und Baby.«

»Tatsächlich?«

Johns sarkastischer Tonfall verfehlte offenbar jede Wirkung auf den Mann. »Ja, das ist nun mal so. Die physiologische Veränderung – die würde eben fehlen. Wenn ein Neut wirklich die Stelle eines Babys einnehmen soll, muß die Mutter die ganze Vorbereitungszeit erleben. Der Doc gibt ihr Injektionen, sie ist ganz verrückt nach Mixed Pickles und Mangofrüchten. Sie kriegt weitere Injektionen, damit ihr morgens schlecht wird. Noch mehr Injektionen, damit sie dick wird – und schließlich verabreicht man ihr die letzten Spritzen, die sanfte Wehen und eine Scheinentbindung bewirken. Dann bekommt sie ihren Neut, und die Welt ist in Ordnung.«

»Hm…«

»Fragen Sie mich noch was anderes!« schlug der Wärter vor.

John blickte sich hilflos um, entdeckte eine ältere Frau in der Nähe des Eingangs. Sie war soeben eingetreten, und nun stand sie da – ängstlich und verstört, als hätte sie sich verirrt. John kannte sie nicht, aber er stand rasch auf.

»Entschuldigen Sie mich, Kumpel, aber das ist wahrscheinlich einer meiner Gäste.«

»Klar. Ich muß mich ja auch wieder um meinen Job kümmern.«

Die Frau wandte sich um, während John auf sie zuging, und starrte ihn an. Wahrscheinlich ist das eine von Marys Freundinnen, dachte er. Heute abend würde mindestens ein Dutzend Leute kommen, die er noch nie gesehen hatte. Sein Begrüßungslächeln erschlaffte ein wenig, als er vor ihr stehenblieb. Sie trug ein schäbiges Kleid, ihr Haar war zerzaust, sie hatte kein Make-up, und ihre Lider waren stark gerötet. Sie schaute ihn mit großen, verzweifelten Augen an, mit glanzlosen Augäpfeln, die ihn an schmutzigen Marmor erinnerten, und die Pupillen waren winzige blaue Flecken. Ihr Mund war ein schmaler Schlitz zwischen eingefallenen, lederartigen Wangen.

»Eh – kommen Sie zur Party?« erkundigte er sich.

Sie schien seine Frage nicht zu hören, starrte ihn aber weiterhin an – oder durch ihn hindurch. Ihre Lippen formten mühsam Worte, ihre Stimme war ein bebendes Zischen. »Ich suche ihn.«

»Wen?«

»Den Doktor.«

Er glaubte ihrer Stimme zu entnehmen, daß sie

Kehlkopfentzündung hatte. »Dr. Georges? Er wird bald kommen. Aber er ist heute abend beschäftigt. Könnten Sie nicht einen anderen Arzt konsultieren?«

Die Frau kramte in ihrer Handtasche und zog ein kleines Päckchen hervor. »Ich will ihm das geben«, sagte sie mit leiser Stimme.

»Ich könnte…«, begann John.

»Ich will es ihm aber persönlich geben«, unterbrach sie ihn.

Zwei Gäste, die er erkannt hatte, kamen herein. Nervös schaute er zu ihnen hinüber, erwiderte ihr Lächeln, dann wandte er sich unschlüssig wieder der hageren Frau zu.

»Ich warte«, krächzte sie, kehrte ihm den Rücken und marschierte auf ihren dünnen Beinen zum nächstbesten Stuhl, auf dessen Kante sie dann wie eine kranke Krähe hockte, die Augen unverwandt zur Tür gerichtet.

John Hanley Slade fröstelte plötzlich. Dann schüttelte er sein Unbehagen ab und eilte zu seinen ersten Gästen, den Willinghams.

Anne Norris bahnte sich im Zickzackkurs einen Weg zwischen den schwatzenden Leuten hindurch, ihren Mann im Schlepptau, um die Gastgeberin zu begrüßen, die nun in einem Rollstuhl beim Eingang zum Kreißsaal saß. Sie waren ein paar Minuten zu spät gekommen, aber die Party hatte noch nicht richtig angefangen.

»Warum gehst du nicht zu dem Grüppchen, das den armen schweißüberströmten Vater tröstet?« rief Anne über die Schulter. »Die Männer sind alle da droben bei John.«

Norris blickte zu der dichtgedrängten Schar, die sich unter einer Wolke von Zigarrenrauch neben der fahrbaren Bar versammelt hatte. John Slade stand mitten darunter und sah aus, als würde er auf seine Hinrichtung warten.

»Der hat ohnehin schon genug Ratgeber«, murmelte Terry.

Eine Hand streckte sich aus einer Gruppe von Gästen, die in der Nähe standen und sich unterhielten, und packte ihn am Arm. »Norris!« hustete eine mürrische Stimme.

Er wandte sich um. »Oh – Chief Franklin. Hallo!«

Anne ließ seine Hand los. »Bis später«, sagte sie, dann verschwand sie in der Menge.

Franklin verabschiedete sich von seinen Gesprächspartnern und sah kühl auf den Bezirksinspektor hinab. Er war ein großer Mann mit hochgezogenen Schultern, die fast bis zu seinem Kopf reichten, langen, spindeldürren Beinen, und einem seltsamen Gesicht, das an den Backenknochen ungewöhnlich breit war, aber zum Kinn hin spitz zulief. Schwarze Augen funkelten unter buschigen Brauen, und sein widerspenstiges dunkles Haar war schlecht geschnitten. Sein Familienstammbaum wies ein paar Cherokee-Indianer auf, wie Norris wußte, und die hatten sich angeblich sehr oft auf den Kriegspfad begeben.

Franklin leerte lässig sein Glas und reichte es einem Kellner, der gerade vorbeiging. »Ich dachte, Sie würden heute abend arbeiten, Norris.«

»Man hat mich überredet, dieser Einladung zu folgen, Chief«, erwiderte Terry mit einem liebenswürdigen Lächeln.

»Wie kommen Sie denn in der Delmont-Sache voran?«

»Ich habe fast alle betreffenden Neuts aufgespürt und neun ins Asyl gebracht.«

»Hm... Mich würde mal interessieren, warum Sie Ihr rechtes Auge mit Plastik-Make-up überklebt haben.« Franklin warf den Kopf in den Nacken und brach in schallendes Gelächter aus. »Hat Ihnen eine Neut-Mama eine Vase ins Gesicht geschmissen?«

»Nein, ihr Mann hat mich niedergeschlagen«, korrigierte Norris, ohne zu lächeln.

»Nun, sehen Sie zu, daß Sie die Sache zu Ende bringen. Wenn der betreffende Eigentümer weiß, daß er einen Deviationsneut hat, könnte er vielleicht rausfinden, daß wir es auf den Kleinen abgesehen haben, und ihn irgendwo verstecken. Ich möchte, daß alle suspekten Neuts möglichst schnell eingesammelt werden.«

»Glauben Sie, daß wir den Schimp finden, auf den es ankommt?«

Franklin nickte grimmig. »Er ist irgendwo in diesem Teil des Landes – oder er war hier. Das fragliche Gebiet beschränkt sich auf sechs bis acht Bezirke. Sie haben gute Chancen, daß sich der Neut in Ihrem Sektor aufhält, Norris. Wenn es nach mir ginge, würden wir jeden Bermuda-K-99 vernichten, der in jener Periode verkauft wurde. Dann könnten wir auf Nummer Sicher gehen – für den Fall, daß Delmont nicht nur diesen einen Betrug begangen hat.«

»Für Frauen wie Mary wäre das ziemlich schlimm«, meinte Norris und blickte zu Mrs. Slade hinüber.

»Ja, ja, fünfhundert Rachels jammern um ihre Kinderchen und rücken mir alle auf den Pelz. Eigentlich würde ich den Deviationsneut lieber laufenlassen, bevor ich es mit all den kreischenden Mamas aufnehme.«

»Das ist nun mal die Bürde Ihres Amts, Chief«, entgegnete Terry. »Lassen Sie sich steinigen, und bleiben Sie tapfer! Herodes hat sowas ähnliches auch geschafft.«

Franklin musterte ihn mißtrauisch, stellte fest, daß Norris ein ausdrucksloses Gesicht machte, murmelte »hm, hm« und schaute sich im Saal um.

»Wer führt bei der heutigen Geburt die Aufsicht?« wollte der Inspektor wissen.

»Georges, der Bezirksdoktor. Eigentlich müßten Sie ihn kennen.«

Terry hob die Brauen und nickte.

»Er ist schon da«, sagte Franklin. »Vor ein paar Minuten habe ich ihn durch den Arzteingang hereinkommen gesehen. Nun, wenn Sie mich jetzt entschuldigen würden, Norris...«

Terry schlenderte zur Bar. Er war schon bei mehreren Pseudoparties gewesen. So eine Veranstaltung war wirklich nichts Besonderes. Nachdem sich die Gäste versammelt hatten, fuhr das Klinikpersonal den Rollstuhl, in dem die werdende Mutter saß, in den Kreißsaal. Jedermann schritt rastlos auf und ab und sprach mit gedämpfter Stimme, während sie das uralte Drama der Geburt nachahmte – in einer Weise, die ihr kaum Unannehmlichkeiten bereitete und das Bevölkerungsproblem nicht verschärfte. Wenn dann die erschöpfte und emotional ausgelaugte Mutter wieder aus dem Kreißsaal gerollt wurde, brachte ihr eine Krankenschwester den neu erstandenen Neut, der den Brutkasten erst vor ein paar Tagen verlassen hatte. Nachdem alle Ohs und Ahs verstummt waren, fuhr die Mutter mit ihrem Kind nach Hause, um sich von den Strapazen zu erholen, während der Vater mit den Gästen feierte. Er hatte noch viel zu tun, bevor der Morgen graute.

»Wer ist denn die alte Schachtel drüben bei der Tür?« flüsterte ihm ein Gast ins Ohr.

Norris blickte desinteressiert auf die Frau mit den dünnen Lippen, die erstarrt dasaß, die Handtasche auf den Knien. Sie nahm keine Notiz von den Leuten, starrte durch sie hindurch oder an ihnen vorbei. Er hob die Schultern und ging weiter, um dem Gastgeber die Hand zu schütteln.

»Ich bin so froh, daß Sie gekommen sind, Norris«, sagte Slade grinsend, dann beugte er sich näher zu ihm hin. »Obwohl Ihre Anwesenheit bei einem solchen Anlaß peinlich werden könnte.«

»Wie das?«

»Sie hätten Ihre Netze und Ihre Fangstricke mitbringen sollen, Norris«, meinte ein Mann neben Slades Ellbogen. »Und wenn die Schwester dann das Baby rausbringt, müßten Sie durch die Halle stürmen und brüllen: ›Das ist er! Das ist der, den ich suche!‹«

Die Männer lachten herzhaft. Norris brachte ein schwaches Grinsen zustande und wandte sich ab.

»Schau mal, Slade!« rief irgend jemand. »Jetzt holen sie deine Mary!«

Norris trat zur Seite, um John vorbeizulassen, der zu seiner Frau rannte. Die meisten Gäste unterbrachen ihre ziellose Wanderung und beobachteten, wie Dr. Georges, eine Schwester und ein Wärter aus einer Tür im Hintergrund traten, um Mary in ihre Obhut zu nehmen.

»Halt!«

Die Stimme kam aus der Richtung des Eingangs, ein erstickter, heiserer Ruf, nicht besonders laut, aber durchdringend genug, um den ganzen Raum zu füllen. In der plötzlichen Stille blickte Norris zu der Frau mit den schmalen Lippen hinüber, die sich nun einen Weg durch die Menge bahnte, und die Leute wichen vor ihr zurück. Mit jedem ihrer Schritte wurde das Schweigen bedrückender, und auf einmal bemerkte Norris, daß sich das Zentrum der Halle auf seltsame Weise geleert hatte. Er konnte Mary, John und das Klinikpersonal an der Tür sehen. Sie starrten dem Eindringling entgegen, Georges' Mund öffnete sich ein wenig. Er begann mit leiser Stimme zu sprechen, und es war so still ringsum, daß Norris die Worte deutlich verstand.

»Sarah! Was machen Sie denn hier?«

Die Frau blieb vor ihm stehen, etwa sechs Schritte entfernt. Sie nahm ein kleines Paket aus ihrer Tasche und gab es ihm. »Das ist für Sie«, krächzte sie.

Als Georges keinerlei Anstalten machte, danach zu greifen, warf sie es ihm vor die Füße. »Öffnen Sie es!« befahl sie.

Norris erwartete, daß der Arzt sich verächtlich abwenden und seinem Personal auftragen würde, die verrückte Alte hinauszuwerfen. Aber statt dessen bückte sich Georges, sehr langsam, ohne die Frau aus den Augen zu lassen, und hob das Bündel auf.

»Wickeln Sie es aus!« zischte sie, als er innehielt.

Er wandte den Blick nicht von ihr, während seine Hände an einer Schnur zerrten. Erst als er das Päckchen aufgemacht hatte, schaute er nach unten, ließ es hastig fallen.

»Ein amputierter...«

Mit weit geöffneten Wulstlippen starrte er die hagere Frau an.

»Meine Primel hatte ein schwarzes Löckchen in ihrem Schwanz.«

Der Doktor schluckte, starrte sie immer noch wortlos an.

»Wo ist meine Primel?«

Die Frau steckte ihre Hand in die Tasche, und der Doktor wich einen Schritt zurück.

»Wo ist mein Baby?«

»Wirklich, Sarah, ich konnte nichts anderes tun als...«

Die Hand zog eine schwere Automatic aus der Tasche. Die Waffe schwankte, bewegte sich unsicher, war zu schwer für das dünne Handgelenk der Frau, für den mageren Arm.

Plötzlich war der Raum von erregtem Stimmengemurmel erfüllt.

»Sie haben mein Baby getötet!«

»Die erste Kugel prallte von der Decke ab und zertrümmerte ein Fenster«, sagte der Nachrichtensprecher im Fernsehen. »Der zweite Schuß traf die Wand, der dritte Dr. Georges' Hinterkopf, als er zur Tür des Kreißsaales lief. Er war sofort tot. Mrs. Glubbes floh aus dem Saal, bevor einer der Gäste sie festhalten konnte. Zur Zeit wird das ganze Gebiet systematisch abgesucht...«

Norris erschauerte und wandte sich vom Bildschirm ab, der den augenblicklichen Zustand des Empfangraums zeigte, wo sie erst vor knapp zwei Stunden gewesen waren. Er schaltete das Gerät aus, zündete sich nervös eine Zigarette an und blickte zu Anne hinüber, die am anderen Ende des Sofas saß und ins Leere starrte.

»Wie fühlst du dich?« murmelte er.

Wie benommen schüttelte sie den Kopf. Norris stand auf, ging zum Zeitungsständer, blätterte ziellos in den Magazinen. Dann drehte er sich unsicher zu ihr um, trat ans Fenster, zog an seiner Zigarette, schaute eine Weile auf die Straße hinaus, schlenderte zum Klavier, streifte seine Frau mit einem weiteren nervösen Blick, versuchte mit einem Finger ein paar Takte aus Beethovens Fünfter zu spielen, traf nach dem einleitenden Ta-ta-taa eine falsche Taste, stieß einen Fluch aus. Seine Faust landete mit einem schrillen Mißklang auf der Klaviatur. Stöhnend beugte er sich vor, preßte die Stirn gegen den Notenständer und schloß die Augen.

»Du darfst dir keine Vorwürfe machen, Terry«, sagte sie sanft.

»Wenn ich ihm den Neut aus dem Asyl nicht überlassen hätte, wäre das nicht passiert.«

Sie dachte kurz darüber nach. »Und wenn mein Großvater mütterlicherseits seine Frau im Jahre 2013 nicht belogen hätte, wäre ich nicht auf der Welt.«

»Warum?«

»Wenn er ihr die Wahrheit gestanden hätte, wäre sie ihm davongelaufen, und Mutter wäre nie geboren worden.«

»Oh… Aber trotzdem…«

»Kein Aber!« Sie zwang sich, ihre düstere Stimmung abzuschütteln. »Komm zu mir, Terry Norris!«

Er gehorchte, fand Trost in ihrer Umarmung. Sicher, sie gab der ganzen Welt die Schuld – aber er war auf dieser Welt und ein Teil davon, ebenso wie sie. Und man konnte die Schuld nicht gemeinsam tragen und ihre Last dadurch mindern – nein, sie lastete auf allen Schultern mit dem gleichen Gewicht. Er dachte an den Fall Delmont, an die Art, wie Franklin beiläufig erklärt hatte, man müßte fünfhundert K-99s abschlachten, um sicherzugehen, und wie er Franklin bis auf den Tod haßte, aus keinem besonderen Grund. Sicher, der Boß war ein unangenehmer Bursche, aber er hatte Norris persönlich nichts getan. Er fragte sich, ob er haßte, was Franklin repräsentierte, und den Haß gegen Franklin richtete, weil er selbst das gleiche repräsentierte. Aber dem Chief gefiel die Welt so, wie sie war, und er tat alles, um den Status quo zu erhalten.

Wenn ich überzeugt bin, daß dieses System falsch ist, aber trotzdem weiterhin ein Teil dieses Systems bleibe, dann lade ich nicht nur eine Teilschuld auf mich, überlegte er. Nein, ich trage die *ganze* Schuld, wenn ich an dem Unrecht mitwirke.

»Es ist so schwierig, das zu entscheiden…«, murmelte er.

»Was, Terry?«

»Ob alles falsch ist – entsetzlich falsch –, oder ob

es das beste ist, was wir unter diesen Umständen tun können.«

»Wovon sprichst du?«

Er richtete sich auf und gähnte. »Ich habe mich nur gefragt, ob wir schlafen gehen sollen oder nicht.«

Um Mitternacht lagen sie im Bett. Gegen ein Uhr war er sicher, daß sie schlief. Eine Zeitlang starrte er ins Dunkel, lauschte auf ihre gleichmäßigen Atemzüge. Dann setzte er sich auf, schlüpfte lautlos aus dem Bett. Die Pflicht rief... Auf Zehenspitzen schlich er aus dem Schlafzimmer, die Schuhe und die Hose in den Händen. Er zog sich in der Küche an, im schwachen Lichtschein glühender Zigarettenasche, stahl sich hinaus in die kalte Nacht. Ein Halbmond hing tief am nebligen Himmel, und aus dem Norden wehte ein scharfer Wind. Mit leisen Schritten ging er zu den Zwingern. Da waren nur drei leere Käfige. Er brauchte siebenundzwanzig, um die suspekten K-99s unterzubringen, die während der nächsten paar Tage eingefangen werden mußten. Deshalb hatte er eine ganze Menge zu tun.

Er betrat den Neutroidenraum und drückte auf einen Schalter. Schläfriges Geschnatter begrüßte das Licht.

Er weckte vierundzwanzig von den älteren Schimps und trug sie in eine große Halle mit Glaswänden. Diese Neuts beherbergte er schon sehr lange, und sie kannten ihn gut. Willig ließen sie sich hochheben, schmiegten sich schläfrig an seine Brust. Tonlos pfiff er vor sich hin, während er sich an die Arbeit machte, während er sie an den Schwänzen in die Glashalle schleppte, zwei in jeder Hand, um die Prozedur zu beschleunigen.

Als sie alle in dem großen Raum saßen, rannte er hinaus, versperrte die Tür hinter sich und drehte den

Gashahn auf. Dann knipste er das Licht aus, verschloß die Außentür des Gebäudes und ging durch das raschelnde Gras zum Haus zurück. Das Förderband, das von dem Glassaal ins Krematorium führte, würde automatisch funktionieren.

Plötzlich wurde ihm übel. Er sank auf die Stufen vor der Hintertür, legte die Arme auf die Knie, vergrub den Kopf darin. Seine Augen brannten, aber als er an seine ungeweinten Tränen dachte, war ihm noch elender zumute. Nachdem die Zündvorrichtung im Krematorium leise geklickt hatte, stand er auf, entfernte sich taumelnd von der Treppe, um zu erbrechen.

Sie wartete im Schlafzimmer auf ihn, saß auf der Fensterbank, eine schmale Silhouette, die sich vor dem blassen Licht im mondbeschienenen Hof abzeichnete.

Schweigend blickte sie auf die rotglühenden Zungen der Abgase, die aus dem Schornstein des Krematoriums drangen, während er auf Zehenspitzen den Flur entlangging und auf der Schwelle stehenblieb. Sie drehte sich um. Beklemmendes Schweigen lag zwischen ihnen, dann fragte sie: »Warst du spazieren, Terry?«

Eine neue lastende Stille trat ein. Langsam und wortlos wandte er sich ab, ging ins Wohnzimmer und legte sich auf die Couch.

Nach einer Weile hörte er sie in der Küche herumrumoren, sah ein Licht. Etwas später öffnete er die Augen, einen dunklen Schatten, der sich über ihn neigte, von einem duftigen Negligé umhüllt. Sie setzte sich auf den Rand der Couch und reichte ihm ein Glas.

»Trink das! Dann wirst du dich besser fühlen.«

»Ist da Alkohol drin?«

»Ja.«

Er kostete das Gebräu – Milch, Eidotter, Honig und Rum.

»Kein Arsen?«

Sie schüttelte den Kopf. In einem Zug leerte er das Glas, ließ sich stöhnend auf die Couch zurücksinken, griff nach ihrer Hand. Eine Zeitlang schwiegen sie, dann murmelte sie geistesabwesend: »Ich glaube, am Anfang bildet sich jede junge Ehefrau ein, ihr Mann sei ohne Fehl und Tadel. Wie albern, daß man so schockiert ist, wenn man das Selbstverständliche erkennt – daß er nicht viel anders ist als die übrigen Hammel in der großen Menschenherde…«

Norris zuckte zusammen, drehte das Gesicht zur Seite. Nach einem Augenblick streckte sie die Hand aus, um seine Wange zu berühren. Ihre Finger zogen eine zarte Spur bis zu seinen Schläfen hinauf.

»Alles okay, Terry«, flüsterte sie.

Sein Gesicht blieb abgewandt. Ihre Fingerspitzen streichelten ihn noch ein bißchen, als würden sie etwas Neues, anderes in der vertrauten Struktur seiner Haare entdecken. Dann erhob sie sich und ging ins Schlafzimmer zurück.

Norris blieb bis zur Dämmerung wach. Er wußte, daß es nie wieder heißen würde: ›Alles okay, Terry.‹ Ebensowenig würde man sagen können, daß auf der Welt alles in Ordnung war. Nie wieder – so lange diese Verbote regierten, solange der Mensch selbstherrlich Lebewesen erschuf und ermordete, solange dieser Hohn, diese Fälschung von Geburt, Tod und Leben fortgesetzt wurde.

Das erste Tageslicht erbte den Nebel der Nacht, verdichtete sich zu Wolken, erzeugte daraus einen düsteren, grauen Morgen.

Anne schlief immer noch, als er zur Arbeit ging. Er fuhr den Zwingerwagen im Rückwärtsgang auf die Straße, in der Absicht, die restlichen Bermuda K-99s so schnell wie möglich einzusammeln, um dann mit den Normtests beginnen zu können und die ganze Sache hinter sich zu bringen. Die Schuldgefühle der vergangenen Nacht begleiteten ihn immer noch, als er davonfuhr, wie ein klebriger Tau, der sich weigerte, im Sonnenschein zu verdunsten. Warum mußte er diese Geschöpfe töten? Warum konnte Franklin kein zentrales Schlachthaus bauen – für die Vernichtung der Neutroiden, die man ausgesetzt hatte, deren Eigentümer unauffindbar waren oder auf die aus irgendwelchen anderen Gründen kein Anspruch erhoben wurde? Aber Franklin würde vor Wut rot anlaufen, wenn man ihm einen solchen Vorschlag machte. Die Vernichtung der Neuts gehörte zur Routine dieses Jobs. Warum sollte das keine Routine sein? Warum produzierte man überhaupt Neuts? Offensichtlich, damit sie benutzt und dann weggeworfen werden konnten – ein wichtiges Merkmal, das die menschlichen Babies unglücklicherweise nicht aufzuweisen hatten. Wenn der Menschenmarkt übersättigt war, konnte man die Ware nicht im Meer versenken.

Die mutierten Haustierchen von Anthropos befriedigten ein grundlegendes biologisches Bedürfnis des Menschen – übrigens aller Lebensformen –, den Wunsch nach einem kleinen Nachkommen oder einem angemessenen Faksimile, nach einem Wesen, für das man sorgen konnte. Seit die Menschheit die Neutroiden besaß, fand sie sich mit der Geburtenkontrolle ab. Und wenn sie sich nicht damit zufriedengeben wollte, würde sie sich uneingeschränkt vermehren und Hungersnöte und Epidemien heraufbeschwören – bis die Rasse endgültig ausstarb. Solange die Bevölkerung fünf Milliarden nicht überschritt, konnte der Staatenbund jedem einzelnen einen anständigen Lebensstandard garantieren. Und wenn die Geburtenrate beschränkt werden mußte – war es da nicht logisch, daß man es nur den genetisch erstklassigen Menschen gestattete, Kinder in die Welt zu setzen?

Nun – war das nicht absolut logisch? – Norris beantwortete diese Frage nicht, aber es war ihm nur allzu deutlich bewußt, daß auf seiner sozialen Sicherheitskarte der Vermerk ›genetisch-C‹ stand.

Die Welt war besser geworden – oder etwa nicht? Seit dem letzten Jahrhundert hatte man große Fortschritte erzielt. Die Wissenschaft hatte erreicht, daß das Leben einfacher zu bewältigen und schwerer zu verlieren war. Die Bevölkerung hatte gedankenlos darauf reagiert, indem sie die Welt mit einer Flut von Babies und vertrottelten Tattergreisen überschwemmte – und alles wieder erschwerte, weil sie nur konsumierte und nichts produzierte. Trotzdem hatte die Wissenschaft die Überlebenschancen des einzelnen noch erhöht und ihn dazu motiviert, sich ein immer längeres Leben zu wünschen. Und wiederum hatte das Volk auf diese Errungenschaften mit einer wahren Fruchtbarkeitsorgie und Millionen und Abermillionen auf dem Altenteil geantwortet, um die Wissenschaft vor neue Probleme zu stellen. Und so war es weitergegangen, bis es offensichtlich wurde, daß dieser Prozeß nicht zum ›schönen Leben‹ führte, sondern zu Menschenmassen, die genauso armselig dahinvegetierten wie bisher. Was konnte man tun? Der Wissenschaft Hindernisse in den Weg legen? Undenkbar! Die Alten ins Meer schmeißen? Das Pensionsalter auf neunzig hinaufsetzen, damit sich die Leute zu Tode arbeiteten? Die Alten hatten immer noch ihre Stimme bei den Wahlen und genügend Zeit, um zu den Urnen zu gehen. Also gab es nur eine Lösung:

Die Ungeborenen haben kein Stimmrecht.

Die Technologie des Menschen hatte nicht viel für das Individuum getan. Der Mensch benutzte seine Technologie, um sein Leben zu verlängern und zu versüßen, aber irgendwo mußte man Abstriche machen. Das Leben der Ungeborenen wurde mit den Jahren der Greise addiert. Ein Sohn von Terry Norris könnte mit Leichtigkeit hundertzehn Jahre alt werden – aber er hatte verdammt geringe Chancen, seine Geburt zu erleben.

Neutroiden okkupierten die Wiegen. Neutroiden aßen nicht viel, wuchsen auch nicht heran, so daß sie niemals größere Mengen aßen oder auf den Arbeitslosenlisten standen. Neutroiden konnte man mit einer Schaufel erschlagen und im Hinterhof verscharren, wenn harte Zeiten anbrachen. Neutroiden konnten die Sehnsucht der Frauen nach etwas Kleinem, Liebenswertem erfüllen, aber sie würden den ökonomischen Forderungen niemals im Wege stehen.

Norris sagte sich, daß es nicht gut war, darüber nachzudenken. Das System war nun mal so, und die meisten Leute akzeptierten es. Und wenn es manchmal Herzweh und Grauen hervorrief, so wie auf Slades Pseudoparty, so war es immer noch akzeptabel, und er konnte es nicht ändern – auch wenn er wüßte, was zu tun wäre. Er hatte sich bereits der Welt, so wie sie beschaffen war, angepaßt – einer Welt, die künstliche Mutanten als Kinder betrachtete und liebte und in die andere Richtung schaute, wenn zu nächtlicher Stunde rote Flammenzungen aus den Krematorien loderten. Er war in einer solchen Welt aufgewachsen, und er stellte sie nur dann in Frage, wenn seine Gefühle mit den schrecklichen Notwendigkeiten seines Jobs in Konflikt gerieten. Und Anne? Vielleicht würde sie bald ihre Pseudoparty erleben, einen kleinen Neutroiden liebkosen und das romantische Verlangen nach einem leiblichen Kind vergessen. Zu Mittag brachte er ein weiteres Dutzend K-99s nach Hause und verfrachtete sie in die Käfige. Zwei widerstrebende Mütter hatten ein lautes Geheul angestimmt, aber er war ohne Protest gegangen und hatte es den ortsansässigen Behörden überlassen, die Tiere abzuholen. Yates hatte die drei Neuts, die man Norris gestern nicht ausgehändigt hatte, bereits abgeliefert.

»Nun, keine Kratzer, keine Schrammen, keine zerbrochenen Knochen?« fragte Anne beim Lunch.

Er lächelte mechanisch. »Wenn Mama zu schreien anfängt, gehe ich – ganz still und leise.«

»Du hast also die gestrige Lektion gelernt.«

»Mhm. Aber ich glaube, eine Dame hat mich reingelegt. Ich sagte ihr, was ich wollte. Sie begann zu jammern, aber sie ließ mich ins Haus. Ich packte den Neut und wollte ihn rausbringen, und da verlangte sie eine Quittung. Ich zog meine Liste hervor, suchte nach der Nummer und stellte die Quittung aus. Sie warf nur einen kurzen Blick darauf und kreischte: ›Das ist nicht Chichis Nummer!‹, worauf sie mir ihren Schwanzwedler wieder entriß. *Ich* sah mir die tätowierte Nummer auf seinem Fuß an. Und sie hatte recht, es war tatsächlich die falsche Nummer. Also mußte ich ihn dort lassen. Er ist zwar ein K-99, stammt aber nicht aus der Bermuda-Fabrik.«

»Ich dachte, sie wären alle registriert.«

»Das sind sie auch, Baby. Aber manchmal kreuzen sich die Wege des Gesetzes. Ich erklärte ihr, sie hätte den falschen Neut, worauf sie wütend wurde. Sie holte die Quittung, die sie für ihren Neut bekommen hatte, und zeigte sie mir. Die Nummer stimmte mit der Tätowierung des Neuts überein. Da ist offenbar irgendwas schiefgelaufen.«

»Wo hat sie denn ihren Neut gekauft?«

»In O'Reilleys Tierhandlung, drüben in Sherman II. Der richtige Laden – aber die falsche Seriennummer.«

»Gibt's da irgendwelche Probleme, Terry?«

»Nun ja – ich muß eben dieses suspekte Bermuda-Modell aufspüren.«

»Oh.«

»Und…« Er blickte mit gerunzelter Stirn aus dem Fenster, zu den Zwingern hinüber. »Was würde wohl passieren, wenn irgend jemand auf illegale Weise Neutroiden produzieren und aufziehen würde, um sie zu Schwarzmarktpreisen zu verkaufen?«

Schweigend beendeten sie ihre Mahlzeit. Offenbar hatte Anne nicht die Absicht, die Massenvernichtung der letzten Nacht zu erwähnen oder die alptraumhafte Szene wiederaufzuwärmen, die sich auf Slades Party abgespielt hatte. Dafür war er ihr dankbar.

Im Laufe des Nachmittags sammelte er sieben weitere Bermuda-Neutroiden für sein Asyl ein. Abgesehen von dem Schimp mit der falschen Seriennummer, mußte der Rest von Yates oder seinen Gehilfen abgeholt werden, die sich, mit Auslieferungsbefehlen bewaffnet, auf den Weg machen würden. Die tränenreichen Klagen der Eigentümer hatten Norris in düstere Stimmung versetzt, aber nun hatte er wenigstens einen Großteil der fragwürdigen Neuts beisammen und somit den ersten Teil der Operation fast abgeschlossen. Doch die Normtests würden bis zum Wochenende dauern und ihm kaum Zeit zum Essen oder Schlafen lassen.

Wenn sich herausstellen sollte, daß Delmont mehrere Schimps gefälscht hatte, würde Norris einige Tiere ins Zentrallabor bringen müssen, damit man sie sezieren und komplette Analysen erarbeiten konnte. Damit würde er den mörderischen Zorn der betroffenen Besitzer auf sein Haupt laden. Langsam begann er zu begreifen, warum die Bio-Inspektoren so oft von einem Territorium ins andere versetzt wurden.

Auf der Heimfahrt hielt er in Sherman II, um den Händler wegen dem Durcheinander in den Seriennummern zu befragen. Sherman II war die größte Sherman-Gemeinde, die aus fünfzig Geschäftshäuserblocks bestand. Er parkte am Ostrand und ließ sich von einem Rollsteig zu O'Reilley tragen. Bisher hatte er mit dem Mann nur telefoniert, war aber noch nie in dem Laden gewesen.

Das Gebäude lag in einer schmutzigen Seitenstraße, die an vergangene Jahrhunderte erinnerte, einer Straße voll kleiner Bars, Kegelbahnen und ein paar Tabakläden. Es gab sogar einen Laden mit drei goldenen Hoden über dem Eingang, aber nun wurden Antiquitäten darin verkauft. Es nieselte, als er vom Rollsteig trat und vor der Tierhandlung stehenblieb. Über der Tür hing ein Schild mit der Aufschrift: ›J. ‚Doggy' O Reilley, Haustiere aller Art, dumme Blondinen und Goldfische, reizende kleine Mutanten für die Kinderlosen! Greifen Sie zu! Kaufen Sie sich eine Handvoll Glück!‹

Mit zusammengezogenen Brauen betrachtete er das Schild, dann betrat er den stickigen, halbdunklen Laden, rümpfte die Nase, als ihm scharfe, animalische Gerüche entgegenschlugen. Offenbar war O'Reilley kein Sauberkeitsfanatiker.

Irgendwo kläffte ein Hündchen, ein Papagei krächzte: ›Ein Schimp, der mir allein gehört‹ – den Titelsong aus einem rührseligen Musical über eine Evolvotron-Programmiererin, wenn sich Norris recht erinnerte.

Er warf einen kurzen Blick auf ein Aquarium mit Goldfischen, die in weite Seidengewänder gehüllt schienen. Eine Kundin war im Laden – eine ältere Dame, die mit dem verhutzelten Geschäftsinhaber über den Preis eines halbwüchsigen Hund-Fs aus zweiter Hand stritt. Sie hielt ihm den Totenschein ihres letzten Hundes unter die Nase und verlangte eine Garantie für die angebliche F-5-Intelligenz des Hundes. Der alte Mann erbot sich, auf die Bibel zu schwören, daß der Hund klüger sei als so mancher

Mensch, zögerte aber, als er aufgefordert wurde, bei seinem Bankkonto zu schwören.

Der Hund lamentierte: »Verkauf mich nicht, Dada, verkauf mich nicht!« und unterstrich sein Flehen mit einem schmerzlichen Geheul, das wie das Pfeifen einer Lokomotive klang.

Norris lächelte still vor sich hin. Die nicht-menschlichen Haustiere waren gescheiter als die Neutroiden. Ein K-108 konnte ein Dutzend Wörter sprechen, aber ein K-99 kam niemals über ›Mama‹, ›Papa‹ und ›Bonbon‹ hinaus. Die Anthropos Incorporated wagte es nicht, allzu intelligente Quasi-Menschen zu produzieren, damit nicht irgendwelche sentimentalen Leute behaupteten, es wären *richtige* Menschen.

Er schlenderte zum Hintergrund des Raumes, blieb kurz neben der Registrierkasse stehen, um O'Reilleys Lizenz zu inspizieren, die in einem staubigen Rahmen an der Wand hinter dem Ladentisch hing. *James Fallon O'Reilley... Berechtigt, mit mutierten Tieren zu handeln... Alle Säugetiere, ausgenommen Raubtiere, inklusive der Schimpansen-K-Serien.* Die Lizenz galt bis zum 3. Tag der 15. Woche 2063.

Norris stellte fest, daß das Ablaufdatum allmählich näherrückte, aber sonst war alles in Ordnung. Er ging auf die Neutroidenkäfige an der gegenüberliegenden Wand zu, aber O'Reilley trippelte diensteifrig herbei, um ihm den Weg abzuschneiden. Die ältere Dame verließ den Laden. O'Reilley verzog sein Faltengesicht zu einem V-förmigen Grinsen, und sein kahler Schädel bewegte sich dienstbeflissen auf und ab.

»Einen recht schönen guten Tag, Sir. Was darf's denn sein an diesem gemütlichen verregneten Nachmittag? Vielleicht ein Zwergkänguruh oder ein...« Er unterbrach sich, um seine Brille zurechtzurücken, und im gleichen Moment ließ Norris einen Stern aufblitzen, und zückte seine Karte. O'Reilleys Lächeln erlosch. »Aha, Inspektor Norris«, sagte er zu der Karte, dann blickte er auf. »Was haben sie denn mit dem anderen gemacht? Wurde ihm bei lebendigem Leibe die Haut abgezogen?«

»Mein Vorgänger wurde nach Montreal versetzt.«

»Und ich dachte, ich hätte erst gestern mit ihm gesprochen!«

»Am Telefon? Das war ich, O'Reilley. Es ging um die K-99s, die Sie bisher verkauft haben.«

»Und ich habe Ihnen eine goldrichtige Auskunft gegeben – oder etwa nicht?« fragte der alte Mann herausfordernd.

»Sie haben mir eine Auskunft gegeben. Vielleicht war sie sogar richtig.«

O'Reilley schien sich ein kleines bißchen aufzublasen und lief rot an. »Was soll das heißen?«

»Es gibt da einige Unklarheiten bezüglich einer Seriennummer. Aber das muß nicht unbedingt Ihr Fehler sein.«

»Ich mache keine Fehler!«

»Okay. Schön, wer das von sich behaupten kann. Wir werden sehen.« Norris blickte auf seine Liste. »Wir wollen diese Nummer noch einmal überprüfen – K-99-LJZ-351.«

»Ich habe bald Sperrstunde«, protestierte der Alte. »Kommen Sie morgen noch einmal vorbei, Norris.«

»Tut mir leid, aber die Sache eilt. Es wird nur eine Minute dauern. Wo ist Ihr Rechnungsbuch?«

O'Reilley begann vor Wut zu zittern. »Wollen Sie damit etwa andeuten, daß ich fälschlicherweise...«

»Nein«, fiel Norris ihm ins Wort. »Ich deute nur an, daß da irgend jemandem ein Fehler unterlaufen ist – vielleicht Ihnen, vielleicht der Anthropos, vielleicht dem Eigentümer des betreffenden Neuts. Und ich muß herausfinden, wer den Fehler gemacht hat – das ist alles. Geben Sie mir das Buch?«

»Was ist das für ein Fehler? Ich habe Ihnen doch den Namen der Besitzerin genannt.«

»Die Dame hat einen anderen Neut.«

»Ist es denn meine Schuld, wenn sie bei der Konkurrenz eingekauft hat?«

»Das hat sie nicht getan, Sie hat ihren Neut hier gekauft. Ich habe die Quittung gesehen.« Norris wurde langsam ungeduldig, versuchte aber, sich zu beherrschen.

»Dann hat sie eben mit einem meiner anderen Kunden getauscht«, konterte O'Reilley.

Der Inspektor seufzte ärgerlich. »Haben Sie zwei Kundinnen, die Adelia Schultz heißen? Kommen Sie, Mann, zeigen Sie mir den Durchschlag von der Quittung – und zwar sofort!«

»Ich weiß gar nicht, ob ich den noch habe«, murmelte der Alte und rührte sich nicht von der Stelle.

Plötzlich explodierte Norris. Wütend wirbelte er herum, begann im ganzen Laden umherzulaufen, schaute unter die Käfige, inspizierte sämtliche Inventarstücke, stocherte mit einem Bleistift in den Futtertrögen herum, blickte in die Futtersäcke, examinierte das drahtige Fell eines Hund-Fs.

»He – was machen Sie denn da?« rief der Ladenbesitzer.

Norris begann mit lauter Stimme aufzuzählen: »Verdreckter Katzenkäfig – unzureichende Ventilation – schmutzige Futtertröge – kein Wasser in den Neut-Käfigen...«

»Ich gebe ihnen zweimal am Tag Wasser«, brüllte O'Reilley.

»...Verfaultes Hasenfutter – keine Spur von Desinfektionsmitteln... Was für einen Bakterientummelplatz betreiben Sie da eigentlich?«

Norris kehrte zu dem alten Mann zurück, der

bebend vor Wut dastand und dessen Blick deutlich genug verriet, daß er ihm die ewige Verdammnis wünschte.

»Gar nicht zu reden von dem Schild da draußen«, fügte Norris in beiläufigem Ton hinzu. »›Dumme Blondinen‹ – die wurden in dem Jahr verboten, als man Kleyron ins Gefängnis steckte, weil er K-108s mit Hormonen behandelt hatte und einen Harem gründen wollte. Nun?«

»Ich glaube nicht, daß ich die Quittung noch habe.«

»Hören Sie mal, Opa!« stieß Norris hervor. »Sie sind verpflichtet, alle Quittungen aufzuheben, bis man sie auf Mikrofilmen festgehalten hat. Aber hier sind schon seit über einem Jahr keine Mikrofilmaufzeichnungen gemacht worden…«

»Verschwinden Sie aus meinem Laden!«

»Wenn ich jetzt gehe, werden Sie übermorgen keinen Laden mehr haben.«

»Wollen Sie mir drohen?«

»Ja.«

Sekundenlang dachte Norris, der alte Mann würde sich auf ihn stürzen. Aber O'Reilley fluchte nur, eilte zum Ladentisch, zog ein dickes Buch unter der Registrierkasse hervor, dann rannte er zu der Treppe im Hintergrund des Ladens.

»He, Opa! Wohin wollen Sie?«

»Ich hole meine Brille!«

Norris lief ihm nach. »Aber Sie tragen doch eine Brille auf der Nase.«

»Die ist neu. Mit der kann ich nichts sehen.« O'Reilley wieselte die Treppe hinauf.

»Lassen Sie das Buch hier, dann kann ich die Eintragungen überprüfen…«

Norris blieb stehen, einen Fuß auf der untersten Stufe. O'Reilley warf die Tür am oberen Ende der Treppe ins Schloß und sperrte sie hinter sich zu. Mit mißtrauisch gefurchter Stirn ging der Inspektor zum Ladentisch und wartete.

Fünf Minuten verstrichen. Dann öffnete sich die Tür. O'Reilley kam die Treppe herunter. Jetzt sah er nicht mehr so wütend aus, aber ziemlich nervös. Er warf das Buch auf den Ladentisch, begann darin zu blättern und fand, was er suchte. »Da – jetzt können Sie selber nachschauen«, murmelte er und hielt das Buch so, daß Norris von seinem Blickwinkel aus nichts sehen konnte.

»Geben Sie her!«

Widerstrebend ließ der Alte das Buch los, und begann über die Bürokratie und angeberische Inspektoren zu schimpfen, die sich wie Diktatoren aufführten, über den Inspektionscode, der einem immer nur Vorschriften machte und Beschränkungen auferlegte und Verbote erließ. Norris ignorierte ihn und starrte auf die Kopie der Quittung, die in das Buch geheftet war.

»Adelia Schultz – Schimpansen K-99-LJZ-351 erhalten…«

Es war die Nummer auf der Liste von Anthropos. Es war die Nummer des Tiers, das er für den Normtest brauchte. Aber es war nicht die Nummer von Mrs. Schultz' Neutroiden, auch nicht die Nummer, die auf Mrs. Schultz' Original von dieser Quittung stand. O'Reilley schimpfte immer noch vor sich hin. Norris hielt sich das Buch dicht vor die Augen und neigte es ein wenig, so daß von der Tür her helles Licht auf die Quittung fiel. O'Reilley verstummte.

»Da ist radiert worden«, konstatierte der Inspektor. »Das ist deutlich zu erkennen.«

O'Reilleys Atemzüge klangen plötzlich asthmatisch. Norris ließ das Buch sinken.

»Das haben Sie toll hingekriegt – wenn man bedenkt, daß es immerhin ein Kohlepapierdurchschlag ist. Haben Sie das gemacht, während Sie oben waren?«

O'Reilley sagte nichts. Norris zog ein Blatt Papier aus der Tasche, wickelte sein Taschentuch um die Klinge seines Taschenmessers und benutzte die Spitze, um die winzigen Radiergummireste zwischen den Quittungen hervorzuholen, beförderte sie auf das Papier, faltete es zusammen und steckte es ein. »Beweismaterial«, knurrte er.

O'Reilley sagte noch immer nichts.

Norris riß die gefälschte Quittung aus dem Buch, steckte sie ebenfalls in die Tasche, nahm seinen Hut und ging zur Tür.

»Wir sehen uns vor Gericht wieder, O'Reilley.«

»Warten Sie!«

Der Inspektor drehte sich um. »Okay – ich warte.«

»Setzen wir uns erst mal«, murmelte der alte Mann mit schwacher Stimme. Er schien völlig gebrochen.

»Aber gern.«

Sie stiegen die Treppe hinauf und betraten ein schäbiges Wohnzimmer. Norris blickte sich um und verzog das Gesicht, als ihm die Gerüche von gekochtem Kohl und schmutziger Bettwäsche in die Nase stiegen. Ein Neutroide mit orangegelben Haaren schlief in einer Ecke, auf einer schmutzigen Matratze. Der Inspektor starrte neugierig auf ihn hinab. O'Reilley ließ sich stöhnend in einen Sessel sinken. Sein Atem ging stoßweise, begleitet von einem leisen Pfeifen, das ein inneres Schluchzen andeutete. Norris beobachtete ihn mit ausdrucksloser Miene, dann kniete er neben dem Neut nieder.

»K-99-LZJ-351«, las er laut von der tätowierten Sohle ab. Beim Klang der fremden Stimme bewegte sich der Neut im Schlaf. Als Norris wieder zu O'Reilley hinüberblickte, betrachtete der alte Mann seine

Füße, die Stirn von einer runzligen Hand gestützt, die seine Augen bedeckte.

»Haben Sie irgendeine plausible Erklärung, O'Reilley?«

»Sie haben gesehen, was Sie gesehen haben. Jetzt tun Sie, was Sie tun müssen! Ich werde nichts sagen.«

»Hören Sie, O'Reilley! Ich habe diesen Neut gesucht und gefunden. Ich weiß nicht, was ich sonst noch gefunden habe – aber es ist ein schweres Vergehen, Seriennummern zu fälschen. Es wäre besser, wenn Sie mir die ganze Geschichte erzählen würden. Sonst werden Sie Ihr Geständnis hinter Gittern ablegen müssen. Ich bin bereit, Ihnen hier und jetzt zuzuhören. Nutzen Sie Ihre Chance!«

O'Reilley seufzte und blickte zu dem schlafenden Neutroiden hinüber. »Was werden Sie mit ihr machen?«

»Mit *ihr?* Es ist ein Neut. Ich werde ihn selbstverständlich mitnehmen.«

O'Reilley versank in düsteres, nachdenkliches Schweigen. Dann murmelte er: »Wir waren Klasse-B, meine Frau und ich, und wir hätten ein eigenes Kind haben dürfen. Stellen Sie sich das vor – ein häßlicher alter Esel wie ich – Klasse B!«

»Tatsächlich?«

»Die Regierung erklärte, daß wir ein Kind bekommen dürfen – aber die Natur sagte nein dazu.«

»Das ist natürlich schlimm.«

»Aber da wir Klasse-B waren, durften wir keinen Neut besitzen. Verstehen Sie?«

»Ja. Wo ist denn Ihre Frau?«

»Bei den Heiligen – zumindest hoffe ich das.«

Norris fragte sich, was für eine Tränendrüsengeschichte er jetzt wohl hören würde.

Mit leiser Stimme sprach der alte Mann weiter, ohne den Blick von der schlafenden Gestalt in der Ecke zu wenden. »Wir konnten kein Kind bekommen, und wir durften uns auch keinen Neut kaufen. Also eröffneten wir diesen Laden. Das war fast genauso, als würden die Tiere uns gehören. Meine Frau weinte immer, wenn ich einen Neut verkaufte, dem sie Muttergefühle entgegenbrachte. Trotzdem habe ich keinen geklaut – bis *sie* kam. Diese Bermuda-Fracht wurde letztes Jahr geliefert, und ich konnte die meisten schon nach kurzer Zeit verkaufen. Aber sie – wir nannten sie Peony – war so winzig, und die Leute hatten Angst, sie würde nicht lange am Leben bleiben. Niemand wollte sie haben, und so blieb sie bei uns. Mit der Zeit gewannen wir sie lieb. Im vergangenen Jahr starb meine Frau. Vor ihrem Tod bat sie mich immer wieder: ›Verkauf Peony nicht!‹ und ich versprach ihr, daß ich die Kleine bei mir behalten würde. Deshalb habe ich die Seriennummern gefälscht und Peony in meine Wohnung heraufgebracht.«

»Das ist alles?«

O'Reilley zögerte, dann nickte er.

»Haben Sie so was öfter gemacht?«

Der alte Mann schüttelte den Kopf.

Während der langen Pause, die nun folgte, starrte Norris gedankenverloren auf das kindliche Geschöpf. Schließlich meinte er geistesabwesend: »Man könnte Ihnen die Lizenz entziehen.«

»Ich weiß.«

Norris schlug sich mit einer Faust in die Handfläche, stellte weitere Überlegungen an. Wenn O'Reilley die Wahrheit gesagt hatte, müßte er den alten Mann anzeigen – aber das würde er sich niemals verzeihen können, es sei denn, es war nicht die ganze Wahrheit. Die schmuddelige Matratze… Es war nicht ausgeschlossen, daß der alte Bock…

»Ich möchte Ihre Bücher mitnehmen«, sagte er laut.

»Meinetwegen.«

»Ich werde Ihre gesamten Transaktionen überprüfen – von vorn bis hinten.«

Der Inspektor beobachtete O'Reilley aufmerksam. Diese Drohung störte den Alten nicht. Nur der Gedanke, daß er den Neut verlieren könnte, schien ihm Kummer zu bereiten.

»O'Reilley, wenn Sie nur diesen einen Neutroiden unterschlagen haben, werde ich keine Anzeige gegen Sie erstatten.«

Das konnte den Alten nicht trösten. Mit unverminderter Sorge und Sehnsucht betrachtete er das kleine Wesen, das auf der schmutzigen Matratze lag.

»Und wenn sich herausstellt, daß es kein Deviationsneutroide ist, werde ich ihn hierher zurückschikken«, fügte Norris mit sanfter Stimme hinzu. »Natürlich werden wir diese Quittung korrigieren, und Sie müssen eben darauf hoffen, daß ihn niemand kaufen will, aber…« Er brach ab, als O'Reilley ihn mit seltsamen Augen anstarrte.

»Und *wenn* sie ein Deviationsneutroide ist, Mr. Norris?«

Der Inspektor setzte zu einer Antwort an, dann zögerte er. »Ist es einer, O'Reilley?« fragte er nach einer kleinen Pause.

Der alte Mann sagte nichts. Langsam spannten sich seine Gesichtsmuskeln an. Seine Schultern zitterten leicht, Tränen quollen aus seinen zusammengekniffenen Augen. Mühsam unterdrückte er ein Schluchzen.

»Ich verstehe.«

O'Reilley schüttelte sich, zog ein rotes Taschentuch hervor, wischte sich die Augen ab. Er schneuzte sich geräuschvoll, dann gewann er seine Fassung wieder.

»Wieso wissen Sie, daß Peony von der Norm abweicht?« fragte Norris.

Der Alte warf ihm einen bitteren Blick zu. Er lachte heiser, dann stand er auf, schlurfte durch das Zimmer und setzte sich neben dem schlafenden Neut auf den Boden. Zärtlich tätschelte er eine schmächtige Schulter.

»Peony, mein Mädchen – wach auf, mein Kind, wach auf!«

Der flaumige Schwanz zuckte. Das kleine Geschöpf setzte sich auf, rieb sich die Augen und gähnte. In Peonys Bewegungen lag eine träge Lässigkeit, die Norris bewog, sich vorzubeugen und sie verdutzt anzustarren. Neutroiden bewegten sich normalerweise ruckartig und sprunghaft. Aber dieser dehnte sich geschmeidig und graziös und lächelte wie ein zweijähriges Kind mit sanften braunen Augen.

Peony hatte Norris entdeckt. Sekundenlang betrachtete sie ihn mit hochgezogenen Brauen, dann beschloß sie, ihn zu ignorieren. »Soll ich Hüpfen spielen, Daddy?« piepste sie.

Norris holte tief Atem, dann saß er wie erstarrt da.

»Das ist nicht nötig, Peony.« O'Reilley warf dem Inspektor einen prüfenden Blick zu. »Das spielen wir nur, wenn wir irgendwelchen Besuchern weismachen wollen, daß du ein Neutroide bist.«

Der Inspektor wußte nicht, was er sagen sollte. Peony leckte sich über die Lippen. »Ich möchte ein Glas Wasser, Daddy.«

O'Reilley nickte, trippelte in die Küche, ließ Norris und den Neutroiden allein. Die beiden musterten sich schweigend, Peony wich eindeutig von der Norm ab. Nicht einmal ein K-108, der seine Altersgrenze erreicht hatte, wäre imstande gewesen, die beiden Sätze zu sagen, die er aus dem Mund dieses Wesens gehört hatte. Aber Peony war noch ein gutes Stück von ihrer Altersgrenze entfernt und außerdem ein K-99.

O'Reilley kam mit dem Wasser zurück. Sie trank gierig, hielt das Glas selbst fest und sah dabei zu dem alten Mann auf. »Daddys Augen sind ganz naß«, stellte sie fest.

O'Reilley begann wieder zu zittern. »Mach dir nichts draus, Kindchen. Hol deinen Mantel!«

»Warum?«

»Du mußt mit Mr. Norris wegfahren.«

Sie wirbelte herum und starrte den verblüfften Besucher feindselig an. »Ich *will* nicht!«

Der alte Mann schluchzte auf, warf sich auf die Knie, nahm sie in die Arme und drückte sie an sich. Unter Tränen stieß er sinnlose Versprechungen und Trostworte hervor, die sogar ein Menschenkind erschreckt hätten.

Der Deviationsneutroide begann zu weinen. Standardneutroiden weinten niemals. Sie wimmerten und schrien. Norris fühlte sich elend. Langsam hob O'Reilley den Kopf und sah ihn an, blinzelte krampfhaft, um seiner Tränen Herr zu werden. Plötzlich ließ er Peony los und stand auf.

»Nehmen Sie das Kind – schnell«, murmelte er, verschwand in der Küche und schlug die Tür hinter sich zu. Der Riegel klickte.

Peony rannte zur Tür und hämmerte mit ihren winzigen Fäusten dagegen. »Daddy!« jammerte sie. »Daddy, mach auf!«

Norris fuhr sich mit der Zunge über die trockenen Lippen und schluckte. Er saß auf dem Sofa, unfähig, sich zu bewegen, den Blick auf das seltsame Wesen geheftet. Zusammenhanglose Phrasen schwirrten ihm durch den Kopf. Was der Mensch geschaffen hat... Aus dem Schleim eines Affen... Dicke Beine und Babyfäuste und ein Gehirn, um zu denken... Und aus einem Wirbelwind sprach der Staat zu Hiob...

»Nehmen Sie das Kind!« brüllte eine heisere Stimme aus der Küche. *»Nehmen Sie das Kind, bevor ich den Verstand verliere und Sie umbringe!«*

Norris erhob sich unsicher und ging auf die verängstigte Peony zu. Sie schrie wie am Spieß und trat wütend nach ihm, während er sie in die beginnende Abenddämmerung hinaustrug. Als er den Laster in die Auffahrt seines Hauses lenkte, hatte sie sich ein wenig beruhigt, aber sie weinte immer noch.

Er sah, daß Anne die Verandastufen herabstieg, um ihm entgegenzugehen. Sie starrte den Neutroiden an, der neben ihm auf dem Beifahrersitz hockte, während das Geschnatter seiner sieben Artgenossen aus den Käfigen im Laderaum drang. Sie sagte nichts, blickte nur durch das Wagenfenster auf das tränenverschmierte kleine Gesicht.

»Ich will nach Hause«, winselte Peony.

Norris griff nach ihr, öffnete den Wagenschlag und übergab sie seiner Frau. »Bring das Baby ins Haus! Du darfst mit niemandem darüber sprechen. Ich komme hinein, sobald ich die anderen ins Asyl verfrachtet habe.«

Sie schien nicht zu merken, wie barsch seine Stimme klang, als sie das winzige Geschöpf an sich preßte und davonging. Der Laster fuhr zu den Zwingern weiter.

Während er seine Arbeit erledigte, dachte er über die ganze Angelegenheit nach. Und als er fertig war, ging er ins Haus und blieb in der Diele stehen, um Franklin anzurufen. Das war das einzige, was er tun konnte – er mußte die Sache so schnell wie möglich hinter sich bringen. Die Telefonistin erklärte: »In Mr. Franklins Büro meldet sich niemand – auch kein Anrufbeantworter. Soll ich Sie mit dem Suchdienst verbinden?«

Anne kam in die Diele, blieb vor ihm stehen, starrte ihn an, die Arme vor der Brust verschränkt. Ärgerlich klopfte sie mit einer Fußspitze auf den Boden. Peony war ihr gefolgt. Sie weinte jetzt nicht mehr und spähte neugierig an Annes Rock vorbei, um ihn zu beobachten.

»Tust du das, was ich vermute, Terry?«

Er schluckte. »Stornieren Sie den Anruf«, sagte er zu der Telefonistin. »Ich werde es morgen noch einmal versuchen.« Krachend warf er den Hörer auf die Gabel und sank in den Sessel neben dem Telefontisch. Das war das einzige, was er tun konnte – er würde es so lange wie möglich hinausschieben…

»Ich glaube, wir müssen miteinander reden«, stieß Anne hervor.

»Ja – vielleicht«, gab er zu.

Sie gingen ins Wohnzimmer. Peonys Welt war offensichtlich auf die Tierhandlung begrenzt gewesen, und das schöne, saubere Haus schien sie mit Ehrfurcht zu erfüllen. Jetzt fürchtete sie sich nicht mehr, und ihre neue Umgebung faszinierte sie so sehr, daß sie O'Reilley und ihren Trennungsschmerz vorerst vergaß. Sie kauerte mitten auf dem Teppich und wedelte gelegentlich mit dem Schwanz, während sie die Möbel und die beiden Menschen betrachtete, die darauf saßen.

»Ist das der Deviationsneutroide?«

»Ja, das ist ein Deviationsneutroide.«

»Was wirst du tun?«

Verlegen wich er Annes Blick aus. »Du weißt, was ich tun muß.«

»Was hattest du vor, als du mit Franklin telefonieren wolltest?«

»Er wird es so oder so herausfinden.«

»Warum sollte er?«

»Glaubst du, daß er irgend jemandem trauen würde?«

»Und was ergibt sich daraus?«

»Wahrscheinlich hat er schon eine Liste aller Seriennummern von den Anthropos-Großhändlern bekommen, die für diesen Bezirk zuständig sind. Er wird uns kontrollieren. Deshalb wäre es besser, den Neut abzuliefern.«

»Ich verstehe. Jetzt sitzt du in der Klemme, was?«

»Nur wenn ich meine Pflicht vergesse.«

»Und welchen Gesetzen bist du verpflichtet?«

Er zupfte nervös an seinem Hemdkragen, starrte das kindhafte Wesen an, das ihn unverwandt beobachtete. »Guck, guck«, sagte er mit schwacher Stimme, winkte mit dem Zeigefinger, streckte einladend die Hände aus. Peony zuckte nervös zurück.

»Weich mir nicht aus, Terry!«

»Ich will nach Hause... Ich will zu Daddy...«

»Ich muß nachdenken. Ich brauche erst einmal Zeit, um mir das alles zu überlegen.«

»Hör mal, Terry, du weißt, was geschehen wird, wenn du Franklin anrufst. Das wäre MORD!«

»Sie ist doch nur ein Neutroide.«

»Sie?«

»Ja – vermutlich. Ich muß sie untersuchen, bevor ich das mit Sicherheit feststellen kann.«

»Großartig! Ein intelligentes, fortpflanzungsfähiges Wesen... Einfach großartig!«

»Nun, was sie mit ihr machen werden, wenn ich die Normtests abgeschlossen habe, geht mich nichts mehr an.«

»Nein? Schau mich an, Terry... Nein, nicht mit dieser geduldigen Leidensmiene... *Terry!*«

Er stützte den Kopf in beide Hände, blickte auf das Teppichmuster hinab, bewegte unsicher die Zehen. »Ich muß nachdenken...«

»Während du nachdenkst, werde ich dem Kind was zu essen geben«, sagte Anne mit kalter Stimme. »Komm, Peony!«

»Wieso weißt du, wie sie heißt?«

»Das hat *sie* mir natürlich gesagt.«

»Oh…« Er saß da, versuchte krampfhaft, sich zu konzentrieren, aber das ganze Haus war von Annes Wesen erfüllt, und das beeinflußte ihn. Nach einer Weile stand er auf und ging zu den Zwingern hinaus, wo er objektiver denken zu können glaubte. Aber das war ein Irrtum. Die Zwinger erinnerten ihn an Franklin und das System, das der *Boß* repräsentierte. Schließlich flüchtete er sich hinaus in den Hinterhof, legte sich ins kühle Gras und blickte in den Abendhimmel. Das Problem nahm furchterregende Formen an. Entweder lieferte er Peony an Franklin aus, worauf man sie gründlich untersuchen und dann vernichten würde – oder er tat es nicht. Wenn er es nicht tat, würde er das gleiche Verbrechen wie Delmont begehen. Entweder würde er Anne verlieren und vielleicht auch einen Teil seines Ichs – oder seinen Job und vermutlich seine Freiheit.

Eine drückende Stille lag über dem Haus, als sie zu Abend aßen. Nur Peony brach in unregelmäßigen Abständen das Schweigen und verlangte, man möge sie nach Hause bringen. Jedesmal, wenn das kindhafte Wesen zu sprechen begann, schaute Anne ihren Mann an, und jedesmal, wenn sie ihn anschaute, schienen ihre Augen zu fragen: ›Siehst du es ein?‹ – bis er schließlich seine Gabel auf den Tisch warf und auf die Veranda hinausstürmte, um im abendlichen Dunkel seinen düsteren Gedanken nachzuhängen. Leise Stimmen drangen aus der Küche.

»Du hast aber brav gegessen, Peony.«

»Was Daddy kocht, schmeckt mir viel besser.«

»Nun, vielleicht kannst du dich für eine kleine Weile mit meiner Kochkunst begnügen.«

»Ich will nach Hause.«

»Ich weiß – aber ich glaube, dein Daddy möchte, daß du eine Zeitlang bei uns bleibst.«

»Das will ich nicht.«

»Warum gefällt es dir denn nicht bei uns?«

»Ich will zu Daddy.«

»Nun, vielleicht können wir mit ihm telefonieren.«

»Telefonieren?«

»Wenn du ein bißchen geschlafen hast.«

Das kindliche Geschöpf wimmerte und begann zu weinen. Norris hörte, wie Anne sanfte Trostworte flüsterte. Als er mehr gehört hatte, als er ertragen konnte, stieg er die Verandastufen hinab und brach zu einem langen nächtlichen Spaziergang auf. Langsam wanderte er auf rissigen Gehsteigen unter überhängenden Zweigen dahin, vorbei an den Häusern und den weit verstreuten Lichtern der Vorstadt.

Die Vorstädte hatten sich im Lauf eines Jahrhunderts kaum verändert, waren nur größer geworden. Manche Dinge hatten sich innerhalb weniger Jahre auf drastische Weise gewandelt, andere Dinge – zum Beispiel Spazierstöcke und Gartenschläuche, Schnitzmesser, Telefone und Fahrräder – blieben im großen und ganzen genauso, wie sie waren. Warum sollte man am etablierten System rütteln?

Er ging an Hecken vorbei, durch deren Zweige erleuchtete Fenster blinkten. Fluoreszierende Lichter, nicht viel anders als vor einem Jahrhundert... Und früher einmal waren es Lagerfeuer gewesen – Flammen, die zitternde Jäger in den Wäldern erwärmt hatten, als der Mensch noch jung und die Welt noch spärlich mit seiner Saat bepflanzt war... Jetzt drohte die Erde an seinem wuchernden Wachstum zu ersticken, gleißte im Schein seiner Lichter, seiner blitzenden Leuchtreklamen, war umtost vom Lärm seiner Maschinen, vom Dröhnen seiner Raketen. Der Mensch hatte die Welt geerbt und gefüllt – er hatte sie geradezu vollgestopft.

Man konnte der Vergangenheit nicht entkommen. Das letzte Jahrhundert hatte die Erde mit seinen Kindern und Kindeskindern übersät, hatte ihre Fähigkeit, die Menschen zu ernähren, überstrapaziert. Die Grenze war erreicht worden, man durfte sie nicht überschreiten. Auch das All bot keinen Ausweg. Die Raketen des Menschen hatten zwei Planeten angeflogen, doch das waren armselige Welten, und selbst wenn man ihre Lebensbedingungen verbessern würde – ohne Geburtenkontrolle würde sich die Erdenbevölkerung schneller vermehren, als ihre Raumschiffe jemals an Neugeborenen abtransportieren konnten, Hunderttausende pro Tag. Und so blieb dem Menschen nichts anderes übrig, als die Todesrate zu steigern oder die Geburtenrate zu senken oder die traurige dritte Möglichkeit wählen – nichts tun, der Natur erlauben, ihre Sichel zu schwingen, wie einst in Indien und China. Aber es widersprach dem Wesen des Menschen, der Natur ihren Lauf zu lassen, denn er war schon immer tüchtiger gewesen als sie. Wenn der Menschenmann die Entscheidung traf, seiner Frau die Erfüllung eines biologischen Bedürfnisses zu versagen, würde er ein zweckmäßiges Baby für sie konstruieren müssen, um sie emotional zu befriedigen, würde dieses Baby aber mit einem Schwanz und einem nur halb funktionsfähigen Gehirn ausstatten, damit sie es letztlich nicht mit richtigen Kindern verwechselte.

Aber Peony war ein schrecklicher Fehler – ein Fehler, der schnellstens korrigiert werden mußte, ehe jemand dahinterkam.

Und was würde er, Norris, unternehmen – falls er überhaupt irgend etwas tat? Sollte er der Welt trotzen? Sollte er sie überlisten? Die Welt war nach Franklins Schema gestaltet, und ihr Hohngelächter schien aus den nächtlichen Schatten zu dringen. Er machte kehrt und ging nach Hause.

Anne saß im Schaukelstuhl auf der Veranda und

wiegte Peony in den Armen, als er den Gehsteig heraufkam. Das kleine Wesen schlummerte friedlich, murmelte im Halbschlaf vor sich hin.

»Wie alt ist sie, Terry?« fragte Anne.

»Etwa neun Monate – oder zwei Jahre, je nachdem, was du meinst.«

»Wurde sie vor neun Monaten geboren?«

»Ja. Aber ihrer Entwicklungsstufe nach entspricht sie einem zweijährigen Kind. Die Neuts haben mit neun oder zehn ihre volle Reife erlangt, wenn sie nicht bei einer bestimmten Altersgrenze stehenbleiben. Sie entwickeln sich sehr schnell.«

»Aber sie ist klüger als die meisten zweijährigen Kinder.«

»Vielleicht.«

»Du hast sie doch reden gehört.«

»Du kannst keine graduellen Vergleiche zwischen zwei Arten anstellen, Anne. Jedenfalls nicht auf so einfache Weise. ›Klug‹ – das bezieht sich auf den Intelligenzquotienten. Aber welche Maßstäbe willst du in diesem Fall anlegen?«

»Die Maßstäbe meines gesunden Menschenverstandes. Und wenn du sie an Franklin auslieferst, werde ich dich verlassen.«

»Da kommt ein Auto«, sagte er tonlos. »Bring sie ins Haus! Es fährt schon langsamer…«

Anne sprang auf und lief hinein. Norris wartete noch einen Augenblick, dann folgte er ihr. Die Scheinwerfer stoppten neben einem Haus weiter unten, dann schoben sie sich weiter vor. Er beobachtete sie von der Diele aus.

»Soll ich sie ins Asyl hinausbringen?« rief Anne aufgeregt. »Bleib, wo du bist!« entgegnete er, was er eine Sekunde später schon wieder bereute. Die Lichtkegel hielten direkt vor dem Haus. Der Strahl einer starken Taschenlampe glitt über die Veranda, fand die Hausnummer und erlosch. Der Fahrer schaltete den Motor ab. Norris ging ins Wohnzimmer.

»Spiel Hüpfen!« fuhr er Peony an.

»Ich will nicht!« kreischte sie.

»Da kommt ein Mann, und du solltest lieber Hüpfen spielen, wenn du deinen Daddy jemals wiedersehen willst!« zischte er.

Peony schrie auf und wich wimmernd vor ihm zurück.

»Terry! Was redest du da? Du solltest dich schämen…«

»Halt den Mund! – Peony, spiel sofort Hüpfen!«

Peony fing zu schnattern an und sprang mit affenartiger Behendigkeit hinter das Sofa.

»Sie hat Angst! Und deshalb benimmt sie sich jetzt wie ein ganz gewöhnlicher Neut!«

»Sie spielt Hüpfen«, erklärte Norris, »und das ist gut so.«

Die Wagentür fiel ins Schloß. Norris rannte hinaus, um das Licht auf der Veranda einzuschalten. Er sah den Besucher die Stufen heraufkommen – einen stämmigen, kahlköpfigen Mann in einem schwarzen Anzug mit weißem Halskragen. Norris blinzelte verwirrt. Ein Geistlicher? Der Bursche mußte sich in der Tür geirrt haben.

»Guten Abend.«

»Eh – guten Abend.«

»Ich bin Pater Mulreany. Wohnt hier das Ehepaar Norris?« Der Priester hatte einen leichten irischen Akzent, der eine leise Ahnung in Terry weckte. Doch er konnte sie nicht deuten.

»Ich bin Norris. Was wünschen Sie?«

»Nun, eins meiner Pfarrkinder… Ich glaube, Sie haben seine Bekanntschaft gemacht.«

»Sprechen Sie von einem Ihrer Landsleute?«

»Mhm.«

»O'Reilley?«

»Ja.«

»Was hat er getan? Hat er sich aufgehängt?«

»So schlimm ist es nicht. Darf ich reinkommen?«

»Ich weiß nicht recht... Was wollen Sie?«

»Ich möchte mich informieren.«

»Aus persönlichem Interesse – oder in amtlicher Funktion?«

Der Priester antwortete nicht sofort und musterte Norris' Silhouette, die sich hinter der Gittertür abzeichnete. Die Unhöflichkeit des Inspektors schien ihn nicht zu irritieren. Vielleicht empfand er sie als normal in einer Epoche, die wenig Achtung vor der Geistlichkeit hatte.

Schließlich sagte er mit ruhiger Stimme: »O'Reilley ist in einem gräßlichen Zustand, Inspektor. Ich weiß nicht, ob ich einen Arzt, einen Psychiater oder einen Bullen holen soll.«

Norris zuckte zusammen. »Einen Bullen?« Er verspürte eine vage Feindseligkeit und ein noch vageres Mißtrauen. Aber er öffnete die Gittertür, ließ den Priester eintreten und führte ihn ins Wohnzimmer. Anne begrüßte den Gast mit kühler Höflichkeit, dann entschuldigte sie sich, hob Peony hoch und trug sie hinaus. Der Blick des Geistlichen folgte dem Neutroiden mit intensivem Interesse.

»O'Reilley hat also etwas getan?« fragte Norris.

»Mhm.«

»Und was geht Sie das an?«

Mulreany runzelte die Stirn. »Abgesehen von anderen Dingen, die Sie nicht verstehen würden – er war der Mann meiner Schwester.«

Norris bedeutete ihm, Platz zu nehmen. »Und?«

»Er rief mich heute abend an. Ich merkte sofort, daß er sternhagelvoll war. Er brabbelte nur sinnloses Zeug, aber mir war klar, daß da irgendwas nicht stimmte. Also ging ich in seinen Laden hinüber.« Mulreany machte eine Pause, um sich eine Zigarette anzuzünden und auf den Boden zu starren. Plötzlich hob er den Kopf. »Waren Sie heute bei ihm?«

Dem Inspektor fiel kein stichhaltiger Grund ein, das abzustreiten, und so nickte er ärgerlich.

Mulreany beugte sich neugierig vor. »War er da noch nüchtern?«

»Ja.«

»Bei klarem Verstand?«

»Wie soll ich das wissen?«

»Hat er auf Sie den Eindruck eines Mannes gemacht, dem man es zutrauen würde, ein Stück Rohr und ein Fleischermesser zu nehmen und sechzig hilflose Tiere abzuschlachten?«

Norris fühlte sich leicht benommen. Er lehnte sich in seinem Sessel zurück, schüttelte langsam den Kopf und blinzelte. Ein langes Schweigen entstand. Mulreany beobachtete ihn aufmerksam.

Schließlich murmelte Terry: »Ich kann Ihnen nicht helfen. Ich habe nichts zu sagen.«

»Hören Sie, Inspektor! Vergessen Sie das Ding da!« Der Priester wies auf seinen weißen Halskragen.

Norris zuckte die Achseln und brachte ein schwaches Grinsen zustande. »Ich kann Ihnen wirklich nicht helfen.«

»Okay.« Mulreany stand seufzend auf. »Ich versuche nur herauszufinden, ob er...«

»Reden die Männer über Daddy«, drang eine Piepsstimme aus der Küche herüber.

Mulreany warf einen raschen Blick auf die halboffene Tür, hinter der Anne mit dem Neutroiden verschwunden war, »...ob er die Wahrheit gesagt hat«, vollendete er halblaut seinen Satz.

Plötzlich war es totenstill. Dann hörte Norris seine Frau in der Küche wispern und beobachtete, wie sie ins Wohnzimmer hereinschaute.

»Es ist also wahr«, murmelte Mulreany.

Norris stand mit ausdrucksloser Miene auf. »Anne!« rief er. »Ihr könnt die Hüpferei seinlassen!«

Sie kam ins Zimmer, Peony auf dem Arm und einen mörderischen Blick in den Augen. »Warum hast du ihn hereingebeten?« zischte sie.

Mulreany starrte auf die kleine Kreatur. Und Anne starrte den Priester an.

»Das ist doch Gift für Sie, nicht wahr?« schrie sie und hielt ihm Peony entgegen. »Da! Schauen Sie sich Ihre Feindin an! Sie beleidigt doch Ihre Humanozentrik, nicht wahr?«

»Keineswegs«, erwiderte er mit einem wehmütigen Lächeln.

»Aber Sie verdammen diese Geschöpfe!«

Er schüttelte den Kopf. »Nicht *sie.* Nur den Zweck, den sie in unserer Gesellschaft erfüllen.« Er warf Norris einen verwirrten Blick zu. »Es ist wohl besser, wenn ich jetzt gehe.«

»Vielleicht nicht. Sagen Sie mir, was Sie wollen!«

»Das habe ich Ihnen doch schon erzählt. O'Reilley ist Amok gelaufen und hat ein Schlachthaus aus seinem Laden gemacht. Als ich bei ihm war, brabbelte er irgendwas von einem sprechenden Neutroiden – ›seinem Baby‹. Er sagte, Sie hätten es ins Asyl mitgenommen, um es zu vernichten, und drohte, daß er Sie töten würde. Ich bat einen Freund, bei ihm zu bleiben, und kam hierher, um herauszufinden, was eigentlich geschehen ist.«

»Der Neut weicht von der Norm ab. Haben Sie vom Delmont-Fall gehört?«

»Nur gerüchtweise.«

»O'Reilleys Baby ist eine Normabweichung, ein Deviationsneut, den Delmont auf dem Gewissen hat.«

»Ich verstehe.« Mulreany blickte düster vor sich hin. »Sie brauchen mir nichts weiter zu sagen, Inspektor.

Den Rest kann ich mir zusammenreimen. Nun, vielen Dank…«

Als sich der Priester abwandte, hielt Norris ihn am Arm fest. »Setzen Sie sich wieder!«

Mulreany blinzelte verwirrt und ließ sich zu dem Sessel zurückfahren. Als er sich gesetzt hatte, blieb Norris vor ihm stehen und sah ihn abwartend an.

»Was ist mit Daddy?« zirpte Peony. »Ich will zu Daddy!«

»Nun?« stieß Norris hervor.

»Ich verstehe nicht…«

»Ihr habt es doch auf Anthropos abgesehen, oder?«

Mulreany mußte sich sehr beherrschen, um nicht die Geduld zu verlieren. »Es ist völlig in Ordnung, wenn man Nitroglyzerin herstellte, um Herzkranke zu kurieren, aber es ist verwerflich, wenn man es produziert, um Sprengstoff herzustellen. Die Flüssigkeit an sich ist moralisch neutral. Das gleiche gilt für mutierte Tiere. Als Haustiere sind sie okay – als Menschenersatz nicht.«

»Ja, aber Sie würden sie alle lieber tot als lebendig sehen, nicht wahr?«

Mulreany zögerte. »Ich gebe zu, daß ich eine persönliche Abneigung gegen sie hege.«

»Und O'Reilleys Baby?«

»Was ist mit ihm?«

»Fänden Sie es nicht besser, wenn es sterben würde?«

»Das habe ich nicht gesagt.«

»Könnten Sie die kleine Peony als menschliches Wesen akzeptieren?«

»So gut kenne ich sie nicht. ›Menschlich‹ – wie meinen Sie das? Im biologischen Sinne? Offenbar nicht. Im theologischen? Was könnte der *Ihnen* bedeuten?«

»Ich interessiere mich für Ihre persönliche Einstellung, Sie Prachtexemplar!«

Mulreany starrte den Inspektor an und runzelte die

Stirn. »Ich weiß nicht recht, was für eine Rolle ich hier eigentlich spiele. Ich bin gekommen, um mich zu informieren, aber jetzt haben Sie den Spieß umgedreht. Okay, Norris. Ich habe diese neoheidnischen Unschuldigen von Ihrer Sorte gründlich satt. Jetzt setzen Sie sich – oder bringen Sie mich zur Tür!«

Langsam ließ sich Norris auf dem Sofa nieder.

Der Priester beobachtete den kleinen Neutroiden, dann begann er zu sprechen. »Peony lebt, sie erfüllt die Funktion des Lebens und besitzt offensichtlich ein Bewußtsein. Leben – das ist eine Art Funktionieren. Ein spezielles Leben – das ist eine unveränderliche Art des Funktionierens, die sich selbst immer treu bleibt. Die Unveränderlichkeit des Funktionierens – das ist ein Prinzip. Nennen Sie es das Ich, die Seele – was immer Sie wollen! Alles, was lebt, wird von diesem Prinzip bestimmt.« Er machte eine Pause, um Norris einen skeptischen Blick zuzuwerfen.

Der Inspektor nickte. »Fahren Sie fort!«

»Peony muß nichts Unsterbliches an sich haben. Es sei denn, sie gilt als menschliches Wesen – oder als intelligent.«

»Sie haben doch gehört, was sie gesagt hat!« rief Anne.

»Ich habe auch schon Metallkästen mit großer Klugheit reden hören«, entgegnete Mulreany ungehalten. »Und wenn ich ein Hottentotte wäre, würde mich ein sprechender Computer zutiefst beeindrukken, Madam …«

»Sparen Sie sich die Analogien!« fiel Norris ihm ins Wort. »Weiter!«

»Was ist die Intelligenz? Eine unsterbliche Funktion des Menschen. Was ist der Mensch? Eine intelligente, unsterbliche Kreatur, die fähig ist, Entscheidungen zu treffen.«

»Ihre Gedanken bewegen sich im Kreis.«

»Das ist es ja. Ich kann kein Urteil fällen, was Peony betrifft. Was wollen Sie wissen? Ob ich glaube, daß sie dem Menschen ebenbürtig ist? Wenn Sie mir die Resultate unzähliger Intelligenztests und alle Daten vorlegen würden, die Sie bekommen können – ich wüßte noch immer nicht, wie ich diese Frage beantworten soll.«

»Und was brauchen Sie, um erleuchtet zu werden? Mystische Worte, die in den Himmel geschrieben sind?«

»Genau das!«

Plötzlich mischte sich Anne ein. »Er streicht wie eine Katze um den heißen Brei herum. Wird uns der Kerl nun Schwierigkeiten machen oder nicht?«

Mulreany hob verwirrt die Brauen.

»Nun, dann wollen wir zur Sache kommen«, sagte Norris. »Würden Sie Beifall klatschen, wenn ich sie in die Gaskammer bringe?«

»Wohl kaum.«

»Wenn Sie selbst darüber entscheiden müßten...«

»Was? Ich soll bestimmen, ob sie getötet werden muß oder nicht?« Mulreany schnaufte irritiert. »Das kann ich nicht – solange ich noch den geringsten Zweifel bezüglich ihres Wesens habe. Sie ist wie ein verschwommener Schatten in einem dichten Gestrüpp. Die Chancen, daß es der Schatten eines Bären ist und nicht der Schatten eines Menschen, stehen zehn zu eins. Aber obwohl die Chance so gering ist, dürfen Sie nicht schießen, mein Sohn!«

»Glauben Sie, daß die Behörden das Recht haben, sie umzubringen?« fragte Anne.

»Und wer repräsentiert die Behörden? Er?« Mulreany deutete mit dem Kopf in Terrys Richtung.

»Nehmen wir das einmal an.«

»Darüber müßte ich nachdenken. Aber ich glaube nicht, daß er das Recht dazu hätte.«

»Warum nicht? Die Regierung hat den Neut produziert. Also müßte es auch in ihrem Ermessen liegen, ihn wieder zu vernichten.«

»Tatsächlich? Die Regierung hat Peony produziert?«

»Nein, das hat Delmont getan«, korrigierte Norris.

»In der Tat?« fragte Mulreany.

»Warum zweifeln Sie daran?« rief Anne.

»Ich, der Staat, bin die Große Fruchtbarkeit«, deklamierte Norris ärgerlich, und dann versuchte er Mulreany zu ködern: »Du sollst keinen anderen Phallus neben dem Evolvotron haben.«

Der Priester errötete, dann schlug er sich kichernd auf die Schenkel. Terry und Anne wechselten verstörte Blicke.

»Vielleicht haben wir eine gewisse Übereinstimmung erzielt«, meinte Anne unsicher.

Norris stand langsam auf. »Wenn Sie irgend jemandem von Peony erzählen, werden Sie möglicherweise für ihren Tod verantwortlich sein.«

»Ich verstehe nicht ganz...«

»Das ist auch nicht nötig.«

Mulreany zuckte die Achseln.

»Sie müssen es auch O'Reilley sagen«, fügte der Inspektor hinzu.

Mulreany nickte. »Sie haben mein Wort.«

»Ihr was?«

»Tut mir leid, ich habe vergessen, daß diese alte Redewendung nicht mehr gebräuchlich ist. Ich werde mit niemandem über Peony sprechen, und ich werde dafür sorgen, daß auch O'Reilley Stillschweigen bewahrt.«

Norris begleitete ihn zur Tür. Es war offensichtlich, daß der Priester gegen seine Neugier ankämpfen mußte. Auf den Verandastufen blieb er stehen und drehte sich um, ein seltsames Lächeln auf den Lippen.

»Gerade ist mir etwas eingefallen... Wenn das Kind

im weitesten Sinne menschlich ist, dann ist es Ihnen und mir überlegen.«

»Warum?«

»Es hat noch keinen Apfel gepflückt.«

Norris hob gleichmütig die Schultern.

»Noch etwas, Inspektor... Wenn Delmont sie gemacht hat, dann fragen Sie sich doch einmal: Was hat er denn nun eigentlich gemacht?« Der Priester nickte Norris zu, dann wandte er sich rasch ab. »Gute Nacht.«

»Nun, was hältst du von ihm?« fragte Anne nervös.

»Ich weiß nicht recht... Ein Hinterwäldler.«

»Du Narr! Warum hast du ihn hereingebracht?«

»Ich habe kein Talent zum Verschwörer.«

»Wirst du es tun?«

»Was?«

»Willst du sie verstecken – oder ihr auf andere Weise helfen?«

Er schaute sie zweifelnd an. »Ich kann nur hoffen, daß es mir gelingen wird, die Testergebnisse zu fälschen und sie als Standardmodell zu O'Reilley zurückzuschicken.«

»Das ist immerhin besser als gar nichts.«

»Und dann werden wir den Rest unserer Tage damit verbringen, auf unsere Entlarvung zu warten«, fügte er grimmig hinzu.

»Du mußt es tun, Terry!«

Vielleicht, dachte er, vielleicht...

Wenn er sie O'Reilley zurückgab, mußte er damit rechnen, daß sie entdeckt wurde, wenn ein Buchprüfer in den Laden kam, um Mikrofilme von den Quittungen zu machen und das Inventar zu checken. Jedenfalls konnte er die Kleine nicht hier im Haus behalten, wo alle paar Tage andere Bio-Agenten auftauchten. Es war unmöglich, sie zu verstecken.

Er setzte sich, um eine Zigarette zu rauchen, und beobachtete, wie Anne auf Zehenspitzen zu dem Sofa ging, auf dem Peony schlief. Wie einfach wäre es, das Gesetz zu befolgen, sie Franklin zu übergeben und Anne einzureden, er hätte etwas anderes mit ihr gemacht, zum Beispiel…

Er schauderte, verdrängte diesen Gedanken. Mißtrauisch starrte sie ihn an. »Die Art, wie du mich ansiehst, gefällt mir gar nicht«, murmelte sie.

»Du bildest dir nur was ein.«

»Hör mal, Terry – wenn du zuläßt, daß dieses Kind …«

»*Wenn! Wenn!*« schrie er. »Davon habe ich endgültig die Nase voll! Solltest du mir jetzt noch ein einziges Mal drohen, daß du mich verläßt, *wenn*… Zum Teufel, du kannst jederzeit gehen!«

»Terry!«

Verdutzt starrte sie ihn an, dann ging sie langsam aus dem Zimmer. Er rutschte tiefer in seinen Sessel, brütete dumpf vor sich hin. Plötzlich wußte er es. Es war nicht Anne, die ihm Sorgen bereitete. Es war ein Teil seines Ichs, ein Teil, der ihm zu entschwinden drohte. Und wenn er es geschehen ließ, daß man Peony ins Labor brachte, würde er jenen Teil seiner Persönlichkeit für immer verlieren und danach unfähig sein, noch irgend etwas zu ertragen, am allerwenigsten sich selbst.

Als er sich an den Frühstückstisch setzte, fand er die sorgfältig zusammengefalteten Morgennachrichten aus dem Fernschreiber neben seinem Teller. Sie waren absichtlich so zusammengelegt worden, daß ihm die Anzeige in der Mitte des Nachrichtenteils, der zuoberst lag, ins Auge springen mußte.

»Wolltest du mich auf diese Annonce hinweisen?« fragte er.

»Eigentlich nicht«, antwortete Anne in beiläufigem Ton.

Mit mißtrauisch gerunzelter Stirn begann er zu lesen:

ANTHROPOS INCORPORATED
sucht
BIOLOGEN
für folgende Berufsgruppen:
Evolvotronoperateure
Inkubatorenwärter
Aufsichtspersonal für die Babyneutroidenabteilung
Laborpersonal
in der
NEUEN ATLANTA-FABRIK
Wenden Sie sich telefonisch oder schriftlich
an das Personalbüro von
ANTHROPOS INCORPORATED
Atlanta, Ga.
Wichtig: Bevor Sie sich bewerben, holen Sie sich vom Arbeitsamt die Bestätigung, daß Sie von Ihrem derzeitigen Arbeitgeber ordnungsgemäß entlassen wurden.

»Und was soll ich damit anfangen?« fragte Norris.

»Nichts. Warum? Oder – interessierst du dich dafür?«

Er schob das Papier beiseite und beschloß, ihre subtilen Andeutungen zu ignorieren. Sie zog die Nachrichten zu sich heran, studierte den Text der Anzeige, als ob sie ihn nicht schon längst gelesen hätte. »Ein neuer Job«, murmelte sie, »eine neue Umgebung…«

Nach dem Frühstück ging er in die Polizeidirektion, um das Protokoll seiner Aussage zu unterschreiben, die das Motiv im Mordfall Dr. Georges betraf. Chief Miler teilte ihm mit, daß man Sarah Glubbes in eine psychiatrische Anstalt gesteckt hätte, wo sie wahrscheinlich eine ganze Weile bleiben würde.

»Es ist wirklich komisch, was für ein Theater die Leute mit ihren Neuts machen, Norris«, sagte der Polizist. »Wissen Sie, es ist geradezu ein Wunder, daß Ihnen noch keiner den Kopf abgerissen hat. Ich beneide Sie nicht um Ihren Job.«

Norris zuckte die Achseln, unterzeichnete das Papier und warf Miler einen kühlen Blick zu.

»Dazu braucht man einen kerngesunden Magen, was, Norris?«

»Natürlich. Aber man kann sich dran gewöhnen.«

»Ja, das glaube ich auch.« Miler klopfte sich auf den dicken Bauch und gähnte. »Wie kommen Sie denn in dieser Delmont-Sache voran? Haben Sie schon alle Abweichungen eingesammelt?«

Norris schleuderte die Füllfeder so heftig auf den Schreibtisch, daß die Tinte nach allen Seiten spritzte. »Was veranlaßt Sie zu dieser Frage?«

»Nichts Bestimmtes. Ich wollte es eben wissen. Sie sind heute ziemlich leicht aus der Fassung zu bringen, nicht wahr?«

»Vielleicht.«

Milers Augen verengten sich. »Aus irgendeinem Grund waren Sie ziemlich nervös, als ich diese Deviationsneutroiden erwähnt habe.«

»Unsinn! Ich...«

»Ja, ja, schon gut, aber...«

»Heben Sie sich Ihr Mißtrauen für die Deviationsneuts auf – falls es überhaupt welche gibt, Dicker.« Norris marschierte aus dem Büro, ohne sich noch einmal nach Miler umzudrehen, der mit seinem Bleistift auf die Tischplatte klopfte und ihm verwundert nachschaute. Er rannte aus dem Haus, war wütend auf sich selbst, weil er so reizbar und unentschlossen war. Er mußte eine Entscheidung treffen, und zwar möglichst bald. Es war vor allem der Mangel an Alternativen, der ihn so nervös machte, so empfindlich gegen Angriffe von der einen oder anderen Seite.

»Norris… He, Norris…«

Milers Stimme. Er wirbelte herum, sah den Beamten die Eingangstreppe herabstapfen. Das runde Gesicht glänzte in der Morgensonne.

»Ihre Frau ist am Telefon, Norris. Sie sagt, daß es dringend ist.«

Als er ins Büro zurückgekehrt war, drang ein leises ›Hallo‹ aus dem Hörer, der neben dem Apparat lag. Hastig griff er danach.

»Anne? Stimmt irgendwas nicht?«

Ihre Stimme klang verzweifelt und angespannt, trotz der erzwungenen Fröhlichkeit, mit der sie antwortete. »Alles ist in bester Ordnung, Liebling, aber du mußt sofort nach Hause kommen, weil wir Besuch haben. Chief Franklin ist hier.«

»Kannst du mir nicht erzählen, was los ist?«

»Das geht jetzt nicht. Bitte, beeil dich… Er will mit dir über die K-99s reden.«

»Sind sich die beiden schon begegnet?«

»Ja.« Sie machte eine Pause, als würde sie darauf warten, daß er etwas sagte. »Oh, das meinst du! Ja, der Neut ist sehr lebhaft, Liebling, und hüpft andauernd herum.«

»Gut, ich komme sofort.« Er legte auf und lief zur Tür.

»Gibt's irgendwelche Probleme?« rief Miler ihm nach.

»Ein Neut ist krank geworden – falls Sie das was angeht!« rief Norris zurück.

Franklins Hubschrauber stand auf dem leeren Grundstück nebenan, als Norris vor seinem Haus hielt. Der Abteilungsleiter hatte den Lastwagen gehört, trat auf die Veranda heraus und beobachtete, wie sein Angestellter den Gartenweg heraufkam. Seine umfangreiche Gestalt war in locker sitzenden grauen Tweed gehüllt, sein Habichtsgesicht war zu einer unheilverkündenden Maske erstarrt. Zögernd, fast sarkastisch schüttelte er Norris die Hand.

»Anscheinend halten Sie es für überflüssig, Ihre Post zu lesen, sonst hätten Sie gewußt, daß ich heute kommen würde. Ich habe Ihnen gestern geschrieben.«

»Tut mir leid, Boß. Ich hatte heute noch keine Gelegenheit, ins Nachrichtenbüro zu gehen.«

Franklin grunzte. »Dann wissen Sie also nicht, warum ich hier bin?«

»Nein, Sir.«

»Setzen wir uns auf die Veranda!« Franklin hievte seinen schweren Körper auf das Geländer. »Wir müssen uns endlich um diese Bermuda K-99s kümmern. Wie viele haben Sie schon eingesammelt?«

»Ich glaube, vierunddreißig.«

»So? Ich habe aber fünfunddreißig gezählt.«

»Vielleicht haben Sie recht. Ich... ich bin mir nicht sicher.«

»Haben Sie schon irgendwelche Abweichungen gefunden?«

»Ah... ich habe noch keine Tests gemacht, Sir.«

Franklins Stimme wurde messerscharf. »Müssen Sie erst Tests machen, wenn ein Neutroide wie ein Wasserfall redet?«

»Was meinen Sie damit?«

»Ich meine folgendes – wir haben mindestens ein Dutzend Delmont-Modelle gefunden, deren geistiges Alter mit der körperlichen Reife übereinstimmt. Und was noch wichtiger ist – sie sind voll funktionsfähige Weibchen mit ganz normalen Hypophysen. Wissen Sie, was das bedeutet?«

»Sie werden sich nicht an ihre Altersgrenze halten, sondern weiterwachsen.«

»Und Kinder kriegen!«

Norris runzelte die Stirn. »Wie können sie denn Kinder bekommen? Es gibt ja keine Männchen.«

»Nein? Raten Sie mal, was wir in einem der Delmont-Brutkästen gefunden haben.«

»Doch nicht…«

»O ja. Und es ist wahrscheinlich nicht das erste Exemplar. Dieses Gerede von seiner Erfolgsquote, die er ein bißchen aufmöbeln wollte, war ein raffiniertes Täuschungsmanöver. Zum Teufel, Mann, er wollte einen schwarzen Markt aufziehen! Und das hat er schließlich auch zugegeben – nachdem er zwanzig Stunden lang pausenlos verhört worden ist. Er wollte die Neutroiden großziehen, und er hat sie direkt aus den Brutkästen gestohlen, bevor sie einer unserer Inspektoren zu Gesicht bekam. Aber die numerierten K-99s konnte er nicht zurückholen, nachdem man sie ausgeliefert hatte. Gott weiß, wie viele Männchen er versteckt hat…«

»Was werden Sie jetzt tun?«

»Was ich tun werde? Was glauben Sie denn? Ich werde diesen verrückten Plan vereiteln! Ich werde alle diese abweichenden Neutroiden finden und töten! Wir haben genug Exemplare für die Labortests.«

Norris fühlte sich elend. Er wich Franklins Blick aus. »Vermutlich wollen Sie, daß ich die Vernichtung vornehme.«

Franklin runzelte mißtrauisch die Stirn. »Ja, natürlich – aber warum fragen Sie, Norris? Sie *haben* doch einen Deviationsneutroiden gefunden, nicht wahr?«

»Ja, Sir«, gab der Inspektor zu.

Ein Stöhnen drang von der Tür herüber. Norris hob den Kopf, sah das bleiche Gesicht seiner Frau, die ihn entsetzt anstarrte. Plötzlich wirbelte sie herum und floh ins Haus.

Franklin hatte die kleine Szene interessiert beobachtet. »Ich verstehe. Offenbar hat sich eine starke persönliche Beziehung zwischen dem Neutroiden und Mrs. Norris entwickelt. Okay, ich werde mich selber um ihn kümmern: Wo ist er?«

»Im Haus, Sir. Im Schlafzimmer meiner Frau.«

»Holen Sie ihn!«

Norris ging schweren Herzens ins Haus. Die Schlafzimmertür war verschlossen.

»Schätzchen!« rief er leise. Sie gab keine Antwort. Behutsam klopfte er an die Tür.

Ein Schlüssel drehte sich im Schloß, dann stand seine Frau vor ihm. Als er ihre Augen sah, war es ihm, als blicke er in Eis.

»Komm ja nicht herein!« sagte sie. Er blickte an ihr vorbei, sah die verdatterte Peony auf dem Teppich sitzen.

Und dann entdeckte er seinen Dienstrevolver in Annes zitternder Hand.

»Liebling! Schau mich doch an – *ich* bin es…«

Sie schüttelte den Kopf. »Nein, das bist nicht du. Das ist ein Mann, der ein kleines Mädchen töten will. Verschwinde!«

»Du würdest wirklich schießen, nicht wahr?« flüsterte er.

»Versuch doch, hereinzukommen!« forderte sie ihn auf. »Dann wirst du es wissen.«

»Gib mir Peony.«

Sie lachte, und in ihren Augen funkelte wilder Haß. »Es würde mich wirklich interessieren, wo Terry hingegangen ist. Wahrscheinlich ist er gestorben – oder er hat sich angepaßt. Jedenfalls glaube ich, daß ich jetzt Witwe bin. Wagen Sie es nur ja nicht, näherzukommen, Mister! Ich würde Sie töten.«

Norris lächelte. »Okay, ich werde nicht versuchen, dein Zimmer zu betreten. Aber die Waffe ist nicht geladen.«

Anne versuchte ihm die Tür vor der Nase zuzuschlagen aber er stellte blitzschnell seinen Fuß dazwischen. Sie schlug mit der Pistole nach ihm, und er riß sie ihr aus der Hand. Dann schob er sie zur Seite, drückte sie gegen die Wand, während sie wütend an seinem Arm zerrte.

»Laß das!« befahl er. »Peony wird nichts zustoßen, das verspreche ich dir.« Er blickte über die Schulter auf das kindhafte Wesen, das zu weinen begonnen hatte.

Anne gab ihren Widerstand auf, aber in ihren Augen lag immer noch helle Wut.

»Es gibt keinen anderen Ausweg, Liebling. Hab Vertrauen zu mir. Man wird ihr kein Haar krümmen.«

Sie holte tief Atem, dann nickte sie. »Okay, Terry. Aber wenn du mich belogen hast… Sag mir doch, ob es Mord ist, wenn man einen Mann tötet, um ein Kind zu schützen…«

Norris hob Peony vom Boden auf. Ihr Schluchzen verstummte, aber ihr Schwanz zuckte nervös.

»In welchem Gesetzbuch soll ich nachschlagen?« wollte er von seiner Frau wissen. »Die gleiche Frage habe ich mir auch schon gestellt.« Er ging zur Tür. »Übrigens – leg meine Instrumente zurecht, während ich draußen bin, ja?«

»Die Sezierinstrumente?« stieß sie keuchend hervor. »Wenn du die Absicht hast…«

»Wir wollen sie chirurgische Instrumente nennen – einverstanden? Du wirst sie sterilisieren!«

Er ging hinaus, das Kind auf dem Arm. Franklin erwartete ihn in der Tür des Zwingergebäudes.

»War das Mrs. Norris, die da so geschrien hat?«

Norris nickte. »Bringen wir's hinter uns! Mein Magen kann das nicht besonders gut verkraften…« Unglücklich blickte er auf Peonys Kopf hinab.

Franklin grinste sie an und zog ein Bonbon aus der Tasche. Sie weigerte sich, es anzunehmen, und schmiegte sich noch fester an Norris.

»Wann kann ich nach Hause gehen?« piepste sie. »Ich will zu Daddy.«

Franklin beobachtete sie amüsiert. »In ein paar Minuten wirst du heimgehen, kleiner Neut. Es dauert wirklich nur ein paar Minuten.«

Sie betraten das Zwingergebäude, und Franklin marschierte zielstrebig auf den dritten Raum zu. Er schien die Situation zu genießen. Norris, von bitterem Haß gegen diesen Mann erfüllt, blieb neben einer Werkbank stehen und zog Handschuhe an. Dann rief er Franklin nach: »Boß, da Sie schon mal hier sind, könnten Sie den Druck des ausströmenden Gases kontrollieren, wenn ich die Hauptleitung öffne.«

Franklin nickte. Er stand vor der Gaskammer und studierte die Anzeigen an der Tür. Norris betrachtete seinen Rücken, während er das Ventil der Hauptleitung aufschraubte.

»Der Druck steigt!« rief Franklin.

»Okay. Machen Sie die Klappe einen Spaltbreit auf, und geben Sie acht, daß sie nicht zufällt! Dann drehen Sie die Einlaßventile auf und kontrollieren noch einmal den Druck.«

»Können Sie mir eine Gasmaske geben?«

Norris lachte. »Wenn Sie Angst haben – da drüben auf dem Regal liegt eine. Aber Sie brauchen ja nichts weiter zu tun, als die Klappe zu öffnen, den Druck abzulesen und die Klappe wieder zuzumachen. Das ist völlig ungefährlich.«

Franklin starrte ihn mit gerunzelter Stirn an, dann drehte er an den Einlaßventilen. Lautlos schloß Norris das Ventil der Hauptleitung.

»Der Druck ist auf Null runtergegangen!« rief Franklin.

»Dann lassen Sie die Klappe offen! Riechen Sie was?«

»Nein. Ich mache die Dinger wieder zu.« Franklin drehte erneut an den Einlaßventilen.

Gleichzeitig öffnete Norris die Hauptleitung.

»Der Druck steigt wieder!«

Der Inspektor ließ seinen Schraubenschlüssel fallen und ging zur Gaskammer, während Peony auf der Werkbank sitzenblieb.

»Die Einlaßventile streiken wieder mal«, sagte er mürrisch. »Das ist schon öfter passiert. Macht's Ihnen was aus, wenn Sie sich die Hände ein bißchen schmutzig machen, Boß?«

Franklin seufzte irritiert. »Können wir die Sache nicht ein wenig beschleunigen, Norris? Ich muß heute noch fünf weitere Bezirke besuchen.«

»Okay. Jetzt müssen wir aber unsere Masken aufsetzen.« Er kletterte auf einer Metalleiter an der Gaskammerwand hinauf und beugte sich vor, um die Einlaßventile zu inspizieren. Als er wieder hinabstieg, stieß er mit dem Oberarm gegen eine Glühbirne über der Tür und zerbrach sie. Franklin trat fluchend zurück und wischte sich die Glasscherben von Kopf und Schultern.

»Ein Glück, daß das Licht nicht gebrannt hat!«

Norris gab ihm die Gasmaske, die auf dem Regal gelegen hatte, und setzte seine eigene auf. »Der Hauptschalter ist ausgeschaltet«, sagte er und machte die Einlaßventile wieder auf. Diesmal zeigten die Skalen an, daß der Druck normal war. »Schauen Sie – alles okay!« rief er durch die Gasmaske. »Sind Sie sicher, daß der Druck vorhin auf Null stand?«

»Natürlich bin ich sicher!« lautete die gedämpfte Antwort.

»Jetzt lassen wir das Gas mal eine Minute lang reinströmen. Dann werden wir weitersehen. Ich hole inzwischen den Neut. Passen Sie auf, daß die Tür nicht zufällt, Sir! Dann würde sie die Automatic starten, und wir könnten sie in der nächsten halben Stunde nicht mehr öffnen.«

»Ich weiß, Norris. Beeilen Sie sich!«

Norris zog die Tür mit einem Fuß auf und ließ Franklin davor stehen. Ein schwacher Wind wehte aus der Kammer. Da auch die Klappe offen war, würde sich sehr schnell eine explosive Mischung bilden.

Er lief in den angrenzenden Raum, wartete einen Augenblick, dann drückte er auf den Schalter. Es krachte ohrenbetäubend, als die unverhüllten Wolframdrähte aufflammten und die ausströmenden betäubenden Dämpfe zur Detonation brachten. Norris rannte zur Hauptleitung, um sie zu schließen. Peony schluchzte herzzerreißend. Er trug sie zum Ausgang, warf nur einen kurzen Blick auf die schwelenden sterblichen Überreste seines Chefs.

Er fühlte überhaupt nichts, als er das Zwingergebäude verließ, das weinende Kind auf dem Arm. Seine Frau starrte ihn verständnislos an.

»Hier – nimm Peony!« sagte er. »Ich muß die Polizei anrufen.«

»Die *Polizei?* Was ist denn passiert?«

Hastig wählte er eine Nummer. »Chief Miler? Hier ist Norris. Kommen Sie so schnell wie möglich zu mir! Meine Gaskammer ist explodiert – und Chief Franklin wurde getötet. O Mann, es ist so schrecklich … Beeilen Sie sich!«

Er legte auf und kehrte zu den Zwingern zurück, holte einen normalen Bermuda K-99 aus einem der Käfige und erschlug ihn kaltblütig mit einem Schraubenschlüssel. »Du wirst den Deviationsneut mimen«, sagte er und ließ ihn mitten auf dem Boden liegen.

Dann ging er wieder ins Haus, löste eine Schlaftablette in einem Glas Wasser auf und zwang Peony, es zu trinken.

»Sie wird außer Gefecht sein, wenn die Bullen kommen«, erklärte er seiner Frau.

Sie stampfte mit dem Fuß auf. »Willst du mir nicht endlich erzählen, was geschehen ist?«

»Du hast doch gehört, was ich am Telefon gesagt habe. Franklin hat einen tödlichen Unfall erlitten. Das ist alles, was du zu wissen brauchst.«

Er trug Peony nach draußen und sperrte sie in einen Käfig. Sie war zu müde, um zu protestieren, und als die Polizei eintraf, war sie in tiefen Schlaf gesunken.

Chief Miler stapfte in den drei Räumen umher, als wollte er nach einem mitternächtlichen Einbrecher fahnden. Dann stieß er mit der Fußspitze gegen die Neutroidenleiche. »Was ist denn das, Norris?«

»Das Neutweibchen, das wir vergasen wollten. Ich habe sie mit einem Schraubenschlüssel erledigt.«

»Haben Sie nicht angedeutet, daß es gar keine Deviationsneutroiden gibt?«

»So weit es die Öffentlichkeit betrifft, gibt es auch keine. Übrigens, als ich heute bei Ihnen war, habe ich doch gesagt, daß Sie das alles nichts angeht. Es geht Sie noch immer nichts an.«

»Ich verstehe. Aber vielleicht werde ich mich trotzdem drum kümmern müssen. Wie ist es zu der Explosion gekommen?«

Norris schilderte wahrheitsgemäß, was sich bis zu seiner Klettertour abgespielt hatte. Dann fuhr er fort: »Die Glühbirne über der Tür hatte sich gelockert. Das Licht ging immer wieder an und aus. Franklin griff nach oben, um sie festzuschrauben. Wahrscheinlich war ein bißchen Gas in der Steckdose. Sobald er das Ding berührt hatte – *wumm!*«

»Warum war denn die Tür offen, als das Gas eingeströmt ist?«

»Das habe ich Ihnen doch gesagt – wir kontrollierten die Einlaßventile. Wenn man die Tür schließt, löst sie die automatischen Anlagen aus. Dann kann man sie erst wieder aufmachen, wenn der ganze Prozeß beendet ist.«

»Wo waren Sie zum Zeitpunkt der Detonation?«

»Ich bin zur Hauptleitung gegangen, um das Gas abzuschalten.«

»Okay. Bleiben Sie im Haus, bis wir hier draußen fertig sind!«

Als er das Wohnzimmer betrat, wandte ihm seine Frau langsam ihr bleiches Gesicht zu.

Sie saß am Fenster und sah elend aus. Ihre Stimme klang schwach und ängstlich.

»Terry – mir tut das alles so leid!«

»Denk nicht mehr dran!«

»Was hast du getan?«

Er grinste schief. »Ich habe mich einer gewissen Epoche angepaßt. Hast du die Instrumente gefunden?«

Sie nickte. »Wozu brauchst du sie?«

»Ich möchte einen Schwanz und einen tätowierten Fuß abschneiden. Geh ins Warenhaus und kauf ein braunes Haarfärbemittel und Jeans für einen zweijährigen Jungen. In Zukunft wird Peony einen Bürstenschnitt tragen und Mike heißen.«

»Wir sind Klasse-C, Terry! Wir können sie nicht als unser Kind ausgeben!«

»Wir sind Klasse-A, mein Schatz. Ich werde ein Gen-Zertifikat fälschen.«

Anne schlug die Hände vors Gesicht und wiegte sich langsam hin und her.

»Nimm's nicht so tragisch, Baby! Ich mußte zwischen Franklin und einem kleinen Mädchen wählen. Und von heute an wird die Entscheidung zwischen der Gesellschaft und den Norris fallen.«

»Was werden wir tun?«

»Wir ziehen nach Atlanta und arbeiten für Anthropos. Ich werde dort weitermachen, wo Delmont aufgehört hat.«

»*Terry!*«

»Peony wird eines Tages einen Ehemann brauchen. Wahrscheinlich werden sie alle Männchen aufspüren, die Delmont produziert hat, und deshalb werde ich ein neues für sie machen. Dann werden wir sehen, ob ein Schimp-K-Paar besser mit dem Leben zurechtkommt als seine Schöpfer.«

Müde streckte er sich auf dem Sofa aus.

»Und der Priester?« fragte Anne. »Wenn er nun überall herumerzählt, daß er Peony gesehen hat... Wenn er errät, was mit Franklin passiert ist, und die Polizei informiert...«

»Dann würde die Polizei Lunte riechen, und es wäre aus mit mir. Das alles müssen wir eben auf uns zukommen lassen. Reden wir jetzt nicht mehr darüber! Ich bin völlig fertig. Vorerst brauchen wir nichts weiter zu tun als zu warten, bis Miler hereinkommt.«

Mit sanften Händen begann sie seine Schläfen zu massieren, und er lächelte.

»Gut, warten wir«, sagte sie. »Soll ich dir etwas vorlesen, Terry?«

»Eine ausgezeichnete Idee«, murmelte er und schloß die Augen.

Sie ging hinaus und kam nach wenigen Minuten zurück. Er hörte dünne Buchseiten rascheln, roch staubiges antikes Leder. Mit leiser Stimme begann sie uralte Worte zu sprechen. Und er dachte an die kleine Peony, die friedlich in ihrem Käfig schlummerte, während wütende Männer um sie herumstampften. Ein kleines Leben – mit Vernunft begabt... Verstohlen wie ein Dieb hatte sie sich in diese Welt geschlichen – ein Eindringling im überfüllten Haus der Menschheit.

»Ich will meinen Schrecken vor dir her senden und alle Völker verzagt machen, wohin du kommst, und will geben, daß alle deine Feinde vor dir fliehen. Ich will Angst und Schrecken vor dir her senden, die vor dir her vertreiben die Hewiter, Kanaaniter und Hethiter. Einzeln nacheinander will ich sie vor dir her ausstoßen, bis du zahlreich bist und das Land besitzt. Dann wirst du mein Volk sein, und ich werde Gott, dein Herr sein…«

Und während Terrell Norris an jenem stillen Mainachmittag wartete, während die Polizei im Zwingergebäude an dem seltsamen Fall herumrätselte, hatte er das Gefühl, daß all die Intrigen und arroganten Aggressionen bald ein Ende finden würden. Dann müßte die Erde gut und schön sein.

Er hoffte, daß der Mensch sich dieser neuen Welt irgendwie anpassen würde.

Robert Silverberg

THOMAS DER VERKÜNDER

1
Mondlicht, Sternenlicht, Fackelschein

Wie lang wird diese Nacht dauern? Die Schwärze, mag sie auch von Mond, Sternen und Fackeln durchbohrt sein, ist dicht und fühlbar. Unten im Tal singen sie. Bitterer Rauch von ihren Feuerbränden weht zu der Hügelkuppe herauf, wo Thomas steht, flankiert von seinen engsten Gefolgsleuten. Der Wind trägt Bruchstücke alter geistlicher Lieder und Hymnen zu ihm herauf. Thomas steht im Mittelpunkt aller Aufmerksamkeit, etwas wie eine unsichtbare Aureole umgibt seine stämmige, kraftvolle Gestalt, eine knisternde, elektrische Ausstrahlung. Saul Kraft, der an seiner Seite steht, erscheint neben ihm verdunkelt und überragt, doch ist er in den Ereignissen dieser Nacht alles andere als unwichtig. ›Näher, mein Gott, zu Dir.‹ Thomas beginnt die Melodie zu summen, dann zu singen. Seine Stimme, obschon tief und kraftvoll, eine wahrhaft charismatische Stimme, poltert willkürlich von Note zu Note: Der Prophet hat kein musikalisches Gehör. Kraft lächelt säuerlich über Thomas' traurige Geräusche.

> Wächter, sag uns von der Nacht,
> Was sie uns versprechen mag.
> Wandrer auf der Bergeshöh',
> Sieh den glorreich strahlend Stern!

Abgerissene Rufe aus dem Tal, untermischt mit Schluchzen und lautem Husten. Es ist spät. Thomas fährt mit den Händen durch sein langes wirres Haar, glättet es, streicht die Strähnen abwärts zu seinen dicken Schultern. Die vertraute Geste. Geliebt von den Menschenmassen. Er überlegt, ob er einen Auftritt machen sollte. Sie rufen ihn beim Namen; er hört die rhythmischen, immer wieder aufbrandenden Schreie, die das Auf und Ab der Gesänge durchstoßen; Thomas! Tho-mas! Tho-mas! Hysterie ist in den Stimmen. Sie wollen, daß er hervorkomme und die Arme ausbreite und die Himmel wieder in Bewegung setze, so wie er sie zum Stillstand brachte. Aber Thomas widersteht dieser großartigen, aber hohlen Geste. Wie leicht ist es, die Rolle des Propheten zu spielen! Aber er hat die Himmel nicht zum Stillstand gebracht, und er weiß, daß er sie nicht in Bewegung setzen kann. Jedenfalls nicht mit der Kraft seines eigenen Willens allein. »Wie spät ist es?« fragt er.

»Viertel vor zehn«, sagt Kraft. Und nach einem Augenblick fügt er hinzu: »Abends.«

Also sind die vierundzwanzig Stunden beinahe um. Und noch immer hängt der Himmel wie gefroren. Nun, Thomas? Ist das nicht, was du erbatest? Kniet nieder, riefst du, und betet zu Ihm um ein Zeichen, damit wir wissen mögen, ob Er in dieser Stunde unserer Not noch mit uns ist. Und erhebt eure Stimmen zu Ihm. Und überall im Land knieten die Menschen nieder, beteten und riefen Gott an. Und das Zeichen wurde gegeben. Warum dann dieses Vorgefühl? Warum diese Befürchtungen? Sicherlich wird auch diese Nacht vorübergehen. Nimm dir ein Beispiel an Kraft. Er lächelt in ruhiger Heiterkeit. Kraft hat nie irgendwelche Zweifel gekannt. Diese kalten Augen, diese dünnen breiten Lippen, der starre Ausdruck von Zuversicht.

»Du solltest zu ihnen sprechen«, sagt Kraft.

»Ich habe nichts zu sagen.«

»Ein paar Worte des Trostes für sie.«

»Sehen wir zuerst, was geschieht. Was kann ich ihnen jetzt sagen?«

»Der Sprache beraubt, Thomas? Du, der du soviel zu verkünden hattest?«

Thomas zuckt die Achseln. Es gibt Zeiten, da dieser Kraft ihn in Wut bringt: Wenn allzu deutlich wird, wie der kleine Mann ihn anstachelt, wie er unaufhörlich plant, diesen Kreuzzug ständig vorwärtstreibt, zu irgendeinem Ziel, das nur er allein versteht. Die Intensität von Krafts Glauben erschöpft Thomas. Verdrießlich wendet er sich von ihm. Thomas sieht am Horizont verstreute Feuer aufflammen. Gebetsversammlungen? Oder ist es Aufruhr? Während er die entfernten flackernden Lichtpunkte beobachtet, schaltet Thomas mit einem Fingerdruck das Radio ein.

»...ist die noch nie dagewesene Zeitspanne von vierundzwanzig Stunden andauernden Tageslichts in den Bereichen der östlichen Hemisphäre erreicht, ein unaufhörlicher Tagesanbruch über dem Nahen Osten und ein endloser Mittag über Sibirien, dem östlichen China, den Philippinen und Indonesien. Unterdessen verharren Westeuropa und beide Amerikas in endloser Nacht ...«

»...damals sprach Josua zum Herrn an dem Tage, da der Herr die Amoriter den Israeliten preisgab. Er sprach in der Israeliten Gegenwart: ›Sonne, stehe still zu Gibeon; du Mond, im Tale Askalon!‹ Und stille stand der Lauf des Mondes und der Sonne, bis über seine Feinde ein Volk den Sieg gewannen. Steht es nicht so geschrieben im Buche des Richtigen? Die Sonne stand still mitten am Himmel und eilte nicht unterzugehen, den ganzen Tag...«

»…ein erstaunlicher Höhepunkt der von Thomas Davidson aus Reno, Nevada, allgemein als Thomas der Verkünder bekannt, geführten Kampagne. Der bärtige, langhaarige selbsternannte Friedensapostel brachte seinen Glaubensfeldzug gestern mit dem weltweiten Programm gleichzeitigen Gebetes, das allem Anschein nach die Ursache…«

Wächter, soll sein schöner Strahl
Uns von Freud' und Hoffnung künden?
Wandrer, ja; er bringt den Tag,
Den der Herr verheißen hat.

»Hörst du, was sie singen, Thomas?« sagt Kraft mit scharfer Stimme. »Du mußt zu ihnen sprechen. Du hast sie in dies hineingebracht; nun möchten sie von dir hören, daß du sie wieder herausbringen wirst.«

»Noch nicht, Saul.«

»Du darfst deinen Augenblick nicht verstreichen lassen. Zeig ihnen, daß Gott noch immer durch dich spricht!«

»Wenn Gott bereit ist, wieder zu sprechen«, sagte Thomas frostig, »werde ich Seine Worte verkünden. Nicht vorher.« Er bedenkt Kraft mit einem mißbilligenden Blick und schaltet mit einem Tastendruck den nächsten Sender ein.

»…wird in Washington weiter konferiert, doch ist vorerst noch nicht mit einem Kommunique zu rechnen. Unterdessen hat der Generalsekretär der Vereinten Nationen…«

»…Sieh, Er kommt auf den Wolken. Jedes Auge wird Ihn schauen, auch die, die Ihn durchbohrt haben. Dann werden alle Stämme auf der Erde weheklagen über Ihn. Ja. Amen…«

»…in Caracas, Mexico City, Oakland und Vancouver zu Plünderungen gekommen. Demgegenüber ist es auf der Tageslichtseite der Erde nur sehr vereinzelt zu Unruhen und anderen Störungen…«

»…und wann, meine Brüder, wann hielt die Sonne in ihrem Lauf inne? Um sechs Uhr früh, Brüder, sechs Uhr früh, Jerusalemer Zeit! Und an welchem Tag, Brüder? Nun, am sechsten Juni, dem sechsten Tag des sechsten Monats! Sechs-sechs-sechs! Und was sagt uns die Heilige Schrift, meine Geliebten im Herrn, im dreizehnten Kapitel der Geheimen Offenbarung? Daß ein Tier aus dem Meer emporsteigen wird, das zehn Hörner und sieben Köpfe hat; und auf seinen Hörnern zehn Kronen, und auf seinen Köpfen gotteslästerliche Namen. Und dann sagt uns die Heilige Schrift die Zahl des Tieres, meine geliebten Brüder und Schwestern, und es ist eines Menschen Zahl; sie heißt sechshundertsechsundsechzig. Wer kann noch leugnen, daß dies die letzten Tage sind, und daß die Apokalypse über uns sein muß? In dieser Zeit des Jammers, da wir Sein Urteil erwarten, müssen wir…«

»…letzte meteorologische und geophysikalische Untersuchungen ergaben, daß der plötzliche Verlust des Drehmoments keine nennenswerten Auswirkungen gezeitigt hat. Die Wissenschaftler waren bisher übereinstimmend der Ansicht, daß eine abrupte Verlangsamung der Erdrotation eine globale Katastrophe hätte zur Folge haben müssen, die möglicherweise sogar mit der Zerstörung allen Lebens verbunden wäre. Außer Störungen im Gezeitenzyklus konnten bisher jedoch keine unmittelbaren Auswirkungen festgestellt werden. Vor zwei Stunden führten wir ein Gespräch mit Raymond Bartell, dem Wissenschaftsberater des Präsidenten, der folgende Erklärung abgab:

›Berechnungen zeigen, daß die Periode der Erdrotation und die Periode des Erdumlaufs nunmehr gleich sind; das heißt, der Tag und das Jahr haben jetzt die gleiche Länge. Damit ist die Erde im Verhältnis zur

Sonne in ihrer gegenwärtigen Position fixiert, so daß die Hälfte der Erde, die gegenwärtig Tageslicht empfängt, dies auch weiterhin auf unbegrenzte Zeit tun wird, während die andere Hälfte in immerwährender Nacht bleiben wird. Andere Auswirkungen der Verlangsamung, die zu erwarten gewesen wären, schließen die Überflutung von Küstengebieten, den Einsturz der meisten Gebäude und eine Serie starker Erdbeben und Vulkaneruptionen mit ein, doch scheint von alledem nichts geschehen zu sein. Zur Zeit haben wir keine rationale Erklärung für das Geschehen, und ich muß zugeben, daß es verlockend erscheint, zu sagen, daß es Thomas dem Verkünder gelungen sein müsse, sein Wunder zu wirken, weil es keine andere einleuchtende Erklärung...‹«

»...Ich bin Alpha und Omega, der Anfang und das Ende, sagt der Herr, was ist und was war und was sein wird. Der Allmächtige...«

Mit einer ungeduldigen Bewegung bringt Thomas alle lärmenden Radiostimmen zum Schweigen. Alpha und Omega! Apokalyptischer Unsinn! Aus tausend Sendern ergießt sich das Gesabbere hysterischer Geistlicher und vergiftet die Luft! Thomas verabscheut all diese Untergangsapostel. Keiner von ihnen weiß etwas. Keiner versteht. Seine Kehle füllt sich mit einem Durcheinander zorniger, zusammenhangloser Worte, die ihn zu ersticken drohen. Ein kupfriger Geschmack von Anklagen. Kraft drängt ihn, wieder zu sprechen. Thomas blickt finster. Warum spricht Kraft zur Abwechslung nicht selbst? Er ist ein wahrerer Gläubiger als ich es bin. Er ist der wirkliche Prophet. Aber die Idee ist natürlich lächerlich. Kraft hat keine Beredsamkeit, kein Feuer. Nur Ideen und Visionen. Er würde alle zu Tode langweilen. Thomas gibt nach, winkt mit dem Finger. »Das Mikrofon«, murmelt er. »Geben Sie das Mikrofon.«

In seinem Gefolge entsteht aufgeregtes Hin und Her. »Er will das Mikrofon!« murmeln sie. »Her mit dem Ding, schnell!« Viel Aktivität von seiten der Techniker.

Kraft drückt dem Verkünder das kühle Metall in die Hand. Lächelt, zwinkert. »Erhebe ihre Herzen«, flüstert er. »Schicke sie auf einen Trip.« Alle warten. Im Tal schwanken und hüpfen die Fackeln; haben sie dort unten zu tanzen begonnen? Über ihnen hält der pockennarbige Mond seine Himmelsecke im frostigen Griff. Die Sterne sind an ihre Plätze gekettet. Thomas holt tief Atem und schließt die Augen, wartet auf die leichte Benommenheit, die Auftriebskraft, die ihm die Zunge löst. Er hat das Gefühl, zum Sprechen bereit zu sein. Er hört die verzweifelten Sprechchöre: »Tho-mas! Tho-mas! Tho-mas!« Mehr als ein halber Tag ist seit seiner letzten öffentlichen Erklärung vergangen. Er ist angespannt und zugleich wie ausgehöhlt; er hat diesen ganzen Tag des Zeichens gefastet, und natürlich hat er nicht geschlafen. Niemand hat geschlafen.

»Freunde«, beginnt er, »Freunde, hier spricht Thomas.«

Die Verstärker schleudern seine Stimme hinaus. Tausend Lautsprecher nehmen sie auf und verteilen sie über das Tal, von wo die Worte als abgehackte Echos zurückkommen. Er hört Schreie, unheimliches Kreischen; sein eigener Name steigt in verschwommenen Verzerrungen zu ihm auf. »Too-mis! Too-mis! Too-mis!«

»Fast ein voller Tag ist vergangen«, sagt er, »seit der Herr uns das Zeichen gab, um das wir baten. Für uns ist es ein langer Tag der Finsternis gewesen, und für andere war es ein Tag seltsamen Lichts, und für uns alle war es ein Tag der Angst. Aber dies sage ich euch jetzt: Fürchtet euch nicht. Denn der Herr ist gut, und wir sind Seine Kinder.«

Er macht eine Pause, nicht nur um des Effekts willen; seine Kehle schmerzt. Er signalisiert wütend, und Kraft reicht ihm stirnrunzelnd eine Flasche. Thomas nimmt einen tiefen Schluck vom guten Rotwein, der kühl und stark ist. Ah. Er wirft einen Blick auf den Bildschirm neben ihm: die Videoübertragung aus dem Tal. Welcher Wahnsinn, welche Raserei dort unten! Wild blickende, schwitzende Verrückte, halb nackt und schlimmer, springen auf und nieder! Rufen seinen Namen, beschwören ihn, als ob er göttlich wäre. »Da gibt es jene, die euch jetzt sagen«, fährt Thomas fort, »daß das Ende der Tage bevorstehe, daß das Jüngste Gericht über uns gekommen sei. Sie sprechen von Apokalypsen und dem Zorn Gottes. Und was sage ich dazu? Ich sage: FÜRCHTET EUCH NICHT. Der Herrgott ist ein Gott der Barmherzigkeit. Wir baten Ihn um ein Zeichen, und ein Zeichen wurde uns gegeben. Sollten wir darob nicht jauchzen? Nun dürfen wir Seiner Gegenwart und Anleitung gewiß sein. Achtet nicht der Untergangspropheten. Legt eure kleinlichen Ängste ab. Wir leben jetzt in Gottes Liebe!«

Thomas hält wieder ein. Zum erstenmal in seiner Erinnerung hat er nicht das Gefühl, sein Publikum zu beherrschen. Erreicht er es überhaupt? Rührt er die richtigen Saiten an? Oder ist er bereits im Begriff, die Aufmerksamkeit zu verlieren? Vielleicht war es ein Fehler, sich von Kraft zu diesem frühen Zeitpunkt zur Ansprache drängen zu lassen. Er glaubte sich bereit, aber vielleicht war das ein Trugschluß. Nun sieht er, wie Kraft ihn entsetzt anstarrt, mit Zeichen zu verstehen gibt, er solle fortfahren. Thomas' Selbstsicherheit gerät momentan ins Wanken, und Entsetzen überflutet seine Seele, denn er weiß, daß er von den Kräften, die er losgelassen hat, leicht zerstört werden kann, wenn er an diesem Punkt versagt. Am Rande eines Abgrunds schwankend, sucht er verzweifelt seine gewohnte Zuversicht zu mobilisieren. Wo bleibt diese stählerne Säule aus Worten, die sich gewöhnlich ungebeten aus seinen Tiefen erhebt? Noch einen Schluck Wein. Gut. Kraft reibt sich nervös die Hände und versucht es mit einem ermutigenden Lächeln. Thomas fährt sich durchs Haar. Er nimmt die Schultern zurück und wölbt die Brust heraus. Fürchtet euch nicht! Er spürt, wie ihm nach der beängstigenden Pause neue Sicherheit zuwächst. Sie sind sein, all jene, die zuhören. Sie waren immer sein. Was brüllen sie jetzt im Tal? Nicht nur seinen Namen, sondern irgendeine neue Parole. Er lauscht angestrengt. Zwei Worte, aber was bedeuten sie? »Didong! Di-dong! Di-dong!« Was? »Di-dong! Di-dong! Di-dong!, Too-mis! Di-dong!« Was? Was? »Die Sonne«, sagt Kraft. Die Sonne? Ja. Sie wollen die Sonne. »Die Sonne! Die Sonne! Die Sonne!«

»Die Sonne«, sagt Thomas. »Ja. An diesem Tag steht die Sonne still, als unser Zeichen von Ihm. Fürchtet euch nicht! Eine lange Dämmerung über Jerusalem hat Er verordnet, und eine lange Nacht für uns, aber nicht so sehr lang und bald vergangen.« Endlich fühlt Thomas die alte Macht aufbranden. Kraft nickt ihm zu, und Thomas nickt zurück und spuckt ihm einen Strahl Rotwein vor die Füße. Er ist sich des Risikos bewußt, in welchem die Freude der Prophezeiung liegt: Ich werde vorbringen, was ich sehe, und vertrauen, daß Gott es Wirklichkeit werden läßt. Dieses Gefühl überkommt ihn jetzt, dieses Gefühl akzeptierten Risikos, des Triumphs über den Zweifel. Ruhig sagt er: »Der Tag des Zeichens wird in wenigen Minuten enden. Die Erde wird sich wieder um ihre Achse drehen, und der Mond und die Sterne werden über den Himmel ziehen. So legt denn eure Fackeln nieder und geht nach Haus und schickt freudige Gebete der Danksagung zu Ihm empor, denn diese Nacht wird vergehen, und der Morgen wird zur gewohnten Stunde kommen.«

Woher weißt du das, Thomas? Warum bist du so sicher?

Er gibt das Mikrofon Saul Kraft zurück und ruft nach mehr Wein. Um ihn sind gespannte Gesichter, starrblickende Augen, zusammengepreßte Kiefer. Thomas lächelt. Er geht unter ihnen umher, schlägt auf Schultern, lacht, umarmt, zwinkert respektlos und teilt Rippenstöße aus. Seid guter Dinge, ihr, die ihr meinen Weg geht! Teilt ihr nicht mein Vertrauen in Ihn? Fragt Kraft, wie die Ansprache gewirkt habe. Sehr gut, sagt Kraft, bis auf jenen unsicheren Augenblick in der Mitte. Thomas schlägt ihm fest genug auf den Rücken, um Zähne zu lockern. Der gute alte Saul. Meine Inspiration, mein Ratgeber, mein Leitstern. Thomas hält ihm die Flasche hin. Kraft schüttelt den Kopf. Er ist wählerisch im Trinken, wie er überhaupt in Fragen der Schicklichkeit viel strengere Vorstellungen hat als Thomas. Du mißbilligst mich, nicht wahr, Saul! Aber du brauchst mein Charisma. Du brauchst meine Energie und meine große, laute Stimme. Zu dumm, Saul, daß Propheten nicht so ordentlich und stubenrein sind, wie du sie haben möchtest. »Zehn Uhr«, sagt jemand. »Jetzt sind es genau vierundzwanzig Stunden.«

Eine Frau sagt: »Der Mond! Seht! Hat er nicht gerade angefangen, sich wieder zu bewegen?«

»Das würde man mit unbewaffnetem Auge nicht wahrnehmen können«, erwidert Kraft. »Ausgeschlossen.«

»Fragt Thomas! Fragt ihn!«

Einer der Techniker ruft: »Ich kann es fühlen! Die Erde dreht sich wieder!«

»Seht, die Sterne!«

»Thomas! Thomas!«

Sie stürzen zu ihm. Thomas, wohlwollend und heiter, breitet seine großen Hände aus, um sie zu ermutigen. Sagt ihnen, daß auch er es gefühlt habe. Ja. Das Universum ist wieder in Bewegung geraten. Vielleicht sind die Umdrehungen der Himmelskörper zu langsam, um auf den ersten Blick erkennbar zu werden, vielleicht wird es einer Stunde oder noch längerer Zeit bedürfen, um eine Bestätigung zu erhalten, aber er weiß es, er ist absolut sicher. Der Herr hat Sein Zeichen zurückgezogen. Die Erde dreht sich. »Laßt uns jetzt schlafen«, sagt Thomas fröhlich, »und den Morgen mit glücklichen Gefühlen begrüßen.«

2
Der Tanz der Apokalyptiker

Jeden Tag versammelt sich am Spätnachmittag eine Gruppe von Apokalyptikern am stinkenden Ufer des Eriesees, um den Sonnenuntergang einzutanzen. Ihre Gesichter sind mit grotesken Streifen alptraumhaft bemalt, ihre Mienen und Bewegungen sind wild; sie werfen sich mit ruckartigen, taumelnden Schritten hierhin und dorthin, ungelenk und krampfhaft, in einem klassischen Totentanz. Zwei riesige vergoldete Lautsprecher, wie Idole auf in den Boden gerammten Metallstangen befestigt, heulen von beiden Seiten abstrakte Rhythmen. Der Leiter der Gruppe steht bis zu den Hüften in fauligem Wasser, singt, winkt, dirigiert sie mit kurzen hervorgestoßenen Ausrufen: »Heiliges Volk... auserwähltes Volk... gesegnetes Volk... drangsaliertes Volk... Tanzt!... Das Ende ist nahe...« Und sie tanzen. Finger stoßen elektrisiert in die Luft, Ellbogen keilen ins Leere, Knie werden angezogen, sie bewegen sich auf den See zu, ziehen sich zurück, rücken vor, weichen zurück, drei Schritte vorwärts und zwei zurück, eine Springprozession zur Erlösung.

Sie haben dies seit dem Beginn des Jahres, dieses

schicksalhaften, endzeitlichen Jahres siebenmal in der Woche getan, aber erst in der Woche nach dem Tag des Zeichens haben sie ein größeres Publikum gefunden. Am Anfang, im eisigen Januar, nahm kein Mensch die Mühe auf sich, hinauszukommen und ein Dutzend Verrückte zu beobachten, wie sie auf dem windgefegten Eis herumhopsten. Später wurde der Kult vom Fernsehen als Kuriosität gezeigt, und das brachte ein paar Neugierige. An den milderen Aprilabenden konnte man am Seeufer vielleicht dreißig Tänzer und zwanzig Zuschauer antreffen. Aber jetzt ist Juni, der apokalyptische Juni, nachdem der Herr sich in all Seiner Majestät gezeigt hat, und die abendlichen Tänze – bis in die Nacht hinein fortgesetzt – sind ein Ereignis, das Tausende aus den Vororten Clevelands herbeilockt. Polizeikordons halten die Menge in sicherer Entfernung von den Darstellern. Eine Videoübertragung läßt auch jene nicht leer ausgehen, die zu weit entfernt sind, um selbst mehr als die Köpfe der vor ihnen Stehenden zu sehen. Der Hubschrauber einer Fernsehgesellschaft knattert über der Szene, die Kameras schußbereit für den Fall, daß etwas Ungewöhnliches geschehen sollte – der Tod eines Tänzers, das Losbrechen der Menge, Massenbekehrungen, ein weiteres Wunder, irgend etwas. Die Luft ist heute abend kühl. Die Sonne, zart verschwommen und purpurrot verfärbt von dem rauchigen Dunst, der zu allen Zeiten den Himmel dieser Gegend verhängt, sinkt auf den See herab. Die Tänzer bewegen sich in rasenden, wirbelnden Mustern. Die in der vordersten Reihe erreichen das Wasser, benetzen ihre Zehen und ziehen sich zurück. Ihr Anführer klatscht mit beiden Händen auf das Wasser, daß es hoch aufspritzt, und fährt fort, sie mit hoher, angestrengter Stimme anzufeuern.

»Volk… heiliges Volk… auserwähltes Volk…«

»Halleluja! Halleluja!«

»Kommt und besiegelt! Gesegnetes Volk… drangsaliertes Volk… Kommt! Besiegelt eure Treue zum Herrn!«

»Halleluja!«

Die Zuschauer regen sich unbehaglich. Manche stoßen einander an und kichern. Andere verschränken die Arme und starren stirnrunzelnd. Andere bewegen die Lippen in stummem Gebet oder stummen Verwünschungen. Einige wenige scheinen versucht, sich den Tanzenden anzuschließen. Der eine oder der andere unter ihnen wird es tun. Jeden Abend gibt es ein paar, die zu den Apokalyptikern übergehen. Jeden Abend aber gibt es auch Versuche, den Polizeikordon zu durchbrechen und die Tänzer anzugreifen. Allein im Juni hat es unter den Zuschauern bei Auseinandersetzungen und im Gedränge sieben Herzanfälle gegeben, davon fünf mit tödlichem Ausgang.

»Diener Gottes!« ruft der Mann im Wasser.

»Halleluja!« erwidern die Tänzer.

»Das Jahr eilt dahin! Das Ende naht!«

»Halleluja!«

»Die Posaunen werden erschallen! Und wir werden erlöst!«

»Ja! Ja! Ja! Ja!«

Die Inbrunst des Tanzes und die Wildheit der Gesichter scheinen noch zuzunehmen. Die aufgemalten Streifen verfließen, gehen ineinander über, als der Schweiß die dicken, fettigen Pigmente durchdringt. Man könnte glühende Kohlen am Strand verstreuen, und die Tänzer würden in ihrer Ekstase darauf tanzen. Die Choreographie ihres Glaubens nimmt sie in diesen Augenblicken völlig in Anspruch und läßt keine Ablenkung zu. Schließlich bleibt nur noch wenig Zeit, und bis zum Ende wird ihnen noch ein enormes Maß von heiliger Anstrengung abverlangt! Der Juni ist schon halb vergangen; das Morgengrauen des neuen

Jahrtausends, der Tag der himmlischen Posaunen, der Augenblick der Apokalypse nähert sich unaufhaltsam. 1. Januar 2000: noch sechseinhalb Monate. Und schon hat Er das Zeichen gegeben, daß das Ende aller Tage bevorsteht. Sie tanzen. Durch ekstatische Bewegung kommt die Erlösung.

»Fürchtet Gott und verherrlicht Ihn; denn die Stunde des Gerichts ist gekommen!«

»Halleluja! Amen!«

»Und lobpreist Ihn, der den Himmel, die Erde und das Meer erschaffen hat!«

»Halleluja! Amen!«

Sie tanzen. Die Musik wird eindringlicher: ein dissonanter, stampfender Rhythmus dröhnt aus den Verstärkern. Da und dort beginnen Zuschauer in die Hände zu klatschen und sich zu wiegen. Die erste Konvertitin des Abends drängt vorwärts, eine dickliche Frau von mittleren Jahren, die mit den Polizisten verhandelt und um Durchlaß bittet. Ein elektronisches Suchgerät überprüft sie nach verborgenen Waffen und Sprengladungen; es zeigt sich, daß sie harmlos ist, und man läßt sie passieren. Unbeholfen und stolpernd läuft sie zu den Tanzenden, sich ihnen anzuschließen.
»Denn der große Tag Seines Zorns ist gekommen; und wer will ihm widerstehen?«

»Amen!«

»Diener Gottes! Besiegelt eure Treue zum Herrn, und ihr sollt erlöst sein!.«

»Wir besiegeln... besiegeln... wir werden erlöst... werden erlöst...«

»Alsdann sah ich vier Engel, die an den vier Ecken der Erde standen; sie hielten die vier Winde der Erde fest; damit nicht ein Wind hinwehe, weder auf die Erde noch auf das Meer, noch über einen Baum«, brüllt der Mann im Wasser. »Und ich sah einen andern Engel; von Sonnenaufgang stieg er auf, er hielt das

Siegel des lebendigen Gottes und rief mit lauter Stimme den vier Engeln zu, die die Gewalt besaßen, die Erde und das Meer zu schädigen: ›Schädigt nicht die Erde noch das Meer und nicht die Bäume, bis wir die Knechte unseres Gottes auf ihrer Stirne versiegelt haben.‹«

»Versiegelt! Halleluja! Amen!«

»Ich hörte auch die Zahl der so Versiegelten: Und es waren einhundertvierundvierzigtausend Versiegelte aus allen Stämmen Israels.«

»Versiegelt! Versiegelt!«

»Kommt zu mir und seid versiegelt! Tanzt und seid versiegelt!«

Die Sonne versinkt im See. Die orangefarbenen und purpurnen Streifen des Sonnenuntergangs überziehen den Westhimmel. Die Tänzer brechen in ekstatisches Geschrei aus und stürzen zum Wasser. Sie bespritzen einander; sie bieten hektische Taufen im trüben See an; sie trinken und speien aus, was sie getrunken haben, sie trinken wieder. Umringen ihren Anführer. Bitten um seinen Segen. Aus den Reihen des Publikums wird zorniges Gemurmel laut. Die Zuschauer sind von diesem tobenden Glaubensbekenntnis angewidert. Eine Menagerie, sagen sie. Ein Zirkus. Diese Verrückten. Diese Freaks. Wir haben genug gesehen, um sie zu verabscheuen.

Und wenn sie recht haben? Und wenn die Welt wirklich am ersten Januar endet und wir zur Hölle fahren, während diese erlöst werden? Unmöglich. Absurd. Aber andererseits: Wer kann es sagen? Erst letzte Woche stand die Erde einen ganzen Tag lang still. Wir leben jetzt unter Seiner Hand. Wir haben es immer getan, doch nun haben wir nicht mehr die Freiheit, daran zu zweifeln. Wir können nicht länger leugnen, daß Er dort oben ist, uns beobachtet, uns belauscht, über uns nachdenkt. Und wenn das Ende wirklich kommt, wie die verrückten Tänzer glauben, was sollte ich tun, um mich darauf vorzubereiten? Sollte ich mich den Tänzern anschließen? Gott bewahre. Gott helfe uns allen. Nun wird es dunkel. Und die Irren wälzen sich im schmutzigen Wasser.

»Halleluja! Amen!«

3
Der Schlaf der Vernunft erzeugt Ungeheuer

Als ich ungefähr sieben Jahre alt war, also Ende der sechziger Jahre, spielte ich eines Sonntags draußen vor dem Haus, als drei sommersprossige irische Kinder, die einen Block weiter wohnten, vorbeikamen. Sie waren auf dem Heimweg von der Kirche. Der Jüngste war ungefähr in meinem Alter, und die anderen zwei müssen acht oder neun gewesen sein. Für mich waren sie große Jungen: nachlässig gekleidet, stark, angeberisch, fremdartig. Mein Vater war Universitätsprofessor, und der ihrige war wahrscheinlich Bergmann oder Busfahrer, und so waren sie mir nicht weniger fremd, als es drei Touristen aus Patagonien gewesen wären. Sie machten halt und sahen mir eine Weile zu, und dann rief der Größte mich auf die Straße hinaus und fragte mich, wie es käme, daß sie mich sonntags nie in der Kirche sahen.

Die einfachste und taktvollste Antwort wäre die gewesen, daß ich eben nicht römisch-katholisch sei. Das entsprach der Wahrheit. Ich glaube, in Wirklichkeit wollten sie nur erfahren, in welche Kirche ich ging, da ich offensichtlich nicht in die ihrige kam. War ich Jude, Moslem, Presbyterianer, Baptist oder was? Aber ich war damals eine selbstgefällige kleine Rotznase, und statt die Situation diplomatisch zu handhaben, erzählte ich ihnen munter, daß ich nicht zur Kirche ginge, weil ich nicht an Gott glaubte.

Sie schauten mich an, als ob ich mich gerade in die amerikanische Flagge geschneuzt hätte.

»Sag das noch mal«, sagte der Größte von ihnen.

»Ich glaube nicht an Gott«, sagte ich. »Religion ist nichts als ein großer Schwindel. Mein Vater sagt es, und ich glaube, daß er recht hat.«

Sie zogen sich ein paar Schritte zurück, machten angestrengte Stirnfalten und berieten mit leisen, ernsten Stimmen und mit vielen Blicken in meine Richtung. Augenscheinlich war ich der erste Atheist, dem sie begegnet waren. Ich vermutete, daß es nun eine Debatte über die Existenz Gottes geben sollte: Sie würden mir die Motive erklären, die sie veranlaßten, so viele wertvolle Stunden auf den Knien in der Kirche zu Unserer lieben Frau von den Schmerzen zu verbringen, und dann würde ich ihnen zu zeigen versuchen, wie albern es sei, sich dermaßen um einen unsichtbaren alten Mann im Himmel zu sorgen. Aber ein theologischer Disput war nicht ihr Stil. Sie nahmen die Köpfe auseinander und kamen auf mich zu, und plötzlich sah ich Bedrohung in ihren Augen, und als die zwei Kleineren sich auf mich stürzten, entschlüpfte ich ihnen und rannte weg. Sie hatten längere Beine, aber ich war gewandter; außerdem war ich in meinen heimatlichen Gefilden und kannte mich besser aus. Ich rannte die Hälfte der Straße hinunter, lief in eine Zufahrt, schlüpfte durch die Lücke hinter Allertons Garage, überkletterte einen Gartenzaun und erreichte durch eine weitere Zufahrt unbehelligt unseren Garten. Nach Überklettern des Zauns rettete ich mich durch die Hintertür in die Küche. Die nächsten paar Tage blieb ich nach der Schule in der Nähe des Hauses und hielt wachsam Umschau, aber die frommen irischen Jungen kamen nicht wieder vorbei, um den Ketzer zu züchtigen. Danach lernte ich vorsichtiger zu sein, wenn es darum ging, meine Meinung zu religiösen Angelegenheiten zu sagen.

Aber ich wurde niemals gläubig. Ich hatte eine natürliche Neigung zum Skeptizismus. Wenn du es nicht messen kannst, ist es nicht da. Das schloß nicht nur den alten Rauschebart und Seinen eingeborenen Sohn mit ein, sondern auch den ganzen anderen mystischen Ballast, den die Leute in jenen gespannten Jahren des Umbruchs mit sich herumzuschleppen pflegten: die fliegenden Untertassen, Zen-Buddhismus, den Atlantiskult, Hare Krischna, die Makrobiotiker, Telepathie und andere Formen extrasensorischer Wahrnehmung, Theosophie, Astrologie und was dergleichen mehr ist. Ich war bereit, an das Vorhandensein von Neutrinos und Quasaren zu glauben, akzeptierte die Lehre von der Kontinentalverschiebung und der Ausbreitung des Meeresbodens, weil ich die Beweise für diese Prozesse respektierte; das andere Zeug, das irrationale Zeug, das in vielerlei Form feilgebotene Opium für das Volk konnte ich hingegen nicht kaufen. Wenn der Mond ins siebte Haus steht, etc., etc. – tut mir leid, nein. Ich blieb hartnäckig auf dem Pfad der Vernunft, als ich meinen nicht unschwierigen Aufstieg zur Reife machte, und so blieb der dickköpfige kleine Billy Gifford, Klugscheißer und Amateur-Entomologe, kirchenfremd, als er zu Professor William F. Gifford, Fakultät für Physik an der Universität Harvard, heranreifte. Ich war der organisierten Religion nicht feindlich gesonnen, ich ignorierte sie einfach, ebenso wie ich die Sportseite in der Zeitung ignoriere.

Ich beneidete die Gläubigen um ihren Glauben, o ja. Als die dunklen Zeiten dunkler wurden, muß es sehr tröstlich gewesen sein, am Busen Unserer lieben Frau von den Schmerzen Zuflucht zu suchen! Sie konnten beten, sie hatten die Illusion, daß ein göttlicher Plan diese beste von allen möglichen Welten regiere, während ich in öder, stürmischer Leere ausharren mußte, allein mit der düsteren Erkenntnis, daß weder die menschliche Existenz noch das Universum von einem höheren Sinn, gleich welcher Art, durchwaltet wird.

Es gab Zeiten, da ich aufrichtig wünschte, beten zu können, da ich nur zu gern meine existentielle Last in andere Hände gelegt und ausgerufen hätte: Okay, Herr, ich gebe auf, von hier an trage Du. Ich hatte Gefälligkeiten von Ihm zu erbitten. Gott, laß das Fieber meiner kleinen Tochter sinken. Laß das Flugzeug nicht abstürzen. Laß sie nicht auch noch diesen Präsidenten erschießen. Lehre die Rassen in Frieden miteinander zu leben, bevor die Schwarzen auf den Gedanken kommen, mein Haus niederzubrennen. Laß die friedliebenden Studenten dieses Semester keine Bombe in die zentrale Datenverarbeitung werfen. Laß nicht zu, daß Politiker und Technokraten in ihrem Wachstumswahn diesen Planeten vollends ruinieren. Als wir im Schnellzugtempo dem Chaos entgegensausten, fühlte ich mich der Frömmigkeit zuweilen in der Art zugeneigt, wie die Gottesfürchtigen der Sünde zugeneigt sind. Aber meine Liebe zur göttlichen Vernunft ließ mir keine Möglichkeit, für das Irrationale zu optieren. Man mag es Halsstarrigkeit nennen oder meinetwegen wuchernde Selbstgefälligkeit: Wie schlimm die Dinge sich auch entwickeln mochten, Bill Gifford dachte nicht daran, sich der Tyrannei eines Kobolds zu unterwerfen, mochte er noch so wohlwollend sein. Selbst wenn ich Gefälligkeiten von Ihm zu erbitten hatte. Intellektuelle Ehrlichkeit über alles, Gifford! Während die Verhältnisse sich mit jedem Jahr ein wenig verschlechterten.

Als ich aufwuchs, in den siebziger Jahren, war es bei gebildeten und ernsthaften Leuten Mode, einander zu versichern, daß die westliche Zivilisation dem Zusammenbruch entgegenginge. Sie sprachen davon mit Schadenfreude, dem Vergnügen, das man beim Gespräch über Katastrophen empfindet. Und den siebziger Jahren fehlte es wahrhaftig nicht an Katastrophen: die Eskalation der Umweltzerstörung, die Bevölkerungsexplosion, Vietnam und alle die kleineren Vietnams, der Überschallflug, der schwarze Separatismus, der Gegenschlag der Weißen, Studentenunruhen, Extremismus, hundert weitere Arten von dynamischer Irrationalität, alle unter der Devise: volle Fahrt voraus. Ein fruchtbarerer Nährboden für das Schadenfreude-Syndrom – hinter dem sich freilich eine abgrundtiefe Verzweiflung verbarg – war kaum vorstellbar. Ja, sagten meine Eltern und ihre kultivierten Freunde feierlich-traurig-vergnügt, alles wird zu Bruch gehen, und die Stücke werden uns um die Ohren fliegen. Und durch den duftenden Dunst von Räucherstäbchen, Zimttee und Pot kam das unausweichliche unheilverkündende Zitat von Yeats: ›Die Dinge fallen auseinander; die Mitte kann nicht halten; Anarchie bricht über die Welt herein.‹ – Nun, was sollen wir dagegen tun? Vielleicht ist die Entwicklung inzwischen wirklich außer Kontrolle geraten. Sollen wir beten? Unsere Stimmen zum Herrn erheben? Aber ich kann nicht. Ich werde mir wie ein jämmerlicher Dummkopf vorkommen. Vergib mir, Gott, aber ich muß Dich leugnen! Den Besten fehlt es an aller Überzeugung, während die Schlimmsten voll leidenschaftlicher Heftigkeit sind.

Und natürlich wurde alles sehr viel schlimmer, als die Pessimisten der siebziger Jahre wirklich erwartet hatten. Selbst jene, denen es am meisten Befriedigung verschaffte, das kommende Unheil aufzuzählen, glaubten unter ihrer grimmigen Freude noch immer, daß schließlich irgendwie die Vernunft triumphieren werde. Noch der trübsinnigste Jeremias nährte geheime Hoffnungen, daß die edlen ökologischen Resolutionen endlich in sinnvolles Handeln zum Schutz von Natur und Umwelt umgesetzt werden möchten, daß es gelingen möchte, dem irrsinnigen Geburtenüberschuß Einhalt zu gebieten, und daß die schrille Rhetorik der ungezählten Protestgruppen gemäßigter und differenzierter werden möchte, war doch die Entwicklung auf dem besten Wege, sie ihren revolutionären Zielen näherzubringen... Aber nein. Es brachen die achtziger Jahre an, die Dekade, die mich zum jungen Mann heranreifen ließ, und die ganze Hysterie sprang auf die nächsthöhere Ebene über. Das war die Zeit, als die Gasmaskentage und die programmierten Stromsperren eingeführt werden mußten. Die Zeit des verstärkten internationalen Verteilungskampfes. Der Flughafenkrawalle. Des schwarzen Regens. Der totalen Datenerfassung und der Aufstände dagegen. Des brasilianischen Pazifizierungsprogramms. Der Indexlisten und Bücherverbrennungen. Der ökologischen Notmaßnahmen. Der Liga für genetische Reinheit und ihres noch beängstigerenden schwarzen Gegenstücks. Des Kinderkreuzzugs für die Vernunft. Des Neunwochenkrieges. Die Mitte hatte längst aufgehört zu halten; nun waren wir an ein Rad geschnallt, das sich vom Wagen gelöst hatte. Inmitten der Raserei studierte und heiratete ich, setzte zwei Kinder in die Welt, arbeitete an einer Karriere, widerstand den täglichen Schrecken und wartete wie alle anderen auf den unausweichlichen, endgültigen Zusammenbruch.

Wer konnte noch an seinem Kommen zweifeln? Sie nicht und ich nicht. Und auch nicht die seltsamen wildblickenden Leute, die gleich dunklen, aus moderigen Winkeln aufschießenden Gewächsen unter uns zum Vorschein kamen, die Apokalyptiker, die ein Sakrament aus der Schadenfreude machten und ekstatische Untergangsreligion organisierten. Das Ende der

Welt, so verbreiteten sie, sei für den 1. Januar 2000 festgesetzt, und an diesem Tag würden 144000 Auserwählte, die sich durch Frömmigkeit und gute Werke hervorgetan hätten, gerettet; der Rest von uns armen Sündern aber werde vor den Weltenrichter geschleppt. Obwohl ich ihr Gerede von der Wiederkunft Gottes ablehnte und weder ihre Zuversicht auf das genaue Datum der Apokalypse noch ihre Vorstellungen über die Auswahl der Überlebenden teilte, stimmte ich mit ihnen darin überein, daß das Ende nahe war. Der Umstand, daß wir aus dem bevorstehenden Zusammenbruch der westlichen Zivilisation seit einem Vierteljahrhundert albernes Partygeschwätz gemolken hatten, war für sich noch keine Garantie dafür, daß dieser Zusammenbruch stattfinden würde; einiges von dem, was die Leute auf Cocktailpartys zu sagen pflegen, kann ins Schwarze treffen. Als Physiker mit einem geschärften Blick für entropische Prozesse fand ich alle Anzeichen fortgeschrittenen gesellschaftlichen Verfalls leicht zu identifizieren: Seit einem Jahrhundert hatten wir die Vielfalt gesellschaftlicher Funktionen ständig vermehrt, so daß ein immer höherer Organisationsgrad erforderlich wurde, um die Funktionsfähigkeit des Systems zu erhalten. Gleichzeitig hatten starke Strömungen einen Prozeß allgemeiner Demokratisierung eingeleitet, der partikulare Interessen begünstigte und den Rechten des einzelnen mehr Gewicht zuerkannte, als dies vorher der Fall gewesen war. Jedes geschlossene System, in dem sich eine starke Zunahme mechanischer Komplexität mit entropischer Diffusion verbindet, muß lange vor Erreichen der maximalen Energieverteilung zusammenbrechen. Das Grundmuster von Übereinkünften und Verträgen, auf dem die Zivilisation beruht, wird gestört; jede gesellschaftliche Wechselwirkung, vom Abstellen eines Wagens bis zur Beilegung eines internationalen Grenzkonflikts, wird zu einem Problem, das nur durch Mittel der Gewalt geregelt werden kann, da alle ›zivilisierten‹ Techniken der Vermittlung und des Interessenausgleichs als irrelevant außer Kraft gesetzt worden sind; wenn die Zustellung der Post zu einer Sache privater Verhandlungen zwischen dem Bürger und seinem Briefträger wird, welche Hoffnung auf die Herrschaft der Vernunft kann dann noch bestehen? Irgendwann, irgendwie hatten wir einen Punkt ohne Wiederkehr überschritten – war es 1984, 1973 oder vielleicht sogar an jenem schrecklichen Tag im November 1963! –, und nichts konnte uns nun noch vor dem Absturz bewahren.

Nichts?

Da kam Thomas der Verkünder aus Nevada, erhob seine Stimme über das Rattern der Spielautomaten und das Schnurren der Rouletteräder und rief: Wenn ihr den Glauben habt, dann sollt ihr erlöst werden! Ein anti-apokalyptischer Prophet, nichts weniger, dessen Botschaft lautete, daß es nicht zu spät und die Zivilisation noch zu retten sei. Die Stimme der Hoffnung, der neue Apostel des Friedens. Gleichwohl nahm er sich in den Augen von Leuten wie mir nicht weniger wildblickend, haarig, gefährlich und furchterregend psychotisch aus, als die Verkünder des Untergangs, denn wie diese berief auch er sich auf Kräfte, die außerhalb des Bereiches der Vernunft operierten. Von Rechts wegen hätte er aus dem hintersten Arkansas oder den Hippiekolonien von Kalifornien kommen müssen, aber das war nicht der Fall; er war eine Wüstenratte, ein sandfressender nachgeborener Johannes der Täufer. Außerdem ein wahrer Prophet unserer Zeit, schäbig, verrufen, ein Weinschlauch und Zyniker. Imstande, eine vom Fernsehen übertragene Predigt mit einem Rülpser einzuleiten. Ein ehemaliger Soldat, der während des brasilianischen Pazifierungsprogramms bedenkenlos ganze Provinzen mit Napalm verheert hatte. Ein nebenberuflicher Händler mit geschmuggeltem Rauschgift. Ein Experte im Taschendiebstahl und dem Blockieren von Computern. Er war ins Predigergeschäft eingestiegen, weil er dachte, er könnte damit schnell zu Geld kommen, aber dann war ihm, wie er behauptete, etwas Komisches widerfahren: Der Herr war ihm erschienen, er hatte die Schlechtigkeit seines Lebenswandels erkannt und war von Rechtschaffenheit entflammt. Ohne seine zweifelhafte Vergangenheit zu verbergen, bot er sich nun als eine leibhaftige Verkörperung der Erlösung durch Sühne dar: Seht, wie ich von der Sünde errettet worden bin, ist es Hoffnung für jeden!

Die Medien begannen sich für ihn zu interessieren. Seine großartige Stimme, sein charakteristischer zottiger Haarschopf, seine brennenden Augen, sein hypnotisches Selbstvertrauen – vollkommen. Er wanderte von Kalifornien nach Florida, um das kommende Gottesreich zu proklamieren, und sammelte Anhänger, Tausende zuerst, dann Millionen, all jene, die noch nicht bereit waren, den Weltuntergang beginnen zu lassen. Und er ließ sie beten und beten und beten, hielt Erweckungsversammlungen ab, die in alle Weltgegenden übertragen wurden. Er predigte keine bestimmte Theologie, sondern nur einen gefälligen ökumenischen Theismus, den praktisch jeder schlucken konnte, ob er nun Konfuzianer, Moslem oder Hindu war. Hört, sagte Thomas, es gibt einen Gott, ein allmächtiges Wesen dort draußen, dessen göttlicher Plan das Universum lenkt, und Er wacht über uns, Er ist gut und wird uns nicht zu Schaden kommen lassen, wenn wir auf Seinem Pfad wandeln. Und Er hat uns mit all diesen Schwierigkeiten und all diesem Elend auf die Probe gestellt, um die Tiefe unseres Glaubens zu messen. Also zeigen wir es Ihm, Brüder! Laßt uns alle gemeinsam beten und einen gewaltigen Ruf zu Ihm emporschicken! Denn Er wird uns gewiß ein Zeichen geben, und die Ungläubigen werden endlich bekehrt, und das Zeitalter der Reinheit wird beginnen. Viele von den vage religiös denkenden Leuten sagten, warum nicht? Wir haben viel zu gewinnen und nichts zu verlieren. Eine primitive Version von Pascals alter Überlegung: Wenn es Gott wirklich gibt, so mag Er uns helfen, und wenn es Ihn nicht gibt, haben wir nur ein wenig Zeit vergeudet. So wurde die Stunde des Bittgebets festgesetzt.

In Fakultätskreisen hatten wir unseren Spaß mit der ganzen Idee, wir spröden, weltlich-rationalen Typen, aber manchmal kam eine nervöse Schärfe in unsere Scherze, und unser herzhaftes Gelächter geriet ein wenig gezwungen, als dächten einige von uns, daß Pascal eine ziemlich gute Chance geboten habe, oder daß Thomas vielleicht so unrecht nicht habe. Natürlich war ich unter den Skeptikern, wenngleich ich meine Zweifel wie gewöhnlich für mich behielt. (Da wirkte die vor langer Zeit von den irischen Jungen gelernte Lektion noch nach.) Ich hatte Thomas und seiner Botschaft nicht viel Aufmerksamkeit geschenkt, genausowenig wie den Fußballergebnissen oder dem Kinderprogramm im Fernsehen: nicht meine Sphäre, nicht meine Sorge. Doch als der Tag des Bittgebets näherrückte, fühlte ich mich von der alten Versuchung geplagt. Gib endlich nach, Gifford. Neige den Kopf und gib Gott, was Gottes ist. Selbst wenn Er der Mythos ist, als den du Ihn immer durchschaut hast, tu es. Ich stritt mit mir selbst. Ich sagte mir, ich solle kein Idiot sein und nicht den uralten Ansprüchen des Aberglaubens nachgeben. Ich erinnerte mich an die Heiligen Kriege, die Inquisition, die lasterhaften Renaissancepäpste, die zahllosen Verbrechen, die christliche Unduldsamkeit an Andersgläubigen verübt hatte, das jahrhundertealte Unterdrückungsbündnis zwischen den Amtskirchen und den Herrschenden. Na und, Gifford? Kannst du nicht einmal in deinem Leben ein gewöhnliches, bescheidenes, gottesfürchtiges Menschenwesen sein? Auf den Knien neben deinen Brüdern? Angenommen, Er existiert, und deine Weigerung ist die eine Stimme, die den Ausschlag zuungunsten der Menschheit gibt? Ist es wirklich zuviel verlangt? Dennoch wehrte ich mich gegen die schlaue innere Stimme. Zu glauben ist absurd, rief ich. Ich darf mich nicht von Verzweiflung oder Panik zu einer Absage an die Vernunft verleiten lassen, auch nicht in diesem apokalyptischen Augenblick. Thomas ist ein gerissener Schwindler, und seine Anhänger sind dieselben hysterischen Dummköpfe, die jeder neuen Massenbewegung nachlaufen. Und du bist elitär und arrogant, Gifford, sagte meine innere Stimme. Mögest du lang genug leben, um deine Arroganz zu bereuen. Es war psychologische Kriegführung, Gifford gegen Gifford, Glaube gegen Vernunft.

Am Ende verlor die Vernunft. Ich war nervös, aus dem Gleichgewicht gebracht, demoralisiert. Leute, von denen ich es nie erwartet hätte, sprachen sich für Thomas den Verkünder aus, und ich fühlte mich zunehmend isoliert, ein Mann von Eis, mit einem Herzen von Stein, der Dorfatheist, der mürrisch zurückbleibt, wenn die anderen zur Kirche gehen. Bis zum letzten Augenblick wußte ich nicht recht, was ich tun sollte, aber dann schlug die Stunde, und ich sah mich allein in meinem Arbeitszimmer, mit abgeschlossener Tür, in sicherer Entfernung von Frau und Kindern – die bereits ihre Absicht angekündigt hatten, am Bittgebet teilzunehmen –, und so kniete ich nieder und kam mir albern und unmöglich vor und fühlte die Röte in meine Wangen steigen, als meine Lippen die Worte sprachen. Rund um die Welt beteten die Milliarden von Gläubigen, ich tat es auch. Auch ich betete, verlegen über meine Schwäche, und der Schmerz meiner Scham war wie ein Stein in meiner Kehle.

Und der Herr erhörte und gab ein Zeichen. Und für einen Tag und eine Nacht hielt die Erde in ihrer Bahn um die Sonne ein und drehte sich nicht mehr um ihre Achse. Und die Trägheitsgesetze waren widerlegt, wie auch ich widerlegt war. Dann nahm die Erde ihre Wanderschaft wieder auf, und auf die Nacht folgte wieder der Tag, als wäre nichts Ungewöhnliches geschehen. Man stelle sich meinen Verdruß vor. Ich wünschte, ich wüßte, wo diese irischen Jungen jetzt leben. Ich habe ihnen Abbitte zu leisten.

4
Thomas predigt auf dem Marktplatz

Ich höre, was ihr sagt. Ihr sagt mir, ich sei ein Prophet. Ihr sagt mir, ich sei ein Heiliger. Einige von euch sagen sogar, ich sei der wiedergekehrte Sohn Gottes. Ihr sagt mir, ich hätte die Sonne über Jerusalem zum Stillstand gebracht. Nun, nicht ich tat es, der allmächtige Gott tat es, der Herr der Heerscharen. Durch Seinen göttlichen Willen, in Erhörung eurer Gebete. Und ich bin nur das Instrument, durch welches eure Gebete kanalisiert wurden. Ich bin kein Heiliger, Leute. Ich bin nicht der wiedergeborene Sohn Gottes oder was ihr mir noch nachsagen mögt. Ich bin nur ein Mensch.

Wer bin ich?

Ich bin bloß eine Stimme. Ein Sprecher. Ein Werkzeug, durch welches Sein Wille manifest wurde. Ich gebe euch nicht die alte Demutsvorstellung, Freunde, ich versuche euch die Wahrheit über mich zu zeigen.

Wer bin ich?

Ich will euch sagen, wer ich war, obwohl ihr es bereits wißt. Ich war ein Bandit, ein Mann der Schlechtigkeit, ein Gesetzesbrecher. Ein Mörder, ein Lügner, ein Trunkenbold, ein Betrüger! Ich tat, was mir gefiel. Ich war mir selbst Gesetz. Wäre ich jemals erwischt worden, so könnt ihr euch darauf verlassen, daß ich nicht um Gnade gebettelt hätte. Ich hätte dem Richter ins Gesicht gespuckt und meine Strafe mit offenen Augen auf mich genommen. Bloß wurde ich nie erwischt, weil das Glück mit mir war und weil dies eine Zeit ist, in der ein schlechter Mensch gedeihen kann, in der die Bösen emporgehoben und die Tugendhaften in den Dreck gezogen werden. Außerhalb des Gesetzes stand ich! Thomas der Verbrecher! Thomas der Räuber, der sich in die Finger schneuzte! Untaten waren zu jeder Zeit meine Religion – als ich unten in Brasilien den Hungernden und Armen Napalmbomben auf die Köpfe warf, oder als ich unsere Städte durchstreifte und euch in die Taschen griff, oder als ich mit Rauschgift handelte. Wenn es je einen Menschen gab, der Satan gehörte, dann war ich es, das ist die traurige Wahrheit. Aber was geschah dann? Der Herr kam zu Satan und sagte zu ihm, Satan, gib mir den Thomas, ich brauche ihn. Und Satan übergab mich Ihm, denn auch er ist Gottes Diener.

Und der Herr nahm mich und schüttelte mich und stieß mich herum und sagte, Thomas, du bist nichts als Auswurf!

Und ich sagte, ich weiß das, Herr, aber wer war es, der mich so machte?

Und der Herr lachte und sagte, du hast Mut, Thomas, mir so zu erwidern. Ich mag mutige Leute. Aber du irrst. Ich habe dir die Fähigkeit gegeben, ein Heiliger oder ein Sünder zu sein, und du beliebtest ein Sünder zu sein, ja, aus deinem eigenen freien Willen! Denkst du, ich machte mir die Mühe, Menschen zu erschaffen, damit sie böse seien? Ich bin nicht an der Erschaffung von Puppen interessiert, Thomas, ich gab euch Wahlfreiheit, und du erwähltest das Böse, nicht wahr, Thomas? Ist das nicht die Wahrheit?

Und ich sagte, nun, Herr, vielleicht ist es so; ich weiß es nicht.

Und Gott der Herr wurde zornig mit mir und ergriff mich wieder und schüttelte mich und stieß mich herum, und als ich mich aufrappelte, hatte ich eine geschwollene Lippe und Nasenbluten, und Er fragte mich, was ich tun würde, wenn ich mein Leben noch einmal von vorn beginnen könnte.

Und ich blickte Ihm ins Auge und sagte, nun, Herr, ich würde sagen, daß die Schlechtigkeit sich für mich ziemlich gut ausgezahlt hat. Ich führte ein recht hübsches Leben und hatte alles, was ich wollte, und verbrachte nicht einen Tag hinter Gittern. Also sag mir, Herr, warum ich nicht wieder ein Sünder werden sollte, nachdem ich das erste Mal so gut damit gefahren bin?

Und er sagte, weil du das bereits getan hast und es nun Zeit für dich ist, etwas anderes zu tun.

Ich sagte, was ist das, Herr?

Er sagte, ich will, daß du etwas Wichtiges für mich tust, Thomas. Dort draußen ist eine Welt voller Menschen, die allen Glauben verloren haben, Menschen ohne Hoffnung, Menschen, die jedes Bemühen aufgegeben haben, weil sie den selbstverschuldeten Untergang vor Augen sehen. Ich möchte diese Menschen erreichen, Thomas, und ihnen sagen, daß sie irren. Und ihnen zeigen, daß sie, wenn sie auf sich selbst vertrauen und auf mich hören, eine gute Welt errichten können.

Ich sagte, das ist leicht, Herr. Warum erscheinst Du nicht einfach am Himmel und sagst ihnen das, wie Du es mir sagtest?

Er lachte wieder und sagte, o nein, Thomas, das ist

viel zu einfach. Ich sagte dir, ich will kein Puppentheater. Die Menschen müssen selbst den Wunsch verspüren, sich aus der Verzweiflung zu erheben. Sie müssen den ersten Schritt selbst tun. Kannst du mir folgen, Thomas?

Ja, Herr, aber was habe ich damit zu tun?

Und Er sagte, geh zu ihnen, Thomas, und sage ihnen alles über dein vergeudetes, nutzloses, sündhaftes Leben, und dann sage ihnen, wie der Herr dir die Möglichkeit gab, zur Abwechslung etwas Lohnendes zu tun, und wie du dich über dein schlechtes Selbst erhobst und die Gelegenheit wahrnahmst. Und dann laß sie zusammenkommen und beten und ihren Glauben wiederherstellen und um ein Zeichen von oben bitten. Wenn sie auf dich hören, wenn sie beten und es ein aufrichtiges Gebet ist, dann verspreche ich dir, daß ich ihnen ein Zeichen geben und mich ihnen zeigen werde, so daß alle Zweifel ihnen wie Schuppen von den Augen fallen werden. Wirst du das für mich tun, Thomas?

Freunde, ich hörte zu und merkte, daß ich zitterte und in Schweiß ausbrach, und von einem Augenblick zum anderen war ich nicht mehr der alte schmutzige Thomas, sondern ich war ein neuer und gereinigter Mensch, ein Mann mit einem hohen Ziel, ein Mann mit einem Glauben an etwas Größeres und Besseres als seine habgierigen Wünsche. Und ich ging unter euch, verändert wie ich war, und erzählte meine Geschichte, und ihr alle kennt den Rest davon, wie wir aus freiem Willen zusammenkamen und Ihm unsere Herzen darboten, und wie Er uns mit einem großen Wunderzeichen zu verstehen gab, daß Er über uns wacht.

Aber was sehe ich jetzt, in diesen jüngsten Tagen nach dem Zeichen? Was sehe ich?

Wo ist diese neue Welt des Glaubens? Wo ist dieser

neue Traum von Hoffnung? Wo ist die Menschheit Schulter an Schulter zusammengerückt, lobpreist Ihn und arbeitet sich gemeinsam zum Licht empor?

Was sehe ich? Ich sehe das Krebsgeschwür des Zweifels. Ich sehe den Virus der Verwirrung. Ich sehe Sein Zeichen mißdeutet. Ich sehe den Unwillen, Konsequenzen daraus zu ziehen, etwas zu ändern. Ich sehe die Schönheit der Erde weiter zertrampelt und zerstört.

Ich sehe noch immer bemalte Dummköpfe tanzen und auf Trommeln schlagen und schreien, daß die Welt am Ende dieses Jahres neunzehnhundertneunundneunzig untergehen werde. Was für ein Wahnsinn ist dies? Hat Gott nicht gesprochen? Hat Er uns nicht freudige Nachricht gegeben? Gott ist mit uns! Gott ist gut! Warum nehmen diese Apokalyptiker die Wahrheit Seines Zeichens nicht an?

Schlimmer noch! Mit jedem Tag nehmen neue Verrücktheiten Gestalt an! Wer sind diese Leute, die von Gott verlangen, daß Er zurückkehre und Seine Absichten darlege, als ob ihnen das Zeichen noch nicht genügte? Und wer sind diese nichtswürdigen Gotteslästerer, die sagen, wir müßten uns in Angst verkriechen und bittere Tränen weinen, weil wir nicht Gott, sondern Satan beschworen hätten, und Vernichtung unser Los sei? Wer sind diese Menschen mit leeren Seelen, die in unserer Mitte blöken und murmeln und schnüffeln? Und seht eure vornehmen Kirchenherren in ihren Priestergewändern und glitzernden Tiaras, die das Zeichen als einen natürlichen Zufall hinwegzuerklären suchen! Welch ein Gerede von Gottes eigenen Dienern! Und seht die ehedem Gottlosen, die nun, da ihnen die Gottlosigkeit entrissen wurde, wie verängstigte Affen durcheinanderkreischen! Was sehe ich? Ich sehe Wahnsinn und Schrecken auf allen Seiten, wo ich nur überströmende Freude sehen sollte!

Ich bitte euch, Freunde, geht mit euch zu Rate. Ich bitte euch, denkt jetzt klar, wenn ihr überhaupt jemals gedacht habt. Wählt den rechten Weg, Freunde, oder ihr werdet die Herrlichkeit des Zeichens wegwerfen und unsere große Errungenschaft brachliegen lassen. Hört nicht auf die Kräfte der Finsternis. Haltet euch fern von den Trödlern und Hausierern mit religiösen Wahnideen. Bemüht euch, das Wunder jenes Augenblicks wiederzufinden, als die ganze Menschheit mit einer einzigen Stimme sprach. Ich bitte euch – wie könnt ihr jetzt an Ihm zweifeln? Ich bitte euch, laßt nicht zu, daß dieser Triumph des Glaubens zerredet und mit Unsinn und Unflat aller Art zugedeckt wird.

(Jesus, mein Hals! All dieses Brüllen, es ist wie Feuerschlucken. Gib mir die Flasche, ja? Komm schon, gib her! Den Wein. Na also. Ah. Oh, das ist besser! Viel besser, o ja. Nein, warte, gib noch mal her – gut, gut. Sieh mich nicht so an, Saul. Ah. Ah.)

Und so bitte ich euch heute flehentlich, Brüder und Schwestern im Herrn – Brüder und Schwestern (was sagte ich gerade, Saul? Wo war ich stehengeblieben?) – Ich rufe euch auf, dem Herrn ein Zeichen eurer Treue zu geben und euch einem neuen Kreuzzug des Glaubens zu verschreiben. Das ist es, was wir brauchen, eine Reinigung von all unseren Zweifeln und all unserem Zögern und all unserer – (lieber Himmel, Saul, ich bin verloren, ich weiß nicht mehr, was ich sagen wollte. Laß die Musik anfangen. Schnell. Recht so. Gut und laut. Lauter.) Und so laßt uns alle singen, Leute! Erhebt eure Stimmen freudig zu Ihm!

> Ich will preisen den Herrn meinen Gott,
> Quelle aller Macht auf Erden…

So ist es richtig! Singt! Singt alle mit!

5
Zeremonien der Unschuld

Auf der ganzen Welt dauert die Suche nach einer angemessenen Antwort auf das Ereignis vom 6. Juni an. Noch immer konnte keine zufriedenstellende Interpretation der Geschehnisse jenes Tages gefunden werden, obwohl es an Vorschlägen nicht mangelte. Unterdessen gehen die Wogen der Leidenschaften hoch, und die Besonnenheit bleibt auf der Strecke, ein überraschendes Maß an Gewalt ist mit ins Spiel gekommen. Der vorübergehende Stillstand der Erdumdrehung muß die gesamte Bevölkerung einer außerordentlichen emotionalen Belastung unterworfen und schwere Spannungszustände geschaffen haben, die sich in den folgenden Wochen noch verstärkten. Die Fälle von scheinbar unmotivierten Verbrechen, vor allem Brandstiftung und Vandalismus, haben enorm zugenommen. Regierungsbehörden in Brasilien, Indien, der Vereinigten Arabischen Republik und Italien haben den Verdacht geäußert, daß geheime revolutionäre oder konterrevolutionäre Gruppen hinter einem Großteil dieser Aktivitäten stehen und die verbreitete Stimmung von Ungewißheit ausnutzen, um Unzufriedenheit zu schüren. Beweise dafür wurden bisher nicht veröffentlicht. Die traditionellen Religionsgemeinschaften klagen über eine Welle von Feindseligkeit, die ihnen entgegenschlägt, ein Phänomen, für das es zur Zeit noch keine allgemein akzeptierte Erklärung gibt, obschon mehrere Soziologen übereinstimmend die Ansicht vertreten, daß dieses oft bis zur Gewalttätigkeit gehende antiklerikale Verhalten eine Reaktion auf das Versagen der meisten etablierten Religionsgemeinschaften sei, die sich unfähig gezeigt hätten, offizielle Interpretationen des sogenannten Wunders vom 6. Juni zu liefern. In letzter Zeit mehren sich Meldungen über die Beschädigung oder Zerstörung von Gotteshäusern verschiedener Glaubensgemeinschaften durch aufgebrachte Menschenmengen, wobei es unter dem kirchlichen Personal Verletzte und Tote gegeben hat. Die Führungsgremien der meisten größeren Glaubensgemeinschaften haben für die nächste Zukunft öffentliche Erklärungen zu den Ereignissen angekündigt. Einstweilen zeichnet sich in kirchlichen Kreisen eine Tendenz zur Unterstützung einer mechanistischen oder rationalistischen Begründung des Ereignisses vom 6. Juni ab; so erklärte der Erzbischof von York am vergangenen Dienstag, wobei er betonte, daß er als Privatmann und nicht als ein Würdenträger der Kirche von England spreche, daß die Möglichkeit einer Manipulation der Erdbewegungen durch überlegene Lebewesen von einem anderen Planeten mit dem Ziel, zwecks späterer Eroberung Verwirrung unter der Menschheit zu verbreiten, nicht völlig auszuschließen sei. Moderne Theologen, so führte der Erzbischof aus, sähen keine Unmöglichkeit in der Doktrin von einem separaten Schöpfungsakt, der eine intelligente Spezies auf irgendeinem fremden Planeten hervorbrachte, noch sei es unvorstellbar, daß es der Ratschluß des Herrn sei, eine sündhafte Menschheit durch jene andere Spezies zu reinigen und zu läutern. In diesem Sinne könne die Verlangsamung der Erdrotation als ein Versuch dieser Feinde aus dem Weltraum gesehen werden, von den Emotionen zu profitieren, die der sogenannte Prophet Thomas der Verkünder mit seiner jüngsten Kampagne aufgewühlt habe. Ein Sprecher des koptischen Patriarchen von Alexandria, der die Theorie des Erzbischofs zwei Tage später zustimmend kommentierte, fügte hinzu, es sei die persönliche Meinung des Patriarchen, daß die Existenz einer solchen fremden Spezies weniger unglaubwürdig erscheine als ein göttliches Wunder aufgrund eines allgemeinen Verlangens der Bevölkerung. Eine Anzahl anderer religiöser Führer, die sich in ähnlicher Weise inoffiziell dazu äußerten, warnten vor einer allzu raschen und bereitwilligen Anerkennung des Ereignisses vom 6. Juni als Wunder göttlichen Ursprungs, ohne jedoch so weit zu gehen, daß sie die Anregung des Erzbischofs von York aufgriffen. Am Freitag richtete Dr. Nathan F. Scharf, Präsident der Zentralkonferenz Amerikanischer Rabbis, einen dringenden Appell an die amerikanischen und israelischen Wissenschaftler, mit Hilfe der Computertechnologie ein mathematisches Modell zu erarbeiten, das demonstrieren könne, wie eine einzigartige, aber natürliche Konjunktion astronomischer Kräfte zum Ereignis vom 6. Juni geführt haben könnte. Die bisher einzige Antwort auf diesen Aufruf ist von Su-ma Hsiang-ju, dem Minister für Wissenschaft und Forschung der Volksrepublik China, gekommen, der darin mitteilt, daß eine Sonderabteilung von mehreren hundert chinesischen Astronomen und Mathematikern bereits an einem solchen Projekt arbeite. Sein sowjetischer Kollege, Minister N. V. Posilippow, forderte im Gegensatz dazu eine Revision der überkommenen physikalisch-astronomischen Theorie, um die Möglichkeit von Einflußnahmen bisher nicht näher bestimmter Kräfte von vielleicht übernatürlichem Charakter auf die Bewegungen der Himmelskörper zu berücksichtigen. Aus alledem läßt sich der Schluß ziehen, daß die Situation auch weiterhin in Bewegung bleiben wird. Beobachter stimmen darin überein, daß die Hauptnutznießer des Ereignisses vom 6. Juni vor allem die verschiedenen apokalyptischen Sekten sind, die den sogenannten Tag des Zeichens nun als einen Hinweis auf die bevorstehende Zerstörung des Lebens auf der Erde betrachten. Zweifellos läßt sich ein großer Teil der gegenwärtigen Gewalttätigkeiten und anderer irrationaler Verhaltensweisen auf die verstärkte Aktivität solcher Gruppen zurückführen. Ein verwandtes Phänomen ist die in den letzten Wochen zu beobachtende dramatische Expansion älterer Sekten, die das Weltende und den Beginn des Tausendjährigen Reiches verkünden, vor allem der Pfingstkirchen. Die protestantische Welt hat gleichfalls eine Wiedergeburt pfingstlich inspirierter Erscheinungen zu verzeichnen, vor allem in Gestalt der sogenannten Glossolalie, besser bekannt unter dem Begriff des ›Zungenredens‹, einer Technik des Vordringens zu offenbarenden oder prophetischen Ebenen mittels ungezügelter ekstatischer Ausbrüche scheinbar willkürlicher Silben in keiner dem Sprecher selbst bekannten Sprache: *illalum gha gollim ve illalum gollim ghaznim kru! Aiha! Kru illalum nildaz sitamon ghaznim, mehigiu camalili honistar zam.* Der Wert dieser Praxis ist in religiösen Kreisen seit vielen Jahrhunderten umstritten.

6
Die ratlose Frau macht Thomas Vorwürfe

Ich wußte, daß er sich in unserem Bezirk aufhielt, und mußte ihn sprechen, weil er derjenige war, der mir alles das eingebrockt hatte. Also ging ich zu seinem Hauptquartier, wo in der Woche die Fernsehsendungen und alles gemacht wurden, und sah ihn in der Mitte einer Gruppe von seinen Anhängern stehen. Ein sehr hübscher Mann, wirklich, für meinen Geschmack ein bißchen zu schmutzig und bizarr aussehend, aber wenn er sich rasieren und die Haare schneiden ließe, würde er in meinen Augen ganz attraktiv sein. Er ist groß und stark, und wenn man ihn sieht, möchte man sich ihm gleich in die Arme schmeißen, obwohl ich zu der Zeit natürlich nicht in der Stimmung war, so etwas zu tun, und überhaupt, ich bin nicht dieser Typ von Frau. Ich ging gleich auf ihn los. Auf der Straße war eine riesige Menge, aber ich bin nicht leicht zu entmutigen, mein Mann nennt mich gern seinen ›kleinen Bulldog‹, und ich kämpfte mich mit den Ellbogen und ein bißchen Rempelei durch diese Menge und schaffte es auch. Da stand Thomas und neben ihm dieser magere kleine Kerl, der immer bei ihm ist, dieser Saul Kraft, der sein Presseagent oder was ist. Drei von seinen Leibwächtern sahen mich an und tauschten dann Blicke aus, als wollten sie sagen, o weh, da kommt schon wieder so ein verdrehtes Frauenzimmer, und sie wollten mich schon bei den Armen nehmen und abführen, und Thomas hatte mich noch nicht mal gesehen, also blieb mir nichts übrig, als zu schreien. Ich schrie, ich müsse mit Thomas sprechen, ich hätte was Wichtiges zu sagen. Und dann sagte ihnen dieser Saul Kraft, sie sollten mich loslassen und zu ihm bringen. Das taten sie auch, nachdem sie mich nach versteckten Waffen durchsucht hatten, und Thomas fragte mich, was ich wollte.

Wie ich so vor ihm stand, war ich nervös. Ein solch berühmter Mann. Aber ich pflanzte mich vor ihm auf, hob das Kinn, wie Papa es mich gelehrt hat, und sagte: »Sie haben alles das getan, und Sie haben mich ruiniert, Thomas. Sie haben es fertiggebracht, daß ich nicht weiß, ob ich auf den Beinen oder auf dem Kopf stehe.«

Er warf mir ein schiefes Lächeln zu. »Wirklich?«

»Sehen Sie«, sagte ich, »ich will Ihnen sagen, wie es war. Jede Woche ging ich zur Messe, mit der ganzen Familie. Zur Erlöserkirche in der Wilson Avenue. Wir gaben Geld bei der Kollekte, wir taten alles, was die Pater uns sagten, wir versuchten wie gute Christen zu leben. Nicht, daß wir viel über Gott nachgedacht hatten. Ob Er wirklich da oben sein und zuhören mochte, wenn ich mein Vaterunser sagte. Ich dachte mir, Er wäre zu beschäftigt, um sich viel um mich zu kümmern, und ich konnte mich nicht allzuviel mit Ihm beschäftigen, weil Er alles Verstehen übersteigt, nicht wahr? Statt dessen betete ich zu den Padres. Für mich war Pater McDermott in einer Weise wie Gott selbst, das ist nicht respektlos gemeint. Was ich sagen will, ist, daß der normale durchschnittliche Mensch keine sehr enge Beziehung zu Gott hat, verstehen Sie? Mit der Kirche, ja, mit den Priestern, aber nicht mit Gott. Gut. Nun kommen Sie daher und sagen, die Welt sei in Unordnung, also laßt uns zu Gott beten; daß Er sich uns zeige, wie in den alten Zeiten. Ich frage Pater McDermott, was er dazu meine, und er sagt, es sei schon in Ordnung, es sei erlaubt, wenn es auch nicht eine Idee sei, die aus Rom gekommen ist, und an dem und dem Tag sollten wir ruhig alle an diesem Bittgebet der ganzen Welt teilnehmen. Also bete ich, und was geschieht? Die Sonne steht still. Am sechsten Juni haben Sie die Sonne angehalten.«

»Nicht ich. Er.« Thomas lächelte wieder und sah mich an, als könnte er alles in meiner Seele lesen.

Ich sagte: »Sie wissen, was ich meine. Er ist jedenfalls ein Wunder. Das größte Wunder seit ich weiß nicht wann, seit der Auferstehung wahrscheinlich. Am nächsten Tag brauchen wir Hilfe, Anleitung, und so gehen wir zur Kirche, mein Mann und ich. Die Kirche ist geschlossen. Zugesperrt. Wir gehen hinten herum und versuchen die Padres ausfindig zu machen. Nur die Haushälterin ist da und hat Angst. Will nicht aufmachen. Warum ist die Kirche zugesperrt? Sie haben Angst vor Krawallmachern, sagt sie. Wo ist Pater McDermott? Er ist auf einer Konferenz der Erzdiözese. Auch die anderen Padres. Gehen Sie nach

Haus, sagt sie. Niemand ist hier. Verstehen Sie, Thomas? Das größte Wunder seit der Auferstehung, und am nächsten Tag schließen sie die Kirche.«

Thomas sagte: »Sie wurden nervös, nehme ich an.«

»Nervös? Natürlich waren sie nervös. Das ist ja, was ich meine. Wo waren die Padres, als wir sie brauchten? Auf der Konferenz der Erzdiözese. Der Kardinal hatte eine besondere Zusammenkunft über die Krise einberufen. Die Krise, Thomas! Gott selbst wirkt ein Wunder – *und für die Kirche ist es eine Krise!* Was soll ich mir dabei denken? Was soll aus mir werden? Ich brauche die Kirche, die Kirche hat mir das immer gesagt, und auf einmal sperrt sie die Türen zu und sagt zu mir, gehen Sie und machen Sie sich selbst einen Vers darauf; werte Dame, wir werden in ein paar Tagen eine Erklärung herausgeben. Die Kirche hatte Angst! Ich glaube, sie hatten Angst, der Herr könnte kommen und sagen, wir brauchen keine Priester mehr, wir brauchen keine Kirchen, all dieses organisierte Zeug hat sich sowieso nicht recht bewährt, lassen wir es also, und fangen wir mit dem Zeitalter des Glücks und Friedens an.«

»Alles Große und Neuartige bringt die Leute an der Macht in Verwirrung und Aufregung«, sagte Thomas achselzuckend. »Aber die Kirche hat wieder geöffnet, nicht wahr?«

»Sicher; vier Tage später. Der gewohnte Betrieb, bloß sollen wir noch keine Fragen über den sechsten Juni stellen. Weil sie noch auf die Nachricht aus Rom warten, die Interpretation, die offizielle Politik.« Ich mußte lachen. »Seit es geschehen ist, sind bald drei Wochen vergangen; und das Kardinalskollegium tagt noch immer in einem Sonderkonsistorium und versucht zu entscheiden, welche Haltung die Kirche einnehmen sollte. Ist das nicht verrückt, Thomas? Wenn der Papst und alle Kardinäle kein Wunder erkennen können, wenn sie eins sehen, wozu ist dann die ganze Kirche gut?«

»Na schön«, sagte Thomas, »aber warum mir die Schuld geben?«

»Weil Sie mir meine Kirche weggenommen haben. Ich kann diesen Leuten nicht mehr vertrauen. Ich weiß nicht, was ich glauben soll. Wir haben Gott hier bei uns, und die Kirche geht auf Tauchstation. Was tun wir jetzt? Wie soll es weitergehen?«

»Habe Vertrauen, mein Kind«, sagte er, »und bete für die Erlösung und bleibe fest in deiner Rechtschaffenheit.« Er sagte noch einen Haufen ähnliches Zeug, rasselte es herunter, als wäre er mit solchen Sprüchen programmiert. Ich sah ihm an, daß es nicht aufrichtig war. Er versuchte nicht, mir eine Antwort zu geben, sondern wollte mich bloß beruhigen und loswerden.

»Nein«, unterbrach ich ihn. »Dieses Zeug ist nicht gut genug. Habt Vertrauen, betet. Das habe ich mein Leben lang getan. Nun, wir beteten, und Gott zeigte sich. Was nun? Was ist Ihr Programm, Thomas. Erzählen Sie mir das. Was wollen Sie? Was sollen wir tun? Erzählen Sie mir das. Sie haben uns die Kirche genommen – was wollen Sie uns als Ersatz geben?«

Ich sah sofort, daß er keine Antworten hatte.

Sein Gesicht wurde rot, und er fuhr sich durchs Haar und warf Saul Kraft einen mißmutigen Blick zu, als wollte er ihm sagen, ich habe es dir gleich gesagt. Dann schaute er wieder mich an, und ich sah entweder Kummer oder Furcht in seinem Gesicht, ich weiß nicht, was es war, und da merkte ich, daß dieser Thomas bloß ein Mensch wie Sie und ich ist, ein ängstliches Menschenwesen, das kaum besser als wir versteht, was passiert, und nicht weiß, wie es nun weitergehen soll. Er versuchte es zu überspielen und sagte mir noch mal, ich sollte beten, niemals die Kraft des Gebetes unterschätzen und so Zeug, was die halt so sagen, aber sein Herz war nicht bei der Sache. Er saß fest. Er hat kein Programm. Er hat nicht weiter als bis zu dem Punkt gedacht, dieses Zeichen von Gott zu bekommen. Er kann uns jetzt nicht helfen. Da hast du deinen Thomas, den Verkünder, den Propheten. Er hat Angst. Wir haben alle Angst, und er ist bloß einer von uns, nicht anders, nicht klüger. Und letzte Nacht haben die Apokalyptiker ein Einkaufszentrum angezündet. Also, wenn man mich vor sechs Monaten gefragt hätte, wie mir zumute wäre, wenn Gott uns ein Zeichen gäbe, daß er wirklich über uns wacht, dann hätte ich gesagt, daß es die wunderbarste Sache seit Jesus in der Krippe sein würde. Aber nun ist es passiert, und ich bin nicht so sicher, wie wunderbar es ist. Ich gehe mit einem Gefühl herum, als ob der Boden sich jeden Augenblick unter meinen Füßen auftun könnte. Ich weiß nicht, was aus uns allen werden soll. Gott ist gekommen, und das sollte schön und begeisternd sein, aber statt dessen ist es nur zum Fürchten. Ich hätte nie gedacht, daß es so sein würde. O Gott, ich fühle mich so verloren. Ich fühle mich so leer.

7
Eine Einsicht von Scharfsinnigen

Vor einem Publikum zu sprechen, war mir natürlich nichts Neues. Nicht nach all den Jahren, die ich in Hörsälen verbracht habe, um die haarige neue Ernte von jungen Leuten geduldig in die Geheimnisse der Plasmaphysik, der Quantentheorie und der geladenen und ungeladenen Teilchen einzuführen. Auch war dieses Publikum nicht sonderlich fremd oder furchteinflößend: Es bestand hauptsächlich aus Fakultätsangehörigen von Harvard und M.I.T., einigen graduierten Studenten und vereinzelten Juristen, Psychologen und anderen Akademikern aus Cambridge und Umgebung. Alle miteinander Angehörige der großen Gemeinschaft von Lehrenden und Lernenden sozusagen. Jene Art von Publikum, das sich zu versammeln pflegt, um gegen das neueste Vorhaben ökologischer Vergewaltigung oder gegen die Mißachtung der Menschenrechte in irgendeinem Teil der Welt zu protestieren. Aber ein Aspekt der Rolle, die ich an diesem Abend übernommen hatte, war mir unheimlich. Dies war im wahrsten Sinne des Wortes eine religiöse Zusammenkunft; das heißt, wir hatten uns versammelt, um die Natur Gottes zu diskutieren und zu einem Verständnis unserer angemessenen Beziehung zu Ihm zu gelangen. Und ich war der Hauptredner, ich, der alte Bill Gifford, der die Gottheit für annähernd vier Dekaden als eine antiquierte Belanglosigkeit betrachtet hatte. Ich war der Hirte dieser Schäflein. Welch ein seltsames Gefühl.

»Aber ich glaube, daß viele von Ihnen in der gleichen mißlichen Lage sind«, sagte ich ihnen. »Menschen, denen der religiöse Impuls immer etwas Wesensfremdes gewesen ist. Deren Leben reich und erfüllt waren, obgleich Gebet und Ritus keinen Platz darin hatten. Die das Konzept eines höchsten Wesens als bedeutungslos betrachteten und in den Kirchgängern unter ihren Mitbürgern brave kleine Leute sahen, die in ihrer Unwissenheit und ihrem Aberglauben eben eines festen Halts bedurften. Dann kam die große Überraschung vom 6. Juni und zwang uns zur neuerlichen Beschäftigung mit Doktrinen, die wir verachtet hatten, zwang uns zur Überprüfung unserer grundlegenden philosophischen Erkenntnisse, zwang uns, eine annehmbare Erklärung für ein Phänomen zu suchen, das wir immer für unmöglich und vernunftwidrig gehalten hatten. Wir alle sahen uns unvermittelt in sehr tiefe metaphysische Wasser geworfen, in denen wir nun schwimmen lernen müssen, ob es uns gefällt oder nicht.«

Der Kern dieser Gruppe hatte in der Woche nach dem Ereignis in Form einer zwanglosen Gesprächsrunde zusammengefunden und seitdem hatten zwei- oder dreimal wöchentlich Zusammenkünfte stattgefunden. Zuerst gab es keine Organisationsstruktur, keinen Namen, keine Politik; es war nichts weiter als ein Kreis intelligenter und gebildeter Neuengländer, die sich außerstande fühlten, individuell mit der veränderten Natur der Realität ins reine zu kommen, und daher Gedankenaustausch und Ermutigung von Gleichgesinnten suchten. Zumindest war das für mich der Grund, an diesen Gesprächen teilzunehmen. Aber innerhalb von zehn Tagen tasteten wir uns bereits zu positiveren Zielen vor: Es ging nicht mehr darum, zu akzeptieren, was über die Menschheit gekommen war, sondern nutzbringende Folgerungen daraus zu ziehen. Ich hatte in privaten Gesprächen begonnen, einige Ideen in dieser Richtung zu entwickeln, und war von mehreren führenden Mitgliedern der Gruppe gebeten worden, meine Gedanken bei der nächsten Versammlung öffentlich vorzutragen.

»Ein erstaunliches Ereignis ist eingetreten«, fuhr ich fort, »und inzwischen gibt es eine stattliche Zahl von Theorien zu seiner Erklärung – wie zum Beispiel, daß die Erde durch das Wirken telekinetischer Kräfte zum Stillstand gebracht wurde, welche durch die gleichzeitige Gedankenkonzentration des überwiegenden Teils der Weltbevölkerung zustande kamen. Wir haben auch die astrologischen Erklärungen gehört – daß die Planeten oder die Sterne in einer bestimmten einmaligen Konstellation zueinander standen, deren Einwirkung dieses Resultat erbrachte. Und es wurden – auch an Orten, von wo man dies nicht erwartet hätte – Vermutungen geäußert, daß das Ereignis vom sechsten

Juni die Tat übelwollender Kreaturen aus dem Weltraum gewesen sei. Die Telekinese-Mutmaßung mag auf den ersten Blick faszinieren, wird aber von der Tatsache entwertet, daß es Experimentatoren in der Vergangenheit niemals gelungen ist, in einem oder mehreren Menschen auch nur ein Fünkchen von telekinetischer Fähigkeit zu entdecken. Eine gleichzeitige weltweite Anstrengung mag vielleicht Kräfte erzeugen, die in kleineren Einheiten als der gesamten menschlichen Bevölkerung nicht zu finden sind, aber solche Überlegungen sind eine unerwünschte Multiplikation von Hypothesen. Ich glaube, die meisten von Ihnen stimmen mir zu, daß die anderen Erklärungen für das Ereignis vom 6. Juni allesamt die Antwort auf eine kritische Frage schuldig bleiben: Warum erfolgte der Stillstand der Erdrotation so prompt, in scheinbar direkter Erwiderung auf das von Thomas dem Verkünder propagierte globale Bittgebet? Können wir glauben, daß eine einzigartige Konstellation höchst fragwürdiger und physikalisch nicht nachweisbarer astrologischer Kräfte ganz zufällig am Tag nach diesem Bittgebet wirksam wurde? Können wir glauben, daß die außergalaktischen Bösewichter sich ausgerechnet an diesem Tag entschlossen, mit der Erdumdrehung zu spielen? Ich fürchte, das außergewöhnliche Maß an Koinzidenz, das nötig wäre, um diese und ähnliche Argumente zu stützen, wird ihnen zum Verhängnis.

Was bleibt uns danach? Nur die Erklärung, daß der allmächtige Herr die Bitten der Menschheit erhört und ein Wunder gewirkt hat, auf daß wir in unserem Glauben an Ihn gestärkt werden.

So folgere ich. So folgern viele von Ihnen. Aber ergibt sich daraus notwendigerweise, daß die armselige religiöse Geschichte der Menschheit mit all ihren Heiligen Kriegen, ihren absurden Dogmen, ihren kindischen Ritualen, ihren dünkelhaften Hierarchien, ihren

Ketzerverfolgungen und gewaltsamen Bekehrungen damit gerechtfertigt ist? Sollten wir, weil wir am 6. Juni von einem Ereignis, für das es keine rationale Erklärung gibt, erschüttert und aus unserem Skeptizismus gerissen wurden, nun in die Kirchen und Moscheen und Synagogen stürzen und uns unverzüglich der Orthodoxie unserer Wahl anschließen? Ich glaube nicht. Ich denke, daß unsere von einem skeptischen Rationalismus geprägte Haltung begründet war, wenn wir auch im Ziel irrten. Indem wir das oft triviale Gepränge, die sinnentleerten Formeln verschmähten und an den Kirchen vorbeigingen, wo unsere Nachbarn ehrerbietig knieten, wandten wir uns auch von der Sache ab, die ihrem Glauben zugrunde lag: der Existenz eines höchsten Wesens, dessen göttlicher Plan das Universum lenkt. Das Drehen von Gebetsmühlen und das Herunterleiern von Glaubensbekenntnissen und Litaneien schien uns so geistlos, daß wir uns in unserer Abneigung gegen solche Dinge dazu verleiten ließen, alle Vorstellungen von einer höheren Ordnung, von einem theologischen Universum zu leugnen, und wir wandten uns statt dessen der Vorstellung eines völlig chaotischen Kosmos zu, der allein von den Zufälligkeiten der physikalischen Gesetze beherrscht wird. Und dann stand die Erde einen Tag und eine Nacht lang still.

Wie geschah es? Wir geben zu, daß es Gottes Werk war, so verblüfft wie wir selbst über diese unsere Einsicht sein mögen. Dieses unerklärliche Ereignis hat uns in eine Glaubenshaltung hineingezwungen. Aber was verstehen wir unter ›Gott‹? Wer ist Er? Ein alter Mann mit langem Bart? Wo ist Er zu finden? Irgendwo zwischen den Umlaufbahnen von Mars und Jupiter? Ist Er ein übernatürliches Wesen oder nur ein extraterrestrisches? Anerkennt auch Er eine höhere Autorität? Und so weiter, eine Vielzahl neuer Fragen. Wir haben keine gültige Kenntnis von Seiner Natur, obwohl wir nun Gewißheit über Seine Existenz haben.

Sehr gut. Für die wenigen Scharfsinnigen, zu denen wir uns wohl zählen dürfen, besteht jetzt eine einzigartige Gelegenheit, die intellektuelle Aktivität in den Dienst der Menschheit zu stellen. Rings um uns sehen wir eine Welt in Raserei. Die Apokalyptiker befinden sich in einem Freudentaumel über die herannahende Katastrophe, die Anhänger der Pfingstbewegung schnattern und lallen um die Wette, die Oberhäupter der versteinerten kirchlichen Hierarchien sind entsetzt über die Möglichkeit, daß das Tausendjährige Reich wirklich bevorstehen mag; alles ist in Bewegung, alles ist neu und fremdartig. Neue Kultformen entstehen. Alte Glaubensgemeinschaften lösen sich auf. Und dies ist unser Augenblick. Laßt uns aufstehen und Leichtgläubigkeit und Aberglauben durch Vernunft ersetzen. Ein Ende den obskuren Sekten und Kultgemeinschaften; ein Ende der Theologie; ein Ende dem blinden Glauben. Machen wir es zu unserem Ziel, die Geschehnisse jenes wunderbaren und schreckenerregenden Tages mit einem Vernunftprinzip in Beziehung zu bringen und eine nützliche, dynamische, rationale Bewegung für Wiedergeburt und Auferstehung zu entwickeln – nicht eine Religion, sondern einen Glauben, der auf der Vorstellung basiert, daß ein göttlicher Plan existiert, daß wir unter der Autorität eines höchsten oder zumindest überlegenen Wesens leben und es uns zur Aufgabe machen müssen, irgendeine Art von vernünftiger Beziehung zu diesem Wesen herzustellen.

Wir hatten bereits die moralische Kraft, zuzugeben, daß unser alter Skeptizismus, der nun die Kehrseite unserer vorbehaltlosen Wissenschaftsgläubigkeit darstellte, ein Irrtum war. Laßt uns nun eine anziehende

Alternative für jene von uns erarbeiten, die jede Art von ritualistischer Orthodoxie unangenehm und unannehmbar finden, zugleich aber einen völligen Zusammenbruch in apokalyptisches Chaos befürchten, wenn keine Schritte zur Stärkung der geistigen Einsicht der Menschheit unternommen werden. Laßt uns eine rein weltliche Bewegung schaffen, wenn wir können, eine nichtreligiöse Religion, welche die Hoffnung auf Herstellung eines sinnvollen Dialogs zwischen uns und Ihm bietet. Laßt uns Pläne machen. Laßt uns wirkungsvoll Symbole finden, mit denen wir die Unentschlossenen und die Verwirrten überzeugen können. Laßt uns in einer dramatischen Anstrengung zur Errettung der Menschheit von Unvernunft und Verzweiflung aufbrechen.«

Und so weiter. Ich glaube, es war eine ziemlich beredsame Ansprache, berücksichtigt man, daß sie von jemandem gehalten wurde, der es nicht gewohnt ist, feierliche Reden zu halten. Ein Mitschnitt gelangte am nächsten Tag in den Besitz der örtlichen Zeitung und wurde überall abgedruckt. Meine Wendung von den ›wenigen Scharfsinnigen‹ erregte einiges Aufsehen und versorgte unsere bis dahin namenlose Bewegung mit einem Etikett. Wir wurden als ›die Scharfsinnigen‹ bekannt. Sobald wir einen Namen hatten, wurde auch unser Status ein anderer; wir waren nicht mehr eine Gruppe besorgter Bürger. Nun stellten wir eine Glaubensgemeinschaft dar – eine skeptische, rationale, gegen allen Aberglauben gerichtete Sekte, aber nichtsdestoweniger eine Sekte, die neueste Facette der wildwuchernden endzeitlichen Verrücktheiten der Welt.

8
Eine Erwartung von Hoffenden

Ich weiß, es ist diese letzten dreißig oder vierzig Jahre nicht Mode gewesen, an Gott zu glauben, und die Leute sind nicht immer auf Seinem Pfad gewandelt, aber ich tat es immer, schon als kleiner Junge glaubte ich wahrhaft und liebte Ihn und wollte die ganze Zeit zur Kirche gehen, sogar mitten in der Woche pflegte ich zu Mutter zu sagen, laß uns in die Kirche gehen. Ich hatte echte Freude am Niederknien und Beten und an dem Gefühl, Ihn in der Nähe zu wissen, aber sie sagte, nein, Davey, du mußt bis Sonntag darauf warten, es ist erst Mittwoch. Man kann also sagen, daß mir diese Dinge nicht fremd sind, und als sie zu diesem gemeinsamen Bittgebet aufriefen, betete ich natürlich von ganzem Herzen, daß Er uns ein Zeichen geben möge, aber das heißt noch lange nicht, daß ich ein Dummkopf wäre, ich meine, ich nehme nicht alles hin, was man mir auftischt, selbst wenn es auf einer silbernen Platte geschieht; ich stelle Fragen, ich habe Zweifel, ich probiere alles aus und zeige, daß ich nicht irgendein gewöhnlicher Bauernlümmel bin, der alles für bare Münze nimmt, was man ihm erzählt. Ich glaube, in gewisser Weise könnte man sagen, daß ich zu den wenigen Scharfsinnigen gehöre, obwohl ich niemanden auf die Idee bringen möchte, ich wäre ein Scharfsinniger, o nein, mit diesem atheistischen Haufen will ich nichts zu schaffen haben. Wie auch immer, wir beteten alle, und das Zeichen kam, und zuerst war ich außer mir vor Freude; es macht mir nichts aus, Ihnen zu sagen, daß ich vor Freude weinte, als die Sonne stillstand. Da fühlte ich, daß der Glaube meines ganzen Lebens bestätigt worden war, und daß die Gottlosen gut daran täten, in ihren Stiefeln zu zittern, aber dann, nach einem Tag oder so, begann ich darüber nachzudenken und fragte mich, woher wissen wir eigentlich, daß das Zeichen wirklich von Gott kam? Wie können wir sicher sein, daß das Wesen, das wir angerufen haben, wirklich auf unserer Seite ist, fragte ich mich, und natürlich wußte ich darauf keine gute Antwort. Schließlich konnte es sein, daß wir Satan den Verfluchten beschworen hatten, und was wir uns als ein Wunder gedacht hatten, war in Wirklichkeit ein Trick aus der tiefsten Hölle, um uns alle ins Verderben zu führen. Und da kommen diese Scharfsinnigen und erzählen uns, daß sie ihren Atheismus bereuen, weil sie jetzt wissen, daß Gott wirklich ist, und daß Gott mit uns ist, aber dabei sind sie so naiv, daß sie nicht mal die Möglichkeit einkalkulieren, daß das Zeichen eine Falle und eine Täuschung ist. Ich kann Ihnen sagen, wir können nicht sicher sein, was das Ding ist, können wir absolut nicht. Das Zeichen könnte von Gott oder vom Teufel sein, und wir werden es nicht wissen, bis wir ein zweites Zeichen erhalten, das ich erwarte und das sehr bald kommen wird. Daran glaube ich. Und was wird uns dieses zweite Zeichen sagen? Ich behaupte, daß oben noch nicht entschieden worden ist, ob es ein Zeichen zur Verkündigung unserer völligen Verdammnis oder ein Zeichen sein soll, das uns das Paradies auf Erden verheißt, und wir müssen es bescheiden und mit Gebeten erwarten. Ja, wir müssen beten, meine Freunde, und uns läutern und auf das Schlimmste wie auf das Beste vorbereiten. Ich stelle mir gern vor, daß Gott selber sich bald uns zeigen wird, nicht in einer indirekten Weise wie durch das Aufhalten der Sonne, sondern in einer direkten Erscheinung, entweder als Gott Vater oder als Sohn Gottes, und daß wir dann alle gerettet werden, aber dazu wird es nur kommen, wenn wir rechtschaffen bleiben. Wenn wir den Irrtümern und der Schlechtigkeit nachgeben, werden wir es dazu bringen, daß der

Teufel erscheinen wird, denn wie Thomas selbst gesagt hat, liegt unser Schicksal genauso in unseren eigenen Händen wie in Gottes Hand, und ich glaube, das erste Zeichen war nur der Anfang eines Prozesses, der in den nächsten Tagen im Guten oder im Bösen entschieden wird. Darum rufe ich euch auf, meine Freunde, den Weg des Glaubens einzuhalten, denn wir dürfen in unserer Hoffnung nicht wankend werden, daß Er, der da kommen wird, liebevoll uns zugeneigt sein wird, und ich sage, daß dies die Zeit unserer Erprobung ist, und wenn wir versagen, werden wir vielleicht entdecken, daß es Satan ist, der erscheint, um unsere Seelen zu beanspruchen. Ich sage noch einmal, wir können das erste Zeichen nicht deuten, wir können nur Vertrauen haben, daß es wahrhaft von Gott ist, und wir müssen beten, daß es so sei, während wir auf das endgültige Urteil des Himmels warten. Darum haben wir ein leerstehendes Lebensmittelgeschäft in der Coshocton Avenue gemietet und ihm den Namen ›Erste Kirche der Hoffenden auf Erlösung‹ gegeben, und wir werden rund um die Uhr beten. Wir sind jetzt siebzehn, und wir werden in Dreistundenschichten beten, immer fünf von uns zur gleichen Zeit, natürlich wird die Zahl zunehmen, wenn unser erwartetes rasches Wachstum stattfindet. Ich hoffe, Sie werden zu uns kommen und den Chor unserer Stimmen anschwellen lassen, denn wir müssen beten, wir müssen, es gibt keine andere Hoffnung, wir müssen einfach viel beten, damit Er, der da kommen wird, wohlwollend und gütig sein wird, und ich bitte Sie und alle meine Freunde, immerfort zu beten und in dieser unserer Zeit des Wartens und Hoffens ein vertrauendes Herz zu bewahren.

9
Ein Geschrei von Verkündern

Kraft betritt das Zimmer, als Thomas den Hörer auflegt. »Mit wem hast du gesprochen?« fragt Kraft.

»Mit Gifford, dem Scharfsinnigen, der aus Boston anrief.«

»Warum hast du das Gespräch selbst angenommen?«

»Es war sonst niemand hier.«

»Im äußeren Büro waren drei Apostel, die den Anruf hätten annehmen können, Thomas.«

Thomas zuckt die Achseln. »Sie hätten ihn doch durchstellen müssen, also nahm ich lieber gleich ab. Was ist daran falsch?«

»Du mußt zwischen dir und den alltäglichen Routineangelegenheiten Distanz wahren. Du mußt da oben auf deinem Sockel stehen und nicht herumgehen und Telefonhörer abnehmen.«

»Ich werde mich bemühen, Saul«, sagt Thomas seufzend.

»Was wollte Gifford?«

»Er möchte seine Gruppe mit uns fusionieren.«

Krafts Augen blitzen. »Fusionieren? Was sind wir, ein Fabrikationsbetrieb oder was? Wir sind eine Bewegung. Eine geistige Macht. Über Fusion zu reden, ist Unsinn.«

»Er meint, daß wir zusammenarbeiten sollten, Saul. Er sagt, wir sollten unsere Kräfte zusammentun, weil wir beide auf der Seite der Vernunft stünden.«

»Was soll das im einzelnen bedeuten?«

»Daß wir beide gegen die Apokalyptiker sind. Daß wir beide für die Erhaltung der Gesellschaft arbeiten, statt für ihr Begräbnis.« – »Eine unzulässige Vereinfachung«, sagt Kraft. »Wir handeln mit Glauben, und er handelt mit Gleichungen. Wir glauben an ein göttliches Wesen, und er glaubt an die Heiligkeit der Vernunft. Wo ist der Anknüpfungspunkt?«

»Die Brände in Cincinnati und Chicago sind unser Anknüpfungspunkt, Saul. Die Apokalyptiker drehen durch. Und nun auch noch diese Hoffenden, diese Sprecher für Satan, die alles noch mehr verwirren – nein. Wir müssen handeln. Wenn ich mich Gifford zur Verfügung stelle…«

»Zu seiner Verfügung?«

»Er möchte eine Erklärung von mir, die den Geist seiner Philosophie unterstützt, wenn schon nicht die Substanz. Er meint, es werde helfen, die Lage ein wenig zu beruhigen.«

»Er will deine Zusammenarbeit für seine eigenen Ziele.«

»Für die Ziele der Menschheit, Saul.«

Kraft lacht rauh auf. »Wie naiv du sein kannst, Thomas! Wo bleibt dein gesunder Menschenverstand? Du kannst mit Atheisten keine Allianz schließen. Du kannst dich von ihnen nicht zu einer Bauchrednerpuppe machen lassen, die…«

»Sie glauben genauso an Gott wie…«

»Du hast Macht, Thomas. Sie ist nichts als eine Bande von Professoren. Sie wollen deine Macht borgen und zu ihren eigenen Zwecken gebrauchen. Sie wollen nicht dich, Thomas, sie wollen dein Charisma. Ich verbiete dir dieses Bündnis.«

Thomas zittert. Er überragt Kraft, aber sein ganzer Körper erbebt, und Kraft bleibt ruhig. Thomas sagt: »Ich bin so müde, Saul.«

»Müde?«

»Der Aufruhr. Die Krawalle. Die Brandstiftungen. Ich trage eine zu schwere Bürde. Gifford kann mir helfen. Mit Planung, mit Ideen. Das sind kluge Leute.«

»Ich kann dir alle Hilfe geben, die du brauchst.«

»Nein, Saul! Was hast du mir die ganze Zeit erzählt?

Daß Gebete für jeden Anlaß ausreichend sind! Vertrauen! Glaube! Glaube versetzt Berge! Nun? Du hattest recht, ja, du kanalisiertest deinen Glauben durch mich, und ich sprach zu den Menschen, und wir bekamen unser Wunder, aber was nun? Was haben wir wirklich erreicht? Alles fällt in Scherben, und wir brauchen starke Herzen, um aufzubauen, und du bietest nichts Neues. Du…«

»Der Herr wird Vorsorge treffen…«

»Wird Er? Wird Er, Saul? Wie viele tausend Tote haben wir bereits seit dem sechsten Juni? Wie viele Schäden an Gebäuden, öffentlichen Einrichtungen und so weiter? Die Regierung ist paralysiert. Das Transportsystem ist im Zusammenbruch begriffen. Neue Sekten, neue Propheten. Dann kommt Gifford und sagt, laß uns Hand in Hand gehen, Thomas, versuchen wir zusammenzuarbeiten, und du erzählst mir…«

»Ich verbiete es!« sagt Kraft.

»Es ist alles vereinbart. Gifford wird die nächste Maschine nach Westen nehmen und…«

»Ich werde ihn anrufen. Er darf nicht kommen. Wenn er kommt, werde ich nicht zulassen, daß er dich spricht. Ich werde die Apostel verständigen, daß sie ihn nicht durchlassen.«

»Nein, Saul.«

»Wir brauchen ihn nicht. Wir werden ruiniert sein, wenn wir ihn in deine Nähe lassen.«

»Wieso?«

»Weil er gottlos ist, und die Kraft unserer Bewegung vom Herrn ausgeht!« ruft Kraft erregt. »Thomas, was ist mit dir geschehen? Wo ist dein Feuer? Wo ist dein Eifer? Wo ist der alte selbstbewußte Thomas, der Gott widersprach? Warum rufst du nicht, Thomas? Spuck auf den Boden, kratz dir den Bauch, laß Verwünschungen vom Stapel. Ich werde dir Wein bringen. Es schockiert mich, dich so wehleidig zu sehen. Mir zu erzählen. wie müde du bist, wie ängstlich!«

»Mir ist in diesen Tagen nicht nach Prahlerei zumute, Saul.«

»Dann mußt du es erst recht tun, hol's der Teufel! Die ganze Welt blickt auf dich! Hier, paß auf – ich werde dir eine neue Rede aufsetzen, die du morgen abend für Fernsehen und Radio halten wirst. Wir werden Gifford und seine Bande ausmanövrieren. Wir werden ihn in unser Kielwasser ziehen. Ich weiß schon, was wir machen werden. Du wirst zu einem neuen Glaubensakt aufrufen, Thomas, einer Art Massendemonstration, einer mächtigen und symbolischen Sache, etwas, was die Menschen von Verzweiflung und Zerstörung abwenden wird. Wir werden Giffords Linie in unsere Glaubensbotschaft mit hineinnehmen. Du wirst all diesen neuen Sekten eine Absage erteilen und jedermann auffordern – laß mich überlegen –, eine Art Pilgerfahrt zu unternehmen? – eine Zusammenkunft... eine Massentaufe, ja, das ist es, ein Marsch an die Küsten der See, jeder badet in Gottes eigener See, wäscht Zweifel und Sünde fort. Richtig! Ein erneuertes Glaubensgelübde.« Krafts Gesicht ist gerötet, seine Stirn glänzt. Thomas mustert ihn stirnrunzelnd.

»Hör auf, ein langes Gesicht zu machen«, fährt Kraft fort. »Du wirst es machen, und es wird klappen. Es wird die Menschen vom Abgrund des Apokalyptikertums zurückreißen. Positive Ziele, das ist unsere Parole. Thomas der Verkünder ruft aus, daß wir unter Gott zusammenarbeiten müssen. Ja? Ja! Wir werden diese Sache in zehn Tagen unter Kontrolle haben, das verspreche ich. Nun geh und trink ein Glas. Entspanne dich. Ich muß Gifford anrufen, und dann werde ich mit den Fernseh- und Radioleuten wegen der Sendezeiten verhandeln. Nun mach schon. Und hör auf, so trübselig dreinzuschauen,

Thomas! Wir halten eine mächtige Waffe in den Händen. Wir schwingen das Schwert des Herrn. Willst du all das Giffords dünnblutigen Eierköpfen ausliefern? Geh jetzt. Ruh dich aus, Thomas.«

10
Ein Kniefall der Sühnenden

AN ALLE PFARRVORSTÄNDE: BITTE KOPIEREN UND VERTEILEN. Der Hochwürden August Hammacher an alle Mitglieder der Authentischen Kirche der Erlösung Gruß und Segen. Geliebte Brüder und Schwestern im Herrn: Seid hierdurch benachrichtigt, daß wir David Strafford, Gemeindeältesten der Ersten Kirche der Hoffenden, mit heutigem Datum verständigt haben, daß wir uns aufgrund unüberbrückbarer doktrinärer Differenzen als nicht mehr in Gemeinschaft mit seiner Kirche betrachten. Es ist Angehörigen der Authentischen Kirche der Erlösung nunmehr untersagt, an Gottesdiensten der Ersten Kirche der Hoffenden teilzunehmen oder anderen geistlichen Kontakt mit dieser Lehre zu pflegen, obwohl wir fortfahren werden, die Hoffenden in unsere Gebete mit einzuschließen und für ihre Erlösung zu arbeiten, als wären sie Mitglieder unserer Gemeinschaft.

Das Schisma zwischen uns und den Hoffenden, das sich seit mehr als einer Woche abgezeichnet hat, ergab sich aus fundamentalen Meinungsverschiedenheiten über die Natur des Zeichens. Es ist selbstverständlich unser Glaube, der in den gewalttätigen Ereignissen der jüngsten Zeit seine Bestätigung erfahren hat, daß der Urheber des Zeichens Satan war, und daß das Zeichen eine bevorstehende Umorientierung im Himmel prophezeit, deren wahrscheinliche Nutznießer die Kräfte des Bösen sein werden. In Erwartung der bevorstehenden Herrschaft der Dunklen Mächte auf Erden richten wir daher unsere demütigste Huldigung an Satan, die Zweite Inkarnation Christi, damit Er, wenn Er unter uns weilt, unseren Gehorsam anerkennen und uns von der Vernichtung des Untergangs verschonen möge.

Die Hoffenden nehmen demgegenüber eine im wesentlichen agnostische Position ein und sagen, daß wir nicht wissen können, ob das Zeichen von Gott oder von Satan herrührt, und daß wir bis zu einer weiteren Offenbarung fortfahren müssen, wie bisher zum Vater und den Sohn zu beten, so daß unsere Gebete vielleicht dazu beitragen mögen, die Heraufkunft Satans ganz zu verhindern. Es gibt einen Punkt oberflächlicher Verwandtschaft zwischen ihren Vorstellungen und den unsrigen, und das ist der einer Abgeneigtheit, die Zuversicht Thomas des Verkünders, daß das Zeichen Gottes Werk sei, zu teilen. Dennoch ist nicht zu übersehen, daß zwischen uns und den Hoffenden ein grundlegender Konflikt der Lehre besteht, denn sie weigern sich, unsere Lehre in bezug auf das potentielle Wohlwollen Satans zu verstehen, und hängen einer Haltung an, die von Ihm als herausfordernd beleidigend empfunden werden mag. Nicht bereit, sich endgültig zu dieser oder jener Seite zu bekennen, versuchen sie einen vorsichtigen mittleren Kurs einzuhalten, ohne zu bemerken, daß der Dunkle, wenn Er kommt, all jene züchtigen wird, die es versäumt haben, die wahre Bedeutung der Offenbarung vom 6. Juni anzuerkennen. Wir haben gehofft, unsere abtrünnigen Brüder und Schwestern zu unserer Position zu bekehren, aber ihre Haltung ist zunehmend unfreundlicher geworden und schreckte selbst vor Schmähungen nicht zurück, als wir die Ungereimtheiten und inneren Widersprüche ihrer Lehre bloßlegten. Es bleibt nun keine andere Wahl, als die Exkommunikation über sie zu verhängen. Denn wie heißt es in der

Offenbarung? »Ich kenne deine Werke und weiß, du bist nicht kalt noch warm. O wärest du doch kalt oder warm! Weil du aber lau bist und weder kalt noch warm, so will ich dich aus meinem Munde speien.« Wir dürfen uns von diesen Lauen nicht anstecken lassen, die das Knie nicht vor dem Dunklen beugen wollen, wenn sie auch die Möglichkeit (aber nicht die Unausweichlichkeit) seines Kommens zugeben.

Wie auch immer, geliebte Freunde im Herrn, ich bin glücklich, bekanntmachen zu können, daß wir heute eine vorläufige Gemeinschaft mit der Vereinigten apokalyptischen Pfingstkirche der Diabolisten hergestellt haben, deren Hauptsitz in Los Angeles, Kalifornien, ist. Ich brauche an dieser Stelle nicht zu wiederholen, welche Abgründe uns von den apokalyptischen Sekten im allgemeinen trennen; doch obgleich wir gewisse Lehren selbst dieser Diabolisten verabscheuen, anerkennen wir, daß wir durch weite Glaubensbereiche miteinander verbunden sind, und hoffen die Vereinigten apokalyptischen Diabolisten im Laufe der Zeit gänzlich von ihren Irrtümern abzubringen. Diese Gemeinschaft sollte keineswegs so gedeutet werden, daß die Gläubigen der Authentischen Kirche der Erlösung autorisiert wären, an apokalyptischen Aktivitäten teilzunehmen, selbst wenn es sich um solche nicht destruktiven Charakters handeln sollte; gleichwohl rate ich euch, von der Möglichkeit engerer – auch persönlicher – Beziehungen zu wenigstens einer Apokalyptikergruppe Gebrauch zu machen, da wir unsere Gemeinschaft mit den Hoffenden aufkündigen. Unsere Liebe geht hinaus zu euch allen, wie wir vom Zentralen Schrein auch nicht müde werden, für euer Seelenheil zu beten. Wir beugen in Demut das Knie vor dem Dunklen, dessen Triumph vorgeschrieben ist. Im Namen des Vaters, des Sohnes, des Heiligen Geistes und dessen, Der kommt. Amen.

11
Der Marsch zur See

Es war das Schrecklichste, was man sich vorstellen kann. Wie eine Armee, die uns überrollte. Wie eine Heuschreckenplage. Sie kamen wie die Heuschrecken über das Land Ägypten, als Moses die Hand ausstreckte. In Exodus 10.15 ist es nachzulesen: Sie deckten des ganzen Landes Oberfläche, daß der Boden nicht mehr zu sehen war. Sie fraßen alles Gewächs im Lande und alle Baumfrüchte, die der Hagel hatte stehenlassen. Nichts Grünes blieb mehr an den Bäumen und Feldgewächsen im Ägypterland. Wie ein Alptraum. Lucy und ich waren die Ägypter, und die Leute von diesem Thomas waren die Heuschrecken.

Lucy wollte die ganze Zeit schon mitten darin sein. Für sie war Thomas wie ein heiliger Prophet Gottes, schon von dem Augenblick an, da er anfing zu predigen, obwohl ich ihr schon damals klarzumachen versuchte, daß er ein Scharlatan und ein gefährlicher Verrückter mit kriminellen Vorstrafen ist. Sieh dir bloß sein Gesicht an, sagte ich, diese Augen! Aber es half nichts. Sie legte ein Sammelalbum mit Bildern von ihm an, als ob er ein Filmstar und sie ein fünfzehnjähriges Mädchen wäre, statt einer Frau von vierundsiebzig. Bilder von ihm, Texte von all seinen Ansprachen. Wenn ich ihn verrückt oder skrupellos nannte, wurde sie zornig: Wir hatten unseren schlimmsten Streit seit vielleicht dreißig Jahren, als sie ihm fünfhundert Dollar schicken wollte, um seine Ausgaben für das Fernsehen mitzutragen, und ich absolut dagegen war. Nach dem Tag des Zeichens war sie natürlich obenauf und betrachtete ihn als einen von diesen ganz großen Propheten wie Moses und Elias und Johannes der Täufer, einen der wahrhaft Auserwählten, durch die der Herr spricht, und ich glaube, ich fing auch an, so von ihm zu denken, gegen meinen Willen. Obwohl ich ihn nicht mochte und ihm auch nicht vertraute, spürte ich, daß er besondere Kräfte hatte. Als alle für das Zeichen beteten, betete ich auch; nicht so sehr, weil ich dachte, es werde eintreffen, sondern nur um Ärger mit Lucy zu vermeiden, aber ich legte mein Herz in das Gebet, und als die Erde stillstand, da durchlief mich ein Schauer, und die Verblüffung traf mich mit einem solchen Schlag, daß ich dachte, es müßte ein Herzanfall sein. Darauf entschuldigte ich mich bei Lucy für alles, was ich über Thomas gesagt hatte. Ich hatte noch immer den Verdacht, daß er ein Verrückter und ein Scharlatan war, aber ich konnte nicht leugnen, daß er auch etwas von einem Heiligen und Propheten an sich hatte. Ich glaube, es ist möglich, daß einer zugleich ein Heiliger und ein Scharlatan sein kann. Alles ist möglich. Ich hörte, daß eine von diesen neuen Religionen behauptet, Satan wäre in Wirklichkeit eine Inkarnation von Jesus oder das vierte Mitglied der Dreifaltigkeit, oder etwas Ähnliches. Also wirklich… Nun, mit dem heißen Wetter fingen all die Unruhen und Brandstiftungen an, und die Welt schien außer Rand und Band zu geraten, und alles wurde schlimmer und nicht besser, seit Gott Sein Zeichen gegeben hatte. So sah die Lage aus, als Thomas zu diesem Tag der Erneuerung des Glaubens aufrief; alle sollten an die Ufer der See ziehen und ihre Sünden abwaschen, eine richtige altmodische Erweckungsfeier mit Untertauchen und so, wo wir alle zusammenkommen und die Neuen öffentlich anklagen und die Dinge wieder ins richtige Geleise bringen sollten.

Und Lucy kam ganz strahlend zu mir und sagte, laß uns gehen, laß uns teilnehmen. Ich glaube, es sollte zehn Versammlungsplätze in den ganzen Vereinigten Staaten geben, New York und Houston und

San Diego und Seattle und Chicago, und ich weiß nicht welche noch, aber Thomas selbst wollte die Hauptfeier in Atlantic City abhalten, was nur ein kleines Stück von uns entfernt ist, und die Festlichkeiten sollten vom Fernsehen direkt zu allen anderen Versammlungen in den Staaten und in Übersee übertragen werden. Lucy hatte Thomas nie persönlich gesehen. Ich sagte ihr, daß es verrückt wäre, wenn wir uns in unserem Alter unter eine Menschenmenge von der Größe mischen würden, wie Thomas sie immer anzieht. Wir würden zerquetscht und zertrampelt, wir würden das nicht überleben. Hör zu, sagte ich, wir wohnen hier sowieso an der Küste, der Ozean ist fünfzig Schritte vor unserer Haustür; warum also das Schicksal herausfordern? Wir bleiben hier und verfolgen die Feiern und Gebete im Fernsehen, und dann, wenn alle hinunter zur See gehen, um gereinigt und geläutert zu werden, dann können auch wir an unseren eigenen Strand gehen und werden an der Sache teilnehmen, ohne die Gefahren und Risiken auf uns zu nehmen. Ich sah, wie enttäuscht Lucy war, daß sie Thomas nicht persönlich sehen sollte, aber schließlich ist sie eine vernünftige Frau, und ich werde im nächsten November achtzig, und bei jedem öffentlichen Auftreten von Thomas hat es bisher ziemlich turbulente Szenen im Publikum gegeben.

Der große Tag rückte heran, und ich drehte den Fernseher auf, und dann hörten wir natürlich die Nachricht, daß Atlantic City die Veranstaltung in der letzten Minute aus Gründen der öffentlichen Sicherheit verboten hatte. Ein großer Öltanker war in der Nacht davor draußen vor der Küste auseinandergebrochen, und ein dicker Ölteppich trieb auf den Strand zu. So erklärte es der Bürgermeister. Wenn es an diesem Tag eine Massenveranstaltung am Strand gäbe, würde das die notwendigen Vorkehrungen der

Stadt zur Abwehr der Ölverschmutzung unmöglich machen, und außerdem würde der Ölteppich die Gesundheit von allen gefährden, die ins Wasser gingen. Also wurde die ganze Küstenstrecke bei Atlantic City abgeriegelt, wozu von außerhalb Polizei und Nationalgarde herangeholt und Straßensperren errichtet wurden. Tatsächlich war der Ölteppich gar nicht in der Nähe von Atlantic City und trieb in die andere Richtung, und als der Bürgermeister von der öffentlichen Sicherheit redete, meinte er in Wirklichkeit die Sicherheit seiner Stadt, weil er nicht wollte, daß ein paar Millionen Menschen die Strandanlagen verwüsteten und alles verheerten. Also wurde Atlantic City abgeriegelt, und Thomas hatte seine riesige Menschenmenge schon beisammen, sie strömten von überallher zusammen, aus Philadelphia und Trenton und Wilmington und sogar aus Baltimore, eine so gewaltige Menge, daß man sie nicht zählen konnte, fünf oder sechs, vielleicht auch zehn Millionen. Man sah sie im Fernsehen von einem Hubschrauber aus, und die Leute standen Schulter an Schulter ungefähr dreißig Kilometer in dieser Richtung und siebzig in der anderen, so sah es wenigstens aus, und der einzige freie Platz war dort, wo Thomas war, eine Lichtung von vielleicht fünfzig Metern Durchmesser, wo seine Apostel einen Ring zu seinem Schutz bildeten.

Wo sollte dieses Heer nun hingehen, da es nicht nach Atlantic City hineingelassen wurde? Nun, sagte Thomas, alle sollten einfach die Küste von Jersey hinaufmarschieren und sich am Ufer von Long Beach Island bis Sandy Hock ausbreiten. Als ich das hörte, wäre ich am liebsten in den Wagen gesprungen und wäre weggefahren, vielleicht nach Montana, aber es war zu spät: Die Marschierer waren bereits unterwegs und hatten alle Fernstraßen ins Landesinnere verstopft. Ich ging mit dem Fernglas auf die Terrasse und konnte die ersten schon über den Damm kommen sehen, siebzig oder achtzig in einer Reihe, und hinter ihnen ein Meer von Gesichtern, das bis Manahawkin und darüber hinaus reichte. Es war wie die Mongolenhorden von Dschingis-Khan. Ein Schwarm zog nach Süden in Richtung Beach Haven, und der andere kam durch Surf City und Harvey Cedars in unsere Richtung. Tausende und aber Tausende von ihnen. Unsere Insel ist lang und schmal, wie alle Küstennehrungen, und sie ist auf beiden Seiten ziemlich bebaut, auf der Strandseite wie auf der Haffseite, kaum freier Raum, bis auf die schmalen Straßen, und für all diese Leute einfach nicht genug.

Aber sie wälzten sich weiter, und als ich den Vormarsch durch den Feldstecher beobachtete, dachte ich, mir würde schwindlig, weil ich mir einbildete, daß einige von den Häusern auf der Strandseite auch in Bewegung kämen, und dann wurde mir klar, daß die Häuser tatsächlich in Bewegung waren, einige von den leichter gebauten Ferienhäusern aus Holz; sie wurden von den andrängenden Menschenmassen glatt von ihren Fundamenten geschoben. Sie fielen in sich zusammen und wurden niedergetrampelt und überrannt, ganze Häuser, können Sie sich das vorstellen? Ich sagte Lucy, sie solle beten, aber das tat sie schon, und ich holte meine Schrotflinte und lud sie, weil ich fühlte, daß ich wenigstens versuchen müßte, uns zu schützen, aber ich sagte zu ihr, daß dies wahrscheinlich unser letzter Tag auf dieser Erde sein würde, und ich küßte sie, und wir sagten einander, wie gut es gewesen sei, alle die dreiundfünfzig Jahre des Zusammenseins. Und dann ergossen sich die Menschenmassen durch unseren Teil der Insel. Wälzten sich hinunter zum Strand. Eine wahnsinnige, berserkerhafte Menge.

Und Thomas war da, ganz nahe bei unserem Haus.

Größer, als ich gedacht hatte, und sein langes Haar und der Bart waren ganz wirr, und sein Gesicht war rund und schälte sich vom Sonnenbrand – so nahe war er, daß ich durch den Feldstecher seinen Sonnenbrand sehen konnte –, und er war immer noch von seinen Aposteln umringt und brüllte durch ein Megaphon, aber ganz gleich, wieviel Verstärkung sie ihm von den Lautsprechern der Hubschrauber oben gaben, es war unmöglich, ein Wort zu verstehen. Saul Kraft war neben ihm. Er sah blaß und ängstlich aus. Die Leute stürzten sich ins Wasser, manche von ihnen voll bekleidet und manche splitternackt, bis der ganze Strand vollgepackt war, bis hinaus, wo die Brecher beginnen. Als mehr und mehr Leute ins Wasser drängten, wurden die vordersten in die Brandung gedrückt, wo sie nicht mehr stehen konnten, und ich glaube, das war der Augenblick, als das Ertrinken begann. Durch das Glas sah ich Menschen winken und um Hilfe schreien, die in die See hinausgezogen wurden. Thomas blieb am Ufer und brüllte durch das Megaphon. Er mußte begriffen haben, daß die ganze Sache längst außer Kontrolle geraten war, aber er konnte nichts mehr tun. Bis zu diesem Punkt drängte die Menge blindlings vorwärts zur See, doch nun veränderte sich die Richtung. Viele von denen im Wasser versuchten wieder an Land zu kommen und stießen dabei auf jene, die in die andere Richtung wollten. Ich dachte, sie kämen aus dem Wasser, um nicht von den Nachdrängenden ertränkt zu werden, aber dann sah ich die schwarzen Streifen und Schmierer auf den Kleidern und Gesichtern und dachte, der Ölteppich! Und tatsächlich, da war er, nicht unten bei Atlantic City, sondern hier oben bei uns, draußen vor der Küste, und die auflaufende Flut und der Wind trieben ihn an den Strand. Die Leute im Wasser kriegten das stinkende Zeug von den Brandungswellen über die Köpfe und in die Haare und Gesichter geklatscht, konnten aber nicht zum Ufer zurück, weil die Hauptmasse noch immer zum Strand und ins Wasser drängte. Viele gingen zugrunde, wurden einfach niedergetrampelt und ertranken in öligem Dreckwasser, als diejenigen, die zurückwollten und sich hustend und würgend und blind vom klebrigen Öl aus der Brühe kämpften, unter die Füße der anderen fielen, die, von hinten geschoben, noch immer in die See drängten.

Ich beobachtete wieder Thomas, und er sah wie ein Tobsüchtiger aus. Sein Gesicht war verzerrt, er hatte das Megaphon weggeworfen und stand einfach da und schrie, daß die Adern an Hals und Stirn wie Schnüre hervortraten. Saul Kraft ging zu ihm und sagte etwas, und Thomas fuhr herum wie der Zorn Gottes, riß die Arme hoch und ließ sie wie zwei Keulen auf Saul Krafts Kopf niedersausen, und Kraft, der ein kleiner, schmächtiger Mann ist, fiel mit blutüberströmtem Gesicht wie tot zu Boden. Zwei oder drei Apostel hoben ihn auf und trugen ihn in eins der Häuser auf der Strandseite. Während das geschah, gelang es jemandem, den Kordon der Apostel zu durchbrechen und auf Thomas zuzustürzen. Es war ein kleiner, ziemlich dicker Mann in einem langen Gewand, wahrscheinlich irgendein Fanatiker aus einer dieser neuen Sekten. Er hatte etwas wie ein Beil in der Hand, brüllte Thomas etwas zu und hob dieses Beil wie zum Zuschlagen. Aber Thomas trat ihm entgegen und stand so hoch aufgerichtet da, daß der Attentäter beinahe zu schrumpfen schien. Er war plötzlich so eingeschüchtert, daß er nichts tun konnte. Thomas nahm ihm die Waffe aus der Hand, warf sie fort, dann packte er den anderen und schlug auf ihn ein, furchtbare Hiebe und mit voller Wucht. Ich dachte, er würde dem Dicken den Kopf von den Schultern schlagen. Thomas sah nicht mehr menschlich aus, während er das tat. Er heulte und brüllte und hatte Schaum vor dem Mund, und dazu drosch er unaufhörlich auf diesen Mann ein. Schließlich hörte er auf und packte ihn und schleuderte ihn von sich, als wäre er eine Lumpenpuppe. Der Mann flog ein paar Meter und landete im Sand und rührte sich nicht mehr. Ich bin überzeugt, daß Thomas ihn totschlug. Da haben Sie Ihren heiligen Propheten, Ihren Auserwählten Gottes. Dann veränderte sich sein ganzes Verhalten und Aussehen mit einem Schlag: Er wurde schrecklich ruhig, beinahe wie erstarrt, stand mit hängenden Armen da, und ich sah, wie er von der Anstrengung des Schlagens schnaufte. Und er begann zu weinen. Sein Gesicht brach auf wie Wintereis über einem Quellteich, und ich sah die Tränen. Das werde ich nie vergessen: Thomas der Verkünder ganz allein inmitten dieses Tollhauses am Strand, schluchzend wie eine junge Witwe.

Danach sah ich nichts mehr. Unten im Erdgeschoß zerklirrte Glas, und ich griff nach meiner Schrotflinte und ging hinunter, um nachzusehen, und sah vielleicht fünfzehn Leute kreuz und quer am Wohnzimmerboden liegen. Die Menge draußen hatte sie einfach durch das Panoramafenster gedrückt. Die Glasscherben hatten sie ziemlich zerschnitten, und alles war voll Blut, und mehr und mehr Leute fielen durch die Öffnung, wo das Fenster gewesen war, und ich hörte Lucy schreien, und meine Schrotflinte ging los, und was dann passierte, weiß ich nicht mehr. Das nächste, woran ich mich erinnere, ist, daß ich mitten in der Nacht in unserem vollständig verwüsteten Haus saß und einen Hubschrauber am Strand landen sah. Bald darauf begann das Militär mit der Bergung der Toten. Sie lagen dicht an dicht. Es gab Hunderte von Opfern allein an unserem Streifen Strand. Ertrunkene, Zertrampelte, im Öl Erstickte, an Herzanfällen Gestorbene, alles mögliche. Inzwischen hat man die Leichen fortgeschafft, aber die Insel ist völlig ruiniert. Wir haben bei der Regierung Katastrophenhilfe beantragt. Ich weiß nicht, ist eine religiöse Versammlung eine Katastrophe? Für uns war es jedenfalls eine. Das war der Tag der Erneuerung des Glaubens. Gebet und Läuterung, um uns alle unter dem Banner des Herrn zusammenzuführen. Der Blitz soll mich erschlagen, wenn ich nicht von ganzem Herzen meine, was ich Ihnen sage: Ich wünschte, der Herr und alle seine Propheten würden verschwinden und uns in Ruhe lassen. Für diese Saison haben wir genug Religion gehabt.

12
Die Stimme vom Himmel

Saul Kraft, versteckt hinter elektronischen Sicherheitsvorrichtungen, Sensoren, Warnanlagen und Stahltoren im Wert von neuntausend Dollar, fragt sich, warum alles so schlecht läuft. Vielleicht war seine Wahl von Thomas als Mittlerfigur ein Irrtum. Thomas, so hat er inzwischen feststellen müssen, ist allzu kompliziert, allzu unberechenbar – eine doppelte Seele, in welcher Dämon und Engel unentwirrbar verschmolzen sind. Nichtsdestoweniger hatte der Kreuzzug durchaus vielversprechend begonnen. Mit Thomas als Medium hatte er den Allmächtigen Gott dazu bewegt, die Gebete der Menschheit zu erhören, nicht wahr? Das sollte ihm erst einmal jemand nachmachen. Aber jetzt. Überall diese alptraumhafte Karnevalsatmosphäre. Diese Kulte, diese falschen Propheten. Tausend Interpretationen eines Ereignisses, dessen Bedeutung allen hätte kristallklar sein sollen. Die Freudenfeuer, Ausbrüche des Wahns, die wie Blitze über den Himmel knattern. Vielleicht steckte der Fehler in Thomas. Von Anfang an hatte es dem Verkünder an wahrer Anmut gefehlt. Vielleicht war jede Massenbewegung, in deren Mittelpunkt ein Prophet mit Thomas' Charakterfehlern stand, dazu verurteilt, im Chaos zu enden.

Oder vielleicht lag die Schuld bei mir, o Herr.

Kraft hat viele Tage in Zurückgezogenheit zugebracht, vielleicht sind es auch schon mehrere Wochen; er weiß nicht mehr genau, wann er diesen Rückzug begonnen hatte. Er will niemanden sprechen, nicht einmal Thomas, der eifrig bemüht ist, Abbitte zu tun. Krafts Verletzungen sind verheilt, und er ist Thomas nicht gram, weil er ihn niedergeschlagen hat: Das Fiasko des Tages der Erneuerung des Glaubens hatte sie alle ein wenig um den Verstand gebracht, dort draußen am Strand, und Thomas' Ausbruch von Gewalttätigkeit war, wenn nicht gerechtfertigt, so doch verständlich. Er mochte sogar ein Ausdruck göttlicher Inspiration gewesen sein: Gott, der Kraft durch Thomas als Medium für seine Sünden strafte. Vor allem für die Sünde des Stolzes. Gifford abzuweisen und aus solchen zynischen Motiven den Tag der Erneuerung des Glaubens zu organisieren…

Kraft fürchtet um Thomas' und sein Seelenheil.

Er wagt Thomas jetzt nicht gegenüberzutreten, solange er sein eigenes inneres Gleichgewicht nicht wiedergefunden hat; Thomas ist zu stürmisch, strahlt zuviel Willenskraft aus; um dem zu begegnen, muß Kraft zuerst seine moralische Stärke wiedergewinnen. Er fastet viel. Er versucht ganz im Gebet aufzugehen. Aber die wahre Hingabe, das Einswerden mit dem Gebet, will sich nicht einstellen. Er fühlt sich vom Allmächtigen abgeschnitten, getrennt von Seiner Gnade, wie er es noch nie in dieser Stärke empfunden hat. Indem er diesen heiligen Kreuzzug verpfuscht hat, muß er sich das Mißfallen des Herrn zugezogen haben. Eine Kluft trennt sie; Kraft ist auf sich zurückgeworfen, ein hilfloser Erdenwurm. Er gibt seine Gebetsanstrengungen auf. Ruhelos durchwandert er seine Wohnung, lauscht nach Eindringlingen, überprüft ständig die Sicherheitsvorkehrungen. Er schaltet die Videogeräte ein, die das Umfeld seines Hauses überwachen; erwartet Feuer auf den Straßen zu sehen, aber alles ist dort draußen ruhig. Er lauscht den Radionachrichten: überall Chaos, Aufruhr. Es heißt, Thomas sei tot; Thomas soll an einem und demselben Tag in Istanbul, Karachi, Johannesburg und San Francisco gesehen worden sein; die Authentische Kirche der Erlösung hat verkündet, daß nach ihren Berechnungen Satan am vierundzwanzigsten November auf Erden erscheinen werde, um seine Herrschaft anzutreten; der Papst hat endlich sein langes Stillschweigen gebrochen und eine Erklärung abgegeben, aus der in verklausulierter Form hervorgeht, daß er keine Ahnung hat, welche Mächte für die erschrekkenden Geschehnisse am 6. Juni verantwortlich sein mögen. Er hält es jedoch für voreilig, das Ereignis Gottes direkter Intervention zuzuschreiben, solange keine weiteren Beweise vorliegen. Also ist auch der Papst zu einem Hoffenden geworden. Kraft lächelt. Großartig! Er fragt sich, ob der Erzbischof von Canterbury mittlerweile Gottesdienste der Ersten Kirche der Hoffenden besucht. Oder ob der Dalai-Lama sich mit den Apekalyptikern zusammentut. Alles scheint jetzt möglich. Gog und Magog sind auf die Welt losgelassen. Es gibt nichts, was Kraft noch überraschen könnte. Er ist nicht einmal verblüfft, als er eines Nachmittags das Radio einschaltet und entdeckt, daß Gott selbst eine Sendung zu machen scheint.

Gottes Stimme ist voll und majestätisch. Sie erinnert Kraft ein wenig an Thomas' Stimme, aber Gottes Tonfall ist weniger hitzig, weniger predigerhaft. Er spricht in einem gelassenen, aber ernsthaften Ton, wie ein Senator, der sich zum fünftenmal um die Wiederwahl in sein Amt bewirbt. Er hat einen kaum wahrnehmbaren östlichen Akzent: Er könnte ein Senator aus Pennsylvanien sein oder aus Ohio. Er habe sich mit der Hoffnung des Rundfunks bedient, erklärt er, um in einer beunruhigten Welt die Ordnung wiederherzustellen. Er wünsche jedermann zu versichern, daß keine Apokalypse geplant sei, und jene, welche die unmittelbar bevorstehende Zerstörung der Welt erwarteten, handelten höchst unklug. Noch solle man jenen Glauben schenken, welche behaupten, das jüngst gegebene Zeichen sei das Werk Satans. Das sei ganz gewiß nicht der Fall, sagt Gott, und ein Kniefall vor dem Bösen sei daher unangebracht. Gewiß, man gebe dem Teufel, was des Teufels ist, aber nicht mehr. Als ich die Erdumdrehung anhielt, erklärt Gott, wollte ich euch nur wissen lassen, daß ich hier bin und für euch sorge. Ich wollte euch bewußt machen, daß ich mich in dem Falle, daß es dort unten zu wirklich schlimmen Schwierigkeiten kommen sollte, der Dinge annehmen werde...

Kraft, die Lippen zusammengepreßt, dreht den Skalenknopf zum nächsten Sender; Der wohlklingende Bariton verfolgt ihn.

...daß der Friede erhalten und die Kräfte der Gerechtigkeit gestärkt...

Kraft schaltet den Fernseher ein. Der Bildschirm zeigt nichts als die Stationsangabe. Auf der oberen Bildhälfte flimmert eine hellgrüne Inschrift:

ANGEBLICHE STIMME GOTTES

und am Fuß der Bildröhre ist in grellem Scharlachrot eine zweite Zeile zu lesen:

DURCH DIREKTÜBERTRAGUNG
VOM MOND

Die Gottheit ist unterdessen zu anderen Themen übergegangen. Alle Probleme der Welt, so bemerkt Er, ließen sich dem Aufstieg und der Ausbreitung des atheistischen Sozialismus zuschreiben. Der falsche Prophet Karl Marx, unterstützt von dem Antichristen Lenin und den Hilfsdämonen Stalin und Mao, habe eine Seuche der Gottlosigkeit über die Welt gebracht, die das ganze zwanzigste Jahrhundert verdorben habe und nun, an der Schwelle zum einundzwanzigsten, endlich ausgerottet werden müsse… Lange Zeit hatten die fleißigen und gottesfürchtigen Völker der Erde den schädlichen bolschewistischen Lehren widerstanden, fährt Gott fort; aber in den vergangenen zwanzig Jahren sei es zu einem Arrangement mit den Kräften der Finsternis gekommen, und dies habe die Ausbreitung der verderblichen Ideen bewirkt, die nun sogar so herrlich rechtschaffene Länder wie Japan, Brasilien, die Bundesrepublik Deutschland und Gottes eigenes Land, die geliebten Vereinigten Staaten von Amerika, infiziert hätten. Die verruchte Philosophie der Koexistenz habe zu einer allmählichen Verstrickung der Kräfte des Guten geführt, und infolgedessen…

Kraft findet das alles sehr merkwürdig. Spricht Gott zu allen Nationen englisch, oder spricht Er japanisch zu den Japanern, hebräisch zu den Israelis, kroatisch zu den Kroaten, bulgarisch zu den Bulgaren? Und seit wann ist Gott ein so aggressiver Verfechter des Kapitalismus? Kraft erinnert sich an etwas über die Vertreibung der Geldwechsler aus dem Tempel, vor langer Zeit. Aber nun scheint Gottes Stimme einen heiligen Krieg gegen den Kommunismus zu fordern. Kraft hört Ihn die Legionen der Geweihten zum Angriff gegen den marxistischen Feind aufrufen, wo immer die rote Fahne weht. Plündert Botschaften und Konsulate; brennt die Häuser der Linken nieder, zerstört Bibliotheken und andere Quellen gefährlicher Propaganda, rät der Herr. Er sagt alles in einem ruhigen, zivilisierten Ton.

Plötzlich, mitten im Satz, verschwindet die Stimme des Allmächtigen aus dem Äther. Kurze Zeit später erklärt ein Ansager, dem es nicht gelingen will, seinen Verdruß zu verbergen, daß die Sendung ein Schwindel gewesen sei, ausgeheckt von der gelangweilten Besatzung einer Satelliten-Übertragungsstation. Es seien bereits Untersuchungen eingeleitet worden, um festzustellen, warum sich so viele Radio- und Fernsehsender überzeugen ließen, die Sendung als eine wichtige Nachricht von öffentlichem Interesse in ihre Programme einzublenden. Aber für viele gottlose Marxisten kommt die Enthüllung zu spät. Die verlangten Plünderungen und Brandstiftungen sind in Dutzenden von Städten Wirklichkeit geworden. Hunderte von Diplomaten, Wachbeamten und Angestellten sind von rasenden Menschenhaufen, wild entschlossen, ein gottgefälliges Werk zu verrichten, erschlagen worden. Der Sachschaden ist enorm. Eine internationale Krise entwickelt sich, und aus mehreren osteuropäischen Ländern werden Vergeltungsaktionen gegen amerikanische Staatsbürger gemeldet. Wir leben in einer seltsamen Zeit, denkt Kraft. Er betet. Für sich selbst, für Thomas, für die ganze Menschheit. Herr sei uns gnädig, amen.

13
Das Begräbnis des Glaubens

Der Weg der Marschkolonne beginnt an der Grenze der Innenstadt und führt in westlicher Richtung stadtauswärts in das Labyrinth der Vorstädte. Die Marschierenden, wenigstens tausend Mann stark, schreiten trotz der schwülen, drückenden Hitze energisch aus. Sie passieren den Park, der vom dunkelgrünen Laub des Spätsommers undurchsichtig ist, das Autobahnkreuz, die Reihe der ausgebrannten Tankstellen und Motels, marschieren vorbei an dem gesprengten Wasserturm, vorbei auch am Friedhofsgelände, bis sie sich ihrem Ziel nähern, den Müllhalden der städtischen Deponie.

Gifford, der an der Spitze des langen nüchternen Prozessionszuges einherschreitet, trägt gewöhnliche Alltagskleidung: eine abgetragene khakifarbene Hose, ein locker sitzendes graues Hemd und alte Ledersandalen. Zuerst war davon geredet worden, daß die bedeutenderen Mitglieder des Demonstrationszuges in ihren akademischen Festgewändern gehen sollten, doch hatte Gifford mit der Begründung, daß es nicht zum Geist der Zeremonie passe, sein Veto dagegen eingelegt. Heute sollten alle die alten Aberglauben und Pomphaftigkeiten zu Grabe getragen werden; warum sich dann die Anführer der Ikonoklasten in Zeremoniengewänder hüllen, als ob sie Priester wären und als ob dieser neue Glaube genauso voll von Humbug und Mummenschanz wäre wie die überlebten Religionen, die er zu ersetzen hoffte?

Weil die Demonstranten so einfach gekleidet sind, ist der Kontrast zwischen ihrer schlichten Garderobe und den reich verzierten, aus kostbaren Materialien gearbeiteten kirchlichen Ausstattungsstücken um so auffallender. Keiner kommt mit leeren Händen; jeder hat Stücke geistlicher Amtskleidung, Kultgegenstände, Schriftwerke. Gifford hat ein großes weißes Chorhemd über den linken Arm drapiert, verziert mit breiten Spitzensäumen, dazu einen bestickten seidenen Gürtel. Der Mann hinter ihm trägt die Dalmatika eines Diakons: der dritte Marschierer hat ein prunkvolles Meßgewand; der vierte einen prachtvollen Chormantel. Der Rest der priesterlichen Ausstattung läßt nicht auf sich warten: Stola und Manipel, die Kutten verschiedener Mönchsorden, das violette Festgewand eines Prälaten. Eine frostig blickende

Frau vorgerückten Alters schwenkt einen Priesterhut, der Mann neben ihr hat eine Bischofsmitra aufgesetzt. Da sind Soutanen, anglikanische Übergewänder, Bischofskappen und vieles mehr: Mit Ausnahme der päpstlichen Tiara ist so gut wie alles vertreten. Es folgen Kelche, Kruzifixe, Weihrauchgefäße, Reliquiare, Monstranzen; drei Männer schleppen einen halben Beichtstuhl daher, andere tragen die Bruchstücke einer Kanzel. Nachfolgende Teilnehmer der Marschkolonne stellen griechisch-orthodoxe Zeremoniengewänder und Kultgegenstände zur Schau: Rhason und Sticharion, Epitrachdion und Epimanikia, Sakkos und Epigonation, Zone und Omophorion; sie schwenken Ikonen und Enkolpias, Dikerotrikera und Dikaninkion. Nüchterne presbyterianische Kirchengewänder sind zu sehen und die Yarmulkes, Tallithim und Tfilins der Rabbis. Im weiteren Verlauf des Prozessionszuges kann man exotischere Gegenstände sehen, Gebetsmühlen und Tonkas, Sudras und Kustis, Idole der verschiedensten Art, Gegenstände, die den Konfuzianern, Schintoisten, Parsen, Buddhisten des Mahayana und des Hinayana, den Jaina, Sikhs und Animisten heilig sind. Die Marschierenden haben Schofars, Mesusahs, Kandelaber, Kommunionteller, sogar Sammelbeutel an langen Stangen; kein transportabler Kultgegenstand ist übersehen worden. Natürlich sind auch die heiligen Bücher der Welt gut repräsentiert: eine Unzahl von protestantischen, katholischen und anglikanischen Bibeln, der Koran, das Bhagavadgita, die Upanischaden, der Tao-te king, die Veden, die Vedanta Sutra, der Talmud, das Buch der Toten und andere mehr. Gifford hat wegen der Zerstörung von Büchern Bedenken geäußert, ist doch gerade dies ein symbolischer Akt mit einem häßlichen Beigeschmack. Aber dies sind extreme Zeiten, und extreme Maßnahmen sind erforderlich.

Darum hat er schließlich auch dazu seine Zustimmung gegeben.

Ein großer Teil des Materials, das die Demonstranten mit sich führen, wurde ihnen aus freien Stücken zur Verfügung gestellt, überwiegend von unzufriedenen oder abgefallenen Gemeindemitgliedern, zu einem Teil aber auch von abtrünnigen Geistlichen. Die übrigen Gegenstände stammen überwiegend aus Kirchen, Synagogen oder Museen, die während der Unruhen ausgeplündert wurden. Aber Gifford und seine Gesinnungsfreunde haben selbst nicht geplündert; sie haben lediglich Geschenke angenommen und Gegenstände aufgesammelt, die von Plünderern über die Straßen verstreut wurden. In diesem Punkt ist Gifford unerbittlich geblieben: Die Aneignung von Material durch Gewalt war verboten. Aus diesem Grunde sind die Gewänder und Embleme der neugegründeten Sekten heute nur spärlich zu sehen, da ihre frisch konvertierten Anhänger kaum Neigung gezeigt haben, zu Giffords Zerstörungsfest beizutragen.

Sie haben jetzt die städtische Deponie erreicht. Es ist ein weites, ebenes Ödland von überraschend sauberem Aussehen: Es gibt bepflanzte Grünflächen, wo keine Ablagerungen mehr stattfinden, und andere Teile der Deponie sind in Vorbereitung auf spätere Begrünung sorgfältig eingeebnet und mit einer Schicht aus Humus, Stroh und Stallmist bedeckt worden.

Die Marschierenden legen ihre Lasten ab, und die Anführer der Demonstration nehmen Spaten und Schaufeln von einem begleitenden Lastwagen. Gifford blickt auf. Mit Fernsehkameras bestückte Hubschrauber kreisen am Himmel. Dieses Ereignis wird von vielen Stationen übertragen. Er wendet sich den anderen zu und ergreift ein bereitgehaltenes Megaphon.

»Möge diese Zeremonie das Ende aller Zeremonien

markieren. Möge dieses Ritual eine Zeit ohne Rituale einleiten. Möge für immer die Vernunft herrschen.«

Er gibt das Megaphon aus der Hand, stößt einen Spaten in die Erde und hebt selbst die erste Schaufel voll aus. Nun macht sich der Rest der Teilnehmer an die Arbeit, einen metertiefen und drei bis vier Meter breiten Graben auszuheben. Die Deckschicht ist rasch entfernt, und nun kommen festgewalzte Schichten aus rostigen Konservendosen, zerbrochenem Spielzeug, weggeworfenen Fernsehempfängern, Autoreifen, Haushaltsgeräten und Plastikwaren aller Art, durchmischt mit plattgewalztem Verpackungsmaterial, Papier und ganzen wie zerbrochenen Flaschen zum Vorschein. Ein Abfallhaufen beginnt zu wachsen, als die Ausgräber ihre Arbeit tun; bald gähnt eine seichte Grube. Obwohl der Nachmittag zur Neige geht, hat die Hitze nicht nachgelassen, und die Grabenden sind schweißüberströmt. Immer häufiger müssen sie ausruhen und stehen dann keuchend auf ihre Schaufeln gestützt. Die Masse der Demonstrationsteilnehmer hat in einem weiten Kreis um sie Aufstellung genommen und wartet ruhig und diszipliniert, ohne die mitgeführten Gegenstände niederzulegen.

Die Abenddämmerung ist nicht mehr fern, als Gifford entscheidet, daß der Graben seinem Zweck genügt. Wieder blickt er zu den Kameras auf, wieder wendet er sich um und blickt in die Runde seiner Anhänger.

Er sagt: »Am heutigen Tag begraben wir hunderttausend Jahre des Aberglaubens. Wir legen die alten Idole, die alten Fantasien, die alten Irrtümer, die alten Lügen zur Ruhe. Die Zeit des Glaubens ist vorüber und abgetan: Vor uns öffnet sich die Ära der Gewißheit. Wir brauchen keine Theologen mehr, die über die angemessene Art und Weise der Gottesverehrung spekulieren; wir benötigen keine Priester mehr, daß sie zwischen uns und Ihm vermitteln; wir brauchen keine von Menschen verfaßte Schriften mehr, die Seine Natur zu erklären behaupten. Wir alle haben Seine Hand auf unserer Welt gefühlt, und die Zeit ist gekommen, um mit klarem Blick und wachem, offenem Verstand an Ihn heranzutreten. Daher übergeben wir der Erde diese Relikte vergangener Epochen, und wir rufen klarsichtige Männer und Frauen in aller Welt auf, sich uns in dieser Zeremonie des Verzichts anzuschließen.«

Er gibt ein Zeichen, und nacheinander treten die Leute an den Rand der Grube. Einer nach dem anderen werfen sie ihre Last hinein: Chorröcke, Meßgewänder, Mitren, Korane, siebenarmige Leuchter, Rabbinerkappen, Upanischaden, Kruzifixe. Alle lassen sich Zeit; das Begräbnis des Glaubens ist ein ernstes Geschäft. Während es seinen Fortgang nimmt, rollt ein Trommelwirbel dumpfen Donners widerhallend über den Horizont. Ein Gewitter im Anzug? Vielleicht zieht es in eine andere Richtung, denkt Gifford. Die Zeremonie dauert an. Hinein mit den Manipeln, mit dem Schofar. Hinein mit der Soutane. Wieder rollt Donner, lauter jetzt, deutlicher. Der diesige Himmel überzieht sich rasch, und im Nordwesten wächst mit beängstigender Schnelligkeit eine dunkle Wetterwand herauf. Gifford versucht das Tempo der Zeremonie zu beschleunigen, winkt die Leute heran, damit sie das Zeug rascher in die Grube werfen. Ein gleißender Blitz spaltet den Himmel, und der antwortende Donnerschlag läßt nicht lange auf sich warten. Wind kommt auf, die ersten dicken Tropfen fallen. Die Wettervorhersage war falsch. Eine dumme Sache, aber eher lästig als gefährlich. Ein weiterer Blitz, gefolgt von einem ungeheuren Krachen. Dieser muß irgendwo in der Nähe eingeschlagen haben. Gifford hört nervöses Lachen. »Wir haben Zeus beleidigt«, sagt jemand. »Er schleudert Blitze.« Ein anderer belehrt ihn, daß es nicht Zeus, sondern Thor sei, der seinen Hammer durch die Luft schleudere. Gifford ist nicht erheitert; er weiß Ironien zu schätzen, aber nicht jetzt, nicht jetzt. Und er erkennt, daß er seit dem 6. Juni gerade gläubig genug geworden ist, um sich Gedanken zu machen, ob der Allmächtige tatsächlich im Begriff sein möchte, diese gotteslästerliche Bande von Vernunftanbetern zu züchtigen. Ein weiterer Blitz fährt hernieder, begleitet von einem hellen, knatternden Schlag. Die schwarzen Wolken öffnen ihre Schleusen, und der Regen ergießt sich in Sturzbächen über die Gemeinde. In wenigen Augenblicken sind alle durchnäßt; Hemden kleben an Oberkörpern, der Boden unter ihren Füßen verwandelt sich in Schlamm, schmutzige Rinnsale fließen über die planierten Flächen und sammeln sich in Vertiefungen zu braunen Lachen.

Und dann, als hätten sie das Gewitter für ihre eigenen Zwecke geplant, brechen aus den grauen Wasservorhängen, die die Ränder der Deponie verhüllen, Horden wildblickender Leute in durchnäßten bunten Gewändern hervor. Sie schwingen Keulen, Heugabeln, eiserne Rechen, Hackmesser und andere improvisierte Waffen; sie brüllen unzusammenhängende, unverständliche Parolen; und sie stürzen sich auf die Anhänger der Vernunft und schlagen drein, daß die Fetzen fliegen. »Tod den Gottlosen, den Gotteslästerern!« schreien sie. Gifford fragt sich, wer sie sein mögen. Sektenmitglieder, Diabolisten, Apokalyptiker… vielleicht eine Koalition aller religiösen Fanatiker. Die Hubschrauber des Fernsehens gehen tiefer, um das Handgemenge im prasselnden Regen besser ins Bild zu bekommen, und hängen mit ohrenbetäubendem Geknatter außer Reichweite, acht oder zehn Meter über dem Kampfplatz. Ihre starken Flutlichtlampen liefern die apokalyptische Illumination. Eine halbverrückte Frau, grotesk in ihrer heulenden Raserei, greift Gifford an und will ihm an die Kehle. Er stößt sie fort, und sie stolpert in die Grube, landet auf einem Stapel schlammbespritzter Bibeln. Der unerwartete mörderische Angriff hat eine Panik ausgelöst; seine Leute fliehen in alle Richtungen, verfolgt von den rachsüchtigen Dienern des Herrn, die in unheiliger Freude ihre Waffen schwingen. Gifford sieht seine Freunde fallen, verwundet, vielleicht erschlagen. Wo bleibt die Polizei? Warum gibt sie keinen Schutz? Warum treibt sie diese Wahnsinnigen nicht mit Tränengas zurück?

»Tod allen Gotteslästerern!« schrillt eine Stimme in seiner Nähe. Er fliegt herum, bereit, sich seiner Haut zu wehren. Eine Heugabel. Er verspürt eine seltsame kalte Klarheit des Denkens und springt rasch hinzu, täuscht, ergreift den Stiel der Heugabel und entreißt sie seinem Gegner. Der andere wendet sich zur Flucht und taucht im prasselnden Regen unter, und Gifford sieht sich allein am Rand der Grube, durch die herabstürzenden Wassermassen vorübergehend vom Rest der Welt isoliert. Er schleudert die Heugabel in die Grube und bedauert es sofort, denn aus dem Regen tauchen drei langgewandete Gestalten auf und kommen auf ihn zu. Er beginnt zu laufen, versucht vorbeizukommen, ehe sie ihm den Weg abschneiden können, und gleitet im Schlamm aus. Er landet in einer Pfütze; der Geschmack von schlammiger Erde und Mist ist in seinem Mund; er ist außer Atem, von Entsetzen halb gelähmt, hinter der schmutzverklebten Brille beinahe blind. Bevor seine immer wieder ausgleitenden Hände und Füße Halt zum Aufspringen finden, werfen die Verfolger sich auf ihn. »Wartet«, sagt er. »Das ist doch Wahnsinn!« Einer von ihnen hat einen Knüppel. »Nein«, stößt Gifford hervor. »Nein. Nein. Nein! *Nein …*«

14
Das Siebte Siegel

1. Als er das Siebte Siegel öffnete, ward es still im Himmel, wohl eine halbe Stunde lang.
2. Ich sah die sieben Engel, die vor dem Antlitz Gottes stehen; es wurden ihnen sieben Posaunen dargereicht.
3. Dann kam ein anderer Engel und trat vor den Altar mit einem goldenen Rauchfaß. Dann gab man ihm viel Räucherwerk, damit er es mit den Gebeten aller Heiligen auf dem goldenen Altar vor dem Throne darbringe.
4. Da stieg der Duft des Räucherwerks auf mit den Gebeten der Heiligen aus der Hand des Engels empor zum Angesichte Gottes.
5. Der Engel nahm sodann das Rauchfaß und füllte es von dem Feuer des Altars und warf es auf die Erde. Da gab es Donnerschläge, Tosen, Blitze, Erdbeben.
6. Die sieben Engel mit den sieben Posaunen bereiteten sich dann zum Blasen.
7. Der erste stieß in die Posaune. Da gab es Hagel und Feuer, untermischt mit Blut, und dieses fiel auf die Erde. Der dritte Teil des Landes verbrannte, und es verbrannte auch der dritte Teil der Bäume, und es verbrannte alles grüne Gras.
8. Der zweite Engel stieß in die Posaune. Da stürzte etwas wie ein großer Berg von Feuer glühend in das Meer hinein. Da war der dritte Teil des Meeres Blut.
9. Der dritte Teil der in dem Meere lebenden Geschöpfe starb; der dritte Teil der Schiffe ging zugrunde.
10. Der dritte Engel stieß in die Posaune. Da fiel ein großer Stern vom Himmel, der wie eine Fackel

brannte. Er fiel auf den dritten Teil der Flüsse und auf die Wasserquellen.

11. Der Stern heißt Wermut. Da dritte Teil der Wasser ward zu Wermut, und viele Menschen starben an den Wassern, denn bitter waren sie geworden.
12. Der vierte Engel stieß in die Posaune. Da ward der dritte Teil der Sonne geschlagen, der dritte Teil des Mondes und der dritte Teil der Sterne, so daß der dritte Teil von ihnen finster ward und auch der Tag zu einem Drittel nicht mehr hell war, und ebenso die Nacht.
13. Ich schaute, und ich hörte, wie ein Adler hoch oben durch den Himmelsraum dahinflog; er rief mit lauter Stimme: »Wehe, wehe, wehe den Erdbewohnern ob der übrigen Posaunenstöße der drei Engel, die jetzt noch blasen werden.«

15
Die Flucht des Propheten

Alles, alles aus. Thomas weint. Die Städte brennen. Selbst die Seen scheinen in Flammen zu stehen. So viele Tausende tot. Die Apokalyptiker tanzen, denn ist das Jahr auch noch nicht um, so scheint das Ende doch klar erkennbar. Die römische Kirche hat Thomas mit dem Bann belegt und leugnet sein Wunder. Er sei der Antichrist, hat der Papst gesagt. Zeichen und Vorbedeutungen sind überall zu sehen. Dies ist die Zeit der zweiköpfigen Kälber und der Hunde mit Katzengesichtern. Und neue Propheten sind aufgetreten. Gott mag in Kürze wiederkehren oder auch nicht; die Offenbarungen weichen voneinander ab. Viele Menschen beten jetzt um ein Ende aller Heimsuchungen und Wunder. Die Hoffenden hoffen nicht länger, sondern beten nun, daß die Menschheit von Seinem nächsten

Erscheinen verschont bleibe; selbst die Diabolisten und die Anhänger der Authentischen Kirche der Erlösung rufen Luzifer an und flehen, daß er nicht kommen möge. Jene, die noch im Juni ein Zeichen Gottes erbaten, würden sich jetzt allein mit Gottes erneuerter und unbefristeter Abwesenheit zufriedengeben. Oh, wenn Er uns nur vernachlässigte; wenn Er uns nur aus Seiner Aufmerksamkeit entließe. Es ist eine Zeit der Fackeln und Höhlen. Gerüchte von barbarischer Kriegführung kommen aus entfernten Kontinenten. Es heißt, in Bolivien habe man die Neutronenbombe gegen Aufständische eingesetzt. Thomas' letzte Gefolgsleute – es sind ihrer nur noch wenige – haben ihn gebeten, er möge noch einmal mit Gott sprechen. Sie hoffen, daß alles doch zurechtgerückt werden könne, aber Thomas weigert sich. Die Verbindungen zur Gottheit sind unterbrochen. Er wagt nicht, ihre Wiederherstellung zu betreiben: Seht nur, seht, wieviel Not und Elend er so schon über die Welt gebracht hat! Er entsagt seinem Prophetentum. Andere mögen sich im charismatischen Mystizismus versuchen, wenn es ihnen gefällt. Andere mögen vor dem brennenden Busch knien oder in der Glut der Feuersäule schwitzen. Nicht Thomas. Seine Berufung ist vorbei. Endgültig vorbei.

Er hofft in die Anonymität davonzuschlüpfen. Er rasiert sich den Bart und schneidet das Haar; er beschafft sich neue Kleider, unauffällig und alltäglich; er färbt sich die Haare; er studiert einen vornübergebeugten Gang ein, um weniger groß zu erscheinen. Vielleicht hat er seine Geschicklichkeit als Taschendieb noch nicht eingebüßt. Er wird ohne Aufhebens die Städte durchwandern, den Kopf gesenkt, die Finger zum schnellen Zugriff bereit, und so wird er sich durchschlagen. Es wird ein ruhigeres Leben sein.

Allein und verkleidet bricht er auf. Er wandelt unbehelligt von Ort zu Ort, nächtigt in billigen Absteigen, ißt in schummrigen Imbißlokalen. Er ist in Chicago, als man dort den Langen Sabbath ausruft, er verbringt die Nacht des Blutes in Milwaukee und ist zur Anrufung der Flamme in St. Louis. Diese Ereignisse lassen ihn unberührt. Er zieht weiter. Das Jahr neigt sich dem Ende zu. Das Laub ist gefallen. Wenn die Apokalyptiker die Wahrheit sagen, dann bleiben der Menschheit nur noch wenige Wochen. Gottes oder Satans Zorn wird auf das Land herniederbrennen, wenn das Jahr 2000 anbricht. Thomas ist es gleich. Solange er unbemerkt seiner Wege gehen kann, soll es ihm recht sein, wenn das Universum ringsumher in Stücke fällt.

»Was meinen Sie?« wird er an einer Straßenecke in Los Angeles gefragt. »Wird Gott am Neujahrstag wiederkommen?«

Ein paar müßige Eckensteher, die die Zeit totschlagen. Thomas steht mit eingezogenen Schultern unter ihnen, die Hände in den Taschen. Sie erkennen ihn nicht, da gibt es keinen Zweifel. Aber sie wollen eine Antwort. »Nun? Was sagen Sie?«

Thomas macht seine Stimme pelzig und undeutlich und murmelt: »Nein, ausgeschlossen. Der wird sich nie wieder mit uns einlassen. Er gab uns ein Wunder, und sehen Sie selbst, was wir daraus gemacht haben.«

»Meinen Sie das wirklich?«

Thomas nickt. »Gott hat uns den Rücken gekehrt. Er sagte, hier, ich gebe euch einen Beweis meiner Existenz, nun reißt euch zusammen und seht zu, daß ihr was auf die Beine stellt. Und statt dessen ließen wir alles nur noch mehr drunter und drüber gehen. Das wär's. Wir haben unsere Chance gehabt. Wir haben sie nicht genutzt, und jetzt ist es aus mit uns.«

»Hm, da könnten Sie recht haben, Nachbar!« Grinsen und Augenzwinkern.

Das Gespräch verursacht Thomas Unbehagen. Er schlurft weiter, den Kopf auf der Brust, die Hände in den Taschen vergraben. Seine neue Gangart, seine Tarnung.

»Warten Sie«, sagt einer von ihnen. »Bleiben Sie noch. Reden wir noch ein bißchen.«

Thomas zögert.

»Wissen Sie, ich glaube, Sie haben recht. Wir haben ein großes Schlamassel angerichtet. Ich will Ihnen noch was sagen: Wir hätten nie damit anfangen sollen. Um ein Zeichen beten, all dieses Zeug. Wir wären jetzt alle viel besser dran, wenn dieser Thomas ein Taschendieb geblieben wäre, kann ich Ihnen sagen.«

»Da stimme ich Ihnen dreihundertprozentig zu«, sagt Thomas mit einem schnellen Lächeln, ein – aus. »Aber wenn Sie mich jetzt entschuldigen wollen…«

Er schlurft weiter. Zehn Schritte. Die Tür eines Bürogebäudes wird aufgestoßen. Ein kleiner, schlanker Mann tritt heraus. O Gott, Saul! Thomas bedeckt sein Gesicht mit der Hand und wendet sich ab. Zu spät. Kraft erkennt ihn durch alle Veränderungen der äußeren Erscheinung. Seine Augen leuchten auf.

»Thomas!« stößt er keuchend hervor.

»Nein, Sie irren sich. Mein Name ist…«

»Wo bist du gewesen?« fragt Kraft. »Alle Welt sucht dich, Thomas. Es war schlecht von dir, fortzulaufen, dich vor deiner Verantwortung zu drücken. Du hast uns alles hingeschmissen, alles uns überlassen. Dabei warst du der einzige, der die Kraft hatte, Menschen zu begeistern. Du warst der einzige, der…«

»Nicht so laut!« sagt Thomas heiser. Es hat keinen Sinn, seine Identität zu leugnen. »Um Himmels willen, Saul, schrei nicht so laut! Und laß meinen Namen aus dem Spiel! Willst du vielleicht, daß alle wissen, wer ich bin?«

»Das ist genau, was ich will«, sagt Kraft. Inzwischen

hat sich eine hübsche Menge um sie versammelt, zehn oder mehr Personen. Kraft zeigt auf ihn. »Kennen Sie den nicht? Das ist Thomas der Verkünder! Er hat sich rasiert und das Haar geschnitten, aber das Gesicht ist dasselbe geblieben. Da habt ihr euren Propheten! Das ist der Taschendieb, der mit Gott redete! Nun verleugnet er sich!«

»Nein, Saul!«

»Thomas?« sagt jemand. Und dann fangen sie alle miteinander an, seinen Namen zu murmeln. »Thomas? Thomas?« Sie wiegen den Kopf, nicken, runzeln die Stirn, reiben sich das Kinn, nicken wieder. »Thomas? Thomas?!«

Sie umringen ihn. Starren ihn an. Berühren ihn. Er versucht sie fortzustoßen, aber sie sind zu zahlreich, und diesmal sind es keine Apostel. Kraft hat sich an den Rand der Menge zurückgezogen und lächelt, der kleine Judas! »Laßt mich in Ruhe«, sagt Thomas. »Ihr habt den falschen Mann. Ich bin nicht Thomas. Ich würde ihn mir selbst gern vornehmen. Ich... ich... Judas! Judas! Saul!« schreit er. Und dann fallen sie über ihn her.

Michael Bishop

TOD UND BESTIMMUNG UNTER DEN ASADI

Bei den folgenden Texten handelt es sich um verschiedenartige Aufzeichnungen, die eine unvollständige Ethnographie der Asadi von Bosk Veld ergeben, dem vierten Planeten des Systems Deneb; sie sind zusammengestellt aus persönlichen und wissenschaftlichen Tagebucheintragungen, dienstlichen Berichten, privatem Schriftverkehr und Bandaufnahmen des Kultur-Xenologen Egan Chaney. Die Auswahl erfolgte durch seinen Freund und Mitarbeiter Thomas Benedict.

PRÄLIMINARIEN: WUNSCHTRAUM UND AUFBRUCH

Aus den Privattagebüchern des Egan Chaney: Es gibt nicht länger Pygmäen. Vielleicht geistige Pygmäen, ja, aber nicht jene kleinen, flinken, in den Schultern leicht gebeugten Schwarzen von zwangsläufig friedfertiger Einstellung, die einmal in den nun längst verschwundenen Ituri-Regenwäldern wohnten – ein Volk, über das ich, nebenbei erwähnt, keineswegs Sentimentalitäten verbreiten möchte (allerdings gelingt mir das möglicherweise nicht immer). Es gibt nicht länger Pygmäen – seit Jahrhunderten sind sie ausgestorben. Aber am Abend vor dem Abend, als Benedict mich in den rauschenden Farnen der Synesthisia-Wildnis absetzte, unter drei Monden von unfreundlich kaltem Schein, da waren sie für mich wieder lebendig. Den letzten Abend in unserem Stützpunkt verbrachte ich damit, noch einmal Turnbulls *The Forest People* zu lesen. Ich träumte davon, unter diesem Volk in den Ituri zu leben. Ich unterzog mich dem *nkumbi,* dem Ritual der Beschneidung. Ich sprang unter den Leib eines Elefanten und rammte dem riesigen Geschöpf meinen Speer ins Fleisch. Schließlich nahm ich mit den altehrwürdigen, weisen BaMbuti am *molimo*-Fest teil. Insgesamt betrachtet, war meine Lektüre wohl eine sentimentale Einstimmung. Turnbulls Buch war die erste und zugleich lebhafteste Ethnographie, die mir vor meiner Forscherlaufbahn in die Hände geriet – und selbst in dieser letzten Nacht im Stützpunkt auf der feindseligen Welt Bosk Veld, die den Stern Deneb umkreist, klangen die Worte dieses Buchs in meinem Kopf wie die esoterischen Verse des Pygmäen-*molimo,* wie die eindringlichen Melodien, welche Bosk Velds Monde singen.

Eine sentimentale Einstimmung. Was für einen Nutzen meine Lektüre für mich während meines Aufenthalts unter den Bewohnern der Synesthesia-Wildnis haben sollte, das wußte ich selber nicht. Wahrscheinlich gar keinen. Aber ich befand mich auf dem Weg dorthin, und am Abend vor meiner Einschleichaktion verlor ich mich verträumt in den Wäldern einer anderen Zeit – im Bewußtsein dessen, daß ich für die nächsten Monate der wachsame und aufmerksame Gefangene jener Humanoiden sein sollte, die ihrerseits mein Forschungsgegenstand waren. Auf der Erde haben wir alle primitiven Völker ausgerottet, aber auf dieser paradoxen Welt namens Bosk Veld kann ich noch meinem Beruf nachgehen. Und als Benedict unter den drei antikgoldenen Monden den Kopter wendete, um ihn zurück zum Stützpunkt zu fliegen, einer knattrigen Libelle ähnlich, da begriff ich, daß ich mich nun in meinem Beruf zu bewähren hatte. Der Dschungel war düster – und fremdartig –, eine alptraumhafte Wirklichkeit; und ich konnte nichts anderes denken als: *Es gibt nicht länger Pygmäen, es gibt nicht länger Pygmäen, es gibt nicht…*

METHODIK. EIN DIALOG

Aus den Forschungstagebüchern des Egan Chaney: Ich bin nicht der erste Erdenmensch, der sich unter den Asadi aufhalten wird, aber der erste, der unter ihnen einen ausgedehnten Zeitraum zuzubringen vorhat. Der erste Mensch, der den Asadi begegnete, war Oliver Bow Aurm Frasier, der Mann, der diesen Humanoiden ihren Namen gab – vielleicht in Analogiebildung zu dem Wort *Aschanti,* dem Namen eines noch existenten afrikanischen Volkes, aber wahrscheinlicher in Anlehnung ans alte arabische Wort *asad,* das ›Löwe‹ bedeutet. Oliver Bow Aurm Frasier hatte berichtet, die Asadi auf Bosk Veld besäßen keine Sprache in unserem Sinne, hätten jedoch einmal eine ›Schriftsprache‹ gehabt. Ich bin davon überzeugt, daß er diese beiden Begriffe ziemlich leichtfertig verwendete, und die Anomalie einer Schrift ohne Sprache ist einer jener Aspekte, die zu erhellen es mich seit jeher drängte. Außerdem machte Frasier die Bemerkung, daß ein unerschrockener Ethnograph darauf hoffen könne, sich durch eine einzigartig unorthodoxe List bei den Asadi zur Akzeptanz zu verhelfen. Ich will diese List darlegen, indem ich hier eine imaginäre Unterhaltung niederschreibe, wie ich sie mit Benedict geführt haben könnte (was aber nie geschah).

BENEDICT: Hören Sie mal, Chaney (das bin übrigens ich, Egan Chaney), was beabsichtigen Sie zu unternehmen, nachdem ich Sie ganz allein in der Synesthesia-Wildnis abgesetzt habe? Sie erwägen doch nicht etwa, diesen alten albernen Anthropologentrick anzuwenden, oder? Sie wissen schon, geradewegs in den Weiler der Asadi stolzieren und rufen: Ich bin der Große Weiße Gott, den Eure Legenden euch verkündet haben!
CHANEY: Das ist nicht eben meine Absicht. Vielmehr werde ich erst am Morgen zu den Asadi auf die Lichtung gehen.
BENEDICT: Warum muß ich Sie dann inmitten der Nacht hinaus in die Wildnis fliegen, verdammt noch mal?
CHANEY: Um einem liebenswerten Exzentriker wie mir eine Freude zu machen. Nein, nein, Benedict, schimpfen Sie nicht. Die Sache ist ziemlich einfach. Frasier berichtete, daß die Lichtung, die den Asadi als Gemeindeplatz dient, während der Nacht völlig verlassen liegt – zwischen Dämmerung und Sonnenaufgang hält sich niemand dort auf. Die Angehörigen der Gemeinschaft kehren erst zur Lichtung zurück, wenn Deneb am östlichen Horizont dick und kupfrig in die Höhe steigt.
BENEDICT: Und Sie möchten bei Nacht abgesetzt werden?
CHANEY: Ja, damit am Morgen der Lärm des Kopters verklungen und vergessen ist und ich die Gelegenheit erhalte, die Asadilichtung mit den ersten Ankömmlingen zu betreten. Gerade so, als gehörte ich dazu.
BENEDICT: Ach, wahrhaftig, ja. Sie werden keinerlei Verdacht erregen, Chaney. Man wird Sie unverzüglich akzeptieren – obwohl die Asadi so gut wie nackt herumlaufen, Augen haben wie die trüben Glasböden alter Flaschen und große Mähnen aus silbernem oder gelbbraunem Fell. Ach, wirklich, ja.

CHANEY: Nun, Frasier nannte die List, die ich anzuwenden gedenke – und mit Erfolg, hoffe ich: ›Akzeptanz durch soziale Unsichtbarkeit‹. Das Prinzip ist wiederum einfach. Ich muß die Rolle eines asadischen Parias spielen. Diese Taktik gewährt mir eine bestimmte Art von Akzeptanz, weil die asadischen Sitten verlangen, daß man die Gegenwart eines Parias vollständig ignoriert. Er ist ein Außenseiter nicht nur in physischer, sondern auch in psychologischer Hinsicht. Daher wird meine Anwesenheit auf der Lichtung eine von Negativnatur sein, aber auf diesen Umstand lasse ich mich gern ein – denn in gewisser Beziehung erlaubt diese Negativexistenz mir mehr Bewegungsspielraum und bietet mir mehr Beobachtungsmöglichkeiten als in dem Fall, wäre ich ein Asadi von gutem Ansehen.
BENEDICT: Schwierige Sache, Chaney, sehr schwierig. Nach dieser Darstellung bewegen mich trotzdem zwei brandheiße Fragen. Wie wird man zum Paria, und wie übt man als Paria die entscheidende Tätigkeit eines Anthropologen aus, das Sammeln volkstümlichen Materials – Lieder, Kosmologien, rituelle Beschwörungen? Ich meine, muß diese ›Unsichtbarkeit‹ Sie nicht der so wertvollen persönlichen Beziehung zu jenen Asadi berauben, die vielleicht die meisten Informationen liefern können?
CHANEY: Ich möchte Ihre letzte Frage zuerst beantworten. Frasier zufolge verständigen sich die Asadi nicht durch Sprache. Schon das beschränkt meine Arbeit aufs Beobachten. Die Sorge um Lieder und Beschwörungen bin ich damit auch los. Ihre Kosmologie muß ich aus dem schlußfolgern, was ich beobachte. Was ihre Mittel der interpersonellen Kommunikation angeht – sollte ich überhaupt herausfinden, welcher Art sie sind, dann ist immer noch fraglich, ob ich physisch zu ihrem Gebrauch geeignet bin. Die Asadi sind keine Menschen, Benedict.

BENEDICT: Das ist mir klar. Manchmal denke ich, wenn ich Ihnen zuhöre, daß es eine begehrenswerte Eigenschaft ist, aufgrund genetischer Ursachen außerstande zum Sprechen zu sein. Na gut. Lassen wir's dabei. Und was sagen Sie auf die Frage, wie man Paria wird?
CHANEY: Wir wissen noch nicht, welche Schandtaten zu dieser außergewöhnlich schweren Bestrafung führen. Aber wir wissen, auf welche Weise die Asadi ihre Ausgestoßenen von den normalen Mitgliedern der Gemeinschaft unterscheidbar machen.
BENEDICT: Und wie?
CHANEY: Sie scheren dem Übeltäter die Mähne ab. Da alle Asadi diese Mähne aufweisen, egal, welchen Geschlechts oder welchen Alters sie sind, ist dies Mittel zur Kenntlichmachung eines Parias allgemein gebräuchlich und unfehlbar sicher.
BENEDICT: Dann sind Sie sozusagen bereits ein Paria?
CHANEY: Ich hoffe es. Ich muß nur daran denken, mich täglich zu rasieren. Frasier glaubte, daß seine Haarlosigkeit – er war nahezu kahlköpfig – ihm jene wenigen Entdeckungen hinsichtlich der Asadi ermöglichte, von denen wir heutzutage Kenntnis haben. Aber er geriet während einer Periode seltsamer Inaktivität unter sie und mußte sich damit zufriedengeben, die Artefakte einer älteren Asadikultur zu untersuchen, die Überreste einer gewaltigen, sehr hohen Pagode inmitten der Synesthesia-Wildnis. Ich habe aber auch gehört, daß Frasier nicht die Geduld besaß, die man nun einmal für Felduntersuchungen braucht.
BENEDICT: Einen Moment. Nicht so schnell. Könnte nicht einmal ein Asadi seine Mähne durch ein Mißgeschick verlieren? Wäre er dann ohne eigene Schuld auch ein Paria – oder nicht? Ein Pseudoparia?
CHANEY: So etwas ist sehr unwahrscheinlich. Fra-

siers Berichte besagen, daß die Asadi keine natürlichen Feinde haben – daß die Synesthesia-Wildnis anscheinend kein Leben vorzuweisen hat außer den Asadi selbst. Der Verlust der Mähne ist auf jeden Fall, egal unter welchen Umständen, ein Anlaß zur Bestrafung durch Aussonderung. Das ist das einzige Übel für die Asadi, das Frasier mit Gewißheit konstatieren konnte. Was für Härten das Leben sonst für sie bereithält, das wissen wir nicht, wie ich schon erwähnte.

BENEDICT: Wenn es dem Dschungel an jedem anderen Leben fehlt – ausgenommen unverzehrbare Pflanzen –, wovon ernähren sich dann diese armen Asadi, Chaney?

CHANEY: Auch das wissen wir nicht.

BENEDICT: Na, und wovon wollen Sie leben, Chaney? Selbst Malinowski hat ab und zu etwas gegessen. Sagt man wenigstens.

CHANEY: An diesem Punkt beginnt Ihre Aufgabe, Benedict. Ich werde genug Proviant für eine Woche mitnehmen. Aber im Lauf der nächsten Monate müssen Sie einmal wöchentlich Nachschub für mich an die Stelle liefern, wo Sie mich absetzen. Ich habe diese Stelle bereits festgelegt, ich weiß ihre Entfernung und die Richtung von der Asadilichtung. Das ist aufwendig, aber die Leute im Stützpunkt, vor allem Eisen, sind mit mir der Auffassung, daß meine Arbeit notwendig ist. Sie dürften aber wohl nie in die Verlegenheit geraten, die Lieferung verteidigen zu müssen.

BENEDICT: Aber warum so häufig? Warum jede Woche?

CHANEY: Das ist nicht meiner, sondern Eisens Einfall. Da ich ihm sagte, daß ich während meines Aufenthalts bei den Asadi keinerlei Kontakte wünsche – das heißt, keine Kontakte mit unseresgleichen –, meinte er, eine wöchentliche Versorgung sei der beste Weg, um sich

wenigstens gelegentlich dessen zu vergewissern, daß ich noch lebe.
BENEDICT: Nehmen Sie eine Waffe mit, Chaney?
CHANEY: Nein, keine Waffen. Außer Nahrungsmitteln nehme ich lediglich meine Notizbücher, einen Recorder, ein wenig Lektüre und vielleicht irgend etwas mit, das mir über die unvermeidlichen Phasen der Depression hinweghilft.
BENEDICT: Ein Funkgerät? Für den Fall, daß Sie schnelle Unterstützung benötigen?
CHANEY: Nein. Womöglich werde ich dann und wann ein bißchen kränkeln, aber sollte es mir wirklich dreckig gehen, habe ich immer noch die Leuchtraketen. Und außerdem Placenol und Bourbon. Nichtsdestotrotz bestehe ich auf völliger Abschirmung von allen Angelegenheiten des Stützpunkts, bis mein Aufenthalt bei den Asadi beendet ist.
BENEDICT: Warum führen Sie dies Unternehmen durch? Ich meine mit dieser Fragestellung nicht, warum entschied Eisen, daß wir die Asadi so genau studieren sollen. Ich meine, warum unterziehen Sie, Egan Chaney, sich diesem gleichsam rituellen Gastspiel bei den Asadi? Im Stützpunkt gibt's noch ein oder zwei andere Leute, die diese Aufgabe übernommen hätten, wäre sie ihnen angetragen worden.
CHANEY: *Weil es nicht länger Pygmäen gibt, Benedict …*

Ende des fiktiven Gesprächs über Einstiegsmethoden. Ich habe den Eindruck, daß Benedict darin wesentlich aufdringlicher wirkt, als er's in Wahrheit ist. So viele fachmännische Fragen! Tatsächlich ist Benedict wortkarg und doch zugleich verschmitzt. Wenn Sie diese Aufzeichnungen für die geplante Ethnographie lesen, Benedict, dann bedenken Sie, daß ich immerhin ein oder zwei Fragen unbeantwortet gelassen habe. Kann Freundschaft tiefer reichen? Als ein Mann, dessen Lebenswerk ihm abverlangt, vielerlei Gesichtspunkte und Anschauungen zu akzeptieren, glaube ich, daß ich mich Ihnen gegenüber fair verhalten habe, Benedict.

Und sehen Sie's mir nach, daß ich Sie für meine Darlegungen beansprucht habe.

KONTAKT UND ASSIMILATION

Aus den Privattagebüchern des Egan Chaney: Ich dachte unaufhörlich: *Es gibt nicht länger Pygmäen, es gibt nicht länger Pygmäen, es gibt nicht…* als ich mich unter einem Baum niederlegte, der einem übergroßen Gummibaum ähnelte, um zu schlafen. Ich schlief traumlos – oder ich hatte so groteske Alpträume, daß ich sie beim Erwachen verdrängte. Meine Armbanduhr weckte mich. Der Schein der Sonne Deneb hatte die Ränder der Blätter in der Synesthesia-Wildnis kupferrot zu verfärben begonnen. Dennoch war die Morgendämmerung noch nicht so recht angebrochen. Die Welt war still. Aber ich ließ es nicht zu, daß die Wildnis meine Sinne irreführte. Ich hatte keine Lust, mich an den dunkelroten und den gelben und den orchideenartigen Blütengewächsen zu schneiden. Ich hatte weder das Verlangen, den ersten, trügerisch leichten Morgenwind zu verspüren, noch den Wunsch, mich plötzlich vom Licht der Dämmerung auf meinen Netzhäuten hochscheuchen zu lassen. Also rappelte ich mich auf und ging los. Von der unerbittlichen Notwendigkeit abgesehen, die Richtung beizubehalten, schenkte ich meiner Umgebung keine Aufmerksamkeit. Die Lichtung, wo die Asadi bald zusammenkommen mußten, zog mich regelrecht an. Dieser schicksalhafte Ort hatte mich in seinem Bann. Alles andere wich aus meinem Bewußtsein – der Himmel, der nun aufzuglühen begann, das feuchte Erdreich, die Farne und ihr Rauschen. Würden die Asadi mich in ihrer Mitte dulden – allein aufgrund äußerer Eigenheiten –, wie sie ihre Außenseiter auf Negativweise unter sich dulden? Auf diese Hoffnung hatte ich meine ganze Tätigkeit der nächsten sechs Monate gebaut; nicht der allerkleinste Aspekt meiner großartigen Strategie beruhte jedoch auf dem tatsächlichen Wesen dieser Voraussetzung. Externes Herangehen versus interne Kenntnis. Aber es war zu spät, um meine Absichten oder bloß die Richtung meiner Schritte zu ändern. Fort mit allem Zweifel! Die Geschwindigkeit der Schritte den Schritten jener Füße angeglichen, die man nun ebenfalls zur Lichtung streben hört, wo das Laub sich teilt und die nackten Asadi sich wie zu einer Zusammenkunft unbefangener Taubstummer sammeln! Und ich paßte meine Gangart jenen Füßen an. Durch Lücken im Flechtwerk des Laubs den ausgestreckten Arm eines Asadi erspäht. Als Schatten zwischen anderen Schatten am Untergrund den Umriß vom Mähnenhaupt eines im Ausschreiten begriffenen Asadi gesehen. Die Wildnis bebte von morgendlicher Regsamkeit. Ich war umgeben von unsichtbaren und halb sichtbaren unfreiwilligen Gewährsleuten, und wir näherten uns einem gemeinsamen Ziel. Und dann teilten wir das Dickicht und betraten zugleich das Stück offenen Dschungelbodens – die Asadilichtung, vielleicht heiliger Boden, das unverfälschte Territorium der Geselligkeit und Gemeinsamkeit, der Brennpunkt des asadischen Lebens. Der fürchterliche Geruch dieses Lebens – so viel munteren Lebens – verschlug mir buchstäblich den Atem. Gleichgültig. Ich habe mich daran gewöhnt. Rings um mich wimmelte es von großen Geschöpfen mit grauer Haut und dichten, buschigen, welligen Mähnen an den Köpfen. Sie wandten sich einander zu, dann wieder zu mir, trachteten nach sicherer Erkenntnis meines hauptsächlichen Wesens. Ich konnte nichts tun als warten. Ich wartete also. Es pochte in meinen Schläfen. Deneb stach Dolche aus Licht durch die Bäume. Die Asadi zögerten, trafen nacheinander ihre Entscheidung – jeder für sich, bemerkte ich –, entfernten sich von mir, wandten ihre dunklen Augen ab, und da hatte ich diesen ersten unentbehrlichen Sieg errungen: man ignorierte mich!

XENOLOGIE: FELDBERICHT

Aus dem wissenschaftlichen Bandmaterial des Archivs der Dritten Deneb-Expedition: Ich bin nun seit zwei Wochen hier. Gestern abend habe ich Benedicts zweite Nachschublieferung abgeholt. Es ist ein Glück, daß man mich pünktlich versorgt, daß ich meinen Bedarf genau an der Stelle vorfinde, wo Benedict mich ursprünglich abgesetzt hat. Die Asadi essen nicht so wie wir, und die Synesthesia-Wildnis bietet mir keine Nahrung, weder in Form eßbarer Vegetation noch in Gestalt kleineren Getiers. Die Pflanzen kann ich nicht vertragen. Wie die Biochemiker im Stützpunkt voraussagten, verursachen sie nahezu umgehendes Erbrechen oder verunmöglichen mir mit ihrer pelzigen Bitterkeit schon das Schlucken. Tiere gibt es keine. Der Dschungel lebt, aber er ist lebendig vom Rauschen und Zittern der Farne, von der Hitze, der Dumpfigkeit, dem infrasonischen Vibrieren fortgesetzter Fotosynthese. Regenwasser kann ich trinken. Gott sei Dank dafür, obwohl ich's vorziehe, es abzukochen, ehe ich mir seinen Genuß erlaube.

Ich bin über die Asadi zu einigen allerdings rein spekulativen Schlußfolgerungen gelangt. Nichts an ihnen ist sicher, nichts steht fest. Ihr Verhalten, obwohl es notwendigerweise eine tiefsitzende soziale Funktion haben muß, wirkt auf mich sinnlos. In dieser

Phase des Unternehmens, so sage ich mir immer wieder, kann man nichts anderes erwarten. Du mußt ausharren, du darfst dich nicht entmutigen lassen. Also extrapoliere ich von meiner Kondition zu ihrer. Ich frage mich: *Wenn du davon, was Bosk Veld zur Verfügung stellt, nicht existieren kannst, wie können es dann die Asadi?* Meine Beobachtungen in diesem Bereich haben (ich zögere aus Furcht vor Benedicts freundschaftlicher Belustigung fast, mich so auszudrücken) sich als fruchtbar erwiesen, mir die intellektuelle Nahrung geliefert, deren man bedarf, um gegen die Verzweiflung anzukämpfen. In Beantwortung der Frage *Was essen die Asadi?* kann ich ganz ohne Furcht vor Widerspruch sagen: *Alles, was ich nicht esse.* Anscheinend sind sie Pflanzenfresser. Sie gehen sogar über die wenig erstaunliche Tatsache des Pflanzenverzehrs hinaus: sie essen Holz. Jawohl, Holz. Ich habe gesehen, wie sie von den Riesengummibäumen streifenweise Rinde ablösten und sie aßen und verdauten, ohne daß sich Beschwerden einstellten. Ich habe sie auch Stücke aus dem Innern junger Bäume verzehren sehen, Holzstücke von nach unserer Auffassung unbekömmlicher Härte, selbst für Geschöpfe, die zu deren innerer Verwertung imstande sind. Vor drei Tagen habe ich mir einige Stückchen Rinde gekocht, Rinde von der Art, wie sie meinen Beobachtungen zufolge viele junge Asadi essen. Ich kochte sie, bis die Stücke einigermaßen weich waren, und ich brachte es auch über mich, ein paar nicht allzu erfreuliche Minuten lang darauf zu kauen und sie schließlich zu schlucken. Als ich beinahe einen Tag später meinen Stuhl kontrollierte, ersah ich, daß die Mahlzeit meinen Körper sozusagen unversehrt passiert hatte. Denn woraus besteht denn Rinde? Aus Zellulose. Unverdaulicher Zellulose. Und doch essen die Asadi, deren Zähne sich nicht sehr von unseren unterscheiden, Holz und verdauen es auch. Wie? In dieser Beziehung bin ich auf Spekulationen angewiesen. Behindert bin ich an meinem Mangel detaillierter Kenntnisse über irgend etwas anderes als den Menschen. Nichtsdestoweniger will ich, während ich hier am Rande der Asadilichtung herumhocke und die Dämmerung immer düsterer und unheimlicher wird, während ich hier hocke und in ein Mikrophon spreche – *Test, eins, zwei, drei… Test, Test* –, all den übermäßig kritischen und peinlich genauen Leutchen der knallharten Wissenschaften eine Analogie anbieten. Eine vielleicht lächerliche Analogie. Falls sie Ihnen nicht gefällt, werde ich nachgeben und mich, ohne noch Zweifel zu äußern, Ihrem Urteil beugen. Doch so wie primitive Schamanen die Welt in ihren eigenen Begriffen zu erklären versuchen müssen, muß ich, Egan Chaney, isoliert von meinen Gefährten und Mitmenschen, mir *meine* Erklärungen zurechtlegen. Hier ist eine: Ich nehme an, daß die Asadi das Holz auf die gleiche Weise verdauen wie die irdischen Termiten – das heißt, mit Hilfe von in ihren Eingeweiden ansässigen Bakterien, von Protozoen, die die Zellulose auflösen. Eine Symbiose, würde Eisen sagen. Und möge uns allen das eine Lehre sein. Es ist an der Zeit, daß die Leute miteinander auszukommen lernen, Bakterien und Chinesen, Hülsenfrüchte und Pygmäen…

Dies spreche ich später. Heute abend muß ich reden, und sei's auch nur zu einem Mikrophon. Bei Anbruch der Dunkelheit sind die Asadi wieder im Dschungel verschwunden, und ich bin allein. In den ersten drei Nächten meiner Exkursion kehrte auch ich beim Untergang der Sonne Deneb zurück in die Wildnis. Ich begab mich wieder an den Flecken, wo Benedict mich abgesetzt hatte, rollte mich unter den weit ausladenden Palmenblättern zusammen, verschlief die Nacht und begann erst in der Morgendämmerung die somit unvermeidliche Rückwanderung zur Lichtung. Inzwischen bleibe ich jedoch während der Nächte hier. Ich schlafe am Rand der Lichtung, gerade weit genug unterm Blätterdach, daß es mir Schutz gewährt. In den Dschungel gehe ich nur noch, um die Lieferungen abzuholen. Obwohl die Asadi mein Benehmen mißbilligen, können sie, da ich ein Ausgestoßener bin, nichts zu meiner Zurechtweisung tun, nichts anfangen, um mich von meinem ärgerlichen Verhalten abzuschrecken, es sei denn, sie verletzten ihr eigenes Gesetz, das es ihnen verbietet, die Existenz eines Parias bloß zur Kenntnis zu nehmen. Allabendlich, wenn sie abziehen, bleiben einige ältere Asadi, kenntlich an weißen Strähnen in ihren heruntergekommenen Mähnen, für einen Moment bei mir stehen und atmen mit unangebrachter Gepreßtheit. Sie schauen mich nicht an; das gehört mit zum Tabu. Aber ich sehe sie meinerseits auch nicht an – ich mißachte sie, als wären sie die Parias. Infolgedessen kann ich mittlerweile auf diese sinnlosen Wanderungen in den Dschungel und zurück zur Lichtung verzichten, die mich anfänglich so viel Kraft kosteten.

Während des Tages kann ich unbehelligt meine Verhaltensforschungen betreiben. Um mich vom Eindruck eines Mangels an Gründlichkeit freizusprechen, sollte ich erwähnen, daß ich am vierten und fünften Abend meiner Anwesenheit zwei verschiedenen Asadi zu folgen versuchte, um herauszufinden, wo und wie sie schliefen und wie sie nach Verlassen der Lichtung die restliche Zeit des Wachseins ausfüllten. In diesem Bemühen hatte ich keinen Erfolg. Sobald der Abend hereinbricht, gehen die Asadi auseinander. Ihre Gemeinschaft löst sich vollständig auf. Keine zwei Individuen bleiben zusammen, nicht einmal die Jungen bei ihren Eltern. Jeder Asadi begibt sich zur Nachtruhe an einen eigenen Platz, der gänzlich abgesondert ist vom Lagerplatz jedes anderen Exemplars seiner Spezies. (Diese Gewohnheit widerspricht übrigens allen Erfahrungen, die ich beim Studium anderer sozialer Gruppen gewonnen habe.) Am vierten und auch am fünften Abend jedenfalls wurde ich von den Objekten meiner Verfolgung in beschämendem Maße abgehängt. Ich kann auch nicht damit rechnen, mehr Erfolg mit anderen Exemplaren zu haben, denn ich folgte am ersten Abend bewußt einem alten, anscheinend recht lahmen Asadi, beim zweiten Mal einem jungen, in vorpubertärem Alter befindlichen Geschöpf. Beide entfernten sie sich mit eindrucksvoller Tatkraft, eilten zwischen die Bäume – so flink, als seien sie noch von Natur aus Baumbewohner – und verschwanden dann aus meinem Blickfeld.

Am Nachthimmel sind alle drei Monde aufgegangen, scheinen in unwirklichem, wie emailliertem Goldglanz; ich bin verstrickt in Schatten und meiner immer stärker spürbaren Einsamkeit. Noch nie waren, um ehrlich zu sein, die Bedingungen meiner Felduntersuchungen so trübselig, und ich habe mich sogar schon gefragt, ob die Asadi *jemals* wirklich intelligente Geschöpfe waren; vielleicht erforsche ich nur eine Abart von denebischem Pavian. Oliver Bow Aurm Frasier jedoch berichtete, die Asadi hätten einst eine ›Schriftsprache‹ und eine eigenständige Architektur besessen. Er unterzog sich allerdings nicht der Mühe, uns zu erläutern, wie er zu diesen Einsichten gelangte – doch dürfte die Synesthesia-Wildnis, da bin ich sicher, noch mancherlei Geheimnisse bergen. Später kann ich etwas mehr Abenteuerlust entwickeln. Aber vorerst muß ich die heute lebenden Asadi zu verstehen versuchen. Sie sind der Schlüssel zu ihrer Vergangenheit.

Zum Schluß, bevor ich einzuschlafen versuche, noch ein oder zwei Dinge. Zuerst einmal die Augen der

Asadi. Sie sind in der Tat ein wenig so, wie Benedict sie in unserem fiktiven Dialog, den ich heute vor einer Woche konstruiert habe, beiläufig beschrieb, nämlich wie dicke Flaschenböden. Darüber hinaus habe ich jedoch bemerkt, daß die Augen tatsächlich aus zwei Teilen bestehen – einer dünnen, durchsichtigen Schicht, die anscheinend hart wie Plastik ist, und dem membranartigen Sehorgan, dem die äußere Schicht Schutz gewährt. Es ist so, als käme der Asadi mit einer Schutzbrille zur Welt. Frasiers Eindruck von der Trübheit ihrer Augen läßt sich bei längerfristiger Beobachtung nicht uneingeschränkt bestätigen. Was er als ›Trübheit‹ empfand, resultierte wahrscheinlich aus dem Umstand, daß die Augen der Asadi unter den äußeren Linsen oder Linsenkappen fortwährend die Farbe wechseln. Das geschieht bisweilen mit der Unvermitteltheit, womit Indigo sich in Ocker verwandelt, das Ocker dann in Grün und so weiter; die Schnelligkeit dieser Verschiebung macht es dem bloßen menschlichen Auge unmöglich, überhaupt eine Farbe wahrzunehmen, und vielleicht ist dies die Erklärung dafür, daß Frasier ihre Augen als ›trübe‹ bezeichnete. Ich weiß es nicht. Aber ich bin davon überzeugt, daß diese chamäleonische Eigenschaft der Asadiaugen von sozialer Signifikanz ist.

Eine zweite Sache: Trotz des völligen Mangels an einer erkennbaren sozialen Ordnung unter den Asadi bin ich heute möglicherweise Zeuge eines Vorfalls geworden, der für mein bislang vergebliches Trachten nach Einsicht in ihr Gruppenleben von höchster Bedeutung sein könnte. Möglicherweise. Vielleicht auch nicht. Bis dahin ließ sich jedenfalls gar keine regelrechte Ordnung erkennen. Auflösung der Gruppe am Abend, erneutes Zusammenfinden am Morgen, sonst nichts – wenn man das überhaupt Ordnung nennen will. Aber sonst nichts. Im Laufe des Tages zielloses

Durcheinandertummeln, ohne festgelegte Zeiten fürs Essen, die Geschlechterbeziehungen oder ihre gewohnheitsmäßig unblutigen Streitigkeiten; am Abend gleichgültiges Abwetzen in den Dschungel. Keine der Kreaturen schlägt beim Untergang der Sonne Deneb die gleiche Richtung wie schon einmal ein. Was soll ein ahnungsloser Erdenmensch von alldem halten? Eine Gesellschaft, die zusammengefügt ist durch institutionalisierte Ungeselligkeit? Doch was heute geschah, hat mich unwiderruflich von dieser Möglichkeit abgebracht. Möglicherweise. Am Nachmittag also kam ein älterer Asadi auf die Lichtung gewankt, den ich nie zuvor gesehen hatte. Seine Mähne war zottig, sein Gesicht verhutzelt, seine Hände waren runzlig, sein Körper, der hätte grau sein müssen, war schmutzigcremig bleich. Und doch durchquerte er die Synesthesia-Wildnis so agil, daß niemandem seine Gegenwart auffiel, bis er auf sonderbar gegensätzliche Weise plump die Lichtung betrat. Da erst ergriff alles vor ihm die Flucht. Ungerührt setzte er sich in die Mitte des Versammlungsplatzes der Asadi und überkreuzte seine langen, nackten Beine. Inzwischen befanden sich alle seine Artgenossen in der Deckung des Dschungels und starrten ihn rundum vom Rand der Lichtung aus an. Zuvor hatte ich immer nur bei Sonnenuntergang die Asadi ihre Lichtung *en masse* verlassen sehen. Daher meine Überzeugung, daß das heutige Ereignis für meine Mission von großer Wichtigkeit ist. Doch ich habe die Seltsamkeit des Besuchs dieses Alten noch gar nicht ganz geschildert. Sie müssen wissen, Moses, er kam in Begleitung. Und nicht in Begleitung eines anderen Asadi. Er erschien mit einem kleinen, bläulichschwarzen Geschöpf, das auf seiner Schulter kauerte. Es ähnelte einem Raben, einer Fledermaus und einem deformierten Homunkulus zugleich. Doch während der Alte große runde Augen besaß, die ihre Färbung ungewöhnlich langsam wechselten, hatte das Wesen auf seiner Schulter nicht einmal ein Paar leerer Augenhöhlen – es war blind. Ihm fehlten jegliche Sehorgane. Es saß auf der Schulter des gealterten Asadi und bewegte zudringlich die winzigen Händchen, zupfte an des Alten Mähne, öffnete und schloß die kleinen Hände mitten in der Luft, zerrte erneut an der grauhaarigen Mähne seines Beschützers. Sowohl dieser Alte wie auch sein tierisches/menschenähnliches Begleitwesen erweckten den Eindruck aufwühlender Unwirklichkeit. Sie existierten in sowohl geistiger wie auch physischer Entferntheit, und ich bemerkte, daß die restlichen Asadi – die die Lichtung am Rand ihres ›Gemeinschaftsgrundstücks‹ umlauerten und mich nach wie vor ignorierten –, sich nicht so verhielten, als fürchteten sie sich vor diesem plötzlichen Besuch, sondern vielmehr, als empfänden sie eine Art von reichlich unangenehmer Verwandtschaft mit ihm; eine schwer beschreibbare Erscheinung. Haben Sie Geduld mit mir, Eisen. Vielleicht bringt eine weitere Analogie uns voran. Ich würde sagen, die Asadi verhielten sich gegenüber ihren Besuchern wie ein verwöhnter Sohn sich seinem Vater gegenüber verhielte, wenn letzterer sich eine Geschlechtskrankheit zuzöge. Ambivalenz ist alles in solchen Fällen. Scham und Respekt, Abstand und Verbundenheit, Liebe und Abscheu. Aber diese Episode fand dann ein abruptes Ende, indem der Alte sich vom Erdboden erhob, ohne auf das behäbige Geplustere und träge Gefuchtel seiner *Furpyie* (das ist ein Kurzwort für *Furie* und *Harpyie,* welches ich erst jetzt, bei dieser Gelegenheit, geprägt habe) zu achten, und zurück in die Wildnis stapfte, wobei er auf seinem Weg eine Anzahl von Asadi nach den Seiten aufscheuchte. Danach nahm alles wieder seinen normalen Gang.

Die Lichtung füllte sich wieder, und das unaufhörliche, sinnlose Gewimmel wurde fortgesetzt.

Mein Gott, es ist erstaunlich, wie einsam Einsamkeit sein kann, wenn am Nachthimmel drei zerklüftete Goldklumpen von Monden stehen und das menschliche Wesen im Innern der Person unfreiwillig zugunsten des Seinsbestandteils abgedankt hat, der eigentlich nur das äußere Leben bestimmen sollte. Ein schöner Satz, nicht wahr? Ich meine damit, daß ein kleiner Streit zwischen dem Kultur-Xenologen Egan Chaney und dem reinen Menschen Egan Chaney ausgetragen wird. Das ist zweifellos eher ein Resultat des äußeren Drucks, dem ich unterliege, als eine Folge von Vererbung. Eine kleine anthropologische Anspielung, Benedict. Machen Sie sich deswegen keine Gedanken. Ich habe es gar nicht darauf angelegt, daß Sie sie verstehen. Doch nun genug davon. Die atypische Begebenheit des heutigen Tages hat meine Lust am Beobachten gewaltig erhöht, meinen inneren Kampf zeitweise beigelegt. Ich bin bereit, ein Jahr lang hier zu bleiben, wenn es notwendig sein sollte, obwohl der ursprüngliche Plan nur sechs Monate vorsieht – denn ein Ich, das uneins ist mit seiner Situation, kann auf die Dauer nicht bestehen. Nein, kann's nicht. Wenigstens nicht ohne Furcht vor Widersprüchen. So oder so, jetzt lege ich mich schlafen. Ich glaube, ich nehme mein gutes, altes Yamaga-Mikrophon erst einmal für eine Woche nicht wieder in die Hand.

Lieber Gott, schaue sich einer einmal diese Monde an!

DIE ASADILICHTUNG: EINE KLARSTELLUNG

Aus den Forschungstagebüchern des Egan Chaney: Während des Studiums war meine größte Schwäche immer meine Unfähigkeit zum Organisieren. Ich fürchte, dieser Fehler verfolgt mich bis heute. Infolgedessen nun eine Art von Abschweifung. Während ich diese hingesudelten Notizen für meine später ordentlich auszuarbeitende Ethnographie durchschaue, bemerke ich, daß ich dem Studenten womöglich die völlig unrichtige Vorstellung vermittle, die Asadilichtung sei ein kleiner Flecken von, sagen wir, fünfzehn mal fünfzehn Metern Größe. Das ist nicht so. Soweit ich das zu überblicken vermag, finden sich hier täglich schätzungsweise eintausend Asadi ein – erwachsene Individuen, Junge und Exemplare von gerade ausgereiftem Alter mitgerechnet. Natürlich habe ich mich im Laufe meines bisherigen Aufenthalts in der Synesthesia-Wildnis nicht davon überzeugen können, daß es auch immer dieselben Individuen sind, die morgens zur Lichtung zurückkehren. Es könnte irgend so etwas wie ein großer Schichtwechsel im Dschungel stattfinden, wobei jeden Tag eine Asadigruppe die andere ersetzt. Aber ich bezweifle es. Immerhin umfaßt die Wildnis ein begrenztes Gebiet, und inzwischen habe ich auch ein paar Asadi von auffälligerem Aussehen zu unterscheiden gelernt (darüber später mehr, geneigter Leser). Tausend scheint mir jedenfalls eine ungefähr richtige Schätzung zu sein – tausend grauhäutige Geschöpfe, die umherwatscheln, herumstehen, sich aus der Hüfte vorbeugen und einander angaffen, essen, gelegentlich gleichgültig Geschlechtsverkehr treiben, bisweilen wie Ringer aneinander zerren, keinem Zeitplan, keiner Festlegung, keiner nachvollziehbaren Vernunft folgend. Solche Aktivitäten erfordern ein wenig Platz. Der Leser sollte daher nicht in herablassender Belustigung annehmen, das asadische ›Gemeinschaftsgrundstück‹ sei ein fünf mal acht Meter großes Schlammloch zwischen einer Bosk Velder Zypresse und einem stinkigen Sumpftümpel. Das ist es keineswegs. Ihr Grund und Boden besitzt sowohl eine ansehnliche Größe wie auch Symmetrie, und durch ihre tägliche Geschäftigkeit trotzen die Asadi ihn dem Dschungel, der sich ringsum erstreckt, immer wieder aufs neue ab. Ich möchte jedoch über die Ausmaße keine Schätzung machen. Hier möchte ich nur vermerken, daß die Lichtung die rechteckige Form, die charakteristische Rundumschrägung und die praktische Weiträumigkeit eines Fußballplatzes des 20. Jahrhunderts hat. Reiner Zufall, da bin ich sicher. Das Fehlen des Kunstrasens und der Spielfeldlinien läßt sich nicht übersehen.

DIALOG ZWISCHEN ICH UND SEELE

Aus der Privatkorrespondenz Egan Chaneys: Die Überschrift des Textes stammt von Yeats, lieber Benedict. Der Inhalt des Dialogs hat jedoch mit der Dichtung gleichen Titels fast nichts gemein. Ich schrieb dies fiktive Gespräch in eines meiner Notizbücher, als ich während einer Nacht, die sich besonders langatmig hinzuziehen schien, am Rand der Asadilichtung hockte (unmittelbar außerhalb des Südendes meines imaginären Fußballplatzes und unweit der Westseite), und ich habe nicht die Absicht, es außer Ihnen jemandem zugänglich zu machen, Benedict. Es mangelt ihm an Objektivität, und die Schlußfolgerungen, zu denen die Gesprächspartner gelangen, machen es für eine Veröffentlichung im Rahmen der Ethnographie unbrauchbar, die ich noch zu verfassen habe.*

Aber Sie, Benedict, dürften verstehen, daß ein Wissenschaftler auch ein Mensch ist, und mir vielleicht

* Obwohl wir im Stützpunkt in benachbarten Bauten wohnten, ›verschickte‹ Chaney diesen Brief an mich, und ich fand ihn in meinem Fach für Sonderreports. Den Inhalt des ›Briefs‹ haben wir jedoch niemals diskutiert.

Thomas Benedict

vergeben. Da selbst die Fußballfanatiker des 20. Jahrhunderts Kommentatoren verlangten, die das Geschehen darstellten, oder Ferngläser, um es zu beobachten, liefere ich nun hiermit ein Programm. Ohne Programm kennt man nicht die Spieler. Die Nummern auf den Rücken der metaphysischen Jerseys der Spieler sind das Ich und die Seele.

PROGRAMM
Ich = Der Kultur-Xenologe
Seele = Der reine Mensch
Sprecher: Egan Chaney

ICH: Dies ist meine achtzehnte Nacht in der Synesthesia-Wildnis.
SEELE: Ich bin schon seit jeher hier. Aber lassen wir das. Was hast du herausgefunden?
ICH: Die Mehrzahl meiner Beobachtungen führt mich zur nachdrücklichen Feststellung, daß die Asadi für anthropologische Forschungen keinen geeigneten Gegenstand abgeben. Sie entfalten keine zielgerichtete gesellschaftliche Aktivität. Sie benutzen keine Werkzeuge. Ihre soziale Organisation ist unterentwickelter, als sie es bei den meisten ausgestorbenen Primaten auf der Erde war. Einzig der Besuch jenes alten ›Mannes‹ und seines fürchterlichen Begleiters verweisen auf die entfernte Möglichkeit, daß ich es mit Intelligenzen zu tun habe. Wie soll ich da weitermachen können?
SEELE: Du wirst aus Verachtung für die Abneigung weitermachen, die mit jedem Tag in dir wächst. Denn die Asadi sind tatsächlich intelligent – so wie Oliver Bow Aurm Frasier behauptet hat.
ICH: Aber woher weiß ich, verdammt noch mal, woher weiß ich, daß das wahr ist, worauf du bestehst? Soll ich Frasiers Berichten denn blindlings Glauben schenken?

SEELE: Es gibt Anzeichen, Dr. Chaney. Zum Beispiel die Augen. Aber selbst wenn es keine solchen Anzeichen gäbe, wüßtest du trotzdem, daß die Asadi auf ihre Weise so intelligent wie du und ich sind. Oder nicht, Egan?
ICH: Ich gebe es zu. Ihre unbestimmbare Intelligenz verunsichert mich.
SEELE: Nein, nun hast du die Tatsachen verdreht. Du hast die Dinge schwer verzerrt.
ICH: Wieso? Wie meinst du das?
SEELE: Nicht du bist derjenige, der verunsichert ist, denn du bist ein viel zu rationales Geschöpf, Egan Chaney, um zum Opfer eines Poltergeist-Phänomens zu werden. Ich bin verunsichert, in heillose Verwirrung gestürzt, gequält von allen möglichen hartnäckigen Gedanken des Zweifels und der Abneigung.
ICH: Abneigung? Dies Wort hast du nun schon zweimal verwendet. Warum beharrst du darauf? Was willst du damit sagen?
SEELE: Daß ich die Asadi hasse. Ich verabscheue alle ihre kulturell signifikanten ebenso wie auch ihre insignifikanten Aktivitäten. Ihre bloße Fremdartigkeit wühlt mein Wesen innerlich auf. Und durch diesen Affekt haßt du sie ebenfalls, Dr. Chaney, denn du bist lediglich die zivilisiertere Hülle um meine urtümlichen Reaktionen auf die Welt. Du wirst nicht durch die Asadi verunsichert, mein Freund, sondern durch mich.
ICH: Während du selbst deinerseits eine Verunsicherung durch sie erfährst? Ist das die Art, wie du die Sache betrachtest?
SEELE: So ist sie nun einmal. Aber obwohl du um meinen Widerwillen gegen die Asadi weißt, gibst du vor, jener Teil von Haß, der zu dir durchdringt, sei bloß eine Art von beruflich bedingter Mißstimmung. Du glaubst, daß du den Asadi grollst, weil sie deine

Objektivität zerrütten, deine wissenschaftliche Unvoreingenommenheit. In Wahrheit existiert diese Unvoreingenommenheit gar nicht. Du empfindest aufgrund ihrer Fremdartigkeit eine gleich starke Abneigung, wie sie in mir krankheitsähnlich wirkt, den gleichen anhaltenden, tief verwurzelten Haß. Ich bin es, der dich verunsichert.

ICH: Indem du mir Haß gegen die Asadi einflößt?

SEELE: Ja. Gib's zu, Egan. Gib zu, daß du sie auch als Wissenschaftler haßt.

ICH: Nein. Nein, verdammt noch mal, das werde ich nicht tun. Denn wir haben die Pygmäen umgebracht, einen nach dem anderen. Wie kann ich sagen *Ich hasse die Asadi, ich hasse die Asadi*… wenn wir alle Pygmäen umgebracht haben? Obwohl ich – mein Gott! – sie wirklich hasse.

ALLTAG: FELDBERICHT

Aus dem wissenschaftlichen Bandmaterial des Archivs der Dritten Deneb-Expedition: Wieder einmal ist es Abend. Ich habe nun ein Schutzdach. Es schützt mich besser vorm Regen als das löchrige Blätterdach des Waldes. Mittlerweile bin ich seit zweiundzwanzig Tagen hier. Meine Haut ist wie modrig geworden. Unter meinem modrigen Fleisch zucken meine Muskeln wie Giftschlangen – deren Bosk Veld gottlob keine hat. Ich bin durchtränkt vom grellen Licht der Sonne Deneb. Ich bin Gulliver unter den Yahoos, und sogar die eigene, wohlbekannte Stimme, mit der ich in diesen Recorder spreche, vermittelt mir keine Ermutigung.

Aber das ist es ja gar nicht, was Sie von mir hören wollen. Sie wünschen meine Erkenntnisse über das Verhalten der Asadi zu erfahren. Sie wollen Beweise dafür haben, daß wir eine Lebensform untersuchen, die zumindest einen grundlegenden Grad von Befähigung zum vernunftbegabten Denken besitzt. Die Asadi haben diese Fähigkeit, das kann ich beschwören. Ich weiß es. Aber in meinen ersten zwei Wochen des Aufenthalts stammte dies Wissen lediglich aus Ahnungen, einer Überzeugung ohne empirische Basis. Doch langsam haben die Beweise für Intelligenz sich zu häufen begonnen. Na schön. Also will ich nun als objektiver Wissenschaftler einen Feldbericht liefern und die Ahnungen meines sterblichen Ichs vergessen. Irgend jemand an der Universität pflegte das zu sagen, ich bin ganz sicher. Der Rest dieses Bands wird sich jedenfalls mit dem Alltagsleben der Asadi befassen. Ein Tag im Leben der Asadi. Ein typischer Tag. Abgesehen davon allerdings, daß ich meine Schilderung gewöhnlicher Geschehnisse mit der Darstellung eines außergewöhnlichen Vorfalls, der sich heute nachmittag zutrug, verbinden werde.

Wie Thoreau möchte ich den Zeitablauf komprimieren, um ihn meinen künstlerischen/wissenschaftlichen Zwecken unterzuordnen. Also Geduld, Freunde.

In der Morgendämmerung kehren die Asadi zurück auf ihren Fußballplatz. Schätzungsweise zwölf Stunden lang wimmeln sie auf der Lichtung durcheinander und tun, wozu sie gerade Lust verspüren. Sexuelle Aktivität und eigenartiges Anglotzen sind die einzigen Verhaltensweisen, die man in irgendeiner Hinsicht als ›sozial‹ einstufen kann – es sei denn, man glaubt, es genüge bereits massenhaftes Herumlungern. Ich nenne ihr Tagesdasein Indifferente Gemeinschaftlichkeit. Wenn die Asadi sich zum Koitus zusammenfinden, verschwindet ihre Indifferenz jedoch, weicht einer brutalen Feindseligkeit – beide Partner führen sich auf, als wollten sie einander umbringen, und immer wieder treiben welche es auch fast soweit. (Der

Geburt eines Asadi habe ich bis jetzt noch nicht beiwohnen können, sollte nun jemand daran denken. Vielleicht werden die Jungen ausschließlich in der Synesthesia-Wildnis ausgetragen, in freiwilliger Absonderung der folglich unversorgten weiblichen Exemplare. Hierüber kann ich noch nichts mit Sicherheit sagen.) Was das seltsame Anglotzen betrifft, so ist es nur von kurzer Dauer und begleitet von heftigem Gestikulieren und Schütteln der Mähne. Während dieser Konfrontationen von Angesicht zu Angesicht findet der Farbenwechsel der Augen mit erstaunlicher Geschwindigkeit statt, er durchläuft das gesamte sichtbare Spektrum – und vielleicht geht er darüber hinaus – innerhalb von Sekunden. Ich bin nun zu der Aussage bereit, daß diese Schnellwechsel der Augenfarbe das asadische Äquivalent des Sprechens sind. Ich bin sicher, daß Sie, Eisen, diese Theorie viel eher als ich zu äußern gewagt hätten, wären Sie hier – aber die biologischen Seiten einer Kulturstudie fallen mir schwer, und in diesem Bereich gehe ich langsam vor. Drei Wochen der Beobachtung haben mich jedoch davon überzeugt, daß die Teilnehmer dieser Glotzpartien die inneren chemischen Veränderungen bewußt steuern, die die Änderungen in den Farbschattierungen ihrer Augen auslösen. Mit anderen Worten, es existiert ein Muster. Und ein Verstand, der derartige chemische Veränderungen kontrolliert, kann nicht primitiv sein. Ich vermag auch nicht zu glauben, daß die Veränderungen der Augenfarbe aus unbeabsichtigten Reflexen resultieren. Die Alterationen geschehen willentlich. Sie sind unendlich kompliziert. Der alte Oliver Bow Aurm hatte recht. Die Asadi verfügen über eine ›Sprache‹.

Was nun jedoch den Nutzen angeht, den ich davon habe, so ist es nicht anders, als hätten sie keine. Jeden Tag muß ich weitermachen, als wäre ich ein Amateurnaturkundler, der das Leben und Treiben der Bewohner seines Ameisenhaufens aufzeichnet, und kein Kultur-Xenologe, der einen Verbündeten wider die ungeheuer weite Wildnis des Weltalls zu finden versucht. Ein Tag ist so mühselig wie der andere. Und ich kann nicht einmal meinem Pariatum die Schuld geben, denn auch als normaler, angepaßter Asadi könnte ich an nichts teilhaben außer Sexualität und Glotzen. Davon ausgeschlossen zu sein verdrießt mich nicht sonderlich. In gewisser Weise bin ich nicht mehr Paria als irgendeines dieser Lebewesen auch. Wir sind hier allesamt von den Annehmlichkeiten des Daseins ausgeschlossen, wenn man so will, wir haben keine Bridge-Clubs, keine Tanzveranstaltungen an Samstagabenden und keine Fernstudiumgruppen, um unseren Alltag aufzulockern. Im Gegensatz zu jeder anderen Gesellschaft, die ich kennengelernt oder wovon ich wenigstens schon gehört habe, haben die Asadi nicht einmal irgendwelche bedeutsamen allgemeinen Versammlungen, sie kennen keine Solidaritätsfestivals, keine einmaligen rituellen Manifestationen des Gruppenbewußtseins. Sie kennen nicht einmal Familien. Die grundlegende Zelle ihrer ›Gesellschaft‹ ist das Individuum. Was sie tatsächlich zustande gebracht haben, ist die Institutionalisierung des Entfremdungsprozesses. Ihre Auflösung bei Sonnenuntergang setzt die Inkohärenz, in der sie den Tag durchleben, ganz einfach in räumliche Distanz um. Und haben wir nicht in langen Jahrhunderten die Erkenntnis gewonnen, daß Entfremdung sich auf die Seele zerstörerisch auswirkt? Wie können die Asadi als Volk weiterbestehen? Und wenn wir schon solche Fragen stellen, warum tun sie's?

Aber jetzt Schluß mit den Fragen. Wie ich schon zuvor erwähnte, trug sich heute ein außergewöhnliches Ereignis zu. Es geschah am Nachmittag (und ich glaube, es ist noch im Gange). Und obwohl diese Begebenheit mehr Fragen aufwirft, als sie beantwortet, hat sie mich aus der unseligen Gleichförmigkeit des asadischen Tagesablaufs gerettet. Wie schon einmal war auch in dies Ereignis der Alte verwickelt, der sich vor über einer Woche auf der Lichtung blicken ließ. Er und natürlich die blinde Reptilienkreatur, die wie ein Fluch auf seiner Schulter hockt – die Furpyie.

Bis heute hatte ich nie zwei Asadi gemeinsam essen sehen. Als Erdenmensch, der aus der westlichen Hemisphäre stammt, empfinde ich es als unerfreulich, allein essen zu müssen. Unangenehm und deprimierend. Ich esse jetzt länger als drei Wochen allein, und ich verspüre ein starkes Verlangen danach, gemeinsam mit Benedict, Eisen, Morrell und Jonathan und allen anderen im Stützpunkt in der Gemeinschaftsmesse zu sitzen. Meine Kenntnisse seltsamer Sitten und fremdartiger Kulturbräuche haben mich niemals von diesem Bedürfnis abgebracht. Daher habe ich immer mit Interesse und zugleich völligem Mangel an Verständnis zugeschaut, wie die Asadi beim Essen ein jeder für sich herumhocken und an Wurzeln lutschen, Blätter kauen und – wie ich vor einer Woche berichtete – die Rinde und sogar das Holz von Bäumen verzehren. Sie tun das allein, abgesondert, als sei Isolation zum Essen notwendig. Heute hat sich das geändert. Ungefähr eine Stunde vor Anbruch der Abenddämmerung kam der Alte unter der Last eines verflucht schweren Gewichts auf die Lichtung getaumelt. Ich nahm den Aufruhr sofort wahr. Wie beim vorherigen Mal flohen alle Asadi von der Lichtung an den Rand des Dschungels. Ich beobachtete alles von meinem Platz unterm Schutzdach aus. Mein Herz, lieber Benedict, schlug mir im Halse! Ich hatte mich bereits häufig gefragt, ob der geheimnisvolle alte Knabe jemals wiederkehren werde, und nun war er zurück. Die Furpyie auf seiner

Schulter rührte sich kaum – sie wirkte geschwollen und stumpfsinnig gleichgültig, eine Gummipuppe ohne eine Spur von Leben. Für die ganze Dauer von des Alten Visite blieb sie in diesem buchstäblich komatösen Zustand, aufrecht und doch reglos. Der alte Asadi (den ich als eine Art von außenstehendem, rätselhaftem Häuptling zu betrachten angefangen habe) blieb in der Mitte der Lichtung stehen, blickte umher und bemühte sich dann, sich die Last vom Rücken zu laden. Sie war um seine Schultern geschlungen, und zwar mit zwei schmalen Riemen. Mit Riemen, Eisen. R-I-E-M-E-N. Können Sie verstehen, wie mir zumute war? Auch die Natur der Last selbst eignete sich nicht zur Minderung meines Staunens. Denn was der Alte da am Erdboden niederlegte, müssen Sie wissen, war der schwere, bräunlichrote Kadaver eines Tiers. Das Fleisch glänzte im bereits schwächeren Schein der Sonne Deneb. Der Kadaver war ausgenommen, Eisen, war vorbereitet, und der Alte brachte ihn seinem Volk als Gabe auf die Lichtung. Er legte den Kadaver auf den sandigen Boden und zog die Riemen aus den Einschnitten im Fleisch. Dann trat er fünf oder sechs Schritte weit zurück. Langsam begannen sich ein paar der erwachsenen männlichen Exemplare wieder auf die Lichtung zu wagen. Sie näherten sich der Gabe des Alten mit verstohlenen Schritten, als seien sie Diebe in dunklen Zimmern. Ich bemerkte, daß ihre Augen wie verrückt die Farben wechselten – sie sprachen mit der Aufdringlichkeit von einhundert elektrischen Kaleidoskopen zueinander. Alle außer dem Alten, der die Gabe angeschleppt hatte. Ich sah, daß er vom Fleisch Abstand hielt, und seine Augen besaßen die Farbe matten Kalks – wie dünne unbemalte Teller aus chinesischem Porzellan. Seine Augen veränderten sich auch dann nicht, als mehrere männliche Asadi übers Fleisch herfielen und schön geäderte Brocken herauszureißen begannen, sich stumm schubsten und anrempelten und nacheinander schlugen. Danach eilten immer mehr männliche Asadi vom Dschungelrand herbei und stürzten sich auf den Kadaver; rings um die Lichtung spähten die Weibchen und die Jungen vorsichtig aus den Schatten. Ich mußte mein Schutzdach verlassen, um weiterhin beobachten zu können. Und zuletzt konnte ich vor lauter Leiber und Mähnen und lebhafter Unordnung nicht länger irgend etwas sehen.

Bevor die Mehrzahl der Asadi es merkte, ging Deneb unter. Doch sie wurden sich zusehends dessen bewußt, zuerst die weiblichen Exemplare und die Jungen am Dschungelrand, und von dort aus verbreitete sich die Erkenntnis wie ein Steppenbrand einwärts. Die ersten Individuen, die es bemerkten, stürzten davon in den Dschungel. Weitere folgten. Schließlich – das heißt, nach nur wenigen Sekunden – hoben auch die stärksten männlichen Asadi ihre blutigen Schnauzen gen Himmel und erkannten, was geschehen war; dann stürmten sie zwischen die Bäume, verschwanden in unzählige verschiedene Richtungen – ganz so wie das weichende Licht selbst. Und nun kommt der sonderbarste Teil dieses Vorfalls. Der Alte folgte seinem Volk nicht in die Synesthesia-Wildnis. Er sitzt noch immer hier auf der Lichtung.

Nachdem alle Asadi sich entfernt hatten, suchte er genau den Fleck auf, wo er sein Mitbringsel ablegte, als er erschien, hockte sich dort auf seine Hinterbacken, schlug die Beine übereinander und nahm dies geweihte Stück besudelten Erdreichs in alleinigen Besitz. Ich kann ihn gut erkennen, wie er da in der Weite der Lichtung sitzt, verdammt noch mal. Die Monde Bosk Velds werfen seinen Schatten nach drei verschiedenen Seiten, und die Furpyie auf seiner Schulter hat sich ein wenig zu regen begonnen, raschelt leicht mit den Schwingen, nickt, starrt mit blinden Augen in die

Dunkelheit. Dies ist die erste Nacht seit meiner Ankunft, in der ich nicht allein bin, und das gefällt mir überhaupt nicht. Nein, Freunde, wahrhaftig, das gefällt mir gar nicht.

PERSÖNLICHE VERWICKLUNG: DER JUNGGESELLE

Aus den Privattagebüchern des Egan Chaney: Meine Begegnung mit dem ›Junggesellen‹, wie ich ihn so gut wie vom Anfang an nannte, bedeutete einen unvorhergesehenen Durchbruch. Dazu kam es am 29. Tag meiner Felduntersuchung – allerdings bemerkte ich ihn erstmals schon drei Tage vor seiner entschlossenen Annäherung und gegensätzlich scheuen Berührung meines Gesichts. Diese Berührung, die ich ausschließlich aus Respekt vor der Wissenschaft duldete, entsetzte mich mehr als alles andere, das mir in der Wildnis widerfuhr. Von jeder Gefährlichkeit so weit entfernt wie der Kuß einer Frau war die Berührung, und doch erschreckte sie mich stärker als das erste Auftauchen des alten Häuptlings, mehr als die alptraumhafte Gestalt der Furpyie, sogar mehr als das Chaos des Reißens und Fressens, das sich dem Überbringen des Geschenks durch den Alten anschloß, des feuergoldenen Kadavers. Wochenlang war ich einsam gewesen. Und nun entschied sich ein Asadi dafür, meine Gegenwart ohne viel Umschweife mit einer Berührung zu bezeugen. Mit einer *Berührung!*

Aber ich muß ein wenig früher ansetzen. Ich muß mit der Nacht anfangen, als der Asadihäuptling gegen alle Gewohnheit auf der Lichtung blieb. In dem Moment, als ich begriff, daß er zu bleiben beabsichtigte, empfand ich zuerst einen gelinden Schrecken, wie ich zugeben muß, aber die Implikationen seines Bleibens verdrängten rasch meine Furcht. Hellwach und aufmerksam setzte ich mich zurecht und stellte mich darauf ein, alle seine Bewegungen genau zu beobachten und alles aufzuzeichnen, dem sich womöglich irgendeine Bedeutung beimessen ließ. Doch der Alte rührte sich nicht. Während die Nacht verstrich, entwickelte die Furpyie eine gewisse Unruhe, aber sie verließ nicht die Schulter des Alten. Das Paar blieb die ganze Nacht lang auf der Lichtung und ebenso den gesamten folgenden Tag. Es saß auf dem besudelten Fleckchen Untergrund. Als an diesem zweiten Tag die Abenddämmerung anbrach, entfernte es sich gemeinsam mit den restlichen Asadi. Ich verzweifelte. Wie viele Tage würde ich jetzt wieder warten müssen, bis irgend etwas Ungewöhnliches geschah? Sollte ich die nächsten fünf Monate damit zubringen, die Asadi bei ihrer brutalen Sexualität und ihren Glotzduellen zu beobachten?

An meinem 26. Tag in der Synesthesia-Wildnis jedoch erblickte ich den Junggesellen. Soviel ich weiß, sah ich ihn an diesem Tag zum ersten Mal. Sollte er mir aber vorher schon einmal ins Blickfeld geraten sein, dann habe ich ihm jedenfalls keine Aufmerksamkeit geschenkt. Dies anomale Ereignis unterbrach meine Langeweile – obwohl ich zu dem Zeitpunkt noch nicht verstand, was eigentlich vorging. Ich begriff nur, daß das endlose Hin und Her der Asadi für einen Moment in den Hintergrund trat, einer nahezu puren Gemeinsamkeit wich. Der Junggeselle war ein völlig unvoreingenommener Zeitgenosse. Ich schätzte ihn auf drei oder vier Jahre jenseits des asadischen Reifealters. Seine Haut war grau, er war hager, seine gefleckte, silbrigblaue Mähne so kurzhaarig, daß die anderen ihn sicherlich als regelrechten Außenseiter betrachteten. Und tatsächlich nahm er während der gesamten Dauer unserer Bekanntschaft nie an einem Koitus teil, nie an einem ritualisierten Anstarren vollmähniger Asadi. Als ich erstmals seinen Blick auf mir spürte, befand sich der Junggeselle am imaginären Rand des Fußballplatzes; er schaute aus einer Art von Tasche im unablässigen Gewühl seiner Brüder herauf zu meinem Schutzdach. Er hatte mich ausgewählt, um mich anzustarren. Die Tatsache, daß er für die Verletzung eines bis dahin unantastbaren asadischen Tabus keinen Rüffel erhielt, bestätigte mir die Nichtigkeit des Ranges, den er innerhalb des Stammes einnahm. Ich und er waren Brüder, nicht er und die Geschöpfe, denen er aus genetischen Gründen ähnelte. In einer besonders auffälligen Hinsicht aber ähnelte er der breiten Mehrheit der Asadi nicht: seinen Augen; seinen gefühllosen Augen, die jede Emotion verschleierten. Sie waren genau wie die Augen des alten Häuptlings – durchsichtig, aber leer; glasiert, aber farblos; im Ofen des Mutterleibs gebrannt, aber brüchig wie von der Sonnenhitze verbackener Kalk. Niemals funkelten die Augen des Junggesellen wie die prismatischen Augen seiner Kameraden durchs ganze Spektrum des Regenbogens. Sie blieben kalkig stumpf und kalt, nur ein bis zwei Schattierungen heller als seine Haut. Und es geschah aus diesen Augen, als der Junggeselle mich am 26. Tag meines Aufenthalts musterte. Die Mittagshitze umfing uns wie das Schimmern einer Spiegelung, und unsere Blicke trafen sich. »Na«, rief ich, »steh nicht da herum und mach ein langes Gesicht. Komm her, damit wir uns unterhalten können.« Meine Stimme übte nicht die geringste Wirkung auf die wie üblich sich tummelnden Asadi aus – auch nicht auf den Junggesellen. In unveränderter Haltung betrachtete er mich mit nicht mehr oder weniger Interesse als zuvor. Natürlich konnte er sich gar nicht mit mir ›unterhalten‹. Meine menschlichen Augen besitzen nicht einmal die Farbenfroheit von Verkehrsampeln; und da die Augen des Junggesellen ihrerseits niemals die Färbung wechseln, kann er auch nicht mit seinen Artgenossen in Kommunikation treten. Er war in jeder Beziehung und auf jegliche Weise so etwas wie ein Taubstummer. Als ich ihn anrief, glaubte ich, daß seine leblosen Augen einen vollständigen Mangel an Intelligenz bewiesen. Ich kam nicht darauf, daß sie das äußere Merkmal einer körperlichen Behinderung sein könnten, ganz so, wie Stummheit bei einem Menschen die Folge erkrankter oder gelähmter Stimmbänder sein kann. Statt dessen kam ich zu dem Schluß, der Junggeselle sei ein Blödian. Ich bin allerdings auch noch immer nicht völlig sicher, ob diese anfängliche Beurteilung falsch war. »Komm her zu mir«, forderte ich ihn nochmals auf. »Es stört mich nicht, daß du geistig zurückgeblieben bist.« Der Junggeselle starrte mich nur weiterhin an. Er kam nicht näher. Die Entfernung zwischen uns betrug fast dreißig Meter, und ab und zu durchquerte ein anderer Asadi in ruhelosem Umherstreifen unser Blickfeld und nahm uns vorübergehend mit seinem Körper die Sicht aufeinander. »Wäre dein Gehirn bloß so groß wie eine Nuß«, murmelte ich, »du hättest keinen allzu deutlichen Nachteil gegenüber diesem Haufen, alter Junge. Außer dem alten Häuptling habe ich noch niemanden gesehen, der ihrer Intelligenz irgend etwas abverlangt hätte. Und ungeforderte Intelligenz ist, ähnlich wie ungeprüfte, weltferne Tugendhaftigkeit, nicht soviel wert wie…« Ich benutzte eine uralte, beliebte Obszönität. Die rauschfreudigen Farne der Synesthesia-Wildnis zensierten mich nicht. Vierzig und ein paar Lichtjahre und ungefähr ein halbes Dutzend Jahrhunderte haben diesen Ausdruck mit einer beinahe mystischen Wertschätzung versehen, und ich war zu müde, um profaner zu sein. Der Junggeselle reagierte nicht auf meinen unzugänglichen Zynismus. Er starrte mich für den Rest des Nachmittags an. Ich versuchte, mich mit dem Anfertigen von Notizen zu beschäftigen, dann mit einer Mahlzeit aus den Rationen, mit denen mich Benedict versorgt hatte, schließlich widmete ich mich der oberflächlichen Beobachtung anderer Asadi. Ich tat alles mögliche, um diesem unverwandten Blick auszuweichen. Ich empfand es fast als Erleichterung, als der Abend anbrach. Aber noch am selben Abend befiel mich plötzlich Erregung, und ich begriff, daß sich etwas Gewaltiges ereignet hatte – *ich war beachtet worden!*

Am nächsten Tag dagegen schenkte der Junggeselle mir keine Aufmerksamkeit. Er wanderte kümmerlich zwischen den langsamen, ziellosen Reihen seiner ziellosen Artverwandten dahin, ein schlaksiger grauer Clown, außer von mir von niemandem beachtet. Es enttäuschte mich, daß der Junggeselle mir nicht das gleiche Interesse wie am vorherigen Tag entgegenbrachte. Am 28. Tag jedoch setzte er das schamlose Anstarren fort, und ich freute mich darüber. Diesmal verfuhr er dabei auf andere Weise als beim ersten Mal, als er an einer Stelle stand und dort blieb; er bewegte sich unermüdlich über die Lichtung, verschwand in oder hinter Grüppchen von Asadi, aber er hielt sich immer nahe genug an der Westseite auf, um mich sehen zu können. Seine Augen waren unverändert leblos wie die Innenseiten einer Auster.

Ich fühlte mich am Morgen des darauffolgenden Tages – am Morgen des 29. Tages also – etwas wohler; irgend etwas war los. Die grelle Sonne Deneb schien milderes Licht zu verströmen, die tropische Hitze wirkte weniger entkräftigend. Ich verließ mein Schutzdach und betrat den Gemeindegrund. Ich stand dort in die pastellfarbene Leere der Morgendämmerung getaucht, als die Asadi durch die Farne und Ranken der Synesthesia-Wildnis geeilt kamen, um einen neuen Tag Indifferenter Gemeinschaftlichkeit zu beginnen. Ihre Gestalten durchquerten die grünen Schleier am Rand der Lichtung, als seien sie tausend Schwimmer beim Auftauchen aus der Brandung, und dann war ich von ihnen umgeben. Umgeben, aber mißachtet. Ringsum ruckten große, häßliche Köpfe mit silbernen oder blauen, kalkweißen oder lohfarbenen Mähnen ohne Abstimmung und Anmut umher. Und über uns erstreckte sich Bosk Velds Himmel bis hinaus in die materiearme Weite eines Universums, das sich in noch unendlich geringerem Maße um irgend etwas scherte als diese ruhelosen Kasperköpfe. Die Sonne schmolz den Morgen dahin, und endlich entdeckte ich den Junggesellen. Zweifellos war ich den ganzen Morgen hindurch immer in seinem Blickfeld gewesen – aber er war meinem Blick ausgewichen, indem er sich mit Umsicht durch die Haufen seiner Artgenossen bewegte. Ich hatte mich schon über seine scheinbare Abwesenheit geärgert.

Dann stand die Sonne Deneb genau über unseren Köpfen, und der Junggeselle bahnte sich einen Weg durch eine Traube von Leibern, die sich ohnehin gerade auflöste, und blieb kaum fünf Meter von mir entfernt stehen, zitterte aufgrund der eigenen Kühnheit. Auch ich zitterte. Ich befürchtete, daß er mich im nächsten Moment anfallen werde, um mich zu verschlingen; doch statt dessen nahm er nur für seine Absicht allen Mut zusammen und trat näher. Ich harrte aus. Das graue Haupt, die gefleckte, silbrigblaue Mähne, die zwei Schalen seiner Augen – das alles kam auf mich zu. Und dann hob sich der lange, graue Arm zu meinem Gesicht, die humanoide Hand berührte die Grube unter meiner Unterlippe, meine frischen Schnitte vom Rasieren, berührte mich ohne Plumpheit oder Bösartigkeit. Und ich zuckte zusammen.

LAUFENDE CHRONOLOGIE MEHRERER WOCHEN

29. Tag. Nachdem es zu diesem ungewöhnlichen Kontakt mit dem asadischen Eingeborenen (im weiteren als Junggeselle bezeichnet) gekommen war, tat ich mein Bestes, um eine Methode zur sinnvollen Verständigung zu finden. Doch es bewährte sich nichts. Keine Worte; natürlich nicht. Keine Handzeichen. Keine Symbole am Erdboden. Nicht einmal unbeholfene Scharaden. Nichtsdestotrotz ließ sich der Junggeselle auch nicht davon abbringen, mir auf Schritt und Tritt zu folgen. Einmal, als ich die Lichtung verließ, um meine Mahlzeit einzunehmen, folgte er mir fast bis unter mein Schutzdach. Ich war beinahe überrascht, als er sich bei Anbruch der Dämmerung mit den anderen entfernte, so treu hatte er sich den ganzen Nachmittag lang an meinen Fersen gehalten. Trotz dieses Abgangs habe ich nun wieder Interesse an meiner Arbeit. Bis morgen scheinen es noch hundert Jahre zu sein, und ich vermag gar nicht zu glauben, daß ich jemals ernsthaft daran dachte, mich mit den ersten, mühsam errungenen Bruchstücken, mit denen mein hiesiger Aufenthalt sich bislang ausgezahlt hat, abzufinden und zufriedenzugeben.

35. Tag. Nichts. Überhaupt nichts. Der Junggeselle bleibt unverdrossen in meinem Gefolge, nie mehr als acht oder neun Schritte hinter mir; seine Anhänglichkeit ist so groß, daß ich nicht einmal urinieren kann, ohne daß er in meinem Rücken auf Wache steht. Vermutlich meint er, daß er in mir einen Bundesgenossen gegen die Indifferenz der anderen gefunden habe, aber was uns beiden seine langweilige Partnerschaft eintragen soll, das kann ich nicht sagen. Ich weiß nur, daß ich seiner Aufmerksamkeit müde geworden bin, ebenso wie anscheinend er seines einförmigen Tuns bereits überdrüssig geworden ist, und doch will er um nichts in der Welt darauf verzichten... Das Leben auf der Lichtung geht weiter wie immer. Die anderen ignorieren uns.

40. Tag. Ich bin krank. Die Medizin, womit mich Benedict anläßlich einer vorherigen Durchfallerkrankung versorgte, ist fast verbraucht. Es regnet. Während ich dies schreibe, liege ich unterm Schutzdach auf meinem Lager und schaue den Asadi zu, wie sie am Grund ihrer Lichtung hin und her trotten. Der Geruch ihrer grämlichgrauen Feuchtigkeit bekommt mir nicht anders als ein Gift, er verstärkt mein Schwindelgefühl. Auf und nieder wandern die Asadi, auf und nieder, hin und her...

Ich habe die interessante Auffassung formuliert, daß ihre ganze Lebensweise, in der wenigstens ein oder zwei signifikante Verhaltensmuster zu entdecken mir schon Mühe bereitete, selbst das einzige signifikante, dafür jedoch permanente Ritual ihrer Spezies ist. Vorher hatte ich nach einer Anzahl weniger bedeutender Rituale Ausschau gehalten, um ihre Gesellschaft begreifen zu können – doch es kann sein, *daß die Asadi das Ritual sind.* Wie sagt der Dichter: »Wie den Tänzer vom Tanz trennen?« Doch nachdem ich diese neue und brillante Hypothese über die Asadi formuliert habe, stellt sich mir nach wie vor die Frage: *Welche Bedeutung besitzt das Ritual, das die Asadi selbst sind?* Das ist natürlich eine existentielle Frage. Vielleicht gibt mir nur meine Krankheit so sonderbare Gedanken ein. Womöglich werde ich auf melodramatische Weise verrückt.

Der Junggeselle sitzt mit überkreuzten Beinen unterm dumpfigen, silbrig triefnassen Laub, kaum fünf Meter entfernt von meinem Unterschlupf. Seine Mähne klebt an seinem Schädel und den Schultern wie eine Ansammlung plattgedrückter Wattebäusche. Obwohl er nun seit elf Tagen meinen Fußstapfen folgt, konnte ich ihn bisher nicht dazu verleiten, doch noch unter mein baufälliges Dach zu treten. Er hockt immer draußen und starrt mich von seinem Platz aus an, wo er unter einem Schirm aus glitzrigen Farnen sitzt, wenn es regnet. So wie jetzt. Seine Abneigung dagegen, sich unter ein künstlich errichtetes Dach zu begeben, mag von Bedeutung sein. Könnte ich bloß bei zwei oder drei anderen Asadi zu einem ähnlichen Durchbruch gelangen wie beim Junggesellen!

46. Tag. Ein Anflug meiner Erkrankung bleibt. Der Junggeselle auch. Die beiden haben sich in meinem Geist zu vermischen begonnen... Sonst gibt es nichts zu berichten. Hin und her gehen sie, hin und her. Tagesanbruch und Sonnenuntergang, Sonnenuntergang und Tagesanbruch. Das große Herumschlendern geht weiter.

50. Tag. Gestern abend, nachdem sich die Asadi wieder in den Dschungel geflüchtet hatten, trottete ich zu der Anlieferstelle, wo Benedict jede Woche meine Rationen an Lebensmitteln und Medikamenten hinterlegt. Die Dosis von Placenol, das ich mir seit einiger Zeit verabreiche, indem ich mir das Zeug einspritze wie ein verkommener Junkie (bildlich gesprochen, natürlich), ist immer größer geworden – aber Eisen versicherte mir während der Vorbereitung dieser absurden Expedition, daß P-nol in keiner Quantität abhängig mache. Was mich jedoch über diese hinreichend erstaunliche Eigenschaft der Droge hinaus in Verwunderung versetzt, ist die Tatsache, daß Benedict mit jeder Woche mehr davon liefert, mich mit Abfüllungen versorgt, die fast haargenau meinem gestiegenen Verbrauch entsprechen. Oder nehme ich mehr, weil man mir mehr liefert? Nein, natürlich nicht. Alles läuft im Stützpunkt durch einen Computer. Wahrscheinlich hat ein schon vor Wochen durchgespultes Programm dies wirklich ganz voraussehbare Anwachsen meiner ›emotionalen‹ Abhängigkeit vom P-nol vorausgesagt. Auf jeden Fall fühle ich mich nun wohler. Ich bin wieder in Schwung.

Während ich also zur Anlieferstelle trottete, begann aus den verwaschenen Schatten der Riesengummibäume ein lästiges Unbehagen in mein Inneres zu sickern. Ich hörte Geräusche. Die Geräusche begleiteten mich bis zum Ziel meines Ausflugs – leise, unidentifizierbar, unheimlich. Ich möchte dazu auf die Schnelle nur folgendes festhalten: Ich glaube, daß irgendwo unter den breiten Blättern und verschlungenen Ranken, wo die Geräusche entstanden, der Junggeselle herumschlich. Tatsächlich glaube ich sogar, daß ich einmal seine stumpfen Augen den Schein des am Abend zuerst aufgegangenen Mondes widerspiegeln sah. Aber er zeigte sich mir nicht – vorausgesetzt, er ist es wirklich gewesen.

Am Paket mit meiner Lieferung hing ein Zettel mit getipptem Text:

Chaney, Sie brauchen doch nicht auf hundertprozentiger Absonderung von uns zu bestehen. Sie sind nun seit fast zwei Monaten fort. Ein bißchen Unterhaltung mit waschechten, kernigen Erdenmenschen wird doch Ihrer Ethnographie nicht schaden. Lassen Sie uns ein Funkgerät hinterlegen. Sie können es an den Abenden benutzen. Wenn Sie einverstanden sind, schießen Sie morgen abend, bevor alle drei Monde aufgegangen sind, eine Leuchtrakete ab, ich fliege Ihnen dann eines an die übliche Stelle. Also, was meinen Sie, Egan? Ihr alter Freund und Helfer Thomas Benedict.

Aber natürlich möchte ich kein Funkgerät. Das Leid

ist ein Teil meiner Aufgabe. Darüber besaß ich Klarheit, ehe ich mich hier an die Arbeit machte. Ich werde nicht aufgeben, bis ich in all den Seltsamkeiten zumindest ein wenig Sinn entdeckt habe.

57. Tag, vor Tagesanbruch. Ich konnte die ganze Nacht lang nicht schlafen. Gestern abend, kaum sechs oder sieben Stunden ist's her, ging ich in den Dschungel, um Benedicts achte Nachschublieferung abzuholen. Wieder hing ein Zettel mit getipptem Text am Paket:

Chaney, Sie sind ein schweinsköpfiger Sägebock. Sie kennen nicht einmal die Konjugationen Ihres eigenen Vornamens. Er sollte Ego lauten statt Egan. Ich hoffe nur, daß Sie inzwischen das Asadische gelernt haben. Falls nicht, dann dürften Sie nach meiner Überzeugung mittlerweile den Verstand verloren und den Bäumen neopentekostalische Reden zu halten begonnen haben. Was für ein Anblick! Schicken Sie eine Leuchtrakete hoch, sobald Sie irgend etwas möchten. Thomas Benedict.

Ich hätte zuvor nicht gedacht, daß Benedict so sardonisch schreiben könne.

Auf dem Rückweg zur Lichtung vernahm ich wieder Geräusche. Eine unbestimmbare Gestalt bewegte sich mit schemenhafter Grausamkeit durch die Synesthesia-Wildnis. Ich bin sicher (und glaube es sein zu dürfen), daß das der Junggeselle war, der mich umschlich, nun tölpelhaft vor meiner Verfolgung die Flucht ergriff. Jawohl, trotz des Gewichts, mit dem die Nachschublieferung mich belastete, entschloß ich mich, diesen Geräuschen zu folgen, diesem verdächtigen Schnellen von Blättern und Knacken von Zweigen. Und obwohl ich niemals aufholte, ich konnte doch mithalten. Das mußte der Junggeselle sein, jenes stets nur halb erkennbare Grau, welches vor mir floh – keiner seiner Artgenossen hätte mir auch nur den Anblick von in der Fluchtrichtung in Bewegung versetztem Laub gestattet. Ich drang immer tiefer in die Wildnis vor, entfernte mich dabei von der Lichtung. Mit uns huschten Flecken von Mondlicht durch den Dschungel. Als ich endlich unter Gekeuche in eine Lücke zwischen den Bäumen trampelte, fiel mir urplötzlich auf, daß die Geräusche, die mich zu ihrer Verfolgung verlockt hatten, nun ausblieben. Ich war allein. Möglicherweise hatte ich mich rettungslos verirrt. Doch vor mir füllte, wie eine orientalische Pagode gen Himmel erhoben, die breite, wuchtige Masse eines Gebäudes die Lichtung aus, eines künstlich errichteten Bauwerks.

Der Nachhall der Zeit flößte mir ein Gefühl von Zwergenhaftigkeit ein. Ich stand wie vom Donner gerührt und spürte panikartige Beklemmung in meiner Kehle die Stimmbänder emporkriechen. Mein eigener Laut der Verblüffung überraschte mich seinerseits erneut… *Es ist kaum zu glauben, daß ich gesehen habe, was ich sah. Aber die Pagode, der Tempel, was es auch ist, steht wirklich hier draußen! Der alte Oliver Bow Aurm erforschte die Ruinen eines solchen Baus – er ersah daraus lediglich, daß die Asadi einmal eine Zivilisation mit gewissem Bedeutungsgrad gekannt haben müssen. Durch die Erforschung dieser unzerstörten Pagode jedoch müßte ich zweifelsfrei Entdeckungen machen können, die sogar Frasiers Forschertätigkeit weit überflügeln. Aber der liebe Gott allein mag wissen, wann ich wieder an ihren Standort gelange…* Ich starrte hinauf zu den luftig beschwingten Vorsprüngen dieses unerwarteten Artefakts; dann machte ich kehrt, stürzte wieder in den Dschungel und rannte blindlings wild davon, mein Paket tanzte mir grob auf dem Rücken. Wohin des Wegs? Zurück zum Versammlungsplatz. In welcher Richtung lag er? Wieder folgte ich blind dem verdächtigen Knistern von Laub und dem Knacken von Zweigen, das erneut begann, sobald ich die Pagode geflohen hatte. Erneut der Junggeselle? Ich weiß es nicht. Ich sah nichts. Aber zwei Stunden später hatte ich wieder mein Schutzdach erreicht und darunter Zuflucht genommen... Nun warte ich auf die Morgendämmerung, den gezeitenartigen Zustrom der Asadi.

Ich fühle mich sehr angeregt, obwohl ich meine neue Lieferung Placenol noch gar nicht angerührt habe.

57. Tag, am Abend. Sie sind wieder fort. Aber ich hatte ein ebenso unerfreuliches wie wichtiges Erlebnis. Am Morgen war der Junggeselle nicht mit den anderen eingetroffen. Das heißt, zumindest bezog er nicht seine gewohnte Stellung acht oder neun Schritte hinter mir. Diese Art von satellitenhafter Anhänglichkeit bleibt nicht unbemerkt, und heute früh vermißte ich sie. Ich streifte zwischen den Asadi umher, ohne irgendwelche Beachtung zu finden, und hielt nach dem Junggesellen Ausschau. Er war nirgendwo unter ihnen zu erblicken. Konnte er sich während unserer mitternächtlichen Hatz durch die Wildnis verletzt haben? Um die Mittagszeit war ich erschöpft und verwirrt – erschöpft infolge der Suche und des Mangels an Schlaf, verwirrt durch das offenkundige Ausbleiben des Junggesellen. Ich kehrte um, begab mich unter mein Schutzdach und legte mich hin. Nach einem Weilchen schlief ich, allerdings nicht besonders fest. Rascheln von Laub und Zweigen veranlaßten meine Lider zum Blinzeln. Mir träumte, daß sich eine graue Gestalt näherte und etwa fünf Meter von mir entfernt am Rand der Lichtung niederkauerte. Die Gestalt beobachtete mich wie ein bestimmter, wohlbekannter Taubstummer...

Kjur-AAAAARRRRRG! Ächzen und Gefuchtel. Umherhauen und Stoßen. Das Unterholz neben meinem Schutzdach brach unterm Ansturm mehrerer schwerer Füße. Von diesen Geräuschen aus meinem scheinbaren Traum geschreckt, setzte ich mich auf und versuchte mich wieder in der Welt zu orientieren. Ich sah den Junggesellen. Ich sah drei größere und beweglichere männliche Asadi ihn auf den Untergrund drücken und dort festhalten. Offensichtlich arbeiteten sie bei der Aufgabe seiner Überwältigung zusammen!

Ich beobachtete ihr Verhalten in höchster Aufmerksamkeit. Ihre nächste Maßnahme bestätigte meine spontane Einschätzung. Es handelte sich tatsächlich um einen Fall von Kooperation. Die drei männlichen Exemplare, die mich mit all der geringschätzigen, munteren Selbstverständlichkeit von Aristokraten ignorierten, hoben den Junggesellen auf und trugen ihn zum Mittelpunkt der Lichtung. Ich folgte der Gruppe hinunter. Wie schon einmal, nämlich beim Besuch des alten Häuptlings, wichen die Asadi an die Seitenlinien des imaginären Fußballplatzes zurück – aber diesmal suchten sie nicht Deckung im Dschungel. Sie blieben auf der Lichtung, gaben einander Rippenstöße wie rabiate Zuschauer eines der beinahe legendären ›Bowls‹-Spiele. Außer den vier miteinander handgreiflich gewordenen männlichen Exemplaren war ich das einzige Individuum in der Mitte des Versammlungsplatzes. Ich schaute den Junggesellen an. Seine Augen standen kurz davor, die Farbe zu wechseln, ihr gewöhnliches Kalkweiß war ganz, ganz schwach gelb geworden. Aber ich konnte nicht eingreifen.

Sie schoren ihm die Mähne. Ein Weibchen, das aus der Ansammlung an der Ostseite des Platzes herbeikam, brachte zwei flache, scharfkantige Steine, die es den Männchen übergab. Letztere kratzten dem Junggesellen damit die ohnehin beklagenswert kümmerlichen Bäusche seiner silbrigblauen Mähne ab. Kurz bevor sie fertig waren, trat er noch einmal mehr oder weniger umständehalber um sich und brachte dadurch einen seiner Bedränger aus dem Gleichgewicht, doch dann schickte er sich in die ihm auferlegte Schmach, lag reglos auf dem Rücken und starrte empor zum Deneb-Gestirn. Der ganze Anschlag beanspruchte nur ungefähr zehn Minuten. Die drei Männchen entfernten sich im Schlendergang von ihrem Opfer, und die zufriedengestellten Zuschauer, sobald feststand, daß die Schur beendet war, kamen gemächlich und in ihrer ganzen vorherigen Gleichgültigkeit wieder auf die Lichtung geschlurft. Fortan ignorierten sie natürlich auch den Junggesellen mit einer Gemütskälte, die zuvor mir vorbehalten war; dagegen wartete ich am Mittelpunkt der Lichtung darauf, daß sich der Junggeselle auf die Beine bemühe. Wir beide waren der ungenaue Brennpunkt im langsamen Kreis des asadischen Tanzes der Indifferenz. Aber lange Zeit regte er sich überhaupt nicht. Sein schmaler Kopf, nun völlig geschoren, von ihren ›Schersteinen‹ verschrammt (die ersten Werkzeuge, die ich – außer im Falle des alten Häuptlings – unter ihnen in Gebrauch gesehen habe), wirkte unnatürlich zerbrechlich. Ich beugte mich vor und streckte ihm meine Hand entgegen. Ein Asadi rempelte mich im Vorbeigehen an. Unbeabsichtigt, wie ich vermute. Der Junggeselle wälzte sich auf den Bauch, rollte sich nochmals ein Stück weiter, um nicht getreten zu werden, krümmte sich dann zur Fötalhaltung zusammen – und sprang unerwartet aus dem Staub hoch und rannte durch eine lückenhafte Kette seiner Artgenossen davon, die es unbekümmert geschehen ließen. Wollte er den Rand der Lichtung erreichen und in den Dschungel, in die Wildnis verschwinden? Asadi versperrten mir mit ihrem Umherspazieren die Sicht, aber ich nehme an, er tauchte zwischen den Bäumen unter und lief.

Alles natürlich außerordentlich interessant, klar.

Aber was bedeutet es? Für den heutigen Abend lautet meine Hypothese, daß die Asadi den Junggesellen bestraften, weil er mich – unbeabsichtigt oder vorsätzlich – in der vergangenen Nacht zu der uralten Pagode inmitten der Synesthesia-Wildnis führte. Seine Verspätung beim Einfinden auf der Lichtung kann ein schlauer Versuch gewesen sein, der Bestrafung vorzubeugen. Ich vermag mir keinen anderen Grund vorzustellen, warum die Asadi sich dazu entschlossen haben könnten, ihn noch deutlicher, als er's ohnehin schon war, zum Außenseiter zu stempeln. All diese Ambivalenz gibt mir Rätsel auf. Sie überzeugt mich jedoch auch davon, daß ich mir durch die Eintönigkeit von neun Zehnteln ihres ›Alltagslebens‹ nicht den Blick für seine zugrundeliegende Bedeutung trüben lassen darf. Lieber Gott, Geduld macht nun einmal neun Zehntel der ganzen Kultur-Xenologie aus. Und die Strafe der Ermüdung (die zu dem gehört, wenn schon von Strafen die Rede ist, was ich mir mit diesem Unternehmen an Härten und Unannehmlichkeiten aufgeladen habe), steht zum Begriff eines Xenologen von Geduld stark im Mittelpunkt. Damit und/oder deshalb lege ich mich nun schlafen.

61. Tag. Der Junggeselle ist nicht wiedergekommen. Im Bewußtsein dessen, daß er nun allgemein als Paria bekannt und erkennbar ist, hat er es vorgezogen, sein Pariadasein nach eigenem Ermessen zu gestalten. Während seines Ausbleibens habe ich über zwei Dinge nachgedacht. 1. Wenn die Asadi den Junggesellen wirklich bestraften, weil er mich zur Pagode geführt hat, dann müssen sie sehr wohl begriffen haben, daß ich nicht einfach ein mähnenloser Außenseiter bin. Sie wissen, daß ich genetisch anders bin, ein Geschöpf von woanders, und sie wünschen sich in vollem Bewußtsein, daß ich nichts über ihre Vergangenheit erfahre.

2. Ich möchte gern einen Ausflug zur Pagode durchführen. Mit ein wenig Fährtenlesen dürfte sie nicht übermäßig schwierig zu finden sein, vor allem, da ich am Tage loszuziehen beabsichtige. Ungewöhnliches geschieht auf der Asadilichtung so selten, daß ich es mir bedenkenlos erlauben kann, sie für eine Zeitlang unbeobachtet zu lassen. Eine eintägige Abwesenheit dürfte eigentlich in meiner Ethnographie keine unausfüllbaren Lücken verursachen. Falls das Vorhaben gut verläuft, könnte es mir einige triumphale Einsichten ins Ritual des Asadilebens bescheren.

Ich wünschte bloß, der Junggeselle käme zurück.

63. Tag. Da heute der Tag für Benedicts neunte Nachschublieferung war, beschloß ich, meine kleine Expedition in die Wildnis am heutigen frühen Morgen zu machen. Damit ließen sich, wie Benedict es wohl ausdrücken würde, zwei Fliegen mit einer Klappe schlagen. Einmal konnte ich nach der verschollenen Pagode suchen. Zweitens war der Tag, sollte ich sie nicht finden, wenigstens noch zum Teil gut genutzt, da ich auf jeden Fall meine Lieferung abholte. Aufgrund dieser Überlegungen machte ich mich schon vor Anbruch der Dämmerung auf den Weg.

Der Orientierungssinn des Menschen muß bereits vor Jahrtausenden abgestorben sein; ich verirrte mich. Die Wildnis ringsum regte sich mit einer inhumanen, beklemmenden Ruhe, die stark an der dünnen Gewebeschicht meiner geistigen Ressourcen zerrte. Am Spätnachmittag rettete mich dann Benedicts Helikopter. Er knatterte überm Dschungeldach durch eine Reihe von Kreisen; einmal sah ich, als ich aufblickte, seine Kufen so dicht über den Wipfeln, daß ein Affe hätte an Bord springen können. Ich folgte dem Geräusch des Helikopters zum Anlieferplatz. Von dort aus fand ich ohne Schwierigkeiten zurück zur Lichtung.

Heute war daher der erste Tag meines Aufenthalts in der Wildnis, an dem ich keinen einzigen Asadi zu Gesicht bekommen habe. Der Junggeselle fehlt mir wie ein verlorener Sohn. An jedem Morgen erwarte ich ihn mit neuer freudiger Erregung. Doch nun liegt wieder eine ganze Nacht vor mir, und um sie herumzubekommen, ist Schlaf die einzige Möglichkeit.

68. Tag. Obwohl ich eine weitere Exkursion nicht durch eine Nachschublieferung rechtfertigen konnte (die nächste ist nämlich erst in zwei Tagen fällig), habe ich nochmals die Pagode gesucht. Die letzten vier Tage waren in ihrem Informationswert gleich Null gewesen. Ich mußte ganz einfach fort von der Lichtung, irgend etwas anstellen, wie albern es auch sein mochte. Und es erwies sich auch als albern – ich verirrte mich wieder, und diesmal erging es mir viel schrecklicher. Grüne Schlingpflanzen umrankten mich, der Himmel geriet außer Sicht. Und diesmal würde Benedicts Helikopter, wie ich genau wußte, nicht über mich hinwegfliegen – es sei denn, ich wartete zwei Tage lang. Und wie, du liebes Tagebuch, kam unser Held dennoch wieder heim? Weil sich erneut das verdächtige Rascheln von Blättern und Zweigen vernehmen ließ. Ich brauchte ihm bloß zu folgen. Nun befinde ich mich wieder unter meinem Schutzdach und bin davon überzeugt, daß der Junggeselle sich noch in dieser Gegend aufhält, sowie fest dazu entschlossen, von weiteren Exkursionen abzusehen, bis mir geeignete Hilfsmittel und Unterstützung verfügbar sind.

71. Tag. Der Junggeselle ist wieder da!

72. Tag. Gestern konnte ich nichts anderes verzeichnen als das bloße Erscheinen des Junggesellen auf der Lichtung. Heute abend kann ich als Fakten lediglich drei oder vier Begleitumstände nachtragen. Die Mähne des Junggesellen ist noch nicht in nennenswertem Umfang nachgewachsen, und die anderen Asadi betrachten ihn vollständig als Außenseiter und behandeln ihn auch so. An den beiden letzten Tagen hat er in seinem Verhältnis zu mir ein beachtliches Maß an Selbständigkeit bewiesen. Unverändert folgt er mir, doch weniger zudringlich, und er gestattet sich nun auch kleine Abstecher, wobei er sich völlig aus meinem Blickfeld entfernt. Er hockt nicht länger in der Nähe meines Schutzdachs herum. Vielleicht erinnert meine künstliche Behausung ihn unangenehm an die Pagode, zu der er mich führte, deren Entdeckung durch einen Fremden ihm eine öffentliche Erniedrigung einbrachte. Aber ich empfinde die neue Regelung als ganz erfreulich. Ein Mindestmaß an Privatsphäre ist nur gut für die Seele.

85. Tag. Auf dem Zettel am gestrigen Nachschubpaket stand:

Schießen Sie morgen abend eine Leuchtrakete ab, wenn Sie noch länger in der Wildnis bleiben möchten. Eisen hat ernsthaft die Absicht, Sie herauszuholen. Nur eine Leuchtrakete kann ihn daran hindern. Sie wird für uns bedeuten: ›Ich sammle Erkenntnisse. Stört mich nicht bei der Arbeit.‹ Sehen wir keine Leuchtrakete, werden wir das so auffassen, daß Ihr Aufenthalt sich nicht länger lohnt oder Sie am Ende ihrer Kräfte angelangt sind. Mein persönlicher Vorschlag lautet, Egan, daß Sie gar nichts tun, schön stillsitzen und auf uns warten. Einverstanden? Ihr Freund Benedict.

Also habe ich vorhin wohl oder übel zwei Leuchtraketen hochgejagt. Dieser 85. Tag wird in die Geschichte des Kultur-Xenologen Egan Chaney als sein persönlicher 4. Juli eingehen.

98. Tag. Ich halte mich wieder ziemlich gut. Dreißig Tage ist es her, daß ich meine zweite Exkursion in die Wildnis unternommen habe, um diese verlockende Pagode zu finden. Ich habe nun fast einen vollen Monat durchgehalten, ohne mich vom Versammlungsplatz fortzuwagen. Die meiste Zeit auf der Lichtung habe ich darauf verwendet, zwischen den asadischen Eingeborenen individuelle Unterschiede zu ermitteln. Da ihr Verhalten vorwiegend von ärgerlicher Gleichförmigkeit gekennzeichnet ist, habe ich mich gezwungenermaßen auf die Begutachtung ihrer körperlichen Charakteristika verlegt. Aber selbst in dieser Beziehung sind die Unterschiede eher anscheinmäßiger Natur als real; ich habe nur wenig brauchbare Unterscheidungsmerkmale entdecken können. Eine gewisse Bedeutung hat die Körpergröße. Eine Art von Unterscheidungsmerkmal ist auch die Fähigkeit der Augen, das Farbspektrum zu durchqueren; aber die einzigen Asadi, die über diese Befähigung nicht in vollem Umfang verfügen, sind der alte Häuptling und der Junggeselle.

Nichtsdestoweniger kann ich nun – außer diesen zwei auffälligen Exemplaren – mehrere Asadi durch Ansehen unterscheiden. Ich habe mich der Mühe unterzogen, diesen erkennbaren Individuen deskriptive Namen zu verleihen. Das kleinste erwachsene Männchen auf der Lichtung nenne ich ›Turnbull‹, weil seine Statur mich an Colin Turnbulls Schilderung der Ituri-Pygmäen erinnert. Einen nervösen Burschen mit ruhelosen Händen nenne ich ›Bennie‹, wobei ich an Benedict gedacht habe. Der alte Häuptling übt noch immer starken Einfluß auf mein gesamtes Denken aus: sein Name entstand durch eine simple Analogiebildung. Er heißt ›Eisen Zwei‹.

Der Junggeselle hegte anscheinend die Absicht, seine Anonymität zu bewahren – seit man ihn geschoren hat, ist seine Mähne so gut wie überhaupt nicht nachgewachsen, und ich bin fast zu schwören bereit, daß er nachts in der Wildnis daran zupft, sie absichtlich so kurz hält. Wer weiß? Im Lauf der letzten paar Tage hat er sogar mich gemieden; das heißt, er vergewissert sich zweimal täglich, morgens und abends, meiner Anwesenheit, geht jedoch während der restlichen Zeit eigene Wege, als genüge das bloße Wissen um meine Gegenwart, um ihm für den Tag und dann für die Unsicherheit der ganzen langen Nacht Bosk Velds Zuversicht einzuflößen. Ich würde sagen, die Blütezeit unserer Romanze ist vorbei. Nur gut so. Wir sind beide besser dran.

Heute war wieder Anlieferungstag. Ich war nicht fort, um mein Paket abzuholen. Bin zu müde, zu apathisch. Aber ich habe dem Placenol abgeschworen, und das daraus entstandene psychische Schönwetter hat meine körperliche Schwäche erträglicher gemacht. Mein Nachschub wird auch morgen noch dort für mich bereitliegen. Heute abend möchte ich Odegaards offiziellen Report über die *Shamblers of Misery* lesen. Und dann schlafen. Schlafen, schlafen, schlafen.

106. Tag. Eisen Zwei, der alte Häuptling, kam heute zurück! Ich habe diese Aufzeichnungen durchgeblättert und festgestellt, daß ich ihn zum ersten Mal vor genau neunzig Tagen die Lichtung betreten sah. Wird hier eine Regelmäßigkeit erkennbar? Wenn ja, so ist mir gegenwärtig jedoch noch nicht gegeben, diese Periodizität zu interpretieren. Ich kenne nicht einmal, wie mir in diesem Zusammenhang auffällt, die Lebensspanne der Asadi. Es könnte sein, daß ein Mensch hier Jahrhunderte zubringen müßte, um vom Gewebe ihrer Existenz bloß eine Faser zu erkennen. Da sei Gott vor.

Dieser Besuch von Eisen Zwei – um zu diesem Ereignis zurückzukehren – verlief gleichartig wie seine zuerst beobachtete Visite. Er betrat die Lichtung mit seiner Furpyie auf der Schulter, setzte sich, blieb ungefähr eine Stunde lang sitzen und verschwand schließlich wieder in die Wildnis. Die Asadi ergriffen natürlich wieder vor ihm die Flucht – wahrscheinlich, wie ich vermute, mehr aus Abscheu als aus Furcht.

Wie lange werde ich nun bis zum nächsten Besuch des alten EZ warten müssen?

110. Tag. Das Verhalten der Asadi – aller Asadi – hat eine sehr subtile Änderung erfahren, eine Alteration, für die ich keine Erklärung weiß. Nichts in meiner bisherigen Beziehung zu ihnen gewährt mir eine Basis zur Beurteilung, Anhaltspunkte zum Erkennen des Sinns dieser Veränderung. Selbst nach nunmehr 110 Tagen meiner Felduntersuchung bin ich noch der Sklave rein menschlicher Begriffe von Kausalität – Verhalten ändert sich aus bestimmten Gründen, nicht bloß aus Lust und Laune. Aber hier draußen ist die Vernunft eine ebensolche Verlockung, wie sie vor einiger Zeit die asadische Pagode war, von der ich jetzt nur noch träume.

Lassen Sie mich festhalten, was ich beobachtet habe. Während der vergangenen zwei Tage hat jedes Mitglied dieser verrückten Spezies die größte Mühe entfaltet, um ein ziemlich großes Areal in der Mitte der Lichtung nicht zu betreten. Im Ergebnis dieses Bemühens haben die Asadi sich in zwei willkürlich zusammengewürfelte, dichtgedrängte Gruppen an entgegengesetzten Enden des Platzes aufgeteilt. Diese zwei ›Mannschaften‹ verhalten sich beide nicht genauso wie die vorherige gemeinsame Gruppe. Die Individuen beiderseits des durch stillschweigende Übereinkunft zustande gekommenen Niemandslands verbreiten eine Atmosphäre erhöhter Nervosität. Sie verrenken die Hälse nach allen Richtungen, verklammern auf ihren Oberkörpern krampfhaft die Arme, erleiden nahezu epileptische Zuckungen, während sie untereinander hin und herwandern, auf und nieder. Wenn ich ihnen so zuschaue, glaube ich manchmal, daß sie sich zur geisterhaften Musik einer Flöte winden, deren Töne aus den tiefen Abgründen des Dschungels zur Lichtung vordringen. Bisweilen findet ein Blickemessen zwischen zwei Individuen auf verschiedenen Seiten der imaginären Kluft statt. Augen verfärben sich, Körper krümmen sich, Gliedmaßen rudern. Aber keiner der Beteiligten setzt nur einen Fuß in die ›heiße‹ Trennzone, die ungefähr dreißig Meter lang ist und fast – aber nicht ganz – so breit wie die Lichtung. Nicht ganz, möchte ich unterstreichen, denn an jeder Seite befindet sich ein schmaler Streifen, ein ›Korridor‹, durch den die beiden ›Mannschaften‹ Leute austauschen, doch immer jeweils nur ein Individuum. Diese Wechsel geschehen in unregelmäßigen Abständen und derartig, daß ein einzelner Asadi sich nervös von seiner Gruppe absondert, einen der in keiner Weise gekennzeichneten ›Korridore‹ durchquert und sich somit ins ›feindliche Lager‹ begibt. Warum meiden sie die Mitte der Lichtung? Der einzige Grund, den mein Erdenmenschenverstand sich auszumalen vermag, ist der, daß der Mittelpunkt der Lichtung die Stelle schaurigen Bodens markiert, wo man einen Missetäter der Schande übergeben, wo man Blut vergossen und Fleisch verzehrt hat. Aber all das geschah bereits vor einiger Zeit. Wieso nun plötzlich diese Zimperlichkeit? Wozu diese Spaltung?

Der Junggeselle hat auf diese Vorgänge reagiert, indem er in die Äste eines Baumes mit dickem, rundem Stamm kletterte, der ungefähr zehn Meter von meinem Schutzdach entfernt aufragt. Von der Morgendämmerung an bis zum Sonnenuntergang sitzt er hoch über seinen unergründlichen Artgenossen, schaut ihnen zu, schläft, versucht vielleicht die allgemeine Stimmung zu beurteilen. Dann und wann blickt er zu mir herüber, um zu sehen, was ich von den neuen Entwicklungen halte. Ich halte vorerst nicht viel davon.

112. Tag. Er geht weiter, dieser sonderbare Zweiparteienwalzer. Die Bewegungen der Beteiligten sind noch ruheloser geworden. In der Luft vibriert die Erregung wie Elektrizität. Der Junggeselle klettert in seinem Baum höher, er kämpft sich bis in die allerhöchsten Zweige hinauf, wo sein Aufenthalt recht unsicher sein dürfte – er keilt sich an seinem Platz im Geäst fest. Ich kann mich nicht entsinnen, während der drei letzten Tage einen der Tänzer essen gesehen zu haben – und auch Geschlechtsakte habe ich nicht beobachtet. Sogar ihr sonst ständiges Blickemessen hat weitgehend aufgehört; wenn es doch wieder einmal dazu kommt, ist es ausgedehnt und grimmig. Die nichtexistente Flöte, die in meinem Kopf spielt, hat einen immer grelleren, schrillen Klang angenommen, und ich vermag nicht einmal zu ahnen, wohin dieser Wahnsinn führen mag.

114. Tag. Die Ereignisse mündeten heute in eine Reihe kulminativer, bizarrer Entwicklungen, die mich vor ein Rätsel ersten Ranges stellen. Was wird morgen geschehen? Zu dem, was ich heute in höchster Faszination beobachtete, kann ich mir keine irgendwie geartete Fortsetzung vorstellen. Es begann früh. Eine Stunde nach der Ankunft der Asadi betrat Eisen Zwei die Lichtung. Wie damals bei seinem zweiten Besuch trug er auch bei dieser Folgevisite einen gehäuteten Kadaver auf dem Rücken. Seine Furpyie, die auch diesmal auf des Alten Schulter saß, wirkte wie das Werk eines reichlich unfähigen Tierpräparators – schiefe Haltung, Plumpheit, leblos. Das Volk auf der Lichtung löste seine zwei gleichartig störrischen Gruppen auf und floh in den Dschungel rund um den Versammlungsplatz. *Wie sonderbar,* konnte ich zu denken mich nicht enthalten, *was für eine Ironie, daß die Kraft, welche die Asadi nun zeitweilig eint, nichts anderes ist als gemeinsamer Abscheu.* Der Junggeselle, halb verborgen von großen Blättern, die wie lackiert glänzten, beugte sich trotz der Zerbrechlichkeit der Zweige im Baumwipfel weit vor und starrte aus seinen kalkweißen Augen hinab über die Lichtung. Ich drückte mich an den Stamm des Baums, worauf er saß, mittlerweile umgeben von den merkwürdigen, mit Widerwillen erfüllten Asadi, die sich in den Dschungel abgesetzt hatten. Sie ignorierten mich. Sie ignorierten auch den Junggesellen, da sie um seine Gegenwart gar nicht wußten, aber sie hätten ihn sowieso nicht beachtet. Doch wir alle gemeinsam beobachteten das Geschehen in der Platzmitte. Eisen Zwei lud sich seine Last vom Rücken. Er entfernte die Riemen vom Fleisch. Aber nun, statt sich zurückzuziehen, um einigen der mutigeren Männchen die erste Annäherung zu ermöglichen, nahm er die nahezu eingedöste Furpyie von seiner Schulter und setzte sie auf den blutigen Fleischklumpen. Der blinde Kopf der Furpyie bewegte sich nicht, doch selbst von meinem Standort aus konnte ich ihre winzigen Finger sich bedächtig in wohliger Bosheit räkeln sehen. Dann endete diese schläfrige Regung, und die Furpyie hockte nur da und wirkte aufgequollen und leblos, einem Spielzeug für die Kinder heikel launenhafter Hexen ähnlich. Danach erst machte Eisen Zwei ohne irgendeine Abschiedsgeste kehrt und trottete zurück in die Synesthesia-Wildnis. Wo er von der Lichtung in den Dschungel trat, geriet das Laub durch die Anstrengungen einiger Asadi, sich so rasch wie möglich aus seinem Weg zu begeben, in laute Unruhe. Dann herrschte wieder Stille. Und nicht ein Asadi verließ die Deckung am Dschungelrand, um den Versammlungsplatz zu betreten und der Furpyie den Besitz dieses neuen und sicherlich begehrenswerten Kadavers streitig zu machen – trotz der Tatsache, daß ich bald fünf Tage lang keinen Asadi beim Essen gesehen hatte. Höhnisch prall schob sich Deneb am Himmel ein kleines Stück weiter und ließ in hundert unzugänglichen Grotten der Wildnis Leuchtbogen tanzen.

Eine Stunde verstrich, und dann kam Eisen Zwei zurück! Er hatte die Furpyie lediglich zur Bewachung seines ersten Mitbringsels auf der Lichtung gelassen. Ja, seines ersten – denn der alte Häuptling kam nun mit einem zweiten Kadaver um die knochigen Schultern geschlungen, einem anderen abgezogenen und ausgeweideten Kadaver. Er legte ihn neben den ersten. Die Furpyie entwickelte gerade genug Schwung, um ihr Gewicht zu verlagern und mit gespreizten Beinen beide Fleischbrocken, die nebeneinander lagen, herrisch in Besitz zu nehmen. Daraufhin verschwand der alte Asadi wieder, so wie zuvor. Eine Stunde später fand er sich mit einer dritten Fleischlast von neuem ein – aber diesmal betrat er die Lichtung von Westen her, etwa zwanzig Meter oberhalb meines Schutzdachs. Ich erkannte nun, daß er zuerst aus dem Osten gekommen war, dann vom Süden. *Eine Struktur zeigt sich,* dachte ich. *Jetzt wird er noch einmal weggehen und danach aus dem Norden zurückkehren.* Selbst die primitivsten Völker der Erde hatten den vier Himmelsrichtungen mystische Eigenschaften zugeschrieben, und die Aussicht, nun eine sinnvolle Analogie herstellen zu können, erfüllte mich mit neuem Forschungseifer. Aber natürlich sorgte Eisen Zwei kaltschnäuzig dafür, daß meine Hoffnung zerstob, denn er ging gar nicht wieder fort. (Er ist vielmehr noch immer hier, wie derzeitig in meiner 22. Nacht in der Wildnis. Unterm

Dreigestirn kupfrig grüner Monde hocken der alte Häuptling und seine Furpyie auf dem kahlen, mit Blut getränkten Untergrund und erwarten Denebs erste Lichtgespinste.) Statt dessen durchwanderte er rund um die Lichtung einen vollständigen Kreis, wobei er sich von der Stelle seiner Ankunft aus gegen die Uhrzeiger bewegte. Die Furpyie blieb reglos. Nach diesem Rundgang gesellte sich Eisen Zwei wieder zu seiner greulichen Vertrauten im Mittelfeld.

Damit begann nun der zweite Teil dieses neuen und rätselhaften Rituals. Ohne den dritten Kadaver vom Rücken zu nehmen, bückte sich EZ und hob die Furpyie an ihren gewohnten Platz auf seiner Schulter. Er kniete nieder und schlang Riemen um die beiden Fleischklumpen, welche die Furpyie bewacht hatte. Dann schleifte er diese beiden geäderten Riesenbatzen in Braun und Rot langsam durch den Staub. Ein Stück zerrte er in die südliche Hälfte des Platzes und setzte erneut die Furpyie als Wächterin darauf. Dies Verfahren wiederholte er in der nördlichen Platzhälfte, nur stand er dort bei seiner zweiten Gabe selber Wache. Den letzten Kadaver schleppte er immer noch auf dem Rücken mit. Die beiden deutlich sichtbaren Schleifspuren bildeten im Sand zwei einwärts gerundete Kreise, die den Weg des alten Häuptlings von jener Stelle aus nachzogen, wo das Fleisch anfänglich gelegen hatte.

Die Spur in der nördlichen Platzhälfte war einfach gezogen, wogegen sie an der Südseite doppelt verlief. Ich spürte wachsende Spannung unter den Asadi.

Eisen Zwei trat von seiner zweiten Darbringung zurück. Tief in seiner Kehle entstand ein Laut, der klang, als unterdrücke ein Mensch, ein erwachsener Mann, ein Schluchzen. Dieser Laut, so muß ich an dieser Stelle wohl hinzufügen, ist das erste und bis jetzt auch einzige Beispiel einer Verständigung mittels der Stimme – unwillkürliche Knurrlaute und ein paar kehlige, dumpfe Brummtöne nicht mitgezählt –, das ich bei den Asadi vernommen habe. Die Furpyie reagierte auf Eisen Zwei wehmütiges ›Schluchzen‹ – zweifellos ein Zeichen –, indem sie vom Gegenstand ihres Wächteramtes hüpfte – praktisch fiel – und dann auf geradezu klägliche Weise durch den Staub zu ihrem Herrn kroch. Ihre gummiartigen Schwingen senkten sich, zuckten, falteten sich zusammen. (Ich bin beinahe zur Auffassung gelangt, daß die Furpyie zum Fliegen unfähig ist, daß ihre Schwingen nur noch ein anatomisches Rudiment aus einer früheren Etappe der Evolution sind.) Als sowohl Eisen Zwei wie auch seine scheußliche Furpyie ihr heiliges Fleckchen Erde im Mittelfeld erreicht hatten, hob der alte Asadi das Tier auf und ließ es die winzigen Hände in seine verschossene Mähne krallen.

Aller Aufmerksamkeit war auf dies Paar gerichtet. Dann breitete der runzlige alte Häuptling seine Arme aus, warf den Kopf zurück und atmete zittrig und in solch jammervoller Weise tief ein, während er direkt in die Sonne starrte, daß ich schon glaubte, entweder müßten ihm die Lungen platzen oder sein Herz brechen. Das Schluchzen hallte über die ganze Lichtung. Und sofort strömten die Asadi aus ihren Verstecken auf den Versammlungsplatz – nicht nur die erwachsenen männlichen Exemplare, sondern Individuen jeden Geschlechts und Alters. Doch auch jetzt, inmitten des schlagartigen Aufruhrs, war die Bevölkerung der Lichtung in zwei Gruppen geteilt, wovon jede für sich auf ihrem überfüllten Stück Boden sich gereizt tummelte, innerhalb der eigenen imaginären Grenzen wütete. Man fletschte Zähne, riß sich an Mähnen, Leiber sackten zusammen Augen wirbelten kaleidoskopisch unartikulierte Farben. Der Hunger der Asadi verbreitete über der Wildnis eine dunkle traurige Musik wie Donner mitten im August.

Von dieser Gier waren weder der Junggeselle noch ich mitgerissen. Wir schauten bloß zu, er aus luftiger Höhe, ich aus der Deckung unruhiger Schatten. Die Asadi brauchten, obwohl sie außerdem aufeinander eindroschen, einander kratzten und bissen und sich bisweilen selbst halb verschlangen, nicht lange, um die beiden Kadaver zu verzehren. Vielleicht ungefähr fünf Minuten. *Wie Piranhas,* dachte ich, *schnell, gefräßig, brutal.* Und dann gab Eisen Zwei noch einmal seinen von Gram durchtränkten Seufzer von sich, und der Wirrwarr nahm ein Ende. Sämtliche spitzen, grauen Mäuler wandten sich ihm zu. Die Todwunden – falls sie wirklich tödlich verletzt waren – schleppten sich davon, um allein zu sterben. Ich konnte nicht beobachten, daß sich ein Asadi entfernte, aber auch nicht, daß einer sich im Staub ausstreckte und starb – so unglaubwürdig das auch klingen mag. (Tod und Geburt sind nach allem Anschein Angelegenheiten, die ein Asadi im Schutz und in der Abgeschiedenheit des Dschungels und der Nacht abzuwickeln vorzieht – während der Monate hier habe ich kein einziges Stammesmitglied auf der Lichtung sterben sehen. Krankheiten, Unfälle und Alter scheinen hier kein Schrecken zu sein. Und erst jetzt, ob man's mir glaubt oder nicht, ist mir das aufgefallen. Bedeutet es etwas? Gewiß. Aber was?)

Während alle Blicke auf ihm ruhten, das Erdreich selber Schweigen atmete, traf Eisen Zwei Vorbereitungen für den dritten und letzten Teil des heutigen, unerwarteten Rituals, das sich unvermutet bizarr gestaltete. Er entledigte sich endlich der Last auf seinem Rücken, setzte sich daneben und aß – unter den Augen seiner noch benommenen Stammesgenossen. Das Geschöpf auf seiner Schulter drückte sich in seine

Mähne, und ich dachte, der alte Häuptling werde die Furpyie füttern, ihr etwas für ihren Beitrag zur Festlichkeit abgeben. Er gab ihr nichts. Die Furpyie, träge an ihn geklammert, lehnte sich gegen seine Rücksichtslosigkeit nicht auf.

Eine Stunde verstrich. Dann waren zwei vergangen. Schließlich drei. Unterdessen hatte ich mich längst in den Schatten meines Schutzdachs zurückgezogen, den ich nur in mehr oder weniger regelmäßigen Abständen verließ, um mich über die Vorgänge auf der Lichtung zu unterrichten. Nach der zweiten Stunde hatten die Asadi sich innerhalb ihrer separaten Territorien zu bewegen begonnen. Nach drei Stunden jedoch waren die beiden Territorien wieder miteinander verschmolzen, so daß sich die beiden während der letzten Tage so deutlich unterscheidbar gewesenen ›Mannschaften‹ nicht länger erkennen lassen. Das Verhaltensmuster des Alltagsdaseins, das ich im Lauf meiner ersten 109 Tage auf der Asadilichtung verfolgen durfte, war wiederhergestellt – nur bewegten sich die Asadi nun mit unglaublicher Trägheit, während sie ihren Häuptling argwöhnisch betrachteten und rings um ihn einen recht großen, durch nichts markierten Kreis unbetreten ließen. Ich zog die Schlußfolgerung, daß das Ritual ans Ende gelangte. Als ich mich wieder einmal mitten unter den Asadi aufhielt, durch meine Poren die vorherrschende Stimmung zu erfühlen versuchte, bemerkte ich, daß der Junggeselle seinen Baum verlassen hatte. Aber ich sah ihn nicht auf der Lichtung. Der einzige außergewöhnliche Anblick war der alte EZ, ringsum isoliert durch eine in endloser Drehbewegung befindliche Barrikade aus Beinen, wie er da mit einer Miene kaute, die stupide Versonnenheit widerspiegelte. Während der Nachmittag verstrich, flatterte seine Furpyie ein- oder zweimal mit den Schwingen, aber der alte Häuptling fütterte sie nicht.

Schließlich ging die Sonne unter. Die Asadi liefen auseinander, zerstreuten sich wie üblich; Eisen Zwei dagegen, ohne Zweifel so vollgefressen wie eine Phyton, die sich eben erst den Unterkiefer ausgerenkt hat, um ein Rehkalb mit Haut und Haaren zu verschlingen, ist auf dem Fleck wie ein nasser Sack zusammengesunken und rührt sich nicht. Nun gaukeln drei fremde Monde am Himmel, und ich bin allein mit meiner Frage, der Frage, die zu stellen ich mich schon fürchte, so offenkundig und zudringlich ist die Antwort. *Von welcher Art Lebewesen stammen diese gehäuteten Ritualdarbringungen des alten Häuptlings?* Diese Frage habe ich zuvor nie gestellt – ich wagte es nicht. Doch nun, unter meinem kärglichen Dach zusammengekauert, bin ich nicht länger dazu imstande, die schrecklichen Weiterungen der asadischen Art und Weise des Sterbens aus meinem Bewußtsein zu verdrängen.

MUTMASSUNGEN ÜBER KANNIBALISMUS: ESSAY AUS DEM STEGREIF

Aus Egan Chaneys unveröffentlichten Bandaufzeichnungen seiner Feldtätigkeit: Heute ist ein schöner Tag. Hören Sie bloß mal. Ich halte für Sie das Mikrophon hinaus – hören Sie das? Nichts zu vernehmen außer dem Hinundherschlurfen von tausend Paar Füßen (wahrscheinlich sind's sieben oder acht weniger) durch die einen halben Zentimeter hohe, warme Sandschicht des Untergrunds.

Nichts außer dem und den lebendigen Atemzügen der Asadi und – irgendwo im Hintergrund dieser kaum hörbaren Geräusche – die Stille ganz Bosk Velds. Ein schöner Tag, einfach wunderschön.

Und hier bin auch ich wieder, Ihr unermüdlicher

Reporter Egan Chaney, immer dort, wo gerade was los ist, allzeit bereit, Ihnen die allerneueste und umfassendste Darstellung jeder weiteren Entwicklung zu geben. Unglücklicherweise muß ich noch immer mehr Zeit mit Abwarten zubringen als mit adrenalingepeitschten, hitzigen Direktaufzeichnungen neuer erregender Ereignisse, Eisen. Vier Tage sind es her, daß Ihr Pedant, unser Eisen Zwei, hier mit seinem wüsten Bankett der Drei Himmelsrichtungen Unruhe gestiftet hat. Seitdem ist gar nichts los. Daher habe ich mich nun befördert und meinen Korrespondenten-Chapeau gegen die ehrfurchteinflößende Schirmmütze des Chefredakteurs eingetauscht und mich zu Fuß an den Schauplatz des Geschehens begeben. Ich bin mitten unter den Asadi unterwegs. Sie sehen mich nicht, obwohl meine Gestalt so handgreiflich ist wie ihre, ebenso eine solide Realität. Selbst jene, denen ich Namen verliehen habe, verweigern mir das Zugeständnis der Anerkennung meiner Existenz.

Vorhin bin ich an Werner vorbeigekommen. Die Anordnung seiner Gesichtszüge gibt ihm ein sanftmütiges Aussehen, so daß er einem Quäker im Anorak ähnelt. Seine scheinbare Sanftmut bringt mich auf das Thema dieses Kommentars – wie kann ein Geschöpf mit Werners Aussehen und Gemüt bloß das Fleisch eines seiner Artgenossen verzehren? Gott steh mir bei, sollten diese Wesen zu Empfindungen fähig sein, meine lieben Stützpunktstubenhocker, denn ich befinde mich unter Kannibalen!

Sie umkreisen mich. Ich stehe unter ihrem Bann. Sie erfüllen mich plötzlich mit Grauen, mit Ehrfurcht, einer Scheu, wie sie ein Kind vor seinen Eltern verspürt, das soeben das Geheimnis seiner eigenen Zeugung und Geburt erfahren hat. Genau derartig ist meine Furcht vor den Asadi, meine Scheu vor ihrem insgeheimen Dasein... Turnbull fehlt. Erinnern Sie sich noch an ihn? Ich nannte ihn Turnbull, weil er so klein war, so wie die Pygmäen, über die der echte Turnbull geschrieben hat. Er ist unauffindbar. Seit dem Ritual am 114. Tag bin ich hundertmal auf der Lichtung umhergestreift – von Seite zu Seite, vom einen zum anderen Ende – und habe ihn sozusagen mit der Hinwendung eines Vaters gesucht. Aber der kleine Turnbull, untersetzt und unscheinbar, befindet sich nicht länger unter diesen gleichgültigen, ungeschlachtenen Kreaturen. Wäre er noch hier, hätte ich ihn inzwischen sehen müssen. Das steht hundertprozentig fest. Er war nämlich mein Pygmäe, mein kleiner Pygmäe, und nun haben diese blödsinnigen Halunken – diese Asadi, die größer sind, als es Turnbull war – ihn gefressen! Ihn verschlungen, als wäre er ein niedrigeres Geschöpf gewesen – eine Null in einer Kette von Nullen, so lang wie der Durchmesser der Zeit! Gott strafe sie mit Verdammnis!

(Eine ausgedehnte Pause, während welcher man nur das Geschlender der Asadi hören kann.)

Ich glaube, mein Geschrei hat ein paar von ihnen beunruhigt. Einige sind zusammengezuckt. Aber sie schauen mich nicht an, diese Kannibalen, denn ein Kannibale darf in der Anerkennung des Daseins eines Artgenossen nicht zu weit gehen, so unsicher ist er in der Beurteilung seiner selbst. Ein Kannibale muß immer fürchten, daß er sich mehr Bedeutung beimißt, als ihm gebührt, und dabei – in einem Moment gräßlicher Einsicht – erkennt er, woher seine nächste Mahlzeit kommt. Ihm wird unablässig bewußt, woher sie kommt, und deshalb fürchtet er sich fast immer. Ja, ja, das ist philosophisch, aber ich habe ja eben erwähnt, daß ich gegenwärtig kein Reporter, sondern Chefredakteur bin. Man muß daher in diese Dinge ein paar oberflächliche Weisheiten einflechten. Mit oberflächlichen Weisheiten und offenkundigen Umschreibungen arbeiten. Einverstanden? Ich möchte niemanden enttäuschen.

Infolgedessen sind Kannibalen (wenn ich nun meine Ausführungen fortsetzen darf) die innerlich zerrissensten Schizophrenen in der gesamten Natur. Die Dichotomie der beiden selbstständigen Persönlichkeiten ist so deutlich sichtbar wie das klare, kupfrige Deneb-Gestirn am Morgen. Die Verhaltensnorm der indifferenten Assoziation während des Tages und ihr zwanghaftes Zerstreuen am Abend – ihre Flucht vor sich selbst – untermauern, glaube ich, ebenfalls meine Interpretation von der Dichotomie ihrer Seele. Wer ist denn illusionärer als ein Kannibale? Sein Streben nach Einheit mit seiner Art führt zu erhöhter Selbstentfremdung. So verhält es sich mit den Asadi. So steht es mit … Verdammt noch mal, ja! Es stimmt, ich rede zur gleichen Zeit Vernünftiges und Quatsch. Aber es ist auch heiß hier draußen, und die Asadi mißachten meine Anwesenheit. Vorbei gehen sie, immer nur vorbei, sie umkreisen mich wie ein Haufen motorisierter Pappkameraden… Und Turnbull ist nicht dabei, er zieht nicht länger seine Kreise, er ist abgeschlachtet worden und aufgefressen. Abgeschlachtet und gefressen, ist das klar? Mit der gleichen Indifferenz, mit der wir die Ituriwälder zerstörten und vergifteten und das Volk entwurzelten, das dort wohnte. Turnbull ist tot, ihr Lahmärsche im Stützpunkt, und *es gibt nicht länger Pygmäen, es gibt nicht länger Pygmäen, es gibt nicht…*

DAS RITUAL DES TODES UND DER BESTIMMUNG

Aus der Endfassung des einzigen vollständigen Abschnitts von Egan Chaneys ansonsten unvollendeter Ethnographie:

ERSTER TEIL: TOD

Am 120. Tag erkrankte plötzlich der alte Häuptling, den ich Eisen Zwei genannt hatte. Da bereits mehrere Tage vergangen waren, seit er sich beim ›Festessen‹ vollgestopft hatte, nahm ich an, daß seine Erkrankung mit dieser Ausschweifung in keinem Zusammenhang stand. Diese Meinung vertrete ich noch immer. Fünf Tage lang hatte er nichts gegessen, wogegen die übrigen Asadi seinem Fasten keinerlei Aufmerksamkeit schenkten und wieder zu verzehren begannen, was sie an Kräutern, Wurzeln, Blumen, Rinde und Holz finden konnten, genauso wie vor ihrem rituellen Mahl. Sie ignorierten den alten Häuptling und seine Furpyie ebenso, wie sie den Junggesellen und mich übersahen.* Eisen Zweis Erkrankung änderte die ganze Verhaltensstruktur, und zwar erheblicher als seine bisherigen Visiten auf der Lichtung. Am Nachmittag des ersten Krankheitstages erhob er sich urplötzlich an seinem Stammplatz in der Mitte der Lichtung und ließ jene schrecklichen Kehlkopfsauggeräusche vernehmen, mit welchen er sechs Tage vorher sein Volk zur Fleischmahlzeit gerufen hatte. Im Laufschritt verließ ich mein Schutzdach.

---

* Die Erstveröffentlichung des Fragments wurde mit mehreren erläuternden Fußnoten versehen; außerdem verfaßte ich dazu eine Einleitung. Alle nachfolgenden Anmerkungen stammen daher von mir.

Thomas Benedict

Die Asadi wichen von dem alten Häuptling zurück, stellten ihr Herumschlurfen und Schlendern ein und starrten ihn aus großen, Eßtellern ähnlichen Augen an, deren Linsen diesmal eine einzige Farbe angenommen hatten. Diese feineingestellte Stasis dauerte nur einen Moment. Dann folgte dem Einsaugächzen ein spastisches Grölen. Als ich auf die Lichtung rannte, sah ich den Alten aus der Hüfte vornübergebeugt, die Arme über den Kopf erhoben, und er würgte und würgte herum, als wolle er gleich die Windungen seiner Eingeweide selbst erbrechen. Ich drehte mich um, von diesem Anblick abgestoßen, aber da die Asadi ihn weiterhin in wahrer Faszination beobachteten, wandte ich mich ihm wieder zu, um ihren kulturellen Betätigungen mein wissenschaftliches Interesse nicht vorzuenthalten. Es geschah in diesem Augenblick, daß ich mir den Frasier-Gedächtnispreis verdiente, den die Akademie mir mittlerweile verliehen hat.*

Die Furpyie des alten Häuptlings schwang sich von seiner Schulter auf und flatterte in der schläfrig stillen Luft wie ein kleiner, vom Wind zerrupfter Regenschirm. Ich hatte sie noch nie fliegen sehen – es überraschte mich, daß sie fähig war zum Fliegen. Ihr plumpes Geflatter erregte die bereits äußerst gespannte Population des Versammlungsplatzes, und gemeinsam sahen wir zu, wie sich die Furpyie über die Wipfel erhob, über der Lichtung kreiste und dann in bedrohlichem Sturzflug zwischen die Äste der Bäume am Westrand der Lichtung segelte. Der alte Häuptling und seine heftigen Zuckungen, die seinen ganzen Leib

---

* In die Veröffentlichung des Fragments fand dieser Satz keine Aufnahme. Egan Chaney hat diesen Preis nie erhalten, obwohl ich glaube, daß er ihn verdiente. Nach Auskunft des Vorsitzenden der Akademie, Isaac Wells, ist er für die Verleihung des Preises weder in Erwägung gezogen noch jemals in Erwähnung gewesen.

schüttelten, schienen vergessen zu sein. Jedes Paar einfarbig fixierter Augen verfolgte das unsichere Flugmanöver der Furpyie. Sie sank mit geräuschvollem Flattern tiefer, näherte sich jener wichtigen Astgabel, worauf sich manchmal der Junggeselle niederließ. Aber zu der Zeit war der Junggeselle nicht dort. Ich wußte nicht, wo er sich aufhielt. Die Furpyie krachte durchs Geäst abwärts, fing sich schließlich auf und kehrte in blinder Ergebenheit in den Luftraum über der Lichtung, über ihrem Herrn und Meister zurück. Ich dachte, daß sie sich nun endlich verköstigen werde, daß ihre einzige Nahrung womöglich aus nichts als Eisen Zweis Erbrochenem bestand. Ich erwartete, daß das ausgehungerte Lebewesen sich jetzt auf dasselbe stürzen werde – aber nichts dergleichen geschah. Irgendwie blieb die Furpyie in der Luft, flatterte, flatterte – wartete darauf, daß der Alte seine Prozedur beende. Und als der alte Häuptling sich endlich völlig entleert hatte und erschöpft auf die Knie sank, da war es nicht die Furpyie, die in die scheußliche Pfütze von Erbrochenem trat, sondern es handelte sich um die bedenkenlosen Artgenossen des Alten.

Nun dachte ich nicht länger daran, die Lichtung zu verlassen, um mich wieder unter mein Schutzdach zu verkriechen. Mein Wissensdurst überwand meinen Abscheu, und ich schaute zu, wie die Asadi die halbverdaute Masse fortschafften, als sei jedes durchweichte Stückchen eine unermeßlich wertvolle Reliquie. Es gab keine Streitigkeiten, keine Rippenstöße, keine funkeläugigen Schmähungen. Jedes Individuum nahm einfach ein Stück seiner Wahl, trug es eine kurze Strecke weit in den Dschungel und versteckte es, um es aufzubewahren. Während des gesamten Verlaufs dieser feierlichen Abschlußhandlung schlug die Furpyie in der Luft ihre schwerfälligen Schwingen, und ein mir unbekannter Asadi stützte Eisen Zwei, indem er den alten Häuptling behutsam an der Mähne hielt. Sobald jeder Asadi sich eines Klümpchens herausgewürgter Fleischmasse bemächtigt hatte, streckte dieser Helfer den Häuptling in die Pfütze von geheiligtem Erbrochenen, und die Furpyie kam herab und hockte sich an den Kopf ihres Herrn. Das Ritual war vorüber.

Ich muß jedoch erwähnen, daß sich in der Menge, die den ›Krankenbesuch‹ durchführte, auch der Junggeselle einfand, um sich eine Erinnerung an Eisen Zweis Erkrankung auszusuchen und damit zurückzuziehen, genauso wie die anderen. Er kam am Schluß, nahm nur ein Stückchen von Fingernagelgröße und kehrte zurück zum Rand der Lichtung. Dort erklomm er den Baum, den nur wenige Minuten vorher in nahezu verhängnisvollem Flug die Furpyie überquert hatte. Da oben blieb der Junggeselle bis zum Sonnenuntergang, beobachtete und wartete – so wie ich es als Kultur-Xenologe immer tun muß.

An den Tagen 121,122 und 123 hielt sich Eisen Zweis Krankheitszustand, und die Asadi widmeten ihm ein Minimum an Aufmerksamkeit; ihre hauptsächlichen Dienste bestanden daraus, ihm zweimal täglich Wasser zu bringen und im übrigen nicht auf ihn zu treten. Die Furpyie saß unverdrossen neben dem Kopf des Alten. Sie verlagerte bisweilen ihr Gewicht vom einen auf den anderen Fuß und wartete – in selbstzufriedener Stimmung, hatte ich den Eindruck – auf den Tod ihres Meisters. Sie aß nichts.

Am Abend verließen die Asadi ihren todkranken Anführer jedesmal, ohne ihn eines Blickes zu würdigen, ohne die geringste Anwandlung eines Zweifels an ihrem Benehmen, und ich fürchtete, er könne in ihrer Abwesenheit sterben. Mehrmals glaubte ich schon, wenn ich durch die von Mondschein durchträufelten Farne hinüber zu seiner ruhigen Gestalt blickte, er sei tot, und dann empfand ich gelinden Schrecken. Oblag mir bezüglich des Leichnams irgendeine Verantwortung? Nur die, entschied ich schließlich, ihn an Ort und Stelle zu lassen und die Reaktionen der Asadi zu beobachten, wenn sie am Morgen zurückkehrten. Aber das alte Oberhaupt starb nicht, in keiner dieser Nächte, und am 124. Tag ergab sich eine weitere Abwechslung. Eisen Zwei setzte sich auf und starrte empor zur Sonne Deneb, die am Himmel stand – er starrte die blendende Sonne durch die gespreizten Finger beider Hände an, die er zu Klauen verkrümmt hatte, welche er wirkungslos in den verwaschenen Schwall von Helligkeit krallte, als den er Deneb wahrnehmen mußte. Die Furpyie blieb reglos. Wie stets hockte sie selbstgefällig wie ein blinder Weiser auf seiner Schulter. Aber die Asadi bemerkten die Änderung im Verhalten ihres Anführers und reagierten auch darauf. Als wäre sein gegen die Sonne gerichtetes, demonstratives Unbehagen ein Zeichen, teilten sie sich wieder in zwei Gruppen auf und bildeten im Norden und Süden von Eisen Zweis Stammplatz Halbkreise; in dieser Aufstellung schenkten sie ihm auch weiterhin ihre Aufmerksamkeit, beobachteten sein Aufbegehren gegen die Sonne, sein Ringen mit ihrer grell-fahlen Korona, das Zerren seiner knorrigen Fäuste an den unzerfaserbaren, ungreifbaren Gasströmen.

Um die Mittagszeit erhob sich der alte Häuptling auf die Füße. Er streckte die Arme aus und schluchzte, schien nach dem Himmelsgewölbe tasten zu wollen; dann gab er plötzlich auf und sank wieder auf die Knie. Ohne irgendeine feststellbare Art der Aufforderung kamen ihm aus jeder Gruppe zwei Asadi zu Hilfe. Sie richteten ihn auf. Andere Asadi, die am Rand der Lichtung standen, brachen große, glänzende Blätter von den Riesengummibäumen; diese Blätter reichten die Asadi über ihren Köpfen weiter bis zur Stelle, wo ihr Anführer zusammengebrochen war, und die Männer, die Eisen Zwei Beistand leisteten, nahmen die Blätter entgegen und bereiteten daraus ein ordentliches Lager, auf das sie dann den knochigen Leib des Alten betteten. Dies war das zweite Mal, daß ich die Asadi bei einer kooperativen Tätigkeit zur Erreichung eines bestimmten Ziels beobachtete. (Die erste Gelegenheit war die Schur des Junggesellen gewesen, als es ihm buchstäblich an den Kragen ging.) Aber wie uralter Papyrus, den man plötzlich der Luft aussetzt, löste sich ihre Kooperation auf, sobald Eisen Zwei in voller Länge auf seinem Lager ruhte. Jede der beiden Gruppen bewahrte in gewissem Umfang ihre vorherige Integrität, doch bald herrschte innerhalb jeder Gruppe statt allgemeinen Betrachtens des Häuptlings wieder zielloses Umherschlendern vor. Deneb, endlich des starren Blicks des Häuptlings ledig, sank hinab an den Horizont.

Ich überquerte ungehindert die Lichtung und beugte mich über den todgeweihten Anführer; dabei achtete ich sehr darauf, der Furpyie nicht allzu nahe zu kommen, die mit ihrem unheimlichen, augenlosen Gesicht wachte. Ich riß mich vom buchstäblich leeren Blick des Wesens los und schaute in die wirklich vorhandenen Augen seines Herrn. Und da fuhr mir ein solcher Schrecken in die Glieder, daß ich regelrecht zusammenzuckte.

Die Augen des Alten waren ausgebrannt, geschwärzte Löcher in einer menschenähnlichen Maske. Nun spielte es nicht länger eine Rolle, daß seine Augen schon vor seinem Duell mit der Sonne nicht die asadische Fähigkeit zum Farbenwechsel besessen hatten – denn jetzt waren sie verbrannt, schwarz, völlig erloschen, zwei verkohlte Linsen, die darauf warteten, daß des Alten Leib sie in ihrer Leblosigkeit einholte.

Und dann verbreitete sich das verwaschene rote Licht, dessen Auftauchen in dieser waldigen Region

Bosk Velds den Sonnenuntergang anzeigte, über der Wildnis. Die Asadi räumten die Lichtung. Als ich mit Eisen Zwei und seiner Furpyie allein war, nahm ich an, daß es diese Nacht sein müsse, in der das alte Oberhaupt starb. Ich versuchte, in seinen geschwärzten Augen ein Anzeichen von Leben zu erkennen, entdeckte jedoch keines und zog mich in die Deckung der Wildnis und meines Schutzdachs zurück. Ich konnte aber nicht einschlafen. Doch fanden meine schlimmen Ahnungen keine Bestätigung, denn am Morgen sah ich, als ich hinunter auf den Versammlungsplatz blickte, Eisen Zwei mit überkreuzten Beinen auf seinem Lager sitzen, und die Furpyie kauerte wieder auf seiner Schulter.

Dann sickerte das spärliche gelbe Licht in den Dschungel ein, das auf Bosk Veld den Sonnenaufgang und das Erwachen der Natur ankündigte. Die Asadi kehrten wieder, füllten die Lichtung mit ihren schlaksigen Gestalten und bezogen wieder nördlich und südlich vom sterbenden Häuptling ihre Aufstellung. Der 125. Tag hatte begonnen. Und schließlich mündete das Ritual, das die Asadi, wie ich mir zur Auffassung gemacht hatte, *selber waren,* in ein Ritual geringerer Ordnung, an dem sie nur teilnahmen – die bedeutendste, seltsamste und organisierteste Zeremonie ihrer Kultur. Ich nenne das ›Ereignis des 125. Tages‹, das ich als kulminatives Ganzes betrachte, das Ritual des Todes und der Bestimmung. Ich glaube, daß wir das schmalspurige ›politische‹ Leben der Asadi niemals begreifen können, bevor wir nicht jeden Aspekt dieses Rituals genau zu interpretieren vermögen. Irgendwo im Kontext des Geschehens am 125. Tag liegt die Bedeutung des Ganzen verborgen. Und wie entsetzlich ist es doch, vor einer unverläßlichen Wahrheit zu stehen!

Die Augenfarbe jedes Asadi auf der Lichtung (der

Junggeselle ausgenommen) wechselte zu einem tiefen, melancholischen Indigo. Und blieb dabei. Der daraus resultierende Effekt trübseliger Gleichförmigkeit fiel mir auf, sobald ich den Grund des Versammlungsplatzes betrat, obwohl ich die Absicht gehegt hatte, mir zuerst Eisen Zwei anzuschauen, nicht seine Trauergäste. Tiefgründiges Indigo und Totenstille. Die Asadiaugen schienen eine so stark absorbierende Wirkung auszuüben, daß die Sonne Deneb, die inzwischen aufging, mit ihrem Schein keinen Glanz erzeugte, kein Schimmern, kein Funkeln, keinen ungezähmten Lichtstrahl hervorbringen konnte; so kam es mir jedenfalls vor. Der Tag glich einem impressionistischen Gemälde, ausgeführt in glanzlosen Pastellfarben und stumpfen Grundfarben – ein Paradoxon. Dann begannen die Köpfe, deren Indigoaugen auf so interessante Weise in dieser Farbe fixiert blieben, von der einen auf die andere Seite zu schwanken, das Kinn jedes Asadi beschrieb eine kleine 8 in der Luft. Alle Köpfe bewegten sich gleichzeitig. Dieser Auftritt dauerte eine Stunde oder länger, während der alte Häuptling mit gekreuzten Beinen auf seiner Lagerstatt saß und nickte, in die monumentale Morgenstille nickte. Dann lösten die Asadi, als hätten sie nunmehr für eine vorgeschriebene Dauer mit dem Kinn Achten in die Luft gezogen, ihre beiden getrennten Gruppen auf und bildeten rings um den Alten mehrere Kreise in konzentrischer Anordnung. Diesen Aufmarsch vollzogen sie im gleichen kläglichen Rhythmus, in dem sie zuvor das Kinn bewegt hatten; sie schleppten ihre hageren Körper geradezu an den vorgesehenen Platz, die Mitglieder aller Kreise schwankten weiter mit den Köpfen. Die unhörbare Flöte, die ich einmal aus der Wildnis zu vernehmen geglaubt hatte, war nun sicherlich durch ein unhörbares Fagott ersetzt. Schwerfällig schwankten die Asadi. Träge wallten ihre buschigen

Mähnen in bedächtiger, prachtvoll aufeinander abgestimmter Grämlichkeit. Und auch der Junggeselle schwankte im Takt mit den anderen (allerdings ganz für sich, dicht außerhalb des äußeren Kreises). Nun war ich unter diesem Volk der einzige Außenseiter, weil ich der einzige Anwesende war, der nur zusah und nicht teilnahm. Das rhythmische Schwanken dauerte für den Rest des Vormittags an und wurde bis zum Spätnachmittag fortgesetzt.

Ich zog mich unter mein Schutzdach zurück, hatte jedoch den guten Einfall, nicht dort sitzen zu bleiben, sondern den Baum zu erklettern, in dessen Wipfel oft der Junggeselle hockte. Angesichts des ausgezeichneten Überblicks der seltsamen Zeremonie auf der Lichtung, den ich von da oben genoß, vergaß ich bald alles andere. Ich aß nicht. Ich blieb in meinem Ausguck. Ich machte mir auch keine Sorgen wegen meiner totalen Abgesondertheit von den übrigen Teilnehmern der Dritten Denebexpedition im Stützpunkt – für diesen Moment war es geschehen, so erkannte ich nun instinktiv, daß ich alle bis auf die notwendigsten Kontakte zu anderen Menschen ablehnte. Über die Lichtung hinausgelehnt, ergab ich mich völlig den hypnotischen Bewegungen der zottelhäuptigen Akteure, die ein großzügiges Universum mir zu erforschen erlaubt hatte. Nein, dem barmherzigen Gott sei Dank, Egan Chaney war nicht zu spät geboren!

Der Kopf sank mir dann und wann auf die Brust, aber ich schlief nicht ein. Plötzlich ließ Eisen Zwei zum letzten Mal ein herzzerreißendes, leidenschaftliches Schluchzen vernehmen und packte das Tier, das sich mit boshafter Hartnäckigkeit an seine Mähne klammerte. Er ergriff es mit beiden zittrigen Fäusten. (Das ereignete sich kurz vor Tagesende – ich spürte Denebs letzte, schwache Sonnenstrahlen mit lauer Sanftheit auf meinem Rücken, ungleichmäßig warm wie eine fadenscheinige Decke.) Eisen Zwei bot anscheinend seine letzten Kraftreserven auf, um sich vom Boden auf die Beine zu erheben, während er die Furpyie würgte. Die Furpyie flatterte, wand sich, befreite eine Schwinge, flatterte heftiger. Der alte Häuptling drückte seine Fäuste zusammen und versuchte dem Wesen das Leben aus dem Leibe zu quetschen. Er hatte keinen Erfolg. Die Furpyie schlug mit ihren Flügeln die Luft und den Häuptling übers Gesicht, und schließlich benutzte sie ihre winzigen Hände, um in Eisen Zweis runzlige Wangen und gewölbte Stirn blutrote Wundmale zu kratzen. Während dieser Auseinandersetzung stellten die Asadi ihr Schwanken ein. Sie schauten aus Augen zu, die sich allmählich von Indigo in ein helleres Blau verfärbten. Eisen Zwei atmete tief ein und schüttelte die widerspenstige Furpyie hin und her, auf- und abwärts, wie ein Barmixer einen exotischen Drink. Doch die Furpyie entwand sich seinem Griff und flog hinauf in Wipfelhöhe. Ich befürchtete, sie werde sich auf mich stürzen, der ich oben als Untermieter in der Astgabel hing, aber sie umrundete den Innenrand der Lichtung, vollführte Sturzflüge, kreiste in weiten Kurven, schien lautlos zu krächzen. Ihre imaginären Schreie verdrängten in meinem Bewußtsein die fernen, aber ebenso imaginären Töne des Fagotts. Mittlerweile erschlaffte Eisen Zwei, dessen Hände wieder leer waren, und sank zurück auf sein Lager. Sein Körper sackte auf der Seite zusammen, und seine ausgebrannten Augen richteten sich – zufällig, darf ich wohl annehmen – auf mich. Der Asadihäuptling war tot. Er starb genau bei Sonnenuntergang.

Ich erwartete, daß sein Volk nun in die Wildnis davoneilen und seinen vergänglichen Leichnam auf der Lichtung einem wissensdurstigen Erdenmenschen zur Begutachtung hinterlassen werde. Aber die Asadi blieben. Obwohl ringsum die verhängnisvolle Dämmerung herabsank, blieben sie. Die Besonderheit, die der Tod des Alten für sie darstellen mußte, überwog ihre Furcht, sich an einem offenen Platz den Geheimnissen der Dunkelheit preiszugeben.

Ich begriff, während ich in meinem Ausguck alles beobachtete, daß ich nun Zeuge zweier Vorgänge geworden war, die ich bei den Asadi noch nie gesehen hatte: Tod und ein allgemeiner Verzicht auf Zufluchtnahme. Was würde die Nacht bringen? Die gestaltlose, unabwägbare Nacht?

ZWEITER TEIL: BESTIMMUNG

Das Ritual des Todes und der Bestimmung war in seinen zweiten Hauptabschnitt getreten, bevor ich richtig verstand, daß es verschiedene Stadien umfaßte. Ich mißachtete meinen Hunger. Ich verscheuchte den Gedanken an Schlaf. Unterdessen drängten sich die Asadi um die Leiche des Alten, und die Kleingewachsensten unter ihnen durften sich am Mittelpunkt der Lichtung einfinden, wo sie den toten Häuptling über ihre Köpfe hoben. Die Jungen, die Deformierten, Schwächlichen und von Geburt an Schmalbrüstigen stellten sich unterm ausgestreckten Leichnam des Alten zu einer Zweierreihe auf; dann entfernten sie sich mit ihm in Richtung auf das Nordende der Lichtung. In seiner Zusammenstellung verhalf der Anblick dieser Asadi mir zu einer überraschenden Entdeckung – dies waren die Asadi, deren Mähnen eine gleiche Farbe und Beschaffenheit aufwies, ein strähniges, schmutzig-verwaschenes Beige. Sie trugen Eisen Zweis Leichnam mit klagloser Bereitwilligkeit. Die höher gewachsene, schlankere Asadiart (die mit üppig buschigen, silbernen, silbrigblauen oder goldenen Mähnen) bildete zu beiden Seiten ihrer schmuckloseren Verwandten zwei Einerreihen, und dann bewegten sich diese beiden Einheiten – die eine in der anderen wie Wasser in einem Rohr, das selbst dahintreibt – nach Norden…

…in die Richtung, aus der Eisen Zwei an dem Tag, als er die drei gehäuteten, so provozierenden Kadaver zur Lichtung brachte, nicht kam.

Ich erinnerte mich, daß in Afrika die Wanderameisen genau diese Rohrformation zu verwenden pflegten, wenn sie in einer Gruppe größere Entfernungen zurücklegen wollten, die Arbeitstiere innerhalb der Marschsäule, die Soldaten beiderseits außerhalb. Und nichts auf jenem gewaltigen Schwarzen Kontinent erregte mehr Furcht als Wanderameisen auf dem Marsch – natürlich mit Ausnahme des Menschen.

Ich begriff beinahe zu spät, daß die Asadi von der Lichtung verschwunden und für mich uneinholbar fort sein würden, wenn ich nicht schnellstens den Baum des Junggesellen verließ. Ich kletterte hinunter, fiel fast. Das letzte Licht glitzerte vom Staub, den die Kolonne beim Abmarsch aufwirbelte, und das Laub, durch das die Trauergemeinde zog, glomm in schwachem, wie aufgehauchtem Glanz, wie durch den Filter eines Fotografen betrachtet. Zunächst lief ich, aber dann stellte ich fest, daß ich ohne sonderliche Mühe Anschluß halten konnte; so begräbnishaft gemessen war der Gleichschritt ihrer Prozession. Ich folgte ihr langsamer. Ebenfalls hinter der Kolonne trottete der Junggeselle dahin, infolge seines Pariatums unwiderruflich von allem ausgeschlossen. Während sich die große, graue Prozession vorwärts in die Tiefe der Synesthesia-Wildnis wand, fiel mir auf, daß die Umstände des Marsches unsere Rollen vertauscht hatten – nun war ich es, der ihm folgte; Egan Chaney, immer drei oder vier Schritte hinter allem – ein vollkommener Außenseiter, der lächerlichen Hoffnung ergeben, er könne den geheimnisvollen Sesam-öffne-dich ins Reich eines Volkes finden, das ihn ausgeschlossen hatte. Und rundum verglomm das Licht, verdüsterte sich zusehends, vibrierte unter den Schritten und dem Streifen von Blättern einer Tausendschaft ausnahmsweise wieder einmal einmütiger Gewährsleute.

Bevor wir allesamt die Lichtung verließen, hielt ich Ausschau nach der Furpyie. Ich sah sie über dem Teil der Prozession fliegen, wo die kleineren Asadi ihren Herrn auf den Schultern trugen. Indem sie dem Geäst auswich, schlug die Furpyie in der Luft unbeabsichtigt ein Rad, fing sich dann ab und ließ sich auf Eisen Zweis hagerem Brustkorb nieder. Dort vollführte sie, über den Köpfen von ihres Herrn Volk deutlich sichtbar, einen kurzen Balztanz. Dabei sah sie aus wie ein ölverschmierter Hahn, der eine Henne anhimmelt. Dann bog die Kolonne nach links ab. Die Wildnis versperrte mir den Blick auf die Mehrheit der Asadi, und die Dunkelheit trieb ins Dickicht ein wie schwarzes Konfetti. Ich blieb an den Fersen des Junggesellen und wartete auf neue Enthüllungen. Wie lange wir durchs Rauschen der Farne stapften, die duftstarken Schlingpflanzen, die Dschungeldachfenster aus blauer Luft, das weiß ich nicht. Ich will auch auf eine Schätzung verzichten.

Auf der Lichtung, die wir schließlich erreichten, ragte etwas wie eine fernöstliche Pagode, der herrisch wuchtige Umriß eines *Gebäudes*, eines *Bauwerks.* Inzwischen waren alle drei Monde aufgegangen, und die soliden schwarzen Konturen waren von der Sphäre altgoldenen Scheins beleuchtet, welche die drei Monde gemeinsam erzeugen. Schon bevor wir am Ende der Prozession aus dem Dschungel gelangten, konnten wir die luftig beschwingten Vorsprünge dieses erstaunlichen Artefakts erkennen – und vielleicht war ich nicht der einzige Anwesende, dessen erste Reaktion der Wunsch nach Ausreißen war, eine Anwandlung, zurück in den alptraumhaften Urwald zu flüchten. Während wir uns näherten, begannen Mitglieder sowohl der inneren wie auch der äußeren Reihen von einer zur anderen Seite zu schaukeln, sie marschierten und schwankten zugleich. Ich sah, wie der Kopf des Junggesellen weite Kreise beschrieb, und sein ganzer Leib zitterte, während er weiterschritt, als habe ihn ein Schüttelfrost gepackt. Falls er bestraft worden war, weil er mich an diesen Ort geführt hatte, bebte er vielleicht aus Furcht. Andererseits jedoch, wenn die Asadi diesen Tempel nicht durch mich entweiht sehen wollten, würden sie dann, sobald sie meine Gegenwart bemerkten, nicht auch mich irgendwie bestrafen müssen?

Sicherheitshalber ließ ich Vorsicht walten, um dagegen vorzubeugen. An der Frontseite der Pagode erklomm ich am Rand der Lichtung einen Baum. Von diesem günstigen Aussichtspunkt aus beobachtete ich die weiteren Vorgänge in verhältnismäßiger Sicherheit. Graue Gestalten traten in den finsteren Schatten, den der Asaditempel warf. Plötzlich loderten in den eisernen Halterungen zu beiden Seiten der obersten Stufe der gewaltigen Treppe, die hinauf zum ornamentierten Tor des Tempels führte, zwei lebhafte, grüne Flammen auf. Die beiden Asadi, welche die Fackeln entfacht hatten – die vorher beobachteten grauen Gestalten – kamen wieder die Treppe herunter. Nie zuvor hatte ich die Asadi Feuer verwenden sehen – dieser relativ hochentwickelte Umgang mit Halterungen und einem Zündmaterial, über das ich derzeitig noch nicht einmal Vermutungen anstellen konnte, machte eine ganze Anzahl von Schlußfolgerungen zunichte, die ich bis dahin über die Asadi gezogen hatte. Mittlerweile standen die vier Reihen von Asadi vor den Stufen der uralten Pagode nebeneinander, und sechs Arbeitsasadi mit beigefarbenen Mähnen trugen Eisen Zweis Leichnam, im Fackelschein nun gespenstisch apfelgrün, die breiten steinernen Stufen empor und zum Steinkatafalk vorm Eingang. Darauf setzten sie den Leichnam ab und stellten sich daneben auf, drei an jeder Seite des Toten, der ungeschlachtenen Doppelwertigkeit der Wildnis zugewandt, starrten hinaus über ihre Artverwandten, die warteten. Ich war auf ein solches Schauspiel nicht gefaßt gewesen, solche kitschige Prachtentfaltung, und begann zu glauben, daß vielleicht Placenol in meinen Adern flösse – Placenol oder etwas Stärkeres. Die Monde schrien aus stummen Mündern. Die Fackelhalterungen stießen hitzige Kreischlaute unsteten Lichts aus.

Aber das Ritual nahm kein Ende. Die Nacht schleppte sich dahin, die Monde überquerten den Himmel, die vier parallelen Reihen von Asadi scharrten mit den Füßen, zupften an ihren Mähnen, schauten empor an den von Blattwerk umrankten Nachthimmel, blickten hinab auf ihre Füße. Einige streckten ihre Arme aufwärts und rangen mit den toll gewordenen Monden, wie es Eisen Zwei mit Deneb getan hatte, der Sonne. Aber keiner von ihnen wagte sich von der Lichtung, obwohl ich das Gefühl verspürte, daß viele sich lieber entfernt hätten. Doch statt dessen bekämpften sie beharrlich ihre Furcht und warteten. Die Pagode und der Leichnam ihres Häuptlings hatten sie in der Gewalt – während ich, wie ein Dornengewächs in meinen Baum gekrallt, wiederum unterm Einfluß ihrer bewundernswürdigen Geduld stand. Dann schwebte der letzte der drei Monde hinunter in Bosk Velds fernsten Dschungel. Die Fackeln in ihren Eisengefäßen troffen wie niedergebrannte Kerzen. Der Junggeselle war ruhelos.

Zwei Vakuen existierten. Einmal das Vakuum in der

Natur zwischen dem Ende der Nacht und dem Beginn des Tages. Zum anderen das Vakuum in der eigentümlichen Hierarchie der asadischen Stammesstruktur, jenes Vakuum, das Eisen Zwei so merkwürdig unvollständig ausgefüllt hatte – bis zu seinem Ringen mit der Sonne und nachfolgendem Tod. Nacht und Tod. Zwei Vakuen im Streben nach ausgleichender Substanz. Droben in der Luft, an zwei weidenähnliche Äste geklammert, stellte ich hinsichtlich dieser zweifellos bedeutsamen Parallelität eingehende Überlegungen an. Wann würde die Dämmerung heraufziehen? Wie gedachten die Asadi den Nachfolger ihres toten Häuptlings zu ernennen?

Eine Unruhe auf der Lichtung unterbrach meine transzendentalen Spekulationen. Als ich hinunterschaute, sah ich, daß sich die vier zuvor ordentlichen Reihen von Asadi in eine einzige wirre Masse von Leibern aufgelöst hatten, die durcheinanderwimmelten – genauso wie auf ihrem eigentlichen Versammlungsplatz. Ein Chaos. Anarchie. Ein Triumph ungezähmter Irrationalität. Wie konnte es in einer derartig willkürlichen Mischung voneinander isolierter Bestandteile ein Vakuum der ›Führerschaft‹ geben? Nur die Pagode besaß Stabilität; nur die Pagode blieb reglos. Dann sah ich, als ich den Blick ein wenig hob, die Furpyie über der Unordnung kreisen, sie segelte, schwebte eher, als sie flatterte, ähnelte nun mehr einem Geierfalken als einem Pelikan. Sie trieb mit ungewohnter Anmut in den lauen Aufwinden, die sich vor der Dämmerung rührten, und schwang sich im Handumdrehen mühelos bis weit über die mittlere Turmspitze des Tempels empor, wo sie in den Schein eines Streifens vormorgendlicher Helligkeit geriet. Mir wurde ganz benommen zumute, während ich ihr nachschaute. Dann legte die Furpyie ihre Schwingen an und schoß in schwindelerregender Weise unterm Himmel abwärts, der sich allmählich rosa zu färben begann. Ich fiel beinahe vom Baum. Meine Füße rutschten durch die Astgabel, worauf ich mich eingerichtet hatte, und dann baumelte ich daran, die Arme überm Kopf ausgestreckt, unter mir der Rand des Vorhofs der Pagode. Die aufgestörten Prozessionsteilnehmer waren zu sehr der Panik verfallen, um mich zu bemerken. Unterdessen fegte die Furpyie hinab. Sie tauchte in den Haufen hilfloser Asadi und sauste mit ihren scheußlich ausgezackten Schwingen zwischen ihren Köpfen und Schultern dahin. Sie taumelte auf und nieder, leierte wie ein gelockerter Fensterladen – ihre ganze flüchtige Anmut war fort, in krassen Exhibitionismus verwandelt (ich weiß es nicht anders zu nennen), zu plumpem Trudeln geworden. Aber das Geschöpf tat, was es beabsichtigte; im trüben Licht vorm Anbruch des Sonnenaufgangs konnte ich erkennen, daß es die Gesichter mehrerer Asadi zerkratzt hatte. Nichtsdestotrotz versuchten einige Stammesangehörige die Furpyie zu fangen – wogegen die Mehrzahl sich vernünftiger verhielt, sich duckte, zu Boden warf, hinter die eigenen Knie kauerte, zwischen fremden Beinen umherkroch oder die Arme emporwarf, um sie fortzuscheuchen. Die Furpyie machte keinerlei Unterschiede. Sie kratzte alle, die in den Weg ihrer scharfen Schwingen gerieten, ob sie nun sie zu erhaschen versuchten oder zur Seite stürzten. Und die Augen der gehetzten Asadi leuchteten durch das ganze individuelle Spektrum. Die Wärmeentwicklung so vieler Veränderungen verbreitete Phosphoreszenz über die gesamte Lichtung. Ich erspähte den Junggesellen und erkannte, daß seine Augen unverändert blieben. Sie waren noch immer stumpf, bar jeden Intellekts und jeder Emotion. Er stand von seinen panikartig erregten Kameraden abgesondert und sah zu, schnappte weder nach der Furpyie noch ergriff er vor ihr die Flucht. Das boshafte

Wesen schwirrte aufwärts und abwärts, zog holprige Kurven, schlug mit seinen scheußlichen Flügelspitzen nach allem, was lebte und sich regte. Schließlich flog es durch den Schatten der Pagode wieder hoch empor, flatterte wild, kippte dann seitwärts und verfiel in einen neuen Sturzflug, dessen Ziel kein anderer war als der Junggeselle. Die Furpyie klatschte ihm ins Gesicht. Sie warf ihn nieder und mißhandelte ihn mit ungezählten bösartigen Flügelschlägen. Im gleichen Moment beruhigten sich die übrigen Asadi bis zum letzten Mann, reihten sich gleichmütig auf und sahen diesem unvorhergesehenen Ergebnis zu, dem vorletzten Akt ihres eintägigen Rituals. Ich brauchte einen Moment, bevor ich verstand, was geschah. Dann begriff ich: der Junggeselle war der Neuernannte, der Auserwählte, der auserlesene Häuptling. Irgendwie kam mir diese Wahl ganz unvermeidlich vor.

Meine Arme schmerzten, und ich fiel vom Baum hinunter auf die Lichtung. Unten angekommen, erblickte ich vor mir die Rücken von zwanzig oder dreißig Asadi. Den Junggesellen konnte ich dagegen überhaupt nicht sehen, doch hörte ich noch das dumpfe Flügelschlagen der Furpyie und das wieder beherrschtere Atmen der Stammesmitglieder. Dann preschte eine Gestalt, die wie ein Wahnsinniger mit den Armen fuchtelte und ruderte, rechts von mir durch die Reihen der Menge, die sich rasch hinter ihr schlossen. Ich erkannte, daß der Junggeselle auf die Beine gesprungen war und nun die Furpyie abzuschütteln versuchte. Das Paar bahnte sich wie ein Wirbelwind einen Weg zur Treppe des Tempels, stürmte Hals über Kopf hinauf, befand sich bald auf dem Steinpflaster neben dem Katafalk, worauf noch immer Eisen Zwei ruhte. Jetzt konnte ich so gut wie alle anderen sehen, und ich sah, daß sich der Junggeselle da oben an diesem geweihten, heiligen Ort in das Unausweichliche fügte. Er sank auf die Knie, neigte den Kopf und gab seinen Widerstand auf. Die Furpyie drehte, als ihr Sieg feststand, eine schwerfällige Runde überm Leichnam des toten Häuptlings. Sie streifte in tückischer Laune die Gesichter der Leichenträger, und ihre Haut wellte sich aus grausamem Behagen wie Kreppapier. Dann setzte sie sich auf den Kopf des Junggesellen. Sie schlug mit den Schwingen, um ins Gleichgewicht zu kommen, und wandte sich in blindem Triumph den Asadi (und mir) zu, die alles beobachteten. Niemand bewegte sich, niemand schien zu atmen, niemand schenkte der Morgendämmerung Beachtung, während sie den galligen Grünspan enthüllte, der die Pagode bedeckte wie bitterer Frost – wie der Reif an der Stirn des Altertums. Langsam, nach einem Moment der Stille, der zweimal so schwer zu wiegen schien wie das Alter der Pagode, richtete sich der Junggeselle auf. Er war ins Festgewand der eigenen Resignation und den unsichtbaren Schmuck einer Isolation gehüllt, die noch stärker als jene war, die er als Ausgestoßener zu erdulden hatte. Er war der Neuernannte, der Auserwählte, der auserlesene Häuptling. Die Furpyie hüpfte vom Kopf des Junggesellen auf seine Schulter und grub ihre Finger in den Flaum seiner gestutzten Mähne. Auf diese gewohnte Weise festgeklammert, verfiel sie in ihre übliche widerwärtige, unberechenbare Trägheit.

Das Ritual des Todes und der Bestimmung war nun fast vorüber; zwei der Leichenträger oberhalb der Treppe begannen nun den Abschluß einzuleiten. Sie hielten die beiden Fackeln ans Kopfende und die Füße von Eisen Zweis Leichnam, und im nächsten Moment stand der Tote hellauf in grünen Flammen. Das Feuer loderte vorm Tempel hoch empor und erleuchtete seine Fassade, als wolle es den Grünspan in seinen beharrlichen Bemühungen hindern, den Bau zu zerfressen. Der Junggeselle blieb beinahe im Bereich dieser gewaltigen Flamme stehen, und ich befürchtete, daß diese Feuerbestattung auch ihn verzehren mochte. Aber das geschah nicht. Auch die Furpyie blieb unbeeinträchtigt. Das Feuer brannte herab, Eisen Zwei war restlos verschwunden, und die Leichenträger kamen die Treppe herunter und begaben sich wieder in die Anonymität ihres neu belebten Volkes. Das Ritual des Todes und der Bestimmung war beendet.

Im Rahmen dieser Ethnographie möchte ich zweckdienlicherweise dem anschließenden Vorfall das geringstmögliche Gewicht beimessen und ihn lediglich so kurz wie möglich schildern. Mehrere Asadi drehten sich um und sahen mich auf der Lichtung ihrer Pagode. Sie schauten mich tatsächlich an. Nachdem ich über sechs Monate lang ignoriert worden war, wußte ich nicht, wie ich auf diese ungewöhnliche Ehre plötzlicher Wahrnehmbarkeit reagieren sollte. In meiner ungeheuren Verblüffung erwiderte ich nur ihre Blicke. Sie begannen sich mir zu nähern, und ich betrachtete das rasche, verschwommene Farbenwechseln in ihren Augen als offenkundigen Beweis ihrer feindseligen Stimmung. Hinter mir lag die Synesthesia-Wildnis. Ich machte kehrt, um in den Dschungel zu fliehen. Aber eine kleinere Gruppe von Asadi hatte sich bereits unauffällig in meinen voraussichtlichen Fluchtweg geschlichen und ihn mir verlegt. Ich bemerkte in dieser Gruppe das Individuum, dem ich den Namen Bennie gegeben hatte. Ich verspürte für ihn nichts anderes als ein vages väterliches Gefühl und versuchte, ihm die Hand zu reichen. Er war nervös, seine Hand fuhr mir entgegen und hieb mich übers Ohr. Ich stürzte. Mit Dreck im Mund, während sich graue Gesichter über mich beugten, begriff ich, daß ich eigentlich von Entsetzen gepackt sein müßte. Doch ich spie die Erde aus, und die Gesichter und Mähnen wichen so rasch zurück, wie sie über mich gekommen waren; mein erster Schreck verflog wie ein Hauch im Wind. Über unseren Köpfen ertönte ein bekannter Flügelschlag. Ich blickte auf und sah gerade noch, wie die Furpyie auf den ausgestreckten Arm des Junggesellen zurückkehrte. Er hatte das Wesen auf seine Artgenossen losgelassen, um mich zu schützen. Eine ihrem Ablauf nach einfache Tat, die jedoch die verwirrende Komplexität der Beziehung zwischen dem Asadihäuptling und seiner Furpyie augenfällig illustriert. Wer beherrscht wen? Wer gehorcht wessen Befehlen?

In jenem Moment hielt ich mich nicht mit derartigen Überlegungen auf. Deneb war aufgegangen, und die Asadi zerstreuten sich in der Wildnis, ließen mich klein und unbedeutend mit ihrer dem Verfall ausgelieferten Pagode und dem irgendwie unentschlossenen Häuptling zurück, der von der obersten Stufe herabstarrte. Bevor der Tag verstrich, hatte er mich, obwohl er von mir Abstand wahrte, zurück zum eigentlichen Versammlungsplatz geführt, den ich allein niemals wiedergefunden hätte.

Die Lehre, die ich aus dieser Erfahrung gewonnen habe, verehrte Kollegen und Akademiemitglieder, lautet – zugegeben, eine banale Erkenntnis –, daß es sich auch für einen Kultur-Xenologen lohnt – und vielleicht besonders für einen Kultur-Xenologen –, Freundschaften zu schließen.

KURZE ZWISCHENBEMERKUNG VON THOMAS BENEDICT

Diese Dokumentation ist von mir aus einfachem Pflichtgefühl zusammengestellt worden. Als einer der wenigen Leute, denen Egan Chaney eine engere Bekanntschaft gestattete, bin ich vielleicht der einzige Mensch, der diese Ar-

beit leisten konnte. Der Abschnitt, den Sie soeben gelesen haben – Das Ritual des Todes und der Bestimmung –, *schrieb Egan Chaney, während er sich in unserem Stützpunkt von seinem Erschöpfungszustand und allgemeiner sozialer Reorientierungsunfähigkeit erholte. In einer unserer Unterhaltungen verglich er sich mit Gulliver nach seinem Aufenthalt im Lande der Houyhnhums. Außer dem Text* Tod und Bestimmung *hat Chaney nichts Veröffentlichungsreifes über die Asadi verfaßt, jedoch glaube ich Grund zu der Annahme zu haben, daß er sich noch unmittelbar nach seiner Entlassung aus dem Krankenrevier mit der Absicht trug, über sie ein Buch zu schreiben.*

Wie anfangs erwähnt, habe ich diese Zusammenstellung verschiedenartiger Aufzeichnungen aus Pflichtgefühl unternommen, einem zweifachen Pflichtgefühl: einmal Egan Chaney gegenüber, der mein Freund war; zum anderen gegenüber der großen Zahl interessierter Menschen, die unsere Nachbarn auf anderen Welten verstehen lernen möchten, um sich selbst besser verstehen zu können. Chaneys Versagen braucht nicht unser aller Versagen zu werden.

Nach seiner Rückkehr zum gewohnten Versammlungsplatz der Asadi, nachdem er Zeuge des Rituals des Todes und der Bestimmung geworden war, blieb Chaney noch zwei Wochen in der Synesthesia-Wildnis. An den Tagen 126 und 133 unternahm ich Versorgungsflüge, aber wie Chaney es sich ausgebeten hatte, verzichtete ich darauf, die Asadilichtung zu überfliegen, um mich möglicherweise, falls ich ihn erspähte, von seinem Gesundheitszustand überzeugen zu können. Es reiche aus, hatte er mir erläutert, wenn ich sein Durchhaltevermögen daraus ersähe, daß er jede Woche seinen Nachschub abhole, so daß ich an der Anlieferungsstelle niemals auch nur ein Stückchen Papier von der vorherigen Lieferung vorfinden werde. Der Einwand, daß er nicht das einzige lebende Wesen in der Wildnis sei, das die Lieferungen forttragen könne, die für ihn bestimmt wären, beeindruckte Chaney nicht im geringsten. »Ich könnte ganz gut das einzige Lebewesen im Dschungel sein«, schrieb er einmal auf einen der Zettel, die er in unregelmäßigen Abständen an der Anlieferungsstelle in einem Kanister hinterlegte. »Die Asadi entwickeln so viel Initiative wie Malariakranke. Noch schrecklicher jedoch, Freund Benedict, ist die Tatsache – eine Tatsache, die ich jedesmal, wenn ich daran denke, wie einen Schlag ins Gesicht empfinde –, daß hier sonst nichts und niemand in der Wildnis lebt – überhaupt niemand!«

Ich bin nun der alleinige Besitzer der persönlichen Habseligkeiten Egan Chaneys; dazu gehören sowohl seine privaten wie auch seine Forschungstagebücher, eine Anzahl von nicht vorgelegten ›dienstlichen‹ Reports, eine Reihe im Einsatzgebiet bespielter Bänder sowie in geringem Umfang Korrespondenz (auf die ich in einer Fußnote bereits näher eingegangen bin). Die Aufzeichnungen, die die Asadi selbst betreffen, besitze nicht ich, jedoch habe ich zu ihnen aufgrund meiner Teilnahme an der Dritten Denebexpedition Zugang. Dies bedarf der Erwähnung, da wir vor der unumstößlichen Tatsache stehen, daß Chaney entweder während der letzten vierzehn Tage in der Wildnis keine einzige Eintragung in eines seiner Tagebücher oder Notizhefte vornahm oder aber nachträglich gründlich dafür gesorgt hat, daß diese fraglichen Aufzeichnungen unserer Materialsammlung vorenthalten blieben, und falls letzteres zutrifft, ist es ebenso, als hätte es sie niemals gegeben. Bezüglich dieser zwei Wochen verfügen wir lediglich über ein einziges Dokument. Es handelt sich um ein Band, ein sehr bemerkenswertes Band, und ich glaube, Chaney würde es ebenfalls vernichtet haben, hätten wir nicht, als wir ihn aus dem Dschungel abholten, seinen Recorder an uns genommen. Ich habe dies Band schon viele Male angehört – in ganzer Länge, möchte ich betonen, denn so etwas ist eine Aufgabe, für die nur wenig Menschen genug Geduld aufbringen. Einmal versuchte ich das Band mit Chaney zu diskutieren (und zwar mehrere Tage nach seiner Entlassung aus dem

Krankenrevier, als ich glaubte, er könne nun mit einem gewissen Maß von Objektivität über seine schrecklichen Erlebnisse sprechen), aber er behauptete schlankweg, ich müsse diese Dinge wohl geträumt haben. Er sagte, er habe kein einziges Wort auf das Band gesprochen, worauf des Junggesellen… »Metamorphose?« fragte er. »So hast du das genannt?« Im Handumdrehen spielte ich ihm das Band vor. Zehn Minuten lang hörte er zu, dann stand er auf und schaltete das Gerät ab. Sein Gesicht war unerklärlich eingefallen und spiegelte innere Aufwühlung wider. Seine Hände zitterten. »Ach, das«, sagte er, ohne mich anzuschauen. »Das war nur ein Spaß. Das habe ich aus Langeweile gemacht, weil ich nichts Besseres zu tun hatte.«

»Auch die Geräusche?« fragte ich ungläubig. Er nickte und mied noch immer meinen Blick – er nickte, obwohl die Umstände, unter denen wir ihn abholten, gegen diese unsinnige Erklärung sprachen, sie sogar zur völligen Absurdität stempelten.

Chaney blieb in dieser Angelegenheit taub und stumm. Während jener letzten drei Monate in unserer Mitte hat er weder schriftlich noch gesprächsweise das unerquickliche Abenteuer erwähnt, das er in seinen beiden letzten Nächten in der Wildnis erlebte, und auch keinerlei noch so geringfügige Andeutungen gemacht. Ich lege hier eine nur leicht bearbeitete Niederschrift der betreffenden Bandaufnahme vor. Den letzten technisch fertiggestellten Teil unseres gemeinsamen Werks, der fragmentarischen Ethnographie, dem ich die Überschrift gebe:

CHANEYS MONOLOG: ZWEI NÄCHTE IN DER SYNESTHESIA-WILDNIS

Hallo, alle zusammen! Was für ein Tag heute ist? Ein Tag wie jeder andere, abgesehen von einem: SIE SIND HIER! Hier mit mir dabei, meine ich. Ich führe Sie auf eine Expedition... Aber verzeihen Sie mir die anfängliche Unwahrheit – heute ist keineswegs ein Tag wie jeder andere. Wie oft mache ich schon eine Expedition mit Ihnen?

Heute ist der 138. Tag, glaube ich, und gestern kam der Junggeselle wieder zur Lichtung – zum ersten Mal, seit ihn die Furpyie sozusagen mit dem Kot der Häuptlingswürde salbte. Ich hatte ihn schon fast aufgegeben. Aber gestern nachmittag betrat er wieder die Lichtung, auf seiner Schulter die Furpyie, und setzte sich, wie es der alte Eisen Zwei getan hatte, in die Mitte des Versammlungsplatzes. Die Reaktion der Asadi war die gleiche wie früher beim Erscheinen des alten EZ. Alles RUNTER von der Lichtung! Alle Mann RUNTER! Ganz wie in den alten Zeiten, liebe Leute, bloß war der Hauptdarsteller mitten auf der Bühne nun mein persönlicher Freund – der mir im Laufe der Zeit mehrere Male das Leben gerettet hat. Jawohl, meine Herren!

Nach der Hitze, der Langeweile und acht bis hundert schwülen, lauen Regenfällen – mein Schutzdach ist inzwischen undicht wie ein Sieb – hätte ich für nichts dankbarer sein können. Dem Beispiel entsprechend, das der alte EZ bei einem seiner Besuche geliefert hatte, verbrachte der Junggeselle den gesamten Nachmittag auf der Lichtung, dazu die ganze Nacht und am Morgen vielleicht noch etwa eine Stunde. Dann stand er auf und ging. Seitdem bin ich ihm ununterbrochen gefolgt. Dem Stand der Sonne zufolge dürfte es jetzt ungefähr Mittag sein. Ja, der Junggeselle erlaubt es mir, ihm zu folgen. Es ist sogar ziemlich leicht. Wie Sie selber hören, ist nicht einmal mein Atem beschleunigt. Ich spreche im Gehen ins Mikrophon. Wäre dies ein Wald auf der Erde, könnten Sie Vögel singen und Insekten summen hören. Hier aber müssen Sie sich mit dem Geräusch meiner Schritte und dem Rascheln von Zweigen und Laub begnügen … Jetzt hören Sie sich erst einmal ein bißchen Rascheln an.

(Das Geräusch eines Zweiges oder großen Blatts beim Zurückschnellen. Im Hintergrund allgemeines Säuseln von Wind und – sehr schwach, da wohl entfernt – von einem fließenden Gewässer.)

Der Junggeselle geht ein paar Meter vor mir, aber ihn können Sie wahrscheinlich nicht hören – er bewegt sich wie ein Schleichtier. *Patt-patt-patt,* so geht er, nur leiser. Ich halte bewußt einigen Abstand vom Junggesellen, denn immer begleitet ihn auf seiner Schulter die Furpyie. Sie ist kein angenehmes Geschöpf, ihr lieben Stubenhocker – nein, das kann man ihr wirklich nicht nachsagen. Da sie keine Augen hat, weiß man nie, ob sie schläft – oder wach ist und tausend Gemeinheiten ausbrütet. Deshalb halte ich ganz gern ein wenig Distanz.

Nun machen Sie mir die Freude und bewundern Sie meine Klugheit. *(Ein dumpfes Klatschen.)* Das ist mein Vorratspaket. Ich habe mir Verpflegung für drei oder vier Tage auf den Rücken geladen, müssen Sie wissen, weil ich nicht weiß, wie lange wir unterwegs sein werden oder wohin wir gehen. Aber ich vertraue dem Junggesellen. Wenigstens in bestimmtem Umfang. Meine Klugheit besteht jedoch nicht allein daraus, daß ich Proviant mitgenommen habe. Ich trage auch meinen Recorder mit, Morrells miniaturisierten Typ mit einer Bandkapazität von 240 Stunden – oder, wie sich Benedict ausdrücken würde, zehn Tage hintereinander Chaneys pausenloses Geschwätz. Ich habe das Gerät so eingestellt, daß meine Stimme den Aufnahmemechanismus auslöst, sobald ich zu sprechen anfange, und wenn ich mal für zehn Minuten schweigen will, schaltet es sich automatisch ab. Auf diese Weise spare ich Band – aber nicht etwa, weil ich tatsächlich zehn

Tage lang quatschen möchte – und muß nicht an Knöpfen und Tasten herumfummeln, wenn ich vielleicht Wichtigeres zu tun habe. Natürlich kann ich jederzeit auf manuelle Bedienung umschalten, wenn's sein muß, die ausschließliche Einstellung auf meine eigene Stimme rückgängig machen, aber bis jetzt waren die Asadi ja nicht besonders gesprächig. Ausgenommen Eisen Zwei. Und seine Stimme war auch nicht eben für die zarten Ohren von Damen geeignet. Ergo bin ich wieder Ihr Reporter im Brennpunkt des Geschehens, Ihr objektiver Beobachter, Ihr unbestechlicher Augenzeuge.

Ich habe nachgedacht. Ja, auch das. Und was gäbe ich jetzt für ein Exemplar eines jener alten Werke, die heutzutage niemand mehr liest – nämlich *Die Brüder Karamasow.* Bestimmt ist der Junggeselle nichts anderes als das asadische Äquivalent zu Pawel Smerdjakow ist, dem unehelichen Sohn, der sich aus innerer Unfähigkeit, in seiner Natur das Spirituelle mit dem Intellektuellen zu versöhnen, ins Unheil bringt. Eine so tiefgehende Mutlosigkeit! Er kann dem Urteilsspruch, daß ein Individuum für die Sünden aller verantwortlich sei, weder entfliehen noch sich ihm beugen…*

1 CHANEY *(im Flüsterton):* Es ist still hier drin, so still wie im leeren Weltall. Und obwohl Sie es wahrscheinlich nicht glauben können, aber ich habe einen ganzen Nachmittag lang den Mund gehalten. Vielleicht habe ich zwei- oder dreimal ›Verdammt‹ gesagt, wenn ich

* Hier folgt eine völlig irrelevante Analyse, in welcher Beziehung der Junggeselle dem Charakter Smerdiskow in Dostojewskijs Roman ähnele. Diese Erläuterung habe ich ausgelassen, da sie dem Leser keine neuen Einsichten verschafft. Ich schätze, daß die Aufnahme der nachfolgenden Passage ungefähr sechs Stunden später erfolgte.

mir irgendwo die Haut aufgeschürft habe oder über eine besonders hohe Wurzel gestolpert bin, aber sonst nichts. Und hier drin hat man nicht das Gefühl, daß Reden angebracht ist, und ich wage meine Stimme kaum zu diesem heiseren Flüstern zu erheben.

(Chaney räuspert sich. Der Laut erzeugt ein Echo, einen dumpfen Ton, der nachhallt.)

Wir – wir drei – befinden uns im Innern der Pagode, vor der der Junggeselle zum ›Führer‹ seines Volks bestimmt wurde. Ich fühle mich jetzt zum Sprechen befugt, weil er und die Furpyie über eine schmale eiserne Treppe ins Dach dieses pyramidalen Bauwerks emporsteigen – hinauf zu der kleinen offenen Kuppel, aus der die äußere Turmspitze aufragte. Ich kann die beiden von meinem Standort aus sehen. Die Treppe ist eine Wendeltreppe, die sich emporschraubt, und der Junggeselle steigt darauf nach oben. Die Furpyie – ohne Scherz, das ist mein voller Ernst – fliegt inmitten der Spirale, welche die Treppe bildet, aufwärts, hält sich dabei ständig in Kopfhöhe des Junggesellen – aber ich kann ihre Flügel nicht schlagen hören, ich höre absolut keinen Flügelschlag. An einem solchen Ort wie diesem ist das sehr merkwürdig. Aber es ist widernatürlich kalt hier drinnen – vielleicht hat die Kälte irgendwie etwas damit zu schaffen –, kalt und still, wie in keinem Gebäude, das man jemals in einem tropischen Regenwald errichtet hat. Verflucht, selbst mein Geflüster erzeugt ein Echo.

Draußen ist es fast dunkel. Wenigstens war es vor zwanzig Minuten fast dunkel, als wir durch die schweren Torflügel traten, die vor zwei Wochen die Asadi nicht einmal öffneten. Inzwischen müssen die Monde aufgegangen sein. Vielleicht fällt oben ein wenig Mondschein durch die Kuppel... Nein, Chaney, nein, dies Licht stammt von den drei schweren Kugeln in dem unter der Kuppelwölbung aufgehängten Metallring. Der Junggeselle steigt zu diesem großen Ring hinauf, die Treppe führt dorthin, das Ding sieht aus wie ein bescheidener Kronleuchter, die Kugeln ähneln in ihrem weißen Glanz Lampen aus Menschenhaut... Hören Sie mal. Hören Sie, wie das Licht herabscheint...

(Einige Augenblicke lang ist kein Geräusch zu vernehmen, abgesehen vielleicht eine leichte Verstärkung von Chaneys Atemzügen. Er spricht mit verschwörerisch gedämpfter Stimme weiter.)

Eisen, Eisen, hier ist ein neues Paradoxon für so sture Naturwissenschaftler Ihres Schlages. Ich glaube – ich kann es nicht wissen, klar, das brauche ich nicht zu betonen, aber ich glaube, daß *beides,* die Kälte *und* der Glanz hier drin, von den Kugeln da oben herrühren, von ihnen ausgehen, wie man so sagt. Meine Annahme beruht allerdings ausschließlich auf einem Gefühl. Wintersonnenschein. Die *Beschaffenheit* dieses Schimmerns erinnert mich an die Leuchtrahmen um die Schilder ACHTUNG und STARTZONE RÄUMEN in unseren Sondenraketen, eine Art von bleichem, sanftem Strahlen. Hören Sie dies fahle Glimmen, diesen Höllenglanz? Na schön, gehen wir weiter, damit wir besser sehen können.

(Stille. Gleichmäßiges Atmen. Schritte hallen von glatten Fliesen wider.)

Ich blicke an der Treppe entlang senkrecht aufwärts. *(Ein Echo: wärts wärts wärts wärts...)* Na, Egan, reiß mal nicht die Klappe so auf... so ist es schon besser, so ist's besser. Ich kann die Furpyie lautlos nach oben flattern sehen – und die Beine des Junggesellen, wie er die Treppe erklimmt. Die Treppe führt anscheinend an einer Seite auf einen gläsernen Treppenabsatz, ein wenig tiefer gelegen als der aufgehängte Metallring des ›Kronleuchters‹. Der Junggeselle betritt diesen Treppenabsatz – sonst kann er nirgends hin. Ich schaue durch die Achse der Kuppel aufwärts, genau durch den Metallring. Draußen, über der Kuppel, weist eine Turmspitze in Bosk Velds Himmel. Im Kuppelinnern hängt von ihrem Scheitelpunkt eine Art von Senkschnur herab – sie sieht aus wie eine Goldtresse – in die Mittelsäule der Pagode. Sie reicht bis… bis etwa einen Viertelmeter überm Metallring. Glaube ich wenigstens. Ich kann's nicht genau sagen. Nach der langen Zeit im Dschungel ist mein räumliches Sehvermögen geschwächt – so wie umgekehrt die Ituri-Pygmäen Schwierigkeiten hatten, ihre Augen der Weiträumigkeit der Steppe anzupassen.

Ich muß mich für die umständliche Beschreibung der oberen Bereiche des Tempels entschuldigen, aber diese Pagodenarchitektur ist wirklich heikel, und der Junggeselle ist ja nun einmal dorthin raufgeklettert. Vorerst sehe ich weder in dieser Bauweise einen Sinn, noch habe ich eine Vorstellung von den Absichten des Junggesellen… Und da ich den Kopf so zurückgebogen habe, beginnt mir der Nacken zu schmerzen…

2 CHANEY *(im Plauderton, aber noch immer gedämpft):* Hier bin ich wieder. Eine Stunde ist es jetzt her, daß der Junggeselle den gläsernen Treppenabsatz unterm ›Kronleuchter‹ erstieg. Seitdem steht er da oben wie ein panolympischer Kunstspringer, bloß starrt er – soweit ich das erkennen kann – diese einer Goldtresse ähnliche Senkschnur an, die ein Stück über ihm von der Kuppel des Tempels herunterbaumelt. Von dem Absatz aus, worauf er steht, kann er sie nicht ganz erreichen. Möchte er es überhaupt? Ich weiß es nicht… Nein, er kann sie auf keinen Fall erreichen. Ohne wagemutigen Trapezakt könnte er das vergoldete Pendel nicht erreichen. Und was hätte er denn auch davon? Wie der Sprecher in einer dieser gräßlichen Telecom-Unterhaltungsserien sagen würde: »Lassen wir den

Junggesellen Jupp hoch droben auf dem Callisto Med-Center allein seine verlorene Lenore beklagen und folgen wir E. G. Chanwick, wie er durch die schauderhaften Stahlgrotten dieses geheimnisvollen Himmelskörpers streift, alle zwei Wochen in dieser erfolgreichen Abenteuerserie erneut antritt, um das Rätsel des Universums zu entschleiern.« *(Wenig erfolgreich unterdrücktes Kichern. Dessen Echo. Schritte.)*

Nun bin ich auch der Fremdenführer, liebe Stützpunktforscher. Bitte folgen Sie mir. Diese Pagode scheint ein Museum zu sein. Oder vielleicht ein Mausoleum. Auf jeden Fall ist sie das Denkmal einer untergegangenen Kultur. Drei der Wände im Untergeschoß des Baus sind ausgefüllt von langen, hohen, Wandschränken, Ausstellungsfächern in reichlich unwahrscheinlicher Machart. Jedes dieser Behältnisse besteht aus Fächern, die wie die Blätter eines Ventilators angeordnet sind und sich um die Mittelachse auf verschiedenen Ebenen aneinanderfügen. *(Chaney pustet.)* Staub. Auf allem Staub. Aber nicht allzu dick. In den Fächern – das Material besitzt die zarte Wärme von Perlmutt – befinden sich Ausstellungsstücke von Gerätschaften und Kunstwerken. *(Ein Klicken wie von Stein auf Stein. Chaneys Atem.)* Ich halte eine Statue in den Händen, die ungefähr fünfundsiebzig Zentimeter hoch ist. Sie stellt einen männlichen Asadi mit prachtvoll buschiger Mähne und athletischem Körperbau dar. Die Statue zeigt diesen Asadi jedoch mit einer Art von Umhang auf den Schultern und einem Paar grausiger Fangzähne, wie sie die Asadi – jedenfalls die heutigen Asadi – eigentlich nicht aufweisen. *(Vorheriges Geräusch wiederholt sich, gefolgt von einem metallischen Klingen.)* Das hier ist ein eisernes Messer mit hölzernem Griff, der so geschnitzt ist, daß er dem Kopf irgendeines Tiers ähnelt. Alles andere in diesem Wandschrank sieht wie eine Waffe oder ein Werkzeug aus, die Statue ist einwandfrei eine Ausnahme.

Ich durchquere jetzt die weite Räumlichkeit des Untergeschosses – hinüber zur Wand ohne Schränke. *(Schritte und deren Echos.)* Die Fliegenden Asadibrüder sind noch immer da oben, sie stehen stiller und stummer als die Statue, die ich mir eben angeschaut habe. Ich gehe direkt unter ihnen hindurch, direkt unter der Kuppel, dem Metallring, den Energiekugeln, der beschwerten Goldkordel, die aus der Kuppel herunterhängt… Ein Schwindelgefühl… die Düsternis und die Höhe bis zur Kuppel machen mich benommen.

Also schau nicht hinauf, Chaney. Geh weiter – weiter zur gegenüberliegenden Wand. Durch eine Lücke im unteren Teil der spiraligen Wendeltreppe. Zur hornfarbenen Wand, an der es keine Wandschränke gibt, Freunde, nur… verfluchtes Licht, diese verdammte Weiträumigkeit… ich muß erst näher ran… nur Reihen über Reihen von etwas… das aussieht wie kleine Plastikwaffeln… Reihen von Plastikwaffeln, die an vielleicht zweitausend silbernen Stäben hängen, die im rechten Winkel etwa zwanzig Zentimeter weit aus der Wand ragen. Die Wand ähnelt einem großen, eleganten Schlüsselbrett, das schimmert wie ein Fingernagel mit einer Glühbirne dahinter. Die Reihen dieser Waffeln – oder Kassetten, Zigaretten- oder Streichholzschachteln, wie man sie nennen will – beginnen in Hüfthöhe und reichen sechzig oder siebzig Zentimeter höher, als ich mit ausgestrecktem Arm greifen kann. Asadigröße, schätze ich.

(Fünf oder sechs Minuten verstreichen, in denen man nur Chaneys Atemzüge hört.)

Interessant. Ich glaube, ich blicke durch. Eisen, widmen Sie mir volle Aufmerksamkeit. Eben habe ich die geschnitzte Flügelmutter vom Ende eines dünnen Silberstabes entfernt und die vorderste einer ganzen Anzahl kleiner Kassetten heruntergenommen, die daran hängen. Waffel war ein Mißgriff in der Wortwahl, diese kleinen Kästchen sind nur so dick wie zwei oder drei Transistorplättchen zusammen. Die Oberfläche ist etwa fünf Zentimeter im Quadrat groß. Ich habe an dieser fünfundzwanzig Zentimeter langen Stange fünfzig Stück davon gezählt, und an dieser Wand sind wahrscheinlich dreitausend Stangen. Das sind zusammen ungefähr 150 000 Kassetten, und bei diesem Teil der Pagode handelt es sich höchstwahrscheinlich nur um den Ausstellungsbereich. Aber ich möchte jetzt vordringlich das Exemplar beschreiben, das ich in der Hand halte, und erklären wie es funktioniert, damit Sie – falls ich mich zusammenreißen kann – daraus selbst Ihre Schlußfolgerungen ziehen. In der Mitte des Plättchens – das anscheinend, um das nochmals klarzustellen, aus einer Plastikart besteht – ist ein runder Glaseinsatz mit einem Durchmesser von höchstens eineinhalb Zentimeter. Ein Glühbirnchen oder ein Bullauge, könnte man meinen. Unter dem Bullauge sieht man einen rechteckigen Streifen, der in der Höhe mit der Kassettenoberfläche abschließt.

Oberhalb des Bullauges, direkt unter dem Loch, womit man die Kassette auf die Stange steckt, befindet sich eine Leiste mit einer Reihe verschiedenfarbiger Punkte. Manche Punkte berühren sich, andere wieder nicht. Wahrscheinlich besitzt der Abstand zwischen ihnen eine Bedeutung – ich vermute es wenigstens. *(Ein Kichern.)*

Und so funktioniert unser kleines Keksschächtelchen… ach, Eisen, wünschen Sie sich nicht, Sie wären an meiner Stelle hier? Ich auch. Wirklich… Die Funktionsweise ist mit Absicht so einfach, nehme ich an. Man braucht nichts zu tun, als den Daumen auf die rechte Hälfte eines Rechtecks unten in der Ecke der Kassette zu halten, und schon geht der Zauber los.

(Heiteres Lachen mit Echo.) Das Auge in der Mitte der Kassette spielt nun ein unentzifferbares Farbprogramm durch. Rottöne, violette, grüne Schattierungen. Grüne, blaue und rosa Farben. Alles durchsetzt mit beabsichtigten Pausen – die zweifellos ihren Sinn haben... In der Düsterkeit, die hier drinnen herrscht, werden meine Hände vom Farbenwechsel abwechselnd beleuchtet und überschattet. Schön ist es, schön. Das ist es wahrhaftig. Wahrscheinlich hat man mit diesem Funktionsprinzip ein gewisses Maß an Zweckmäßigkeit auf dem Altar der Schönheit geopfert.

So – ich habe sie wieder abgeschaltet. Dazu braucht man bloß mit dem Daumen die linke Hälfte des Kontrollrechtecks zu bedecken. Vielleicht ist es möglich, die Funktion umzukehren – die Aufnahme sozusagen bis zu einer gewünschten Stelle zurückzuspulen –, aber ich bin bis jetzt nicht darauf gekommen, wie sich das bewerkstelligen ließe. Ich wüßte es jedenfalls nicht zu sagen. Mir ist es natürlich unmöglich, mich an die Aufeinanderfolge der Farben zu erinnern – wogegen es wahrscheinlich für die Asadi, die diese Sachen verfaßten, produzierten und benutzten, kein bißchen schwierig war, ganz egal, wie lange das schon her sein mag. *(Ein dumpfes Geräusch.)* Ich habe fünf dieser Kassetten eingepackt, sie in meinen Tornister gesteckt. Im Namen der Wissenschaft. Um dem Geist des alten Oliver Bow Aurm die Nachthemdzipfel vor Neid in Brand zu stecken. Und außerdem sollen Eisen und Morrell etwas bekommen, woran sie mit ihren Schraubenziehern spielen können. *(Chaneys Tonfall wird versonnen.)* Man schaue sich diese Wand an. Kann man sich den Umfang des Wissens ausmalen, das hier lagert? Den Grad von Technologie, den es braucht, um eine Anlage zur Lagerung und Archivierung von Werken einer ›Sprache‹ zu entwickeln, die aus komplizierten Spektralmustern besteht? Übrigens, was glauben

Sie, was ich vorhin ›gelesen‹ habe? Ich vermute, daß die Leiste mit den verschiedenfarbenen Punkten über dem Glaseinsatz den Inhalt bezeichnet. Sozusagen ein Titel. Vielleicht hatte ich *Die Wüstlinge* vom Marquis d'Asadi in der Hand. *(Kichern.)* Ich habe gemerkt, daß meine Hände schweißig wurden, als das Band lief. *(Wieder in ernsthaftem Ton.)* Nein, dies Gucklochbuch – wir wollen sie ›Gucklochbücher‹ nennen – war das erste auf jener Stange. Vielleicht ist es ihr *Krieg und Frieden,* ihr *Brüder Karamasow,* ihr *Entstehung der Arten,* ihr *Romeo und Julia.* Und was haben sie damit gemacht? Alles in einen verfallenen, gottverlassenen Tempel mitten in der Synesthesia-Wildnis gehängt und es vergessen! Was für eine kolossale Verschwendung – welche ungeheure Überheblichkeit! *(Brüllt.)* WAS HABT IHR EUCH EIGENTLICH DABEI GEDACHT, DAS GESAMMELTE WISSEN VON JAHRTAUSENDEN SO ZU VERSTECKEN? ES HIER HERUMHÄNGEN UND VERGAMMELN ZU LASSEN!

(Ein Mißklang von Echos, ohrenbetäubendes Hallen.)

Schon recht. *(Kaum vernehmliches Flüstern.)* Schon gut, ihr zwei asadischen Trapezbrüder, tut ruhig so, als gäbe es mich nicht. Stellt euch taub. Ignoriert die Jahrtausende. Mißachtet eure Vorfahren, die aus dem Grabe zu euch raunen! *(Gehässig.)* Und fahrt alle beide zur Hölle!

3 CHANEY *(mit matter, monotoner Stimme):* Ich glaube, ich habe ein Weilchen geschlafen. Ich habe unter den vielen, vielen Reihen von Gucklochbüchern geschlafen, vielleicht eine Stunde lang. Auf keinen Fall länger. Ich kann die Zeit spüren, in meinen Fußballen feststellen – und an der Wärme der Druckstelle im Tornister, wohin ich meinen Kopf gebettet hatte. Ein Geräusch hat mich geweckt, das Klirren von Eisen. Nun befinde

ich mich auf der Wendeltreppe und schon hoch überm Fußboden des Museums. Ich stehe in einer Windung ein Stück unterhalb und seitlich des gläsernen Treppenabsatzes, auf dem der Junggeselle stand. Er ist nun nicht länger dort. Vor einem kurzen Weilchen hat er sich auf den Ring des ›Kronleuchters‹ geschwungen, der diese Kälte ausstrahlt, seine Füße daraufgesetzt, sich ausbalanciert und dann die Arme ausgestreckt und die Senkschnur gepackt, die aus der Kuppel herunterhängt. Die Furpyie? Die Furpyie hockt auf der Kugel – einer der drei im Dreieck angeordneten Kugeln des Rings –, die der Vorderseite des Tempels zugewandt ist. Sie hat vor einem Moment die Schulter des Junggesellen verlassen. Als er die goldene Tresse ergriffen hatte, schlang der Junggeselle mit ihrem Ende eine Schlinge und schob den Hals hinein. Dann schwang er seine Füße vom Metallring, so daß seine Füße nun – jetzt, in diesem Moment – ein Stückchen tiefer hängen als der ›Kronleuchter‹. Ich beobachte ihn, wie er da oben baumelt, seine Füße drehen sich, beschreiben einen unsichtbaren Kreis innerhalb des größeren Rings der Kugelhalterung.

Aber er ist nicht tot. Nein, er ist nicht im entferntesten tot. Die Schlinge ist so zugezogen, daß sie unter seiner Kehle im Plüsch seiner Mähne sitzt. In den zwei Wochen seit seiner Einsetzung ist seine Mähne sichtlich dicker geworden, vor allem unter den Kiefern und der Kehle, und die neue Wolle polstert seinen Hals gegen die permanente Einschnürung durch die Tresse. Und so hängt er jetzt ganz einfach da herum. Ein richtiges Galgengehänge.

(Erregt.) Eine verflucht interessante Entwicklung bahnt sich an, glaube ich. Wenigstens verhält sich die Furpyie so, als wäre es sehr interessant. Die Furpyie beobachtet nämlich ebenfalls mit entweder Aufregung oder doch zumindest Unruhe, wie der Junggeselle

baumelt, und gelegentlich schlägt sie ihre Schwingen und trippelt auf der Kugel herum, worauf sie sich niedergelassen hat. *(Ein Bums. Chaney murmelt unverständlich, bevor er deutlich weiterredet.)* Lauschen Sie mal, ob Sie das hören können. Ich halte für Sie das Mikrophon hin. *(Stille, untermalt von schwacher Statik.)*

Das war es, das waren die Klauen der Furpyie, wenn sie auf der Kugel trippelt... und das Geräusch, mit dem die Füße des Junggesellen nach Norden, Nordosten pendeln, nach Osten, Südosten, Süden, Südsüdwest...

(Fast zehn Minuten nahezu völligen Schweigens verstreichen.)

Vor einiger Zeit habe ich bemerkt, daß der Junggeselle zu seibern anfing. Während er da pendelte, seine Füße zuerst nach rechts schwangen, dann zurück nach links, glitzerte plötzlich ein milchiger Faden an seiner Unterlippe. Ich sah, wie sich sein Mund bewegte – fast wie bei einem Insekt. Dieser Seiberfaden ist bis jetzt immer nur länger geworden, nicht hinabgefallen in die Windungen der Wendeltreppe. Er wird immer länger, wächst immer weiter, als sei er irgend so etwas wie eine milchige Verlängerung der goldenen Senkschnur.

Nun ist der Strang abwärts durch die Mitte der Wendeltreppe gesunken, sein Ende baumelt schon ein Stück weit unter mir. Ich kann erkennen, daß es sich gar nicht um eine Flüssigkeit handelt, keinen Speichel und nicht um Erbrochenes. Es ist eine Faser, aus den Eingeweiden des Junggesellen entwickelt, durch seinen Mund entrollt. *(Unbeeindruckt.)* Das ist schön und grotesk zugleich – und ich möchte wetten, Sie glauben, ich hätte getrunken oder von der Droge geschluckt. Ich würde sozusagen im Suff Seide erspinnen. Aber ich habe mir keinen Bourbon genehmigt, Freunde, und auch kein Placenol – ich wollte, Sie säßen selber auf dieser engen, eisernen Wendeltreppe und müßten diesen unerfreulichen Anblick genießen, dies rituelle Entgarnen aus den Eingeweiden des Junggesellen. Eingeweidegarn. Grotesk schönes Eingeweidegarn. *(Ohne hörbare Gefühlsaufwallung…)* Herrgott, aber meine Geduld ist echt auf die Probe gestellt worden…

(Wieder vergehen mehrere Minuten. Ein leises Flattern ertönt und hält für eine Zeitlang an, endet schließlich.)

Der Junggeselle hat Seide entrollt, als bestünde er innerlich daraus. Der Strang, den ich vorhin erwähnte, er hatte am Schluß fast den Boden erreicht. Dann begann der Junggeselle ihn plötzlich mit den Händen einzuholen und versetzte sich zugleich in seiner Schlinge in schnellere Umdrehung. Er wickelte sich in das Zeug ein, wie ein ägyptischer König, der beschlossen hat, sich vor dem Tode als Mumie zu kleiden. Und unterdessen produziert er immer mehr von diesem milchigen Strang. Freunde, und wer errät, wer sich auch einmal wieder dazu herbeigelassen hat, etwas zu tun? Na? Genau. Die Furpyie verließ die Kugel, als der Junggeselle seinen Eingeweidestrang einzuholen anfing, und nahm einen Abschnitt davon in ihre Klauen. Und dann umwickelte sie, indem sie ihn kreuz und quer umflatterte, seine Füße, die Knöchel und Schienbeine. Danach setzte sie sich auf die umhüllten Füße des Burschen. Jetzt hängt die Furpyie da oben mit ausgebreiteten Flügeln, ihre Krallen wahrscheinlich ins Fleisch des Junggesellen gehakt wie eine Fledermaus, und wickelt ihren Herrn und Meister immer mehr in sein Eingeweidekabel. Und dabei ist das verdammte Vieh blind, denken Sie daran – blind wie… ein betrunkener Xenologe. Chaney, alter Junge!

Ich kann nicht abschätzen, wie lange es dauern wird, aber in einiger Zeit dürfte der Junggeselle eingewickelt sein – völlig umhüllt, wie ich erwarte –, eingehüllt in einen trüben Kokon wie eine Schmetterlingspuppe. Die

Furpyie macht mir den Eindruck, als legte sie Wert darauf, das Werk so schnell wie nur möglich zu beenden. Sie umschnürt dem Asadi bereits die Hände, wickelt den Strang um seine Schenkel, klettert Stück um Stück an dem hochgewachsenen Körper aufwärts wie ein Zirkuszwerg, der beim Zeltaufschlagen hilft. Am Ende wird der Junggeselle nicht anders aussehen als eine schief aufgehängte Puppe, in einer alten Scheune seiner Vorfahren unterm Dach an einer Goldkordel baumeln – so kommt mir diese ganze Sache jedenfalls vor.

(Chaney brummt vor sich hin. Ein Schleifgeräusch, als ob eine Last verschoben wird.)

So kommt mir das vor. Stellen Sie mir jetzt bloß keine Fragen. Ich habe keine Lust, mir diesen Blödsinn noch länger anzusehen. Mir ist schwindlig. Ich habe von diesem Quatsch die Nase voll. Wenn ich in diesem miesen Licht heil die Treppe hinunterkomme, lege ich mich an der Wand mit den Gucklochbüchern schlafen. Direkt schlafen.

(Schritte auf den Metallstufen. Unverständliches Murmeln.)

INTERLUDIUM AM FRÜHEN NACHMITTAG DES 139. TAGES*

CHANEY *(im Plauderton):* Hallo! Ich wende mich jetzt ganz allein an Benedict! Benedict? Benedict, morgen ist eine Lieferung fällig. Die zwanzigste. Kannst du das glauben? Ich auch nicht. Mir ist zumute, als sei ich

* Zwischen dem Schluß des vorherigen und dem Anfang dieses Abschnitts erging sich Chaney in irrelevantem ›Geschwätz‹. Ich habe es ausgelassen. Insgesamt dürften dazwischen zwölf bis vierzehn Stunden vergangen sein, in denen Chaney außerdem schlief und aß. Ich habe mir die Freiheit genommen, ein paar Auszüge der fortgelassenen Passage in dieses ›Zwischenspiel‹ einzuflechten, um eine Kontinuität zu gewährleisten, die andernfalls nicht gegeben wäre. Um der Vereinfachung willen sind diese Einschübe nicht besonders gekennzeichnet.

mehr als zehn oder zwölf Jahre hier draußen gewesen. Zwanzig Lieferungen. Na, es sieht so aus, als könnte ich diese Lieferung nicht abholen. Vorerst jedenfalls nicht. Gott allein mag wissen, wann der Junggeselle mich von hier zurück zur Lichtung führt. Im Moment ist er beschäftigt. Lassen Sie mich erläutern, inwiefern.

Ich möchte zuerst beschreiben, was los ist. Ich stehe hier vor einem der verstaubten Ausstellungsschränke. Alle Fächer haben sich einwärts an die Mittelachse geklappt, wie für die Nacht die Blumenblätter einer Blume. Aber es ist früher Nachmittag, Benedict – durch die Kuppel dringt verwaschenes Licht ein. Trotzdem sind sämtliche Wandschränke ringsum nun verschlossen wie eine frische Rose. Allesamt. Das muß passiert sein, nehme ich an, während ich schlief. Und die Kugeln unter der Kuppel, die drei Kugeln des ›Kronleuchters‹ – der Glanz ist aus ihnen gewichen, sie sind erloschen, stumpf und fleckig wie eingemottete Dinosauriereier. Den Zeitpunkt, als das geschah, weiß ich ebenfalls nicht genau. Und noch etwas hat sich geändert – die Gucklochbücher funktionieren heute nicht. Ich habe mich mit zwanzig oder dreißig Stück herumgeärgert, meinen Daumen auf das Rechteck unter dem Glaseinsatz gedrückt – aber es nutzte nichts, keine zwei Farben ließen sich blicken, nicht einmal ein Schimmer.

Heute ist die Pagode öde. Sonst nichts – nur öde. Und ich habe das Gefühl, daran wird sich auch nichts ändern, bis Deneb wieder untergegangen ist und die Dunkelheit auf Bosk Veld kauert wie der Schatten, der zerfranste Schatten, den die Schwingen der Furpyie werfen. Aber der Junggeselle, der Kokon – Sie möchten natürlich wissen, was mit ihm ist. Dem Junggesellen und seinem Kokon. Auch das weiß ich leider nicht genau. Im Laufe der Nacht hat die Senkschnur, aus der er die Schlinge knüpfte – die Tresse, an der er sich dann unterm Pagodendach aufhängte, wonach die Furpyie ihn in die falsche Seide aus seinen eigenen Innereien wickelte –, die goldene Tresse also, sie hat sich verlängert und hängt nun durch den Ring des ›Kronleuchters‹ bis fast auf den Boden herab. Vermutlich hat die Goldtresse das ganz von sich aus getan. *(Leises Lachen.)*

Nach meiner Schätzung ist zwischen dem Fußboden und dem unteren Ende der Junggesellenpuppe bloß noch genug Platz für einen niedrigen Stuhl… eine niedrige Fußbank, würde ich sagen. Nun baumelt diese plumpe Puppe hier im trüben Tageslicht überm Boden der Pagode, pendelt langsam, ganz langsam erst nach rechts, dann nach links wie ein behäbiges Pendel in einer der so gut wie vergessenen, altehrwürdigen Standuhren. Das ist es, Benedict, Big Ben, dieser ganze Bau ist nichts anderes als eine übergroße Uhr. Man kann Bosk Veld in seiner Umlaufbahn ticken hören… Horch…!

Die Furpyie kauert auf dem oberen Ende der Puppe – der Spitze, wo sie mit der Goldtresse verbunden ist –, sitzt auf dem mumifizierten Kopf des Junggesellen wie sonst auf seiner Schulter. Bei jedem Pendeln des umhüllten Körpers habe ich das Empfinden, daß die Furpyie mich anstarrt, mich mit ihrem augenlosen Blick mißt. Hätte ich eine Pistole, ich würde das verdammte Biest erschießen, das schwöre ich. Selbst wenn der Knall diesen verfluchten Tempel zum Einsturz brächte und mir alles um die Ohren flöge – wenn jeder einzelne dieser zerbrechlichen Wandschränke einfallen, jedes einzelne Gucklochbuch platzen müßte. Jawohl, ich täte es – und das ist wahrscheinlich der Grund, warum ich erst gar keine Pistole, keinen Handlaser oder Lichtwerfer mitgenommen habe. Aber nun kratzt das Vieh nervös an der seidenen Hülle herum, schüttelt seine Schwingen und flattert schwach mit den ausgestreckten Flügelspitzen – ich glaube, liebe Leute, es bahnt sich etwas an. Ein Weilchen Geduld, nur ein wenig Geduld…

(Etwas später.) Und wirklich, es tut sich etwas. Die Furpyie turnt auf ihre Freistilweise an dem in unaufhörlicher Pendelbewegung befindlichen Kokon abwärts, der den Junggesellen beherbergt. Dabei schält sie kleine Stückchen aus der Hülle, rupft sie mit den Füßen ab, nimmt sie dann gierig zwischen die Hände und verzehrt sie. Jawohl, genau, verzehrt sie. Ich hatte mich ja schon oft gewundert, wovon dies kleine Mistvieh sich wohl ernährt, und das hier ist anscheinend die Antwort auf diese Frage – es ernährt sich von der Hülse, die bei der Metamorphose des Asadihäuptlings entsteht, lebt von der Rinde, die bei der unfreiwilligen Wandlung seines Herrn abfällt. Es ist ein wenig philosophisch dargestellt, glaube ich, aber ich komme nicht von der Vorstellung los, daß die Furpyie das frühere Ich des Junggesellen verzehrt. Sie kriecht auf spiralenförmigem Weg am Kokon hinab – eine Spirale, die eine Widerspiegelung des großen Korkenziehers ist, welchen die Wendeltreppe der Pagode bildet – und verschlingt gefräßig die Bissen, die sie aus der Umhüllung reißt. Das Biest sitzt bereits in Brusthöhe des Junggesellen, und ich kann den Kopf meines alten Freundes sehen. Ich meine, ich sehe den Umriß des Kopfes – denn die Seidenumhüllung ist zwar weggefressen, aber es ist noch ein milchigblauer Film vorhanden, der auf den Gesichtszügen klebt wie eine dünne Kapuzenmaske. Diese Schicht ist feucht und wabblig, und ich kann darunter die Totenmaske seines Gesichts erkennen.

Benedict, man kann nicht von mir verlangen, daß ich bleibe und mir das anschaue. Sag den anderen, daß man so etwas nicht von mir erwarten kann, Benedict. Die Göttin der Xenologie hat mich jetzt schon zu oft durchgemangelt, und mir ist schwindlig vor Erschöpfung. Vor Abscheu. Es ist schlimmer als gestern nacht. Ein Geruch durchzieht den Tempel, ein Gestank nach Exkrementen, nach Fäulnis und Drüsenabsonderungen… ich weiß nicht, was…

(Würgen. Dann rasche Schritte, die zur Annahme berechtigen, daß Chaney läuft.)

4 CHANEY *(mit schwacher Stimme, aber gut gelaunt):* Wir sind wieder in der Wildnis. Draußen. Draußen zwischen den rauschigen Blättern, unter den Monden, die am Himmel tanzen, in den Winden, die schweißig schillern, herrscht entsetzliche Feuchtigkeit. Doch nachdem ich mit steifem Hals eine Nacht im Gefrierkeller des asadischen Lagerhauses zugebracht habe – und einen reichlich ekelhaften Tag, an dem es sich von einem Lager in eine Leichenhalle verwandelte –, empfinde ich die Feuchtigkeit – ja, durchaus als willkommene Erleichterung. Ja, tatsächlich. Wohin es auch gehen mag, ich kann wieder durchhalten, ich laufe mit, obwohl ich nicht weiß, wohin – und eigentlich laufen wir auch nicht. Wir ziehen ganz gemächlich dahin, der Junggeselle, ich und die Furpyie, ohne jede Eile. *(In sachlichem Ton.)* Ich fühle mich jetzt ziemlich gut. Der Schrecken des Nachmittags hat sich verflüchtigt. Ich weiß nicht, warum mich das so umgehauen hat. Es war wirklich nicht so schlimm. Ich hätte bleiben und alles beobachten sollen. Zu dem Zweck bin ich ja schließlich hier. Aber als der Gestank dann überwältigend wurde… meine Nerven waren zu stark belastet. Ich mußte einfach raus. Ich stürmte zum Tor der Pagode, stemmte die schweren Torflügel beiseite und rannte die Treppe hinunter. Im Sonnenschein erhöhte sich noch mein Schwindelgefühl – aber wieder hinein konnte ich auch nicht, und deshalb, Benedict, bin ich mir jetzt noch nicht über die Umstände im klaren,

unter denen die Befreiung des Junggesellen aus dem Kokon erfolgte. Wie ein kleiner Junge, der darauf wartet, daß die Bibliothek öffnet, setzte ich mich auf die unterste Stufe der Treppe und stützte meinen Kopf in die Hände. Mir war schlecht. Mir war richtig schlecht. Diese Übelkeit war nicht bloß emotional bedingt. Aber jetzt geht es mir wieder besser, und ich empfinde die Nacht – die Sterne glitzern da oben wie Eisflocken – wie einen Freund.

(Nachdenklich.) Ich wollte, ich könnte mich an den Sternen orientieren. Aber ich kann's nicht. Ihre Konstellationen sind mir noch fremd. Vielleicht sind wir auf dem Rückweg zur Lichtung. Vielleicht kann ich morgen doch meine Nachschublieferung abholen. Meine Verfassung wird jedenfalls gut genug sein, um es zu versuchen, das kann ich bereits absehen.

Der Junggeselle geht voraus. Die Furpyie sitzt auf seiner Schulter. Ich weiß…

(Das Sausen des Windes im Blattwerk untermauert Chaneys Aussage, daß sie sich unter freiem Himmel, außerhalb des Tempels befinden.)

…Sie fragen sich bestimmt, wie er jetzt aussieht, in welchem Zustand er ist, was die Metamorphose an ihm bewirkt hat. Nun liebe Leute, in dieser Sache bin ich selber nicht sicher. Wissen Sie, er sieht nämlich genauso wie vorher aus. Wie ich schon sagte, ich bin nicht ins Innere des Tempels zurückgekehrt. Ich wartete davor, bis die Sonne unterging, und redete mir die ganze Zeit zu, ich werde wieder hineingehen, wenn es völlig dunkel sei. Ich wußte, daß meine beiden liebenswerten Freunde den Tempel auf keinem anderen Weg verlassen konnten, daß ich nicht der Gefahr ausgesetzt war, hier allein zurückzubleiben. Wenigstens hatte ich, während ich mich drinnen aufhielt, keine anderen Türen gesehen. Die Altasadi erachteten eine Vielzahl von Ausgängen anscheinend als überflüssig.

Und am Ende sind die zwei dann auch wirklich herausgekommen, wie um meine Hypothese zu bekräftigen. Bevor ich genug Mut gesammelt hatte, um die Pagode wieder zu betreten, in dem Moment, als das abendliche Licht gerade jeden Glanz verlor, erschien auf der obersten Stufe der Junggeselle.

Und stieg die Treppe herab. Und ging an mir vorbei. Er schaute mich nicht an. Die Furpyie, in seine Mähne geklammert, besaß diese komatöse Erscheinung, die ich an ihr, wie ich mich entsinne, schon einmal bemerkt hatte, als ich sie mit Eisen Zwei zum zweiten Mal auf die Asadilichtung kommen sah. Nun weiß ich, warum sie so geschwollen und träge aussah – sie hatte zuvor die Puppe des Alten verschlungen, falls die Annahme berechtigt ist, daß Eisen Zwei sich ebenso einhüllen konnte. Leider weiß ich das nicht genau. Vielleicht finde ich es auch nie heraus. Zwei kleine Veränderungen habe ich allerdings am Junggesellen bemerkt, als er an mir vorüber in den Dschungel schritt. Die erste ist, daß seine Mähne nun aus einem voll ausgewachsenen Pelzkragen besteht – noch ein wenig feucht von der filmigen blauen Substanz, womit seine Schmetterlingspuppe innen gepolstert war. Zweitens klebt ein dünner Rucksack aus dieser Substanz zwischen den nackten Schulterblättern des Junggesellen und hängt in Falten bis in sein Kreuz. Wahrscheinlich ist dies Stück ganz einfach bloß noch nicht abgefallen. Und das ist schon alles. Seine Augen sind so stumpf, so weiß und unkommunikativ wie am Anfang.

Wir befinden uns in einer Art von Tunnel. Dreißig oder vierzig Minuten lang sind wir durch den Dschungel gezogen, unter den Ranken und anderen Schlingpflanzen durchgeschlüpft. Dann gelangten wir vor einer Weile an eine Art von Wanderweg, einen Trampelpfad, der es uns ermöglichte, aufrecht zu gehen – als wären wir in einem Erholungspark. Das ist der einzige derartige Pfad, den ich während meines Aufenthalts in der Synesthesia-Wildnis gesehen habe. Der Junggeselle folgt seinem Verlauf mit geruhsamen Schritten, und ich habe keinerlei Mühe, Anschluß zu behalten.

Aber ich weiß nicht, wo wir sind.

(Eine Pause von beachtlicher Länge, während der die Geräusche der Wildnis vernehmbar werden: Wind in Blättern, entferntes Gluckern von Wasser, das leise Aufsetzen von Füßen am Erdboden.)

(Nachdenklich.) Die ganze Zeit, die ich auf der Asadilichtung verbracht habe, die gesamte Zeit, während der ich sie herumwandern und sich für nichts die Hacken ablaufen sah – sie scheint jahrhundertelang zurückzuliegen. Ohne Spaß, Benedict, Eisen. Die Zeitspanne auf der Lichtung scheint gegenwärtig nicht existiert zu haben. Ratlos, wie ich bin, ist mir zumute, als müßte ich dem Junggesellen in alle Ewigkeit auf diesem schmalen Pfad nachlaufen. Aber was mich sehr beschäftigt, ist seine Metamorphose – oder ihr Ausbleiben. Ich habe darüber nachgedacht. Ich habe mir überlegt – was aber nicht unbedingt auch schon wohlüberlegt sein muß –, daß der Häuptling genauso beschaffen ist wie vorher. Anatomisch, meine ich. Vielleicht hat die sehr kurze Zeit, die er hiberniert in seinem selbstgemachten Schlafsack zubrachte, ihn nicht körperlich, sondern vielmehr psychisch verändert.

(Zehn Minuten lang sind nur Wind, Wasser und gedämpfte Schritte zu hören.)

5 CHANEY *(flüstert):* Da ist etwas vor uns zwischen den Bäumen. Eine zusammengekauerte, dunkle Gestalt. Vorhin wollte der Junggeselle mir einen Denkzettel verpassen – er möchte nicht, daß ich mich ihm zu sehr nähere. Aber wenn ich nicht ziemlich nahe hinter

ihm bleibe, gehe ich hier draußen verloren. Verdammt noch mal, ich lasse mich nicht von dir abhängen, du Gorilla! Wir haben den Pfad verlassen. Wir sind schon seit einem Weilchen runter vom Pfad, und nun sehen die Bäume, die Schlingpflanzen, die knorrigen Wurzeln natürlich alle gleich aus, eine Seite ist wie die andere. Ich kann diesem Lump seinen Wunsch nicht erfüllen. Ich bleibe nahe genug, um ihn jederzeit im Blickfeld zu behalten. Er befindet sich voraus unter einem fransigen Blätterdach und pirscht sich zu dem Etwas zwischen den Bäumen. Ich weiß infolge seines Verhaltens, daß es dort ist. Es sitzt wie ein Tumor zwischen den Ästen, ein Klumpen, dem der Mondschein einen gespenstisch verschwommenen Umriß verleiht. Sie sollten sehen, wie er sich dem Ding nähert. Er hat die Arme weit ausgebreitet und vollführt jeweils einen langen Schritt, einen weitreichenden, leichtfüßigen Schritt. Wie ein SS-Mann im Paradeschritt, nur in Zeitlupe, als Adagio-Solotänzer. Die monströse Membran zwischen seinen Schulterblättern hat sich geöffnet, so daß sie nun wie ein entfaltetes Flügelpaar auf seinem Rücken wirkt. Schatten gleiten darüber, Schatten und Mondschein... Was für ein merkwürdiger Gorilla. Sie sollten ihn sehen. Er ähnelt einer Art von regsamer, vergrößerter Ausgabe der trägen, feisten Furpyie, die sich in seine Mähne klammert. Wir sind jetzt näher. Das Ding dort, was es auch sein mag, ist entweder tot oder leblos oder hypnotisiert – ich glaube, hypnotisiert. Ich bin jetzt sicher, daß es ein Asadi ist. Eine graue Gestalt. Gewöhnlich kommt man in der Nacht einem Asadi nicht so nahe, es geht einfach nicht. Der Junggeselle muß ihn mit seinem zeitlupenhaften Stechschritt, dem flimmrigen Zittern des Häutchens über seinen Schultern und den Armen hypnotisiert haben... und vielleicht mit seinen ausdruckslosen Augen... nun warten wir, warten nur. Ich bin so dicht am Schauplatz des Geschehens, wie es möglich ist, ohne seinen Ablauf zu stören. Jetzt kann ich drüben Augen erkennen. Asadiaugen, die ein kränkliches Rosa zeigen. *(Lauter, um ein plötzliches Krachen und Knistern zu übertönen.)* Gerade ist das verdammte Ding aufgesprungen! Es ist tatsächlich ein Asadi, ein geschmeidiges graues Weibchen. Der Junggeselle drückt es rücklings auf die Erde, die Furpyie ist seitwärts von seiner Schulter gefallen, sie flattert, flattert im Dickicht unter dem Baum!

(Ein schwerer Aufprall; fortgesetzter Lärm.)

(Chaneys Stimme steigt empor zu unbeherrschten Kreischtönen.)

ICH WUSSTE ES, ICH HABE GEWUSST, WAS DU BIST! GOTT IM HIMMEL, ICH WERDE DAS NICHT VOR MEINEN AUGEN DULDEN! ICH WERDE DEINER SCHLECHTIGKEIT NICHT IHREN LAUF LASSEN! *(Anscheinend Handgemenge; danach klingt Chaneys Stimme matt.)* Verschwinde, laß mich zufrieden, hau ab…

(Wüste Geräusche; dann statisches Summen und leises Atmen.)

6 CHANEY *(keucht):* Mein Kopf schmerzt… mir war wieder entsetzlich übel. Aber hier ist es angenehm, ich knie unter einem Baum am Rande der Lichtung, wo der Tempel steht, im Gras… mir war wieder schlecht, ja, aber ich habe heldenhafte Taten vollbracht. Ich bin noch immer verdammt heldenhaft. Sie können mich doch hören, oder? Ich spreche laut… LAUT, VERDAMMT NOCH MAL! Und er unternimmt nichts dagegen – er sitzt mir bloß gegenüber, nimmt es hin, seine langen Beine überkreuzt… Du nimmst es hin, nicht wahr, du Gorilla? Nicht wahr? So ist's recht, braver Gorilla… Er kann gar nicht glauben, was ich getan habe, Benedict. Er kann noch nicht glauben, daß ich

ihn von dem krätzigen kleinen Kampfhahn befreit habe. Das Gras ist voller Blut. Dunklem, süßem Blut. Zu süß, Benedict. Ich muß aufstehen…

(Chaney stöhnt. Kleidung raschelt. Dann wieder seine gepreßte Stimme.) So. Alles klar. Ein junger Baum mit stachligen Schindelblättern. *(Ein Stolpergeräusch.)* Gut, gut… nein, ich lasse mich nicht von diesem Schwindelgefühl übermannen, so wie ich mich nicht habe abhängen lassen, Benedict. Wir kamen hier durch diese Lücke marschiert – geschlurft, sollte ich wohl sagen –, dies Portal aus Farnen und violetten Blüten… ach, zum Teufel, Sie können ja nicht sehen, wohin ich zeige, nicht wahr? Wahrscheinlich könnten Sie's auch nicht sehen, wären Sie hier. Jedenfalls schleppten wir uns aus der Richtung, wohin ich deute, an diesen Platz, und unterwegs hielt ich trotz allem immer meine Sinne beisammen. Das war wegen dem Kopfschmerz nicht einfach, und mein Kopf schmerzt, weil er mich niedergeschlagen hat – er stieß mir den Ellbogen zwischen die Augen. Die Asadi stoßen immer mit den Ellbogen um sich, anscheinend glauben sie – auch der Junggeselle, Ellbogen seien dazu da, um sie anderen Leuten zwischen die Rippen und ins Gesicht zu rammen. Er schlug mich nieder, so daß ich blutete, der verfluchte Kerl, als ich ihn daran zu hindern versuchte, die arme Frau zu ermorden, die nun hier abgeschlachtet im Gras liegt. Er schlug mich nieder, und deshalb konnte ich ihn nicht aufhalten. Danach warf er sie sich über die Schulter und zerrte die Furpyie an den Füßen aus dem Dickicht. Dann zog er davon in den Dschungel, und in meinem Kopf, der so schmerzte, ebenso wie meine Augen, schien der Wind durch tausend Schornsteine zu heulen. Um nicht ohne jede Orientierung in der Wildnis zurückzubleiben, mußte ich ihm folgen. Lieber Gott, ich mußte diesem verrückten Paar blindlings hinterdreinstolpern…

Dann, als wir diesen kleinen Flecken Gras hier erreichten – die Pagode steht gleich da hinten –, warf er die Tote hin und weidete sie aus wie ein Stück Vieh. Ich traf ihn bei dieser Tätigkeit an, als ich aufholte und aus dem Dschungel trat... ich kam ein paar Augenblicke später als er hier an. Ich brach zusammen, brach buchstäblich zusammen, aber ich beobachtete alles. Ich hielt mir das wunde Auge und schielte mit dem anderen... und nach zehn oder zwölf Minuten hatte ich fast vergessen, was das alles bedeutete, die Frau sah nicht länger wie eine Asadi aus. Ihre Eingeweide liegen im Gras verstreut... und der Junggeselle brauchte nichts zu tun, um mich vom Eingreifen abzuhalten: Ich kann es nicht ändern, was geschehen ist, Benedict, mein Kopf und meine Erschöpfung waren daran schuld... ich war richtig wirr im Kopf. Ich begriff gar nicht recht, daß er das arme Geschöpf zerfleischte. Doch sobald ich mich wieder dazu imstande fühlte, handelte ich. Und aus diesem Grund ist mir noch immer ein bißchen übel. Aber mein Kopf ist jetzt klar, er schmerzt bloß noch ein wenig. Und unser Gorilla wird mich kein zweites Mal schlagen. Nicht wahr, du Gorilla? Er kann nur noch dasitzen und mich blöde anstieren. Ich habe ihn zutiefst eingeschüchtert. Er dachte, ich sei irgendeine Art von mähnenlosem asadischen Schädling, und nun findet er sich mit seinem neuen Eindruck von mir nicht zurecht. Armer, dummer Hund. Meine Heldentat hat ihn voll in den psychischen Solarplexus getroffen. *(Nahezu bombastisch.)* So wahr die drei Monde meine Zeugen sind, ich habe die Furpyie getötet! Ich habe die Furpyie umgebracht! Ja, ja, auch unser Gorilla hier vermag es schier nicht zu glauben, aber es ist wahr, ich schwöre es beim grundgütigen Himmel. Man schaue ihn sich an, man sehe sich ihn einmal an, wie er langsam mit dem Kinn in der Luft kleine Achten zieht. Mein Gott, habe ich ihn außer Fassung gebracht! Er hielt mich für irgendeinen anderen Asadi, irgendeinen miesen Unterasadi, aber als er damit fertig war, diese kläglich hilflose Frau zu zerfleischen, diese hübsche langbeinige Dame, und er die Furpyie auf ihren Kadaver setzte – da mußte ich etwas unternehmen. Ich riß mich zusammen. Die Furpyie hockte auf dem scheußlich zugerichteten Leichnam und starrte mich mit ihrem blinden Blick an. Unser alter Gorillafreund hatte sie daraufgesetzt, damit sie den Leichnam bewache, so wie es Eisen Zwei an dem Tag machte, als er zur Festgabe die Leichname dreier hingemetzelter Artgenossen auf die Lichtung schleppte. Die Gegenwart der Furpyie besagte, daß ich mich nicht rühren solle, daß ich ein anständiger Kannibale zu sein und zu warten habe, bis das Essen nach herkömmlicher Art aufgetragen wurde … aber ich bin kein Asadi – ich will verdammt sein, wenn ich ein Asadi bin – und scherte mich nicht im geringsten um die blödsinnige Schildwache unseres Gorillajunggesellen, nein, bei Gott, nicht im geringsten. Ich brachte das Biest um. Ich lief hin und trat die Furpyie einfach mit meinem Stiefel. Sie flatterte rücklings hinunter, und dann stand ich auch schon mit dem Stiefelabsatz auf ihr, malmte ihr schmieriges kleines Ungesicht ins Gras. Ihr Leib platzte auf. Eiter quoll heraus wie Zahnpaste aus der Tube, stank zum Himmel – und davon wurde mir wieder schlecht, vom Anblick der Furpyieneingeweide und ihrem Gestank. Ich taumelte zur Seite, sank auf die Knie …

Der Junggeselle war wie versteinert. Indem ich die Furpyie tötete, erlangte ich Gewalt über ihn, bekam ich ihn in meine Macht. Er setzte sich bloß hin, wie er jetzt noch dort sitzt, und starrte mich an. Der Duft des Grases belebte mich wieder, vergewisserte mich meiner Heldenhaftigkeit, meines blutigen Heldentums … und ich sah sofort ein, daß ich Ihnen davon erzählen mußte, als ich in meiner Übelkeit und dem zu süßen Geruch des Grases zu reden anfing. *(Höhnisch.)* Hast du einen Schreck bekommen, was, du Gorilla? Bist du deshalb so ruhig? Könnte ich hingehen, wenn ich's wollte, und dir einen Tritt in die Fresse geben? Jawohl, o ja, das könnte ich. Verdammt noch mal, Benedict, ich stehe ganz oben, ich bin an der Macht!

(Gelächter; anhaltendes Gelächter. Dann Schweigen.)

Macht ist eine vergängliche Sache, Benedict. *(Versonnen.)* Eben stand er auf, der Junggeselle, er richtete sich auf und nahm eine feindselige Haltung ein. Ich dachte wirklich schon, das sei das Ende. Ich weiß, das ist zu vorhin ein starker Gegensatz, aber wenn es mir so schlecht geht, darf man von mir wohl nicht allzu viel Beständigkeit erwarten. Aber er starrte mich nur einen Moment lang an, machte dann kehrt und ging über die Lichtung zum Tempel. Er ersteigt jetzt sehr langsam die Treppe, eine graue Gestalt wie jene graue Gestalt, die er getötet hat. Alle Monde sind aufgegangen. Zu dritt werfen sie seinen Schatten im Zickzack hinter ihm auf die Stufen. Ich betrete den Tempel nicht noch einmal, liebe Leute, er braucht nicht auf mich zu warten… und er wartet auch nicht. Um so besser. Ausgezeichnet. Ich bleibe hier im Gras, unter den Ranken und feurigen Blüten, bis es Morgen wird. Soll er hineingehen, soll er nur hinein… Verdammt, aber es ist eine Unverschämtheit, mich hier an diesem stinkigen Flecken zurückzulassen, der mit Eingeweiden übersät ist, das Gras ist fast schwarz von geronnenem Blut. Und hier – nun sehe sich das einmal einer an! Was ist denn das? Ich muß mich hinabbeugen… *(stöhnt)*… um es genauer betrachten zu können. Hier ist am Grasrand, genau dort, wohin das Mondlicht fällt, ein kleiner Beutel, so etwas wie eine rundliche Tasche, drei davon sind ins Gras gebettet, drei kleine schleimige Ballen – Benedict, ich glaube, es sind Eierstöcke, sie sind so groß wie mein Daumennagel, also viel größer als eine menschliche Eizelle, aber nichtsdestotrotz Eierstöcke. Ich vermute wenigstens, daß es Eierstöcke sind. Sie schimmern und sind scheinbar lebendig... diesen Eindruck hat man, wenn man sie so glänzen sieht... Der Junggeselle hat sie hier hingelegt, während er diese arme Frau zerfleischte. Er hat sorgsam darauf geachtet, sie nicht zu zerdrücken – sie sind so angeordnet, daß sie in ihrem gräsernen Nest ein gleichschenkliges Dreieck bilden. Das ist... ja, das ist wie die Anordnung der Kugeln im Metallring des ›Kronleuchters‹ in der Pagode...

Aber ich gehe nicht noch einmal dort hinein, du Gorilla... ICH GEHE NICHT NOCH EINMAL DA HINEIN, GORILLA! KAPIERST DU? JAWOHL, *NICHT*...

7 CHANEY *(wirr):* Wo ist sie? Eisen, Sie haben behauptet, man könnte sie in dieser Planetenhälfte sehen ... Sie haben gesagt, sie sei sichtbar. Aber jetzt stehe ich hier draußen vorm Asaditempel, wo keine Äste und kein Laub mir die Sicht versperren, und sehe sie doch nicht, Eisen, Sie verfluchter Esel! Ich sehe sie nicht! Nur diese Monde, die am Nachthimmel auf und nieder tanzen, daß einem Hören und Sehen vergeht, und ein Spinnengewebe aus Funken. Wo ist Sol? Wo ist unsere Heimatsonne? Eisen, Sie haben gesagt, man könne sie mit bloßem Auge erkennen, ich bin ganz sicher, daß Sie das gesagt haben – aber ich sehe sie nicht! Sie ist dort draußen verloren in einem Spinnengewebe aus Sternen – verloren!

(Plötzlich mit hörbarer Entschlossenheit.) Ich kehre zurück in den Tempel. Jawohl, bei Gott, ich gehe zurück. Dem Junggesellen ist es scheißegal, wenn ich draußen bleibe und zusammen mit dieser armen,

hingeschlachteten Frau verfaule, die er hier zurückgelassen hat. Mich hat er genauso zurückgelassen. Zwanzig Minuten lang bin ich nun schon allein hier draußen, seit zwanzig Minuten starre ich ins dunkle Gras, in das dunkle, süße Gras. Er will, daß ich an diesem Gestank verrecke, der einen regelrecht erstickt – das will er. Ich habe seine Furpyie abgemurkst. Ein Mann jedoch, der einer Furpyie den Garaus macht, der sitzt nicht herum und erwartet den Tod wie ein Faultier. Das hat er nicht berücksichtigt. Wenn ich sterben muß, Benedict, dann wie ein Held, nicht so, wie's ihm paßt. Ich habe schon zuviel auf mich genommen, um hier unter den Bäumen zu hocken und entweder auf meinen Tod zu warten oder den korrumpierenden Hunger, der meinem Selbsterhaltungstrieb die Oberhand verleiht. Ich denke nicht daran, von diesem Geschenk zu essen, vom Leichnam der armen, gemeuchelten Frau, und ich werde auch nicht draußen bleiben! In der Pagode hängt eine schöne goldene Kordel, eine wunderschöne Goldkordel. Die dürfte für mich gerade recht sein. Wenn dieser Gorilla noch zu erschüttert von seinem Verlust ist, diesem buchstäblich stinkigen Todesfall, um mich zurück zur Lichtung zu führen – zur Asadilichtung –, dann wird die Senkschnur meinen Zwecken genügen. Ich kann mit meinen Händen umgehen, ich kann so gut eine Schlinge knüpfen wie jeder affenärschige Gorilla. Und dann an dem Punkt weitermachen, wo er aufhörte. Kommt, kommt mit, liebe Leute, und seht, ob ich's fertigbringe oder nicht.

(Gedämpfte Schritte durch Erdreich, Chaneys Kurzatmigkeit beim Ersteigen der Treppe, dann das Knarren eines schweren Torflügels, der offenbar so weit wie möglich einwärts gedrückt wird.)

(Von dieser Stelle an besitzt jedes Wort Chaneys den kurzen Nachhall, den bezeichnenden Hohlklang, welchen die

*leere Weiträumigkeit eines ausgedehnten Gebäudeinneren erzeugt.)**

Es ist kalt. Sie würden mir nicht glauben, wie kalt es hier drin ist, Benedict. Kalt und finster. Durch die Kuppel dringt kein Schimmer von Helligkeit ein, und der ›Kronleuchter‹ – der ›Kronleuchter‹ ist erloschen! Meine Augen sind noch nicht an diese Finsternis gewöhnt... *(Ein Bums.)* Das war ein Wandschrank. Ich habe mir den Ellbogen angeschlagen. Die Fächer sind offen, und ich habe mir an einer Kante den Ellbogen angestoßen. Ich werde hier für einen Moment stehenbleiben. Die Ausstellungsschränke geben ein eigenes, sehr schwaches Licht ab, ein ziemlich warmes, aber schwaches Licht, und wenn ich hier stehenbleibe und meine Pupillen sich anpassen lasse, werde ich gleich schon erheblich besser sehen können. Das ist der Schrank, den ich Ihnen in der vergangenen Nacht beschrieben habe! Es sei denn, es wäre ein ganz gleichartig ausgestatteter Schrank. Die Statue, das Messer, die Gerätschaften und Waffen – nichts ist anders. *(Ein Kratz- und Scharrgeräusch wie von Glassplittern.)* Halt, einen Moment mal. Das hier ist anders. Die unteren Schrankfächer sind aufgebrochen, heruntergerissen und aufgebrochen. Ich stehe in den Bruchstücken. Nicht ich bin der Vandale, Benedict – die Stücke lagen schon hier. Ich bin nur daraufgetreten, sonst nichts. Der schwache Stoß, als ich gegen den Schrank prallte, kann diesen Schaden nicht angerichtet haben. Jemand hat sich mächtig angestrengt, um diese Fächer aufzubrechen. Vielleicht der Junggeselle? Außer mir ist der

---

* Nur einer der zahlreichen offenkundig nicht simulierbaren Umstände, die mich von der Authentizität dieser Bandaufnahme überzeugen. Wieviel von dem, was Chaney berichtet, lediglich Halluzination ist und keine objektive Realität, das fühle ich mich allerdings zu beurteilen außerstande.

Junggeselle der einzige hier drinnen. Hat er eine Axt gesucht, um mich unangespitzt in den Boden zu hauen? Brauchte er eines der verzierten Messer seiner Ahnen, bevor er sich dazu in der Lage fühlte, es mit diesem mähnenlosen, rosahäutigen Asadiaußenseiter aufzunehmen, der den armen Gummigockel umgebracht hat? Den armen, armen Gummigockel? IST ES DAS, GORILLA? FÜRCHTEST DU DICH JETZT VOR MIR? *(Donnerndes Echo. Chaneys Stimme wird heiser, vertraulich.)* Ich glaube, es ist so, Benedict, ich glaube, das ist der Grund, warum die Kugellampen nicht länger leuchten, warum dieser Schrank aufgebrochen ist. Der Gorilla will mich töten – er beschleicht mich in dieser Finsternis. Na, das ist auch ganz nett. Das ist noch viel heldenmütiger als die Kordel, ein hervorragender Tod – ich werde sogar ein wenig mit ihm ringen. Wie Meister Mime mit Jung Siegfried. Es dürfte nicht lange dauern. Die Frau, die er tötete, hat fast nichts gespürt – da bin ich sicher. HIERHER, GORILLA! DU WEISST DOCH, WO ICH BIN! ALSO KOMM! KOMM HER! ICH WARTE HIER AUF DICH!

(Ein Wirrwarr von Echos, Mißtönen und Hallklängen. Dann völlige Stille, ausgenommen die Laute von Chaneys chronischer Kurzatmigkeit. Dieser Zustand hält auf angespannte Weise vier oder fünf Minuten lang an. Plötzlich ertönt ein kräftiges Krachen, gefolgt von einem fürchterlich verstärkten Klirren, als ob eine Kiste voller Porzellan zerspringt. Chaney stößt einen Schrei der Überraschung aus.)

(Nun im Flüsterton.) Mein Gott… die Pagode ist auf einmal von Licht durchflutet… ausgeleuchtet mit Licht aus den drei Kugeln im großen Eisenring, der gestern noch unter der Kuppel hing. Er hängt nicht länger oben… sondern etwa eineinhalb Meter überm Fußboden. Im Innern des Rings steht der Junggeselle und hackt auf eine Kugel mit einer langstieligen Picke

ein. Er hat bereits ein großes, gesprenkeltes Stück der Abdeckung abgeschlagen. Das Stück ist am Boden zerschmettert. Sie haben es klirren gehört.

(Wieder laut.) Und alle drei Kugeln verbreiten Energie, Energie der Wut. Sie erfüllen den Tempel mit Elektrizität… mit tödlicher Kälte… mit ihrem Zorn. Ich bin davon überzeugt, daß sie das Feld erzeugt haben, das den Eisenring in der Schwebe hält, den Ring, der die Schultern des Junggesellen wie eine runde Gefängniszelle umgibt. Die Senkschnur hüpft hin und her, er hat sich beinahe darin verheddert. Und er steckt im Ring fest – er steckt darin fest und hackt mit seiner Picke immer wieder auf die vordere Kugel ein.

(Chaneys Schilderung wird unablässig von dem Hackgeräusch begleitet. Dann fällt anscheinend ein weiteres Stück aus der Kugel und zerspringt am Boden.)

Zum Teufel, warum duckt er sich nicht und unterläuft den Ring? Hält der Ring ihn gefangen? Ich kann klar ersehen, daß er viel zu beansprucht ist, um sich um mich zu scheren, mich totschlagen zu wollen. Na gut, auch nicht schlecht. Ich werde ihn anfeuern. Ihm moralische Unterstützung geben. HAU DARAUF, SO FEST DU KANNST, DU BLÖDSINNIGER GORILLA! Alle Ausstellungsschränke sind offen, alle Fächer aufgeklappt. Die Pagode ist wieder in Betrieb. Es brauchte dazu nur Dunkelheit und ein bißchen Gewaltanwendung. Die vordere Kugel ist aufgeplatzt – er hat die obere Hälfte runtergehauen. Benedict, hör zu, etwas bewegt sich darin, hör zu! Etwas regt sich in der noch unbeschädigten unteren Hälfte. Der Ring neigt sich jetzt an einer Seite, und das Licht hier drin ist plötzlich trüber. Schwächer. Wenn er alle drei Kugeln zerschlägt, wird es hier drinnen wohl wieder dunkel, die Fächer werden sich wieder schließen und womöglich für immer verschlossen bleiben. Können

Sie das Scharren in der zerbrochenen Kugel hören? Können Sie's hören, Benedict? Wissen Sie schon, was das ist? Ich kann es nicht nur hören, sondern auch sehen. Durch das trübe Licht sehe ich in dem Kelch, der von der Kugel übriggeblieben ist, ein Zucken, ein Zucken wie das waberige Zischen einer schwarzen Flamme... Gott im Himmel, Benedict, es ist eine Furpyie, die darin herumkriecht, eine schwarze, schwarze, blinde, blinde Furpyie! Sie klammert sich an den Rand der Schale und zieht sich empor, während der Ring sich seitwärts zum Boden neigt.

(Ein Flattern, das sowohl durch Chaneys Stimme wie auch das fortwährende Hacken des Junggesellen vernehmbar ist.)

Jetzt ist sie in der Luft – ein plumpes Vieh, etwas größer als jenes, das ich kaltgemacht habe. Und ein Gestank breitet sich aus, genau wie der Gestank, der entstand, als ich die andere Furpyie zertrat. Verdammte Scheiße! Die Asadi sind Idioten! Der Junggeselle drischt auf eine andere Kugel ein – er will noch eine Furpyie herauslassen. Er will sie alle drei loslassen, so daß wir im Finstern stehen und ringsum Furpyienschwingen rauschen, und zum Schluß fällt uns womöglich noch das Dach auf den Kopf. Das soll er haben, wenn er dran Spaß hat – aber ohne mich; meine Herren! Ich verschwinde aus dem Tempel, Benedict, ich taumele die Treppe hinunter, solange noch genug Licht vorhanden ist, um die Stufen zu erkennen. Was für ein Irrenhaus, was für ein geweihtes Irrenhaus! Der alte Oliver Bow Aurm sollte die nächstbeste Made dafür abküssen, daß ihm diese Maden erspart geblieben sind – diese Maden in bildlichem Sinne, meine ich. Bosk Veld wimmelt von Maden im bildlichen Sinne! Und ich kehre heim, ich kehre heim zu euch. Zu euch, meine Artgenossen...

(Schritte, ein schweres, stumpfsinniges Stöhnen, dann

die klanglose Stille der Nacht, während Chaney in der Wildnis untertaucht.)

8 CHANEY *(lebhaft heiter):* Meine Fresse da, wie sie abzischen! Ich erleichtere meinen Tornister. Ich jage sie hoch zur guten, alten Sol, wo sie auch stehen mag, zum Teufel. Heute ist für mich wieder Unabhängigkeitstag! Mein zweiter. *(Vier- oder fünfmaliges Fauchen hintereinander.)* Ich komme heim, ich kehre zurück! Zu Ihnen, Benedict. Zu Eisen, Morrell und Jonathan! Man soll mir nicht nachsagen, ich könnte nicht mit einer Leuchtrakete umgehen. Oder Leuchtraketen. *(Lacht.)* Meine Güte, schaue sich das einer an, wie sie den Himmel verqualmen! Wie sie qualmen! Das sehe sich einer an, wie sie den Gestank des asadischen Selbstbetrugs ausräuchern!

Nein, bei Gott, wir richten nicht jede Rasse zugrunde, der wir begegnen. Vielleicht die Pygmäen, mit den Pygmäen haben wir es vielleicht gemacht – aber die Asadi – hoch sollen sie leben! – machen es selber, seit Äonen sorgen sie selbst dafür. Lieber Gott, und sehe sich auch einer einmal diesen klaren, phosphoreszenten Himmel an! Wenn ich bloß wüßte, in welcher Richtung Sol steht – ich würde sie jetzt gerne sehen. Ich würde sie jetzt gerne wie einen Eissplitter inmitten dieses glitzrigen Spinngewebes sehen.

LETZTE BEMERKUNGEN VON THOMAS BENEDICT

Wir bemerkten die Leuchtraketen und holten Chaney ab. Moses Eisen war mit mir im Kopter. Wir waren am Morgen des 140. Tages sehr früh losgeflogen, um erst Chaneys übliche Versorgungslieferung zu hinterlegen und dann über der Asadilichtung zu kreisen, um den Kultur-Xenologen möglicherweise mit bloßem Auge zu erspähen. Captain Eisen hatte dies Vorgehen nunmehr angeordnet, nachdem feststand, daß Chaney nicht von sich aus mit uns in Verbindung zu treten beabsichtigte. Der Captain wollte sich von Chaneys Zustand persönlich in Kenntnis setzen, vielleicht sogar durch eine Landung und ein Gespräch mit dem Mann. Er gedachte ihn zur Rückkehr in den Stützpunkt zu überreden. Ohne diese besonderen Umstände wären Chaneys Leuchtraketen vielleicht unbeachtet am Himmel verpufft. Es kam dann so, daß wir die letzten drei oder vier Raketen noch sahen und unseren Kopter auf neuen Kurs bringen mußten, um ihn abzuholen. Als wir eintrafen, war Chaney nicht länger der begeisterte Abenteurer, als den der letzte Abschnitt seines Monologs ihn erscheinen läßt – er war ein erschöpfter, kranker Mann, der uns nicht einmal zu erkennen schien, nachdem wir gelandet und aus dem Kopter gestiegen waren, ein Mann, der sich auf unsere Schultern stützen mußte, um in den Kopter zu klettern, der unrasiert war und triefäugig. Da wir seinen Tornister an uns nahmen, gelangten wir in den Besitz des Recorders, den er während der beiden letzten Tage benutzt hatte, und der sogenannten Gucklochbücher, die er offenbar aus dem Asaditempel mitnahm. Am Abend desselben Tages suchte ich die Asadilichtung auf und barg seine übrigen persönlichen Habseligkeiten.

Im Stützpunkt übergaben wir Chaney sofort der Obhut der beiden Ärzte Williams und Tsjuki, die dafür sorgten, daß er im Krankenrevier ein Einzelzimmer erhielt. Während seiner Behandlung schrieb er dann, wie ich schon an vorheriger Stelle erwähnte, den Text Das Ritual des Todes und der Bestimmung. *In unseren Unterhaltungen behauptete er mehrmals, wir hätten ihn nicht weiter als vier- oder fünfhundert Meter von der geschilderten Pagode entfernt an Bord genommen. Er blieb bei dieser Behauptung, obwohl selbst mehrere Erkundungsflüge über dem fraglichen Gebiet keine Lichtung entdecken konnten, die für ein derartiges Bauwerk genug Platz bot. Nicht einmal während unserer*

Gespräche erwähnte er, auch im Innern der Pagode gewesen zu sein. Lediglich auf dem konfiszierten Band vertritt er diesen bizarren Anspruch. Sie haben vorhin die schriftliche Fassung der Bandaufnahme gelesen und dürften sich daher selber ein Bild davon machen können, wieviel den einzelnen Berichten an ernsthafter Bedeutung beizumessen ist. Eines ist jedoch unanzweifelbar – die ›Gucklochbücher‹, die Chaney aus der Synesthesia-Wildnis mitbrachte, existieren wirklich. Und sie müssen irgendwoher stammen.

Die Gucklochbücher sind nach wie vor völlig rätselhaft. Sie sehen genauso aus, wie Chaney sie auf dem Band beschreibt. Die Kassetten bestehen aus fugenlosem Plastikmaterial, und die einzige Methode, mit der wir bislang das Innere einer Kassette untersuchen konnten, erforderte das Einschlagen des ›Gucklochs‹ des lichtdurchlässigen Einsatzes, wonach wir durch die entstandene Öffnung mit altmodischen Uhrmacherwerkzeugen einzudringen vermochten. Falls die ›Bücher‹ tatsächlich auf die von Chaney dargestellte Weise programmiert sind, haben wir jedoch im Kasseteninnern nichts feststellen können, was ein solches Programm aufzunehmen imstande wäre, und auch keine Energiequelle gefunden, die eine so rasche Wiedergabe von Spektralmustern ermöglichte. Morrell hat die Vermutung geäußert, die Molekularstrukturen der Plastikgehäuse selbst enthielten das Programm, aber bis jetzt gibt es keinen Weg, um diese Mutmaßung nachzuprüfen. Die Gucklochbücher bleiben ein Geheimnis.

Was Chaney betraf, so machte seine Genesung anscheinend Fortschritte. Er verweigerte jede Diskussion über das Band, mit dem ich ihn dann einmal – nur einmal – konfrontierte, sprach jedoch davon, über seine Entdeckungen einen Bericht von Buchumfang zu verfassen. »Die Asadi müssen beschrieben werden«, sagte Chaney einmal zu mir. »Sie müssen in allen Einzelheiten beschrieben werden. Es ist wesentlich, daß wir jede Kultur, der wir begegnen, auf dem Papier festhalten, auf Bändern, in Holographikkuben.

Der Schreibstift ist mächtiger als das Schwert, und Papier ist dauerhafter als Fleisch.« Aber Chaney schrieb sein Buch nicht. Drei Monate lang blieb er noch bei uns, ordnete seine Notizen, arbeitete in der Stützpunktbibliothek, setzte sich wenigstens für jede sechste, siebte Mahlzeit zu uns in die Gemeinschaftsmesse. Ansonsten hielt er sich jedoch zurück, blieb unter uns so isoliert wie zuvor auf der Asadilichtung. Er sann viel nach, versank häufig in düsteres, melancholisches, fatalistisches Grübeln. Außerdem tat er etwas, dem nur wenige von uns überhaupt Aufmerksamkeit schenkten. Er ließ sich einen Bart und die Haare wachsen. Den Grund begriffen wir erst später.

Eines Morgens war Egan Chaney nirgendwo im Stützpunkt aufzufinden. Am Abend war er noch immer fort. Eisen schickte mich in Chaneys Bungalow, wo ich während der Nacht auf ihn warten sollte. Er beauftragte mich damit, Chaneys Besitztümer durchzuschauen und darauf zu achten, ob sein Verbleib entweder aus einem klaren Hinweis oder irgendeiner beiläufigen Notiz zu ersehen sei. »Aber ich bezweifle, daß er zurückkommen wird«, sagte der Captain – und der Captain behielt recht. Doch bezüglich der Notiz irrte er sich. Ich fand in seinem mit Büchern überfüllten, kleinen Arbeitsraum nur zerknitterte, zerfledderte Notizbücher, aber in keinem davon, obwohl ich im Laufe der Nacht alle durchlas, stand irgendeine Abschiedsbotschaft.

Erst als ich am nächsten Tag in mein Postfach blickte, entdeckte ich das, mit dessen Entdeckung mich Eisen beauftragt hatte. Ich warf nur gewohnheitsmäßig einen Blick in das Fach – ich wußte, es waren keine Sondenreports eingetroffen. Vielleicht wartete ich auf eine Nachricht von jemandem im Stützpunkt. Auf jeden Fall fand ich bei dieser Gelegenheit Chaneys Brief. Der einzige Trost, den ich daraus gewann, war die Gewißheit, daß mein Freund nicht Selbstmord beging, daß er erfolgreich gegen einen subtilen, ihn jedoch ständig bedrängenden Wahnsinn angekämpft hatte.

(Diesen letzten Satz las Eisen in flüchtiger Hast und

erhob prompt dagegen einen Einwand. »Hier haben Sie sich hundertprozentig geirrt, Benedict. Chaney unterlag nicht nur sehr wohl seinem Wahnsinn, er beging auch Selbstmord – zwar einen verzögerten, aber nichtsdestotrotz Selbstmord.«)

In Chaneys Brief war eine sonderbare Art von Optimismus zum Ausdruck gebracht, ist meine Auffassung; und sollten Sie, wenn Sie den Text zum ersten Mal lesen, den roten Faden, in dem dieser Optimismus sich manifestiert, nicht gleich bemerken, dann lesen Sie ihn ruhig noch einmal. Denn falls Chaney Selbstmord beging, so starb er immerhin für etwas, woran er glaubte.

Benedict, ich gehe zurück zur Asadilichtung. Aber sehen Sie davon ab, mir zu folgen – ich lasse mich nicht fortholen. Ich bin nun zu vollständigem Einklang mit mir selbst gelangt. Wahrscheinlich werde ich umkommen. Ohne die Versorgungslieferungen muß ich sicherlich umkommen. Aber ich gehöre zu den Asadi, nicht als Außenseiter und nicht als Häuptling, sondern als einer in der Masse. Ich gehöre dazu, obwohl diese Masse blöde ist, obwohl sie in ihrer selbstgewählten Immunität gegen jede Erfahrungsaneignung beharrt. Ich bin einer von ihnen. Ich bin – wie der Junggeselle – ein großer, träger Nachtfalter. Ein Bärenspinner. Und die Flamme, die zu umkreisen und in die mich zu stürzen ich beschlossen habe, ist eben jene Flamme, die langsam jeden einzelnen Asadi verzehrt.

Ich wünsche Ihnen alles Gute,

Egan

Anmerkung von Moses Eisen: Aufgrund von Egan Chaneys Desertation in die Synesthesia-Wildnis und Thomas Benedicts klarsichtiger Kompilation der Notizen Chaneys hat die Kultur-Xenologische Akademie statt Chaney den Oliver-Bow-Aurm-Frasier-Gedächtnispreis Thomas Benedict verliehen. Wir vergessen die Toten nicht, aber wir begraben sie. Die Ehrungen sind den Lebenden vorbehalten.

Ursula K. Le Guin

UNERMESSLICH WIE EIN WELTREICH – LANGSAMER GEWACHSEN

Schon wieder Bäume.

Ich erinnere mich, daß Robert Silverberg, der diese Geschichte als erster in ›New Dimensions 1‹ veröffentlichte, sehr vorsichtig anfragte, ob ich wohl den Titel ändern würde. Ich sah ein, daß ein Leser, der die Story erst halb gelesen hat, den Titel vielleicht zu deskriptiv finden würde; aber er war einfach zu schön und zu passend, um ihn aufzugeben, und Mr. Silverberg gestattete mir, ihn zu behalten. Er stammt aus Marvells ›To his Coy Mistress‹...

Our vegetable love should grow
Vaster than empires, and more slow...

Ebenso wie ›Neun Leben‹ ist diese Story keine Psychogeschichte, sondern eine normale Science Fiction-Story, nicht auf Action/Abenteuer abgestellt, sondern auf Psychologie. Wenn physische Action nicht psychische Action spiegelt, wenn Taten nichts über die Person aussagen, langweilen mich Abenteuergeschichten nur; oft scheint es, je mehr Action vorhanden ist, desto weniger geschieht. Mein Interesse gilt eindeutig dem, was im Innern des Menschen vorgeht. Innerer Raum und so. Wir alle haben Wälder in uns. Unerforschte, endlose Wälder. Und jeder von uns verirrt sich im Wald, Nacht für Nacht, immer allein.

Tief im dichten Laub liegt hier eine winzig kleine Ehrung versteckt. Die Hauptfigur in ›He Who Shapes‹ von Roger Zelazny, einer der schönsten Science Fiction-Stories, die ich kenne, heißt Charles Render. Ich habe ein Syndrom nach ihm benannt.

Nur in den ersten Jahrzehnten der Liga unternahm es die Erde, Schiffe auf die unendlich lange Reise über die Grenzen, über die Sterne hinaus in die Ferne zu schicken. Sie suchten nach Welten, die nicht von den Gründern auf Hain besät oder besiedelt worden waren, nach wahrhaft fremden Welten. Alle bekannten Welten waren hainischen Ursprungs, und das gefiel den Terranern nicht, die von den Hainern nicht nur gegründet, sondern auch gerettet worden waren. Sie wollten weg von der Familie. Sie wollten etwas Neues finden. Die Hainer unterstützten ihre Unternehmungen wie ermüdet-verständnisvolle Eltern und steuerten, ebenso wie mehrere andere Welten der Liga, sowohl Schiffe als auch Freiwillige bei.

Alle diese Freiwilligen der extremen Forschungsgruppen hatten eine Besonderheit gemeinsam: Sie besaßen einen krankhaften Geist.

Denn welcher vernünftige Mensch würde schließlich ausziehen, um Informationen zu sammeln, die erst in fünf bis zehn Jahrhunderten empfangen werden würden? Noch war es niemandem gelungen, die Interferenzen der kosmischen Masse aus dem Verkehr mittels Ansible zu eliminieren, daher war unmittelbare Kommunikation nur im Bereich von 120 Lichtjahren zuverlässig. Die Forscher würden also isoliert sein. Und sie hatten natürlich keine Ahnung, wie alles aussehen würde, wenn sie zurückkehrten – falls sie zurückkehrten. Kein normaler Mensch, der zwischen den Ligawelten einen Zeitsprung von auch nur ein paar Jahrzehnten erlebt hatte, würde sich freiwillig für eine Reise von Jahrhunderten melden. Die Forscher waren Eskapisten, Außenseiter. Sie waren verrückt.

Zehn von ihnen bestiegen im Smeming Port die Fähre und machten mehr oder weniger ungeschickte Versuche, einander während der drei Tage kennenzulernen, die die Fähre bis zu ihrem Schiff namens *Gum* brauchte. Gum ist ein cetianischer Kosename, etwa wie Baby oder Schätzchen. Es gehörten zwei Cetianer zum Team, zwei Hainer, ein Beldener und fünf Terraner; das von Cetianern gebaute Schiff war von der Regierung der Erde gechartert worden. Einer nach dem anderen wanden sich die Mannschaftsmitglieder durch das Verbindungsrohr an Bord wie mißtrauische Spermatozoen, die das Universum befruchten wollen. Die Fähre kehrte zurück, und der Navigator brachte die *Gum* auf den Weg. Ein paar hundert Millionen Kilometer vom Smeming Port entfernt flackerte sie einige Stunden am Rand des Weltraums, dann war sie unvermittelt verschwunden.

Als die *Gum* nach zehn Stunden und neunundzwanzig Minuten oder 256 Jahren wieder im Normalraum auftauchte, sollte sie sich eigentlich in der Nähe von Stern KG-E-96651 befinden. Und tatsächlich, da schimmerte der goldene Stecknadelknopf des Sterns. Irgendwo innerhalb eines Umkreises von vierhundert Millionen Kilometern gab es, von einem cetianischen Kartenzeichner eingetragen, einen grünlichen Planeten: Welt 4470. Und diesen Planeten mußte das Schiff nun finden. Das war gar nicht so leicht, wie es klingt, in einem Heuhaufen von vierhundert Millionen Kilometern. Und die *Gum* konnte im planetarischen Raum nicht einfach mit nahezu Lichtgeschwindigkeit herumjagen; wenn sie das tat, konnte es geschehen, daß sie, Stern KG-E-96651 und Welt 4470 allesamt mit einem großen Knall endeten. Also mußte sie mit Raketenantrieb dahinkriechen, mit nur wenigen hunderttausend Kilometern pro Stunde. Asnanifoil, der Mathematiker und Navigator, wußte ziemlich genau, wo sich der Planet befinden mußte, und meinte, sie würden ihn innerhalb von zehn E-Tagen auftreiben. Mittlerweile lernten sich die Mitglieder der Forschungsgruppe besser kennen.

»Ich kann ihn nicht ausstehen«, sagte Porlock, der Fachmann für die ›harten‹ Naturwissenschaften (Chemie, Physik, Astronomie, Geologie etc.), und kleine Speicheltröpfchen blieben in seinem Schnauzbart hängen. »Der Mann ist wahnsinnig. Ich möchte wissen, warum man ihn als geeignet für ein Forschungsteam erklärt hat, es sei denn, dies wäre ein bewußtes Experiment in Anpassungsfähigkeit, geplant von den Behörden, mit uns als Versuchskaninchen.«

»Wir benutzen im allgemeinen Hamster und hainische Gholes«, sagte Mannon, der Fachmann für ›weiche‹ Naturwissenschaften (Psychologie, Psychiatrie, Anthropologie, Ökologie etc.) höflich; er war einer der beiden Hainer. »Statt Meerschweinchen. Nun ja, wissen Sie, Mr. Osden ist wirklich ein sehr seltener Fall. Er ist tatsächlich der erste, der völlig vom Render-Syndrom geheilt wurde, einer Abart des infantilen Autismus, die man für unheilbar gehalten hatte. Der große terranische Analytiker Hammergeld folgerte, der Grund für den autistischen Zustand in diesem Fall sei eine übernormale Begabung für die Empathie, und entwickelte eine entsprechende Behandlung. Mr. Osden ist der erste Patient, dem diese Behandlung zuteil wurde, ja, bis zu seinem neunzehnten Lebensjahr lebte er sogar bei Dr. Hammergeld. Die Therapie war ein voller Erfolg.«

»Ein Erfolg?«

»Aber ja! Er ist eindeutig kein Autistiker mehr.«

»Nein, er ist unerträglich!«

»Nun, wißt ihr«, sagte Mannon, der nachsichtig die Speicheltröpfchen in Porlocks Schnauzbart betrachtete, »die normale defensiv-aggressive Reaktion zwischen Fremden, die sich kennenlernen – nehmen wir zum Beispiel mal Sie und Mr. Osden –, ist etwas, das man selbst kaum bemerkt; mit Hilfe von Gewohnheiten, Manieren, Unaufmerksamkeit kommt man darüber hinweg; man hat gelernt, sie zu ignorieren, so sehr, daß man möglicherweise sogar ihre Existenz leugnet. Unser Mr. Osden jedoch, der ein Empath ist, spürt sie immer. Spürt seine eigenen Gefühle, und die Ihren, und kann kaum unterscheiden, welche was sind. Nehmen wir an, daß in Ihrer emotionalen Reaktion auf ihn ein normales Element von Feindseligkeit gegen jeden Fremden enthalten ist, wenn Sie ihn kennenlernen, plus einer spontanen Abneigung gegen sein Aussehen, seine Kleidung oder seinen Händedruck – ganz egal, was. Er spürt diese Abneigung. Und da seine autistische Abwehr entfernt worden ist, nimmt er Zuflucht zu einem aggressiven Defensivmechanismus, einer Reaktion in gleicher Münze auf Ihre Aggression, die sie ungewollt in ihn hineinprojiziert haben.« So dozierte Mannon noch lange weiter.

»Das gibt einem Mann noch lange nicht das Recht, ein solches Ekel zu sein«, erklärte Porlock.

»Und er kann uns nicht abschalten?« erkundigte sich Harfex, der Biologe, ebenfalls ein Hainer.

»Das ist wie mit dem Hören«, erwiderte Olleroo, Assistentin des Fachmanns für ›harte‹ Wissenschaften, und bückte sich, um sich die Fußnägel mit fluoreszierendem Lack zu bepinseln. »Die Ohren haben keine Lider. Die Empathie hat keinen Schalter zum Abstellen. Er hört unsere Gefühle, ob er nun will oder nicht.«

»Weiß er tatsächlich, was wir denken?« fragte Eskwana, der Ingenieur, und seine Miene drückte dabei ehrliche Angst aus.

»Nein«, fuhr Porlock auf. »Empathie ist nicht Telepathie! Und Telepathie gibt es nicht.«

»Bis jetzt noch nicht«, entgegnete Mannon mit seinem leichten Lächeln. »Kurz ehe ich Hain verließ, kam ein äußerst interessanter Bericht von einer der kürzlich wiederentdeckten Welten herein, von einem HILFer namens Rocannon, der anscheinend entdeckt hat, daß bei einer mutierten hominiden Rasse eine erlernbare telepathische Methode existiert; ich habe nur eine Synopsis im HILF-Bulletin gelesen, aber…« Er fuhr fort. Die anderen hatten entdeckt, daß sie sich unterhalten konnten, während Mannon weiterredete; es schien ihm überhaupt nichts auszumachen, obwohl er nicht einmal viel von dem verpaßte, was sie selbst sagten.

»Warum aber haßt er uns dann?« fragte Eskwana.

»Niemand haßt dich, Ander-Schatz«, behauptete Olleroo, die Eskwanas linken Daumennagel mit fluoreszierendem Rosa betupfte. Der Ingenieur errötete und lächelte verlegen.

»Er tut, als ob er uns haßt«, sagte Haito, der Koordinator. Sie war eine zart aussehende Frau rein asiatischer Abstammung, mit einer überraschenden Stimme, tief, kehlig und weich wie bei einem jungen Ochsenfrosch. »Wenn er unter unserer Feindseligkeit leidet, warum verstärkt er sie dann noch durch seine ständigen Angriffe und Beleidigungen? Ich muß sagen, von Dr. Hammergelds Therapie halte ich nicht sehr viel, Mannon, wirklich; Autismus wäre vielleicht sogar vorzuziehen…«

Sie hielt inne. Osden hatte die Hauptkabine betreten.

Er sah aus wie gehäutet. Seine Haut war unnatürlich weiß und dünn, so daß man die Adern wie eine verblaßte Straßenkarte in Rot und Blau sah. Sein Adamsapfel, die Muskeln rings um seinen Mund, die Knochen und Sehnen an Handgelenken und Händen, alles stand so deutlicher hervor, als sei es ein Schaubild für den Anatomieunterricht. Sein Haar war von heller Rostfarbe, wie seit langem getrocknetes Blut. Er hatte zwar Augenbrauen und Wimpern, aber sie waren nur bei einer bestimmten Beleuchtung sichtbar; was man dagegen sah, das waren die Knochen der Augenhöhlen, die Adern der Lider, die farblosen Augen. Es waren keine roten Augen, denn er war eigentlich kein Albino, aber sie waren auch nicht blau oder grau; die Farben in Osdens Augen hatten sich gegenseitig ausgelöscht, so daß eine Klarheit wie die von kaltem Wasser entstanden war, unendlich tief. Er sah niemanden offen an. Seine Miene war ausdruckslos, sein Gesicht glich einer anatomischen Zeichnung oder dem Gesicht eines Gehäuteten.

»Ich muß zugeben«, sagte er mit seiner hohen, harten Tenorstimme, »daß selbst autistische Abkehrung von allem dem Smog der billigen, abgedroschenen Emotionen vorzuziehen wäre, mit dem Sie alle hier mich umgeben. Warum schwitzen Sie jetzt vor Haß, Porlock? Sie können mich nicht ausstehen? Dann gehen Sie doch und praktizieren Sie ein bißchen Auto-Erotizismus, wie letzte Nacht; es könnte Ihre Vibrationen verbessern. Verdammt noch mal, wer hat meine Bänder verkramt? Ich wünsche nicht, daß irgend etwas von meinen Sachen angerührt wird. Verstanden?«

»Osden«, fragte Asnanifoil mit seiner breiten, trägen Stimme, »warum sind Sie nur so ein Ekel?«

Ander Eskwana kroch fast in sich hinein und schlug die Hände vors Gesicht. Streitereien ängstigten ihn.

Olleroo hob mit einem leeren, doch eifrigen Ausdruck den Kopf – der ewige Zuschauer.

»Warum nicht?« entgegnete Osden. Dabei sah er Asnanifoil nicht an und hielt sich körperlich so weit von ihnen allen entfernt, wie das in der engen Kabine nur möglich war. »Keiner von Ihnen könnte für mich jemals ein Grund sein, mein Verhalten zu ändern.«

Harfex, ein zurückhaltender, geduldiger Mann, warf ein: »Der Grund ist der, daß wir alle mehrere Jahre miteinander verbringen werden. Das Leben wäre für uns alle leichter, wenn...«

»Können Sie denn nicht begreifen, daß Sie mir alle völlig egal sind?« unterbrach Osden ihn, nahm seine Mikrobänder und ging hinaus. Eskwana war unvermittelt eingeschlafen. Asnanifoil zeichnete mit dem Finger Wirbel in die Luft und murmelte die rituellen Primen. »Man kann seine Mitgliedschaft im Team nur als eine Verschwörung seitens der terranischen Behörde verstehen. Das habe ich sofort gemerkt. Dieses Unternehmen soll mißlingen«, flüsterte Harfex dem Koordinator mit einem Blick über seine Schulter zu. Porlock fingerte an seinem Hosenlatz herum; in seinen Augen standen Tränen. Ich sagte ja schon, daß sie alle verrückt waren, aber Sie glaubten wohl, ich übertreibe.

Dennoch waren ihre Beschwerden nicht unbegründet. Weltraumforscher erwarteten mit Recht, daß ihre Teammitglieder intelligent, gut ausgebildet, unorthodox und persönlich ansprechend waren. Sie mußten auf engem Raum und an unwirtlichen Orten zusammenarbeiten und durften erwarten, daß ihrer aller Paranoias, Depressionen, Manien, Phobien und Kompulsionen so gering waren, daß sie – wenigstens für den größten Teil der Zeit – ein gutes persönliches Verhältnis gestatteten. Osden mochte zwar intelligent sein, seine Ausbildung jedoch war ungenügend und seine Persönlichkeit katastrophal. Er war nur wegen seiner einzigen Begabung mitgeschickt worden: der Empathie, oder vielmehr richtiger, der bioempathischen Breitband-Rezeptivität. Sein Talent war nicht speziesspezifisch; er konnte von allem, was fühlte, Emotionen oder Empfindungen empfangen. Er konnte Lust mit einer weißen Ratte empfinden, Schmerz mit einer zertretenen Küchenschabe und Phototropie mit einem Nachtfalter. Auf einer fremden Welt, hatte die Behörde entschieden, würde es überaus nützlich sein zu erfahren, ob irgend etwas in der Nähe Empfindungen hatte, und wenn ja, wie seine Gefühle den Forschern gegenüber aussahen. Osden hatte eine ganz neue Berufsbezeichnung: Er war der Sensor dieses Teams.

»Was ist Emotion, Osden?« erkundigte sich Haito Tomiko eines Tages in der Hauptkabine bei ihm, weil sie versuchen wollte, endlich mal einen Kontakt mit ihm herzustellen. »Was genau empfangen Sie mit Ihrer empathischen Fähigkeit?«

»Dreck«, antwortete der Mann mit seiner hohen, gereizten Stimme. »Die psychischen Ausscheidungen des Tierreichs. Ich wate durch Ihre Fäkalien.«

»Ich wollte ja nur etwas dazulernen«, sagte sie und fand, ihr Ton sei bewundernswert ruhig.

»Sie wollten keineswegs etwas dazulernen. Sie wollten an mich herankommen. Mit ein wenig Angst, ein wenig Neugier und sehr viel Distanz. So wie man wohl einen toten Hund anstößt, um zu sehen, wie die Würmer auf ihm herumkriechen. Begreifen Sie doch endlich ein für allemal, ich lasse nicht zu, daß man an mich herankommt, ich will in Ruhe gelassen werden!« Seine Haut war rot- und blaufleckig geworden, seine Stimme klang schrill. »Geh doch und wälz dich in deinem eigenen Dreck, du gelbes Miststück!« schrie er ihr ins Gesicht.

»Beruhigen Sie sich«, entgegnete sie, immer noch gelassen, aber sie ging sofort hinaus und begab sich zu ihrer Kabine. Im Hinblick auf ihre Motive hatte er natürlich recht; ihre Frage war weitgehend ein Vorwand gewesen, lediglich ein Versuch, Interesse in ihm zu wecken. Aber was war denn so schlimm daran? Bewies dieser Versuch nicht Respekt vor dem anderen? Als sie die Frage an ihn stellte, hatte sie höchstens ein geringes Mißtrauen gegen ihn empfunden; hauptsächlich hatte er ihr sogar leid getan, das arme, arrogante, giftige Ekel, Mr. Ohnehaut, wie Olleroo ihn immer nannte. Was erwartete er denn eigentlich, so, wie er sich benahm? Liebe?

»Ich glaube, er kann's nicht ertragen, daß jemand Mitleid mit ihm hat«, meinte Olleroo, die auf der unteren Koje lag und sich die Brustwarzen vergoldete.

»Dann kann er überhaupt keine menschlichen Beziehungen herstellen. Alles, was sein Dr. Hammergeld getan hat, war, seinen Autismus von innen nach außen zu kehren…«

»Armer Kerl«, sagte Olleroo. »Tomiko, macht es dir was aus, wenn Harfex heute abend für eine Weile herkommt?«

»Kannst du denn nicht zu ihm in die Kabine gehen? Ich bin es leid, ständig mit dieser verdammten abgeschälten Rübe in der Hauptkabine rumzusitzen.«

»Du haßt ihn, nicht wahr? Ich glaube, das fühlt er. Aber ich habe gestern abend auch schon mit Harfex geschlafen, und deswegen wird Asnanifoil möglicherweise eifersüchtig; schließlich bewohnen sie dieselbe Kabine. Hier wäre es angenehmer.«

»Bedien sie doch beide«, entgegnete Tomiko mit der Grobheit beleidigter Sittsamkeit. Ihre terranische Subkultur, die ostasiatische, war puritanisch; sie war keusch erzogen worden.

»Ich mag aber immer nur einen pro Nacht«, erwiderte Olleroo mit unschuldigem Ernst. Beldene, der Gartenplanet, hatte bisher weder die Keuschheit noch das Rad entdeckt.

»Dann versuch's doch mal mit Osden«, warf Tomiko hin. Nur selten war ihre persönliche Labilität so deutlich wie jetzt: ein profundes Mißtrauen in sich selbst, das sich als Destruktivismus manifestierte. Sie hatte sich freiwillig für dieses Unternehmen gemeldet, weil es höchstwahrscheinlich vollkommen sinnlos war.

Die kleine Beldenerin hob, den Pinsel in der Hand, mit großen Augen den Kopf. »Aber Tomiko! Das war aber nicht nett von dir!«

»Wieso?«

»So etwas wäre abscheulich! Zu Osden fühle ich mich nicht hingezogen.«

»Und das spielt bei dir eine Rolle? Das wußte ich nicht«, erwiderte Tomiko gleichgültig, obwohl sie es natürlich doch wußte. Sie raffte einige Papiere zusammen und sagte beim Hinausgehen: »Hoffentlich seid ihr, du und Harfex oder wer immer, beim letzten Glasen auch wirklich fertig. Ich bin müde.«

Olleroo weinte; die Tränen tropften ihr auf die kleinen, vergoldeten Brustspitzen. Sie weinte sehr leicht. Tomiko hatte nicht mehr geweint, seit sie zehn Jahre alt gewesen war.

Es war kein glückliches Schiff; aber es wurde besser, als Asnanifoil mit seinen Computern Welt 4470 entdeckte. Da lag sie, ein dunkelgrünes Juwel, wie die Wahrheit auf dem Grund eines Schwerkraftschachts. Während sie zusahen, wie die jadegrüne Scheibe wuchs, entstand in ihnen eine Art Gemeinschaftsgefühl. Osdens Selbstsucht, seine gezielte Grausamkeit, beides bewirkte nun, daß die anderen näher zusammenrückten. »Vielleicht«, meinte Mannon, »wurde er als Prügelknabe mitgeschickt. Das, was die Terraner

Sündenbock nennen. Vielleicht wirkt sich sein Einfluß letztlich doch günstig aus.« Und so bedacht darauf waren sie, freundlich zueinander zu sein, daß keiner von ihnen widersprach.

Sie gingen in die Umlaufbahn. Es gab nirgends Lichter auf der Nachtseite, keine Linien oder Flecken, die auf Tiere, die bauen, hinwiesen.

»Keine Menschen«, murmelte Harfex.

»Natürlich nicht«, fuhr Osden auf, der einen eigenen Bildschirm hatte und dessen Kopf in einem Plastiksack steckte. Er behauptete, das Polyäthylen schirme ihn ein wenig von dem empathischen Lärm ab, den er von den anderen empfange. »Wir sind zwei Lichtjahrhunderte über die Grenzen der hainischen Expansion hinaus, und außerhalb dieser Grenzen gibt es keine Menschen. Nirgends. Ihr glaubt doch wohl nicht, die Schöpfung hätte den gleichen schrecklichen Fehler zweimal gemacht, wie?«

Niemand jedoch schenkte ihm große Beachtung; sie betrachteten liebevoll die große, jadegrüne Weite unten, wo es zwar Leben gab, aber kein menschliches. Sie waren Außenseiter der Menschheit, und was sie dort sahen, war nicht etwa Einsamkeit, sondern Frieden. Sogar Osdens Miene war nicht so ausdruckslos wie sonst; er runzelte die Stirn.

Sinkflug in Feuer auf dem Meer; Erkundung aus der Luft; Landung. Eine Ebene, bedeckt mit etwas Grasähnlichem; dicke, grüne, geschmeidige Stengel umstanden das Schiff, wischten über die ausgefahrenen Kameras, verschmierten die Linsen mit feinem Blütenstaub.

»Sieht aus wie eine reine Phytosphäre«, sagte Harfex. »Osden, erkennen Sie irgendwelche Empfindungen?«

Alle wandten sie sich dem Sensor zu. Er hatte sich vom Bildschirm abgewandt und schenkte sich eine

Tasse Tee ein. Er antwortete nicht. Er antwortete selten auf laut ausgesprochene Fragen.

Die panzerharte Starre der militärischen Disziplin war auf diese Teams verrückter Naturwissenschaftler nicht anwendbar; deren Befehlsstruktur lag irgendwo zwischen parlamentarischem Verfahren und Hackordnung und hätte einen normalen Offizier um den Verstand gebracht. Aufgrund der unergründlichen Ratschlüsse der Behörde jedoch war Dr. Haito Tomiko der Titel Koordinator verliehen worden, und diese Vollmacht übte sie nun zum erstenmal aus. »Mr. Sensor Osden«, sagte sie, »bitte antworten Sie Mr. Harfex.«

»Wie soll ich draußen etwas ›erkennen‹ können?« erwiderte Osden, ohne sich umzudrehen. »Wo die Emotionen von neun neurotischen Hominiden um mich herum wuchern wie Würmer in einer Konservendose? Wenn ich Ihnen etwas zu sagen habe, werde ich es Ihnen sagen. Ich bin mir meiner Pflichten als Sensor bewußt. Wenn Sie sich jedoch noch einmal erdreisten, mir einen Befehl zu erteilen, Koordinator Haito, werde ich mich meiner Pflichten als entledigt betrachten.«

»Nun gut, Mr. Sensor. Ich hoffe, daß von nun an keine Befehle mehr notwendig sind.« Tomikos Ochsenfroschstimme klang gelassen, doch Osden schien ein wenig zusammenzuzucken, obwohl er ihr den Rücken zugekehrt hatte, als hätte ihn der Ansturm ihrer unterdrückten Erbitterung mit körperlicher Gewalt getroffen.

Die Voraussage des Biologen erwies sich als richtig. Als sie mit den Feldanalysen begannen, stellten sie fest, daß es überhaupt keine Tiere gab, nicht einmal unter den Mikrobioten. Hier aß niemand den anderen. Alle Lebensformen lebten von Photosynthese oder Saprophagie, lebten also von Licht oder Tod und nicht vom Leben. Pflanzen: unendliche Mengen von Pflanzen, und keine einzige Spezies den Besuchern aus dem Hause Mensch bekannt. Unendliche Mengen von Schattierungen und Intensitäten von Grün, Violett, Purpur, Braun, Rot. Unendliches Schweigen. Nur der Wind regte sich, bewegte Blätter und Zweige, ein warmer, singender Wind, beladen mit Sporen und Pollen, der diesen süßen, blaßgrünen Staub über Prärien hoher Gräser blies, Heide, die kein Heidekraut trug, Wälder ohne Blumen, die kein Fuß je betreten, kein Auge je geschaut hatte. Eine warme, traurige Welt, traurig und still. Die Forscher wanderten wie Ausflügler über besonnte Ebenen voll violetter, farnähnlicher Pflanzen und unterhielten sich leise. Es war ihnen bewußt, daß ihre Stimmen das Schweigen von tausend Millionen Jahren brachen, das Schweigen von Wind und Laub, Laub und Wind, der blies und erstarb und abermals blies. Sie sprachen leise; doch da sie Menschen waren, sprachen sie.

»Armer, alter Osden«, sagte Jenny Chong, Biologin und Technikerin, die einen Helijet auf der nördlichen Polarroute steuerte. »All diese komplizierte Hifi-Ausstattung in seinem Hirn, und nun ist nichts da, was er empfangen könnte. Was für eine Enttäuschung!«

»Wie er mir sagte, haßt er Pflanzen«, behauptete Olleroo kichernd.

»Eigentlich sollte man meinen, er müßte sie mögen, denn schließlich stören sie ihn nicht so wie wir.«

»Ich kann auch nicht gerade behaupten, daß ich diese Pflanzen mag«, sagte Porlock, der auf die purpurnen Wellen des nördlichen Polarwaldes hinabblickte. »Alles dasselbe. Kein Verstand. Keine Veränderung. Ein Mensch allein da unten würde bestimmt bald durchdrehen.«

»Aber alles lebt«, widersprach Jenny Chong. »Und wenn es lebt, dann wird es von Osden gehaßt.«

»Also, so schlimm ist er eigentlich nicht«, erklärte Olleroo großzügig. Porlock warf ihr einen Seitenblick zu und fragte: »Haben Sie schon mit ihm geschlafen, Olleroo?«

Olleroo brach in Tränen aus. »Ihr Terraner seid widerlich!« sagte sie weinend.

»Nein, hat sie nicht«, kam Jenny Chong ihr prompt zu Hilfe. »Sie vielleicht, Porlock?«

Der Chemiker lachte voll Unbehagen: ha, ha, ha. In seinem Schnauzbart setzten sich Speicheltröpfchen fest.

»Osden kann's nicht ertragen, wenn man ihn berührt«, erklärte Olleroo mit zittriger Stimme. »Ich bin einmal zufällig gegen ihn gestoßen, und er hat mich weggeschubst, als wäre ich etwas... Widerwärtiges. Wir sind ihm alle widerwärtig.«

»Er ist böse«, sagte Porlock mit einer so verkrampften Stimme, daß die beiden Frauen erschraken. »Er wird dieses Team noch auseinanderbringen, es sabotieren, so oder so. Ihr werdet's schon sehen. Er kann einfach nicht mit anderen Menschen zusammenleben!«

Sie landeten am Nordpol. Über flachen Hügeln glühte die Mitternachtssonne. Kurze, trockene, grünlich-rosa Moosgräser erstreckten sich in alle Himmelsrichtungen, das heißt, in eine einzige, nach Süden. Eingeschüchtert von der unglaublichen Stille, stellten die drei Forscher ihre Instrumente auf und machten sich an die Arbeit, drei winzige Viren, die auf der Haut eines reglosen Giganten herumkrabbelten.

Niemand forderte Osden auf, bei diesen Ausflügen als Pilot oder Fotograf oder Recorder mitzukommen, und freiwillig meldete er sich nie, daher verließ er das Basislager nur selten. Er fütterte Harfex' botanische Taxonomiedaten in den Schiffscomputer und arbeitete als Eskwanas Assistent, dessen Aufgabe hier hauptsächlich im Reparieren und Instandhalten bestand. Eskwana begann in letzter Zeit sehr viel zu schlafen, fünfundzwanzig Stunden und mehr von einem Zweiunddreißig-Stunden-Tag, nickte ein, während er ein Funkgerät reparierte oder die Leitstrahlen eines Helijets überprüfte. Der Koordinator blieb eines Tages im Lager, um ihn zu beobachten. Außer ihnen war nur noch Poswet To zu Hause, die an epileptischen Anfällen litt; Mannon hatte sie im Zustand präventiver Katatonie an ein Therapiesystem angeschlossen. Tomiko sprach Berichte in die Memorybanks und hatte ein Auge auf Osden und Eskwana. Zwei Stunden vergingen.

»Sie sollten vielleicht zum Fixieren dieser Verbindung die 860er Mikrowaldos nehmen«, sagte Eskwana mit seiner sanften, zögernden Stimme.

»Offensichtlich!«

»Verzeihung. Ich sah nur, daß Sie die 840er da hatten...«

»Die ich wieder einsetzen werde, wenn ich die 860er herausnehme. Wenn ich nicht weiß, was ich machen soll, Ingenieur, werde ich Sie um Rat fragen.«

Nach einer Minute sah Tomiko sich um. Und tatsächlich, da saß Eskwana, den Kopf auf dem Tisch, den Daumen im Mund und schlief tief und fest.

»Osden.«

Das weiße Gesicht drehte sich ihr nicht zu, und er sagte auch nichts, ließ sie jedoch voller Ungeduld wissen, daß er höre.

»Sie müssen sich doch klar darüber sein, wie empfindlich Eskwana ist.«

»Ich bin nicht verantwortlich für seine psychopathischen Reaktionen.«

»Aber für Ihre eigenen. Eskwana ist für unsere Arbeit hier unentbehrlich, Sie dagegen nicht. Wenn Sie

Ihre Feindseligkeit nicht unterdrücken können, sollten Sie ihn überhaupt meiden.«

Osden legte sein Werkzeug hin und stand auf. »Mit Vergnügen!« sagte er mit seiner bissigen, harten Stimme. »Sie können sich einfach nicht vorstellen, was es bedeutet, Eskwanas irrationale Ängste zu erleben. Seine grauenhafte Feigheit zu teilen, mit ihm zusammen vor allem und jedem zurückzuschrecken.«

»Wollen Sie damit Ihre Grausamkeit ihm gegenüber rechtfertigen? Ich dachte, Sie besäßen mehr Selbstachtung.« Tomiko merkte, daß sie vor Haß zitterte. »Wenn Ihre empathische Begabung wirklich bewirkt, daß Sie Anders Elend mitfühlen, warum löst das dann in Ihnen nicht mal ein winziges Quentchen Mitleid aus?«

»Mitleid!« erwiderte Osden. »Mitleid! Was wissen Sie denn schon von Mitleid?«

Sie starrte ihn an, aber er erwiderte ihren Blick nicht.

»Möchten Sie, daß ich Ihren gegenwärtigen emotionalen Gemütszustand im Hinblick auf meine Person beschreibe?« fragte er. »Das kann ich präziser als Sie selbst. Ich bin dazu erzogen worden, derartige Reaktionen zu analysieren, wenn ich sie empfange. Und ich empfange sie jetzt.«

»Aber wie können Sie von mir erwarten, daß ich Ihnen freundlich gesonnen bin, wenn Sie sich so benehmen?«

»Was spielt es für eine Rolle, wie ich mich *benehme,* Sie dumme Kuh, glauben Sie wirklich, darauf kommt es an? Glauben Sie etwa, der Durchschnittsmensch wäre ein nie versiegender Brunnen liebevoller Güte? Ich habe die Wahl, gehaßt oder verachtet zu werden. Und da ich weder eine Frau noch ein Feigling bin, ziehe ich es vor, gehaßt zu werden.«

»Das ist doch Blödsinn! Selbstmitleid. Jeder Mensch hat...«

»Aber ich bin nicht irgendein Mensch«, widersprach Osden. »Da sind Sie alle miteinander. Und hier bin ich. Ich bin *einer.*«

Erschrocken über dieses Beispiel von abgrundtiefem Solipsismus schwieg sie eine Weile; schließlich sagte sie ohne Gehässigkeit und ohne Mitleid, leidenschaftslos. »Sie könnten sich umbringen, Osden.«

»Nein, das ist Ihre Art, Haito«, höhnte er. »Ich bin nicht depressiv, und *seppuku* ist nicht mein Fall. Was soll ich Ihrer Ansicht nach tun?«

»Gehen Sie. Verschonen Sie sich und uns. Nehmen sie den Flugwagen und einen Dateneinspeiser und führen Sie eine Spezieszählung durch. Im Wald; Harfex hat mit den Wäldern noch nicht mal angefangen. Nehmen Sie ein Waldgebiet von hundert Quadratmetern, irgendwo innerhalb des Funkbereichs. Aber außerhalb des Empathiebereichs. Und melden Sie sich täglich um acht und vierundzwanzig Uhr.«

Osden ging, und fünf Tage lang hörten sie nichts von ihm als zweimal täglich seine lakonischen Meldungen, alles in Ordnung. Die Stimmung im Basislager veränderte sich wie ein Bühnenbild. Eskwana blieb bis zu achtzehn Stunden am Tag wach. Poswet To holte ihre Stellarlaute heraus und sang himmlische Harmonien (Musik hatte Osden tobsüchtig gemacht). Mannon, Harfex, Jenny Chong und Tomiko brauchten keine Beruhigungstabletten mehr. Porlock destillierte sich irgendwas in seinem Labor und trank es ganz für sich allein. Er hatte einen Kater. Asnanifoil und Poswet To feierten eine Numerische Offenbarung, jene mystische Orgie höherer Mathematik, die das größte Vergnügen der religiösen Cetianer ist. Olleroo schlief reihum mit allen. Die Arbeit ging gut voran.

Der Experte für ›harte‹ Naturwissenschaften kam

im Laufschritt zum Basislager zurück, kämpfte sich durch die hohen, fleischigen Stengel der Graminiformen. »Etwas… im Wald…« Seine Augen waren aus den Höhlen getreten, er keuchte, sein Schnauzbart und seine Finger zitterten. »Etwas Großes. Es hat sich bewegt, hinter mir. Ich hatte mich gerade gebückt, um ein Nivellierungszeichen zu setzen. Da kam es auf mich zu. Als ob es sich aus den Bäumen hinunterschwänge. Hinter mir.« Er starrte die anderen mit dem blinden Blick des Entsetzens oder der Erschöpfung an.

»Setzen Sie sich, Porlock. Nur mit der Ruhe. Und jetzt noch mal ganz von vorn. Sie haben also etwas gesehen…«

»Nicht deutlich. Nur die Bewegung. Zielstrebig. Ein… ein… Ich weiß nicht, was es gewesen sein kann. Etwas, das sich selbständig bewegte. In den Bäumen, den Arboriformen, egal, wie ihr sie nennt. Am Waldrand.«

Harfex machte ein grimmiges Gesicht. »Hier gibt es nichts, was Sie angreifen könnte, Porlock. Nicht einmal Mikrozoen. Also *kann* es gar kein großes Tier gewesen sein.«

»Könnte es vielleicht ein Epiphyt gewesen sein, den Sie haben fallen sehen, eine Ranke, die sich hinter Ihnen gelöst hat?«

»Nein«, widersprach Porlock entschieden. »Es kam auf mich zu, von oben durch die Äste, schnell. Als ich mich umdrehte, machte es sich wieder davon, nach oben. Es machte auch ein Geräusch, eine Art Knacken. Wenn es kein Tier war, weiß der Himmel, was es dann gewesen ist! Es war groß – mindestens so groß wie ein Mensch. Möglicherweise von rötlicher Farbe. Aber genau konnte ich es nicht sehen, ich bin nicht sicher.«

»Das war Osden«, meinte Jenny Chong, »Osden

als Tarzan.« Sie kicherte nervös, und Tomiko unterdrückte ein unkontrolliertes, schwaches Lachen. Aber Harfex lächelte nicht.

»Es wird einem unbehaglich unter den Arboriformen«, bestätigte er mit seiner höflichen, beherrschten Stimme. »Das habe ich auch schon bemerkt. Das mag sogar der Grund dafür sein, weshalb ich die Arbeit in den Wäldern immer wieder aufgeschoben habe. Die Farben haben etwas Hypnotisches, die Anordnung der Stämme und Äste ebenfalls, vor allem die mit der schneckenförmigen Anordnung; und die Sporenwerfer wachsen in so regelmäßigen Abständen, daß es unnatürlich wirkt. Ich persönlich finde das recht unangenehm. Ich möchte wissen, ob ein stärkerer Effekt der gleichen Art nicht vielleicht eine Halluzination hervorgerufen haben kann.«

Porlock schüttelte den Kopf. Er befeuchtete sich die Lippen. »Es war da«, beharrte er. »Irgend etwas. Das sich zielbewußt bewegte. Und versuchte, mich von hinten zu überfallen.«

Als Osden sich an jenem Abend pünktlich wie immer um 24 Uhr meldete, berichtete Harfex ihm von Porlocks Erlebnis. »Sind Sie, Mr. Osden, auf irgend etwas gestoßen, daß Mr. Porlocks Eindruck von einer frei beweglichen, empfindungsfähigen Lebensform im Wald bestätigen könnte?«

Ssss, machte das Funkgerät ironisch. »Nein. Quatsch«, sagte Osdens unangenehme Stimme.

»Sie sind länger im Wald gewesen als wir alle«, erwiderte Harfex mit unerschütterlicher Höflichkeit. »Haben Sie, wie ich, den Eindruck, daß das Ambiente des Waldes eine ziemlich beunruhigende und möglicherweise halluzinogene Wirkung auf das Wahrnehmungsvermögen ausübt?«

Sssss. »Ich bin der Meinung, daß Porlocks Wahrnehmungsvermögen allerdings leicht zu beunruhigen ist.

Lassen Sie ihn in seinem Labor bleiben, da kann er weniger anrichten. Sonst noch was?«

»Im Augenblick nicht«, sagte Harfex, und Osden schaltete aus.

Niemand konnte Porlocks Story bestätigen, aber niemand konnte sie auch widerlegen. Er war fest überzeugt, daß etwas, etwas Großes, versucht hatte, ihn hinterrücks zu überfallen. Dem konnte man nur schwer widersprechen, denn sie befanden sich auf einer fremden Welt, und jeder, der den Wald betreten hatte, hatte unter den Bäumen ein gewisses Frösteln und eine Ahnung von Unheil erlebt. (»Nennt sie ruhig Bäume«, hatte Harfex zu ihnen gesagt. »Sie sind wirklich genauso, nur natürlich völlig anders.«) Sie waren sich einig darin, daß sie Unbehagen empfunden oder das Gefühl gehabt hatten, sie würden von hinten beobachtet.

»Die Angelegenheit muß geklärt werden«, meinte Porlock und ersuchte darum, wie Osden als Biologie-Assistent zum Forschen und Beobachten in den Wald geschickt zu werden. Olleroo und Jenny Chong meldeten sich freiwillig, falls sie zusammen gehen durften. Harfex schickte sie alle in den Wald, in dessen Nähe das Lager stand, ein riesiges Gebiet, das vier Fünftel des Kontinents D einnahm. Sie sollten sich innerhalb eines Halbkreises von fünfzig Meilen halten, in dem auch Osdens gegenwärtiger Standort lag. Sie alle meldeten sich drei Tage lang zweimal täglich. Porlock behauptete, etwas wie eine große, halb aufgerichtete Gestalt durch die Bäume am anderen Flußufer gesehen zu haben; Olleroo war überzeugt, in der zweiten Nacht gehört zu haben, wie sich etwas in der Nähe des Zeltes bewegte.

»Es gibt keine Tiere auf diesem Planeten«, erklärte Harfex hartnäckig.

Dann blieb Osdens Vormittagsmeldung aus.

Tomiko wartete knapp eine Stunde, dann flog sie mit Harfex in die Gegend, aus der sich Osden am Abend zuvor gemeldet hatte. Doch als der Helijet über dem unermeßlich weiten, undurchdringlichen purpurnen Blättermeer schwebte, wurde sie von angstvoller Verzweiflung erfaßt. »Wie sollen wir ihn da drinnen finden?«

»Er sagte, er sei am Flußufer gelandet. Wir müssen den Flugwagen suchen; er wird nicht weit davon sein Lager haben, und er selbst kann nicht sehr weit davon entfernt sein. Spezieszählen ist eine langwierige Arbeit. Da ist schon der Fluß.«

»Und da ist sein Wagen«, ergänzte Tomiko, die das helle, nicht hierher passende Glitzern zwischen den Naturfarben und Schatten entdeckt hatte. »Also dann.«

Sie schaltete das Schiff auf Schweben und ließ die Leiter hinab. Sie und Harfex stiegen hinunter. Das lebendige Meer schloß sich über ihren Köpfen.

Als ihre Füße den Waldboden berührten, öffnete sie die Klappe ihres Holsters; nach einem kurzen Blick zu Harfex hinüber, der unbewaffnet war, ließ sie die Pistole jedoch unberührt. Dennoch kroch ihre Hand immer wieder hinab. Kein einziges Geräusch war zu hören, als sie sich ein paar Meter von dem trägen, braunen Floß entfernt hatten, und das Tageslicht war matt. Die dicken Baumstämme standen ziemlich weit auseinander, beinahe regelmäßig, beinahe einer wie der andere; sie besaßen alle eine weiche Rinde, einige wirkten glatt, andere schwammig; grau bis grünlichbraun oder braun, umrankt von kabeldicken Schlingpflanzen und garniert mit Epiphyten, streckten sie starre, wirre Büschel von großen, untertassenförmigen, dunklen Blättern von sich, die ein zwanzig bis dreißig Meter dickes Dach bildeten. Der Boden federte wie eine Matratze, war dicht mit Wurzeln durchzogen und mit kleinen fleischig-blättrigen Gewächsen bedeckt.

»Hier ist sein Zelt«, sagte Tomiko, eingeschüchtert vom Klang ihrer Stimme in dieser ungeheuren Gemeinschaft der Stimmlosen. Im Zelt fanden sie Osdens Schlafsack, ein paar Bücher, eine Schachtel mit Rationen. Wir müßten ihn rufen, dachte sie, sprach es aber nicht aus; Harfex machte diesen Vorschlag auch nicht. Vom Zelt aus gingen sie in Kreisen, achteten jedoch darauf, daß sie einander inmitten der dichtstehenden Gewächse der düsteren Enge nicht aus den Augen verloren. Tomiko stolperte fast über Osdens Körper, keine dreißig Meter vom Zelt entfernt, aufmerksam geworden durch das weißliche Leuchten eines zu Boden gefallenen Notizbuches. Er lag mit dem Gesicht nach unten zwischen zwei Bäumen mit riesigen Wurzeln. Sein Kopf und seine Hände waren voll Blut, teils schon getrocknet, teils noch rot sickernd.

Harfex tauchte neben ihr auf; im Dämmerlicht wirkte seine bleiche Hainerhaut fast grün. »Tot?«

»Nein. Man hat ihn niedergeschlagen. Von hinten.« Tomikos Finger tasteten über den blutigen Schädel, die Schläfen, den Nacken. »Eine Waffe oder ein Werkzeug … Gebrochen ist anscheinend nichts.«

Als sie Osden umdrehte, damit sie ihn aufheben konnten, schlug er die Augen auf. Sie hielt ihn, dicht über sein Gesicht gebückt. Seine blassen Lippen verzerrten sich. Eine tödliche Angst durchdrang sie plötzlich. Sie schrie zwei- oder dreimal laut auf und wollte zitternd und in der schrecklichen Dämmerung stolpernd davonlaufen. Harfex hielt sie auf, und als sie seine Berührung fühlte und seine Stimme hörte, legte sich die Panik wieder. »Was ist denn? Was ist denn?« fragte er sie.

»Ich weiß es nicht.« Sie schluchzte. Ihr rasendes Herzklopfen schüttelte sie noch immer, und sie konnte nicht deutlich sehen. »Die Angst, die… Ich habe durchgedreht. Als ich seine Augen sah.«

»Wir sind beide nervös. Ich verstehe nicht, wie…«

»Mir geht's schon wieder besser. Kommen Sie, wir müssen sehen, daß er möglichst schnell behandelt wird.«

Beide von einer sinnlosen Hast getrieben, schleppten sie Osden zum Fluß hinüber und zogen ihn mit einem Seil unter den Armen hoch; er baumelte, sich ganz leicht drehend, wie ein Sack über dem trägen, dunklen Meer der Blätter. Sie zogen ihn in den Helijet herauf und starteten. Kurz darauf waren sie über der weiten Prärie. Tomiko hängte sich an den Leitstrahl. Sie atmete tief durch; dann sah sie Harfex an.

»Ich war so verängstigt, daß ich fast ohnmächtig geworden wäre. Das ist mir wirklich noch nie passiert.«

»Ich war… ebenfalls ohne jeden Grund verängstigt«, gestand der Hainer, der tatsächlich gealtert und erschüttert wirkte. »Nicht ganz so schlimm wie Sie. Aber ohne Grund.«

»Es fing an, als ich Kontakt mit ihm hatte, ihn in den Armen hielt. Er schien einen Moment zu Bewußtsein gekommen zu sein.«

»Empathie? Hoffentlich kann er uns sagen, wer oder was ihn überfallen hat.«

Osden lag, wie sie ihn in ihrer hektischen Hast, aus dem Wald herauszukommen, auf die Rückseite gepackt hatten: halb sitzend, wie eine zerbrochene Kleiderpuppe, mit Blut und Schmutz bedeckt.

Als sie im Basislager ankamen, herrschte dort ebenfalls Panik. Die sinnlose Brutalität des Überfalls war besorgniserregend und verwirrend. Da Harfex hartnäckig behauptete, es gebe kein tierisches Leben auf dem Planeten, begannen sie über empfindungsbegabte Pflanzen zu spekulieren, pflanzliche Ungeheuer, psychische Projektionen. Jenny Chongs latente

Phobie machte sich wieder bemerkbar, und sie konnte über nichts anderes reden als über die dunklen Egos, die den Menschen hinter ihrem Rücken folgten. Sie, Olleroo und Porlock waren zum Lager zurückbeordert worden; und niemand hatte große Lust, es zu verlassen.

Osden hatte in den drei bis vier Stunden, die er allein im Wald gelegen hatte, ziemlich viel Blut verloren, und eine Gehirnerschütterung sowie schwere Prellungen hatten ihn in einen Schockzustand und ein Semi-Koma versetzt. Als er diesen Zustand allmählich überwand und leichtes Fieber bekam, rief er mehrmals in klagendem Ton: »Doktor Hammergeld...« Nachdem er zwei dieser langen Tage später wieder ganz zu Bewußtsein gekommen war, rief Tomiko Harfex in sein Schlafabteil.

»Osden: Können Sie uns sagen, wer oder was Sie überfallen hat?«

Die blassen Augen blickten an Harfex vorbei.

»Sie wurden überfallen«, erklärte Tomiko freundlich. Der unstete Blick war ihr auf verhaßte Weise vertraut, doch sie war Ärztin, mußte die Verletzten schützen. »Vielleicht erinnern Sie sich noch nicht wieder daran. Irgend etwas hat Sie überfallen. Sie waren im Wald...«

»Ah!« rief er laut; seine Augen wurden klar, seine Miene verzerrte sich. »Der Wald... im Wald...«

»Was ist im Wald?«

Er rang um Atem. Ein Ausdruck etwas klareren Bewußtseins trat auf sein Gesicht. Nach einer Weile sagte er: »Ich weiß es nicht.«

»Haben Sie gesehen, was Sie überfallen hat?« erkundigte sich Harfex.

»Ich weiß es nicht.«

»Aber Sie erinnern sich doch!«

»Ich weiß es nicht.«

»Unser aller Leben könnte davon abhängen. Sie müssen uns sagen, was Sie gesehen haben.«

»Ich weiß es nicht.« Osden schluchzte vor Schwäche. Er war zu schwach, um zu verbergen, daß er die Antwort zurückhielt, dennoch weigerte er sich aber, sie auszusprechen. Porlock, der sich in der Nähe aufhielt, kaute auf seinem pfefferfarbenen Schnauzbart und versuchte zu hören, was in dem Schlafabteil vor sich ging. Harfex beugte sich über Osden. »Sie werden es uns sagen…« forderte er. Tomiko mußte ihn zurückhalten.

Mit einer Anstrengung, die anzusehen schmerzlich war, gewann Harfex die Selbstbeherrschung zurück. Leise ging er zu seinem eigenen Schlafabteil, wo er ganz zweifellos eine doppelte oder dreifache Dosis Beruhigungstabletten nahm. Die anderen Männer und Frauen, die über das ganze, große, aber zerbrechliche Bauwerk, ein langgestreckter Hauptgang und zehn Schlafabteile, verteilt waren, sagten nichts, wirkten aber deprimiert und gereizt. Wie immer, waren sie auch jetzt Osden völlig ausgeliefert. Tomiko blickte mit einem Anflug von Haß auf ihn hinunter, der ihr wie Galle in der Kehle brannte. Dieser monströse Egoismus, der sich von den Emotionen anderer nährte, diese absolute Selbstsucht war schlimmer als jede noch so grauenhafte Verstümmelung des Körpers. Genau wie ein eben geborenes Monstrum hätte er nicht am Leben bleiben dürfen. Dürfte nicht leben. Hätte sterben sollen. Warum war ihm der Schädel nicht gespalten worden?

Als er da lag, flach ausgestreckt und weiß, die Hände hilflos an den Seiten, standen seine farblosen Augen weit offen, und aus den Augenwinkeln rannen Tränen. Er versuchte zurückzuzucken. »Nicht!« bat er mit schwacher, heiserer Stimme und suchte seinen Kopf mit den erhobenen Händen zu schützen. »Nicht!«

Sie setzte sich auf den Klappstuhl neben die Liege,

wartete eine Weile und legte dann ihre Hand auf die seine. Er wollte seine Hand fortziehen, aber seine Kraft reichte nicht.

Ein langes Schweigen entstand zwischen ihnen.

»Osden«, sagte sie leise, »es tut mir leid. Es tut mir sehr leid. Ich wünsche Ihnen nur Gutes. Erlauben Sie mir, Ihnen Gutes zu wünschen, Osden. Ich möchte Ihnen nicht weh tun. Denn sehen Sie, ich habe es jetzt begriffen. Es war einer von uns. Das stimmt doch, nicht wahr? Nein, antworten Sie nicht, sagen Sie nur etwas, wenn ich mich irre; aber das tue ich nicht... Natürlich gibt es Tiere auf diesem Planeten. Zehn. Wer es war, ist mir gleichgültig. Das spielt wohl auch keine Rolle, nicht wahr? Jetzt eben hätte ich es selbst sein können. Das ist mir klar. Ich hatte einfach nicht begriffen, was das ist, Osden. Sie glauben gar nicht, wie schwer es für uns ist, zu begreifen... Aber hören Sie: Wenn es nun Liebe wäre, statt Haß und Angst... Ist es denn niemals Liebe?«

»Nein.«

»Warum denn nicht? Warum sollte es niemals Liebe sein können? Sind menschliche Wesen denn so schwach? Das ist furchtbar. Nun, lassen Sie nur, lassen Sie nur, keine Sorge. Bleiben Sie still. Im Augenblick ist es wenigstens kein Haß, nicht wahr? Ist es wenigstens Mitgefühl, Besorgnis, gute Wünsche. Das spüren Sie doch, Osden, nicht wahr? Spüren Sie es?«

»Unter... anderem«, antwortete er fast unhörbar.

»Zuviel Lärm aus meinem Unterbewußtsein, nehme ich an. Und dann all die anderen im Raum... Hören Sie, als wir Sie da draußen im Wald fanden, als ich versuchte, Sie umzudrehen, sind Sie beinahe erwacht, und ich empfand plötzliches Entsetzen vor Ihnen. Minutenlang war ich fast wahnsinnig vor Angst. War das Ihre Angst vor mir, die ich gespürt habe?«

»Nein.«

Ihre Hand lag immer noch auf der seinen, und er war völlig entspannt, sank langsam wie ein Mann, der Schmerzen leidet, und von ihnen erlöst wird, in den Schlaf hinein. »Der Wald«, murmelte er; sie konnte ihn kaum verstehen. »Angst.«

Sie bedrängte ihn nicht länger, sondern ließ ihre Hand auf der seinen liegen und sah zu, wie er einschlief. Sie wußte, was sie empfand, und was daher auch er empfinden mußte. Sie war ganz sicher: Es gab nur ein einziges Gefühl oder nur einen einzigen Seinszustand, der sich innerhalb eines Augenblicks so vollkommen umkehren, polarisieren konnte. Auf Groß-Hainisch gab es für Liebe und Haß tatsächlich nur ein einziges Wort: *ontá.* Sie liebte Osden natürlich nicht; das war etwas ganz anderes. Was sie ihm gegenüber empfand, war *ontá*, polarisierter Haß. Sie hielt seine Hand, und der Strom begann zwischen ihnen zu fließen, jene ungeheure Elektrizität der Berührung, vor der er sich immer gefürchtet hatte. Im Schlaf entspannte sich der Ring der Muskeln um seinen Mund, und Tomiko entdeckte auf seinem Gesicht, was niemand bisher gesehen hatte: ein Lächeln, ganz schwach. Es erstarb. Er schlief weiter.

Er war zäh; am nächsten Tag saß er bereits im Bett und hatte Hunger. Harfex wollte ihn ausfragen, doch Tomiko vertröstete ihn. Sie hängte, wie Osden es selbst häufig getan hatte, eine Bahn Plastikstoff vor die Tür seines Schlafabteils. »Reduziert das wirklich Ihren empathischen Empfang?« erkundigte sie sich, und er erwiderte in dem trockenen, behutsamen Tonfall, in dem sie jetzt miteinander sprachen: »Nein.«

»Dann ist es also nur eine Warnung.«

»Zum Teil. Eher eine Art Gesundbeten. Dr. Hammergeld meinte, es hilft… Tut es vielleicht sogar auch… ein wenig.«

Es hatte einmal Liebe gegeben, früher. Ein verängstigtes Kind, erstickt von der Flut und dem Ansturm überwältigender Emotionen von Erwachsenen, ein ertrinkendes Kind, gerettet von einem einzigen Mann. Von dem es atmen, von dem es leben gelernt hatte. Von dem es alles bekommen hatte, Schutz und Liebe. Vater/Mutter/Gott: kein anderer. »Lebt er noch?« fragte Tomiko, die über Osdens unglaubliche Einsamkeit nachdachte, und über die seltsame Grausamkeit der großen Ärzte. Erschrocken hörte sie sein gezwungenes, blechernes Lachen. »Er ist vor mindestens zweieinhalb Jahrhunderten gestorben«, antwortete Osden. »Haben Sie vergessen, wo wir sind, Koordinator? Wir haben alle unsere kleinen Familien zurückgelassen...«

Draußen vor dem Plastikvorhang bewegten sich vage die anderen acht menschlichen Wesen auf Welt 4470. Ihre Stimmen waren leise, erschöpft. Eskwana schlief; Poswet To war in der Therapie; Jenny Chong versuchte, in ihrem Schlafabteil das Licht so zu arrangieren, daß sie keinen Schatten warf.

»Sie haben alle Angst«, sagte Tomiko, selbst ängstlich. »Sie haben alle die seltsamsten Vorstellungen von dem, was Sie überfallen hat. Eine Art Menschenaffen-Kartoffel, ein gigantischer Spinat mit Fangzähnen, ich weiß nicht... Sogar Harfex. Vielleicht ist es richtig, daß Sie sie nicht zur Erkenntnis zwingen. Das wäre wohl noch schlimmer, das Vertrauen in die anderen zu verlieren. Aber warum sind wir alle so unsicher, so unfähig, den Tatsachen ins Auge zu blicken, warum drehen wir alle so schnell durch? Sind wir denn wirklich alle verrückt?«

»Es wird mit uns bald noch schlimmer werden.«

»Wieso?«

»Weil da etwas *ist.*« Er preßte die Lippen zusammen, daß die Muskeln um seinen Mund hervortraten.

»Etwas Empfindungsfähiges?«

»Eine Empfindung.«

»Im Wald?«

Er nickte.

»Aber was ist es denn?«

»Die Angst.« Seine Miene verzerrte sich wieder, und er bewegte sich ruhelos. »Als ich hinfiel, da draußen, wissen Sie, habe ich nicht sofort das Bewußtsein verloren. Oder es kam immer einmal wieder zurück. Ich weiß es nicht. Es war eher, als wäre ich gelähmt.«

»Das waren Sie auch.«

»Ich lag auf dem Boden. Ich konnte nicht aufstehen. Mein Gesicht lag im Schmutz, in diesem weichen Humus aus Laub. Er drang mir in die Nase und in die Augen. Ich konnte mich nicht rühren. Nicht sehen. Als wäre ich im Boden verwurzelt. Hineingesunken, ein Teil des Bodens. Ich glaube, ich konnte die Wurzeln spüren. Unter mir im Boden, tief unter der Erde. Meine Hände waren blutig, das spürte ich, und das Blut machte den Humus rings um mein Gesicht naß und klebrig. Ich spürte die Angst. Sie wurde immer stärker. Als wüßten sie endlich, daß ich da war, daß ich da auf ihnen, unter ihnen, zwischen ihnen lag, das Ding, das sie fürchteten, und dennoch Teil ihrer Angst selbst. Ich konnte nicht aufhören, die Angst zurückzusenden, und sie wuchs weiter, und ich konnte mich nicht bewegen, konnte nicht fliehen. Ich glaube, ich wurde ohnmächtig, und dann brachte die Angst mich wieder zu Bewußtsein, und ich konnte mich immer noch nicht rühren. Genau wie sie.«

Tomiko spürte die kalte Bewegung ihrer Haare, die Bereitschaft der Entsetzensapparatur. »Sie: Wer sind sie, Osden?«

»Sie, es… ich weiß es nicht. Die Angst.«

»Was meint er?« wollte Harfex wissen, als Tomiko ihm von diesem Gespräch berichtete. Sie wollte noch nicht zulassen daß Harfex Osden ausfragte, fand, sie müsse Osden vor dem Ansturm der mächtigen, zu stark unterdrückten Emotionen des Hainers schützen. Leider schürte sie damit noch das träge Feuer paranoider Befürchtungen, das in dem armen Harfex glühte, so daß er glaubte, sie und Osden hätten sich gegen ihn verbündet, hielten eine besonders wichtige Tatsache oder Gefahr vor ihm und den übrigen Besatzungsmitgliedern geheim.

»Es ist, als wollte ein Blinder einen Elefanten beschreiben. Osden hat diese… diese Empfindung genausowenig gesehen oder gehört wie wir.«

»Aber er hat sie gespürt, meine liebe Haito«, entgegnete Harfex mit mühsam unterdrücktem Zorn. »Nicht empathisch. Auf seinem Schädel. Sie ist gekommen und hat ihn mit einem stumpfen Gegenstand niedergeschlagen. Hat er sie denn nicht einmal *flüchtig* gesehen?«

»Was hätte er denn wohl gesehen, Harfex?« erkundigte sich Tomiko, doch er ignorierte ihren bedeutungsschweren Ton; selbst er hatte diese Erkenntnis blockiert. Was man fürchtet, das ist fremd. Der Mörder ist ein Außenseiter, ein Fremder, nicht einer von uns. Das Böse ist nicht in mir!

»Der erste Schlag hat ihn bereits bewußtlos gemacht«, erklärte Tomiko ein wenig erschöpft. »Er hat nichts gesehen. Doch als er wieder zu sich kam, allein im Wald, empfand er eine tiefe Angst. Nicht seine eigene, sondern als empathischen Effekt. Das weiß er genau. Und er weiß auch, daß er sie nicht von einem von uns empfangen hat. So daß anscheinend doch nicht alle einheimischen Lebensformen hier empfindungsunfähig sind.«

Harfex musterte sie einen Moment grimmig. »Sie wollen mir Angst einjagen, Haito. Warum, begreife ich nicht.« Er stand auf und ging davon, zu seinem Labortisch, ging langsam und steifbeinig, wie ein Mann von achtzig statt von vierzig.

Sie sah sich nach den anderen um. Verzweiflung packte sie. Ihre neue, empfindliche und tiefe Interdependenz mit Osden verlieh ihr, das war ihr klar, etwas zusätzliche Kraft. Doch wenn selbst Harfex nicht kühlen Kopf bewahren konnte, wer von den anderen konnte es dann? Porlock und Eskwana hatten sich in ihre Schlafabteile zurückgezogen, die anderen waren alle mit irgend etwas beschäftigt. An ihrer Körperhaltung jedoch war etwas Merkwürdiges. Zunächst konnte der Koordinator nicht sagen, was; dann sah sie, daß sie alle mit dem Gesicht zum nahen Wald saßen. Olleroo, die mit Asnanifoil Schach spielte, hatte ihren Stuhl so weit herumgeschoben, daß sie praktisch neben ihm saß.

Sie trat zu Mannon, der ein Gewirr dünner, brauner Wurzeln zerlegte, und forderte ihn auf, sich dieses Schema anzusehen. Er begriff es sofort und sagte mit ungewohnter Kürze: »Sie behalten den Feind im Auge.«

»Welchen Feind? Was empfinden Sie denn, Mannon?« Auf diesem unsicheren Boden von Andeutungen und Empathie, auf dem Biologen sich verliefen, setzte sie plötzlich Hoffnung in ihn als den Psychologen.

»Ich empfinde eine starke Besorgnis mit einer spezifischen räumlichen Orientierung. Aber ich bin kein Empath. Daher läßt sich diese Besorgnis mit der speziellen Streßsituation erklären, das heißt, dem Überfall auf ein Besatzungsmitglied im Wald, genauso wie mit der totalen Streßsituation, das heißt, meiner Anwesenheit in einer total fremdartigen Umgebung, für die die archetypischen Begriffsinhalte des Wortes ›Wald‹ eine unvermeidliche Metapher darstellen.«

Stunden später erwachte Tomiko, weil Osden in

einem Alptraum aufschrie; Mannon beruhigte ihn, und so sank sie wieder in ihre eigenen dunklen, weglosen Träume zurück. Am nächsten Morgen wachte Eskwana nicht auf. Auch nicht mit Hilfe von stimulierenden Drogen. Er klammerte sich an den Schlaf, glitt immer wieder zurück, murmelte gelegentlich etwas, bis er schließlich, ganz an den Anfang zurückgekehrt, zusammengerollt, den Daumen am Mund, auf der Seite lag – weit weg.

»Zwei Tage; zwei Ausfälle. Zehn kleine Negerlein, neun kleine Negerlein...« Das war Porlock.

»Und Sie sind das nächste Negerlein«, fuhr Jenny Chong auf. »Gehen Sie Ihren Urin analysieren, Porlock!«

»Er macht uns alle wahnsinnig«, behauptete Porlock, der aufsprang und den linken Arm schwenkte. »Fühlt ihr es nicht? Mein Gott, seid ihr denn alle blind und taub? Fühlt ihr nicht, was er mit uns macht, die Ausstrahlungen? Das kommt alles von ihm, von seinem Zimmer da drüben, aus seinem Gehirn. Er macht uns alle wahnsinnig vor Angst!«

»Wer?« fragte Asnanifoil und beugte sich, hager und haarig, über den kleinen Terraner.

»Muß ich seinen Namen aussprechen? Also gut, Osden. Osden! Osden! – Warum, glaubt ihr wohl, wollte ich ihn umbringen? Reiner Selbstschutz! Um uns alle vor ihm zu bewahren! Weil ihr nicht sehen wollt, was er uns antut. Er hat den Auftrag sabotiert, indem er uns dazu brachte, uns zu streiten, und nun treibt er uns alle in den Wahnsinn, indem er Angst in uns hineinprojiziert, damit wir nicht mehr schlafen und nachdenken können, wie ein riesiges Radio, das keinen Ton von sich gibt, und dennoch die ganze Zeit sendet, so daß man nicht schlafen und nicht denken kann. Haito und Harfex hat er schon unter seine Kontrolle gebracht, ihr anderen aber könnt noch gerettet werden. Ich mußte es einfach tun!«

»Sie haben es aber nicht gründlich genug getan«, sagte Osden, der halbnackt, nur Rippen und Verband, an der Tür zu seinem Schlafabteil stand. »Ich selbst hätte mir eine schwerere Verletzung beibringen können. Verdammt noch mal, das bin doch nicht ich, vor dem Sie sich so wahnsinnig fürchten, Porlock; es ist da draußen – da, im Wald!«

Porlock machte einen wirkungslosen Versuch, sich auf Osden zu stürzen; Asnanifoil hielt ihn zurück, hielt ihn ohne Anstrengung fest, bis Mannon ihm eine Beruhigungsspritze gegeben hatte. Während er etwas über riesige Funkgeräte schrie, wurde er fortgebracht. Nach einer Minute begann das Sedativum zu wirken, und er verstummte friedlich wie Eskwana.

»Also gut«, sagte Harfex. »Osden, Sie erzählen uns jetzt, was Sie wissen, und zwar alles.«

»Ich weiß überhaupt nichts«, erwiderte Osden.

Er wirkte zerschlagen und schwach. Tomiko sorgte dafür, daß er sich setzte, bevor er zu sprechen anfing.

»Als ich drei Tage lang im Wald gewesen war, vermeinte ich gelegentlich so etwas wie einen Affekt zu empfangen.«

»Und warum haben Sie uns das nicht gemeldet?«

»Weil ich dachte, ich würde verrückt, wie ihr anderen.«

»Auch das hätte gemeldet werden müssen.«

»Sie hätten mich doch nur zum Basislager zurückgerufen. Und das hätte ich nicht ertragen. Wissen Sie, meine Beteiligung an dem Unternehmen war ein schwerer Fehler. Ich kann mit neun anderen neurotischen Personen nicht auf engem Raum zusammenleben. Es war falsch, daß ich mich freiwillig gemeldet habe, und die Behörde hatte unrecht, als sie mich akzeptierte.«

Niemand sagte etwas; nur Tomiko bemerkte – diesmal eindeutig –, wie Osdens Schultern zuckten und seine Gesichtsmuskeln sich spannten, als er die bittere Zustimmung der anderen registrierte.

»Wie dem auch sei, ich wollte nicht zum Lager zurückkehren, weil ich nämlich neugierig war. Auch wenn ich langsam verrückt wurde – wie konnte es sein, daß ich empathische Affekte empfing, wo es doch keine Lebewesen gab, die sie hätten ausstrahlen können? Zu dem Zeitpunkt waren sie noch nicht so schlimm. Sehr unbestimmt. Seltsam. Wie ein wenig Zugluft in einem geschlossenen Raum, eine Bewegung, die man aus dem Augenwinkel wahrnimmt. Eigentlich gar nichts.«

Einen Augenblick lang hatte ihr Zuhören ihn getragen: Sie lauschten, also sprach er. Er befand sich in ihrer Hand. Wenn sie ihn ablehnten, mußte er hassenswert sein; wenn sie ihn verhöhnten, wurde er grotesk; wenn sie ihm zuhörten, wurde er zum Geschichtenerzähler. Hilflos gehorchte er den Forderungen ihrer Emotionen, Reaktionen, Stimmungen. Und es waren sieben, zu viele, um es mit ihnen aufzunehmen, so daß er unablässig nach Lust und Laune von einem zum anderen geworfen wurde. Er fand keinen Zusammenhalt. Selbst während er sprach und sie damit fesselte, begann sich die Aufmerksamkeit des einen oder anderen unterschiedlichen Dingen zuzuwenden: Olleroo dachte etwa, daß er nicht unattraktiv sei, Harfex suchte nach hintergründigen Motiven für seine Worte, Asnanifoils Gedanken, die nie lange bei etwas Konkretem weilen konnten, wanderten zum ewigen Frieden der Zahl, und Tomiko wurde von Mitleid und von Furcht abgelenkt. Osdens Stimme versagte. Er verlor den Faden. »Ich… ich dachte, es müssen die Bäume sein«, stotterte er und schwieg.

»Nein, nicht die Bäume«, entgegnete Harfex. »Die haben ebensowenig ein Nervensystem wie die Pflanzen hainischer Abstammung auf der Erde. Aber auch nicht das geringste.«

»Sie sehen den Wald vor lauter Bäumen nicht, wie man auf der Erde sagt«, warf Mannon lächelnd ein; Harfex starrte ihn an. »Was ist denn mit diesen Wurzelknoten, an denen wir seit fast drei Wochen herumrätseln?«

»Was ist damit?«

»Das sind ganz zweifellos Verbindungen. Verbindungen zwischen den einzelnen Bäumen. Stimmt's? Und jetzt nehmen wir einmal an, daß Sie – höchst unwahrscheinlicherweise – keine Ahnung von der tierischen Gehirnstruktur hätten. Und man gäbe Ihnen ein Neuron oder eine einzelne Ganglienzelle zum Untersuchen. Würden Sie erkennen, was es ist? Würden Sie feststellen, daß diese Zelle empfindungsfähig ist?«

»Nein. Weil sie das nämlich auch nicht ist. Eine einzelne Zelle ist zu mechanischen Reaktionen auf Stimuli fähig. Mehr nicht. Wollen Sie etwa behaupten, die einzelnen Arboriformen seien ›Zellen‹ in einer Art Gehirn, Mannon?«

»Nicht direkt. Ich weise lediglich darauf hin, daß sie alle miteinander verbunden sind, sowohl durch diese Wurzelknoten als auch durch ihre grünen Epiphyten in den Zweigen. Eine Verbindung von unglaublicher Komplexität, von unerhörtem physischem Ausmaß. Ja selbst die Präriegrasformen besitzen diese Wurzelverbindungen, stimmt's? Daß Empfindungsfähigkeit oder Intelligenz nicht etwas Dingliches sind, daß man sie nicht in den Gehirnzellen finden oder analysieren kann, ist mir bewußt. Sie sind eine Funktion der miteinander verbundenen Zellen. Sie sind in gewissem Sinne die Verbindung selbst: das Verbundensein. Es existiert nicht. Ich will nicht behaupten, daß es existiert. Ich vermute nur, daß Osden es vielleicht beschreiben könnte.«

Und Osden ging darauf ein, redete wie in Trance. »Empfindungsfähigkeit ohne Sinne. Blind, taub, ohne Nerven, ohne Bewegung. Ein wenig Reaktionsfähigkeit bei Berührung. Reaktion auf Sonne, Licht, Wasser und Chemikalien in der Erde rings um die Wurzeln. Präsenz ohne Geist. Wahrnehmung der Existenz, ohne Objekt oder Subjekt. Nirwana.«

»Warum aber empfangen Sie Angst?« fragte Tomiko leise.

»Ich weiß es nicht. Ich verstehe auch nicht, wieso Objekte, andere Wesen, wahrgenommen werden können: empfindungslose Reaktion... Dennoch gab es da eine Unsicherheit, tagelang. Und dann lag ich zwischen den beiden Bäumen, und mein Blut tropfte auf ihre Wurzeln...« Osdens Gesicht glänzte vor Schweiß. »Da wurde es zu Angst«, sagte er schrill, »nur noch Angst.«

»Wenn tatsächlich eine solche Funktion existierte«, entgegnete Harfex, »wäre sie nicht in der Lage, eine sich fortbewegende, materielle Entität zu begreifen oder darauf zu reagieren. Sie würde uns genausowenig wahrnehmen, wie wir die Unendlichkeit ›wahrnehmen‹ können.«

»Das Schweigen jener unendlichen Weiten erschreckt mich«, murmelte Tomiko. »Pascal war sich der Unendlichkeit bewußt. Durch Angst.«

»Einem Wald«, sagte Mannon, »erscheinen wir vielleicht als Waldbrände. Hurrikane. Gefahren. Was sich schnell bewegt, ist für eine Pflanze gefährlich. Wurzellose müssen fremd, erschreckend wirken. Und wenn es wirklich Geist ist, ist es wohl nur allzu wahrscheinlich, daß es Osden wahrnehmen muß, dessen eigener Geist, solange er bei Bewußtsein ist, jeder Verbindung mit anderen offensteht, und der voll Schmerzen und Angst in ihm, tatsächlich mitten in ihm lag. Kein Wunder, daß er Angst hatte...«

»Nicht er«, widersprach Harfex. »Es gibt kein Wesen, keine riesige Kreatur, keine Person! Es kann im Höchstfall lediglich eine Funktion geben…«

»Es gibt nur Angst«, unterbrach ihn Osden.

Sie schwiegen alle eine Zeitlang still und lauschten auf die Stille draußen.

»Ist es das, was ich die ganze Zeit hinter mir näherkommen spüre?« fragte Jenny Chong bedrückt.

Osden nickte. »Ihr fühlt es alle, so taub ihr auch seid. Eskwana ist am schlimmsten dran, weil er eine Spur von empathischer Gabe besitzt. Wenn man es ihn lehrte, könnte er senden, aber er ist zu schwach und wird nie mehr sein als ein Medium.«

»Hören Sie, Osden«, sagte Tomiko, »Sie können doch senden. Senden Sie also – für den Wald, die Angst dort draußen –, sagen Sie ihm, daß wir ihm nicht weh tun wollen. Schließlich hat oder ist er eine Art Affekt, das sich übersetzen läßt in das, was bei uns Emotionen sind, also können Sie das nicht rückübersetzen? Senden Sie eine Botschaft; daß wir harmlos sind, freundlich.«

»Niemand kann eine falsche empathische Botschaft senden, Haito. Man kann nichts senden, was nicht existiert.«

»Aber wir wollen ihm doch wirklich nicht schaden; wir sind ihm freundlich gesonnen.«

»Wirklich? Draußen im Wald, als Sie mich hochhoben – haben Sie da Freundschaft empfunden?«

»Nein. Entsetzen. Aber das ist… es, der Wald, die Pflanzen, nicht wahr? Und nicht mein eigenes Entsetzen.«

»Wo liegt der Unterschied? Es war das einzige, was Sie empfanden. Begreifen Sie denn nicht…« – Osden hob verzweifelt die Stimme –, »warum ich Sie nicht mag und Sie alle mich nicht mögen? Begreifen Sie denn nicht, daß ich jeden negativen oder aggressiven

Affekt, den Sie seit unserer ersten Begegnung mir gegenüber empfanden, zurücksende? Ich erwidere Ihre Feindseligkeit – mit Zinsen. Aus reiner Selbstverteidigung. Wie Porlock. Es ist wirklich nichts als Selbstschutz; es ist die einzige Methode, die ich als Ersatz meines ursprünglichen Selbstschutzes, der totalen Abkehr von anderen, entwickelt habe. Leider entsteht daraus ein geschlossener Kreis, der sich selbst erhält und sich selbst verstärkt. Ihre anfängliche Reaktion auf mich war die instinktive Antipathie einem Krüppel gegenüber; inzwischen ist natürlich Haß daraus geworden. Verstehen Sie denn nicht, was ich sagen will? Das Gehirn des Waldes da draußen überträgt jetzt nur noch Entsetzen, und die einzige Botschaft, die ich ihm übermitteln kann, ist ebenfalls Entsetzen, weil ich, wenn ich dem ausgesetzt bin, selber ebenfalls nichts als Entsetzen empfinden kann!«

»Was tun?« fragte Tomiko, und Mannon erwiderte prompt: »Wir müssen das Lager verlegen. Auf einen anderen Kontinent. Wenn es dort ebenfalls Pflanzenhirne gibt, werden sie uns, wie dieses anfänglich ebenfalls, nur nach und nach wahrnehmen; vielleicht bemerken sie uns überhaupt nicht.«

»Das wäre eine große Erleichterung«, erklärte Osden steif. Die anderen musterten ihn mit neuer Aufmerksamkeit. Er hatte sich ihnen entdeckt, sie hatten ihn gesehen, wie er war: ein hilflos in der Falle sitzender Mann. Vielleicht hatten sie, wie Tomiko, auch erkannt, daß diese Falle, sein krasser und grausamer Egoismus, von ihnen gebaut worden war, nicht von ihm. Sie hatten den Käfig konstruiert und ihn darin eingeschlossen, und er bewarf sie nun, wie ein gefangener Gorilla, durch die Gitterstäbe mit Schmutz. Hätten sie ihm bei der ersten Begegnung Vertrauen entgegengebracht, wären sie stark genug gewesen, ihm

Liebe entgegenzubringen – wie wäre er ihnen dann wohl erschienen?

Doch das hätte keiner von ihnen geschafft, und jetzt war es zu spät dazu. Mit ausreichend Zeit, in der Einsamkeit hätte Tomiko mit ihm zusammen allmählich eine Resonanz der Gefühle, einen Zusammenklang des Vertrauens, eine gewisse Harmonie aufbauen können; aber sie hatten nicht genug Zeit, sie mußten ihre Aufgabe durchführen. Sie hatten nicht genug Platz, um etwas so Großes zu hegen und zu pflegen, und mußten sich mit Sympathie, mit Mitleid, mit dem Kleingeld der Liebe zufriedengeben. Ihr hatte sogar das Kraft verliehen, für ihn jedoch war es bei weitem nicht genug. Auf seinem zerschlagenen Gesicht erkannte sie nun genau seinen wilden Haß auf ihre Neugier, ja sogar auf ihr, Tomikos, Mitleid.

»Legen Sie sich hin, die Wunde fängt wieder an zu bluten«, riet sie ihm, und er gehorchte.

Am nächsten Morgen packten sie zusammen, schmolzen den Sprühform-Hangar und ihr Quartier ein, stiegen mit der ›Gum‹ auf und flogen über rotes und grünes Land, über die vielen warmen, grünen Meere halb um die Welt 4470. Sie hatten sich einen passenden Platz auf Kontinent G ausgesucht: eine Prärie, zwanzigtausend Quadratkilometer voll windgefegter Graminiformen. In einem Umkreis von hundert Kilometern gab es keinen Wald, und auf der Ebene standen weder einzelne Bäume noch kleine Baumgruppen. Die Pflanzenformen traten immer in großen Spezieskolonien auf, niemals vermischt, bis auf bestimmte, winzige und allgegenwärtige Saprophyten und Sporenträger. Das Team sprühte Holomeld über Strukturrahmen, und am Abend des Zweiunddreißigstundentages hatten sie das neue Lager fertig. Eskwana schlief noch immer, Porlock stand noch unter Sedativa; alle anderen aber waren guten Mutes. »Hier kann man wenigstens atmen«, sagten sie immer wieder.

Osden rappelte sich auf und ging unsicher zum Ausstieg; an den Türrahmen gelehnt, blickte er in die Dämmerung über die dunkelnden Weiten des schwankenden Grases hin, das kein Gras war. Der Wind trug einen schwachen, süßen Geruch nach Pollen heran; nirgends ein Geräusch, außer dem leisen, endlosen Flüstern des Windes. Den bandagierten Kopf leicht schräg geneigt, blieb der Empath eine lange Zeit regungslos stehen. Die Nacht kam, und mit ihr die Sterne, Lichter in den Fenstern des fernen Hauses der Menschen. Der Wind war eingeschlafen; kein Laut war zu hören. Er lauschte.

In der langen Nacht lauschte auch Tomiko. Sie lag ganz still und hörte das Blut in ihren Adern, den Atem der Schlafenden, das Rauschen des Windes, das Fließen in den dunklen Adern, das Herannahen der Träume, die endlose Statik der Sterne, die zunahm, während das Universum langsam starb, das Geräusch der Schritte des Todes. Sie kämpfte sich aus ihrem Bett, entfloh der engen Einsamkeit ihres Schlafabteils. Einzig Eskwana lag und schlief. Porlock lag in der Zwangsjacke und fluchte leise in seiner unverständlichen Muttersprache. Olleroo und Jenny Chong spielten mit grimmigen Gesichtern Karten. Poswet To lag in der Therapienische, angeschlossen. Asnanifoil zeichnete eine Mandala, das Dritte Muster der Primzahlen. Mannon und Harfex saßen bei Osden.

Sie erneuerte den Verband um Osdens Kopf. Sein dünnes, rötliches Haar wirkte dort, wo sie es nicht hatte abrasieren müssen, merkwürdig. Es war jetzt graumeliert geworden. Ihre Hände zitterten beim Arbeiten. Niemand hatte ein Wort gesagt.

»Wie kann es sein, daß die Angst auch hier ist?«

fragte sie, und ihre Stimme klang tonlos und falsch in dem schrecklichen Schweigen.

»Es sind nicht nur die Bäume; es ist auch das Gras ...«

»Aber wir sind zwölftausend Kilometer von dort entfernt, wo wir heute morgen waren, ganz auf der anderen Seite des Planeten!«

»Es ist alles eins«, erklärte Osden. »Ein großer, grüner Gedanke. Wie lange dauert es, bis ein Gedanke von einer Seite des Gehirns zur anderen gelangt?«

»Es denkt nicht. Es denkt nicht«, versicherte Harfex matt. »Es handelt sich lediglich um eine Folge von Vorgängen. Die Zweige, die Epiphytengewächse, die Wurzeln mit diesen knotigen Verbindungen zwischen den einzelnen Bäumen. Sie alle sind offenbar fähig, elektrochemische Impulse weiterzugeben. Also gibt es, genaugenommen, keine Einzelpflanzen. Selbst der Blütenstaub ist zweifellos Teil dieser Verbindung, eine Art fliegende Empfindung, die Verbindung mit Übersee. Aber das Ganze ist einfach unvorstellbar. Daß die gesamte Biosphäre eines Planeten ein einziges Kommunikationsnetz sein soll, empfindungsfähig, irrational, unsterblich, isoliert ...«

»Isoliert«, warf Osden ein. »Das ist es. Das ist die Angst. Es ist nicht, weil wir frei beweglich sind, oder destruktiv. Es ist nur, weil wir sind. Wir sind andere. Und bisher hat es niemals ein anderes gegeben.«

»Sie haben recht.« Mannon flüsterte es fast. »Es hat keine Gefährten. Keine Feinde. Keine Verbindung mit irgend etwas anderem außer sich selbst. Eines allein auf ewig.«

»Welches ist aber dann die Funktion seiner Intelligenz beim Kampf ums Überleben der Spezies?«

»Möglicherweise gar keine«, antwortete Osden. »Wieso werden Sie teleologisch, Harfex? Sind Sie nicht ein Hainer? Ist nicht das Maß an Komplexität das Maß an ewiger Freude?«

Harfex schluckte den Köder nicht. Er wirkte elend. »Wir sollten diese Welt verlassen«, meinte er.

»Jetzt wißt ihr also, warum ich immer fort wollte, fort von euch«, sagte Osden mit einer Art morbider Jovialität. »Sie ist nicht angenehm, nicht wahr – die Angst der anderen... Wenn es sich nur um eine tierische Intelligenz handelte! Mit Tieren kann ich Kontakt aufnehmen. Mit Kobras und Tigern komme ich gut aus; die überlegene Intelligenz gibt mir einen Vorteil. Man hätte mich in einen Zoo stecken sollen, nicht in ein Menschenteam... Wenn ich doch nur Kontakt bekäme, mit dieser verdammten, dämlichen Kartoffel! Wenn es nur nicht so absolut überwältigend wäre... Ich empfange immer noch mehr als nur die Angst, wißt ihr. Und bevor es in Panik geriet, hatte es eine... war da eine gewisse Gelassenheit. Damals konnte ich es noch nicht erfassen, war mir nicht klar, wie groß es war. Mein Gott, das ganze Tageslicht zu erkennen, und die gesamte Nacht. Sämtliche Winde und Windstillen zusammen. Die Wintersterne, die Sommersterne zugleich. Wurzeln zu haben, und keine Feinde. Ganz zu sein. Begreift ihr? Keine anderen, die sich aufdrängen. Ganz zu sein...«

Er hat noch nie zuvor so gesprochen, dachte Tomiko.

»Sie sind wehrlos dagegen, Osden«, widersprach sie; »Ihre Persönlichkeit hat sich schon verändert. Sie sind ihm hilflos ausgeliefert. Möglich, daß wir nicht alle wahnsinnig werden, aber Sie werden es, wenn wir nicht weggehen von hier.«

Er zögerte; dann blickte er zu Tomiko auf, trafen sich ihre Blicke zum erstenmal, in einem langen, ruhigen Blick, so klar wie Wasser.

»Was hat mir die geistige Gesundheit eingebracht?« erwiderte er spöttisch. »Aber Sie mögen recht haben, Haito. Sie mögen recht haben.«

»Wir sollten weg«, murmelte Harfex.

»Wenn ich ihm einfach nachgeben würde«, sinnierte Osden. »Ob ich dann wohl Kontakt bekäme?«

»Mit ›nachgeben‹«, fragte Mannon hastig, nervös, »meinen Sie wohl aufhören, die empathischen Informationen, die Sie von der Pflanzenentität erhalten, nicht wieder zurückzusenden: aufhören, die Angst zurückzuweisen, und sie statt dessen absorbieren. Daran werden Sie entweder sofort sterben, oder es wird Sie in die totale psychologische Zurückgezogenheit treiben, in den Autismus.«

»Warum?« entgegnete Osden. »Die Botschaft ist Zurückweisung. Aber Zurückweisung ist meine Rettung. Es ist nicht intelligent. Aber ich bin es.«

»Das Verhältnis ist falsch. Was könnte ein einziges menschliches Gehirn gegen etwas so Immenses ausrichten?«

»Ein einziges menschliches Gehirn kann eine Gesetzmäßigkeit in der Weite der Sterne wahrnehmen und sie als Liebe interpretieren«, sagte Tomiko.

Mannon sah von einem zum anderen; Harfex blieb stumm.

»Im Wald wäre es leichter«, meinte Osden. »Wer von euch fliegt mich rüber?«

»Wann?«

»Jetzt. Bevor ihr alle durchdreht oder gewalttätig werdet.«

»Ich«, sagte Tomiko.

»Keiner von uns«, widersprach Harfex.

»Ich kann nicht«, behauptete Mannon. »Ich… ich habe zu große Angst. Ich würde mit dem Jet abstürzen.«

»Nehmt Eskwana mit. Wenn ich es schaffe, könnte er uns als Medium dienen.«

»Sind Sie mit dem Plan des Sensors einverstanden, Koordinator?« erkundigte sich Harfex formell.

»Ja.«

»Ich nicht. Trotzdem werde ich mitkommen.«

»Ich glaube, wir können nicht anders, Harfex«, erwiderte Tomiko mit einem Blick auf Osdens Gesicht, die häßliche, weiße Maske, die völlig verändert war, eifrig wie das Gesicht eines Liebenden.

Olleroo und Jenny Chong, die Karten spielten, um nicht an ihre unheimlichen Betten, an ihr steigendes Entsetzen denken zu müssen, plapperten wie verängstigte Kinder. »Dieses Ding, da draußen im Wald, es wird Sie schnappen…«

»Angst vor der Dunkelheit?« höhnte Osden.

»Aber sehen Sie sich doch Eskwana an, und Porlock, und sogar Asnanifoil…«

»Es kann euch nichts antun. Es ist ein Impuls, der durch die Synapsen läuft, ein Wind, der durch die Zweige streicht. Es ist nichts weiter als ein Alptraum.«

Sie nahmen einen Helijet, Eskwana zusammengerollt, immer noch in tiefem Schlaf im hinteren Abteil, Tomiko als Pilot, Harfex und Osden schweigend. Sie hielten Ausschau nach dem dunklen Strich des Waldrandes hinter den vielen Meilen der unbestimmten grauen, sternenbeleuchteten Ebene.

Sie näherten sich der schwarzen Linie, überquerten sie; unter ihnen war nun nichts als Dunkelheit.

In niedriger Flughöhe suchte Tomiko einen Landeplatz, obwohl sie ihren angstvollen Wunsch, hoch zu fliegen, davonzufliegen, bekämpfen mußte. Hier im Wald war die immense Vitalität der Pflanzenwelt weit stärker, und ihre panische Angst brandete in ungeheuren, dunklen Wellen gegen sie an. Vor ihnen tauchte ein heller Fleck auf, ein kahler Hügel, etwas höher als die größten der schwarzen Schatten ringsherum; der Nicht-Bäume; der Wurzelnden; der Teile des Ganzen. Sie setzte den Helijet auf die Lichtung, eine miserable Landung. Ihre Hände am Steuerknüppel waren glitschig, als hätte sie sie mit kalter Seife eingerieben.

Rings um sie her stand nun der Wald, tiefschwarz im Dunkeln.

Tomiko kroch in sich hinein und schloß die Augen. Eskwana stöhnte im Schlaf. Harfex' Atem ging hastig und laut, und er saß erstarrt, sogar als Osden vor ihm herlangte und die Tür aufzog.

Osden stand auf; als er stehenblieb, um sich am Einstieg zu bücken, waren sein Rücken und sein bandagierter Kopf im matten Glühen der Instrumente gerade noch zu erkennen.

Tomiko zitterte. Sie brachte es nicht fertig, den Kopf zu heben. »Nein, nein, nein, nein, nein, nein, nein«, flüsterte sie. »Nein. Nein. Nein.«

Unvermittelt und lautlos setzte sich Osden in Bewegung, schwang sich aus dem Einstieg ins Dunkel hinaus. Dann war er fort.

Ich komme! sprach eine große Stimme, die keinen Laut von sich gab.

Tomiko schrie. Harfex hustete; er schien aufstehen zu wollen, tat es aber nicht.

Tomiko wandte sich ganz nach innen, alles konzentriert auf das blinde Auge in ihrem Leib, im Mittelpunkt ihres Seins; und außerhalb dieses Zentrums gab es nichts mehr als Angst.

Die Angst hörte auf.

Tomiko hob den Kopf; langsam lösten sich ihre verkrampften Hände. Sie richtete sich auf. Die Nacht war dunkel, die Sterne standen über dem Wald. Sonst gab es nichts.

»Osden«, sagte sie, doch ihre Stimme gehorchte nicht. Abermals sprach sie seinen Namen, lauter, ein Krächzen wie von einem Ochsenfrosch. Keine Antwort.

Jetzt merkte sie, daß Harfex irgendwie nicht in Ordnung war. Im Dunkeln tastete sie nach seinem Kopf, denn er war von seinem Sitz gerutscht; da ertönte im dunklen Hinterabteil des Jets plötzlich in dieser Totenstille eine Stimme. »Gut«, sagte sie.

Es war Eskwanas Stimme. Sie knipste die Innenbeleuchtung an und sah, daß der Ingenieur zusammengerollt, die Hand halb über dem Mund, in tiefem Schlaf lag.

Sein Mund öffnete sich. »Alles gut«, sagte er.

»Osden…«

»Alles gut«, sagte die leise Stimme durch Eskwanas Mund.

»Wo sind Sie?«

Schweigen.

»Kommen Sie zurück!«

Der Wind erhob sich. »Ich bleibe hier«, sagte die leise Stimme.

»Aber Sie können nicht hierbleiben…«

Schweigen.

»Sie wären ja ganz allein, Osden!«

»Hört.« Die Stimme klang schwächer, verwischt, wie verloren im Geräusch des Windes. »Hört. Ich bin euch wohlgesonnen.«

Sie rief noch einmal seinen Namen, aber es kam keine Antwort. Eskwana lag still. Harfex lag stiller.

»Osden!« rief sie, aus der Türöffnung ins dunkle, windgeschüttelte Schweigen des Waldseins gebeugt. »Ich komme wieder! Ich muß Harfex zum Lager bringen. Ich komme wieder, Osden!«

Schweigen und der Wind in den Blättern.

Sie beendeten die vorgeschriebene Erforschung von Welt 4470, zu acht; sie brauchten einundvierzig Tage mehr. Asnanifoil ging anfangs täglich mit der einen oder der anderen der Frauen in den Wald, um in dem Gebiet um den kahlen Hügel nach Osden zu suchen, obwohl Tomiko im Grunde gar nicht ganz sicher war, auf welchem kahlen Hügel sie in jener Nacht tief im Herzen des Entsetzens gelandet waren. Sie ließen Berge von Vorräten für Osden zurück, Lebensmittel für fünfzig Jahre, Kleidung, Zelte, Werkzeug. Aber sie suchten nicht mehr weiter; es gab keine Möglichkeit, in jenen endlosen Labyrinthen und dämmrigen Korridoren, von Ranken und Wurzeln durchzogen, einen einzelnen Mann zu finden, der sich versteckte, wenn er sich verstecken wollte. Sie hätte auf Armeslänge an ihm vorbeigehen können, ohne ihn zu sehen.

Aber er war dort; denn es gab keine Angst mehr.

Mit der Vernunft, und die Vernunft nach einem unerträglichen Erleben unsterblicher Unvernunft um so höher schätzend, versuchte Tomiko vernunftmäßig zu verstehen, was Osden getan hatte. Aber die Worte entflohen ihrer Kontrolle. Er hatte die Angst in sich aufgenommen, sie akzeptiert und damit überwunden. Er hatte sein Ich an das Fremde aufgegeben, eine rückhaltlose Kapitulation, die keinen Raum für das Böse ließ. Er hatte die Liebe zum Anderen gelernt und dadurch sein ganzes Ich hingegeben. – Doch dies gehört nicht zum Vokabular der Vernunft.

Die Angehörigen des Forschungsteams wandelten unter Bäumen durch die großen Kolonien des Lebens, umgeben von einer verträumten Stille, einer brütenden Ruhe, die sie halb wahrnahm und ihnen ganz und gar gleichgültig gegenüberstand. Es gab keine Stunden. Entfernung spielte keine Rolle. Hätten wir nur Welt genug und Zeit… Der Planet drehte sich zwischen dem Sonnenlicht und der großen Dunkelheit; die Winde des Winters und des Sommers bliesen feine, helle Pollen über die stillen Meere.

Die ›Gum‹ kehrte nach vielen Forschungen, Jahren und Lichtjahren zu dem zurück, das vor mehreren

Jahrhunderten Smeming Port gewesen war. Es gab jedoch immer noch Menschen dort, die die Berichte der Gruppe (ungläubig) entgegennahmen und ihre Verluste registrierten: Biologe Harfex, gestorben vor Angst, und Sensor Osden, zurückgelassen als Kolonist.

Originaltitel: ›VASTER THAN EMPIRE AND MORE SLOW‹ · Copyright © 1975 by Ursula K. Le Guin · Erstmals erschienen in ›The Wind's Twelve Quarters‹ (Collection) · Mit freundlicher Genehmigung der Autorin und Paul und Peter Fritz, Literarische Agentur, Zürich · Aus dem Amerikanischen übersetzt von Gisela Stege

---

George R. R. Martin

SANDKÖNIGE

1

Simon Kress lebte allein in einem geräumigen Herrschaftshaus über trockenen, steinigen Hügeln, fünfzig Kilometer von der Stadt entfernt. Wenn er deshalb unerwartet zu Geschäften gerufen wurde, hatte er keine Nachbarn, denen er kurzerhand seine Lieblinge aufdrängen konnte. Der Aasgeier war kein Problem; er schlief im unbenutzten Glockenturm und verpflegte sich gewöhnlich selbst. Den Shambler scheuchte Kress einfach nach draußen und ließ ihn auf sich allein gestellt; das kleine Monster würde sich mit Wegschnecken, Vögeln und Rockjocks vollstopfen. Aber das Fischbecken, gefüllt mit echten Erdpiranhas, stellte ein Problem dar. Letztlich warf Kress eine große Rinderkeule in das Becken. Die Piranhas konnten sich immer noch gegenseitig auffressen, falls er länger als erwartet verhindert war. Das hatten sie vorher schon mal gemacht. Sie amüsierten ihn.

Unglücklicherweise war er diesesmal *noch* länger verhindert, als er angenommen hatte. Als er endlich heimkehrte, waren alle Fische tot. Genauso der Aasgeier. Der Shambler hatte den Glockenturm erklommen und den Geier gefressen. Kress war ärgerlich.

Am nächsten Tag flog er mit seinem Gleiter nach Asgard, eine Reise von mehr als zweihundert Kilometern. Asgard war Baldurs größte Stadt und rühmte sich noch dazu, den ältesten und größten Raumhafen zu besitzen. Kress liebte es, seine Freunde mit ungewöhnlichen, unterhaltsamen und teuren Tieren zu beeindrucken. Asgard war der Ort, wo man sie kaufen konnte.

Doch diesesmal hatte er kein Glück. Xenofauna hatte geschlossen, t'Etherane, der Tierhändler, versuchte ihm einen anderen Aasgeier anzudrehen und Fremde Wasser boten nichts Exotischeres an als Piranhas, Leuchthaie und Spinnen-Tintenfische. Kress hatte sie alle schon gehabt; er wollte etwas Neues, etwas noch nie Dagewesenes.

In der Dämmerung war er auf dem Weg durch den Regenbogenboulevard und hielt Ausschau nach Plätzen, die er vorher noch nicht durchstöbert hatte. So nahe beim Raumhafen war die Straße mit Importhäusern übersät. Das kommunale Warenhaus hatte eindrucksvolle, breite Schaufenster, in denen seltene und kostspielige Fremdwesen als Kunsterzeugnisse, auf Filzpolstern gegen eine dunkle Drapierung, ausgestellt waren, was der Einrichtung des Stockwerkes etwas Geheimnisvolles verlieh. Dazwischen befanden sich die Trödelläden – schmale, unschöne Geschäfte, deren Auslagen mit allen Arten von nicht einheimischen Raritäten vollgestopft waren. Beiden Geschäftsarten begegnete Kress mit Argwohn.

Dann fand er einen Laden, der anders war.

Er befand sich sehr nahe beim Hafen. Kress war noch niemals hier gewesen. Der Laden war ein schmales, einstöckiges Gebäude billigster Fertigung, zwischen einer Euphorie-Bar und einem Bordelltempel der Geheimen Schwesternschaft. Soweit unten sah der Regenbogenboulevard verschwommen aus. Der Laden selbst war ungewöhnlich. Fesselnd.

Nebel wallte hinter den Scheiben, einmal ein blasses Rot, dann wieder das Grau echten Nebels, und dann wieder glänzend und golden. Der Nebel strudelte, wirbelte und schimmerte schwach. Kress erblickte Objekte im Schaufenster – Maschinen, Kunstgegenstände und Dinge, die er nicht identifizieren konnte, denn er vermochte keinen genauen Blick auf alles zu werfen. Die Nebel umflossen sie sanft, offenbarten ein bißchen vom einen, dann vom anderen und hüllten schließlich alles ein. Es war interessant.

Während er wartend beobachtete, begann der Nebel Worte zu bilden. Eins nach dem anderen. Kress wartete und las.

WO UND SHADE. IMPORTEURE. KUNSTERZEUGNISSE. LEBENSFORMEN UND VERMISCHTES.

Die Buchstaben verblaßten. Durch den Nebel sah Kress sich etwas bewegen. Das war genug für ihn, das, und das LEBENSFORMEN im Fenster. Er warf seinen Nebelmantel über die Schulter und betrat den Laden.

Im Laden selbst fühlte Kress sich desorientiert. Die Innenausstattung schien weiträumig, größer als er bei der bescheidenen Außenfassade vermutet hatte. Schummrige Beleuchtung, friedlich. Die Decke war ein Sternenpanorama, vollständig mit Spiralnebeln, sehr dunkel und realistisch, sehr hübsch. Die Vitrinen waren matt erhellt, wahrscheinlich um die Waren besser zur Schau zu stellen. Der Durchgang war mit Bodennebel bedeckt. Er reichte bis fast zu seinen Knien, und als er ging, wirbelte er um seine Füße.

»Kann ich Ihnen behilflich sein?«

Es schien fast, als hätte sie sich aus dem Nebel gebildet. Zierlich, mager und blaß, sie trug einen praktischen grauen Overall und eine merkwürdige kleine Kappe, die auf ihrem Hinterkopf saß.

»Sind Sie Wo oder Shade?« fragte Kress. »Oder nur eine Verkäuferin?«

»Jala Wo persönlich. Womit kann ich dienen?« erwiderte sie. »Shade bedient keine Kunden, und wir haben auch keine Verkäuferinnen.«

»Sie haben wirklich einen großen Laden«, sagte Kress. »Es ist merkwürdig, daß ich vorher noch nie etwas von Ihnen gehört habe.«

»Wir haben diesen Laden auf Baldur gerade erst geöffnet«, antwortete die Frau. »Wir haben Konzessionen auf einer Vielzahl anderer Welten. Was kann ich Ihnen anbieten? Kunst vielleicht? Sie sind bestimmt Sammler. Wir haben ein paar schöne Kristallplastiken von Nor T'alush.«

»Nein«, entgegnete Kress. »Ich besitze schon alle Kristallplastiken, die ich haben wollte. Ich interessiere mich für ein kleines Haustier.«

»Ein Lebewesen?«

»Ja.«

»Ein Fremdwesen?«

»Sicher.«

»Wir haben einen Nachahmer auf Lager. Von Celias Welt. Ein schlauer kleiner Simian. Er wird nicht nur sprechen lernen, sondern eventuell auch Ihre Stimme, Modulation, Gestik und sogar Gesichtsausdrücke nachahmen.«

»Nett«, sagte Kress, »aber gewöhnlich. Für solche Sachen habe ich keine Verwendung, Wo. Ich will etwas Exotisches. Ungewöhnliches. Und nichts Nettes. Ich verabscheue nette Tiere. Im Augenblick besitze ich einen Shambler, extra von Cotho importiert, und ich habe dabei keine Kosten gescheut. Von Zeit zu Zeit füttere ich ihn mit einem Wurf Kätzchen. Das meine ich, wenn ich an *nett* denke. Habe ich mich begreiflich machen können?«

Wo lächelte rätselhaft. »Haben Sie jemals ein Tier besessen, das Sie verehrt hat?« fragte sie.

Kress grinste. »Oh, ab und zu. Aber ich verlange keine Verehrung, Wo. Nur Unterhaltung.«

»Sie haben mich mißverstanden«, antwortete Wo, wobei sie ihr merkwürdiges Lächeln beibehielt. »Ich meinte *Verehrung* im wahrsten Sinne des Wortes.«

»Wovon sprechen Sie?«

»Ich glaube, ich habe genau das richtige für Sie«, sagte Wo. »Folgen Sie mir bitte!«

Sie führte ihn zwischen den erleuchteten Vitrinen hindurch und einen langen, nebelverhüllten, von falschem Sternenlicht erhellten Flur hinab. Sie traten durch eine Nebelwand in einen anderen Teil des Ladens und hielten dann vor einem riesigen Plastikbassin. Ein Aquarium, dachte Kress.

Wo winkte ihn heran. Er trat näher und mußte seine Meinung revidieren. Es war ein Terrarium. Darin befand sich, im Durchmesser von zwei Metern, eine Wüste *en miniature.* Blasser Sand färbte sich unter einem schwachen rötlichen Licht dunkelrot. Felsen: Basalt, Quarz und Granit. In jeder Ecke des Bassins befand sich eine Burg.

Kress blinzelte, starrte hin und korrigierte sich; in Wirklichkeit befanden sich hier nur drei Burgen. Die vierte war eine zerbröckelte verfallene baufällige Ruine. Die drei anderen waren intakt, aus Sand und Stein erbaut. Über Zinnen und runde Säulengänge kletterten und krabbelten winzige Kreaturen. Kress drückte seine Nase gegen das Plastik. »Insekten?« fragte er.

»Nein.« erwiderte Wo. »Eine weit komplexere Lebensform. Viel intelligenter. Um ein beträchtliches gerissener als Ihr Shambler. Sie werden Sandkönige genannt.«

»Insekten«, sagte Kress und wich von dem Bassin zurück. »Es ist mir egal, wie komplex sie sind.« Er zuckte die Achseln. »Und versuchen Sie mich bitte nicht mit dem Geschwätz von Intelligenz übers Ohr zu hauen. Diese Lebewesen sind wirklich zu klein, um mehr zu besitzen als die nötigsten Nervenstränge.«

»Sie teilen sich in ein Wabengehirn«, sagte Wo. »Ein Burggehirn in diesem Fall. Es sind nur noch drei Organismen in dem Bassin. Der vierte starb. Sie sehen, seine Burg ist zerbrochen.«

Kress blickte wieder in das Bassin. »Wabengehirn, hm? Interessant.« Doch er zuckte erneut die Achseln. »Dennoch ist es nichts als eine Art höher entwickelter Ameisenhaufen. Ich dachte, Sie hätten etwas Besseres.«

»Sie fechten Kriege aus.«

»Kriege? Hmmm.« Kress blickte nochmals hin.

»Beachten Sie die Farben, wenn Sie so nett sein wollen«, sagte Wo. Sie deutete auf die Kreaturen, die über die nächststehende Burg krochen. Eine krabbelte an der Bassinwand. Kress beobachtete sie. In seinen Augen sah es immer noch wie ein Insekt aus. Nackt, so lang wie sein Fingernagel, sechsgliedrig und mit sechs winzigen Augen, die rings um den Körper herumsaßen. Ein bösartig aussehendes Paar Zangen klickte sichtbar, während zwei längere, feine Fühler, Muster in die Luft webten. Fühler, Zangen, Augen und Beine waren rußig schwarz, aber die dominierende Farbe war das brennende Orange der Panzerung. »Es ist ein Insekt«, wiederholte Kress.

»Es ist kein Insekt«, beharrte Wo sanft. »Das gepanzerte Exoskelett wird abgeworfen, wenn der Sandkönig größer wird. Wenn er größer wird. In einem Bassin dieser Größe tut er das nicht.« Sie nahm Kress beim Ellbogen und führte ihn um das Bassin zur nächsten Burg. »Achten Sie hier auf die Farben.«

Das tat er auch. Sie war verschieden. Dieser Sandkönig hatte einen leuchtend roten Panzer; Fühler, Kinnbacken, Augen und Beine waren gelb. Kress blickte über das Bassin hinweg. Der Bewohner der dritten Burg war fast weiß, mit roten Streifen. »Hmmm«, murmelte er.

»Sie führen Krieg, wie ich schon sagte«, erklärte ihm Wo. »Sie schließen sogar Waffenstillstand und gehen Bündnisse ein. Es war ein Bündnis, das die vierte Burg in diesem Bassin zerstört hat. Die Schwarzen wurden zu zahlreich, deshalb taten sich die anderen zusammen, um sie zu vernichten.«

Kress war immer noch nicht überzeugt. »Amüsant, daran besteht kein Zweifel. Aber Insekten kämpfen auch.«

»Aber Insekten verehren niemanden«, entgegnete Wo.

»Was?«

Wo lächelte und deutete auf die Burg. Kress starrte darauf. Im höchsten Turm war ein Gesicht eingeschnitten. Er kannte es. Es war das Gesicht Jala Wos. »Wie...?«

»Ich projizierte ein Hologramm meines Gesichts in das Bassin, und beließ es dort ein paar Tage. Das Gesicht Gottes, verstehen Sie? Ich füttere sie. Ich bin immer da. Die Sandkönige besitzen rudimentäre PSI-Kräfte. Es grenzt an Telepathie. Sie fühlen und verehren mich, indem sie mein Gesicht dazu verwenden, um ihre Bauwerke zu verzieren. Alle Burgen sind so verziert, sehen Sie selbst.« Es stimmte.

Das Gesicht von Jala Wo auf den Burgen war klar und friedlich und sehr lebensecht. Kress bestaunte die Geschicklichkeit der Darstellung. »Wie machen sie das?«

»Die Vorderbeine dienen gleichzeitig als Arme. Sie besitzen sogar etwas wie Finger, drei schmale, flexible Ranken. Und die funktionieren ausgezeichnet, beim Bauen und beim Kampf. Denken Sie daran, alle mobilen Teile einer Farbe bilden ein Gehirn.«

»Erzählen Sie mir mehr davon«, erwiderte Kress.

Wo lächelte. »Die Maw lebt in der Burg. ›Maw‹ ist mein Name für sie – ein Wortspiel, wenn Sie es verstehen, denn dieses Ding ist Mutter und Magen gleichzeitig. Weiblich, so groß wie Ihre Faust, unbeweglich. In Wahrheit ist ›Sandkönig‹ keine so ganz zutreffende Bezeichnung. Die mobilen Teile sind Bauern und Krieger. Der wirkliche Regent ist die Maw, die Königin. Aber diese Analogie ist genauso mangelhaft. Genaugenommen ist jede Burg eine einzelne hermaphroditische Kreatur.«

»Was fressen sie?«

»Die mobilen Teile fressen Brei, vorgekaute Nahrung, die sie aus der Burg erhalten. Sie bekommen sie von der Maw, nachdem sie sie ein paar Tage lang verarbeitet hat. Ihre Mägen können nichts anderes verdauen. Wenn die Maw stirbt, sterben sie auch bald. Die Maw… die Maw frißt alles. Dafür werden Sie keine besonderen Auslagen haben. Speisereste genügen.«

»Lebendes Fressen?« fragte Kress.

Wo zuckte die Achseln. »Jede Maw frißt auch die mobilen Teile von den anderen Burgen, ja.«

»Ich bin neugierig geworden«, sagte er. »Wenn sie nur nicht so klein wären!«

»Sie können auch größere haben. Diese Sandkönige sind klein, weil ihr Bassin so klein ist. Sie scheinen ihre Größe zu limitieren, um in den vorhandenen Raum hineinzupassen. Wenn ich sie in ein größeres Bassin gäbe, würden sie von neuem zu wachsen beginnen.«

»Hmmm. Mein Piranhabecken ist doppelt so groß wie dieses hier und leerstehend. Man könnte es säubern, mit Sand füllen…«

»Wo und Shade würden selbstverständlich alle Installationen vornehmen. Es würde uns ein Vergnügen sein.«

»Gut«, antwortete Kress. »Ich denke, ich nehme vier intakte Burgen.«

»Selbstverständlich«, sagte Wo.

Dann begannen sie, über den Preis zu verhandeln.

Drei Tage später betrat Jala Wo Simon Kress' Anwesen, mit schlafenden Sandkönigen und einem Arbeitsteam, das die Installation vornahm. Die Assistenten Wos waren Fremde, mit denen Kress noch nichts zu tun gehabt hatte – gedrungene, derbe Zweibeiner mit vier gekrümmten Armen und Facettenaugen. Ihre Haut war dick und lederartig und zwirbelte sich in Höckern, und Dornen traten an mehreren Stellen auf ihren Körpern hervor. Aber sie waren sehr stark und gute Arbeiter. Wo sprach in einer melodischen Sprache mit ihnen, die Kress noch nie zuvor gehört hatte.

Innerhalb eines Tages war die Arbeit getan. Sie transportierten sein Piranhabecken in die Mitte seines weitläufigen Wohnzimmers, stellten für eine bessere Sicht Sessel drumherum auf, säuberten das Becken und füllten es zwei Drittel mit Sand und Steinen. Dann installierten sie ein spezielles Beleuchtungssystem, zum einen, um die Sandkönige, die das matte rote Licht bevorzugten, zu bescheinen, zum anderen, um holographische Bilder in das Becken zu projizieren. Über das Becken stülpten sie eine drehbare Plastikabdeckung, in die eine Füttervorrichtung eingebaut war. »Damit können Sie Ihre Sandkönige füttern, ohne den Deckel vom Becken zu nehmen«, erklärte Wo. »Sie wollen doch sicher nicht, daß die Mobilen entkommen.«

Die Abdeckung enthielt auch eine Klimaanlage, die den Feuchtigkeitsgehalt der Luft konstant hielt. »Sie wollen es trocken, aber nicht zu trocken«, erklärte Wo.

Zum Schluß kletterte einer der vierarmigen Arbeiter in das Becken und grub in jede der vier Ecken ein tiefes Loch. Einer seiner Kollegen reichte ihm die schlafenden Maws, die er, eine nach der anderen, aus ihren Tiefkühl-Transportbehältern holte.

An den Maws war nichts Besonderes. Sie sahen aus

wie Klumpen gesprenkeltes, halb verdorbenes rohes Fleisch mit einem Mund, sagte sich Kress.

Der Arbeiter trug eine in jede Ecke des Beckens. Dann wurde das Terrarium verschlossen, und die Arbeiter zogen ab.

»Die Wärme wird die Maws aus ihrem Kälteschlaf wecken«, sagte Wo. »In knapp einer Woche werden die ersten Mobilen ausschlüpfen und sich zur Oberfläche durchgraben. Seien Sie darauf bedacht, daß Sie ihnen genug Nahrung geben. Sie brauchen ihre ganze Kraft, sich zu entwickeln. Ich schätze, sie werden in ungefähr drei Wochen mit dem Bau der Burg beginnen.«

»Und mein Gesicht? Wann werden sie mein Gesicht formen?«

»Zeigen Sie ihnen Ihr Hologramm in ungefähr einem Monat«, riet sie ihm. »Und bleiben Sie freundlich. Wenn Sie irgendeine Frage haben, rufen Sie an. Wo und Shade stehen zu Ihrer Verfügung.« Sie verbeugte sich und ging.

Kress schlenderte zum Bassin zurück und zündete sich einen Glücksstengel an. Die Wüste war still und leer. Er klopfte mit den Fingern ungeduldig gegen das Plastik und zuckte die Achseln.

Am vierten Tag war es Kress, als sähe er Bewegungen im Sand – feine, unterirdische Bewegungen.

Am fünften Tag sah er den ersten Mobilen, ein einfacher Weißer.

Am sechsten Tag zählte er ein Dutzend, Weiße, Rote und Schwarze. Die Orangefarbenen kamen verspätet. Er warf ihnen eine Schüssel voll halb verfaulter Speisereste hinein. Die Mobilen sahen es sofort, krabbelten hin und begannen Stücke in ihre Ecken zu tragen. Jede Farbengruppe war für sich hoch entwickelt. Sie kämpften nicht. Kress war ein bißchen enttäuscht, sagte sich jedoch, daß man ihnen Zeit lassen müsse.

Die Orangefarbenen kamen am achten Tag zum Vorschein. Zu diesem Zeitpunkt hatten die anderen Sandkönige bereits begonnen, kleine Steine zusammenzutragen und die ersten rohen Befestigungen zu errichten. Sie kämpften immer noch nicht. Jetzt hatten sie genau die Hälfte der Größe der Sandkönige, die Kress bei Wo und Shade gesehen hatte, aber Kress nahm an, sie würden schnell wachsen.

In der zweiten Woche begann der Bau der Burgen zu stocken. Organisierte Gruppen von Mobilen schleppten schwere Sandsteine und Granitbrocken in ihre Ecken, wo andere Mobile mit ihren Kiefern und Zangen den Sand verteilten. Kress hatte sich eine Vergrößerungsbrille gekauft, mit der er sie bei der Arbeit beobachten konnte, wo auch immer sie sich im Becken befanden. Er ging immer wieder um das Becken herum und beobachtete sie. Es war faszinierend.

Für Kress' Geschmack waren die Burgen ein bißchen zu schmucklos, doch er hatte eine Idee. Am nächsten Tag warf er mit dem Fressen ein paar Obsidiane und farbige Glassplitter in das Becken. Innerhalb von ein paar Stunden waren sie in die Burgwände integriert.

Die Burg der Schwarzen war zuerst fertig, gefolgt vom Bauwerk der Weißen und der Roten. Die Orangefarbenen waren wie gewöhnlich die letzten. Kress nahm seine Mahlzeiten nun regelmäßig im Wohnzimmer ein, er saß dabei auf der Couch und beobachtete sie. Er erwartete, daß der erste Krieg nun bald ausbrechen würde.

Er wurde enttäuscht. Die Tage verstrichen, die Burgen wurden höher und größer und Kress verließ das Becken nur, um Toilette zu machen und wichtige geschäftliche Anrufe zu beantworten. Aber die Sandkönige kämpften nicht. Kress wurde unruhig.

Schließlich gab er ihnen nichts mehr zu fressen.

Zwei Tage nachdem das Manna aufgehört hatte aus ihrem Wüstenhimmel zu fallen, umringten vier schwarze Mobile ein Orangefarbenes und schleppten es zu ihrer Maw. Zuerst verstümmelten sie es, rissen ihm Kinnbacken, Fühler und Gliedmaßen aus und trugen es durch das dunkle Haupttor in ihre Miniaturburg. Es kam nicht wieder zum Vorschein. Innerhalb einer Stunde marschierten mehr als vierzig orangefarbene Mobile über den Sand und attackierten die Ecke der Schwarzen. Sie waren zahlenmäßig den Schwarzen unterlegen, die augenblicklich aus der Tiefe ihrer Burg hervorbrachen. Als der Kampf vorbei war, waren die Angreifer alle abgeschlachtet. Die Toten und Sterbenden wurden zerkleinert, um an die Schwarze Maw verfüttert zu werden.

Kress beglückwünschte sich selbst zu seinem Einfall.

Als er am nächsten Tag Fressen in das Becken fallen ließ, entbrannte gleich an drei Fronten ein Kampf um den größeren Anteil daran. Die Weißen siegten.

Danach folgte Krieg auf Krieg.

Fast ein Monat war vergangen, seit Jala Wo die Sandkönige geliefert hatte, als Kress den holographischen Projektor einschaltete und sein Gesicht im Becken erschien. Er drehte es langsam, damit sein starrer Blick auf alle vier Burgen fiel. Kress war zufrieden mit der Ähnlichkeit; es zeigte sein schelmisches Grinsen, den breiten Mund und die vollen Backen. Seine blauen Augen sprühten, seine grauen Haare waren sorgfältig zu einem Seitenscheitel frisiert, die Augenbrauen dünn und kultiviert.

Bald darauf begannen die Sandkönige zu arbeiten. Kress fütterte sie reichlich, während sein Bild von ihrem Himmel herunterstrahlte. Gleichzeitig hörten die Kämpfe auf. Alle Aktivitäten waren auf Verehrung gerichtet.

Sein Gesicht erschien auf den Burgwänden.

Zuerst erschienen ihm alle Schnitzereien gleich, aber als die Arbeit daran ihren Fortgang nahm und Kress die Reproduktionen begutachtete, begann er feine Unterschiede in Technik und Ausführung zu entdecken. Die Roten waren die kreativsten, da sie winzige Schieferstückchen verwendeten, um einen Grauton in die Haare zu bekommen. Das weiße Abbild erschien ihm jung und mutwillig, während das durch die Schwarzen modellierte Gesicht – obwohl es im Grunde genommen Linie für Linie dasselbe war – eher weise und gütig anmutete. Wie gewöhnlich waren die orangefarbenen Sandkönige spät dran und darum auch die letzten. Die Kriege waren nicht gut für sie verlaufen, und im Gegensatz zu den anderen Bauwerken sah ihre Burg recht traurig aus. Das Bild, das sie einritzten, war grob karikierend, und es schien, als wollten sie es so belassen. Kress war darüber sehr pikiert, konnte aber nichts daran ändern.

Als alle Sandkönige die Arbeit an seinem Gesicht beendet hatten, schaltete Kress den Projektor aus und kam zu dem Schluß, daß es nun an der Zeit wäre, eine Party zu geben. Seine Freunde würden überrascht sein. Er konnte für sie sogar einen Krieg inszenieren, sagte er sich. Glücklich vor sich hinsummend, begann er die Gästeliste aufzustellen.

Die Party wurde ein voller Erfolg.

Kress hatte dreißig Personen eingeladen: ein paar ausgewählte, engere Freunde, ein paar frühere Freundinnen und eine Auswahl an geschäftlichen und gesellschaftlichen Gegnern, die es sich nicht leisten konnten, seine Einladung zu ignorieren. Er wußte, daß einige von ihnen verwirrt, wenn nicht sogar aufgebracht wegen seiner Sandkönige waren. Er zählte auf sie. Er betrachtete es gewöhnlich als Fehlschlag, wenn nicht zumindest ein Gast übellaunig nach Hause ging.

Impulsiv setzte er Jala Wos Name auf die Liste. »Wenn Sie möchten, bringen Sie Shade mit«, fügte er hinzu, als er die Einladung an sie diktierte.

Ihre Einwilligung überraschte ihn ein wenig: »Shade wird leider nicht mitkommen können. Er geht nicht zu Gesellschaften. Ich selbst ergreife gerne die Gelegenheit, um zu sehen, was Ihre Sandkönige machen.«

Kress ordnete ein kostspieliges Abendessen an. Und als die Konversation endlich nur noch träge dahintröpfelte und die meisten seiner Gäste vom Wein und den Glücksstengeln berauscht waren, schockierte er sie, indem er persönlich die Speisereste auf ihren Tellern in eine große Schüssel sammelte. »Kommt alle mit!« sagte er. »Ich will euch meine neuesten Tierchen zeigen.« Die Schüssel in den Händen führte er sie in sein Wohnzimmer.

Zu seiner freudigen Erwartung lebten die Sandkönige auf. Er hatte sie zur Vorbereitung zwei Tage lang hungern lassen, jetzt waren sie in kriegerischer Stimmung. Während die Gäste das Becken umringten und durch die Vergrößerungsbrillen blickten, die Kress vorsorglich bereitgelegt hatte, lieferten die Sandkönige einen glorreichen Kampf um die Abfälle. Er zählte fast sechzig tote Mobile, als der Kampf vorüber war. Die Roten und Weißen, die ein Bündnis eingegangen waren, konnten das meiste Fressen davonschleppen.

»Kress, du bist ekelhaft«, sagte Cath m'Lane zu ihm. Vor zwei Jahren hatte sie eine kurze Zeit mit ihm zusammengelebt, bis ihm ihre rührselige Sentimentalität auf die Nerven gegangen war. »Ich war verrückt, nochmals hierher zu kommen. Ich dachte, du hättest dich geändert und wolltest dich entschuldigen.« Sie hatte ihm nie vergeben, daß sein Shambler einen niedlichen jungen Hund gefressen hatte, an dem sie sehr gehangen hatte. »Lade mich *nie* wieder hierher ein, Simon!« Sie stolzierte mit ihrem derzeitigen Liebhaber hinaus, begleitet von einem Riesengelächter.

Kress' übrige Gäste hatten unzählige Fragen.

Woher kommen die Sandkönige? wollten sie wissen.

»Von Wo und Shade, Importeure«, erwiderte er, mit einer höflichen Geste auf Jala Wo deutend, die den ganzen Abend ruhig und abseits geblieben war.

Warum verzierten sie ihre Burgen mit Ihrem Ebenbild?

»Weil ich der Ursprung aller guten Dinge bin. Hoffentlich wißt ihr das alle!« Diese Erwiderung löste eine neue Woge von Gelächter aus.

Werden sie noch einmal kämpfen?

»Sicher, aber nicht heute abend. Seien Sie nicht enttäuscht. Wir feiern bestimmt noch weitere Partys.«

Jad Rakkies, ein Amateurxenologe, begann über andere Gesellschaftsinsekten und andere Kämpfe, die sie ausfochten, zu sprechen. »Diese Sandkönige sind amüsant, aber nichts Aufregendes. Ihr solltet zum Beispiel mal etwas über terranische Soldatenameisen lesen.«

»Sandkönige sind keine Insekten«, sagte Jala Wo scharf, aber Jad war in seinem Element und niemand schenkte ihr die leiseste Beachtung. Kress lächelte sie an und zuckte die Achseln.

Malada Blane schlug vor, daß man bei der nächsten Zusammenkunft, um einen Kampf zu beobachten, Wetten abschließen sollte, und jedermann war von der Idee begeistert. Eine hitzige Diskussion über Regeln und Einsätze entbrannte. Fast eine Stunde lang debattierten sie. Endlich begannen die Gäste zu gehen.

Jala Wo war die letzte. »So«, sagte Kress zu ihr, als sie allein waren, »es scheint mir, als wären meine Sandkönige ein Volltreffer.«

»Es geht ihnen gut« antwortete Wo. »Sie sind sogar schon größer als meine.«

»Ja«, sagte Kress, »außer den Orangefarbenen.«

»Das habe ich gesehen«, erwiderte Wo. »Es scheinen zwar viele zu sein, doch ihre Burg ist schäbig.«

»Nun, irgendeiner muß verlieren«, antwortete Kress. »Die Orangefarbenen waren zu spät dran, um größer zu werden und sich zu etablieren. Dafür werden sie bestraft.«

»Entschuldigen Sie«, sagte Wo, »aber darf ich fragen, ob Sie Ihre Sandkönige zur Genüge füttern?«

Kress hob die Schultern. »Von Zeit zu Zeit bekommen sie magere Kost. Das macht sie wilder.«

Sie runzelte die Stirn. »Es ist nicht nötig, sie hungern zu lassen. Lassen Sie sie zu ihrer Zeit kämpfen und aus ihren eigenen Gründen. Es ist ihre Natur, und Sie werden Konflikte erleben, die ergötzlich hinterlistig und komplex sind. Der dauernde Krieg, der durch Hunger hervorgerufen wird, ist einfallslos und erniedrigend.«

Kress zahlte ihr das Stirnrunzeln mit starken Worten heim. »Sie befinden sich in meinem Haus, Wo, und hier bestimme ich, wer erniedrigt wird und wer nicht. Ich habe die Sandkönige so gefüttert, wie Sie es mir geraten haben, doch sie haben nicht gekämpft.«

»Sie müssen Geduld haben.«

»Nein«, antwortete Kress. »Schließlich bin ich ihr Herr und Gott. Warum sollte ich auf ihre Impulse warten? Sie kämpfen nicht oft genug, um mich zufriedenzustellen. Ich habe die Situation korrigiert.«

»Nun gut«, sagte Wo. »Darüber werde ich mit Shade sprechen.«

»Das ist weder Ihre noch seine Angelegenheit«, erwiderte Kress schroff.

»Dann wünsche ich Ihnen eine gute Nacht«, sagte Wo resignierend. Aber als sie in ihren Mantel schlüpfte, warf sie ihm einen letzten, mißbilligenden Blick zu. »Sehen Sie sich ihre Gesichter an, Simon Kress«, warnte sie ihn. »Sehen Sie sich ihre Gesichter an!« Dann ging sie.

Verwirrt ging er zum Becken zurück und starrte auf die Burgen. Seine Gesichter waren noch da wie immer, aber... Er nahm seine Vergrößerungsbrille, setzte sie auf und betrachtete die Gesichter eine geraume Weile, aber sogar damit war es schwierig, es herauszufinden, doch es schien ihm, als ob sich der Ausdruck auf den Gesichtern ein wenig verändert hätte, sein Lächeln schien irgendwie verzerrter, boshafter. Aber es war eine sehr feine Veränderung – wenn es überhaupt eine Veränderung war. Schließlich schob Kress seiner Einbildungskraft die Schuld zu und entschloß sich, Jala Wo zu keiner seiner Partys mehr einzuladen.

In den folgenden Monaten trafen sich Kress und ungefähr ein Dutzend seiner besten Freunde wöchentlich, um, wie er es auszudrücken beliebte, den ›Kriegsspielen‹ beizuwohnen. Jetzt war seine frühere Faszination für die Sandkönige vorbei, Kress verbrachte weniger Zeit neben dem Becken und mehr mit geschäftlichen Dingen und gesellschaftlichem Leben, trotzdem freute er sich, ein paar Freunde zu haben. die gelegentlich gern bei einem Krieg zusahen. Er hielt die Kämpfer in einem konstanten Hungerzustand. Das hatte einen starken Einfluß auf die orangefarbenen Sandkönige, die sichtlich weniger wurden, daß Kress sich schon fragte, ob ihre Maw tot sei. Aber den anderen ging es gut.

Manchmal in der Nacht, wenn er nicht schlafen

konnte, nahm Kress eine Flasche Wein mit ins Wohnzimmer, wo der rote Schein seiner Miniaturwüste die einzige Lichtquelle darstellte. Er trank und beobachtete sie stundenlang. Gewöhnlich fand immer irgendwo ein Kampf statt: wenn nicht, konnte er leicht einen heraufbeschwören, indem er ein paar Speisereste ins Becken warf.

Kress' Freunde begannen auf die wöchentlichen Kämpfe zu wetten, so wie es Malada Blane vorgeschlagen hatte. Kress gewann reichlich, da er auf die Weißen wettete, die zur kämpferisch und zahlenmäßig stärksten Kolonie im Becken geworden waren und die größte Burg besaßen. Einmal schob er die Abdeckung des Beckens beiseite und warf das Fressen direkt vor die Burg der Weißen, anstatt in die Mitte des Kampfplatzes, wo er gewöhnlich das Fressen hineinfallen ließ. So waren die anderen gezwungen, die Weißen in ihrer Festung anzugreifen, um überhaupt etwas zu fressen zu bekommen. Sie versuchten es auch. Doch die Weißen brillierten in ihrer Verteidigung. Kress gewann hundert Standards von Jad Rakkis.

Rakkis verlor tatsächlich fast jede Woche immer eine beträchtliche Summe wegen der Sandkönige. Er gab vor, ein umfangreiches Wissen über sie und ihre Art zu besitzen, und behauptete, daß er sie nach der ersten Party genauestens studiert habe, doch er hatte kein Glück mit seinen Wetten. Kress nahm an, daß Jads Behauptungen nur großspurige Prahlereien waren. Er hatte selbst ein bißchen versucht, die Sandkönige zu studieren, und war in einem Moment eitler Wißbegierde in die Bibliothek gegangen, um herauszufinden, von welcher Welt seine Haustiere ursprünglich herkamen. Aber im Verzeichnis der Bibliothek war das Stichwort Sandkönige überhaupt nicht vermerkt. Er wollte bei Wo vorbeigehen und sie danach fragen, doch andere Verpflichtungen hielten ihn davon ab, und er verlor bald das Interesse an der Frage.

Schließlich, nach einem Monat, in dem sein Verlust schon mehr als tausend Standards betrug, kam Rakkis mit einer kleinen Plastikschachtel unter dem Arm zu den Kriegsspielen. Darin befand sich ein spinnenähnliches Ding, mit feinen goldenen Haaren bedeckt.

»Eine Sandspinne«, verkündete Rakkis. »Von Cathaday. Ich bekam sie heute nachmittag von t'Etherane, dem Tierhändler. Gewöhnlich werden die Giftsäcke entfernt, aber diese hier hat ihre noch. Bist du zum Spiel bereit, Simon? Ich will mein Geld zurück. Ich wette tausend Standards auf die Sandspinne, gegen die Sandkönige.«

Kress betrachtete die Spinne in ihrem Plastikgefängnis. Seine Sandkönige waren gewachsen – sie waren doppelt so groß wie die Wos, wie sie es prophezeit hatte –, aber sie wurden von diesem Ding in den Schatten gestellt. Das Biest war giftig und sie nicht. Dafür gab es natürlich furchtbar viele von ihnen. Andererseits, die endlosen Sandkönigkriege wurden langsam ermüdend. Die Neuheit des Spiels interessierte ihn.

»In Ordnung«, sagte Kress. »Jad, du bist ein Narr. Die Sandkönige werden einfach so lange nicht zum Vorschein kommen, bis deine häßliche Kreatur tot ist.«

»Du wirst dich wundern, Simon«, erwiderte Rakkis lächelnd. »Die cathadayanische Sandspinne frißt gewöhnlich Höhlenbewohner, die sich in Ecken und Spalten verstecken, und ... Nun gut, beobachte selbst! Sie wird in die Burgen eindringen und die Maws fressen.«

Kress blickte finster drein und erntete damit allgemeines Gelächter. Damit hatte er nicht gerechnet. »Mach voran damit!« sagte er zornig. Dann holte er sich einen neuen Drink.

Die Spinne war zu groß, um sie bequem durch die Nahrungsklappe schieben zu können. Deshalb halfen zwei weitere Gäste Rakkis, die Abdeckplatte auf die Seite zu schieben, und Malada Blane gab ihm die Schachtel. Er schüttelte die Spinne heraus. Sie landete sanft auf einer Miniaturdüne vor der roten Burg und blieb, einen Moment lang verwirrt stehen, ihre Kiefer arbeiteten, und die Beine zuckten bedrohlich.

»Mach schon!« drängte Rakkis. Sie hatten sich alle um das Becken versammelt. Kress setzte seine Brille auf. Wenn er wirklich tausend Standards verlieren sollte, wollte er wenigstens einen guten Blick auf das Geschehen haben.

Die Sandkönige hatten den Eindringling gesehen. Alle Aktivitäten im Bereich der roten Burg hatten aufgehört. Die kleinen roten Mobilen waren erstarrt und beobachteten.

Die Spinne begann sich in Richtung der dunklen Toröffnung zu bewegen. Über dem Turm starrte Simon Kress' Konterfei leidenschaftslos herab.

Plötzlich entwickelte sich eine verwirrende Aktivität. Die nächsten roten Mobilen gruppierten sich zu zwei Keilen und strömten über den Sand auf die Spinne zu. Noch mehr Krieger kamen aus der Burg und stellten sich in einer Dreierreihe auf, um den Einstieg in das unterirdische Gemach der Maw zu verteidigen. Weitere Krieger kamen über die Dünen geklettert, zurückgerufen zur Verteidigung der Burg.

Der Kampf entbrannte.

Die angreifenden Sandkönige krochen über die Spinne. Kiefer und Zangen schlossen sich um Beine und Leib und klammerten sich fest. Die Roten krabbelten die goldenen Beine hinauf auf den Rücken des Eindringlings. Sie bissen und rissen. Einer fand ein Auge und stach es mit seinen dünnen gelben Greifern aus. Kress lächelte spöttisch.

Aber sie waren klein und hatten außerdem kein Gift, und die Spinne blieb nicht stehen. Ihre Beine fegten die Sandkönige auf beiden Seiten weg. Ihre geifernden Kiefer ergriffen die Kämpfer und ließen sie gebrochen und erstarrt zurück. Schon lag ein Dutzend Roter sterbend im Sand. Die Sandspinne kroch weiter und immer weiter. Sie bewegte sich geradewegs durch die Dreierformation der Verteidiger vor der Burg. Die Reihen schlossen sich um sie, bedeckten sie, kämpften einen verzweifelten Abwehrkampf. Eine Gruppe Sandkönige hatte ein Bein der Spinne durchgebissen. Verteidiger sprangen von der Turmspitze und landeten auf der zuckenden, schweren Masse.

Von Sandkönigen bedeckt taumelte die Spinne irgendwie in die Dunkelheit der Burg und verschwand.

Rakkis stieß einen tiefen Seufzer aus. Er sah blaß aus. »Wunderbar«, sagte irgend jemand. Malada Blane kicherte verhalten.

»Schau her!« sagte Idi Noreddian und stupste Kress am Arm.

Sie hatten sich so intensiv dem Gerangel in der Ecke gewidmet, daß keiner von ihnen die weiteren Aktivitäten im Becken beobachtet hatte. Nun war es in der Burg still, der Sand war wie leergefegt, abgesehen von den toten roten Mobilen – und plötzlich sahen sie es.

Drei Armeen hatten sich vor der roten Burg aufgestellt. Sie standen still, in perfekter Ordnung, Reihe um Reihe, Orangenfarbene, Weiße und Schwarze – und warteten auf das, was aus der Tiefe hervorkommen würde.

Kress lächelte. »Ein *cordon sanitaire*«, sagte er. »Und schau dir mal die anderen Burgen an, Jad, wenn du willst!«

Rakkis tat es und fluchte. Gruppen von Mobilen mauerten die Tore mit Sand und Steinen zu. Wenn die Spinne ihr Eindringen in die Burg der Roten irgendwie überleben sollte, würde sie nicht so leicht in die anderen Burgen hineinkommen. »Ich hätte vielleicht vier Spinnen mitbringen sollen«, sagte Rakkis. »Trotzdem habe ich gewonnen. Meine Spinne ist jetzt da unten und frißt deine verdammte Maw.«

Kress erwiderte nichts. Er wartete. Er sah Bewegung in den Schatten.

Auf einmal quollen rote Mobile aus dem Tor. Sie nahmen ihre Position auf der Burg wieder ein und begannen, den Schaden zu reparieren, den die Spinne angerichtet hatte. Die Schlachtreihen der Armeen lösten sich auf, und die Mobilen begannen, sich in ihre eigenen Ecken zurückzuziehen.

»Jad«, sagte Kress. »Ich glaube, du weißt nicht so recht, wer jetzt wen frißt.«

In der darauffolgenden Woche brachte Rakkis vier schlanke Silberschlangen mit. Die Sandkönige erledigten sie ohne viel Aufhebens.

Das nächstemal versuchte er es mit einem schwarzen Vogel. Er fraß mehr als dreißig weiße Mobile und sein Flügelschlagen und seine Ungeschicklichkeit zerstörten ihre Burg, aber letzten Endes ermüdeten seine Flügel, und die Sandkönige griffen ihn an, wo auch immer er sich niederließ.

Danach kam eine Schachtel mit Insekten, bewaffnete Käfer, den Sandkönigen an sich nicht unähnlich. Aber dumm, dumm! Eine alliierte Kampfgruppe der Orangefarbenen und Schwarzen durchbrach ihre Formation, teilte sie und zerfetzte sie.

Rakkis begann, Kress Schuldscheine auszustellen.

Zu dieser Zeit traf Kress eines Abends, als er im Asgard, seinem Lieblingsrestaurant, zu Abend aß, erneut auf Cath m'Lane. Er blieb höflich an ihrem Tisch stehen, erzählte ihr vor den Kriegsspielen und lud sie ein, dabei zu sein. Sie errötete, faßte sich aber gleich wieder und wurde frostig. »Irgend jemand muß dir Einhalt gebieten, Simon. Und ich glaube, das werde ich sein«, sagte sie.

Kress zuckte die Achseln, genoß das ausgezeichnete Essen und dachte nicht mehr an ihre Drohung.

Bis eine Woche später eine kleine, kräftige Frau vor seiner Tür stand und ihm eine Polizeimarke zeigte. »Gegen Sie sind Klagen eingegangen«, sagte sie. »Haben Sie ein Becken mit gefährlichen Insekten, Mr. Kress?«

»Keine Insekten«, erwiderte er mürrisch. »Kommen Sie, ich werde sie Ihnen zeigen!«

Als sie die Sandkönige gesehen hatte, schüttelte sie den Kopf. »Das ändert nichts. Was wissen Sie sonst noch über diese Kreaturen? Wissen Sie von welcher Welt sie kommen? Sind sie über das Ökologische Institut eingeführt worden? Haben Sie für diese Lebewesen eine Lizenz? Wir haben eine Anzeige, derzufolge sie Fleischfresser und deshalb gefährlich sind. Des weiteren sollen sie halbintelligent sein. Von wem haben Sie diese Kreaturen?«

»Von Wo und Shade«, antwortete Kress.

»Von denen habe ich noch nie gehört«, entgegnete die Frau. »Wahrscheinlich haben sie sie eingeschmuggelt, weil sie sehr wohl wissen, daß unsere Ökologen sie niemals zulassen würden. Nein, Kress, das kann ich nicht dulden. Ich werde dieses Becken konfiszieren und zerstören lassen. Und Sie werden eine hohe Geldstrafe zu erwarten haben.«

Kress bot ihr hundert Standards, damit sie alles über ihn und seine Sandkönige vergesse.

Sie machte »Ts, ts, ts«, und sagte: »Nun muß ich auch noch Bestechung als weiteren Belastungspunkt gegen Sie hinzufügen.«

Sie war erst zu überzeugen, als er bei zweitausend Standards angelangt war. »Es wird nicht leicht werden, müssen Sie wissen«, sagte sie. »Formalitäten müssen umgangen, Berichte gefälscht werden. Und um eine gefälschte Einfuhrgenehmigung von den Ökologen zu bekommen, bedarf es viel Zeit. Nicht zu vergessen die Verhandlungen mit dem Kläger. Was ist, wenn sie wieder anruft?«

»Überlassen Sie das mir«, antwortete Kress. »Überlassen Sie das getrost mir.«

Darüber dachte er eine Weile nach. An diesem Abend führte er ein paar Telefongespräche.

Zuerst rief er t'Etherane, den Tierhändler, an. »Ich möchte einen Hund kaufen«, sagte er. »Einen jungen Hund.«

Der rundgesichtige Kaufmann betrachtete ihn fassungslos. »Ein Hündchen? Das ist doch sonst nicht deine Art, Simon. Warum kommst du nicht selbst her? Ich habe eine hübsche Auswahl.«

»Ich will eine bestimmte *Art* Hündchen«, antwortete Kress. »Schreib auf! Ich beschreibe dir, wie er aussehen muß.«

Danach rief er Idi Norredian an. »Idi«, begann er. »Ich hätte dich gern mit deiner ganzen Holo-Ausrüstung heute abend hier. Ich habe eine tolle Idee. Ich möchte einen Sandkönigskampf aufnehmen. Ein Geschenk für einen meiner Freunde.«

Nach der Nacht, in der sie die Aufnahmen gemacht hatten, stand Kress sehr spät auf. Er sah sich sein umstrittenes neues Stück in seinem Sensorium an, stärkte sich mit einem schnellen Frühstück, rauchte ein paar Glücksstengel und köpfte eine Flasche Wein. Sehr zufrieden mit sich selbst, wanderte er mit dem Glas in der Hand ins Wohnzimmer.

Die Lichter waren aus. Der rote Schimmer des Terrariums ließ die Schatten rötlich-glühend erscheinen. Kress ging zu seinem Herrschaftsbereich, neugierig, wie weit die Schwarzen wohl mit der Reparatur an ihrer Burg gekommen waren. Das Hündchen hatte sie zertrümmert.

Die Restaurationsarbeiten gingen gut voran. Aber als Kress die Tätigkeit durch seine Brille begutachtete, betrachtete er zufällig das Gesicht an der Sandschlößchenwand genauer. Es erschreckte ihn.

Er drehte sich um, blinzelte, nahm einen tiefen Zug Wein und sah es sich wieder an.

Das Gesicht an der Wand war zwar immer noch seins, aber es war irgendwie verkehrt, die Züge waren seltsam *verzerrt*. Er hatte aufgeschwemmte Schweinebacken; sein Lächeln glich einem boshaften Grinsen. Er sah unheimlich bösartig aus.

Unbehaglich ging er um das Becken herum und inspizierte die anderen Burgen. Bei jeder war es ein bißchen anders, aber im Grunde genommen doch überall dasselbe.

Die Orangefarbenen hatten die feineren Details wie üblich ausgelassen, aber das Ergebnis erschien dennoch monströs und ungeschliffen; ein brutaler Mund und geistlose Augen.

Die Roten hatten ihn mit einem satanischen Lächeln ausgestattet. Seine Mundwinkel schienen merkwürdig zu zucken.

Die Weißen, seine Lieblinge, hatten einen grausamen, idiotischen Gott geschnitzt.

Ärgerlich warf Kress sein Weinglas durch das Zimmer. »Ihr *wagt* es«, sagte er mit zusammengepreßten Lippen. »Nun werdet ihr eine Woche lang nichts zu essen bekommen, ihr verdammten…« Seine Stimme überschlug sich. »Ich werde euch lehren!«

Er hatte eine Idee. Er verließ das Zimmer und kehrte einen Augenblick später mit einem antiken, eisernen Wurfschwert in der Hand zurück. Es war einen Meter lang, und die Spitze war immer noch scharf. Kress lächelte, kletterte hinauf und schob die Abdeckplatte des Beckens beiseite, gerade soweit, daß er Freiraum genug hatte und eine Ecke der Wüste freigelegt war. Er lehnte sich hinunter und stieß das Schwert in die Burg der Weißen, stieß immer wieder zu, zerstörte Türme, Schutzwälle und Mauern. Sand und Steine fielen durcheinander und begruben die krabbelnden Sandkönige unter sich. Ein Schlag seiner Hand löschte die Gesichtszüge der unverschämten, schmählichen Karikatur aus, die die Sandkönige aus seinem Gesicht gemacht hatten. Dann zielte er mit der Schwertspitze auf den dunklen Eingang, der in die Tiefe, in das Gemach der Maw hinabführte; er stieß mit aller Kraft zu und traf auf Widerstand. Er hörte einen leisen, quiekenden Laut. Alle Mobilen zitterten und fielen hin. Befriedigt zog Kress das Schwert zurück.

Er beobachtete sie einen Moment lang um zu sehen, ob er wohl die Maw getötet hatte. Die Spitze des Wurfschwertes war feucht und schleimig. Aber plötzlich begannen sich die weißen Sandkönige wieder zu bewegen – schwach und langsam – aber sie bewegten sich.

Er war gerade dabei, die Abdeckplatte zurückzuschieben und sich einer der anderen Burgen zuzuwenden, als er etwas auf seinem Arm krabbeln spürte.

Er schrie auf, ließ das Schwert fallen und schleuderte den Sandkönig von seinem Arm. Er fiel auf den Teppich und Kress zermalmte ihn mit der Ferse, er trampelte noch auf ihm herum, als er schon längst tot war. Es hatte geknirscht, als er auf ihm stand. Danach verschloß er zitternd schnell wieder das Becken. Er duschte und untersuchte sich sorgfältig. Er kochte seine Kleider aus.

Später, nachdem er mehrere Gläser Wein getrunken hatte, kehrte er ins Wohnzimmer zurück. Er schämte sich ein bißchen, weil er wegen des Sandkönigs so erschrocken war. Aber er wollte das Becken nicht noch mal aufmachen. Von jetzt an würde das Becken dauernd geschlossen bleiben. Dennoch, er mußte die anderen noch quälen.

Er entschied, seinen Denkapparat mit einem weiteren Glas Wein zu ölen. Als er es getrunken hatte, kam ihm eine Idee. Er trat an das Becken und drehte an den Feuchtigkeitskontrollen.

Dann schlief er auf der Couch ein, das Weinglas noch immer in der Hand, während die Sandburgen vom Regen aufgeweicht wurden.

Kress wurde durch ein heftiges Pochen an seiner Haustür geweckt. Er setzte sich auf, fühlte sich zerschlagen und hatte Kopfschmerzen. Einen Wein-Kater zu haben ist immer das Schlimmste, dachte er. Er schlurfte zur Eingangstür.

Cath m'Lane stand draußen. »Du bist ein Monster«, schrie sie. Ihr Gesicht war geschwollen, aufgedunsen und von Tränenspuren verschmiert. »Ich habe die ganze Nacht geheult, bloß wegen dir verdammtem Kerl. Aber ab jetzt nie mehr, Simon. Nie mehr!«

»Beruhige dich«, sagte er und hielt sich den Kopf. »Ich habe einen Kater.«

Sie fluchte, schob ihn beiseite und ging ins Haus. Der Shambler kam um eine Ecke, um zu sehen, was für ein Krach das war. Sie spuckte ihn an und stapfte ins Wohnzimmer. Kress wankte ihr auf unsicheren Beinen nach. »Hör auf!« rief er. »Was willst du… Du kannst doch nicht…« Von plötzlichem Entsetzen gepackt hielt er inne. Sie hielt einen schweren Hammer in der linken Hand. »Nein!« sagte er.

Sie ging direkt zu dem Becken der Sandkönige. »Du liebst doch diese kleinen charmanten Kerlchen so sehr, Simon. Dann kannst du auch mit ihnen leben!«

»*Cath!*« schrie er.

Den Hammerstiel mit beiden Händen umgreifend, hieb sie so fest sie konnte gegen eine Seite des Bekkens. Das Geräusch des Aufschlags ließ Kress' Kopf dröhnen, und Kress gab einen tiefen, heulenden Ton der Verzweiflung von sich. Aber das Plastik hielt.

Sie schwang den Hammer erneut. Diesmal hörte man ein Krachen, und ein Netz aus dünnen Linien erschien auf der Beckenwand.

Kress warf sich auf sie, als sie zu einem dritten Schlag ausholte. Sie fielen um und rollten übereinander. Sie verlor ihren Hammer und versuchte, Kress zu würgen, doch er machte sich frei und biß ihr in den Arm, bis Blut floß. Beide standen keuchend auf.

»Du solltest dich sehen. Simon«, sagte sie grimmig. »Blut tröpfelt aus deinem Mund. Du siehst aus wie einer deiner Lieblinge. Magst du den Geschmack?«

»Verschwinde!« erwiderte er. Er sah das Wurfschwert, wo er es vergangene Nacht fallengelassen hatte, und hob es auf. »Verschwinde!« wiederholte er und fuchtelte drohend mit dem Schwert. »Komm bloß nicht in die Nähe des Beckens!«

Sie lachte ihn aus. »Das wagst du nicht«, sagte sie. Sie bückte sich und hob ihren Hammer auf.

Kress schrie sie an und stieß vor. Bevor er überhaupt genau wußte, was geschah, hatte sich die Eisenspitze schon durch ihren Bauch gebohrt. Cath m'Lane blickte ihn und das Schwert in ihrem Bauch überrascht an. Kress stolperte zurück und wimmerte: »Das wollte ich nicht… Ich wollte nur…«

Sie war durchbohrt, blutete entsetzlich und war dem Tode nahe, aber trotzdem fiel sie nicht hin. »Du Monster«, konnte sie noch sagen, obwohl ihr Mund voller Blut war. Und sie drehte sich, trotz des Schwertes in sich, herum und warf sich mit letzter Kraft gegen das Becken. Die beschädigte Wand zerbrach und Cath m'Lane stürzte in einer Lawine von Plastik, Sand und Unrat ins Becken.

Kress gab kurze, hysterische Laute von sich und sprang auf die Couch.

Sandkönige krochen aus dem Unrat auf den Wohnzimmerboden. Sie krabbelten über den Leichnam von Cath. Ein paar krochen versuchsweise wagemutig über den Teppich. Bald folgten ihnen mehr.

Er beobachtete, wie eine Kolonne erschien, ein lebendes, sich windendes Karree aus Sandkönigen, die etwas trugen – etwas Schleimiges und Gesichtsloses, einen Klumpen rohes Fleisch, so groß wie ein Menschenkopf. Sie trugen es aus dem Becken. Es pulsierte.

Da verlor Kress den Kopf und rannte davon.

Es war schon später Nachmittag, ehe er den Mut fand, nach Hause zurückzukehren, er war zu seinem Gleiter gerannt und in die nächste Stadt geflogen, die fast fünfzig Kilometer entfernt war, noch immer ganz krank vor Angst. Aber einmal in Sicherheit, fand er ein kleines Restaurant, trank mehrere Tassen Kaffee und schluckte zwei Tabletten gegen seinen Kater, frühstückte und gewann schließlich seine Fassung wieder.

Es war ein schrecklicher Morgen gewesen, aber darüber nachzubrüten, würde keine Lösung bringen. Er bestellte noch einen Kaffee und bedachte seine Situation mit kühler Vernunft.

Cath m'Lane war durch seine Hand gestorben. Konnte er es melden und behaupten, daß es ein Unfall gewesen war? Unwahrscheinlich. Schließlich hatte er sie selbst soweit getrieben und die Polizistin gebeten, sie ihm zu überlassen. Er mußte sich von den Indizien befreien und konnte nur hoffen, daß Cath niemandem ihre Pläne für den heutigen Tag mitgeteilt hatte. Es war sehr unwahrscheinlich, daß sie das getan hatte. Sie konnte sein Geschenk erst am Abend zuvor erhalten haben. Sie hatte gesagt, daß sie die ganze Nacht geheult hätte, und sie war allein gewesen, als sie angekommen war. Nun gut, er mußte nur eine Leiche und einen Gleiter loswerden.

Blieben noch die Sandkönige. Sie stellten eine größere Schwierigkeit dar. Kein Zweifel, sie waren bestimmt alle entkommen. Er stellte sich vor, wie sie in seinem Haus herumkrabbelten, in seinem Bett, seinen Kleidern und von seinen Nahrungsmitteln Besitz ergriffen – das ließ ihn frösteln. Er schüttelte sich und überwand seinen Gefühlsumschwung. Es sollte nicht so schwierig sein, sie zu töten, dachte er. Er mußte nicht auf alle Mobilen achten. Nur auf die vier Maws, das war alles. Das konnte er tun. Wie er selbst gesehen hatte, waren sie groß. Er würde sie finden und sie töten. Er war ihr Gott gewesen, nun würde er ihr Zerstörer sein.

Er ging zuerst einkaufen, bevor er nach Hause flog. Er kaufte sich einen eng anliegenden Schutzanzug, der ihn von Kopf bis Fuß bedeckte, einige Behälter mit Giftkugeln gegen Felshüpfer und einen Sprühkanister, der ein illegales, starkes Schädlingsbekämpfungsmittel enthielt. Des weiteren erstand er eine Magnalock-Schleppvorrichtung.

Als er am Spätnachmittag landete, ging er methodisch vor. Zuerst befestigte er Caths Gleiter mit der Magnalock an seinem. Als er ihn durchsuchte, hatte er zum erstenmal Glück. Das Kristallplättchen mit dem Holo von Idi Noreddian vom Kampf der Sandkönige lag auf dem Vordersitz. Deswegen hatte er sich Sorgen gemacht.

Als die Gleiter soweit fertig waren, schlüpfte er in seinen Schutzanzug und ging ins Haus, um Caths Leiche zu holen.

Sie war nicht mehr da.

Er stocherte vorsichtig in dem schnell trocknenden Sand, doch es gab keine Zweifel, der Leichnam war verschwunden. War sie nicht tot gewesen? Konnte sie sich selbst weggeschleppt haben? Unwahrscheinlich, aber Kress suchte trotzdem. Eine flüchtige Durchsuchung des Hauses brachte weder den Leichnam noch irgendein Zeichen von den Sandkönigen zum Vorschein. Er hatte nicht genügend Zeit für eine gründlichere Untersuchung, nicht mit dem belastenden Gleiter vor der Haustüre. Er beschloß, es später noch einmal zu versuchen.

Ungefähr siebzig Kilometer nördlich von Kress' Anwesen befand sich eine Anzahl noch tätiger Vulkane. Dahin flog er mit Cath's Gleiter im Schlepp. Über dem Kegel des größten Vulkans klinkte er die Magnalock aus und beobachtete, wie der Gleiter hineinplumpste und in der Lava verschwand.

Es dämmerte bereits, als er nach Hause zurückkehrte. Das gab ihm einen Aufschub. Einen Augenblick lang dachte er daran, in die Stadt zurückzufliegen und dort die Nacht zu verbringen. Doch er schob diesen Gedanken beiseite. Es gab Arbeit genug. Er war noch nicht sicher.

Er verteilte die Giftkugeln an der Außenfront seines Hauses. Niemand würde das merkwürdig finden. Er hatte schon immer Schwierigkeiten mit Felshüpfern gehabt. Als die Arbeit getan war, holte er den Kanister mit dem Schädlingsbekämpfungsmittel und verschwand im Haus.

Er ging Zimmer für Zimmer des Hauses durch und knipste überall das Licht an, bis er ganz von künstlicher Helligkeit umgeben war. Im Wohnzimmer räumte er auf, schaufelte Sand- und Plastikteile in das kaputte Becken zurück. Die Sandkönige waren alle verschwunden, das hatte er befürchtet. Die Burgen waren eingesunken und zusammengefallen, zerstört vom Wasser. Kress untersuchte sie, und das, was von ihnen übriggeblieben war, fiel in sich zusammen, als sie trockneten.

Er runzelte die Stirn und suchte weiter, den Kanister mit dem Schädlingsspray hatte er über die Schulter gehängt.

Tief unten im Weinkeller entdeckte er Cath m'Lanes Leichnam schließlich. Er lag am Fuße der Treppe, die Glieder zuckten, als bewege er sich. Weiße Mobile schwärmten darüber, und als Kress genauer hinsah, bemerkte er, daß sich der Leichnam ruckartig über den festgestampften Sandboden bewegte.

Er lachte und drehte das Licht auf Maximum. In einer Ecke war eine flache, kleine irdene Burg und ein schwarzes Loch zwischen zwei Weingerüsten zu sehen. An der Kellerwand konnte Kress die groben Umrisse seines Gesichts ausmachen.

Der Leichnam verschob sich wieder, er bewegte sich ein paar Zentimeter in Richtung der Burg. Kress hatte eine plötzliche Vision der weißen Maw, wie sie hungrig darauf wartete. Sie wäre vielleicht fähig, mit dem Mund Caths Fuß zu verschlingen, aber weiter nichts. Es war zu absurd. Er lachte wieder und begann in den Keller hinabzusteigen, den Finger am Abzug des Schlauches, der um seinen rechten Arm geschlungen war. Die Sandkönige – Hunderte von ihnen bewegten sich wie ein einziger – ließen den Leichnam augenblicklich im Stich und sammelten sich zu einer Kampfformation, ein weißes Feld zwischen ihm und ihrer Maw.

Plötzlich hatte Kress eine andere Idee. Er lächelte und löste seinen Finger vom Abzug. »Cath war schon immer schwer verdaulich«, sagte er, selbst von seinem Witz belustigt. »Besonders für jemand von eurer Größe. Darum laßt mich euch helfen. Wozu sind Götter denn da?«

Er ging wieder hinauf und kehrte bald darauf mit einem Hackmesser zurück. Die Sandkönige warteten geduldig und beobachteten Kress, der Cath m'Lane in kleine ›mundgerechte‹ Stücke schnitt.

In dieser Nacht schlief Kress in seinem Schutzanzug, das Schädlingsbekämpfungsmittel in Reichweite, aber er benötigte es nicht. Die Weißen blieben übersättigt im Keller und von den anderen sah er nichts.

Am nächsten Morgen beendete er die Aufräumungsarbeiten im Wohnzimmer. Als er fertig war, deutete nichts auf einen Kampf hin, abgesehen von dem kaputten Becken.

Er nahm ein leichtes Frühstück zu sich und überdachte die Jagd nach den noch fehlenden Sandkönigen. Bei Tageslicht war es nicht so schwierig. Die Schwarzen hatten sich in seinem Steingarten niedergelassen, wo sie eine klotzige Burg aus Obsidianen und Quarz errichteten. Die Roten fand er auf dem Grund seines leeren Swimmingpools, der sich über die Jahre teilweise mit vom Wind herbeigewehtem Sand gefüllt hatte. Er sah Mobile beider Farben über sein Grundstück krabbeln, und ein paar von ihnen trugen Giftkugeln zu ihren Maws. Kress mußte lachen. Er sagte sich, daß der Kauf des Schädlingsbekämpfungsmittel unnötig gewesen war. Natürlich wollte er keinen Kampf riskieren, wenn das Gift seine Arbeit verrichten konnte. Beide Maws müßten am Abend tot sein.

Blieben nur noch die orangefarbenen Sandkönige übrig. Kress umkreiste sein Anwesen mehrere Male in einem immer größeren Bogen, aber er fand keine Spur von ihnen. Als er in seinem Schutzanzug zu schwitzen begann – es war ein heißer, trockener Tag –, sagte er sich, daß ihr Verschwinden ohne Bedeutung war. Und wenn sie noch in der Umgebung sein sollten, fraßen sie wahrscheinlich auch von den Giftkugeln, so wie es die Roten und Schwarzen taten.

Er zertrat mehrere Sandkönige mit einer gewissen Befriedigung, als er ins Haus zurückging. Drinnen entledigte er sich des Schutzanzugs, nahm ein opulentes Mittagessen ein und begann sich endlich zu entspannen. Alles war unter Kontrolle. Zwei der Maws waren bald außer Gefecht; die dritte war sicher zu finden, um sich ihrer zu entledigen, wenn sie seinen Zwecken gedient hatte, und er hatte keine Zweifel, daß er die vierte auch noch finden würde. Jede Spur von Caths Besuch war damit ausgelöscht.

Seine Träumereien wurden unterbrochen, als der Bildschirm zu blinken anfing. Es war Jad Rakkis, der ihm etwas von Kannibalen-Würmern vorschwatzte, die er zu den am Abend stattfindenden Kriegsspielen mitzubringen gedachte.

Kress hatte das ganz vergessen, doch er fand schnell die Fassung wieder. »Oh, Jad, es tut mir leid. Ich habe vergessen, es dir mitzuteilen. Mir wurde das Ganze langweilig, ich habe mir die Sandkönige vom Hals geschafft. Häßliche kleine Biester. Es tut mir leid, aber es gibt keine Party heute abend.«

Rakkis war empört. »Aber was soll ich jetzt mit meinen Würmern machen?«

»Leg sie in ein Körbchen und schick sie deiner Liebsten«, antwortete Kress und legte auf. Schnell begann er die anderen anzurufen. Er konnte jetzt niemanden bei sich gebrauchen, wo die Sandkönige noch lebten und sein Anwesen eingenommen hatten.

Als er Idi Noreddian anrief, bemerkte Kress ein ärgerliches Versehen. Der Schirm wurde klar, und das bedeutete, daß am anderen Ende jemand sprach. Kress legte auf.

Idi traf genau eine Stunde später pünktlich ein. Sie war überrascht, daß die Party nicht stattfand, aber trotzdem glücklich, einen Abend allein mit Kress verbringen zu können. Er erfreute sie mit der Geschichte von Caths Reaktion auf das Holo, das sie zusammen angefertigt hatten. Während er sprach, stellte er durch geschickte Fragen fest, daß sie niemandem von diesem Streich erzählt hatte. Er nickte befriedigt und füllte ihre Weingläser. Es war nur noch ein Schlückchen übrig. »Ich muß eine neue Flasche holen«, sagte er. »Komm mit mir in den Weinkeller und hilf mir, ein gutes Tröpfchen auszusuchen. Du hast schon immer einen besseren Geschmack gehabt als ich.«

Sie ging bereitwillig mit, stutzte aber an der Kellertreppe, als Kress die Tür öffnete und ihr andeutete, vorauszugehen. »Wo ist das Licht?« fragte sie. »Und dieser Geruch – was ist das für ein seltsamer Geruch, Simon?«

Als er sie schubste, sah sie wirklich überrascht aus. Sie schrie, während sie die Treppe hinunterfiel. Kress verschloß die Tür und begann sie mit dem Drucklufthammer, den er für diesen Zweck zurechtgelegt hatte, mit Brettern zuzunageln. Als er seine Arbeit beendet hatte, hörte er Idi stöhnen. »Ich bin verletzt«, rief sie. »Simon, was soll das bedeuten?« Plötzlich kreischte sie auf und begann zu schreien.

Es dauerte eine knappe Stunde. Kress ging in sein Sensorium und wählte eine freche Komödie, um das Schreien aus seinem Gedächtnis zu löschen.

Als er sicher war, daß sie tot sein mußte, flog Kress ihren Gleiter zu den nördlichen Vulkanen und ließ ihn darin verschwinden. Die Magnalock war eine gute Anschaffung gewesen.

Am nächsten Morgen drangen merkwürdige, kratzende Geräusche aus dem Weinkeller, als Kress herunterkam, um die Lage zu überprüfen. Unruhig hörte er ein paar Augenblicke lang zu und überlegte, ob Idi womöglich überlebt haben könnte und jetzt versuchte, herauszukommen. Das schien ihm unwahrscheinlich; es mußten die Sandkönige sein. Kress wollte solche Verwicklungen nicht. Er beschloß, die Tür verschlossen zu halten, zumindest eine Weile. Mit einer Schaufel ging er nach draußen, um die rote und die schwarze Maw in ihren Burgen zu begraben.

Doch er fand sie sehr lebendig vor.

Die Burg der Schwarzen aus Vulkangestein glitzerte, und die Sandkönige waren darüber verteilt, reparierten und besserten aus. Der höchste Turm reichte ihm bis zur Hüfte und darauf war eine schreckliche Karikatur seines Gesichts abgebildet. Als er sich näherte, hielten die Schwarzen in ihrer Arbeit inne und formierten sich zu einer bedrohlichen Phalanx. Kress blickte hinter sich und sah weitere, die seinen Fluchtweg abschnitten. Entsetzt warf er die Schaufel weg und rannte aus der Falle, wobei er mehrere Mobile zertrat.

Die Burg der Roten lehnte an der Wand des Swimmingpools. Die Maw saß sicher auf einem Fleck, umgeben von Sand, Zement und Festungsanlagen. Die Roten waren über den ganzen Boden verstreut. Kress beobachtete, wie sie einen erlegten Felshüpfer und eine große Eidechse in die Burg schleppten. Erschrokken trat er vom Beckenrand zurück und hörte etwas knirschen. Er sah hinab und erblickte drei Mobile, die an seinen Beinen heraufkletterten. Er schüttelte sie ab und zertrat sie, doch andere näherten sich ihm schnell. Sie waren größer, als er sie in Erinnerung hatte. Manche waren fast so dick wie sein Daumen.

Er rannte.

Endlich erreichte er die Sicherheit des Hauses, sein Herz klopfte bis zum Hals, und er atmete schwer. Er schloß die Tür hinter sich und beeilte sich, sie zu verriegeln. Sein Haus war seuchenfest. Hier drinnen würde er sicher sein.

Ein starker Drink beruhigte seine Nerven. *Gift kann ihnen also nichts anhaben,* dachte er. Er hätte es eigentlich wissen müssen. Jala Wo hatte ihn gewarnt, daß die Maws alles fressen würden. Er mußte das Schädlingsbekämpfungsmittel anwenden. Er nahm einen weiteren Drink, um ein gutes Augenmaß zu bekommen, legte seinen Schutzanzug an und schnallte den Kanister auf den Rücken. Er öffnete die Tür.

Draußen warteten die Sandkönige.

Zwei Armeen konfrontierten ihn. Verbündete gegen den gemeinsamen Feind. Es waren viel mehr, als er angenommen hatte. Die verdammten Maws mußten brüten wie die Felshüpfer. Die Mobilen waren überall, ein einziges brodelndes Meer.

Kress brachte den Schlauch in Anschlag und zog am Abzug.

Wo immer auch der Nebel niedersank, zuckten die Sandkönige unnatürlich und starben in plötzlichen Krämpfen. Kress lächelte. Sie waren ihm nicht ebenbürtig. Er sprühte in einem weiten Bogen vor sich und stieg vertrauensvoll über eine Vielzahl schwarzer und roter Körper hinweg. Die Armeen zogen sich zurück. Kress rückte vor, darauf erpicht, sich zu ihren Maws durchzukämpfen.

Plötzlich stoppte der Rückzug. Über tausend Sandkönige wogten auf ihn zu.

Kress hatte den Gegenangriff erwartet. Er blieb stehen und ließ sein Nebelschwert schwungvoll in großen überschlagenden Hieben an sich vorüberziehen. Sie kamen auf ihn zu und starben. Ein paar kamen durch; er konnte nicht überall gleichzeitig sprühen. Er spürte, wie sie seine Beine hinaufklettern, fühlte ihre Zangen in die Oberfläche aus verstärktem Plastik seines Schutzanzugs beißen. Er ignorierte sie und sprühte weiter.

Dann begann er, sanfte Schläge auf Kopf und Schultern zu spüren.

Kress zitterte, drehte sich um und blickte nach oben. Die Vorderfront seines Hauses war übersät mit Sandkönigen. Rote und Schwarze, zu Hunderten. Sie warfen sich in die Luft und regneten auf ihn herab. Sie fielen um ihn herum auf die Erde. Einer landete auf seinem Gesicht und seine Kieferzangen bewegten sich einen schrecklichen Moment lang vor seinen Augen, bevor er ihn wegschnippte.

Er nahm den Schlauch auf, sprühte in die Luft, sprühte auf das Haus; er sprühte so lange, bis die aus der Luft gekommenen Sandkönige alle tot waren oder im Sterben lagen. Der Nebel legte sich auf ihn und erzeugte Hustenreiz. Aber er sprühte weiter. Als endlich die Front des Hauses sauber war, wandte Kress seine Aufmerksamkeit wieder dem Boden zu.

Sie waren überall. Dutzende huschten über seinen Körper, hunderte beeilten sich, zu ihnen zu stoßen. Er legte den Nebelstrahl auf sie an. Der Schlauch ging kaputt. Kress hörte ein lautes Zischen, und der nutzlose Nebel spritzte in einer großen Wolke zwischen seinen Schultern nach oben, umfing ihn, erstickte ihn, daß seine Augen brannten und tränten. Er tastete nach dem Schlauch, seine Hand war von sterbenden Sandkönigen bedeckt. Der Schlauch war entzwei; sie hatten ihn durchgebissen. Er war umgeben von einer Wolke Schädlingsbekämpfungsmittel. Er sah nichts mehr. Er stolperte, schrie und begann zum Haus zurückzulaufen, während er Sandkönige von seinem Körper schlug.

Drinnen verschloß er die Tür und wälzte sich auf dem Teppich, rollte hin und her, bis er sicher war, daß er sie alle erdrückt hatte. Inzwischen war der Kanister leer, denn er zischte nur noch schwach. Kress streifte seinen Schutzanzug ab und duschte. Der heiße Strahl verbrühte ihn fast; seine Haut war rot und überreizt, aber die Hitze vertrieb das Kribbeln auf der Haut.

Er zog seine dickste Kleidung an, dicke Arbeitshosen und Lederschuhe, nachdem er sie erst nervös ausgeschüttelt hatte. »Verdammt«, murmelte er. »Verdammt!« Sein Hals war trocken. Nachdem er das Foyer gründlich durchsucht hatte, um sicher zu sein, daß es sauber war, setzte er sich hin und genehmigte sich einen Drink. »Verdammt!« wiederholte er. Seine Hand zitterte, als er eingoß, und er verschüttete etwas Schnaps auf den Teppich.

Der Alkohol beruhigte ihn, doch er ließ die Furcht nicht schwinden. Kress nahm einen weiteren Drink und trat vorsichtig ans Fenster. Die Sandkönige bewegten sich über die dicke Plastikscheibe. Er zuckte die Achseln und ging an seine Kommunikationskonsole. Er brauchte Hilfe, dachte er entschlossen. Er würde sich bis zu den Autoritäten durchkämpfen, dann würde die Polizei kommen, mit Flammenwerfern und...

Kress unterbrach seine Überlegungen und stöhnte. Er konnte die Polizei nicht anrufen. Er mußte ihnen von den Weißen in seinem Keller berichten, und dann würden sie die Leichen dort finden. Die Maw hatte vielleicht Cath m'Lane schon gefressen, aber sicher noch nicht Idi Noreddian. Er hatte sie nicht in Stücke geschnitten. Wahrscheinlich sind noch Knochen übrig. Nein, die Polizei kam nur als letzter Ausweg in Frage.

Er saß an der Konsole und runzelte die Stirn. Seine Kommunikationsausrüstung füllte eine ganze Wand. Von hier aus konnte er jedermann auf Baldur erreichen. Er besaß viel Geld und seine Verschlagenheit. Er würde die Lage schon irgendwie in den Griff bekommen.

Kurz dachte er daran, Wo anzurufen, aber er verwarf den Gedanken wieder. Wo wußte zuviel, sie würde Fragen stellen, und er traute ihr nicht. Nein, er brauchte jemanden, der alles ausführte, *ohne* zu fragen.

Sein Stirnrunzeln wurde zu einem Lächeln. Kress hatte Kontakte. Er wählte eine Nummer, die er lange Zeit nicht benutzt hatte.

Das Gesicht einer Frau wurde auf dem Bildschirm sichtbar – weißhaarig, ausdruckslos, mit einer langen, gekrümmten Nase. Ihre Stimme war lebhaft und klang tüchtig. »Simon«, sagte sie. »Wie gehen die Geschäfte?«

»Denen geht's gut, Lissandra«, erwiderte Kress. »Ich habe Arbeit für dich.«

»Etwas zum Fortschaffen? Meine Preise sind seit dem letzten Mal gestiegen. Und seit dem letztenmal sind zehn Jahre vergangen.«

»Du wirst gut bezahlt werden«, sagte Kress. »Du weißt, ich bin freigebig. Ich brauche dich zur Schädlingsbekämpfung.«

Sie lächelte dünn. »Du brauchst dich nicht so euphemistisch ausdrücken, Simon. Meine Leitungen sind nicht angezapft.«

»Nein ich meine es ernst. Ich habe ein Ungeziefer-Problem. Gefährliche Schädlinge. Nimm dich ihrer an! Keine Fragen! Einverstanden?«

»Okay.«

»Gut. Du brauchst… oh, drei bis vier Gehilfen. Tragt hitzebeständige Schutzanzüge und rüstet euch mit Flammenwerfern oder Lasern aus, irgendwas in der Art. Kommt zu meiner Wohnung! Da wirst du das Problem schon sehen. Insekten, unheimlich viele. In meinem Steingarten und im Swimmingpool wirst du Sandburgen finden. Zerstöre sie und töte alles, was darin ist. Dann klopf an die Tür, und ich werde dir zeigen, was noch getan werden muß. Kannst du bald kommen?«

Ihr Gesicht blieb unbewegt. »Wir werden in einer Stunde aufbrechen.«

Lissandra stand zu ihrem Wort. Sie kam mit ihren drei Gehilfen in einem schmalen, schwarzen Gleiter. Kress beobachtete sie aus einem Fenster im zweiten Stock. Sie waren alle in dunkle Plastikschutzanzüge gehüllt. Zwei schleppten tragbare Flammenwerfer; der dritte eine Laserkanone und Sprengkapseln. Lissandra schleppte nichts; Kress sah, daß sie die Befehle gab.

Ihr Gleiter flog langsam über das Gelände, sondierte die Lage. Die Sandkönige waren verwirrt. Dunkelrote und ebenholzfarbene Mobile rannten frenetisch durcheinander. Von seinem Standplatz aus konnte Kress die Burg in seinem Steingarten gut erkennen. Sie war mannshoch. Die Wälle waren mit schwarzen Verteidigern übersät und ein ständiger Strom von Mobilen floß in die Tiefe.

Lissandras Gleiter kam in Kress' Gesichtskreis, die Männer sprangen heraus und entsicherten ihre Waffen. Sie sahen unmenschlich, tödlich aus.

Die schwarze Armee stand zwischen ihnen und der Burg. Die Roten… Kress fiel plötzlich auf, daß er die Roten nirgends sah. Er blinzelte. Wohin waren sie verschwunden?

Lissandra deutete und schrie, und die beiden Flammenwerfer sprühten auf und richteten sich auf die schwarzen Sandkönige. Die Waffen husteten träge und begannen zu röhren, sie stießen lange, blaurote Feuerzungen aus. Die Sandkönige krümmten sich. wurden runzlig und starben. Die Männer begannen das Feuer in effizienten, ineinandergreifenden Mustern hin und herzubewegen. Sie drangen mit vorsichtigen, gleichmäßigen Schritten vor.

Die schwarze Armee brannte und löste sich auf, die

Mobilen flohen in alle Richtungen, einige flohen zur Burg zurück, andere rückten gegen den Feind vor. Doch keiner erreichte die Männer mit den Flammenwerfern. Lissandras Angestellte waren Profis.

Plötzlich stolperte einer von ihnen.

Oder es schien, daß er stolperte. Kress sah nochmals hin und erkannte, daß der Boden unter dem Mann nachgegeben hatte. Tunnel, dachte er vor Angst zitternd; Tunnel, Höhlen und Fallen. Der Mann war bis zur Hüfte im Sand eingesunken, plötzlich schien der Boden um ihn herum zu eruptieren, und er wurde unter dunkelroten Sandkönigen begraben. Er richtete den Flammenwerfer entsetzt auf seinen eigenen Körper. Seine Schreie waren entsetzlich.

Sein Kollege zögerte, fuhr herum und feuerte. Ein Feuerstrahl schluckte Mensch und Sandkönige. Abrupt hörte das Schreien auf. Befriedigt wandte sich der andere Mann wieder der Burg zu, tat einen Schritt vorwärts und sprang zurück, als sein Fuß bis zum Knöchel im Boden versank. Er versuchte ihn herauszuziehen, doch der Sand um ihn herum gab nach. Er verlor das Gleichgewicht, fiel hin, und die Sandkönige waren im Nu über ihm, eine brodelnde Masse. Er wand und krümmte sich. Sein Flammenwerfer war nutzlos geworden.

Kress pochte heftig an die Fensterscheibe, schrie, um Aufmerksamkeit zu erregen. »Die Burg! Nehmt euch die Burg vor!«

Lissandra, die bei ihrem Gleiter stand, hörte ihn und gab Zeichen. Ihr dritter Gehilfe legte die Laserkanone an und feuerte. Der Strahl kroch über den Boden und fraß die Spitze der Burg weg. Er richtete die Kanone genau aus, zerfetzte den Sand und die Steinbrüstung. Türme fielen herab. Kress' Gesicht verschwand. Der Laser grub sich in den Boden und zerwühlte den Sand. Die Burg stürzte ein, wurde zu einem Haufen

Sand. Aber die schwarzen Mobile bewegten sich weiter. Die Maw war zu tief begraben. Der Laserstrahl konnte ihr nichts anhaben.

Lissandra gab einen weiteren Befehl. Der Mann legte den Laser beiseite, nahm eine Sprengkapsel zur Hand und sprintete nach vorn. Er sprang über den schwelenden Körper des ersten Mannes, landete auf solidem Boden mitten in Kress' Steingarten und schleuderte die Kapsel. Die landete direkt auf den Ruinen der schwarzen Burg. Blendend weißes Licht versengte Kress' Augen und eine enorme Fontäne aus Sand, Steinen und Mobilen stieg hoch. Einen Augenblick lang verschleierte der Staub alles. Es regnete Sandkönige und Stücke von ihnen.

Kress sah, daß die schwarzen Mobilen tot und unbeweglich waren.

»Der Swimmingpool!« schrie er durch das Fenster hinunter. »Nehmt euch die Burg im Swimmingpool vor!«

Lissandra verstand sofort; der Boden war übersät mit unbeweglichen Schwarzen, doch die Roten wichen rasch zurück und formierten sich neu. Ihr Gehilfe sah sich unsicher um, doch dann machte er eine weitere Sprengkapsel scharf. Er tat einen Schritt nach vorn, aber Lissandra rief ihn, und er rannte in ihre Richtung zurück.

Dann ging alles sehr schnell. Er erreichte den Gleiter, und Lissandra ließ ihn einsteigen. Kress rannte zu einem anderen Fenster in einem anderen Zimmer, um alles genau beobachten zu können. Sie flogen direkt über den Swimming-pool, und der Gehilfe warf eine Sprengkapsel nach der anderen aus dem Gleiter direkt auf die rote Burg. Nach dem vierten Versuch war die Burg nicht wiederzuerkennen und die Sandkönige hörten auf, sich zu bewegen.

Lissandra war gründlich. Sie ließ ihn auf jede Burg

noch ein paar Sprengkapseln werfen. Dann benutzte er die Laserkanone, durchfurchte methodisch den Boden, bis er sicher war, daß kein Lebewesen mehr in den Erdhöhlen am Leben war.

Schließlich klopften sie an seine Tür. Kress grinste wie ein Irrer, als er sie hereinließ.

»Klasse«, sagte er. »Klasse.«

Lissandra legte ihre Gesichtsmaske ab. »Das wird teuer, Simon. Zwei Gehilfen hab ich verloren: nicht zu vergessen, die Gefahr für mein eigenes Leben.«

»Aber sicher«, antwortete Kress. »Ich laß mich nicht lumpen, Lissandra. Was immer du verlangst, diese Arbeit ist es wert.«

»Was muß noch getan werden?«

»Du mußt meinen Weinkeller noch von dem Geschmeiß befreien«, erwiderte Kress. »Da unten ist noch eine Burg. Aber du mußt sie ohne Explosivstoffe zerstören. Ich will nicht, daß mir das Dach auf den Kopf fällt.«

Lissandra wandte sich an ihren Gehilfen. »Geh hinaus und hol Rajks Flammenwerfer! Er müßte noch funktionsfähig sein.«

Er kehrte bewaffnet zurück, wartete ab und war ganz ruhig. Kress führte sie zum Weinkeller.

Die schwere Tür war immer noch zugenagelt, so wie er sie verlassen hatte. Aber sie bog sich leicht nach außen, als würde ein furchtbarer Druck auf ihr lasten. Das erfüllte Kress mit Besorgnis, und die Stille ringsum trug noch dazu bei. Er stand ein gutes Stück von der Tür entfernt, während Lissandras Gehilfe die Nägel und Bretter entfernte. »Ist das für das Haus auch sicher genug?« hörte er sich murmeln und deutete auf den Flammenwerfer. »Ich will auch kein Feuer, weißt du?«

»Ich habe einen Laser«, sagte Lissandra. »Wir brauchen ihn zum Töten. Der Flammenwerfer wird wahrscheinlich nicht gebraucht. Aber ich will ihn trotzdem für alle Fälle hier haben. Es gibt schlimmere Dinge als ein Feuer, Simon.«

Er nickte.

Das letzte Brett wurde von der Kellertür gelöst. Von unten war immer noch kein Ton zu hören. Lissandra rief einen Befehl, und ihr Gehilfe lehnte sich zurück, nahm hinter ihr Aufstellung und richtete den Flammenwerfer auf die Tür. Sie legte wieder ihre Maske an, brachte den Laser in Anschlag, sprang nach vorn und öffnete die Tür.

Keine Bewegung. Kein Laut. Es war dunkel.

»Gibt es hier Licht?« fragte Lissandra.

»Innen, neben der Tür«, antwortete Kress. »Auf der rechten Seite. Paß auf die Stufen auf! Sie sind abschüssig.«

Sie trat an die Tür, nahm den Laser in die linke Hand und griff mit der rechten nach dem Lichtschalter. Nichts geschah. »Ich spüre ihn«, sagte Lissandra, »aber er scheint nicht…«

Dann schrie sie auf und stolperte zurück. Ein großer weißer Sandkönig hatte sich an ihrer Hand festgeklammert. Blut floß aus dem Handschuh, wo die Zangen des Sandkönigs sich eingegraben hatten. Er war viel größer als ihre Hand.

Lissandra machte einen Sprung durch den Raum und schmetterte ihre Hand gegen die Wand. Wieder und immer wieder. Man hörte einen dumpfen, fleischigen Ton. Schließlich fiel der Sandkönig ab. Sie wimmerte und fiel auf die Knie.

»Ich glaube, meine Finger sind gebrochen«, sagte sie leise. Das Blut floß noch immer. Sie hatte den Laser neben der Kellertür fallenlassen.

»Da gehe ich nicht hinunter«, sagte ihr Gehilfe mit klaren, festen Worten.

Lissandra sah ihn an. »Nein«, sagte sie. »Bleib unter

der Tür stehen und brenne alles nieder! Zünd es an! Hast du verstanden?«

Er nickte.

Kress stöhnte. »Mein Haus«, sagte er. Sein Magen rebellierte. Der weiße Sandkönig war so groß gewesen. Wie viele waren noch da unten? »Tut es nicht!« fuhr er fort. »Laßt mich allein! Ich habe meine Meinung geändert.«

Lissandra verstand ihn falsch. Sie streckte die Hand aus. Der Handschuh war blutbefleckt und von grünschwarzem Schleim bedeckt. »Dein kleiner Freund hat mich durch den Handschuh gebissen, und du hast selbst gesehen, daß er die Hand auch durchgebissen hätte. Was kümmert mich dein Haus, Simon. Was auch immer sich da unten befindet, es muß sterben.«

Kress hörte sie kaum. Er glaubte, eine Bewegung im Schatten hinter der Kellertür ausgemacht zu haben. Er stellte sich vor, wie eine weiße Armee hervorbrach, in der jeder Soldat so groß war wie der, der Lissandra angegriffen hatte. Er sah sich selbst von hundert dünnen Mandibeln in die Luft gehoben und in die Dunkelheit geschleppt, wo die Maw schon hungrig wartete. Er hatte Angst. »Tut es nicht!« sagte er.

Sie ignorierten ihn.

Kress sprang vor und rammte seine Schulter in den Rücken des Gehilfen, als dieser zum Feuern ansetzen wollte. Der Gehilfe grunzte, verlor das Gleichgewicht und stürzte in die Dunkelheit. Kress hörte ihn die Treppe hinunterfallen. Danach hörte er andere Geräusche – Schleifen, Schnappen und ein leises Quietschen.

Kress wandte sich wieder Lissandra zu. Er war in Schweiß gebadet, aber eine krankhafte Aufregung hatte ihn gepackt. Es war wie eine sexuelle Erregung.

Lissandras ruhige, eisige Augen betrachteten ihn unter der Maske hervor. »Was tust du?« fragte sie, als

Kress den Laser aufhob, den sie fallengelassen hatte. *»Simon!«*

»Ich mache Frieden«, kicherte er. »Sie werden ihren Gott nicht verletzen, nein, nicht so lange ihr Gott gut und großzügig ist. Ich war grausam, ließ sie hungern. Das habe ich jetzt alles gut zu machen.«

»Du bist wahnsinnig«, sagte Lissandra. Das war das letzte, was sie in ihrem Leben sagte. Kress brannte ihr ein Loch in die Brust, groß genug, um seinen Arm durchzustecken. Er schleifte ihren Leichnam über den Boden und stieß ihn die Kellertreppe hinunter. Die Geräusche wurden lauter. Krachen und Knirschen von Chitin? Echos, die dick und fettig klangen. Kress nagelte die Tür wieder zu. Als er floh, war er mit einem tiefen Gefühl der Zufriedenheit erfüllt, das seine Furcht wie eine Schicht Sirup bedeckte.

Er hatte vor, sein Haus zu verlassen, in die Stadt zu fliegen und ein Zimmer für eine Nacht oder vielleicht sogar für ein Jahr zu mieten. Statt dessen begann er zu trinken. Er war sich nicht genau sicher, warum. Er trank stundenlang und erbrach alles wieder auf den Wohnzimmerteppich. Irgendwann schlief er ein. Als er erwachte, herrschte rabenschwarze Dunkelheit im Haus.

Er schmiegte sich gegen die Couch. Er konnte Geräusche hören. Es waren Bewegungen in den Wänden, und sie waren überall um ihn herum. Sein Hörvermögen war außergewöhnlich scharf. Jedes leiseste Knirschen war der Schritt eines Sandkönigs. Er schloß die Augen und wartete, wartete auf ihre schreckliche Berührung, wagte nicht, sich zu bewegen, aus Furcht, gegen einen zu stoßen.

Kress schluchzte, dann herrschte unheimliche Stille.

Die Zeit verstrich, aber nichts geschah.

Er öffnete wieder die Augen. Er zitterte. Langsam

begannen sich die Schatten aufzulösen und zu verschwinden. Das Mondlicht suchte sich seinen Weg durch die großen Fenster. Seine Augen glichen sich an.

Das Wohnzimmer war leer. Es gab nichts, nichts, nichts. Nur seine trunkenen Ängste.

Kress streckte sich, stand auf und ging zu einem Lichtschalter.

Nichts. Der Raum war leer. Er lauschte. Nichts. Kein Geräusch. Keine Bewegung in den Wänden. Es war nur seine Phantasie, seine Angst, gewesen.

Die Erinnerung an Lissandra und an das Ding im Keller tauchte plötzlich vor seinem inneren Auge auf. Scham und Wut überkamen ihn. Warum hatte er das getan? Er hätte ihr helfen können, alles zu vernichten, zu töten. Warum… er wußte warum. Das hatte die Maw bewerkstelligt, sie hatte die Angst in ihm eingepflanzt. Wo hatte gesagt, daß sie PSI-Kräfte besaß, sogar wenn sie klein war. Und nun war sie groß. Sie hatte sich an Cath und Idi gütlich getan, und jetzt hatte sie zwei weitere Leichen da unten. Sie würde weiterwachsen. Und sie hatte gelernt, den Geschmack menschlichen Fleisches zu mögen, dachte er.

Er begann zu zittern, aber er fing sich wieder, und es hörte auf. Sie würde ihn nicht verletzen; er war der Gott; die Weißen waren schon immer seine Lieblinge gewesen.

Er erinnerte sich, wie er sie mit seinem Wurfschwert traktiert hatte. Das war, bevor Cath gekommen war. Trotzdem, zum Teufel mit ihr.

Hier konnte er nicht bleiben. Die Maw würde wieder hungrig werden. So groß, wie sie war, würde es nicht lange dauern. Ihr Appetit würde schrecklich sein. Was würde sie dann tun? Er mußte hier weg, zurück in die Sicherheit der Stadt, während die Maw immer noch in seinem Weinkeller war. Es gab da unten nur Pflastersteine und zusammengepreßte Erde, die Mobilen konnten einen Tunnel graben. Wenn sie freikamen… Kress wollte nicht daran denken.

Er ging in sein Schlafzimmer und packte. Er nahm drei Taschen. Nur ein paar Sachen zum Wechseln, das war alles, was er brauchte; den Rest füllte er mit seinen Schätzen an, mit Juwelen, Kunstgegenständen und anderen Dingen, die er nicht verlieren wollte. Er nahm nicht an, daß er jemals wieder an diesen Ort zurückkehren würde.

Sein Shambler folgte ihm die Stufen hinunter, starrte ihn mit seinen unheilvollen schimmernden Augen an. Er war mager. Kress erinnerte sich, daß es lange her war, seit er ihn gefüttert hatte. Gewöhnlich konnte er für sich selbst sorgen, aber kein Zweifel, er hatte sich an die regelmäßigen Fütterungen gewöhnt. Als er versuchte, sich gegen sein Bein zu schmiegen, knurrte Kress ihn an und stieß ihn mit dem Fuß weg, worauf er wegrannte, wahrscheinlich verletzt und beleidigt.

Ungeschickt seine Taschen tragend, schlüpfte Kress nach draußen und schloß die Tür hinter sich.

Einen Moment lang preßte er sich gegen das Haus, sein Herz klopfte bis zum Hals. Es lagen nur ein paar Meter zwischen ihm und dem Gleiter. Er hatte Angst, diese paar Schritte zu tun. Der Mond leuchtete hell, und der Boden vor seinem Haus war der Schauplatz eines Gemetzels. Die Leichen von Lissandras beiden Gehilfen lagen noch da, wo sie hingefallen waren, einer verdreht und verbrannt, der andere aufgedunsen unter einer Masse toter Sandkönige, und weitere Mobile, schwarze und rote, lagen um ihn herum. Es kostete Kress Mühe sich daran zu erinnern, daß sie tot waren. Es sah fast so aus, als würden sie nur warten, wie sie so oft vorher schon gewartet hatten.

Unsinn, schalt sich Kress. Noch mehr trunkene Ängste. Er hatte gesehen, wie die Burgen zusammenfielen.

Sie waren tot, und die weiße Maw war in seinem Keller gefangen. Er atmete ein paarmal tief und langsam ein und aus und trat auf die Sandkönige. Sie knirschten. Er stampfte sie grausam in den Sand. Sie bewegten sich nicht.

Kress lächelte, ging langsam über den Kampfplatz und lauschte den Geräuschen, den Geräuschen der Sicherheit.

Knirschen. Knistern. Knirschen.

Er stellte seine Taschen auf dem Boden ab und öffnete die Tür zu seinem Gleiter.

Irgend etwas bewegte sich aus dem Schatten ins Licht. Ein schwacher Umriß auf dem Sitz seines Gleiters. Es war länger als sein Unterarm. Die Kiefer klickten sanft gegeneinander, und es betrachtete ihn aus sechs kleinen Augen, die rund um den Körper verteilt waren.

Kress urinierte vor Angst und wich langsam zurück.

Er sah noch mehr Bewegung im Gleiter. Er hatte die Tür offen gelassen. Der Sandkönig krabbelte heraus und kam vorsichtig auf ihn zu. Andere folgten. Sie waren hinter den Sitzen und in der Polsterung versteckt gewesen. Aber nun kamen sie heraus. Sie bildeten einen unregelmäßigen Kreis um den Gleiter.

Kress befeuchtete die Lippen, drehte sich um und wandte sich Lissandras Gleiter zu.

Er hielt inne, noch bevor er die halbe Strecke zurückgelegt hatte. Darin war auch Bewegung. Große madenartige Umrisse, die er nur undeutlich im Mondlicht ausmachen konnte.

Kress wimmerte und trat den Rückzug zum Haus an. Fast schon am Eingang, blickte er auf.

Er zählte ein Dutzend langer, weißer Gestalten, die an der Wand des Gebäudes hin- und herkrochen. Vier davon hatten sich an der Spitze des unbenutzten Glockenturmes gesammelt, wo der Aasgeier gewesen war. Sie schnitzten irgend etwas ein. Ein Gesicht. Ein sehr bekanntes Gesicht.

Kress schrie auf und rannte ins Haus. Er eilte in seine Bar.

Eine ausreichende Menge von Drinks brachte ihm die ersehnte Erleichterung, und er schlief ein. Aber als er erwachte, hatte er schreckliche Kopfschmerzen, stank und hatte Hunger. Oh, großen Hunger. Er war noch nie so hungrig gewesen.

Kress wußte, daß es nicht sein *eigener* Magen war, der ihn schmerzte.

Ein weißer Sandkönig beobachtete ihn von der Höhe des Kleiderschranks herab, seine Fühler bewegten sich leicht. Er war genauso groß wie der im Gleiter letzte Nacht. Kress versuchte, nicht zurückzuschrekken. »Ich werde... ich werde euch füttern.« Sein Mund war schrecklich trocken, sandpapierähnlich. Er befeuchtete seine Lippen und floh aus dem Zimmer.

Das Haus war voller Sandkönige, er mußte vorsichtig sein, wo er hintrat. Sie schienen mit ihren eigenen Dingen beschäftigt zu sein. Sie nahmen Veränderungen an seinem Haus vor, gruben Gänge in die Wände oder schnitzten Darstellungen hinein. Zweimal sah er sein eigenes Bildnis an unerwarteten Plätzen auf ihn herabstarren. Die Gesichter waren entstellt, verzerrt und voller Angst.

Er ging hinaus, um die zwei Leichen zu holen, die noch auf dem Schlachtfeld lagen, mit denen er hoffte, den Hunger der Maw stillen zu können. Sie waren beide nicht mehr da. Kress erinnerte sich, mit welcher Leichtigkeit die Mobilen Dinge wegtragen konnten, die viel schwerer als sie selbst waren.

Es war schrecklich, daran zu denken, daß die Maw nach alledem *immer* noch Hunger hatte.

Als Kress das Haus wieder betrat, kam gerade eine Sandkönigkolonne die Stufen herunter. Sie trug seinen

Shambler, schon in Stücke zerlegt. Der Kopf schien ihn vorwurfsvoll anzublicken, als sie vorbeimarschierten.

Kress leerte seine Kühltruhe, seinen Vorratsschrank und stapelte alle Nahrungsmittel, die er fand, in der Mitte des Küchenbodens auf. Ein Dutzend Weißer wartete schon darauf, sie wegzuschaffen. Sie verschmähten die tiefgefrorenen Nahrungsmittel, die sie in einer großen Wasserlache zum Auftauen zurückließen, doch den Rest schleppten sie fort.

Als keine Nahrungsmittel mehr vorhanden waren, spürte Kress seinen eigenen Hunger, verspürte ihn als einen stechenden Schmerz, denn er hatte lange nichts mehr gegessen. Doch die Pein des anderen Hungers war stärker, und er wußte, die Ruhepause würde nur von kurzer Dauer sein. Bald würde die Maw wieder hungrig werden. Er mußte sie füttern.

Kress wußte, was er zu tun hatte. Er ging zu seinem Kommunikator. »Malada«, begann er beiläufig, als die erste seiner Freundinnen antwortete. »Ich gebe eine kleine Party heute abend. Ich weiß, es ist eine schrecklich kurzfristige Einladung, aber ich hoffe, du kannst es dir einrichten. Ich rechne mit dir.«

Als nächstes rief er Jad Rakkis an und dann die anderen. Als er seine Anrufe beendet hatte, hatten fünf die Einladung angenommen. Kress hoffte, daß das genügen würde.

Kress begrüßte seine Gäste vor dem Haus – die Mobilen hatten schnell und sorgfältig alles aufgeräumt, und der Boden sah fast so sauber aus wie vor dem Kampf – und begleitete sie bis zur Haustür. Er ließ sie zuerst eintreten. Aber er folgte ihnen nicht.

Als vier von ihnen hineingegangen waren, riß Kress seinen ganzen Mut zusammen. Er verschloß die Tür hinter seinem letzten Gast, ignorierte die aufgeregten Ausrufe, die sich bald in ein schrilles Geschnatter verwandelten, und rannte zu einem der Gleiter, mit denen die Gäste eingetroffen waren. Er schlüpfte vorsichtig hinein, drückte die Startertaste des Gleiters und fluchte. Er war darauf programmiert, nur nach Identifizierung des Daumenabdrucks seines Besitzers zu reagieren.

Rakkis kam als nächster. Kress rannte zu dessen Gleiter, als er aufsetzte, und zerre Rakkis am Arm, als dieser herausklettern wollte. »Steig schnell wieder ein!« sagte er drängend. »Nimm mich mit in die Stadt. Beeil dich! *Laß uns von hier verschwinden!*«

Aber Rakkis starrte ihn nur an und bewegte sich nicht. »Warum? Was ist los, Simon? Ich verstehe nicht. Was ist mit deiner Party?«

Und dann war es zu spät, denn der lockere Sand um sie herum bewegte sich und rote Augen starrten sie an, die Zangen klapperten. Rakkis gab einen erstickten Laut von sich und versuchte, wieder in den Gleiter zu gelangen, aber ein Paar Zangen schlossen sich um seine Knöchel, und plötzlich lag Rakkis auf den Knien. Der Sand schien aufzukochen. Rakkis schlug um sich und schrie entsetzlich, als sie ihn auseinanderrissen. Kress konnte nur hilflos zusehen.

Danach versuchte er nicht, nochmals zu fliehen. Als es vorbei war, trank er alles, was noch in seiner Bar vorhanden war, leer und wurde vollständig betrunken. Es war vielleicht das letztemal, daß er diesen Luxus genießen konnte, das wußte er. Der einzige Alkohol, der sich noch im Haus befand, war unten im Weinkeller deponiert.

Am nächsten Tag nahm Kress wieder keine Nahrung zu sich, aber er wurde müde und fühlte sich aufgebläht, schließlich sogar übersättigt. Der schreckliche Hunger war besiegt. Seine letzten Gedanken, bevor Alpträume ihn umfingen, waren, wen er wohl am nächsten Tag hierher locken konnte.

Der Morgen war heiß und trocken. Kress öffnete die Augen und sah den weißen Sandkönig wieder auf seinem Schrank. Er schloß die Augen schnell wieder und hoffte, der Traum würde verschwinden. Er tat es nicht, und er konnte nicht wieder einschlafen. Er starrte auf das Ding.

Er starre fast fünf Minuten lang darauf, bevor ihm die Merkwürdigkeit des Wesens klar wurde: der Sandkönig bewegte sich nicht.

Die Mobilen konnten unnatürlich bewegungslos sein, das war sicher. Er hatte sie tausendmal warten und beobachten sehen. Aber immer hatten sie sich dabei bewegt. Die Zangen klapperten, die Beine zuckten, die langen feinen Fühler bewegten sich auf und ab.

Doch der Sandkönig auf seinem Schrank bewegte sich überhaupt nicht.

Kress stand auf, hielt den Atem an und wagte nicht zu hoffen. Konnte er tot sein? Konnte ihn irgend jemand getötet haben? Er schritt durch das Zimmer.

Die Augen waren glasig und schwarz. Die Kreatur schien irgendwie geschwollen zu sein, als würde sie innerlich verrotten und verfaulen und sich mit Gas füllen, das die Platten der weißen Panzerung nach außen drückte.

Kress streckte seine zitternde Hand aus und berührte sie.

Sie war warm; sogar heiß und wurde immer heißer. Aber sie bewegte sich nicht. Er zog seine Hand zurück und dabei fiel ein Stück von dem weißen Panzer des Sandkönigs ab. Das Fleisch darunter hatte die gleiche Farbe, doch es sah weicher aus, geschwollener und fiebrig. Und es schien fast zu pulsieren.

Kress prallte zurück und rannte zur Tür.

Drei weitere Mobile lagen im Vorraum. Sie verhielten sich genauso wie das in seinem Schlafzimmer. Keines von ihnen bewegte sich. Das Haus war von ihnen angefüllt, alle tot, sterbend oder was auch immer. Kress kümmerte sich nicht darum, was mit ihnen los war. Nur, daß sie sich nicht bewegen konnten, zählte.

Vier von ihnen fand er in seinem Gleiter. Er hob eines nach dem anderen auf und warf sie, so weit er konnte. Verdammte Monster. Er schlüpfte in den Gleiter, setzte sich auf die ruinierten, halbaufgefressenen Sitze und betätigte den Starter.

Nichts geschah.

Kress versuchte es immer wieder. Nichts. Das war nicht fair. Das war *sein* Gleiter. Er mußte starten. Warum hob er nicht ab? Er verstand es nicht.

Schließlich stieg er aus, überprüfte alles und suchte den Fehler. Er fand ihn. Die Sandkönige hatten das Antigravgerät zerstört. Er war gefangen. Er war immer noch gefangen.

Wütend marschierte Kress ins Haus zurück. Er ging in die Galerie und holte die antike Axt, neben der das Wurfschwert gehangen hatte. Er begann zu arbeiten. Die Sandkönige rührten sich nicht, während er sie zerstückelte. Aber als er den ersten Schnitt machte, zersplitterten sie, die Körper brachen auf. Das Innere war schrecklich: merkwürdige, halbgeformte Organe, eine klebrige, rötliche Flüssigkeit, die fast wie menschliches Blut aussah, und gelber Schleim.

Kress zerstörte zwanzig, bevor ihm die Zwecklosigkeit seines Tuns bewußt wurde. Die Mobilen waren eigentlich nichts. Außerdem waren es so *viele*. Er konnte Tag und Nacht arbeiten und sie trotzdem nicht alle töten.

Er mußte in den Weinkeller hinunter und die Maw zerstören.

Entschlossen trat er den Weg zum Keller an. Er kam bis an die Tür, dann hielt er inne.

Es war keine Tür mehr da. Die Wände waren weggefressen, wodurch die Öffnung doppelt so groß war wie vorher, und sie war rund. Eine Höhle, das war alles. Es gab keine Anzeichen dafür, daß sich hier jemals eine vernagelte Tür über diesem schwarzen Schlund befunden hatte.

Ein schauderhaft stinkender Geruch drang von unten herauf.

Die Wände waren feucht, blutbeschmiert und mit Flecken des weißen Schädlingsbekämpfungsmittels bedeckt.

Und das Schlimmste war, *es atmete.*

Kress stand im Raum und fühlte den warmen Wind über sich hinwegfegen, als es ausatmete. Er versuchte, sich nicht zu bewegen, und als der Wind die Richtung änderte, floh er.

Wieder im Wohnzimmer angelangt, zerstörte er drei weitere Mobile und brach zusammen. Was war *geschehen?* Er verstand es nicht. Dann erinnerte er sich der einzigen Person, die es verstehen konnte. Kress ging wieder zu seinem Kommunikator, trat in seiner Hast auf einen Sandkönig und betete inbrünstig, daß die Anlage noch funktionierte.

Als Jala Wo antwortete, brach er gänzlich zusammen und gestand ihr alles.

Sie ließ ihn reden, ohne ihn zu unterbrechen. Ihr mageres und blasses Gesicht blieb ausdruckslos, abgesehen von einem schwachen Stirnrunzeln. Als Kress geendet hatte, sagte sie nur: »Ich sollte Sie eigentlich dort lassen.«

Kress stotterte: »Das können Sie nicht. Helfen Sie mir! Ich werde bezahlen…«

»Ich sollte es«, wiederholte Wo, »aber ich will es nicht.«

»Danke«, sagte Kress. »Oh, dan…«

»Seien Sie still!« erwiderte Wo. »Hören Sie zu! Das alles haben Sie sich selbst zuzuschreiben. Pflegen Sie

Ihre Sandkönige gut, dann sind sie gerechte, disziplinierte Kämpfer. Sie haben Ihre durch Hunger und Quälerei zu etwas anderem gemacht. Sie waren ihr Gott. Sie haben sie zu dem gemacht, was sie jetzt sind. Die Maw in Ihrem Keller ist krank, sie leidet immer noch an der Wunde, die Sie ihr zugefügt haben. Sie ist wahrscheinlich wahnsinnig. Ihr Benehmen ist... äußerst ungewöhnlich.

Sie müssen da so schnell wie möglich raus. Die Mobilen sind nicht tot, Kress. Sie schlafen nur. Ich sagte Ihnen, daß ihr Exoskelett von ihnen abfällt, wenn sie größer werden. Gewöhnlich fällt es schon viel früher ab. Ich habe noch nie von Sandkönigen gehört, die so groß wurden wie Ihre, obwohl sie sich offenbar noch immer im Insektenstadium befinden. Ich würde sagen, das ist ein weiteres Ergebnis der Verletzung der Maw. Doch das tut nichts zur Sache.

Aber was von Bedeutung ist, ist die Metamorphose, die Ihre Sandkönige jetzt durchleben. Als die Maw wuchs, das haben Sie selbst bemerkt, wurde sie intelligenter. Ihre PSI-Kräfte verstärkten sich, und ihr Gehirn wurde komplexer, begieriger. Die gepanzerten Mobilen genügen, solange die Maw klein und nur halbintelligent ist, aber jetzt benötigt sie bessere Diener, Körper mit mehr Fähigkeiten. Verstehen Sie das? Die Mobilen sind dabei, sich zu einer neuen Art von Sandkönigen zu entwickeln. Ich kann nicht genau sagen, wie sie aussehen werden. Jede Maw schafft sich ihre eigenen, die ihre speziellen Bedürfnisse und Wünsche erfüllen. Aber es werden Zweibeiner sein, mit vier Armen und gegenständigen Daumen. Sie werden fähig sein, komplizierte Dinge zu konstruieren und moderne Maschinen zu handhaben. Der einzelne Sandkönig kann nicht denken. Aber die Maw wird gewiß sehr schlau sein.«

Kress deutete auf Wos Bild auf dem Schirm. »Ihre Arbeiter«, sagte er mit Anstrengung. »Die, die hierher gekommen sind... die das Becken aufgestellt haben...«

Wo brachte ein schwaches Lächeln zustande. »Shade«, sagte sie.

»Shade ist ein Sandkönig«, wiederholte Kress betäubt. »Und Sie haben mir ein Becken voller... voller... Säuglinge verkauft, ah...«

»Reden Sie keinen Unsinn«, sagte Wo. »Ein neugeborener Sandkönig gleicht eher einem Samenfädchen als einem Säugling. In der Natur werden sie durch Kriege gezähmt und kontrolliert. Nur einer von hundert erreicht das Zweit-Stadium. Nur einer von tausend erreicht das dritte und letzte und wird wie Shade. Erwachsene Sandkönige machen mit kleinen Maws wenig Federlesens. Es gibt ihrer zu viele, und ihre Mobilen sind eine Pest.« Sie seufzte. »Dieses Gespräch kostet mir Zeit. Dieser weiße Sandkönig wird bald zu voller Empfindsamkeit erwachen. Er braucht Sie nicht länger. Er haßt Sie und wird sehr hungrig sein. Die Transformation ist eine schwere Belastung. Die Maw muß vorher und nachher enorme Mengen zu sich nehmen. Deshalb müssen Sie von dort verschwinden. Haben Sie das verstanden?«

»Ich kann nicht«, antwortete Kress. »Mein Gleiter ist defekt, und mit den anderen kann ich nicht starten. Ich weiß nicht, wie ich sie umprogrammieren muß. Können Sie nicht hierher kommen?«

»Ja«, erwiderte Wo. »Shade und ich werden sofort starten, aber es sind mehr als zweihundert Kilometer von Asgard bis zu Ihnen, außerdem brauchen wir eine Spezialausrüstung, um uns mit den verrückten Sandkönigen befassen zu können, die Sie erschaffen haben. Sie können dort nicht warten. Sie haben Beine. Nehmen Sie sie unter die Arme! Laufen Sie! Halten Sie sich nach Osten, so genau Sie können und so schnell Sie können! Das Land da draußen ist sehr einsam. Wir können Sie aus der Luft leicht ausmachen, und sie werden dann vor den Sandkönigen in Sicherheit sein. Haben Sie verstanden?«

»Ja«, sagte Kress. »Ja, ja.«

Sie schaltete ab, und er ging schnell zur Tür. Er hatte sie fast erreicht, als er ein Geräusch hörte, ein Ton zwischen einem Platzen und einem Krachen.

Einer der Sandkönige war aufgeplatzt. Vier kleine Hände, bedeckt mit rötlich-gelbem Blut, kamen aus der Öffnung zum Vorschein und begannen die alte Haut beiseite zu schieben.

Kress begann zu rennen.

Er hatte nicht mit der Hitze gerechnet.

Die Berge waren trocken und steinig. Kress rannte so schnell er konnte vom Haus weg, rannte, bis seine Rippen schmerzten und sein Atem nur stoßweise kam. Dann ging er, aber sobald er sich wieder erholt hatte, begann er wieder zu laufen. Fast eine Stunde lang rannte er und ging er, rannte und ging er unter der grausamen, heißen Sonne. Er war bald schweißgebadet und wünschte sich, er hätte daran gedacht, etwas Wasser mitzunehmen, und er beobachtete den Himmel in der Hoffnung, daß Wo und Shade endlich auftauchten.

Dafür war er nicht geschaffen. Es war zu heiß und zu trocken, und er hatte keine Kondition. Aber er ging trotzdem weiter mit der Erinnerung an die Maw und ihre Art zu atmen, und mit dem Gedanken an all die sich schlängelnden kleinen Monster, die jetzt sicher in seinem Haus herumkrochen. Er hoffte, daß Wo und Shade genau wußten, wie sie sie zu behandeln hatten.

Er hatte seine eigenen Pläne mit Wo und Shade. Es war ihr Fehler gewesen, sagte sich Kress, und hatte beschlossen, sie dafür büßen zu lassen. Lissandra war tot, aber er kannte genug andere aus diesem Berufszweig. Er würde seine Rache bekommen. Das schwor er sich hundertmal, während er schwitzend nach Osten stolperte.

Wenigstens hoffte er, daß es Osten war. Sein Orientierungsvermögen war nicht besonders, und er war sich nicht sicher, welchen Weg er in seiner ersten Panik eingeschlagen hatte, aber er hatte den Versuch gemacht, den Weg nach Osten zu finden, so wie es Wo vorgeschlagen hatte.

Als er ein paar Stunden lang gelaufen war, ohne ein Zeichen der Rettung zu sehen, kam Kress zu der Überzeugung, sich in der Richtung geirrt zu haben.

Als weitere zwei Stunden verstrichen waren, wurde er ängstlich. Was, wenn Wo und Shade ihn nicht finden konnten? Er würde hier draußen sterben. Er hatte seit zwei Tagen nichts mehr gegessen, er war schwach und ängstlich, sein Hals aufgerauht vom Verlangen nach Wasser. Er konnte nicht weitergehen. Die Sonne ging unter, und er war in der Dunkelheit verloren. Was war schiefgelaufen? Hatten die Sandkönige Wo und Shade gefressen? Angst ergriff ihn wieder und erfüllte ihn mit großem Durst und schrecklichem Hunger. Aber Kress ging weiter. Er stolperte nun, als er zu laufen versuchte, und zweimal fiel er hin. Beim zweitenmal riß er sich die Hand an einem Stein blutig. Während des Weitergehens saugte er daran und bekam Angst vor einer Infektion.

Die Sonne versank am Horizont hinter ihm. Der Boden wurde ein bißchen kühler, wofür Kress dankbar war. Er entschloß sich, bis zum letzten Lichtschimmer weiterzugehen und sich dann einen Platz für die Nacht zu suchen. Gewiß war er inzwischen weit genug von den Sandkönigen entfernt, um sicher zu sein, und Wo und Shade würden ihn am nächsten Morgen finden.

Als er die nächste Anhöhe erklommen hatte, sah er vor sich die Umrisse eines Hauses.

Es war nicht so groß wie sein eigenes, aber es war groß genug. Es bedeutete ein Obdach und Sicherheit. Kress rief und begann darauf zuzulaufen. Essen und Trinken, er mußte Nahrung zu sich nehmen, er konnte das Essen schon schmecken. Er hatte Schmerzen vor Hunger. Er rannte die Anhöhe hinunter auf das Haus zu, fuchtelte mit den Armen und rief die Bewohner an. Das Tageslicht war fast geschwunden, doch er konnte im Dämmerlicht ein halbes Dutzend spielender Kinder ausmachen. »Hallo«, schrie er. »Hilfe, Hilfe!«

Sie kamen ihm entgegengelaufen.

Kress hielt abrupt inne. »Nein«, sagte er. »Oh, nein. *Oh, nein!*« Er machte auf dem Absatz kehrt, rutschte auf dem Sand aus, stand auf und versuchte davonzulaufen. Sie hatten ihn schnell eingeholt. Es waren scheußliche kleine Monster mit hervortretenden Augen und trüber, orangefarbener Haut. Er stolperte weiter, aber es war nutzlos. So klein sie auch waren, jedes hatte vier Arme und Kress hatte nur zwei.

Sie trugen ihn zum Haus. Es war ein traurig anzusehendes, schäbiges Haus, erbaut aus bröckeligem Sand, doch der Eingang war riesig und dunkel, und er atmete. Das war schrecklich, aber er war nicht das, was Simon Kress zum Schreien veranlaßte. Er schrie wegen der kleinen, orangefarbenen Kinder, die aus der Burg gekrabbelt kamen und ihn unbewegt anstarrten, als er vorbeigetragen wurde.

Sie hatten alle sein Gesicht.

Connie Willis

BRANDWACHE

20. September

Das erste, wonach ich natürlich Ausschau hielt, war der Gedenkstein für die Brandwache. Und natürlich fand ich ihn nicht. Er wurde erst 1951 eingeweiht. Seine Ehrwürden, der Dekan Walter Matthews, hielt die Rede dazu, und jetzt haben wir erst 1940. Das wußte ich. Erst gestern war ich da, um mir den Stein anzusehen, in der irrigen Annahme, es könnte mir helfen, wenn ich den Schauplatz bereits kannte. Es half aber nicht.

Das einzige, was mir helfen mochte, wären ein Intensivkurs über London während des Blitzkriegs und ein bißchen mehr Zeit gewesen. Ich bekam beides nicht.

»Eine Reise durch die Zeit ist nicht dasselbe, wie wenn man mit der U-Bahn fährt, junger Mann«, hatte der werte Dunworthy gesagt und mich dabei durch seine altertümliche Brille angeblinzelt. »Entweder Sie melden sich am zwanzigsten zur Stelle, oder Sie bleiben ganz hier.«

»Aber ich bin nicht vorbereitet«, hielt ich ihm entgegen. »Sehen Sie, ich habe vier Jahre gebraucht, um mich auf eine Reise mit dem Apostel Paulus vorzubereiten. *Apostel Paulus!* Nicht zur St.-Pauls-Kathedrale. Sie können doch nicht von mir verlangen, daß ich mich binnen zwei Tagen mit London während des Blitzkriegs vertraut mache.«

»Doch«, hatte Dunworthy erwidert. »Das können wir.« Ende der Unterredung.

»Zwei Tage!« hatte ich meiner Zimmergenossin Kivrin zugeschrien. »Und nur, weil irgendein Computer sich vertan hat. Und der werte Dunworthy verzieht nicht mal eine Miene, als ich es ihm sage. ›Eine Reise durch die Zeit ist nicht dasselbe, wie wenn man mit der U-Bahn fährt, junger Mann‹, hat er bloß geantwortet. ›Ich rate Ihnen, sich bereit zu halten. Übermorgen geht es los.‹ Der Mann hat ja keine Ahnung.«

»Quatsch«, sagte sie. »Natürlich hat er Ahnung. Er ist eine Koryphäe. Er hat das Buch über die St.-Pauls-Kathedrale geschrieben. Hör ruhig auf ihn.«

Wenigstens von Kivrin hatte ich ein bißchen Mitgefühl erwartet. Sie war ja fast hysterisch geworden, als man ihr Praktikum vom England des fünfzehnten Jahrhunderts in das England des vierzehnten Jahrhunderts änderte; und ich frage mich, wie beide Jahrhunderte als Praktikum gelten sollten. Selbst wenn man ansteckende Krankheiten mitrechnete, bekam man jeweils höchstens eine Fünf. Für den Blitzkrieg gibt es eine Acht, und wenn ich Glück habe, bekomme ich für die St.-Pauls-Kathedrale sogar eine Zehn.

»Meinst du, ich sollte noch mal zu Dunworthy gehen?« fragte ich.

»Ja.«

»Und was dann? Ich habe bloß zwei Tage Zeit. Ich kenne weder die Währung noch die Sprache, noch den geschichtlichen Hintergrund. Ich weiß überhaupt nichts.«

»Er hat aber Ahnung«, wiederholte Kivrin. »Ich finde, du solltest ruhig auf ihn hören, anstatt ihn zu verprellen.« Die liebe alte Kivrin. Immer ein offenes Ohr für die Sorgen anderer!

Der gute Mann war also dafür verantwortlich, daß ich jetzt im offenen Westportal stand, blöde vor mich hingaffte wie der Dorftrottel, der ich ja angeblich war, und einen Stein suchte, der noch gar nicht existierte. Diesem guten Mann hatte ich es zu verdanken, daß ich absolut unvorbereitet mein Praktikum antrat.

Ich konnte nur wenige Meter in die Kirche hineinspähen. Sehr weit weg schimmerte matt eine Kerze, und ein verschwommener weißer Fleck bewegte sich auf mich zu. Das war bestimmt ein Kirchendiener oder sogar der Dekan selbst. Ich holte den Brief meines Onkels hervor, eines Geistlichen in Wales, der mir Zugang zum Dekan verschaffen sollte, und fühlte in meiner Gesäßtasche nach, ob der Mikrofilm *Oxford Englisch Lexikon, überarbeitete Auflage mit historischen Ergänzungen* noch da war, den ich aus der Bodleyana geschmuggelt hatte. Mitten in einem Gespräch konnte ich ihn natürlich nicht benutzen, aber mit etwas Glück schaffte ich es vielleicht, mich aus der Situation heraus durch die erste Begegnung zu wursteln und die Wörter, die ich nicht kannte, später nachzuschlagen.

»Bist du vom Zetvaudee?« fragte er. Er war nicht älter als ich, einen Kopf kleiner und viel schmächtiger. Er sah fast asketisch aus. Er erinnerte mich an Kivrin. Er war nicht weiß angezogen, sondern hielt etwas Weißes fest gegen die Brust gepreßt. Unter anderen Umständen hätte ich gedacht, es sei ein Kissen. Unter anderen Umständen hätte ich verstanden, was er mich fragte, aber ich hatte keine Zeit mehr gehabt, Submediterranes Latein und Jüdisches Recht zu löschen und statt dessen Cockney und Luftschutzmaßnahmen zu lernen. Ganze zwei Tage Zeit und dann noch der werte Dunworthy, der sich mit mir über die heiligen Pflichten des Historikers unterhalten wollte, anstatt mir zu erzählen, was ein Zetvaudee war.

»Bist du vom Zetvaudee?« wiederholte er.

Ich spielte mit dem Gedanken, doch das OEL zu zücken, unter dem Vorwand, Wales sei schließlich

Ausland, doch ich glaubte nicht, daß man 1940 schon Mikrofilme kannte. Zetvaudee. Das konnte alles mögliche sein, vielleicht sogar ein Spitzname für die Brandwache, und für alle Fälle sagte ich mal ›nein‹.

Er machte einen jähen Satz an mir vorbei und spähte durch das offene Portal. »Verdammt noch mal!« fluchte er und kam zu mir zurück. »Wo bleiben die denn? Faules Pack, lauter bourgeoise Schnepfen!« Und ich hatte mir eingebildet, mich aus der Situation heraus zurechtfinden zu können.

Er sah mich prüfend an, mißtrauisch, als glaube er mir nicht, daß ich nicht vom Zetvaudee sei. »Die Kirche ist geschlossen«, sagte er dann.

Ich hielt den Umschlag hoch und erwiderte: »Ich heiße Bartholomew. Ist Dekan Matthews da?«

Er spähte noch einmal aus dem Portal, als rechnete er jeden Moment mit der Ankunft der faulen bourgeoisen Schnepfen, um dann mit dem weißen Bündel, das er umklammerte, auf sie loszugehen. Abrupt drehte er sich um, sagte im Tonfall eines Fremdenführers »Hier entlang, bitte«, und steuerte in den dämmrigen Raum hinein.

Er führte mich nach rechts, das südliche Kirchenschiff hinunter. Gott sei Dank hatte ich mir den Grundriß eingeprägt, andernfalls hätte die bizarre Situation genügt, um mich aus dem Westportal hinaus und gleich wieder nach St. John's Wood zurückzutreiben. Von einem vor Wut schäumenden Kirchendiener ließ ich mich in eine totale Finsternis führen, doch mir kam zugute, daß ich wußte, wo ich mich befand.

Soeben mußten wir an Nummer 26 vorbeigehen: Hunts Gemälde ›Das Licht der Welt‹ – Jesus mit der Laterne –, aber in der Dunkelheit konnte ich es nicht erkennen. Jetzt hätten wir selbst eine Laterne brauchen können.

Unvermittelt blieb er stehen, um sich wieder einmal

Luft zu machen. »Wir verlangen ja nicht das verdammte Savoy, bloß ein paar Feldbetten. Nelson ist besser dran als wir – der liegt wenigstens auf einem Kissen.« In der Dunkelheit schwang er das weiße Bündel wie eine Fackel. Es war tatsächlich ein Kissen. »Jetzt sind es vierzehn Tage her, seit wir sie angefordert haben, aber wir schlafen immer noch auf den verfluchten Trafalgar-Generälen, weil diese Flittchen lieber mit den Tommies Tee trinken. Was aus uns wird, kümmert sie einen Dreck!«

Er schien von mir keine Antwort zu erwarten, Gott sei Dank, denn von drei Schlüsselwörtern hatte ich höchstens eins verstanden. Er stapfte weiter vor mir her, verließ den Sichtkreis der einzigen kümmerlichen Altarkerze, und an einem schwarzen Loch blieb er wieder stehen, Nummer fünfundzwanzig: die Treppe zur Flüstergalerie, der Kuppel, der Bibliothek (der Öffentlichkeit nicht zugänglich). Die Stufen hinauf, durch eine Halle, wieder stehenbleiben vor einer mittelalterlichen Tür und klopfen. »Ich muß auf sie warten«, sagte er. »Wenn ich nicht da bin, bringen sie sie wahrscheinlich in die Abtei. Sag dem Dekan, er soll noch mal anrufen, ja!« Dann flitzte er die steinernen Stufen hinunter, während er sich das Kissen immer noch wie einen Schutzschild vor die Brust hielt.

Er hatte angeklopft, doch die Tür war massive Eiche, und der ehrwürdige Dekan hatte es offenbar nicht gehört. Also mußte ich noch einmal klopfen. Na schön, und der Mann, der das Präzisionsgerät zum Fixieren hielt, mußte es auch einen Moment lang loslassen, aber selbst wenn man weiß, daß alles im Nu vorbei ist und daß man überhaupt nichts merkt, fällt es einem nicht leicht zu sagen: ›Jetzt!‹

So stand ich denn vor der Tür, verfluchte die historische Fakultät mitsamt dem werten Dunworthy und dem Computer, der den Fehler gemacht hatte. Nur weil der Computer etwas falsch ausgedruckt hatte, lungerte ich jetzt hier im Dunkeln vor der Tür herum, mit nichts weiter in der Hand als dem Brief eines fiktiven Onkels, dem ich genausowenig traute wie allem anderen.

Sogar die alte zuverlässige Bodleyana-Bibliothek hatte mich im Stich gelassen. Der Stapel von Nachschlagewerken, die ich über das Balliol anforderte, liegt jetzt vermutlich in meinem Zimmer, hundert Jahre außer Reichweite. Und Kivrin, die ihr Praktikum bereits hinter sich hatte und mich eigentlich mit guten Ratschlägen hätte eindecken müssen, schlich stumm wie eine Heilige durch die Gegend, bis ich sie bat, mir zu helfen.

»Warst du noch mal bei Dunworthy?« hatte sie mich gefragt.

»Ja. Willst du wissen, welchen wertvollen Rat er mir gab? ›Schweigen und Demut sind die heiligen Pflichten des Historikers.‹ Er meinte, ich würde von St. Paul begeistert sein. Ein Juwel des großen Meisters. Er hätte mir lieber verraten sollen, wann und wohin die Bomben fallen, damit ich mich rechtzeitig in Sicherheit bringen kann.« Ich warf mich auf mein Bett. »Irgendwelche Vorschläge?«

»Wie gut bist du im Gedächtnisanzapfen?« wollte sie wissen.

Ich richtete mich auf. »Ziemlich gut. Meinst du, ich sollte mich assimilieren?«

»Dazu reicht die Zeit nicht. Ich finde, du solltest alles direkt im Langzeitgedächtnis speichern.«

»Schlägst du Endorphine vor?« fragte ich.

Wenn man gedächtnisunterstützende Drogen benutzt, um Informationen im Langzeitgedächtnis zu speichern, gibt es ein Riesenproblem: Das Wissen sitzt nicht mal für den Bruchteil einer Sekunde im Kurzzeitgedächtnis, und das macht das Anzapfen oder Erinnern so kompliziert, um nicht zu sagen tödlich entnervend. Es verunsichert total, weil man ständig das Gefühl hat, ein *Déjà vu*-Erlebnis zu haben, wenn man sich plötzlich an etwas erinnert, das man vorher garantiert nie gehört oder gesehen hat. Das eigentliche Problem ist jedoch nicht das sanfte Gruseln, das einen beschleicht, sondern das Anzapfen des Gedächtnisspeichers. Man weiß nicht genau, auf welche Weise das Gehirn die Informationen abruft, die es benötigt, aber auf jeden Fall ist das Kurzzeitgedächtnis daran beteiligt. Die kurze, manchmal verschwindend geringe Zeit, die die Information im Kurzzeitgedächtnis haftet, dient offenbar noch anderen Zwecken, als Wissen spontan verfügbar zu machen. Der gesamte komplexe Prozeß des Selektierens und Speicherns scheint im Kurzzeitgedächtnis stattzufinden, und ohne die Hilfe von Drogen oder synthetischen Surrogaten, die es später wieder aktivieren, kann man unmöglich Informationen abrufen.

Bei Prüfungen hatte ich schon Endorphine genommen und noch nie Schwierigkeiten mit dem Anzapfen gehabt, und wie es aussah, war es jetzt die einzige Möglichkeit, das gesamte notwendige Wissen in kurzer Zeit zu speichern. Doch das bedeutete auch, daß ich alle Informationen nicht einmal lange genug im Gedächtnis hatte, um sie wieder vergessen zu können. Brauchte ich eine bestimmte Information, konnte ich sie abrufen. Doch bis dahin war ich so unwissend, als gäbe es sie überhaupt nicht in irgendeinem versteckten Winkel meines Gehirns.

»Du kannst doch ohne synthetische Surrogate abrufen, nicht wahr?« fragte Kivrin mit skeptischer Miene.

»Mir wird wohl nichts anderes übrigbleiben.«

»Auch unter Streß? Nach Schlafentzug? Mit niedrigem körpereigenem Endorphinpegel?« Was genau hatte sie eigentlich während ihres Praktikums getan?

Sie hatte nie darüber gesprochen, und Studenten dürfen keine Fragen stellen. Streßfaktoren im Mittelalter? Ich dachte immer, diese Jahrhunderte hätte die Menschheit verschlafen.

»Das hoffe ich«, gab ich zurück. »Jedenfalls probiere ich diesen Tip aus, wenn du meinst, er hilft mir.«

Sie sah mich wieder mit diesem Märtyrerblick an und sagte: »Nichts hilft.« Danke, heilige Kivrin vom Balliol College!

Trotzdem versuchte ich es. Es war jedenfalls besser, als in Dunworthys Zimmer zu sitzen, mich durch seine historisch authentische Brille anblinzeln zu lassen und seinen Worten zu lauschen, ich würde von St. Paul begeistert sein.

Als die Bücher von der Bodleyana-Bibliothek nicht kamen, überzog ich mein Konto und kaufte Blackwell leer. Bänder über den Zweiten Weltkrieg, Keltische Literatur, die Geschichte der öffentlichen Verkehrsmittel, Reiseführer, alles, was mir zu dem Thema einfiel. Dann mietete ich mir einen hochtourigen Recorder und schloß mich daran an. Als ich wieder zu mir kam, war ich so entsetzt von dem Gefühl, genausowenig zu wissen wie vor der Prozedur, daß ich die U-Bahn nach London nahm und den Ludgate Hill hinaufraste, um zu sehen, ob der Stein der Brandwache irgendwelche Erinnerungen in mir auslöste. Nichts passierte.

Dein Endorphinpegel ist noch nicht wieder normal, versuchte ich mich zu trösten. Doch die Aussicht auf das bevorstehende Praktikum lastete wie eine Bedrohung auf mir. Da wird scharf geschossen, mein Junge! dachte ich. Nur weil du als Hauptfach Geschichte studierst und dein Praktikum absolvierst, heißt das noch lange nicht, daß dir nichts zustoßen kann. Während der gesamten Heimfahrt in der U-Bahn las ich Geschichtsbücher, ich hörte erst auf zu lesen, als mich heute früh Dunworthys Lakaien abholten, um mich nach St. John's Wood zu bringen.

Ich schob mir den Mikrofilm mit dem OEL in die Gesäßtasche und brach mit einem Gefühl auf, als könnte ich nur überleben, indem ich mich auf meine eigene Findigkeit verließ. Hoffentlich, dachte ich, kann ich mir 1940 irgendwelche Surrogate verschaffen. Ich hatte fest damit gerechnet, den ersten Tag ohne Panne zu überstehen; und nun stand ich da, bereits durch die ersten Worte aus dem Konzept gebracht, die man zu mir gesprochen hatte. Nein, das stimmte nicht ganz. Entgegen Kivrins Rat, gar nichts im Kurzzeitgedächtnis zu speichern, hatte ich mir das Britische Geld eingeprägt, einen Plan des U-Bahnnetzes und den Plan meines heimischen Oxford. Bis hierher war ich damit gekommen. Mit dem Dekan mußte ich doch wohl auch noch fertigwerden.

Just in dem Moment, da ich mir ein Herz fassen und anklopfen wollte, öffnete er von innen die Tür, und wie es mit dem Präzisionsgerät zum Fixieren nun mal ist, lief alles ganz rasch und schmerzlos ab. Ich gab ihm den Brief, er schüttelte mir die Hand und sagte etwas, das klang wie: »Schön, daß Sie hier sind, Bartholomew.« Er sah müde und abgespannt aus, so als könnte er zusammenbrechen, wenn ich ihm sagte, der Blitzkrieg habe soeben begonnen. Ich weiß, ich weiß: Mund halten! Das heilige Schweigen und so weiter.

Er sagte: »Wir suchen Langby, damit er Ihnen alles zeigt.« Ich nahm an, er meinte meinen Hüter des Kissens, und ich behielt recht. Wir trafen ihn am Fuß der Treppe, er war ein wenig außer Atem, aber er triumphierte.

»Die Feldbetten sind gekommen«, wandte er sich an Dekan Matthews. »Die führten sich auf, als ob sie uns noch einen Gefallen täten. Stöckelschuhe und ganz etepetete. ›Deinetwegen haben wir unseren Tee versäumt, Herzchen‹, flötete eine. ›Seid doch froh‹, habe ich gesagt. ›Ihr seht aus, als täte euch ein bißchen Abspecken ganz gut.‹«

Der Dekan machte ein Gesicht, als ob er auch nicht ganz verstünde. Er erwiderte: »Haben Sie sie in der Krypta aufgestellt?« Dann machte er uns miteinander bekannt. »Mr. Bartholomew ist soeben aus Wales eingetroffen«, sagte er. »Er will sich unseren Freiwilligen anschließen.« Freiwillige, nicht Brandwache.

Langby führte mich herum, machte mich auf verschiedene schemenhafte Umrisse in der Finsternis aufmerksam, dann schleppte er mich nach unten, damit ich mir die zehn zusammenfaltbaren Betten aus Segeltuch ansah, die zwischen den Gräbern in der Krypta aufgestellt waren. Im Vorbeigehen zeigte er mir Lord Nelsons Sarkophag aus schwarzem Marmor. Er sagte mir, in der ersten Nacht brauche ich nicht auf Wache zu stehen, und er riet mir, ich solle mich auf ein Bett legen, denn bei Luftangriffen sei Schlaf der größte Luxus. Das glaubte ich ihm gern. Er umarmte immer noch das blöde Kissen, als sei es seine Geliebte.

»Hört man die Sirenen bis hier unten?« fragte ich und stellte mir vor, wie er sich dann das Kissen über den Kopf zog.

Er hob den Blick zu dem steinernen Deckengewölbe. »Manche hören sie, manche nicht. Brinton hilft nur Horlich. Bence-Jones würde nicht mal aufwachen, wenn ihm die Decke über dem Kopf einstürzte. Ich muß ein Kissen haben. Das wichtigste ist, daß man seine acht Stunden bekommt, egal, wie. Wenn man das versäumt, wird man eine wandelnde Leiche. Und dann ist man schon so gut wie tot.«

Nach dieser trostreichen Mitteilung entfernte er sich, um die Nachtwachen einzuteilen. Das Kissen ließ er auf einem Feldbett zurück und schärfte mir ein, es ja von niemand berühren zu lassen. Hier sitze ich nun, warte auf meinen ersten Fliegeralarm und versuche mich zurechtzufinden, ehe ich zu einer wandelnden oder nichtwandelnden Leiche werde.

Mit Hilfe des gestohlenen OEL übersetzte ich ein bißchen Langby. Mäßiger Erfolg. Eine Schnepfe ist entweder ein Vogel oder eine Prostituierte (ich vermute letzteres, obwohl ich mich mit dem Kissen geirrt hatte). Bourgeois ist ein saloppes Eigenschaftswort für alle möglichen Schwächen des Mittelstands. Ein Tommy ist ein Soldat. Zetvaudee fand ich nirgends, und ich hatte das Suchen schon fast aufgegeben, als sich in meinem Langzeitgedächtnis etwas über den Gebrauch von Kunstwörtern und Abkürzungen während des Krieges regte (sei gesegnet, heilige Kivrin!) und ich auf die Idee kam, es könne sich um eine Abkürzung handeln. ZVD. Ziviler Verteidigungsdienst. Na klar. Woher sollten sonst die blutbefleckten Feldbetten stammen?

21. September

Jetzt, da der erste Schock über mein Hiersein vorbei ist, fällt mir ein, daß die Historische Fakultät versäumt hat, mir zu sagen, was ich während meines dreimonatigen Praktikums überhaupt tun soll. Man gab mir dieses Tagebuch, den Brief von meinem Onkel, eine Zehn-Pfund-Note und jagte mich damit in die Vergangenheit. Die Zehn-Pfund-Note (von der ich bereits das Fahrgeld für den Zug und die U-Bahn bezahlt habe) muß bis Ende Dezember reichen und mich noch nach St. John's Wood bringen, wo ich zurückgeholt werde, wenn der zweite Brief meines Onkels eintrifft, in dem steht, er sei krank und ich solle sofort nach Wales kommen.

Solange wohne ich hier in der Krypta bei Nelson, der, wie Langby mir sagte, in seinem Sarg in Alkohol eingelegt ist. Wenn wir einen Volltreffer abbekommen – brennt er dann lichterloh wie eine Fackel, oder sickert er bloß still und leise auf den Boden der Krypta? Die Küche besteht aus einem Gasring, auf dem mieser Tee und ekelhafte Räucherheringe zubereitet werden. Als Gegenleistung für diesen Luxus soll ich auf den Dächern von St. Paul stehen und Brandbomben löschen.

Ich muß unbedingt das Ziel des Praktikums erreichen, egal, was es sein mag. Aber im Augenblick besteht meine einzige Sorge darin zu überleben, bis der zweite Brief meines Onkels eintrifft und ich wieder nach Hause kann.

Ich mache mich nützlich, bis Langby Zeit hat, mir die ›Kniffe‹ zu zeigen. Ich habe schon die Pfanne gesäubert, in der sie die stinkenden kleinen Fische erhitzen, Klappstühle aus Holz hinter dem Altar aufgestapelt (liegend, nicht stehend, denn sie neigen dazu, mitten in der Nacht unter lautem Getöse zusammenzukrachen) und zu schlafen versucht.

Offenbar gehöre ich nicht zu den Glücklichen, die einen Fliegerangriff verpennen können. Fast die ganze Nacht lang lag ich wach und grübelte darüber nach, wie hoch St. Pauls Risikofaktor wohl sein mochte. Bei einem Praktikum muß er mindestens sechs betragen. Letzte Nacht war ich davon überzeugt, der Faktor sei zehn, mit der Krypta als Ausgangsbasis Null, und daß ich mich auch gleich für Denver hätte bewerben können.

Mein interessantestes Erlebnis bis jetzt: Ich habe eine Katze gesehen. Ich bin fasziniert, darf mir jedoch nichts anmerken lassen, denn Katzen scheinen hier nichts Besonderes zu sein.

22. September

Immer noch in der Krypta. Ab und zu kommt Langby hereingestürmt, verflucht alle möglichen Regierungsstellen (alle in Abkürzungen) und verspricht mir, mich demnächst mit auf die Dächer zu nehmen. Mittlerweile gibt es nichts mehr, womit ich mich beschäftigen könnte, und so habe ich mir selbst beigebracht, wie man eine Handpumpe bedient.

Kivrin hat sich über meine Fähigkeit, das Gedächtnis anzuzapfen, unnötige Sorgen gemacht. Bis jetzt hatte ich noch keine Probleme. Ganz im Gegenteil. Ich memorierte Informationen über Feuerbekämpfung und hatte das komplette Handbuch mitsamt Abbildungen parat, einschließlich des Leitfadens, wie man mit einer Handpumpe umgeht. Wenn die Heringe Lord Nelson in Brand setzen sollten, werde ich zum Helden.

Aufregung gestern abend. Die Sirenen gingen früh, und ein paar von den Putzfrauen, die die Büros in der City saubermachen, mußten bei uns in der Krypta Schutz suchen. Eine riß mich aus dem Tiefschlaf, als sie anfing zu kreischen wie eine Luftschutzsirene. Hatte offenbar eine Maus gesehen. Wir mußten mit einem Gummistiefel gegen die Gräber und unter die Feldbetten schlagen, um sie zu überzeugen, daß sie fort war. Ich glaube, ich weiß jetzt, was sich die Historische Fakultät für mich ausgedacht hat: Mäuse jagen.

24. September

Langby nahm mich auf einen Rundgang mit. Auf der Empore mußte ich noch einmal lernen, wie man mit einer Handpumpe umgeht, dann bekam ich Gummistiefel und einen Stahlhelm verpaßt. Langby sagt, Commander Allen wolle uns Feuerwehrmäntel aus Asbest besorgen, kam jedoch noch nicht dazu, deshalb trage ich meinen eigenen Wollmantel und Schal. Obwohl wir September haben, ist es draußen auf den Dächern sehr kalt. Es herrscht eher eine Atmosphäre wie im November, der Himmel ist verhangen und trostlos, keine Sonne.

Wir steigen nach oben auf die Kuppel und die Dächer, die leider nicht flach sind, sondern gespickt mit Türmen, Zinnen, Regenrinnen und Statuen, alles wie eigens dazu geschaffen, Brandbomben aufzufangen, an die kein Mensch drankommt.

Langby zeigt mir, wie man eine Brandbombe mit Sand erstickt, ehe sie sich durchs Dach fressen und die Kathedrale entflammen kann. Er zeigt mir die Taue, die zusammengerollt auf einem Haufen am Fuß der Kuppel liegen, für den Fall, daß mal jemand auf einen der Westtürme oder über die Spitze der Kuppel klettern muß. Wieder drinnen und hinunter zur Flüstergalerie.

Während der gesamten Tour gab Langby laufend Kommentare von sich, teils praktische Tips, teils Geschichte der Kathedrale. Ehe wir in die Galerie gingen, schleppte er mich zum Südportal, um mir zu erzählen, wie Christopher Wren damals inmitten der rauchenden Trümmer der zerstörten Kathedrale stand und einem Arbeiter befahl, ihm vom Friedhof einen Grabstein zu bringen, damit er den Grundstein markieren konnte. Der Stein enthielt die lateinische Inschrift: ›Ich werde wiederauferstehen.‹ Von dieser Ironie war Wren so beeindruckt, daß er die Worte über dem Portal anbringen ließ. Langby sah so zufrieden aus, als hätte er mir nicht etwas erzählt, das jeder Student schon im ersten Semester weiß. Doch ohne den Eindruck, den der Stein der Brandwache hinterläßt, ist das vielleicht wirklich eine ganz nette Geschichte.

Langby setzte mich die Stufen hinauf zu dem schmalen Steg, der die Flüstergalerie umgibt. Er rannte voraus auf die andere Seite, wobei er mir Maße und etwas über die Akustik zurief. Dann stellte er sich so hin, daß er mir das Gesicht zukehrte, und sagte leise: »Die Form der Kuppel bewirkt, daß du mich flüstern hörst. Die Schallwellen werden verstärkt, wenn sie um das Gewölbe herumlaufen. Bei einem Luftangriff hört es sich hier an, als ginge die Welt unter. Die Kuppel hat einen Durchmesser von einhundertsieben Fuß und erhebt sich achtzig Fuß hoch über dem Mittelschiff.«

Ich schaute hinunter. Das Geländer wich zurück, und der Boden aus schwarzem und weißem Marmor sauste mir mit bestürzender Geschwindigkeit entgegen. Ich klammerte mich an irgend etwas fest und sank auf die Knie. Mir war schwindlig, und ich verspürte Übelkeit. Die Sonne brach durch die Wolkendecke, und die ganze Kirche schien wie in Gold getaucht. Sogar die Holzschnitzereien des Chorgestühls, die weißen Steinsäulen und die bleigrauen Orgelpfeifen, alles war plötzlich wie aus Gold.

Langby beugte sich über mich und versuchte, meinen Klammergriff zu lösen. »Bartholomew!« schrie er. »Was ist los? Um Gottes willen, Mann!«

Eigentlich hätte ich ihm jetzt sagen müssen, daß St. Paul und die ganze Vergangenheit auf mich stürzten, wenn ich losließ, und daß ich das nicht geschehen lassen durfte, weil ich ein Historiker war. Ich sagte etwas, aber nicht das, was ich sagen wollte, denn Langby packte fester zu. Mit Gewalt zerrte er mich vom Geländer fort und zur Treppe zurück, wo ich kraftlos auf den Stufen zusammenbrach. Langby blieb neben mir stehen und schwieg.

»Ich weiß selbst nicht, was mir vorhin da drinnen passierte«, murmelte ich. »Bis jetzt litt ich noch nie unter Höhenangst.«

»Du zitterst«, versetzte er scharf. »Leg dich lieber einen Moment hin.« Er brachte mich in die Krypta zurück.

25. September

Memoriere das ZVD-Handbuch: Symptome bei Bombenopfern. Erstes Stadium – Schockzustand; Abgestumpftheit; Verletzungen werden nicht bemerkt; unzusammenhängendes Gestammel. Zweites Stadium – Zittern; Übelkeit; Verletzungen, Verluste, werden wahrgenommen; Rückkehr in die Realität. Drittes Stadium – Zwang zum unkontrollierten Sprechen; Wunsch, den Rettern Schockverhalten zu erklären.

Langby mußte die Symptome erkannt haben, doch wie erklärte er sich, daß sie nicht im Zusammenhang mit einem Bombenangriff auftraten? Ich konnte ihm jedenfalls mein Schockverhalten nicht erklären, und das nicht nur, weil das heilige Schweigen des Historikers mich daran hinderte.

Er sagte nichts, sondern teilte mich für meine erste Wache morgen nacht ein, als sei nichts passiert. Er macht nicht den Eindruck, als sei er besorgter als die anderen. Jeder, den ich bis jetzt kennenlernte, ist nervös (in meinem Kurzzeitgedächtnis haftet die Information, wie ruhig alle während der Luftangriffe blieben). Dabei hat sich uns, seit ich hier bin, noch keine Fliegerstaffel genähert. Die Bomben fielen fast alle auf das East End und die Hafendocks.

Heute abend erwähnte jemand eine UB, und ich grüble über das Verhalten des Dekans nach und verstehe nicht ganz, daß die Kirche geschlossen ist. Ich bin mir ziemlich sicher, gelesen zu haben, sie sei während des gesamten Blitzkriegs offen gewesen. Sobald sich eine Gelegenheit ergibt, werde ich versuchen, die Ereignisse im September zu memorieren. Um noch mehr Informationen abrufen zu können, muß ich erst wissen, was hier von mir verlangt wird, falls ich überhaupt etwas tun soll.

Für Historiker gibt es weder Richtlinien noch Verbote. Ich könnte eigentlich offen erzählen, daß ich aus der Zukunft stamme, wenn ich meinte, man würde mir glauben. Wenn ich nach Deutschland käme, könnte ich Hitler ermorden. Oder etwa doch nicht? In der historischen Fakultät spricht man ständig über das Paradoxe der Zeit, und die graduierten Studenten, die ihr Praktikum hinter sich haben, äußern sich weder so noch so. Gibt es eine starre, unveränderliche Vergangenheit? Oder entsteht jeden Tag eine neue Vergangenheit, und wir, die Historiker, beeinflussen ihren Verlauf?

Und welche Konsequenzen hat unser Tun, falls es Konsequenzen gibt? Und wieso wagen wir es, handelnd einzugreifen, wenn wir die Konsequenzen nicht kennen? Müssen wir kühn die Weichen stellen und dabei hoffen, daß wir nicht unseren eigenen Untergang herbeiführen? Oder dürfen wir gar nichts tun, sondern sollen nur dabeistehen und tatenlos zuschauen, wie St. Paul bis auf die Grundmauern abbrennt, um den Verlauf der Zukunft nicht zu ändern?

Das sind genau die richtigen Fragen für eine Diskussion bis in die Nacht hinein. Hier ist es sinnlos, sie zu stellen. Ich kann genausowenig St. Paul abbrennen lassen, wie ich Hitler umbringen kann. Nein, das stimmt ja gar nicht. Das habe ich gestern in der Flüstergalerie gemerkt. Ich könnte Hitler umbringen, wenn ich ihn dabei erwischte, wie er St. Paul in Brand steckt.

26. September

Heute traf ich eine junge Frau. Dekan Matthews ließ die Kirche wieder öffnen, die Wachen beschäftigen sich mit Reinigungsarbeiten, und allmählich trudeln Leute ein. Die junge Frau erinnert mich an Kivrin, obwohl Kivrin ein gutes Stück größer ist und das Haar niemals so kraus tragen würde. Sie sah aus, als hätte sie geweint. So sieht Kivrin aus, seit sie von ihrem Praktikum zurück ist. Das Mittelalter war zuviel für sie. Ich frage mich, wie sie mit dieser Situation fertiggeworden wäre. Ganz bestimmt, indem sie ihre

Ängste dem hiesigen Priester anvertraut hätte, was ihre Doppelgängerin hoffentlich nicht tun wird.

»Kann ich Ihnen helfen?« fragte ich, obwohl mir nicht nach helfen zumute war. »Ich bin einer von den Freiwilligen.«

Sie machte ein bestürztes Gesicht. »Sie werden nicht bezahlt?« wollte sie wissen und wischte sich mit einem Taschentuch die gerötete Nase. »Ich habe von St. Paul und der Brandwache und allem gelesen, und ich dachte mir, hier gäbe es vielleicht eine Stelle für mich. In der Kantine oder so. Aber gegen Bezahlung.« In ihren Augen standen Tränen.

»Leider haben wir keine Kantine«, sagte ich so freundlich wie möglich und dachte daran, wie Kivrin mich jedesmal aufregt. »Und besonders geschützt ist man hier auch nicht. Ein paar von uns schlafen in der Krypta. Wir sind aber alle Freiwillige.«

»Dann kommt das für mich nicht in Frage«, sagte sie. Mit dem Taschentuch betupfte sie sich die Augen. »Ich liebe St. Paul, aber unbezahlte Arbeit kann ich nicht übernehmen, schließlich muß ich für meinen kleinen Bruder Tom sorgen, der vom Land zurück ist.« Ich durchschaute die Situation nicht ganz. Trotz aller äußeren Anzeichen von Kummer klang ihre Stimme fröhlich und nicht so, als ob sie weinte. »Ich muß für uns eine ordentliche Unterkunft finden. Tom kann nicht ständig in den U-Bahnschächten schlafen.«

Plötzlich verspürte ich eine Anwandlung von Angst, eine Art stechenden Schmerz, wie er auftritt, wenn das Gedächtnis unbewußt angezapft wird. »In den U-Bahnschächten?« fragte ich und versuchte, die Information ins Bewußtsein zu holen.

»Meistens schlafen wir in der Station Marble Arch«, fuhr sie fort. »Tom geht früh hin und hält uns einen Platz frei, ich gehe dann...« Sie unterbrach sich, hielt sich das Taschentuch dicht vor die Nase und schnaubte heftig hinein. »Entschuldigung«, sagte sie. »Dieser schreckliche Schnupfen!«

Rote Nase, tränende Augen, Niesen. Infektion der Atemwege. Ein Wunder, daß ich ihr nicht gesagt hatte, sie solle nicht weinen. Nur durch Zufall ist mir bis jetzt kein unverzeihlicher Schnitzer passiert und nicht etwa dadurch, daß ich nicht an mein Langzeitgedächtnis gelange. Ich habe nicht einmal die Hälfte der Informationen gespeichert, die ich brauche: Katzen und Schnupfen und wie St. Paul bei Sonnenschein aussieht. Es ist nur eine Frage der Zeit, bis ich einen Patzer mache, weil ich etwas nicht kenne. Trotzdem werde ich heute nacht, wenn ich von der Wache komme, versuchen, Erinnerungen abzuberufen. Zumindest kann ich herausfinden, ob und wann mir etwas auf den Kopf fällt.

Ein paarmal habe ich die Katze schon gesehen. Es ist ein kohlrabenschwarzer Kater mit einem weißen Fleck am Hals. Er sieht aus, als hätte man ihn wegen der Verdunkelung schwarz angestrichen.

27. September

Ich komme gerade von den Dächern herunter. Ich zittere immer noch.

Zu Anfang des Luftangriffs wurde nur das East End bombardiert. Der Anblick war unbeschreiblich. Überall Suchscheinwerfer, der Himmel rot vom Widerschein der Flammen, der sich noch einmal in der Themse spiegelte. Die explodierenden Bomben sprühten Blitze wie bei einem Feuerwerk. Man hörte ständig ein ohrenbetäubendes Donnern, das gelegentlich vom Brummen hochfliegender Maschinen untermalt wurde. Dann die knatternden Salven der Flakgeschütze.

Gegen Mitternacht schlugen die Bomben ganz in unserer Nähe ein. Es hörte sich grauenhaft an, so als rollte ein Zug über mich hinweg. Ich mußte meine gesamte Willenskraft aufbieten, um mich nicht flach aufs Dach zu werfen, aber Langby ließ mich nicht aus den Augen. Ich gönnte ihm nicht die Genugtuung, mich noch einmal zusammenklappen zu sehen wie damals in der Kuppel. Ich hielt den Kopf hoch, den Eimer mit Sand fest in der Hand, und war sehr stolz auf mich.

Gegen drei hörte das Bombardement auf, und ungefähr eine halbe Stunde lang hatten wir Ruhe. Plötzlich prasselte es auf den Dächern wie Hagel. Jeder außer Langby schnappte sich eine Schaufel und Handpumpe. Er beobachtete mich. Und ich beobachtete die Brandbombe.

Sie lag wenige Meter von mir entfernt auf dem Dach, hinter dem Turm mit der Uhr. Sie war viel kleiner, als ich sie mir vorgestellt hatte, ungefähr dreißig Zentimeter lang. In hohem Bogen spritzte aus ihr ein grünlich-weißes Feuer heraus, das dicht vor meinen Füßen landete. In einer Minute würde sie zu einer geschmolzenen Masse zusammengekocht sein und sich langsam durch das Dach brennen. Flammen, die rauhen Schreie der Feuerwehrleute, dann dehnte sich die weiße Steinfläche meilenweit vor mir aus. Nichts war mehr da, nicht mal der Stein der Brandwache.

Es war wieder genau das gleiche wie in der Flüstergalerie. Ich merkte, daß ich etwas gesprochen hatte, und als ich Langby ins Gesicht sah, grinste er schief.

»St. Paul wird niederbrennen«, sagte ich. »Nichts wird übrigbleiben.«

»Ja«, meinte Langby. »Dazu soll es kommen, nicht? St. Paul soll abbrennen. Ist das sein Plan?«

»Wessen Plan?« fragte ich naiv.

»Hitlers Plan natürlich«, gab Langby zurück. »Was dachtest du denn, wen ich meine?« Beinahe lässig griff er nach seiner Handpumpe.

Plötzlich tauchte die Seite des ZVD-Handbuchs vor mir auf. Ich nahm den Eimer und schüttete den Sand rings um die immer noch spritzende Bombe, dann schnappte ich mir einen zweiten Eimer und kippte den Inhalt obendrauf. Schwarzer Rauch quoll hoch und bildete eine solche Wolke, daß ich kaum meine Schaufel fand. Mit der Spitze tastete ich nach der unterm Sand begrabenen Bombe, warf sie in den leeren Eimer und schaufelte den Sand darüber. Der Qualm biß mir so in die Augen, daß mir die Tränen übers Gesicht strömten. Als ich mich abwandte, um sie mit dem Ärmel abzuwischen, sah ich Langby.

Er hatte sich nicht von der Stelle gerührt. Er lächelte. »Der Plan ist wirklich nicht schlecht. Aber wir lassen natürlich nicht zu, daß das passiert. Deshalb haben wir ja die Brandwache. Die paßt auf, daß es nicht soweit kommt. Stimmt's, Bartholomew?«

Ich weiß nicht, was das Ziel meines Praktikums ist. Ich muß Langby daran hindern, daß er St. Paul niederbrennt.

28. September

Ich versuche mir einzureden, daß ich mich gestern nacht in Langby getäuscht habe, daß ich mißverstand, was er sagte. Warum sollte er wollen, daß St. Paul abbrennt, es sei denn, er ist ein Nazispitzel? Wie kommt ein Nazispitzel zur Brandwache? Mir fällt mein gefälschter Empfehlungsbrief ein, und ein Schauer läuft mir über den Rücken.

Wie kann ich es herausfinden? Wenn ich ihm eine Falle stelle, ihn mit einer Fangfrage prüfe, die nur ein loyaler Engländer aus dem Jahr 1940 beantworten kann, bin *ich* vermutlich derjenige, der sich entlarvt. Ich muß unbedingt meinen Erinnerungsspeicher aktivieren, damit die richtigen Informationen kommen.

Bis dahin werde ich Langby im Auge behalten. Wenigstens vorläufig dürfte mir das nicht schwerfallen. Langby hat soeben die Wachen für die nächsten zwei Wochen eingeteilt. Wir sind in jeder Schicht zusammen.

30. September

Ich weiß jetzt, was im September passiert ist. Langby hat es mir erzählt.

Vergangene Nacht, als wir uns auf der Empore Mäntel und Stiefel anzogen, sagte er: »Sie haben es nämlich schon einmal versucht, weißt du.«

Ich hatte nicht die geringste Ahnung, wovon er sprach. Ich kam mir genauso hilflos vor wie am ersten Tag, als er mich fragte, ob ich vom Zetvaudee sei.

»Sie wollen St. Paul zerstören. Einmal haben sie es schon versucht. Am zehnten September. Mit einer hochexplosiven Sprengbombe. Aber das kannst du natürlich nicht wissen. Du warst ja in Wales.«

Ich hörte gar nicht mehr zu. In dem Moment, als er ›hochexplosive Sprengbombe‹ sagte, war plötzlich alles da. Ich erinnerte mich. Die Bombe hatte die Straße durchschlagen und war auf den Fundamenten gelandet. Die Gruppe zur Entschärfung unexplodierter Bomben hatte versucht sie zu entschärfen, es funktionierte aber nicht, weil sich ganz in der Nähe eine undichte Gasleitung befand. Man beschloß, St. Paul zu räumen, doch Dekan Matthews weigerte sich, sich evakuieren zu lassen. Zum Schluß holte man die Bombe raus und ließ sie in Barking Marshes hochgehen. Spontanes und vollständiges Gedächtnisanzapfen.

»Damals wurde St. Paul durch die Burschen vom Bombenentschärfungstrupp gerettet«, sagte Langby. »Anscheinend ist immer jemand da, der im letzten Moment eingreift.«

»Ja«, erwiderte ich, »das mag stimmen.«

1. Oktober

Ich hatte angenommen, der Fall von spontanem Memorieren gestern abend – als ich mich an die Ereignisse vom 10. September erinnerte – sei eine Art Durchbruch gewesen, doch offenbar habe ich mich geirrt. Fast die ganze Nacht lang lag ich wach auf meinem Feldbett und versuchte mich zu erinnern, doch es kam nichts. Muß ich erst ganz genau wissen, wonach ich suche, ehe mir die Erinnerung bewußt wird? Was nützt mir dann das Ganze?

Vielleicht ist Langby gar kein Nazi-Spion. Doch was ist er dann? Ein Brandstifter? Ein Verrückter? Die Krypta fördert nicht gerade das Nachdenken, denn hier herrscht keineswegs Grabesstille. Die Putzfrauen unterhalten sich beinahe unentwegt, und das Explodieren der Bomben hört man hier unten gedämpft, was irgendwie noch schlimmer ist, denn ich ertappe mich dabei, wie ich angestrengt lausche. Als ich gegen Morgen endlich einschlief, träumte ich, einer der Schutzräume der U-Bahn sei getroffen. Ich sah geborstene Wasserrohre, Menschen, die ertranken.

4. Oktober

Heute habe ich versucht, den Kater zu fangen. Er sollte die Maus fressen, die die Putzfrauen ständig erschreckt. Außerdem wollte ich mir so ein Tier mal aus der Nähe ansehen. Ich holte den Wassereimer, den ich gestern nacht für die Handpumpe gebraucht hatte, um ein brennendes Schrapnell aus einem der Flakgeschütze zu löschen. In dem Eimer befand sich noch ein bißchen Wasser, aber nicht soviel, daß der Kater hätte ertrinken können. Ich hatte vor, ihm den Eimer überzustülpen, ihn dann darunter hervorzuholen, hinunter in die Krypta zu tragen und ihn auf die Maus anzusetzen. Er ließ mich nicht mal in seine Nähe kommen.

Ich schwenkte den Eimer, und dabei muß etwas

Wasser herausgespritzt sein. Ich hatte mir eingebildet, mich zu erinnern, Katzen seien Haustiere, doch ich muß mich wohl getäuscht haben. Das breite, gemütliche Gesicht des Katers verzerrte sich zu einer wütenden Fratze. Es war erschreckend. Aus den Pfoten, die ich für harmlos gehalten hatte, schossen gefährliche Krallen, und der Kater stieß einen Laut aus, der noch schriller war als das Gekreisch der Putzfrauen.

Vor Schreck ließ ich den Eimer fallen, der gegen eine Säule rollte. Der Kater suchte das Weite. Hinter mir hörte ich Langby sagen: »So fängt man doch keine Katze.«

»Das habe ich gemerkt«, gab ich zurück und bückte mich nach dem Eimer.

»Katzen sind wasserscheu«, fuhr er im gleichen flachen Tonfall fort.

»Ach«, machte ich und rüstete mich, den Eimer wieder auf die Empore zu tragen. »Das wußte ich nicht.«

»Das weiß doch jeder. Sogar die Einfaltspinsel aus Wales.«

8. Oktober

Seit einer Woche haben wir die Wachen verdoppelt – es ist Vollmond. Auf den Dächern tauchte Langby nicht auf, deshalb suchte ich ihn in der Kirche. Ich fand ihn, wie er am Westportal stand und sich mit einem alten Mann unterhielt. Der Mann hatte eine Zeitung unter den Arm geklemmt, die er Langby geben wollte, doch Langby reichte sie ihm zurück. Als der Mann mich sah, verdrückte er sich. Langby sagte: »Ein Tourist. Wollte wissen, wo das Windmill-Theater ist. Er hatte in der Zeitung gelesen, daß da Nackttänzerinnen auftreten.«

Ich muß ein skeptisches Gesicht gemacht haben, denn er fuhr fort: »Du siehst hundeelend aus, alter Junge. Kriegst wohl zu wenig Schlaf mit, wie? Ich sage jemandem Bescheid, daß er heute nacht deine erste Wache übernimmt.«

»Nein«, entgegnete ich kühl. »Ich gehe auf Wache, wie abgemacht. Es gefällt mir oben auf den Dächern.« Im stillen setzte ich hinzu, *weil ich dich da beobachten kann.*

Er zuckte mit den Schultern. »Ist vielleicht wirklich besser als unten in der Krypta. Auf den Dächern sieht man wenigstens die Bombe, die einen erwischt.«

10. Oktober

Ich hatte gehofft, die doppelte Wache täte mir gut, würde mich davon ablenken, daß ich nicht memorieren kann. So wie immer dann etwas passiert, wenn man mal nicht aufpaßt. Manchmal klappt es ja wirklich. Ein paar Stunden völliges Abschalten oder mal eine Nacht gut durchschlafen, und die Fakten fallen einem ein, ohne daß man sich durch Meditation oder Surrogate stimulieren müßte.

Eine Nacht durchschlafen ist natürlich unmöglich. Nicht nur, weil die Putzfrauen fortwährend miteinander flüstern, auch der Kater ist mittlerweile zu uns in die Krypta gezogen. Er streicht um jeden herum, gibt schmeichelnde Laute von sich und bettelt um Heringe. Bevor ich meine Wache antrete, rücke ich mein Feldbett vom Querschiff, wo es bis jetzt stand, zu Nelson hinüber. Von mir aus kann er in Alkohol liegen, aber er hält wenigstens den Mund.

11. Oktober

Ich träumte von Trafalgar, Schiffskanonen, Rauch, niederfallendem Verputz und Langby, der meinen Namen rief. Beim Aufwachen war mein erster Gedanke: Die Klappstühle sind zusammengekracht. Vor lauter Rauch konnte ich nichts erkennen.

»Ich komme«, sagte ich, stolperte auf Langby zu

und zog mir dabei die Stiefel an. Im Querschiff türmten sich in einem wilden Durcheinander Klappstühle und Verputz, der von der Decke gefallen war. Langby grub darin herum. »Bartholomew!« brüllte er, während er einen Brocken zur Seite schleuderte. »Bartholomew!«

Ich glaubte immer noch, es sei Rauch. Ich rannte zurück, um meine Handpumpe zu holen, dann ging ich neben ihm in die Knie und zerrte an einer zersplitterten Stuhllehne. Sie hatte sich festgehakt, und plötzlich wußte ich: Da drunter liegt jemand. Ich will nach einem Stück von der Decke greifen und merke, daß es eine Hand ist. Ich lehne mich zurück, hocke mich auf die Fersen und kämpfe gegen den Brechreiz an. Dann attackiere ich den Schutthaufen von neuem.

Langby wühlte herum wie ein Wahnsinniger, mit einem Stuhlbein stocherte er in dem Haufen. Ich wollte seine Hände festhalten, damit er aufhörte, doch er wehrte sich gegen mich, als sei ich ein Stück Verputz, das man fortschleudert. Er hob eine große, quadratische Platte auf, die aus der Decke gebrochen war, und darunter befand sich der Fußboden. Ich drehte mich um und schaute hinter mich. Die beiden Putzfrauen hockten zusammengekauert in der Nische hinter dem Altar. »Wen suchst du?« fragte ich und hielt Langby am Arm fest.

»Bartholomew«, sagte er und fegte den Schutt zur Seite. Seine wie mit Rauch bestäubten Hände bluteten.

»Ich bin doch hier«, sagte ich. »Mir ist nichts passiert.« Der weiße Staub, der in der Luft schwebte, brachte mich zum Husten. »Ich habe mein Feldbett aus dem Querschiff gerückt.«

Mit einem Ruck wandte er sich an die Putzfrauen und fragte:

»Was liegt hier drunter?«

»Bloß der Gaskocher«, antwortete eine schüchtern

aus ihrer dunklen Ecke. »Und Mrs. Galbraiths Taschenbuch.«

Er wühlte so lange in dem Schutthaufen, bis er beides fand. Aus dem Kocher entströmte Gas, die Flamme war erloschen.

»Also hast du uns und St. Paul doch gerettet«, sagte ich. Ich stand da in Unterwäsche und Stiefeln, in der Hand die überflüssige Pumpe. »Wir hätten alle an Gasvergiftung sterben können.«

Er erhob sich aus seiner gebückten Haltung. »Ich hätte dich nicht retten sollen«, sagte er.

Erstes Stadium: Schockzustand, Abgestumpftheit, Verletzungen werden nicht bemerkt, unzusammenhängendes Gestammel. Er wußte noch nicht, daß seine Hand blutete. An seine Worte würde er sich später nicht mehr erinnern. Ich hätte dich nicht retten sollen, hatte er gesagt.

»Ich hätte dich nicht retten sollen«, wiederholte er. »Ich muß an meine Pflicht denken.«

»Du blutest!« versetzte ich scharf. »Leg dich lieber einen Moment hin.« Ich sprach jetzt genauso wie Langby damals in der Galerie.

13. Oktober

Es war eine hochexplosive Sprengbombe. Sie riß ein Loch in das Dach der Empore; einige Marmorstatuen wurden zertrümmert; die Decke der Krypta brach jedoch nicht ein, wie ich befürchtet hatte. Nur etwas Verputz kam herunter.

Ich glaube nicht, daß Langby weiß, was er sagte. Für mich ist das ein Vorteil, jetzt weiß ich wenigstens, aus welcher Richtung die Gefahr droht, und kann mich darauf einstellen. Aber was nützt mir das alles, solange ich keine Ahnung habe, was er im Schilde führt und wann er losschlägt?

Mit Sicherheit sitzt die Information über die Bombe

von gestern irgendwo in meinem Langzeitgedächtnis, doch dieses Mal hat selbst der herunterbröckelnde Verputz keine Erinnerung ausgelöst. Im Augenblick bemühe ich mich nicht mal zu memorieren. Ich liege in der Dunkelheit und warte darauf, daß die Decke auf mich herunterkommt. Und ich denke darüber nach, wie Langby mir das Leben rettete.

15. Oktober

Heute war das Mädchen wieder da. Sie war immer noch erkältet, aber eine bezahlte Arbeit hatte sie gefunden. Eine richtige Augenweide. Sie trug eine schicke Uniform, offene Sandalen, und das krause Haar rahmte kunstvoll ihr Gesicht ein. Wir sind immer noch dabei, den Schutt fortzuräumen, den die Bombe losgerissen hat. Langby war mit Allen unterwegs, um Bretter zu besorgen, mit denen sie die Empore ausbessern wollen, deshalb ließ ich das Mädchen auf mich einschnattern, während ich fegte. Der Staub brachte sie zum Niesen, aber dieses Mal wußte ich wenigstens, was sie tat.

Sie erzählte mir, daß sie Enola heißt und jetzt beim FFD arbeitete. Sie betreibt eine der rollenden Kantinen, die zu den Brandstellen geschickt werden. In erster Linie kam sie zu mir, um sich für den Job zu bedanken. Sie sagte mir, nachdem sie dem FFD erzählt hatte, für eine Kantine gäbe es in St. Paul keinen sicheren Schutz, hätte man sie für die City eingeteilt. »Wenn ich Feierabend habe, komme ich mal rasch vorbei und erzähle dir, wie es läuft, ja?«

Sie und ihr Bruder schlafen immer noch in der U-Bahnstation. Ich fragte sie, ob man dort sicher sei. Sie meinte, nein, aber da unten höre man wenigstens nicht die Bombe, die einen erwische, und das sei ein Segen.

18. Oktober

Ich bin so müde, daß ich kaum schreiben kann. Neun Brandbomben heute nacht und eine Fallschirmmine, die um ein Haar auf der Kuppel gelandet wäre, hätte der Wind sie nicht im letzten Moment von der Kirche weggetrieben. Zwei der Brandbomben löschte ich. Seit ich hier bin, habe ich das mindestens zwanzigmal getan und bei Dutzenden anderen geholfen, doch das genügt alles nicht. Eine Brandbombe – ich muß Langby nur mal zufällig aus den Augen verlieren –, und die ganze Mühe war vergebens.

Ich weiß, daß ich mich zum Teil deshalb so ausgelaugt fühle. Jede Nacht gehe ich bis an die Grenze meiner Kräfte, wenn ich versuche, meine Aufgabe zu erledigen; ich beobachte Langby und passe gleichzeitig auf, wo eine Brandbombe hinfällt. Dann gehe ich in die Krypta zurück und konzentriere mich darauf, etwas in mein Kurzzeitgedächtnis abzurufen – alles, was mit Spionen zusammenhängt, Feuersbrünste, St. Paul im Herbst 1940. Mich quält die Vorstellung, nicht genug zu tun, aber was soll ich sonst noch machen? Ich fühle mich genauso ausgeliefert wie die armen Leute hier, die keine Ahnung haben, was morgen passiert.

Wenn es sein muß, mache ich so weiter wie jetzt, bis ich zurückgeholt werde. So lange ich hier bin und die Brandbomben lösche, kann er St. Paul nicht in Flammen aufgehen lassen. ›Ich muß an meine Pflicht denken‹, hatte Langby in der Krypta gesagt.

Und ich denke an meine Pflicht.

21. Oktober

Die Explosion war vor zwei Wochen, und mir fällt gerade ein, daß wir den Kater seitdem nicht mehr gesehen haben. In dem Schutt der Krypta war er nicht. Obwohl Langby und ich sicher waren, daß sich in den

Trümmern nichts befand, suchten wir den Haufen noch zweimal gründlich durch. Aber der Kater hätte auch auf der Empore sein können.

Der alte Bence-Jones meint, wir sollten uns keine Sorgen machen. »Dem ist nichts passiert«, sagte er. »Die Jerrys können ganz London zerbomben, aber wenn sie dann hier einmarschieren, kommen ihnen die Katzen aus den Trümmern entgegen. Und weißt du, warum? Sie haben kein Herz, sie lieben keinen. Das ist es doch, was die meisten von uns umbringt. Neulich nachts kam eine alte Frau draußen in Stepney ums Leben, weil sie ihre Katze suchen wollte. Das Biest versteckte sich in einem Anderson-Unterstand.«

»Und wo könnte der Kater jetzt sein?«

»Irgendwo an einem sicheren Ort, darauf kannst du Gift nehmen. Wenn er sich nicht mehr in unserer Gegend herumtreibt, dann bedeutet das, daß wir dran sind. Früher hieß es, die Ratten verlassen ein sinkendes Schiff, aber das stimmt nicht. Es sind die Katzen, nicht die Ratten.«

25. Oktober

Langbys Tourist tauchte wieder auf. Er kann nicht schon wieder das Windmill-Theater suchen. Heute trug er auch eine Zeitung unter dem Arm, und er fragte nach Langby. Aber der war mit Allen unterwegs, um die Feuerwehrmäntel aus Asbest zu holen. Ich sah den Namen der Zeitung. *Der Arbeiter.* Ein Nazi-Blatt?

2. November

Seit einer Woche bin ich auf den Dächern und helfe ein paar unfähigen Handwerkern, das Loch zu flicken, das die Bombe gerissen hat. Sie machen nichts als Murks. Auf einer Seite klafft immer noch eine Lücke, durch die ein Mann fallen könnte, aber sie behaupten, das sei nicht schlimm, denn man fiele ja nicht tiefer als bis zur Decke, und ›dieser Sturz bringt einen nicht um‹. Offenbar begreifen sie nicht, daß das das ideale Versteck für eine Brandbombe ist.

Und mehr braucht Langby gar nicht. Es ist nicht nötig, daß er selbst ein Feuer legt, wenn er St. Paul zerstören will. Er muß lediglich eine Bombe brennen lassen, bis es zum Löschen zu spät ist.

Bei den Handwerkern kam ich nicht weiter. Ich ging nach unten in die Kirche, um mich bei Matthews zu beschweren; dabei sah ich Langby und seinen Touristen hinter einer Säule stehen, unweit eines der Fenster. Langby hielt eine Zeitung in der Hand und sprach mit dem Mann. Als ich nach einer Stunde wieder aus der Bibliothek zurückkam, standen die beiden immer noch da. Die Lücke im Dach ist ebenfalls geblieben. Matthews meint, wir sollen Bretter darüberlegen und das Beste hoffen.

5. November

Ich habe den Versuch aufgegeben, mein Gedächtnis anzuzapfen. Ich bin so übermüdet, daß ich nicht mal Informationen über eine Zeitung abrufen kann, deren Namen ich weiß. Doppelte Wache ist jetzt das übliche. Unsere Putzfrauen haben uns mittlerweile verlassen (wie der Kater), so daß es in der Krypta ruhig ist, aber ich kann trotzdem nicht schlafen.

Und wenn ich mal eindöse, träume ich. Gestern träumte ich, Kivrin sei auf den Dächern, angezogen wie eine Heilige. »Worin bestand das Geheimnis deines Praktikums?« fragte ich sie. »Was solltest du herausfinden?«

Mit einem Taschentuch putzte sie sich die Nase. »Zweierlei. Erstens, daß Schweigen und Demut die heiligen Pflichten des Historikers sind. Zweitens«, sie unterbrach sich und nieste ins Taschentuch, »daß man nicht in den U-Bahnschächten schlafen soll.«

Ich setze meine ganze Hoffnung darauf, daß ich mir ein Stimulans verschaffen und eine Trance herbeiführen kann. Aber das ist ein Problem. Ich bin mir sicher, daß es für chemische Endorphine noch zu früh ist, und wahrscheinlich gibt es auch noch keine Halluzinogene. An Alkohol ist heranzukommen, aber ich brauche etwas Konzentrierteres als Ale, das einzige alkoholhaltige Getränk, dessen Namen ich weiß. Ich traue mich nicht, einen von der Wache zu fragen. Langby habe ich schon mißtrauisch genug gemacht. Ich muß also wieder mal das OEL zu Rate ziehen, um ein Wort nachzuschlagen, das ich nicht kenne.

11. November

Der Kater ist wieder da. Langby war noch mal mit Allen unterwegs, sie versuchen immer noch, die Asbestmäntel zu bekommen, deshalb konnte ich es wagen, St. Paul zu verlassen. Ich lief zu einem Lebensmittelgeschäft, um Vorräte zu kaufen und, wie ich hoffte, ein Stimulans. Es war schon spät, und es gab Fliegeralarm, ehe ich Cheapside erreichte, aber normalerweise beginnen die Angriffe erst, wenn es ganz dunkel ist. Es dauerte eine Weile, bis ich alle Lebensmittel zusammen hatte und den Mut fand, den Ladenbesitzer nach Alkohol zu fragen. Er sagte mir, ich solle in eine Kneipe gehen. Als ich aus dem Geschäft nach draußen trat, war mir zumute, als fiele ich in ein tiefes Loch.

Ich hatte weder eine Ahnung, wo St. Paul lag, noch wo ich mich befand. Der Bürgersteig, auf dem ich stand, war weg, und die Hand, in der ich die braune Tüte mit den Räucherfischen und dem Brot hielt, hätte ich nicht vor Augen sehen können.

Ich wickelte mir den Schal fester um den Hals und betete, meine Augen sollten sich an die Finsternis gewöhnen, doch nirgendwo gab es einen Lichtschimmer, an dem ich mich hätte orientieren können. Jetzt wünschte ich mir den Mond herbei, den alle von der Brandwache verfluchen und von dem wir sagen, er sei ein Mitglied der Fünften Kolonne. Oder einen Bus mit abgeblendeten Scheinwerfern. Oder den Strahl eines Suchscheinwerfers. Oder das grelle Aufblitzen einer Flakkanone. Egal was.

Dann sah ich tatsächlich einen Bus, zwei weitentfernte schmale gelbe Schlitze. Ich steuerte darauf zu und wäre um ein Haar von der Bordsteinkante gestolpert. Das bedeutete, daß der Bus mir schräg gegenüber auf der Straße stand, was wiederum bedeutete, daß es gar kein Bus sein konnte. Ganz in meiner Nähe miaute eine Katze und schmiegte sich an mein Bein. Ich blickte nach unten in die gelben Lichter, die ich für abgeblendete Scheinwerfer gehalten hatte. In den Augen des Katers sammelte sich irgendwelches Licht, obwohl ich geschworen hätte, im Umkreis von Meilen gäbe es keines, und das reflektierte zu mir herauf.

»Dich erwischt noch ein Schutzmann, weil du nicht verdunkelt hast, alter Bursche«, sagte ich. In diesem Moment dröhnte ein Flugzeug über uns hinweg. »Oder ein Jerry.«

Mit einem Schlag war die Welt taghell erleuchtet. Fast gleichzeitig schien das Themseufer zu glühen, und Suchscheinwerfer blitzten auf. Ich trat den gutbeleuchteten Heimweg an.

»Kamst du mich abholen, alter Bursche?« fragte ich fröhlich. »Wo hast du denn so lange gesteckt? Du wußtest wohl, daß uns die Heringe ausgegangen waren, wie? Das nenne ich Treue.«

Ich sprach den ganzen Weg über mit ihm, und dann gab ich ihm eine halbe Büchse Heringe, weil er mir das Leben gerettet hatte. Bence-Jones meinte, er hätte gerochen, daß es in dem Lebensmittelgeschäft Milch gab.

13. November

Mir träumte, ich hätte mich in der Verdunkelung verlaufen. Ich konnte die Hand nicht vor Augen sehen, und dann kam Dunworthy und leuchtete mir mit einer Taschenlampe. Aber ich sah nur den Weg, den ich gekommen war, und nicht den, den ich gehen wollte.

»Was nützt ihnen dann die Lampe?« fragte ich. »Sie brauchen ein Licht, das ihnen zeigt, wohin sie gehen.«

»Auch wenn es der Widerschein von der Themse ist? Oder das Flackern der Brände und das Geschützfeuer?«

»Ja. Alles ist besser als diese schreckliche Finsternis.« Er kam zu mir und gab mir die Taschenlampe. Es war aber keine, sondern es war die Laterne, die Jesus auf dem Gemälde von Hunt im südlichen Mittelschiff hochhält. Ich richtete den Strahl vor mich auf den Bürgersteig, damit ich den Heimweg fand, doch statt dessen beleuchtete er den Stein der Brandwache. Hastig machte ich das Licht wieder aus.

20. November

Heute unternahm ich einen Anlauf, um mit Langby zu sprechen. »Ich sah, wie du dich mit dem alten Mann unterhieltst«, sagte ich. Es klang wie ein Vorwurf. So sollte es auch sein. Er mußte merken, daß ich auf ihn aufpaßte, vielleicht gab er seine Pläne dann auf.

»Ich las ihm etwas vor«, gab er zurück. »Ich unterhielt mich nicht mit ihm.« Er schaffte Ordnung auf der Empore, stapelte Sandsäcke aufeinander.

»Dann sah ich eben, wie du ihm vorgelesen hast«, sagte ich streitlustig. Er ließ einen Sack fallen und richtete sich auf.

»Na und?« fragte er. »Wir leben in einem freien Land. Wer will mich daran hindern, daß ich einem alten Mann etwas vorlese? Dir sagt ja auch keiner was, wenn du dich mit dieser FFD-Schnepfe unterhältst.«

»Was hast du ihm denn vorgelesen?« fragte ich.

»Alles mögliche. Er ist ein alter Mann. Wenn er früher von der Arbeit kam, trank er einen Schluck Brandy und ließ sich von seiner Frau aus der Zeitung vorlesen. Sie kam bei einem Luftangriff ums Leben. Jetzt lese ich ihm vor. Ich weiß gar nicht, was dich das überhaupt angeht.«

Es klang ehrlich. Es hatte nicht den beiläufigen Unterton einer Lüge. Ich hätte ihm geglaubt, wenn ich nicht schon einmal gehört hätte, wie seine Stimme klang, wenn er die Wahrheit sagte. Damals in der Krypta. Nach dem Treffer.

»Ich dachte, er sei ein Tourist, der das Windmill-Theater sucht.«

Höchstens eine Sekunde lang machte er ein verdutztes Gesicht, dann antwortete er: »Ach so, ja. Er kam mit der Zeitung zu mir und fragte mich, wo das läge. Ich mußte nachschauen und die Adresse heraussuchen. Schlau gemacht. Ich kam nicht auf die Idee, daß er selbst nicht lesen kann.« Das genügte mir. Ich wußte, daß er log.

Er wuchtete mir einen Sandsack beinahe auf die Füße. »Aber so etwas verstehst du nicht, oder? Einen simplen Akt von Freundlichkeit.«

»Nein«, entgegnete ich kühl, »das verstehe ich wirklich nicht.«

Bewiesen ist damit aber noch gar nichts. Er verriet nichts, außer vielleicht den Namen eines Stimulans, aber ich kann wohl kaum zum Dekan gehen und Langby anzeigen, weil er jemandem vorgelesen hat.

Ich wartete, bis er auf der Empore fertig war und wieder nach unten in die Krypta ging. Dann schleppte ich einen Sandsack auf das Dach und herüber zu dem Loch. Bis jetzt haben die Bretter gehalten, aber jeder schlägt einen großen Bogen darum, als befände sich darunter ein Grab. Ich schlitzte den Sack auf und schüttete den Sand in die Öffnung. Falls Langby auf die Idee kommt, daß das die ideale Stelle für eine Brandbombe ist, dann wird sie vielleicht durch den Sand erstickt.

21. November

Heute gab ich Enola etwas von ›Onkels‹ Geld und bat sie, mir den Brandy zu besorgen. Sie zierte sich länger, als ich dachte, offenbar gibt es soziale Komplikationen, die ich nicht kenne, aber dann willigte sie ein.

Warum sie hierherkam, weiß ich nicht. Sie fing an, mir von ihrem Bruder zu erzählen, der im U-Bahntunnel irgendeinen Unfug angestellt und Scherereien mit der Aufsicht bekommen hatte. Aber nach meiner Frage wegen des Brandys verzog sie sich, ohne mir die Geschichte ganz zu erzählen.

25. November

Heute kam Enola, aber ohne den Brandy. Sie fährt nach Bath, um ihre Tante zu besuchen. Dort ist sie wenigstens vor den Fliegerangriffen sicher. Um sie brauche ich mir keine Sorgen zu machen. Sie erzählte mir die Geschichte von ihrem Bruder zu Ende und sagte, sie hoffte, ihre Tante würde Tom für die Dauer des Blitzkriegs bei sich behalten. Sie zweifelte jedoch daran.

Tom scheint mir nicht so sehr ein liebenswerter Lausebengel, sondern eher ein jugendlicher Krimineller zu sein. Zweimal hat man ihn in der Bank der U-Bahnstation beim Taschendiebstahl erwischt, und sie mußten nach Marble Arch zurück. Ich tröstete sie, so gut ich konnte, und sagte, jeder Junge käme mal ins Rüpelalter. Am liebsten hätte ich ihr gesagt, um Tom brauche ihr nicht bange zu sein, für mich sei er einer von denen, die überall durchkommen, so wie mein

Kater oder wie Langby. Die kennen keinen anderen außer sich selbst, sie besitzen die besten Voraussetzungen, um den Blitzkrieg zu überleben und in der Zukunft für sich zu sorgen.

Dann fragte ich sie, ob sie den Brandy gekauft hatte.

Sie schaute auf ihre Sandalen hinunter und murmelte unglücklich: »Ich dachte, den hättest du schon vergessen.«

Ich erfand eine Geschichte und log ihr vor, die Wachen würden abwechselnd eine Flasche spendieren, und ihre Miene hellte sich ein bißchen auf, aber ich habe den Verdacht, daß sie die Reise nach Bath zum Vorwand nehmen wird, um mir den Brandy nicht zu besorgen. Also muß ich selbst losziehen und mir eine Flasche kaufen, nur traue ich mich nicht, Langby allein in der Kirche zu lassen. Ich nahm ihr das Versprechen ab, mir heute vor ihrer Abreise den Brandy zu bringen. Bis jetzt war sie noch nicht da, und die Sirenen haben schon Fliegeralarm gemeldet.

26. November

Keine Enola, und mir hatte sie gesagt, ihr Zug ginge mittags um zwölf. Eigentlich sollte ich froh sein, daß sie aus London fort und in Sicherheit ist. Vielleicht kuriert sie in Bath endlich ihre Erkältung aus.

Heute abend kam eines von den ZVD-Mädels hereingefegt und lieh sich die Hälfte unserer Feldbetten aus. Sie erzählte uns, im East End hätte ein Straßenschutzraum einen Volltreffer abgekriegt. Vier Tote, zwölf Verwundete. »Gott sei Dank war's keine von den U-Bahnstationen«, meinte sie. »Das wäre ja eine echte Katastrophe, nicht?«

30. November

Ich träumte, ich hätte den Kater nach St. John's Wood mitgenommen.

»Soll das eine Rettungsmission sein?« fragte Dunworthy.

»Nein, Sir«, antwortete ich stolz. »Ich weiß jetzt, was ich während meines Praktikums entdecken sollte. Ein Wesen, das die idealen Eigenschaften zum Überleben besitzt. Zähigkeit, Findigkeit und Egoismus. Das hier ist das einzige, das ich finden konnte. Langby mußte ich nämlich töten, damit er St. Paul nicht in Brand steckte. Enolas Bruder fuhr nach Bath, und die anderen schafften es ohnehin nicht. Enola trägt im Winter offene Sandalen, schläft in U-Bahnschächten und dreht sich das Haar auf Metallrollen, damit es sich kraust. Den Blitzkrieg überlebt sie bestimmt nicht.«

Dunworthy meinte: »Vielleicht wäre es besser gewesen, Sie hätten sie gerettet. Wie hieß sie doch noch?«

»Kivrin.« Zitternd und frierend wachte ich auf.

6. Dezember

Ich träumte, Langby hätte die Präzisionsbombe. Er trug sie unter dem Arm wie ein in Packpapier gewickeltes Paket. Er kam aus der U-Bahnstation St. Paul und Ludgate Hill hinauf. Als er zum Westportal hineinwollte, versperrte ich ihm den Weg. »Das ist nicht fair«, sagte ich und breitete die Arme aus. »Die Brandwache ist nicht im Einsatz.«

Er drückte sich die Bombe an die Brust, als sei sie ein Kissen. »Das ist deine Schuld«, sagte er. Bevor ich Handpumpe und Eimer holen konnte, warf er sie durch die Tür.

Die Präzisionsbombe wurde erst gegen Ende des zwanzigsten Jahrhunderts erfunden, und dann dauerte es noch zehn Jahre, bis die bankrotten Kommunisten sie so weiterentwickelten, daß man sie unter dem Arm tragen konnte. Ein Paket, das imstande war, ein ganzes Stadtviertel auszulöschen. Gott sei Dank kann sich dieser Traum nicht erfüllen.

Im Traum hatte die Sonne geschienen, und als ich heute früh die Wache beendete, kam zum erstenmal seit Wochen wieder die Sonne durch. Ich ging in die Krypta hinunter, doch dann stieg ich noch einmal auf die Dächer und drehte zwei Runden. Ich spähte in Spalten, Gänge, in sämtliche tückischen Winkel, in denen eine Brandbombe ungesehen liegenbleiben konnte. Danach war mir wohler zumute, aber als ich einschlief, träumte ich schon wieder. Dieses Mal von einem Feuer, das Langby lächelnd beobachtete.

15. Dezember

Heute morgen fand ich den Kater. Gestern nacht schwere Fliegerangriffe, doch die meisten über Canning Town. Auf den Dächern spielte sich nichts Nennenswertes ab. Trotzdem war der Kater tot. Ich fand ihn auf der Treppe, als ich heute früh meinen privaten Rundgang machte. Es muß eine Druckwelle gewesen sein. Er zeigte keinerlei Verletzungen, aber als ich ihn hochhob, fühlte er sich unter dem Fell an wie Gelee.

Ich wußte nicht, was ich mit ihm machen sollte. Einen verrückten Augenblick lang spielte ich mit dem Gedanken, Matthews zu fragen, ob ich ihn in der Krypta begraben durfte. Heldentod oder etwas in dieser Richtung. Trafalgar, Waterloo, London, in der Schlacht gefallen. Schließlich wickelte ich ihn in meinen Schal und trug ihn den Ludgate Hill hinunter zu einem ausgebombten Haus. Ich begrub ihn in den Trümmern. Obwohl das Unsinn ist. Die Trümmer bieten keinen Schutz vor Ratten und Hunden, und einen neuen Schal kriege ich auch nicht. Das Geld meines Onkels ist fast aufgebraucht.

Eigentlich darf ich gar nicht hier sitzen. Ich habe noch nicht in den Gängen und auf dem Rest der Treppe nachgesehen, und irgendwo könnte ein Blindgänger oder ein Spätzünder liegen.

Als ich herkam, hielt ich mich für den edlen Retter, den Erlöser der Vergangenheit. Ich erfülle meine Aufgabe nicht besonders gut. Wenigstens ist Enola in Sicherheit. Ich wünsche mir, es gäbe eine Möglichkeit, auch St. Paul nach Bath zu schicken. Gestern nacht gab es kaum Angriffe. Bence-Jones hat behauptet, Katzen überlebten alles. Oder soll das ein Zeichen sein, will er mich nach Hause zurückholen? Die Bomben fielen alle auf Canning Town.

16. Dezember

Seit einer Woche ist Enola zurück. Mich traf fast der Schlag, als ich sie auf der Westtreppe stehen sah, wo ich den Kater gefunden hatte. Jetzt schläft sie also wieder in Marble Arch, wo es überhaupt nicht sicher ist. »Ich dachte, du seist in Bath«, äußerte ich verdutzt.

»Meine Tante hat Tom aufgenommen, aber ich durfte nicht bleiben. Sie hat das ganze Haus voller Evakuierungskinder, die veranstalten vielleicht einen Lärm! Wo hast du deinen Schal? Hier oben ist es doch schrecklich kalt.«

»Ich…«, stotterte ich, unfähig, eine Antwort zu geben, »ich habe ihn verloren.«

»Einen neuen kriegst du bestimmt nicht«, sagte sie. »Demnächst soll Kleidung rationiert werden. Wolle auch. Einen so schönen Schal bekommst du nie wieder.«

»Ich weiß«, sagte ich und blinzelte sie an.

»Wie kann man einen so guten Schal nur verlieren!« schimpfte sie. »So was müßte bestraft werden.«

Ich glaube, ich erwiderte gar nichts darauf, sondern drehte mich einfach um und marschierte mit gesenktem Kopf los, nach Bomben und toten Tieren Ausschau haltend.

20. Dezember
Langby ist kein Nazi. Er ist Kommunist. Ich kann das kaum niederschreiben. Ein Kommunist.

Eine Putzfrau fand den *Arbeiter,* eingeklemmt hinter einer Säule, und brachte die Zeitung in die Krypta mit, gerade als wir von der ersten Wache kamen.

»Verdammte Kommunisten!« fluchte Bence-Jones. »Die unterstützen doch Hitler. Schimpfen auf den König und stiften Unruhe in den Schutzkellern. Verräter sind das, weiter nichts.«

»Die sind genauso für England wie du«, meinte die Putzfrau.

»Die sind für niemand, die lieben nur sich selbst, ein ganz egoistisches Pack ist das. Ich würde mich nicht wundern, wenn mir jemand erzählte, daß die mit Hitler telefonieren«, entgegnete Bence-Jones. »Hallo, Adolf, da und da mußt du die Bomber hinschicken.«

Der Kessel auf dem Gaskocher pfiff. Die Putzfrau stand auf, goß das heiße Wasser in eine angeschlagene Teekanne und setzte sich dann wieder hin. »Nur weil die ihre Meinung sagen, heißt das noch lange nicht, daß sie unseren guten alten St. Paul abbrennen wollen.«

»Natürlich nicht«, sagte Langby, der die Treppe herunterkam. Er setzte sich, zog sich die Stiefel aus und bewegte die Zehen, die in Wollsocken steckten. »Wer will St. Paul nicht abbrennen?«

»Die Kommunisten«, antwortete Bence-Jones und sah ihm dabei ins Gesicht. Ich fragte mich, ob er Langby auch verdächtigte.

Langby verzog keine Miene. »Wegen der Kommunisten brauchst du dir keine Sorgen zu machen. Die Jerrys legen sich mächtig ins Zeug, um St. Paul heute nacht abzubrennen. Sechs Brandbomben bis jetzt, und eine wäre beinahe in das Loch über der Empore gefallen.« Er hielt der Putzfrau seine Tasse hin, und sie schenkte ihm Tee ein.

Am liebsten hätte ich ihn umgebracht, ihn auf dem Boden der Krypta in Stücke zerschmettert, als Bence-Jones und die Putzfrau ihn hilflos und verdutzt angafften. Es gärte in mir, ihnen und den anderen von der Wache Warnungen zuzubrüllen. »Wißt ihr denn nicht, was die Kommunisten taten?« wollte ich schreien. »Habt ihr denn keine Ahnung? Wir müssen ihn unschädlich machen.« Ich stand sogar auf und ging einen Schritt auf ihn zu. Er saß da, die Beine ausgestreckt, den Asbestmantel noch über den Schultern.

Dann sah ich die in Gold getauchte Galerie und den Kommunisten, wie er, das Paket lässig unter dem Arm, die U-Bahnstation verläßt. Das Gefühl der Schuld und Hilflosigkeit löste in mir wieder diesen schrecklichen Schwindelanfall aus, und ich mußte mich auf mein Feldbett setzen. Ich überlegte, was ich tun sollte.

Sie erkennen nicht die Gefahr. Selbst Bence-Jones mit seinem Gerede über Verräter traut den Kommunisten höchstens zu, daß sie gegen den König hetzen. Sie wissen nicht, woher sollten sie auch, was aus den Kommunisten einmal wird. Stalin ist ein Verbündeter. Kommunisten bedeuten Rußland. Von Karinsky oder dem Neuen Rußland oder den anderen Sachen, die später aus ›Kommunisten‹ ein Synonym für ›Ungeheuer‹ machen, haben sie nie etwas gehört. Sie werden es niemals erfahren. Wenn die Kommunisten sich zu dem entwickelt haben, was sie wurden, gibt es keine Brandwache mehr. Ich bin der einzige, der weiß, was es bedeutet, wenn hier in St. Paul so beiläufig über ›Kommunisten‹ gesprochen wird.

Ein Kommunist. Darauf hätte ich gleich kommen müssen.

22. Dezember

Schon wieder doppelte Wache. Ich habe keinen Schlaf mitbekommen und merke, wie ich immer wackliger auf den Beinen werde. Heute morgen wäre ich um ein Haar in das Loch gestürzt, ich konnte mich nur retten, indem ich mich auf die Knie fallen ließ. Mein Endorphinpegel schwankt heftig, und wenn ich nicht bald zum Schlafen komme, werde ich eine von Langbys wandelnden Leichen. Aber ich traue mich nicht, ihn unbeobachtet zu lassen, ob auf den Dächern, in der Kirche mit seinem kommunistischen Parteiführer oder sonstwo. Mittlerweile beobachte ich ihn sogar, wenn er schläft.

Wenn ich nur von irgendwoher ein Stimulans bekäme, könnte ich wahrscheinlich selbst in meiner augenblicklich jämmerlichen Verfassung eine Trance herbeiführen. Doch ich kann nicht mal in eine Kneipe gehen. Langby hält sich ständig auf den Dächern auf und wartet auf seine Chance. Wenn Enola wiederkommt, muß ich sie drängen, daß sie mir den Brandy besorgt. Mir bleiben ja nur noch wenige Tage.

28. Dezember

Heute morgen kam Enola. Ich befand mich gerade im Westportal und hob den Weichnachtsbaum auf. Schon das dritte Mal hat ihn nachts eine Druckwelle umgeworfen. Ich rückte den Baum gerade und bückte mich nach dem herabgefallenen Glitzerschmuck, als Enola plötzlich aus dem Nebel auftauchte wie eine fröhliche Heilige. Sie ging rasch in die Hocke und drückte mir einen Kuß auf die Wange. Dann richtete sie sich wieder auf und gab mir eine in buntes Papier gewickelte Schachtel.

»Frohe Weihnachten!« sagte sie. »Na los, mach schon auf! Das ist ein Geschenk für dich.«

Ich habe fast keine Reflexe mehr. Ich wußte, daß die

Schachtel für eine Flasche Brandy viel zu flach war. Trotzdem glaubte ich, sie hätte sich erinnert und mir die Rettung gebracht. »Du bist ein Schatz«, sagte ich, während ich die Verpackung aufriß.

Es war ein Schal. Graue Wolle. Ich starrte mindestens eine halbe Minute darauf, ehe ich begriff, was das sein sollte. »Wo ist der Brandy?« fragte ich.

Sie machte ein erschrockenes Gesicht. Ihre Nase wurde noch röter, und ihre Augen schwammen in Tränen. »Den Schal brauchst du dringender. Du hast doch keine Kleidermarken, und du mußt andauernd draußen stehen. In den letzten Tagen war es erbärmlich kalt.«

»Ich brauche aber den Brandy«, entgegnete ich verärgert.

»Ich wollte nur nett zu dir sein.« Sie hätte noch mehr gesagt, aber ich fiel ihr ins Wort.

»Nett?« fragte ich. »Ich habe dich gebeten, mir Brandy zu besorgen. Ich kann mich nicht erinnern, den Wunsch nach einem Schal geäußert zu haben.«

Ich gab ihn ihr zurück und begann, eine Girlande aus bunten Lichtern zu entwirren, die beim Fallen zerplatzt waren.

Sie setzte die gleiche Märtyrermiene auf, wie Kivrin das so gut kann.

»Dabei mache ich mir die ganze Zeit über Sorgen um dich«, sprudelte sie los. »Die versuchen doch, St. Paul zu treffen, weißt du. Und der Fluß liegt so nah. Ich finde, du solltest lieber nicht trinken. Ich… es ist ein Verbrechen, wenn du nicht auf dich aufpaßt, wo sie alles tun, um uns umzubringen. Es ist ja fast so, als ob du mit ihnen gemeinsame Sache machtest. Manchmal habe ich Angst, daß ich eines Tages hier hochkomme, und du bist nicht mehr da.«

»Und was nützt mir der Schal? Soll ich ihn mir über den Kopf halten, wenn sie die Bomben werfen?«

Sie machte kehrt und lief fort. Schon nach zwei Schritten hatte der graue Nebel sie verschluckt. Ich wollte ihr hinterher, aber ich verhedderte mich in der Lichterkette, die ich immer noch in der Hand hielt, stolperte und fiel beinahe sämtliche Stufen bis zum Fuß der Treppe hinunter.

Langby half mir beim Aufstehen. »Deine Wache ist gestrichen«, sagte er mit grimmiger Miene.

»Das kannst du nicht tun«, erwiderte ich.

»O doch, das kann ich. Oben auf den Dächern will ich keine wandelnden Leichen bei mir haben.«

Ich ließ mich von ihm nach unten in die Krypta bringen, er brühte mir eine Tasse Tee auf, brachte mich zu Bett, alles sehr fürsorglich. Er verrät durch nichts, daß er auf diese Situation nur gelauert hat. Ich bleibe hier liegen, bis die Sirenen heulen. Wenn ich erst mal oben auf den Dächern bin, kann er mich nicht zurückschicken, ohne sich verdächtig zu machen. Wissen Sie, was er sagte, ehe er ging, angetan mit Gummistiefeln und Asbestmantel, die opferbereite Brandwache?

»Ich will jetzt, daß du schläfst.« Als ob ich schlafen könnte, solange ich Langby oben auf den Dächern weiß. Ich will schließlich nicht bei lebendigem Leib verbrennen.

30. Dezember

Die Sirenen weckten mich, und der alte Bence-Jones sagte: »Das hat dir bestimmt gutgetan. Du schliefst einmal um die Uhr.«

»Was für ein Tag ist heute?« fragte ich, während ich nach meinen Stiefeln tauchte.

»Der neunundzwanzigste«, antwortete er. Als er sah, wie ich zur Tür stürzte, setzte er hinzu: »Du brauchst dich nicht zu beeilen. Heute nacht kommen sie spät. Vielleicht kommen sie auch gar nicht. Das wäre ein Segen. Wir haben Ebbe.«

An der Tür, die zur Treppe führte, blieb ich stehen. Ich hielt mich an den Steinen fest. »Ist St. Paul nichts passiert?«

»St. Paul steht noch«, antwortete er. »Schlecht geträumt?«

»Ja«, entgegnete ich und dachte an die Alpträume der vergangenen Wochen – wie ich in St. John's Wood die tote Katze auf dem Arm hielt, Langby mit seinem Paket und dem *Arbeiter* unter dem Arm, den Stein der Brandwache, auf den das helle Licht der Christuslaterne fiel. Dann wurde mir bewußt, daß ich dieses Mal überhaupt nichts geträumt hatte. Ich war in den Schlummer gefallen, um den ich gebetet hatte, der mir dabei half, mich zu erinnern.

Und dann kam die Erinnerung. Nicht die rauchenden Trümmer von St. Paul, nachdem die Kommunisten den Brand gelegt hatten. Eine Schlagzeile aus einer Tageszeitung. ›Bombe schlägt in Marble Arch ein. Explosion fordert achtzehn Todesopfer.‹ Das Datum war verschwommen, nur das Jahr wußte ich genau. 1940. Das Jahr 1940 hatte noch zwei Tage. Ich schnappte mir Mantel und Schal, flitzte die Treppe hoch und rannte über den Marmorboden.

»Wo zum Teufel willst du denn jetzt hin?« hörte ich Langby brüllen. Sehen konnte ich ihn nicht.

»Ich muß Enola retten!« rief ich. Meine Stimme hallte in dem dunklen Kirchenschiff. »Sie werden Marble Arch bombardieren.«

»Du kannst doch jetzt nicht weg!« schrie er mir nach. Er stand genau da, wo später der Brandwachenstein hinkommen sollte. »Es ist Ebbe. Du dreckiger…«

Den Rest hörte ich nicht mehr. Ich sauste die Stufen hinunter und warf mich in ein Taxi. Die Fahrt kostete mich beinahe mein letztes Geld, das Geld, das ich so sorgfältig für die Heimreise nach St. John's Wood gespart hatte. Als die ersten Bomben fielen, waren wir immer noch in der Oxford Street, und der Fahrer weigerte sich weiterzufahren. Er ließ mich in der Stockfinsternis aussteigen, und ich merkte, daß ich es nicht mehr rechtzeitig schaffte.

Explosion. Enola zusammengesunken auf der Treppe zum U-Bahnschacht, die Füße immer noch in den offenen Sandalen, äußerlich keine Verletzungen. Als ich sie hochheben will, fühlt sie sich unter der Haut wie Gelee an. Ich werde sie in den Schal, den sie mir schenkte, einwickeln müssen, weil ich zu spät kam. Einhundert Jahre war ich zurückgereist, und ich kam zu spät, um sie zu retten.

Die letzten Blocks legte ich rennend zurück, wobei ich mich an der Stellung der Geschütze orientierte, die sich im Hyde Park befinden mußten. Ich hetzte die Treppen zur Station Marble Arch hinunter. Die Frau am Schalter nahm mir meinen letzten Shilling für einen Fahrschein nach St. Paul ab. Ich steckte ihn in die Tasche und raste zur Treppe.

»Nicht rennen«, sagte sie gemütlich. »Nach links, bitte.« Die Tür zur rechten war mit Holzbarrikaden versperrt, das Metallgitter geschlossen und durch eine Kette gesichert. Das Schild, auf dem die Namen der U-Bahnstationen standen, mit Klebeband durchkreuzt. An die Barrikade hatte man ein neues Schild genagelt. Es wies nach links und trug die Aufschrift: »Alle Richtungen.«

Enola hockte weder auf der stehenden Rolltreppe, noch saß sie, den Rücken gegen die Wand gelehnt, im Tunnel. Ich erreichte die erste Treppe, kam aber nicht weiter. Auf den Stufen hatte sich eine Familie ausgebreitet, sie hielt dort offenbar ihre Teestunde ab. Butterbrote, ein kleiner Topf Marmelade, mit Pergamentpapier verschlossen, und auf einem Gaskocher wie dem, den Langby und ich aus dem Schutt gegraben hatten, stand ein Kessel. Unter dem ganzen Kram lag eine Decke, in deren Ecken Blumen eingestickt waren. Ich stand da und starrte auf die Teetafel, die sich wie ein Wasserfall über die Stufen erstreckte.

»Ich… Marble Arch…«, stotterte ich. Zwanzig weitere Personen kamen durch umherfliegende Kacheln ums Leben. »Sie dürfen sich hier nicht aufhalten.«

»Wir haben das gleiche Recht, uns hier aufzuhalten wie jeder andere«, entgegnete der Mann streitlustig. »Wie kommst du dazu, uns hier wegzujagen?«

Eine Frau, die Unterteller aus einem Karton holte, blickte erschrocken zu mir hoch. Der Kessel fing an zu pfeifen.

»Mach, daß du hier wegkommst«, sagte der Mann. »Hau schon ab!« Er machte mir Platz, damit ich vorbeikonnte. Ich paßte auf, daß ich nicht auf das bestickte Tuch trat.

»Entschuldigung«, sagte ich. »Ich suche jemand. Auf dem Bahnsteig.«

»Da drinnen findest du sie nie, Kumpel«, sagte der Mann und deutete mit dem Daumen in die Richtung. Ich spurtete an ihm vorbei, wobei ich beinahe doch noch auf das Tischtuch getreten wäre. Als ich um die Ecke bog, erwartete ich die Hölle.

Es war aber nicht die Hölle. Verkäuferinnen falteten Mäntel zusammen und stopften sie sich als Lehne in den Rücken. Sie machten fröhliche, mürrische oder böse Gesichter, aber sie sahen keineswegs aus wie Verdammte. Zwei Jungen balgten sich so lange um einen Shilling, bis er ihnen auf die Schienen fiel. Sie beugten sich über die Bahnsteigkante und beratschlagten, ob sie ihn holen sollten, dann rief ein Mann von der Aufsicht ihnen zu, sie müßten zurücktreten. Ein vollbesetzter Zug rumpelte vorbei. Eine Fliege setzte sich auf die Hand des Mannes, er schlug nach ihr und verfehlte sie. Die Jungen lachten. Hinter ihnen und vor ihnen, überall in den gekachelten Tunneln, in den Nischen der Eingänge und auf den Treppen, saßen oder lagen Menschen. Hunderte von Menschen.

Ich stolperte in die Vorhalle zurück und stieß dabei eine Teetasse um. Auf dem Tuch entstand ein großer nasser Fleck.

»Hab ich's dir nicht gesagt, Kumpel?« fragte der Mann aufgeräumt. »Das da drinnen ist die Hölle, nicht? Und unten ist es noch schlimmer.«

»Die Hölle«, sagte ich. »Ja.« Ich würde sie niemals finden. Ich konnte sie nicht retten. Ich betrachtete die Frau, die den Tee aufwischte, und mir fiel ein, daß ich sie auch nicht retten konnte. Nicht Enola, nicht den Kater, keinen von denen, die sich in diesen endlosen Treppenaufgängen und Sackgassen der Zeit verloren. Sie waren ja schon seit hundert Jahren tot, jede Rettung kam zu spät. Was vergangen ist, kann man nicht retten. Bestimmt hatte mich die Historische Fakultät deshalb hierhin geschickt, damit ich das lernte. Na schön, ich hab's begriffen. Kann ich jetzt wieder nach Hause zurück?

Natürlich nicht, mein lieber Junge. Du gabst dummerweise dein ganzes Geld für Taxifahrten und Brandy aus, und heute nacht lassen die Deutschen die City in Flammen aufgehen. (Jetzt, wo es zu spät ist, erinnere ich mich an alles. Achtundzwanzig Brandbomben auf den Dächern.) Langby bekommt seine Chance, und du erhältst deine schwerste Lektion. Du mußt einsehen, was du von Anfang an hättest wissen müssen: Du kannst St. Paul nicht retten.

Ich ging zum Bahnsteig zurück und wartete hinter der gelben Linie, bis ein Zug hielt. Den Fahrschein holte ich aus der Tasche und hielt ihn in der Hand, bis der Zug in der Station St. Paul einfuhr. Als ich nach draußen kam, wehte mir Rauch wie ein dünner Vorhang aus Wasser entgegen. St. Paul konnte ich nicht sehen.

»Es ist Ebbe«, sagte eine Frau mit tonloser Stimme. Ich stürzte in eine Grube, in der sich schlaffe Wasserschläuche wie Schlangen ringelten. Als ich die Hände hob, klebte an ihnen ein übelriechender Schlamm, und jetzt begriff ich endlich (zu spät), was die Ebbe bedeutete. Es gab kein Wasser, um die Brände zu löschen.

Ein Polizist trat mir in den Weg. Hilflos stand ich vor ihm und wußte nicht, was ich sagen sollte. »Für Zivilisten ist hier gesperrt«, belehrte er mich. »Diesmal hat es St. Paul erwischt.« Der Qualm ballte und türmte sich wie eine Gewitterwolke, es regnete Sprühschauer aus Funken, und darüber erhob sich die goldglänzende Kuppel.

»Ich gehöre zur Brandwache«, sagte ich. Er ließ mich vorbei, und dann war ich auf den Dächern.

Mein Endorphinpegel muß verrückt gespielt haben. Von diesem Zeitpunkt an haftet nichts mehr in meinem Kurzzeitgedächtnis, nur Bilder, die nicht zusammenpassen: die Leute in der Kirche, als wir Langby hinunterbrachten, ein paar hockten in einer Ecke zusammen und spielten Karten; der Wirbelsturm aus glühenden Holzsplittern in der Kuppel; der Fahrer des Krankenwagens, der wie Enola offene Sandalen trug und mir Salbe auf die verbrannten Hände schmierte. Das alles rankt sich um die einzige Szene, an die ich mich deutlich erinnere, wie ich mich an einem Seil zu Langby hinunterließ und ihm das Leben rettete.

Ich stand in der Nähe der Kuppel und blinzelte gegen den Qualm an. Die City war ein einziges Flammenmeer, und es kam mir so vor, als könne sich St. Paul allein durch die abstrahlende Hitze entzünden, durch den Höllenlärm zum Einsturz gebracht werden. Ich erspähte Bence-Jones am Nordwestturm, wie er mit einem Spaten auf eine Brandbombe einschlug. Langby stand mir ein bißchen zu nahe an der ausgebesserten Stelle, wo die Bombe das Loch gerissen hatte. Er sah in meine Richtung. Hinter ihm fiel mit Getöse eine Brandbombe auf das Dach. Ich drehte mich um, schnappte mir eine Schaufel, und als ich wieder hinblickte, war Langby nicht mehr da.

»Langby!« Obwohl ich aus Leibeskräften schrie, konnte ich meine eigene Stimme nicht hören. Er war in das Loch gestürzt, und keiner sah ihn oder die Brandbombe. Nur ich wußte, wo er war. Wie ich über das Dach kletterte, weiß ich nicht mehr. Ich glaube, ich schrie nach einem Seil. Jedenfalls bekam ich eines. Ich band es mir um die Taille, drückte die Enden einem von der Brandwache in die Hand und schwang mich über die Kante des Abbruchs. Der Widerschein der Flammen beleuchtete das Loch fast bis auf den Grund.

Unter mir sah ich einen Haufen weißlichen Schutts. Da drunten liegt er, dachte ich und sprang auf den Boden. Hier unten war es so eng, daß ich nicht wußte, wohin ich den Schutt räumen sollte. Ich hatte Angst, ich könnte Langby versehentlich mit einem Brocken treffen, und ich versuchte, die Stücke von dem Gebälk und Verputz hinter mich zu werfen, doch ich hatte kaum Platz, um mich umzudrehen. Einen fürchterlichen Augenblick lang meinte ich, er sei vielleicht gar nicht hier unten, und ich würde, wenn ich das zersplitterte Holz zur Seite räumte, nur die leere Bodenplatte sehen, wie damals in der Krypta.

Die Vorstellung, über ihn hinwegzukriechen, entsetzte mich. Ich durfte mir gar nicht erst ausmalen, ich träte auf seinen hilflosen toten Körper. Plötzlich tauchte seine Hand auf, wie die eines Gespenstes, und umklammerte meinen Knöchel. Ich arbeitete mit fieberhafter Eile, und Sekunden später hatte ich seinen Kopf befreit.

Er war totenblaß, doch mittlerweile flößte mir das keine Angst mehr ein. »Ich habe die Bombe erstickt«, sagte er. Ich starrte ihn an, stumm vor Erleichterung.

Einen hysterischen Augenblick lang war mir sogar nach Lachen zumute. So froh war ich, ihn zu sehen. Endlich fiel mir ein, was ich in dieser Situation sagen mußte.

»Alles okay?« fragte ich.

»Ja«, antwortete er und versuchte, sich auf einen Ellbogen zu stützen. »Du hast Pech gehabt.«

Er konnte nicht aufstehen. Als er sein Gewicht auf die rechte Seite verlagern wollte, stöhnte er vor Schmerzen und fiel zurück. Unter ihm knirschte widerlich der grobe Schutt. Ich versuchte, ihn vorsichtig anzuheben, damit ich sah, wo er sich verletzt hatte. Er mußte auf irgend etwas gefallen sein.

»Es hat keinen Zweck«, keuchte er. »Ich habe sie gelöscht.«

Ich verkniff es mir, ihn verblüfft anzusehen, denn ich nahm an, daß er phantasierte. Behutsam rollte ich ihn auf die Seite zurück.

»Ich weiß, daß du auf diese gewartet hast«, fuhr er fort, ohne sich gegen mich zu sträuben. »Bei den vielen Dächern mußte das früher oder später ja passieren. Aber ich habe aufgepaßt. Was wirst du deinen Freunden jetzt erzählen?«

Sein Asbestmantel wies auf dem Rücken einen langen Riß auf. Die Kleidung darunter war verkohlt und rauchte. Er war auf die Brandbombe gefallen. »Großer Gott!« hauchte ich. Verzweifelt versuchte ich festzustellen, wie schlimm die Verbrennung war, ohne ihn dabei zu berühren. Es war unmöglich zu sehen, wie schwer er sich verbrannt hatte, doch es schien nur die Stelle betroffen zu sein, wo der Mantel zerrissen war. Ich wollte die Bombe unter ihm wegziehen, doch die Metallhülle war glühendheiß. Sie schmolz aber nicht. Mein Sand und Langbys Körper hatten die Bombe erstickt. Ich hatte keine Ahnung, ob sie wieder zünden würde, sobald sie der Luft ausgesetzt war. Ich suchte nach Handpumpe und Eimer, die Langby bei seinem Sturz verloren haben mußte.

»Suchst du eine Waffe?« fragte Langby mit so fester Stimme, daß ich kaum glauben konnte, daß er sich wirklich verletzt hatte. »Du brauchst mich doch einfach nur hier liegenzulassen. Ein bißchen Unterkühlung, und bis morgen früh habe ich ins Gras gebissen. Oder willst du deine schmutzige Arbeit lieber selbst machen?«

Ich richtete mich auf und rief die Männer, die über uns auf dem Dach standen. Einer leuchtete mit der Taschenlampe ins Loch, doch der Schein kam nicht bis zu uns auf den Boden.

»Ist er tot?« rief jemand hinunter.

»Wir brauchen einen Krankenwagen«, sagte ich. »Er hat sich verbrannt.«

Ich half Langby aufzustehen, wobei ich achtgab, daß ich mit der Brandwunde nicht in Berührung kam. Er taumelte ein bißchen, dann lehnte er sich gegen die Wand. Er sah mir zu, wie ich versuchte, die Brandbombe mit Sand zu bedecken. Ein Stück von einem Brett diente mir als Schaufel. Das Seil wurde hinuntergelassen, und ich band Langby daran fest. Seit ich ihm beim Aufstehen geholfen hatte, sprach er kein Wort mehr. Er sah mir ins Gesicht, während er sich von mir das Tau um den Körper schlingen ließ. »Ich hätte dich in der Krypta an Gasvergiftung sterben lassen sollen«, sagte er.

Mit den Händen stützte er sich leicht, beinahe lässig, an den hölzernen Streben ab. Ich nahm seine Hände, legte sie gegen das schlaff durchhängende Seil und wickelte es dann einmal um die Gelenke, weil ich wußte, daß ihm die Kraft zum Festhalten fehlte. »Ich beobachte dich seit dem Tag in der Galerie. Ich wußte, daß dir nicht wegen der Höhe schwindlig wurde. Du hattest keine Angst, hier herunterzukommen, als du dachtest, ich hätte deinen schönen Plan durchkreuzt. Was war der Grund für deinen Schwächeanfall? Quälte dich dein schlechtes Gewissen? Wie ein kleiner Junge lagst du auf den Knien und winseltest: ›Was haben wir getan? Was haben wir getan?‹ Es war abstoßend. Soll ich dir sagen, was dich das erstemal verriet? Der Kater. Jeder weiß doch, daß Katzen wasserscheu sind. Jeder außer einem dreckigen Nazi-Spion.«

Am Seil gab es einen Ruck. »Zieht ihn langsam hoch!« rief ich. Das Tau straffte sich.

»Diese FFD-Schnepfe. War sie auch ein Spitzel? Ihr wolltet euch in Marble Arch treffen, nicht wahr? Mir zu erzählen, die Station würde bombardiert! Du bist ein ganz gemeiner Spion, Bartholomew. Deine Freunde haben Marble Arch schon im September bombardiert. Jetzt ist die Station wieder in Betrieb.«

Plötzlich gab es am Seil einen scharfen Zug, und Langby schwebte langsam nach oben. Er drehte die Hände, um sich einen festeren Halt zu verschaffen. Seine rechte Schulter scheuerte an der Wand entlang. Ich hob die Arme und drückte ihn vorsichtig herum, bis seine linke Seite zur Mauer wies. »Du begehst einen großen Fehler«, sagte er. »Du hättest mich umbringen sollen. Ich werde dich anzeigen.«

Im Dunkeln stand ich da und wartete auf das Seil. Als sie Langby oben hatten, war er ohnmächtig. An der Brandwache vorbei ging ich zur Kuppel und hinunter in die Krypta.

Heute morgen kam der Brief von meinem Onkel mit einer Zehn-Pfund-Note.

31. Dezember

Zwei von Dunworthys Lakaien holten mich in St. John's Wood ab und behaupteten, ich käme zu spät zum Examen. Ich protestierte nicht mal. Gehorsam schlurfte ich hinter ihnen her, ohne darüber nachzudenken, wie unfair es war, eine wandelnde Leiche ins Examen zu schicken. Ich hatte nicht mehr geschlafen seit – seit wann? Seit gestern, als ich Enola suchen ging. Ich hatte hundert Jahre lang nicht geschlafen.

Dunworthy saß hinter seinem Schreibtisch und blinzelte mich an. Einer der Lakaien gab mir einen Testbogen, der andere sagte die Zeit an. Als ich das Blatt umdrehte, hinterließ die Brandsalbe einen Fettfleck. Verständnislos starrte ich auf meine Hände. Als ich Langby auf die Seite rollte, hatte ich die Brandbombe angefaßt, doch die Wundmale befanden sich auf den Handrücken. Langby gab mir mit seiner barschen Stimme die Antwort. »Du hast dich an dem Tau verbrannt, du Trottel. Bringt man euch Nazi-Spitzeln eigentlich nicht bei, wie man richtig an einem Seil hochklettert?«

Ich widmete mich wieder dem Testbogen. Ich las: »Anzahl der Brandbomben, die auf St. Paul fielen. Anzahl der Fallschirmminen. Anzahl der hochexplosiven Sprengbomben. Gängigste Methode zum Unschädlichmachen von Brandbomben. Fallschirmminen. Sprengbomben. Anzahl der Freiwilligen bei der ersten Wache. Zweiten Wache. Verletzte. Tote.« Die Fragen ergaben keinen Sinn. Nach jeder Frage war nur ein bißchen Raum freigelassen, so knapp, daß höchstens eine Zahl hineinpaßte. Gängigste Methode zum Unschädlichmachen von Brandbomben. Wie sollte ich alles, was ich wußte, auf diesem winzigen Platz unterbringen? Ich vermißte die Fragen nach Enola, nach Langby, nach dem Kater.

Ich trat zu Dunworthy. »Gestern nacht wäre St. Paul beinahe abgebrannt«, sagte ich. »Was sind das für Fragen?«

»Sie sind hier, um Fragen zu beantworten, Mr. Bartholomew, nicht, um welche zu stellen.«

»Es gibt keine Fragen über die Menschen«, erwiderte ich. Die äußere Umhüllung meiner Wut begann zu schmelzen.

»O doch«, betonte Dunworthy und schlug das zweite Blatt des Testbogens auf. »Anzahl der Todesopfer 1940. Druckwelle, Schrapnellgeschosse, andere Ursachen.«

»Andere Ursachen?« wiederholte ich. Jeden Moment konnte das Dach in einem Hagelschauer aus Verputz, Staub und Wut auf mich herabstürzen. »Andere Ursachen? Langby erstickte einen Brand mit seinem eigenen Körper. Enola leidet an einer Erkältung, die immer schlimmer wird. Der Kater…« Ich entriß ihm den Testbogen und kritzelte ›ein Kater‹ in den engen Freiraum neben ›Druckwelle‹. »Sind Ihnen die Menschen denn gleichgültig?«

»Vom Standpunkt des Statistikers aus gesehen sind sie wichtig«, antwortete er, »aber als Individuen spielen sie für den Verlauf der Geschichte kaum eine Rolle.«

Ich hatte kaum noch Reflexe. Mich wunderte nur, daß Dunworthy so langsam reagierte. Meine Faust streifte seine Kinnlade, und er verlor die Brille. »Natürlich spielen sie eine Rolle!« schrie ich. »Sie machen die Geschichte aus, nicht diese verdammten Zahlen!«

Mit den Reflexen der Lakaien stimmte noch alles. Ehe ich zu einem zweiten Schlag ausholen konnte, packten sie meine Arme und schleppten mich aus dem Zimmer.

»Sie leben in der Vergangenheit, und keiner ist da, der sie rettet. Sie können die Hände nicht vor Augen sehen, Bomben fallen auf sie nieder, und Sie sagen mir, sie spielten keine Rolle? Sie wollen ein Historiker sein?«

Die Lakaien bugsierten mich zur Tür hinaus und durch die Eingangshalle. »Langby hat St. Paul gerettet.

Kann ein Mensch eine wichtigere Rolle spielen? Sie sind kein Historiker! Sie sind bloß ein...« Ich wollte ihn mit einem häßlichen Schimpfwort treffen, doch mir fielen nur Langbys Flüche ein. »Sie sind ein dreckiger Nazi-Spion!« schrillte ich. »Sie sind nichts weiter als eine faule, bourgeoise Schnepfe!«

Mit einem Stoß beförderten sie mich nach draußen, so daß ich auf Händen und Knien landete, dann knallten sie mir die Tür vor der Nase zu. »Nicht für Geld möchte ich Historiker sein!« brüllte ich. Dann rappelte ich mich hoch und ging, mir den Stein der Brandwache ansehen.

31. Dezember

Ich muß dies bruchstückhaft niederschreiben. Meine Hände sehen schlimm aus, und die Behandlung durch Dunworthys Jungs hat mir auch nicht gerade gutgetan. Sporadisch kommt Kivrin herein, setzt ihre Heilige-Johanna-Miene auf und schmiert mir soviel Salbe auf die Hände, daß ich kaum noch einen Bleistift halten kann.

Die Station St. Paul gibt es natürlich nicht, ich stieg also in Holborn aus. Während ich zu Fuß weiterlief, dachte ich über mein letztes Zusammentreffen mit Dekan Matthews nach. Es fand an dem Morgen nach dem großen Brand in der City statt. Heute morgen.

»Ich habe gehört, daß Sie Langby das Leben retteten«, sagte er. »Ich weiß auch, daß Sie beide St. Paul gerettet haben.«

Ich zeigte ihm den Brief meines Onkels, und er starrte darauf, als wüßte er nichts Rechtes damit anzufangen. »Man kann nichts in die Ewigkeit hinüberretten«, sagte er, und einen bangen Augenblick lang dachte ich, er wolle mir sagen, Langby sei tot. »Wir müssen St. Paul so lange bewachen, bis Hitler den Befehl gibt, die Provinz zu bombardieren.«

Die Angriffe auf London hören bald auf, hätte ich ihm am liebsten gesagt. In ein paar Wochen läßt er die Provinz bombardieren. Canterbury, Bath, Ziele sind immer die Kathedralen. Sie und St. Paul werden den Krieg überstehen, und später werden Sie den Stein der Brandwache weihen.

»Ich bin aber optimistisch«, fuhr er fort. »Mir scheint, das Schlimmste ist vorbei.«

»Ja, Sir.« Ich dachte an den Stein, dessen Inschrift nach so langer Zeit immer noch lesbar ist. Nein, Sir, das Schlimmste ist noch nicht vorbei.

Bis kurz vor der Kuppe des Ludgate Hill konnte ich mich orientieren. Dann irrte ich ziellos umher, wie jemand, der auf einem Friedhof umherwandert. Erst da fiel mir auf, wie sehr der Schutt dem weißen Verputz ähnelt, aus dem Langby mich herausgraben wollte. Den Stein konnte ich nirgends finden. Schließlich wäre ich fast darüber gestolpert. Ich prallte zurück, als hätte ich versehentlich auf ein Grab getreten.

Mehr ist nicht übriggeblieben. Man sagt, in Hiroshima hätten im Zentrum der Explosion Bäume unversehrt gestanden, in Denver war es die Treppe des Kapitols. Aber in beiden Fällen stand nirgendwo geschrieben: ›Zum Gedenken an die Frauen und Männer der Brandwache, die mit Gottes Hilfe diese Kathedrale retteten.‹ Mit Gottes Hilfe.

Ein Teil des Steins ist abgebrochen. Manche Historiker behaupten, es habe noch eine Zeile gegeben, die lautete: ›Für alle Ewigkeit.‹ Ich kann es mir nicht vorstellen, nicht, wenn Dekan Matthews die Inschrift abgefaßt hat. Und keiner von der Brandwache hätte das geglaubt.

Wir retteten St. Paul jedesmal, wenn wir eine Brandbombe löschten, und nur so lange, bis die nächste fiel. Wir beobachteten die Gefahrenstellen, kleine Brände erstickten wir mit Sand und Handpumpen, große mit unseren Körpern, damit dieses riesige komplexe Bauwerk nicht abbrannte.

Ich finde, das liest sich wie ein Protokoll über das Geschichtspraktikum 401. In diesem Moment wird mir klar, welche Aufgabe ein Historiker erfüllt. Leider habe ich meine Chance, einer zu werden, genauso flugs zum Fenster hinausgeworfen wie sie die Präzisionsbombe zum Portal hinein. Nein, Sir, das Schlimmste ist noch lange nicht überstanden.

Der Stein weist unecht aussehende Brandspuren auf, und die Legende besagt, der Dekan von St. Paul habe vor diesem Ehrenmal gekniet und gebetet, als die Bombe explodierte. Das ist mehr als zweifelhaft, denn das Hauptportal ist kaum der geeignete Ort für ein Gebet. Es ist eher der Schatten eines Touristen, der kam, um sich nach dem Windmill-Theater zu erkundigen, oder der Abdruck eines Mädchens, das einem Freiwilligen einen Schal bringen wollte. Oder die schemenhafte Kontur eines Katers.

Man kann nichts in die Ewigkeit hinüberretten, Dekan Matthews. Das wußte ich schon, als ich am ersten Tag im Westportal stand und in die dämmrige Stille hineinblickte, trotzdem ist es sehr schlimm. Es ist schlimm, daß ich hier in knietiefem Schutt herumwate, aus dem ich keine Klappstühle oder Freunde herausgraben kann, daß Langby bis zu seinem Tod glaubte, ich sei ein Nazi-Spion, daß Enola eines Tages kam und mich nicht mehr antraf. Es ist schrecklich.

Aber es könnte noch schlimmer sein. Beide sind schon tot, Dekan Matthews auch. Aber sie starben, ohne zu wissen was ich die ganze Zeit lang wußte, was mich in der Flüstergalerie zusammenbrechen ließ, krank vor Kummer und Scham: daß letzten Endes keiner von uns St. Paul gerettet hat. Langby kann sich nicht nach mir umdrehen und mich voller Verzweiflung und Hoffnungslosigkeit fragen: »Wer hat das getan? Deine Freunde, die Nazis?« Und ich würde antworten müssen: »Nein, die Kommunisten.« Das wäre das Allerschlimmste.

Ich bin wieder in meinem Zimmer und lasse mir von Kivrin Salbe auf die Hände schmieren. Sie will, daß ich schlafe. Eigentlich müßte ich jetzt meine Sachen packen und abreisen. Es wird eine Demütigung sein, wenn sie kommen und mich hinauswerfen, aber ich habe nicht die Kraft, mich gegen Kivrin aufzulehnen. Dazu sieht sie Enola viel zu ähnlich.

1. Januar

Offenbar habe ich nicht nur die Nacht durchgeschlafen, sondern auch den Vormittag, wenn die Post kommt. Als ich vorhin aufwachte, sah ich Kivrin am Fußende meines Betts sitzen. In der Hand hielt sie einen Umschlag. »Deine Zensuren sind gekommen«, sagte sie.

Ich legte mir den Arm über die Augen. »Wenn die wollen, können die ganz schön fix sein, nicht?«

»Ja«, antwortete Kivrin.

»Dann laß mal sehen«, sagte ich und setzte mich hin. »Wieviel Zeit habe ich noch, bis sie kommen und mich rauswerfen?«

Sie gab mir den dünnen Computerumschlag. Ich riß ihn längs der Perforation auf. »Warte!« rief sie. »Bevor du das Blatt herausnimmst, möchte ich dir noch etwas sagen.« Sanft legte sie ihre Hand auf meine Brandwunden. »Du hast eine zu schlechte Meinung über die Historische Fakultät. Die Leute da sind wirklich sehr gut.«

Das hatte ich eigentlich nicht erwartet. »Als sehr gut würde ich Dunworthy nicht bezeichnen«, antwortete ich und zog den Bogen heraus.

Kivrin verzog keine Miene, auch nicht, als ich den Computerausdruck auf meine Knie legte, wo sie ihn mit Sicherheit lesen konnte.

»Na, so was«, sagte ich.

Der Ausdruck trug die Unterschrift des werten Dunworthy. Ich habe das Examen bestanden. Mit Auszeichnung.

2. Januar

Heute kamen zwei Briefe mit der Post. In dem einen befand sich Kivrins Stellenzuweisung. Die Historische Fakultät denkt auch an alles – sogar daran, sie so lange hierzulassen, wie sie mich pflegen muß, sogar an eine künstlich inszenierte Feuerprobe, die die Geschichtsstudenten bestehen müssen.

Ich hätte mir gern eingebildet, daß es mit dem Praktikum genauso war, Enola und Langby lediglich Schauspieler, der Kater ein intelligenter Roboter, dem man für den Schlußeffekt die mechanischen Innereien herausgenommen hatte. Nicht, weil ich Dunworthy seine Fähigkeiten absprechen wollte, sondern weil mich dann nicht die Ungewißheit gequält hätte, was aus ihnen geworden war.

»Sagtest du nicht, du hättest dein Praktikum in England im 14. Jahrhundert gemacht?« fragte ich Kivrin, wobei ich sie genauso argwöhnisch beobachtete, wie ich Langby belauert hatte.

»1349«, antwortete sie, und ihre Züge erschlafften. »Das Pestjahr.«

»Großer Gott!« platzte ich heraus. »Wie konnten sie dir das antun? Die Pest ist doch eine Zehn.«

»Ich besitze eine natürliche Immunität«, erwiderte sie und blickte auf ihre Hände hinab.

Weil ich nicht wußte, was ich darauf sagen sollte, öffnete ich den zweiten Umschlag. Er enthielt einen Bericht über Enola. Ein Computerausdruck voll mit Daten, Fakten, Statistiken, trockenes Zahlenmaterial, so wie die Historische Fakultät es liebt. Doch ich erfuhr wenigstens, was ich wissen wollte: daß sie ihre

Erkältung auskurierte und den Blitzkrieg überlebte. Ihr Bruder Tom kam bei den Baedaker-Angriffen auf Bath ums Leben. Enola starb erst 2006, ein Jahr, bevor sie St. Paul in die Luft sprengten.

Ich bin mir nicht sicher, ob ich dem Bericht glauben kann oder nicht, aber es ist mir egal. Genauso wie Langby dem alten Mann aus der Zeitung vorgelesen hatte, handelt es sich hierbei um einen simplen Akt von Freundlichkeit. Sie denken wirklich an alles.

Nicht ganz. Sie schrieben mir nicht, was mit Langby passierte. Doch während ich dies niederschreibe, merke ich, daß ich es bereits weiß: Ich habe ihm das Leben gerettet. Eigentlich ist es nicht wichtig, ob er am nächsten Tag im Krankenhaus starb; obwohl die Historische Fakultät alles getan hat, um es mir beizubringen, glaube ich nicht recht daran, daß man nichts in die Ewigkeit hinüberretten kann. Mir kommt es so vor, als sei Langby in die Ewigkeit eingegangen.

3. Januar

Heute besuchte ich Dunworthy. Ich weiß selbst nicht, was ich ihm sagen wollte – irgendeinen Schwulst über meine Bereitschaft, in der Brandwache der Historie zu dienen, die Welt vor den herniederfallenden Brandbomben des menschlichen Herzens zu schützen, schweigend wie ein Heiliger.

Doch als er mich über seinen Schreibtisch hinweg kurzsichtig anblinzelte, kam es mir so vor, als schaue er auf das letzte strahlende Bild von St. Paul im Sonnenlicht, bevor es für immer verschwand, und als wüßte keiner so gut wie er, daß man die Vergangenheit nicht retten kann. Unwillkürlich sagte ich: »Es tut mir leid, daß ich Ihre Brille zerbrochen habe, Sir.«

»Wie gefiel Ihnen St. Paul?« fragte er. Wie bei meinem ersten Gespräch mit Enola war mir zumute, als deute ich alle Zeichen falsch. Vielleicht empfand er gar keine Trauer über den Verlust, sondern etwas ganz anderes.

»Ich war begeistert, Sir«, antwortete ich.

»Ja«, meinte er, »mir geht es genauso.«

Dekan Matthews hat unrecht. Während des gesamten Praktikums habe ich mit der Erinnerung gekämpft, bloß um festzustellen, daß sie gar nicht mein Feind ist und daß es keine heilige Bürde bedeutet, Historiker zu sein. Denn Dunworthy blinzelt nicht in das unheilvolle Sonnenlicht des letzten Morgens, sondern in die Dämmerung des ersten Nachmittags; er schaut durch das große Westportal in den schattigen Kirchenraum, und dort sieht er das, was in uns bleibt, Langby, jeden einzelnen Augenblick, alles was wir in die Ewigkeit hinüberretten.

Bruce Sterling

ZIKADENKÖNIGIN

Es begann in der Nacht, in der die Königin ihre Hunde zurückrief. Ich hatte vor meiner Desertion zwei Jahre unter den Hunden gelebt.

Meine Initiation und meine Freiheit von den Hunden wurden im Heim von Arvin Kulagin gefeiert. Kulagin, ein reicher Mechanisierer, besaß eine Wohnfabrik am Außenrand eines mittelgroßen zylindrischen Vorortes.

Kulagin empfing mich an der Tür und reichte mir einen goldenen Zerstäuber. Die Party war schon voll im Gange. Die Polycarbon-Clique war bei jeder Initiation außer Rand und Band.

Wie üblich wurden die Leute etwas steif, als ich eintrat. Das lag an den Hunden. Stimmen erhoben sich gekünstelt und etwas schrill, die Leute hielten ihre Zerstäuber und Drinks mit affektierter Anmut, und die lächelnden Gesichter, die mir zugewandt wurden, hätten jeden Sicherheitsexperten täuschen können.

Kulagin setzte ein falsches Lächeln auf. »Landau, es ist mir eine Freude. Willkommen. Wie ich sehe, haben Sie den Zehnten der Königin mitgebracht.« Er blickte demonstrativ zum Kasten, den ich an der Hüfte trug.

»Ja«, sagte ich. Ein Mann unter den Hunden hatte keine Geheimnisse. Ich hatte mit Unterbrechungen zwei Jahre am Geschenk für die Königin gearbeitet, und die Hunde hatten alles aufgezeichnet. Sie schnitten immer noch alles mit. Die Sicherheitsexperten des

Zarina-Kluster hatten sie dafür ausgebildet. Zwei Jahre lang hatten sie jede Sekunde meines Lebens aufgezeichnet und alles und jeden in meiner Nähe registriert.

»Vielleicht kann sich die Clique das mal ansehen«, sagte Kulagin, »nachdem wir diese Hunde ausgepeitscht haben.« Er blinzelte in das gepanzerte Kameragesicht des Wachhundes. Dann sah er auf die Uhr. »Noch eine Stunde, dann sind Sie frei. Dann werden wir unseren Spaß haben.« Er winkte mich herein. »Benutzen Sie die Servos, wenn Sie etwas brauchen.«

Kulagins klassisch dekorierte Wohnung war geräumig und elegant und duftete stark nach den riesigen, frei hängenden Ringelblumen. Dieser Vorort trug den Namen ›Schaum‹; hier hielt sich die Clique am liebsten auf. Kulagin, der am Rande des Vorortes lebte, profitierte von der trägen Umdrehung des Schaums. In seiner Wohnung konnte er ein Zehntel ge genießen. Seine Wände trugen Streifen, um vertikale Bezugspunkte zu bieten, und er hatte genug Platz, um sich Luxusartikel wie ›Sofas‹, ›Tische‹, ›Stühle‹ und andere schwerkraftgebundene Möbel zu leisten. Die Decke war mit Haken übersät, an denen ein Dutzend Ringelblumen hingen, die er besonders liebte: große runde Explosionspilze aus stinkendem Grün mit Blüten in der Größe meines Kopfes.

Ich betrat den Raum und ging hinter einer Couch in Deckung, um vor den beiden scharfen Hunden sicher zu sein. Ich winkte einen von Kulagins spillerigen Servos heran und nahm eine Druckflasche Schnaps, um die aufstachelnden Phenethylamine zu dämpfen, die ich mit dem Zerstäuber zu mir genommen hatte.

Ich beobachtete die Party. Die Leute hatten sich in lockere Untercliquen aufgeteilt. Kulagin stand mit seinen engsten Sympathisanten an der Tür; es waren Mechanisierer-Beamte aus den Banken des Zarina-Kluster und ruhige Wachleute. In meiner Nähe fachsimpelte ein Professor vom Kosmosity-Metasystem-Campus mit zwei Orbitalingenieuren. An der Decke sprachen Neuformer-Designer über Mode; sie hingen in der schwachen Schwerkraft an Haken. Unter ihnen hüpften ein paar irre Z-K-Leute, ›Zikaden‹ wurden sie genannt, durch ihre Schwerkraft-Tanzfiguren.

Hinten im Raum saß Wellspring inmitten einer Gruppe zierlicher Stühle. Ich sprang mühelos über die Couch und glitt zu ihm hinüber. Die Hunde folgten mir mit surrenden Rotoren.

Wellspring war mein engster Freund in Z-K. Er hatte mich zur Desertion ermutigt, als er im Ringrat war, um Eis für das marsianische Terraform-Projekt zu kaufen. Die Hunde kümmerten sich nicht um Wellspring. Seine lange Freundschaft mit der Königin war bekannt. Wellspring war in Z-K eine Legende.

Er hatte sich für eine Audienz bei der Königin zurechtgemacht. Auf dem dunklen, verfilzten Haar trug er ein Diadem aus Gold und Platin. Gekleidet war er in eine lockere Bluse aus metalldurchwirktem Brokat mit geschlitzten Ärmeln. Darunter war ein dunkleres Unterhemd zu erkennen, in das flackernde Lichtpünktchen gesetzt waren. Dazu trug er einen juwelenbestickten Rock nach der Mode der Investierer und kniehohe Schuppenstiefel. Die Juwelenbänder am Rocksaum ließen seine kräftigen Beine frei; er war an die Schwerkraft gewöhnt, die von der reptilischen Königin bevorzugt wurde. Er war ein mächtiger Mann, dessen Schwächen, soweit sie überhaupt existierten, in seiner Vergangenheit begraben waren.

Wellspring sprach über Philosophie. Seine Zuhörer, Mathematiker und Biologen der Universität von Z-K, machten mir mit verkniffenem Lächeln Platz. »Sie haben mich gebeten, meine Begriffe zu definieren«, sagte er entgegenkommend. »Mit *wir* meinte ich nicht nur euch Zikaden und ebensowenig die breite Masse der sogenannten Menschheit. Schließlich seid ihr Former aus Genen entstanden, auf welche die Genkonzerne Patente besitzen. Man könnte euch ohne weiteres als Industrieprodukte bezeichnen.«

Seine Zuhörer stöhnten. Wellspring lächelte. »Die Mechanisierer dagegen beseitigen nach und nach das menschliche Fleisch und ersetzen es durch cybernetische Existenzformen. So. Daraus folgt, daß ich mit *wir* nur ein kognitives Metasystem auf der Vierten Prigoginischen Ebene der Komplexität meinen konnte.«

Ein Former-Professor drückte sich seinen Zerstäuber ins bemalte Nasenloch und sagte: »Ich muß da widersprechen, Wellspring. Dieser okkulte Unsinn über Ebenen der Komplexität ruiniert Z-Ks Fähigkeit, anständige Forschung zu betreiben.«

»Das ist eine linear-kausale Behauptung«, gab Wellspring zurück. »Ihr Konservativen sucht eure Sicherheit immer außerhalb der Ebene kognitiver Metasysteme. Aber jedes intelligente Leben ist zweifellos durch einen prigoginischen Ereignishorizont von den niedrigen Ebenen getrennt. Es ist an der Zeit, daß wir aufhören, nach festem Boden zu suchen, auf dem wir stehen wollen. Wir müssen *uns selbst* in den Mittelpunkt aller Dinge rücken. Wenn wir etwas brauchen, auf dem wir stehen wollen, dann sollten wir es um uns kreisen lassen.«

Er bekam Applaus. Er fuhr fort: »Geben Sie's zu, Yevgeny! In Z-K erblüht eine neue Moral und ein neues intellektuelles Klima. Beides ist weder quantifizierbar noch voraussagbar, und das macht Ihnen als Wissenschaftler angst. Der Posthumanismus bietet Unbeständigkeit und Freiheit und fordert den metaphysischen Wagemut, in Gedanken eine ganz neue Welt zu erschaffen. Er befähigt uns, ökonomisch absurde Projekte wie das Terraformen des Mars in Angriff zu nehmen, an die Sie mit Ihrer pseudopragmatischen Haltung nicht im Traum denken würden. Aber stellen Sie sich einmal den dabei möglichen Gewinn vor.«

»Das sind doch nur semantische Tricks«, schnaubte der Professor. Ich hatte ihn noch nie gesehen. Ich vermutete, Wellspring hatte ihn eigens mitgeschleppt, um ihn aufs Glatteis zu führen.

Auch ich hatte zunächst gewisse Aspekte von Z-Ks Posthumanismus angezweifelt. Doch der offene Verzicht auf die Suche nach moralischen Leitsätzen hatte uns befreit. Wenn ich mir die eifrigen, angemalten Gesichter von Wellsprings Zuhörern ansah und sie mit der freudlosen, undurchdringlichen Sachlichkeit verglich, die mich früher umgeben hatte, war mir, als müßte ich gleich platzen. Nach vierundzwanzig Jahren unter der paranoiden Disziplin des Ringrates und zwei weiteren Jahren unter den Hunden würde ich an diesem Abend den Druck auf explosive Art loswerden.

Ich schnüffelte das Phenethylamin, ein ›körpereigenes‹ Amphethamin. Mir wurde plötzlich schwindlig, als wäre der Raum in meinem Kopf mit der rotglühenden Urmaterie des ursprünglichen de Sitter-Kosmos gefüllt, bereit, jederzeit den prigoginischen Sprung in das ›normale‹ Raum-Zeit-Kontinuum zu tun und die Zweite Prigoginische Ebene der Komplexität zu erreichen… der Posthumanismus lehrte uns, in Phasen von Starre und Veränderung zu denken, in Strukturen, die, unerkennbaren Mustern folgend, sich ausdehnten und jenen Vorgaben gehorchten, die der alte terranische Philosoph Ilya Prigogine entwickelt hatte. Ich konnte dies unmittelbar verstehen, denn meine Zuneigung für die strahlende Valery Korstad hatte sich zu einem Bedürfnisknoten verdichtet, der durch Unterdrückermittel betäubt, aber nicht zerstört werden konnte.

Sie tanzte durch den Raum, und die Juwelenfäden in ihrem Investiererhemd hüpften wie Schlangen. Sie hatte die anonyme Schönheit der Neuformer, überlagert von den kunstvollen, aufreizenden Farben von Z-K. Ich hatte noch nie eine Frau gesehen, die ich mehr begehrte, und nach unseren kurzen und verkrampften Flirts wußte ich, daß nur die Hunde zwischen uns standen.

Wellspring nahm mich am Arm. Sein Publikum hatte sich aufgelöst, während ich Valery hingerissen angestarrt hatte. »Wie lange noch, mein Sohn?«

Ich sah erschrocken auf meine Armbanduhr. »Nur noch zwanzig Minuten, Wellspring.«

»Das ist gut, mein Sohn.« Wellspring war dafür bekannt, daß er altmodische Begriffe wie *Sohn* benutzte. »Sobald die Hunde weg sind, wird es deine Party sein, Hans. Ich werde nicht hierbleiben und deinen Auftritt trüben. Außerdem werde ich von der Königin erwartet. Hast du den Zehnten der Königin?«

»Ja, wie du es mir gesagt hast.« Ich löste den Kasten vom Adhäsionskissen an meiner Hüfte und übergab ihn.

Wellspring hob mit seinen kräftigen Fingern den Deckel und sah hinein. Dann lachte er laut. »Mein Gott, ist das schön!«

Plötzlich zog er die offene Kiste darunter weg, und das Geschenk für die Königin schwebte in der Luft und glitzerte über unseren Köpfen. Es war ein künstlicher Edelstein in der Größe einer Kinderfaust, und die Schliffkanten funkelten im Grün und Gold endolithischer Flechten. Der Stein drehte sich und warf winzige Reflexe über unsere Gesichter.

Als er sank, tauchte Kulagin auf und fing ihn mit den Fingerspitzen. Sein linkes Auge, ein künstliches

Implantat, funkelte düster, während er ihn untersuchte.

»Eisho Zaibatsu?« fragte er.

»Ja«, sagte ich. »Sie haben die Synthetisierung erledigt; die Flechten habe ich selbst gezüchtet.« Als ich bemerkte, daß sich ein Kreis Neugieriger um uns sammelte, fuhr ich lauter fort: »Unser Gastgeber ist ein Kenner.«

»Nur, was Finanzgeschäfte angeht«, erwiderte Kulagin gelassen aber nachdrücklich. »Ich verstehe nicht, warum Sie das Verfahren auf Ihren Namen patentiert haben. Es ist eine prächtige Erfindung. Wie könnte eine Investiererin den Verlockungen eines lebendigen Juwels widerstehen, Freunde? Unser Initiand wird eines Tages ein reicher Mann sein.«

Ich blickte rasch zu Wellspring, aber der hob unauffällig einen Finger an die Lippen. »Und er wird diesen Reichtum brauchen, um den Mars zur Reife zu bringen«, sagte Wellspring laut. »Wir können nicht ewig von den Mitteln der Kosmosity abhängen. Freunde, freut euch, denn ihr werdet den Profit einstreichen, den Landaus geniale Genetik abwirft.« Er fing den Edelstein und steckte ihn in die Kiste. »Und heute abend habe ich die Ehre, der Königin dieses Geschenk zu übergeben. Eine doppelte Ehre, da ich seinen Schöpfer selbst anwarb.« Plötzlich sprang er zum Ausgang, und seine kräftigen Beine trugen ihn rasch über unseren Köpfen davon. Im Fliegen rief er: »Mach's gut, mein Sohn! Möge nie wieder ein Hund deine Türschwelle verdunkeln!«

Nachdem Wellspring gegangen war, verabschiedeten sich auch die Gäste, die nicht zu Polycarbon gehörten. Sie drängten sich um die Servos, die ihnen die Hüte brachten und einen guten Heimweg wünschten. Als der letzte fort war, wurde die Clique plötzlich sehr still.

Kulagin bugsierte mich in eine Ecke seines Studios, während die Clique sich in einen langen Spießrutengang für die Hunde aufbaute und sich mit Bändern und Farbe bewaffnete. Eine gewisse, unheildrohende, glühende Rachsucht gab ihrem Vergnügen gerade den richtigen Biß. Ich nahm Kulagins vorbeischnurrenden Servos zwei Farbbeutel ab.

Es war fast Zeit für mich. Zwei Jahre hatte ich darauf hingearbeitet, mich der Polycarbon-Clique anzuschließen. Ich brauchte sie. Ich glaubte, daß sie auch mich brauchten. Ich war die Verdächtigungen, die verkrampfte Höflichkeit, die gläsernen Wände unter der Überwachung der Hunde einfach leid. Die scharfen Kanten meiner lange geübten Disziplin zerbröckelten schmerzhaft. Ich begann unkontrolliert zu zittern. Ich konnte es nicht unterdrücken.

Die Hunde waren still, zeichneten bis zum letzten vorgeschriebenen Augenblick alles auf. Die Menge begann die Zeit abzuzählen. Genau bei Null wandten sich die beiden Hunde zum Gehen.

Sie mußten durch ein Spalier aus Farbbeuteln und Wimpeln. Einen Augenblick vorher hätten sie sich noch wild auf ihre Peiniger gestürzt, aber nun hatten sie die Grenzen ihrer Programmierung erreicht und waren hilflos. Die Polycarbon zielten genau, und bei jedem klatschenden Aufschlag brüllten sie vor Lachen. Sie kannten keine Gnade, und es dauerte eine volle Minute, bis die erniedrigten Hunde geblendet zur Tür hüpfen und taumeln konnten.

Die Hysterie des Mobs überwältigte auch mich. Schreie drangen durch meine zusammengebissenen Zähne. Jemand mußte mich zurückhalten, damit ich die Hunde nicht durch den Gang verfolgte. Als kräftige Hände mich ins Zimmer zurückzogen, wandte ich mich zu meinen Freunden um und erschrak, als ich die ungezügelten Emotionen auf ihren Gesichtern sah. Es war, als hätten sie ihre Haut abgestreift und blickten mich mit lebendigen Augen aus Fleischklumpen an.

Ich wurde aufgehoben und von Hand zu Hand durch den ganzen Raum weitergereicht. Selbst die, die ich kannte, schienen mir jetzt fremd. Hände rissen an meinen Kleidern, bis ich nackt war; sie nahmen mir sogar mein Computerarmband ab. Dann stellten sie mich mitten in den Raum.

Als ich schaudernd in ihrem Kreis stand, kam Kulagin zu mir, die Arme steif ausgestreckt, das Gesicht versteinert und priesterlich ernst. Er hielt ein weiches schwarzes Tuch in den Händen. Er hob das Tuch über meinen Kopf, und ich sah, daß es eine schwarze Haube war. Er legte die Lippen dicht an mein Ohr und sagte leise: »Freund, geh in die Ferne!« Dann zog er mir die Haube über den Kopf und knotete sie zu.

Die Haube war mit etwas getränkt worden; sie stank. Meine Hände und Füße begannen zu kribbeln, dann wurden sie taub. Langsam kroch eine Wärme meine Arme und Beine herauf. Es fühlte sich an, als würden mir Armreifen angelegt. Ich hörte nichts mehr, und meine Füße spürten den Boden nicht mehr. Ich verlor meinen Gleichgewichtssinn, und plötzlich stürzte ich rücklings in die Unendlichkeit.

Ich wußte nicht, ob meine Augen geschlossen oder geöffnet waren. Aber am Rande meines Gesichtsfeldes, hinter einer Art Nebel, tauchten kalte und grelle Lichtpunkte auf. Es war die Große Galaktische Nacht, die weite, erbarmungslose Leere, die unmittelbar hinter den wärmenden Wänden jeder menschlichen Behausung lauert, leerer noch als der Tod.

Ich schwebte nackt im Raum, und die Kälte war so scharf, daß ich sie in jeder Zelle meines Körpers wie Gift schmeckte. Ich spürte die schwache Wärme meines Lebens aus mir strömen wie Plasma, das als Morgenrot auf meinen Fingerspitzen verging. Ich stürzte immer weiter, und als die letzten Funken meiner Wärme in den unendlichen Abgründen des Raumes vergingen und mein Körper steif und weiß und jede Pore von Reif überzogen war, sah ich mich dem größten aller Schrecken gegenüber: Ich würde nicht sterben, sondern auf ewig immer weiter ins Unbekannte stürzen, und mein Bewußtsein würde zu einer winzigen, gefrorenen Spore schrumpfen, isoliert und voller Schrecken.

Die Zeit dehnte sich. Äonen stiller Furcht verdichteten sich zu wenigen Herzschlägen, und vor mir sah ich einen einsamen weißen Lichtklecks, einen Riß zwischen diesem und einem Nachbarkosmos voller fremdartiger Strahlung. Diesmal konnte ich verfolgen, wie ich darauf zustürzte und hindurchfiel, bis ich schließlich mit einem Ruck wieder hinter meinen eigenen Augen landete, in meinem eigenen Kopf, und auf dem weichen Boden von Kulagins Studio stand.

Die Haube war weg. Ich trug eine weite schwarze Robe, die von einem bestickten Gürtel gehalten wurde. Kulagin und Valery Korstad halfen mir auf die Beine. Ich schwankte, wischte meine Tränen ab, aber ich konnte stehen, und die Clique jubelte mir zu.

Kulagin schob seine Schulter unter meinen Arm. Er umarmte mich und flüsterte: »Bruder, vergiß die Kälte nicht. Wenn deine Freunde Wärme brauchen, dann sei warm und erinnere dich an die Kälte. Wenn Freundschaft dich schmerzt, dann vergib uns und erinnere dich an die Kälte. Wenn Selbstsucht dich in Versuchung führt, dann weise sie zurück und erinnere dich an die Kälte. Denn du warst in der Ferne und bist erneut zu uns zurückgekehrt. Erinnere dich, erinnere dich an die Kälte.« Und dann gab er mir meinen geheimen Namen und drückte seine bemalten Lippen auf meinen Mund.

Ich klammerte mich an ihn und schluchzte erstickt. Valery umarmte mich, und Kulagin zog sich sanft und lächelnd zurück.

Einer nach dem anderen nahmen alle aus der Clique meine Hände und drückten ihre Lippen rasch auf mein Gesicht und murmelten Glückwünsche. Ich konnte immer noch nicht sprechen; ich nickte nur. Inzwischen flüsterte Valery Korstad, die meinen Arm festhielt, heiße Worte in mein Ohr: »Hans, Hans, Hans Landau, es bleibt noch ein gewisses Ritual, das ich mir selbst vorbehalten habe. Heute nacht gehört uns die schönste Kammer im Schaum, ein heiliger Ort, den noch nie ein Hund mit seinen gläsernen Augen erblickt hat. Hans Landau, heute abend gehört dieser Ort dir, und auch ich gehöre dir.«

Ich sah ihr mit tränenden Augen ins Gesicht. Ihre Augen waren geweitet, und unter ihren Ohren und auf ihren Wangen breitete sich eine leichte Röte aus. Sie hatte hormonelle Aphrodisiaka genommen. Ich roch die keimfreie Süße ihres parfümierten Schweißes und schloß schaudernd die Augen.

Valery führte mich in den Gang hinaus. Hinter uns schloß sich Kulagins Tür luftdicht, und die ausgelassenen Stimmen wurden zu einem Gemurmel gedämpft. Valery half mir, meine Luftflossen anzulegen. Sie flüsterte beruhigend.

Die Hunde waren fort. Zwei Brocken meiner Realität waren verändert, wie man ein Band überspielt. Ich war immer noch benommen. Valery nahm meine Hand, und wir schwebten durch einen Gang nach oben, zum Zentrum der Station, indem wir mit den Flossen in der Luft ruderten. Ich lächelte abwesend die Zikaden an, denen wir unterwegs begegneten. Sie gehörten zu anderen Gruppen und gingen gelassen ihrer Alltagsarbeit nach, während die Polycarbon-Clique ausgelassen feierte.

Im Schaum konnte man sich leicht verlaufen. Er war als Protest gegen die strenge Architektur der anderen Stationen erbaut worden; der typische Trotz von Z-K gegen die Norm. In den am Anfang noch leeren Zylinder war Plastik gepreßt worden. Das Plastik war aufgeschäumt worden und hatte sich gesetzt. So waren Blasen entstanden, deren gerade Seitenflächen durch die klare Topologie des Platzmangels und der Oberflächenspannung geformt wurden. Später waren Gänge eingezogen worden, und die Türen und Schleusen hatte man von Hand eingesetzt. Der Schaum war berühmt für seine überschwengliche, offene Spontanität.

Und für seine Discreets. Z-K gewährte seinen Bürgern gewisse Rechte und schützte diese Räume gegen jede Überwachung. Ich war noch nie in einem gewesen. Leute, die unter den Hunden lebten, durften ihr Gebiet nicht verlassen. Aber ich hatte Gerüchte gehört, geheimnisvolle, lüsterne Skandalgeschichten aus Bars und Gängen, Fetzen zügelloser Spekulationen, die sofort verstummten, wenn Hunde kamen. In einem Discreet konnte alles, einfach alles geschehen, und niemand wußte es außer den Liebenden oder den Überlebenden, die Stunden später in die Öffentlichkeit zurückkehrten...

Als die Zentrifugalkraft nachließ, schwebten wir. Valery zog mich. Die Schaumblasen waren in der Nähe der Rotationsachse größer. Wir betraten einen Bezirk mit ruhigen Wohnfabriken der Reichen. Bald schwebten wir vor der Türschwelle des berüchtigten Topaz Discreet, dem heimlichen Schauplatz zahlloser Vergnügungen der Elite. Es war der beste im Schaum.

Valery sah auf ihre Uhr. Sie wischte den dünnen Schweißfilm ab, der sich auf ihrem schön geschwungenen, geröteten Gesicht und ihrem Hals gebildet hatte. Wir mußten nicht lange warten. Wir hörten den leisen Gong der Schaltuhr im Discreet mehrmals anschlagen; der augenblickliche Benutzer wußte nun, daß seine Zeit abgelaufen war. Das Türschloß war nicht versiegelt. Ich fragte mich, welches Mitglied des inneren Kreises von Z-K auftauchen würde. Nun, da ich die Hunde los war, sehnte ich mich danach, seinen Blick fest zu erwidern.

Wir mußten warten. Das Discreet gehörte jetzt von Rechts wegen uns, und jeder verlorene Augenblick schmerzte uns. Die Zeit im Discreet zu überziehen, war mehr als unhöflich. Valery wurde wütend und stieß die Tür auf.

In der Luft schwebte Blut. In der Schwerelosigkeit tanzten tausend gerinnende rote Kleckse.

Der Selbstmörder schwebte fast in der Mitte des Raums. Sein schlaffer Körper kreiste noch langsam von der Wucht seiner letzten Bewegung. Er hatte sich den Hals durchgeschnitten. Ein Skalpell funkelte in den unwillkürlich verkrampften Fingern der Leiche. Er trug den einfachen schwarzen Overall eines konservativen Mechanisierers.

Der Körper drehte sich, und ich sah die Abzeichen der Königlichen Ratgeber, die auf die Brust gestickt waren. Sein teilweise durch Metall ersetztes Schädeldach war von seinem eigenen Blut klebrig; das Gesicht war verschmiert. Lange Fäden von geronnenem Blut hingen wie rote Schleier an seinem Hals.

Wir waren in etwas hineingestürzt, das viel zu groß für uns war. »Ich rufe den Wachdienst«, sagte ich.

Sie sagte nur zwei Worte: »Noch nicht.« Ich sah sie an. Ihre Augen waren von einer faszinierten Lust verdunkelt. Die Verlockung des Verbotenen hatte ihre Haken in sie geschlagen. Sie trat lässig gegen eine mit Mosaiken belegte Wand, und ein langer Blutfaden zerspritzte und legte sich über ihre Hüfte.

In Discreets begegnet man dem Außergewöhnlichen. In einem Raum mit so vielen verborgenen Bedeutungen verschwammen alle Konturen. Durch die ständige Nähe hatte sich die Freude mit dem Tod vermählt. Für die Frau, die ich verehrte, waren die geheimen Riten, die wir hier ahnten, zu einem unaussprechlichen Ganzen geworden.

»Schnell«, sagte sie. Ihre Lippen schmeckten bitter und waren von den Aphrodisiaka etwas fettig. Wir verflochten unsere Beine und kopulierten im freien Fall, während wir dem blutigen Schleiertanz des Leichnams zusahen.

Das war die Nacht, in der die Königin ihre Hunde zurückrief.

Es hatte mich so sehr erregt, daß mir schlecht wurde. Wir Zikaden lebten im moralischen Äquivalent des de Sitter-Raums, in dem keine Ethik gilt, die nicht durch nichtkausalen freien Willen entstanden ist. Jede Ebene der prigoginischen Komplexität beruhte auf einem unabhängigen, schöpferischen Katalysator: Raum existierte, weil der Raum existierte, Leben existierte, weil es entstanden war, Intelligenz war, weil sie war. So war es möglich, daß sich aus einem winzigen Augenblick großer Abscheu ein komplettes Moralsystem entwickelte... so lehrten es jedenfalls die Posthumanisten. Nach meiner glücklichen Vereinigung mit Valery zog ich mich zurück, um zu arbeiten und zu denken.

Ich lebte im Schaum, in einem Fabrikstudio, das nach Flechten stank und erheblich weniger elegant war als Kulagins Wohnung.

In der zweiten Tagschicht meiner Meditation besuchte mich Arkadya Sorienti, eine Polycarbon-Freundin und eine von Valerys Vertrauten. Selbst ohne die Hunde war unser Verhältnis belastet. Mir schien, daß Arkadya alles war, was Valery nicht war: blond, während Valery dunkel war, mit Mechanisierer-Kram bedeckt, während Valery die kühle Eleganz einer genmodulierten Frau besaß, voll falscher, spröder Fröhlichkeit, wo Valery sich lieber weichen, melancholischen Stimmungen hingab. Ich bot ihr eine Druckflasche mit Schnaps an; meine Wohnung lag zu nahe an der Achse, um Tassen zu benutzen.

»Ich hab deine Wohnung noch gar nicht gesehen«, sagte sie. »Aber sie gefällt mir, Hans. Was für Algen sind das?«

»Das sind Flechten«, sagte ich.

»Sie sind schön. Eine deiner Spezialsorten?«

»Sie sind alle etwas Besonderes«, sagte ich. »Die hier gehören zur Gruppe Mark III und Mark IV; sie werden zum Terraformen eingesetzt. Die anderen haben einige Eigenarten, die ich weiterentwickeln will, bis sie als Giftwächter eingesetzt werden können. Flechten reagieren sehr empfindlich auf jede Art von Verschmutzung.« Ich drehte den Luftionisierer auf. In den Eingeweiden von Mechanisierern tummelten sich die Bakterien nur so, das konnte gefährlich werden.

»Welches sind die Flechten, die im Juwel der Königin waren?«

»Die sind sicher unter Verschluß«, sagte ich. »Außerhalb eines Juwels wachsen sie sehr ungeregelt. Und sie riechen.« Ich lächelte unsicher. Unter Formern war bekannt, daß Mechanisierer stanken. Ich glaubte beinahe schon den Gestank ihrer Achselhöhlen zu riechen.

Ardadya lächelte und rieb nervös über die Haut-Metall-Schnittstelle auf ihrem Arm, in der eine winzige Maschine saß. »Valery ist wieder mal mies drauf«, sagte sie. »Ich wollte sehen, wie's dir geht.«

Vor meinem inneren Auge flackerte das alptraumhafte Bild der Kopulation unserer nackten, blutverschmierten Körper auf. Ich sagte: »Es war… unglücklich.«

»Alle in Z-K reden über den Tod des Kontrolleurs.«

»War es der Kontrolleur?« fragte ich. »Ich hab die Nachrichten nicht gehört.«

Sie sah mich verschlagen an. »Ihr habt ihn doch gesehen«, sagte sie.

Ich war schockiert, da sie zu erwarten schien, daß ich meinen Aufenthalt in einem Discreet diskutierte. »Ich hab zu tun«, sagte ich. Ich bewegte meine Flossen und entfernte mich seitlich von ihr. Wenn wir uns von der Seite ansehen mußten, würde sich die gesellschaftliche Distanz zwischen uns vergrößern.

Sie lachte leise. »Stell dich nicht so an, Hans. Du tust, als wärst du noch unter den Hunden. Du mußt es mir sagen, wenn ich euch beiden helfen soll.«

Ich hielt mich fest. Sie sagte: »Ich will euch wirklich helfen. Ich bin Valerys Freundin. Ich finde es schön, euch zwei zusammen zu sehen. Das entspricht meinem Gefühl für Ästhetik.«

»Danke für die Aufmerksamkeit.«

»Ich will wirklich euer Bestes. Ich bin es müde, sie am Arm eines alten Lüstlings wie Wellspring zu sehen.«

»Willst du mir sagen, daß sie seine Geliebte ist?« sagte ich.

Sie drohte mir mit metallummantelten Fingern. »Fragst du mich, was die beiden in seinem Lieblings-Discreet tun? Vielleicht spielen sie Schach.« Sie verdrehte die Augen unter den schwer mit Gold bestäubten Lidern. »Mach nicht so ein schockiertes Gesicht, Hans. Du weißt so gut wie alle anderen, wie mächtig er ist. Er ist alt und reich; wir Polycarbon-Frauen sind jung und nicht sehr prinzipientreu.« Sie warf mir zwischen langen Wimpern einen raschen Blick zu. »Ich hab noch nie gehört, daß er uns etwas genommen hat, was wir nicht freiwillig geben wollten.« Sie schwebte näher. »Sag mir, was du gesehen hast, Hans. Z-K ist wegen dieser Neuigkeit aus dem Häuschen, und Valery sitzt in der Ecke und schmollt.«

Ich öffnete den Kühlschrank und suchte zwischen den Petrischalen nach Schnaps. »Mir fällt auf, daß du ungewöhnlich gesprächig bist, Arkadya.«

Sie zögerte, dann zuckte sie die Achseln und lächelte. »So langsam zeigst du etwas Vernunft, mein Freund. Halte Augen und Ohren offen, dann kannst du es in Z-K zu etwas bringen.« Sie nahm einen modischen Zerstäuber aus ihrem emailbesetzten Gürtel. »Da wir gerade von Augen und Ohren sprechen, hast du deine Wohnung schon auf Wanzen überprüft?«

»Wer sollte mich abhören?«

»Wer nicht?« Sie verzog hochmütig das Gesicht. »Ich halte mich einfach an das, was jeder weiß. Wenn du uns ab und zu ein Discreet mietest, erzähle ich dir auch den Rest.« Sie hielt die Druckflasche auf Armeslänge vor sich und spritzte sich bernsteinfarbenen Schnaps in den Mund. »In Z-K tut sich was Großes. Es ist noch nicht zu den unteren Rängen vorgedrungen, aber der Tod des Kontrolleurs ist ein Hinweis darauf. Die anderen Berater halten es für eine rein persönliche Sache, aber es ist klar, daß er nicht einfach lebensmüde war. Er hat seine Angelegenheiten ungeordnet hinterlassen. Nein, diese Sache geht auf die Königin selbst zurück. Da bin ich sicher.«

»Glaubst du, sie hat ihm befohlen, sich das Leben zu nehmen?«

»Vielleicht. Sie wird mit zunehmendem Alter immer unberechenbarer. Würdest du nicht genauso reagieren, wenn du dein ganzes Leben unter Aliens verbracht hättest? Ich fühle mit der Königin, wirklich. Wenn sie ein paar fette alte Säcke umbringen muß, damit sie zur Ruhe kommt, dann habe ich nichts dagegen. Wenn weiter nichts daran war, bin ich sogar beruhigt.«

Ich dachte äußerlich unbewegt darüber nach. Die

ganze Struktur des Z-K hing vom Exil der Königin ab. Siebzig Jahre lang hatten sich Deserteure, Unzufriedene, Piraten und Pazifisten unter den Schutz unserer Alien-Königin geflüchtet. Das große Ansehen, das ihre Investierer-Brüder genossen, schützte uns vor den Intrigen der Former-Faschisten und der entmenschlichten Mechanisierer-Sekten. Z-K war eine Oase der Ruhe in der bösen Amoralität der kriegführenden Parteien der Menschheit. Unsere Vororte kreisten in Netzen um die dunkle, mit Juwelen besetzte Behausung der Königin.

Sie war alles, was wir hatten. Hinter unserem Erfolg drohte eine gefährliche Unsicherheit. Z-Ks berühmte Banken wurden durch den großen Reichtum der Zikadenkönigin gestützt. Die akademische Freiheit von Z-Ks Lehranstalten gedieh nur in ihrem Schatten.

Und wir wußten nicht einmal, warum sie aus der Gnade gefallen war. Es gab zahlreiche Gerüchte, aber nur die Investierer selbst wußten die Wahrheit. Wenn sie uns je verlassen sollte, würde sich der Zarina-Kluster über Nacht auflösen.

Ich sagte beiläufig: »Ich habe schon gehört, daß sie nicht glücklich ist. Anscheinend breiten sich die Gerüchte aus, dann wird ihr Zehnter eine Weile erhöht, eine neue Kammer wird mit Juwelen ausgekleidet, und dann verschwinden die Gerüchte wieder.«

»Das ist wahr… sie und unsere süße Valery sind sich sehr ähnlich, wenn sie in diese düsteren Stimmungen fallen. Aber es ist klar, daß dem Kontrolleur kein anderer Ausweg als der Selbstmord blieb. Und das bedeutet, daß sich im Herzen von Z-K eine Katastrophe anbahnt.«

»Das sind nur Gerüchte«, sagte ich. »Die Königin ist das Herz von Z-K. Wer weiß, was in ihrem riesigen Kopf vorgeht?«

»Wellspring weiß es«, sagte Arkadya sofort.

»Aber er ist kein Berater«, wandte ich ein. »Was den inneren Kreis der Königin angeht, ist er kaum mehr als ein Pirat.«

»Sag mir, was du im Topaz Discreet gesehen hast.«

»Laß mir etwas Zeit«, sagte ich. »Es ist ziemlich schmerzhaft.« Ich überlegte, was ich ihr erzählen sollte, und was sie mir abnehmen würde. Das Schweigen dehnte sich.

Ich legte ein Band mit terranischem Meeresrauschen auf. Im Zimmer donnerte eine fremde Brandung.

»Ich war nicht darauf vorbereitet«, erklärte ich. »Ich habe in meiner Krippe von frühester Kindheit an gelernt, meine Gefühle für mich zu behalten. Ich weiß, was die Clique von Distanz hält. Aber diese Art grober Intimität von einer Frau, die ich kaum kannte – besonders unter den Umständen dieses Abends –, hat mich verletzt.« Ich sah Arkadya forschend in die Augen und wollte durch sie Valery erreichen. »Als es vorbei war, schienen wir weiter getrennt als vorher.«

Arkadya neigte den Kopf und zuckte leicht zusammen. »Wer hat das komponiert?«

»Was? Meinst du die Musik? Das sind natürliche Geräusche – eine Brandung auf der Erde. Das Band ist ein paar Jahrhunderte alt.«

Sie warf mir einen seltsamen Blick zu. »Du interessierst dich sehr für Planeten, was? ›Meeresrauschen‹.«

»Auch auf dem Mars wird es eines Tages Meere geben. Darum geht es doch bei unserem Projekt, oder?«

Sie sah mich verwirrt an. »Sicher... wir arbeiten daran, Hans, aber das bedeutet doch nicht, daß wir auch dort leben müssen. Ich meine, es wird noch Jahrhunderte dauern, oder? Selbst wenn wir dann noch leben, werden wir völlig andere Menschen sein. Stell dir nur vor, wie es ist, von dieser Schwerkraft festgenagelt zu werden. Ich würde ersticken.«

Ich sagte leise: »Ich denke nicht an die Besiedlung. Ich meine eine idealistische Ebene. Die Anregung eines prigoginischen Sprungs der Dritten Ebene durch kognitive Agenten der Vierten Ebene. Das Leben selbst auf dem nackten Urgestein des Raum-Zeit-Kontinuums verankern…«

Aber sie schüttelte den Kopf und ruderte zur Tür. »Tut mir leid, Hans, aber diese Geräusche, also… irgendwie steigen sie mir ins Blut.« Sie schüttelte sich, schauderte, und die feinen Perlenketten, die sie sich ins Haar geflochten hatte, klimperten leise. »Ich kann das nicht ertragen.«

»Ich stell es ab.«

Aber sie wollte gehen. »Bis bald, bis bald… wir sehen uns.«

Dann war sie fort. Und ich stürzte in meine Einsamkeit, während die Brandung am Strand nagte und murmelte.

Einer von Kulagins Servos empfing mich an der Tür und nahm mir den Hut ab. Kulagin saß in einer abgeschirmten Ecke seines nach Ringelblumen riechenden Domizils bei der Arbeit. Er beobachtete Börsennotierungen, die auf einem Bildschirm vor ihm abliefen. Er diktierte Anweisungen ins Mikrophon seines Armbandgerätes. Als der Servo mich anmeldete, zog er den Stecker aus dem Gerät und stand auf. Er drückte meine Hand mit beiden Händen. »Willkommen, Freund, willkommen.«

»Ich hoffe, ich störe nicht.«

»Nein, überhaupt nicht. Spielst du an der Börse?«

»Nicht ernsthaft«, sagte ich. »Vielleicht später mal, wenn die Tantiemen von Eisho Zaibatsu kommen.«

»Dann mußt du mir erlauben, dich anzuleiten. Ein guter Posthumanist sollte vielfältige Interessen haben. Setz dich doch!«

Ich setzte mich neben Kulagin, und er nahm wieder vor der Konsole Platz und stellte den Anschluß wieder her. Kulagin war Mechanisierer, aber er hielt sich peinlich steril. Ich mochte ihn.

Er sagte: »Seltsam, wie diese Finanzinstitutionen sich von ihrem ursprünglichen Zweck entfernen. In gewisser Weise hat der Markt selbst eine Art prigoginischen Sprung gemacht. Auf einer Ebene dient er dem Handel, aber auf einer anderen ist er ein Spiel von Konventionen und Vertrauen. Wir Zikaden essen, atmen und schlafen und sondern Gerüchte ab, und der Markt ist der vollkommene Ausdruck unseres Zeitgeistes.«

»Ja«, sagte ich. »Zerbrechlich und manieriert und im Grunde auf nichts Faßbarem stehend.«

Kulagin hob seine gezupften Augenbrauen. »Ja, junger Freund, genau wie das Urgestein des Kosmos. Jede Ebene der Komplexität schwebt frei über der vorigen, nur durch Abstraktionen gestützt. Selbst Naturgesetze sind nur unsere Versuche, angestrengt durch den prigoginischen Ereignishorizont zu starren… oder wenn du eine ursprünglichere Metapher bevorzugst, können wir den Markt mit dem Meer vergleichen. Ein Meer von Informationen, in dem es hier und dort für den erschöpften Schwimmer eine wunderschöne Insel gibt. Schau dir das hier an!«

Er drückte auf einige Knöpfe, und ein dreidimensionales Koordinatensystem flammte auf. »Das hier sind die Marktbewegungen der letzten achtundvierzig Stunden. Sieht fast aus wie die Kämme und Täler von Meereswellen, was? Sieh dir nur die Brandung der Transaktionen an.« Er berührte den Schirm mit dem Lichtgriffel, der in seinem Zeigefinger implantiert war, und Teile des Koordinatensystems wechselten von kühlem Grün zu Rot. »Hier kamen die ersten Meldungen vom Eisteroid…«

»Was?«

»Der Asteroid, dieser Eisbrocken vom Ringrat. Jemand hat ihn gekauft und befördert ihn nun mit einem Masseantrieb aus der Schwerkraft des Saturn. Er soll auf den Mars gestürzt werden. Das war ein sehr kluger Jemand, denn das Ding kommt bis auf ein paar tausend Kilometer an Z-K heran. Nahe genug, um mit bloßem Auge gesehen zu werden.«

»Also haben sie es wirklich geschafft?« fragte ich. Ich schwankte zwischen Schreck und Freude.

»Ich habe es aus dritter, vierter, vielleicht zehnter Hand gehört, aber es paßt gut zu den Parametern, die von den Polycarbon-Ingenieuren vorgegeben wurden. Ein Brocken aus Eis und flüchtigen Gasen mit mehr als drei Kilometern Durchmesser, der auf die Hellas Depression südlich des Äquators zielt. Er nähert sich mit fünfundsechzig Sekundenkilometern und wird um 20. 14. 53 UT am 14. 4. 54 aufschlagen… nach Ortszeit am frühen Morgen. Marszeit, meine ich.«

»Aber das sind noch einige Monate«, sagte ich.

Kulagin lächelte. »Paß auf, Hans, einen drei Kilometer dicken Eisbrocken schiebst du nicht mit dem Daumen an. Außerdem ist dies der erste von einigen Dutzend. Es ist eher eine symbolische Geste.«

»Aber das bedeutet doch, daß wir hinausziehen! In den Orbit um den Mars!«

Kulagin machte ein skeptisches Gesicht. »Das ist ein Job für Drohnen und Aufseher, Hans. Vielleicht noch für ein paar kräftige, harte Pionier-Typen. Es gibt für dich und mich überhaupt keinen Grund, den bequemen Z-K zu verlassen.«

Ich stand auf und rang die Hände. »Willst du *bleiben?* Und den prigoginischen Katalysator verpassen?«

Kulagin blickte stirnrunzelnd auf. »Immer mit der Ruhe, Hans! Setz dich wieder. Man wird bald nach Freiwilligen suchen, und wenn du wirklich gehen willst, dann kann ich es sicher irgendwie einrichten. Der Punkt ist nur, daß die Wirkung auf den Markt spektakulär war… seit dem Tod des Kontrolleurs war alles ziemlich unsicher, und nun werden wir für den Verlust mit einer fetten Beute entschädigt. Ich beobachte seit drei Jahren ununterbrochen die Marktentwicklung, und ich hoffe, mich sozusagen an den Krümeln zu mästen… Zerstäuber?«

»Nein, danke.«

Kulagin bediente sich und nahm eine große Prise eines Anregungsmittels. Er wirkte fahrig. Ich hatte ihn noch nie ohne Gesichtsbemalung gesehen. Er sagte: »Ich habe nicht das gleiche Gespür für Massenpsychologie wie ihr Former, deshalb muß ich mir mit einem sehr, sehr guten Gedächtnis helfen… so etwas habe ich zum letztenmal vor dreizehn Jahren gesehen. Jemand verbreitete damals das Gerücht, die Königin habe versucht, Z-K zu verlassen, und die Berater hätten sie mit Gewalt zurückgehalten. Das Ergebnis war der Börsenkrach von einundvierzig, aber richtig rund ging es erst beim Run, der danach kam. Ich hab die Bänder von damals durchgesehen und die Finnen und Flossen und die großen scharfen Zähne eines alten Freundes erkannt. Ich erkenne auch bei diesen Manövern seinen Stil. Das hier ist nicht die elegante Gerissenheit eines Formers. Es ist auch nicht die kalte Beharrlichkeit eines Mechanisierers.«

Ich dachte nach. »Dann kommt nur noch Wellspring in Frage.«

Wellsprings Alter war unbekannt. Er war mit Sicherheit weit über zweihundert Jahre alt. Er behauptete, am Beginn des Raumzeitalters auf der Erde geboren zu sein und die erste Generation der unabhängigen Raumkolonien, die sogenannte ›Verkettung‹, überlebt zu haben. Er gehörte zu den Gründern des Zarina-Klusters, und er hatte der Königin ihre Behausung gebaut, als sie bei ihren Investierer-Brüdern in Ungnade fiel.

Kulagin lächelte. »Sehr gut, Hans. Du lebst im Moor, aber du hast keins im Kopf. Ich glaube, Wellspring hat den Krach von einundvierzig inszeniert, weil er sich selbst daran bereichern wollte.«

»Aber er lebt doch sehr bescheiden.«

»Als ältester Freund der Königin war er jedenfalls in einer ausgezeichneten Position, um Gerüchte in Umlauf zu bringen. Er hat sogar vor siebzig Jahren die Parameter des Marktes entwickelt. Und nach dem Sturm wurde das Kosmosity-Metasystems Department für Terraformung gegründet. Durch anonyme Stiftungen natürlich.«

»Aber die Zuwendungen kamen aus dem ganzen System«, wandte ich ein. »Fast alle Sekten und Parteien halten die Terraformung für die wichtigste Aufgabe der Menschheit.«

»Sicher. Aber ich frage mich, warum die Idee sich so weit ausbreitete. Und zu wessen Nutzen. Hör mal, Hans, ich mag Wellspring. Er ist wirklich mein Freund, und ich erinnere mich an die Kälte. Aber du mußt dir einfach klarmachen, wie anormal er ist. Er ist keiner von uns. Er ist nicht einmal im Raum geboren.« Er sah mich aus schmalen Augen an, aber ich reagierte nicht entsetzt auf das Wort *geboren.* Es war für Former eine tödliche Beleidigung, aber ich hielt mich in erster Linie für einen Polycarbon und zweitens für eine Zikade. Former kam mit Abstand an dritter Stelle.

Er lächelte kurz. »Klar, Wellspring hat sich ein paar Mechanisierer-Dinger implantieren lassen, um seine Lebenserwartung zu vergrößern, aber ihm fehlt der echte Mechanisierer-Stil. Er ist nämlich *älter.* Ich bin der letzte, der die Genialität von euch Formern leugnen würde, aber in gewisser Weise ist es eine künstliche Genialität. Sie macht sich bei IQ-Tests ausgezeichnet, aber irgendwie fehlt ihr diese... nun ja, diese ursprüngliche Qualität, die Wellspring besitzt; ganz ähnlich, wie wir Mechanisierer cybernetische Denkmethoden benutzen und doch nie wirkliche Maschinen werden können. Wellspring ist einfach einer jener Menschen, die ganz am Ende des weitgespannten Bogens stehen, einer jener Titanen, die nur einmal in einer ganzen Generation hochkommen. Denk nur daran, was aus seinen normalen Zeitgenossen geworden ist.«

Ich nickte. »Die meisten sind Mechs geworden.«

Kulagin schüttelte leicht den Kopf und starrte auf den Bildschirm. »Ich bin hier in Z-K geboren. Ich weiß nicht viel über die Mechs der alten Schule, aber ich weiß, daß die meisten tot sind. Aus der Mode gekommen, verdrängt. Durch den Zukunftsschock über den Rand getrieben und abgestürzt. Viele der ersten Bemühungen, das Leben zu verlängern, schlugen auf sehr häßliche Weise fehl... Wellspring hat auch das überlebt, weil in ihm eine Art natürlicher Motor arbeitet. Stell es dir vor, Hans. Hier sitzen wir, die Produkte fortschrittlicher Technologien, durch welche die Gesellschaft zu Bruch ging. Wir treiben mit Aliens Handel. Wir können sogar zu den Sternen reisen, wenn wir bei den Investierern eine Fahrkarte kaufen. Und Wellspring ist nicht nur stabil geblieben, er beherrscht uns sogar. Wir kennen nicht einmal seinen richtigen Namen.«

Ich dachte über Kulagins Worte nach, während er einen Nachtrag zur Marktentwicklung aufrief. Ich fühlte mich mies. Ich konnte meine Gefühle verbergen, aber ich konnte sie nicht abschütteln. »Du hast recht«, sagte ich. »Aber ich vertraue ihm.«

»Ich vertraue ihm auch, aber ich weiß auch, daß er uns in der Hand hat. Er beschützt uns sogar. Dieses Terraform-Projekt hat Megawatt um Megawatt gekostet. Alle Spenden waren anonym, angeblich um zu verhindern, daß die Fabriken sie für ihre Werbung ausnutzten. Aber ich glaube, damit sollte nur verschleiert werden, daß die meisten von Wellspring kamen. Es kann jetzt jederzeit einen größeren Börsenkrach geben. Wellspring macht seinen Schachzug, und dann geht der Run los. Und jedes Kilowatt, das er einstreicht, geht an uns.«

Ich beugte mich vor und faltete die Hände. Kulagin diktierte einige Verkaufsanweisungen in sein Mikrophon. Plötzlich mußte ich lachen.

Kulagin blickte auf. »Das ist das erstemal, daß ich dich aus ganzem Herzen lachen höre, Hans.«

»Ich dachte nur… du hast mir viel erzählt, aber eigentlich bin ich gekommen, um über Valery zu reden.«

Kulagin machte ein trauriges Gesicht. »Paß auf, Hans! Was ich über Frauen weiß, kannst du unter einem Mikrochip verstecken. Aber wie ich schon sagte, besitze ich ein ausgezeichnetes Gedächtnis. Die Former haben versagt, als sie gewisse Grenzen überschritten. Der Ringrat versuchte im letzten Jahrhundert, die sogenannte Zweihundertjahresgrenze zu durchbrechen. Die meisten der sogenannten Superklugen haben durchgedreht, sind desertiert, haben sich gegen ihre Kameraden gewandt oder alles auf einmal. Sie wurden jahrzehntelang von Piraten und Söldnern gejagt. Eine Gruppe hat irgendwie herausgefunden, daß es eine exilierte Investierer-Königin gab und sich in ihren schützenden Schatten geflüchtet. Und jemand – du kannst dir sicher denken; wer – hat die Königin überredet, sie aufzunehmen und sie dafür Steuern zahlen zu lassen. Diese Steuern wurden zum Zehnten der Königin, und die Siedlung heißt jetzt Zarina-Kluster. Valerys Eltern – ja, ihre *Eltern,* denn sie wurde auf natürlichem Wege geboren – gehörten zu den Superklugen. Sie bekam nicht die übliche Ausbildung der Former, deshalb erreicht sie höchstens fünfundvierzig oder so.

Das Problem ist, daß sie so von ihren Launen abhängig ist. Das war bei ihren Eltern so, und sie selbst hat diese Stimmungsumschwünge seit ihrer Kindheit. Sie ist eine gefährliche Frau, Hans. Gefährlich für sich selbst und für uns alle. Sie sollte eigentlich unter den Hunden leben. Ich hab das meinen Freunden beim Wachdienst vorgeschlagen, aber jemand hat es verhindert. Und ich glaube zu wissen, wer es war.«

»Ich liebe sie. Sie will nicht mit mir sprechen.«

»Ich verstehe. Nun, wie ich hörte, hat sie sich in der letzten Zeit mit Emotionshemmern vollgestopft; das erklärt möglicherweise ihr Sträuben... ich will offen sein. Es gibt ein altes Sprichwort, Hans: Geh nie mit jemand in ein Discreet, der verrückter ist als du selbst. Das ist ein guter Rat. Du kannst Valery nicht trauen.«

Er hob die Hand. »Warte. Du bist noch jung. Du bist gerade von den Hunden losgekommen. Diese Frau hat dich bezaubert, und zugegebenermaßen besitzt sie einen umwerfenden Former-Charme. Aber ein Verhältnis mit Valery ist wie eine Affäre mit fünf Frauen gleichzeitig, von denen drei verrückt sind. Z-K ist voller wunderschöner Frauen. Klar, du bist etwas steif, vielleicht ein wenig verbissen, aber du hast einen gewissen idealistischen Charme. Und du hast diese Leidenschaftlichkeit der Former, sogar ein wenig Fanatismus, wenn du mir das nicht übelnimmst. Entspanne dich, Hans. Such dir eine Frau, die dir die harten Kanten abschleift. Sieh dich um! Das ist eine gute Art, neue Freunde für die Clique zu gewinnen.«

»Ich werde es beherzigen«, sagte ich.

»Gut. Ich wußte, daß es vergebliche Liebesmüh war.« Er lächelte ironisch. »Warum sollte ich dir die Reinheit deiner Gefühle nehmen? Eine tragische erste Liebe kann in fünfzig oder hundert Jahren für dich eine sehr wertvolle Erfahrung sein.« Er konzentrierte sich wieder auf den Schirm. »Ich bin froh, daß wir geredet haben, Hans. Ich hoffe, du kommst wieder zu mir, wenn das Geld von Eisho Zaibatsu überwiesen wird. Wir können unseren Spaß damit haben.«

»Das würde mir gefallen«, sagte ich, obwohl ich schon wußte, daß jedes Kilowatt, das ich nicht für meine Forschungen brauchte, anonym in das Terraform-Projekt gehen würde. »Und ich will deinen Rat nicht ausschlagen. Es ist nur so, daß er mir nicht hilft.«

»Ach ja, die Jugend«, sagte Kulagin. Ich ging.

Zurück zur schlichten Schönheit der Flechten. Ich war durch jahrelange Ausbildung auf sie spezialisiert, aber erst nach meiner posthumanistischen Erleuchtung hatte ich sie als schön und bedeutungsvoll für mich empfunden. Durch die Philosophie von Z-K betrachtet, standen sie in der Nähe eines katalytischen Punktes, an dem ein prigoginischer Sprung neues Leben entstehen ließ.

Auf einer anderen Ebene konnte man Flechten als gelungene Metapher für die Polycarbon-Clique betrachten: Ein Pilz und eine Alge, potentielle Rivalen, vereinten sich zu einer Symbiose, um etwas zu erreichen, das keiner von beiden allein geschafft hätte, genau wie die Clique Mechanisierer und Former vereinte, um das Leben auf den Mars zu bringen.

Ich wußte, daß viele meine Hingabe als eigenartig und sogar ungesund empfanden. Ich war durch ihre Blindheit nicht beleidigt. Allein schon die Namen der genetischen Bausteine klangen majestätisch: *Alectoria nigricans, Mastodia tessellata, Ochrolechia frigida, Stereocaulon alpinum.* Es waren winzige, aber mächtige Geschöpfe: Wesen der kalten Wüsten, deren Wurzeln und Säuren nackten, gefrorenen Stein zersetzen konnten.

Meine Nährschalen brodelten vor ursprünglicher Vitalität. Flechten würden den Mars mit einer grüngoldenen Flutwelle des Lebens überspülen. Sie würden unwiderstehlich aus den feuchten Kratern der Eisteroid-Einschläge herauskriechen, sich unbeeindruckt von den Stürmen und Erdbeben des Terraformens ausbreiten und die Flutwellen überstehen, die durch das Schmelzen des Permafrostes entstehen würden. Sie gaben Sauerstoff ab und banden Stickstoff.

Sie waren die besten. Sie waren nicht stolz, sie drängten sich nicht in den Vordergrund. Sie posaunten nicht ihre Heldentaten heraus, sie drohten der Kälte nicht, bevor sie sich ihr stellten. Aber gerade weil sie so still waren, nahmen sie den ersten Platz ein.

Meine Jahre unter den Hunden hatten mich den Wert des Schweigens gelehrt. Jetzt hatte ich die Überwachung satt. Als die erste Tantiemenzahlung von Eisho Zaibatsu kam, nahm ich mit einer privaten Sicherheitsfirma von Z-K Kontakt auf und ließ meine Wohnung auf Wanzen durchsuchen. Sie fanden vier.

Dann heuerte ich eine zweite Firma an, die die Wanzen entfernte, die von der ersten gepflanzt worden waren.

Ich verankerte mich an einer schwebenden Arbeitsplatte und drehte die Spionaugen in den Händen herum. Es waren flache Videoplatten, bemalt mit einseitig durchsichtigem Kunststofflack. Sie würden auf dem Schwarzmarkt einen guten Preis bringen.

Ich rief ein Postamt an und ließ einen Kurierservo kommen, der die Wanzen zu Kulagin bringen sollte. Während ich auf den Servo wartete, schaltete ich die Wanzen aus und steckte sie in eine bruchsichere Kiste. Ich diktierte einen Brief und bat Kulagin, sie zu verkaufen und das Geld für mich auf Z-Ks nachlassendem Markt zu investieren. Der Markt sah aus, als konnte er ein paar neue Käufer vertragen.

Als ich das energische Klopfen des Kuriers hörte, öffnete ich die Tür mit der Fernbedienung. Aber kein Kurier kam herein. Es war ein Wachhund.

»Ich nehme die Kiste«, sagte der Hund.

Ich starrte ihn an, als hätte ich noch nie einen Hund gesehen. Dieser hier trug einen schweren Silberpanzer. Schmale, aber kräftige Gliedmaßen entsprangen aus seinem silberüberzogenen schwarzen Plastikkörper, und auf dem dicken Kopf saßen Betäubungskanonen und die stumpfen Mündungen von Netzwerfern. Der kreisende Antennenschwanz verriet mir, daß das Ding ferngesteuert wurde.

Ich zog meine Arbeitsplatte herum, bis sie mich vor dem Hund schützte. »Wie ich sehe, habt ihr auch meine Kommunikationsanlage angezapft«, sagte ich. »Sagst du mir, wo die Wanzen sind, oder muß ich meinen Computer auseinandernehmen?«

»Du neugieriger kleiner Former«, sagte der Hund. »Glaubst du wirklich, deine Tantiemen können dich von allem freikaufen? Ich könnte dich auf dem freien Markt verkaufen, ehe du blinzeln kannst.«

Ich dachte darüber nach. Einige Male schon waren besonders aufmüpfige Bewohner von Z-K verhaftet und von den Ratgebern der Königin auf dem freien Markt verkauft worden. Außerhalb von Z-K gab es immer Parteien, die für feindliche Agenten einen guten Preis zahlten. Ich wußte, daß der Ringrat begeistert wäre, wenn er an mir ein Exempel statuieren konnte. »Du behauptest also, ein Berater der Königin zu sein?«

»*Natürlich* bin ich ein Berater! Dein Verrat blieb nicht unentdeckt. Deine Freundschaft mit Wellspring ist bekannt!« Der Hund surrte näher heran, die dicken Kameraaugen klickten leise. »Was ist in dem Kühlschrank da?«

»Flechtenkolonien«, sagte ich gleichmütig. »Das müßtest du eigentlich wissen.«

»Öffne ihn!«

Ich bewegte mich. »Du überschreitest die Grenzen deiner normalen Handlungsspanne«, sagte ich. Ich wußte, daß dies jedem Mechanisierer angst machte. »Meine Clique hat Freunde unter den Beratern. Ich habe nichts Unrechtes getan.«

»Öffne, oder ich spinne dich ein und öffne selbst mit Hilfe des Hundes!«

»Lügen«, sagte ich. »Du bist kein Berater. Du bist Industriespion und willst meine Edelsteinflechten stehlen. Warum sollte sich ein Berater für meine Flechten interessieren?«

»Öffne! Sonst gerätst du tief in Dinge, die du nicht verstehst.«

»Du bist unter einem Vorwand in meine Wohnung eingedrungen und hast mich bedroht«, sagte ich. »Ich rufe den Wachdienst.«

Der Hund öffnete die verchromte Schnauze. Ich löste mich von der Arbeitsplatte, aber die weißen Seidenfäden aus den Netzwerfern des Hundes packten mich, als ich wegtauchen wollte. Die Fäden klebten fest und wurden sofort hart. Sie blockierten meine Arme, die ich instinktiv gehoben hatte, um das Spray abzuhalten. Der zweite Schuß fesselte auch meine Beine, als ich mich durch einen Sprung in Sicherheit bringen wollte. Ich prallte gegen eine Schaumwand.

»Unruhestifter«, murmelte der Hund. »Ohne euch neugierige Former wäre alles glatt gegangen. Wir hatten die gesündesten Bänke, wir hatten die Königin, den Markt, alles… ihr Parasiten gebt Z-K nichts außer euren Phantasien. Jetzt zerfällt das System. Alles wird zusammenbrechen. Alles. Ich müßte dich töten.«

Ich schnappte nach Luft, als das Spray auf meiner Brust verhärtete. »Das Leben ist etwas anderes als eine Bank«, schnaufte ich.

Motoren heulten auf, als der Hund seine Beine spannte. »Wenn ich im Kühlschrank finde, was ich erwarte, dann bist du so gut wie tot.«

Plötzlich hielt der Hund mitten in der Luft inne. Seine Schrauber surrten, als er sich zur Tür wandte. Die Tür ruckte heftig und glitt einen Spaltbreit auf. Ein dicker, klauenbewehrter Arm schob sich durch die Lücke.

Der Wachhund verschloß die Tür mit seinen Sprühfäden. Plötzlich quietschte die Tür und beulte sich ein, und das Metall schälte sich ab wie eine Folie. Der dicke Kopf und die Spindelbeine eines Tigers schoben sich knirschend und krachend durch die Trümmer. »Verrat!« brüllte der Tiger.

Der Hund surrte zurück und wand sich, während der Tiger sein gepanzertes Hinterteil in den Raum zog. Er wich den gezackten Trümmern der Tür elegant aus. Sein Panzer, schwarz und golden, war doppelt so groß wie der Wachhund. »Warte«, sagte der Hund.

»Der Rat hat dich vor solchen Überfällen gewarnt«, sagte der Tiger ernst. »Ich habe dich selbst gewarnt.«

»Ich mußte mich entscheiden, Koordinator. Es ist *seine* Schuld. Er hat uns gegeneinander ausgespielt, das mußt du doch einsehen.«

»Du hast nur noch eine Entscheidung«, sagte der Tiger. »Du darfst dir das Discreet aussuchen, Ratsherr.«

Der Hund zuckte unschlüssig mit den Gliedern. »Also soll ich der zweite werden«, sagte er. »Zuerst der Kontrolleur, dann ich. Nun gut. Nun gut. Er hat mich. Ich kann mich nicht wehren.« Der Hund schien sich zu sammeln, als wollte er angreifen. »Aber darf ich seinen Liebling zerstören?«

Die Beine des Hundes entfalteten sich wie Teleskope, und er drückte sich von der Wand ab, um mir an die Kehle zu gehen. Es blitzte und stank schrecklich nach Ozon, dann prallte der Hund heftig vor meine Brust. Er war tot, seine Schaltkreise durchgebrannt. Die Lichter flackerten und gingen aus, als mein Computer den Geist aufgab und abstürzte; seine Programme waren durch die Streustrahlung des Impulses, den der Tiger abgegeben hatte, zerstört worden.

Auf dem Kopf des Tigers erschienen zwei Radkränze und zwei Punktscheinwerfer. »Haben Sie Implantate?« fragte er.

»Nein«, sagte ich. »Keine cybernetischen Teile. Mir geht es gut. Sie haben mir das Leben gerettet.«

»Schließen Sie die Augen«, befahl der Tiger. Er sprühte mich aus den Nüstern mit einem feinen Nebel eines Lösungsmittels ein. Das Netz schälte sich ab und zog mir die Kleidung vom Leib.

Mein Armbandgerät war kaputt. Ich sagte: »Ich habe kein Verbrechen gegen den Staat begangen, Koordinator. Ich liebe Z-K.«

»Wir leben in einer seltsamen Zeit«, knurrte der Tiger. »Unsere Routinen verfallen. Niemand ist über Verdächtigungen erhaben. Sie haben eine schlechte Zeit gewählt, Ihr Heim einem Discreet ähnlich zu machen, junger Mann.«

»Ich tat es öffentlich«, sagte ich.

»Hier gibt es keine Rechte, Zikade. Nur die Gnade der Königin. Kleiden Sie sich an und reiten Sie auf dem Tiger. Wir müssen reden. Ich bringe Sie in den Palast.«

Der Palast war im Grunde ein riesiges, organisches Discreet. Ich fragte mich, ob ich diesen geheimnisvollen Ort lebendig verlassen würde.

Ich hatte keine Wahl.

Ich kleidete mich unter den Glupschaugen des Tigers sorgfältig an und stieg auf. Er roch nach altem Schmierfett. Wahrscheinlich war er Jahrzehnte im

Lager gewesen. Tiger waren in Z-K seit Jahren nicht mehr aufgetaucht.

Die Gänge waren voller Zikaden, die ihren Arbeiten nachgingen. Als sich der Tiger näherte, flohen sie erschreckt und ängstlich.

Wir verließen den Schaum an seinem zylindrischen Ende und betraten einen Kreuzungspunkt kardanisch verbundener interurbaner Straßen.

Die Straßen waren durchsichtige Polycarbon-Röhren, die Z-Ks zylindrische Vororte in einem unordentlichen Netz verbanden. Der Anblick der glänzenden Wohnstationen vor dem eisigen Hintergrund der Sterne erzeugte in mir ein starkes Schwindelgefühl. Ich erinnerte mich an die Kälte.

Wir kamen durch einen dicken Knoten im Netz, eine Kreuzung mehrerer Röhren, in der sich eins von Z-Ks berühmten Straßencafés angesiedelt hatte. Das lebhafte Geplauder der schillernden Gäste verstummte, als ich vorbeiritt, und schwoll hinter uns zu beunruhigtem Gemurmel an. Die Neuigkeit würde binnen Minuten in Z-K die Runde machen.

Der Palast war einem Sternenschiff der Investierer nachempfunden: ein Achteck mit langgestreckten Seitenwänden. Echte Investiererschiffe waren mit phantastischen Bildern aus gehämmertem Metall geschmückt, aber die Behausung der Königin war ungleichmäßig schwarz gefärbt, ein Sinnbild ihrer unbekannten Schande. Mit der Zeit hatte die Behausung unregelmäßige Anbauten bekommen, und nun war sie mit Regierungsbüros und den Verstecken der Königin übersät. Die klobige Hülle drehte sich mit atemberaubender Geschwindigkeit.

Wir traten durch eine Achse in gleißendes blauweißes Licht ein. Meine Augen zogen sich schmerzhaft zusammen und tränten.

Die Ratgeber der Königin waren Mechanisierer, und

die Gänge wimmelten vor Servos. Sie gingen unbeirrt ihren Tätigkeiten nach und ignorierten den Tiger, dessen verchromte, glatte Körperflächen im gnadenlosen Licht böse glänzten.

Nicht weit von der Achse entfernt wurden wir von der Zentrifugalkraft gepackt, und der Tiger sank krachend auf seine kräftigen Beine nieder. Die Wände trugen hier Barock-Mosaike und wirbelnde Bilder aus filigranen, kostbaren Metallen. Der Tiger stolzierte eine Treppenflucht hinunter. Mein Rückgrat knackte hörbar in der zunehmenden Schwerkraft. Ich konnte mich nur noch mit Mühe aufrecht halten.

Die meisten Gänge waren leer. Wir kamen ab und zu an Juwelenklumpen in den Wänden vorbei, die wie Blitze funkelten. Ich lehnte mich gegen den Rücken des Tigers und stützte meine Ellbogen auf. Mein Herz schlug wie wild. Noch mehr Treppen. Tränen rannen über mein Gesicht und in meinen Mund, ein Gefühl, das ebenso neu wie widerwärtig war. Meine Arme zitterten vor Erschöpfung.

Das Büro des Koordinators lag ganz außen. Dadurch blieb er für die Audienzen bei der Königin in Form. Der Tiger stakste krachend durch zwei wuchtige Türen, die groß genug waren, um Investierer beim Eintritt nicht zu behindern.

Alles im Büro war im Maßstab der Investierer gehalten. Die Decken waren mehr als doppelt mannshoch. Ein Luster an der Decke verstrahlte ein sengendes Licht über zwei gewaltigen Stühlen mit hohen Lehnen, in denen Löcher für die Schwänze der Investierer freigelassen waren. Ein Springbrunnen plätscherte leise. Auch das Wasser schien durch die Schwerkraft erschöpft.

Der Koordinator saß an einem Büroschreibtisch hinter einer Tastatur. Die Schreibtischfläche reichte ihm fast zu den Achseln, und seine Schuppenstiefel baumelten weit über dem Boden. Hinter ihm liefen auf einem Monitor die neuesten Börsenberichte ab.

Ich rutschte stöhnend vom Rücken des Tigers und zog mich in die kratzenden, dicken Polster eines Investierersessels. Der Plüsch, der für das Wohlbehagen eines schuppigen Investierers gedacht war, stach durch meine Hose wie Draht.

»Nehmen Sie eine Sonnenbrille«, sagte der Koordinator. Er öffnete eine riesige Schreibtischschublade, in der er fast verschwand, als er eine Schutzbrille suchte. Er warf sie mir zu. Ich wollte sie fangen, aber sie schlug vor meine Brust.

Ich wischte mir die Augen aus und setzte die Brille auf. Ich stöhnte erleichtert. Der Tiger hockte sich vor meinen Sessel und schnurrte leise.

»Sind Sie zum erstenmal im Palast?« fragte der Koordinator.

Ich nickte mühsam.

»Es ist schrecklich, ich weiß. Und doch, es ist alles, was wir haben. Sie müssen das verstehen, Landau. Dies ist Z-Ks prigoginischer Katalysator.«

»Sie kennen die Philosophie?« fragte ich.

»Aber natürlich. Wir sind nicht alle Fossilien. Die Berater gehören verschiedenen Parteien an. Das ist allgemein bekannt.« Der Koordinator schob seinen Stuhl zurück. Dann stellte er sich auf die Sitzfläche, stieg auf den Schreibtisch und setzte sich auf die Kante. Er sah mich an und ließ die Schuppenstiefel baumeln.

Er war ein ungeschlachter, stämmiger, muskulöser Mann, der sich in dieser Schwerkraft, die mir den Atem raubte, mühelos bewegen konnte. Sein Gesicht hatte nach zwei Jahrhunderten tiefe, bedrohliche Falten bekommen. Seine schwarze Haut glänzte trüb im gleißenden Licht. Er sagte: »Ich habe die Bänder gesehen, die der Hund aufgezeichnet hat, und ich glaube Sie zu verstehen, Landau. Ihre Sünde ist die Distanz.«

Er seufzte. »Und doch sind Sie weniger korrupt als die anderen... es gibt eine gewisse Grenze, eine Intensität der Sünde und des Zynismus, an der jede Gesellschaft scheitert, wenn sie überschritten wird. Hören Sie – ich weiß einiges über die Former und den Ringrat. Durch nackte Angst und Gier zusammengehalten, beziehen sie die Kraft aus dem Impuls ihres eigenen Zusammenbruchs. Aber Z-K war eine Hoffnung. Sie leben schon eine Weile hier, und Sie müssen es gesehen haben, wenn Sie es schon nicht unmittelbar fühlen können. Sie müssen wissen, wie kostbar dieser Ort ist. Unter der Zikadenkönigin beziehen wir unsere Lebenskraft aus einem Bewußtseinszustand. Glaube zählt, Vertrauen ist lebenswichtig.« Der Koordinator sah mich an, sein dunkles Gesicht schien mutlos. »Ich will Ihnen die Wahrheit sagen und mich Ihrem guten Willen ausliefern. Ich hoffe, Sie reagieren richtig.«

»Danke.«

»Z-K steckt in einer Krise. Gerüchte über die Unzufriedenheit der Königin haben den Markt schon öfter fast zusammenbrechen lassen. Diesmal sind es aber mehr als Gerüchte, Landau. Die Königin will sich aus Z-K zurückziehen.«

Ich sank wie vor den Kopf geschlagen auf meinem Sessel zusammen und sperrte den Mund auf. Ich schloß ihn wieder.

»Wenn der Markt zusammenbricht«, sagte der Koordinator, »dann verlieren wir alles, was wir haben. Die Neuigkeit breitet sich schon aus. Bald wird es einen Run auf die Banken des Zarina-Kluster geben. Das System wird zusammenbrechen, Z-K wird sterben.«

»Aber...«, begann ich. »Wenn es die Königin selbst...« Ich konnte kaum noch atmen.

»Es sind *immer* die Investierer, Landau; so war es,

seit die ersten auftauchten und unsere Krieger zur Institution machten. Wir Mechanisierer hielten euch Former in Schach. Wir beherrschten das ganze System, während ihr euch verängstigt in den Ringen versteckt habt. Durch den Handel mit den Investierern seid ihr wieder auf die Beine gekommen. Sie haben euch sogar absichtlich so weit aufgebaut, daß ein Markt mit freiem Wettbewerb entstand, auf dem sich die menschliche Rasse gegen sich selbst wandte. Die Investierer haben gut daran verdient… nehmen Sie unser Z-K. Wir leben hier in Harmonie. So könnte es überall sein. Es ist ihr Werk.«

»Wollen Sie damit sagen«, fragte ich, »daß die Geschichte von Z-K ein Plan der Investierer war? Daß die Königin nie wirklich in Ungnade fiel?«

»Sie sind nicht unfehlbar«, erklärte der Koordinator. »Ich kann den Markt und Z-K retten, wenn ich ihre eigene Gier benutze. Es sind Ihre Juwelen, Landau, Ihre Juwelen. Ich sah die Reaktion der Königin, als ihr verdammter… Lakai Wellspring Ihr Geschenk übergab. Mit der Zeit lernt man, die Stimmungen dieser Investierer zu erkennen. Sie waren grün vor Gier. Ihr Patent könnte beim Aufbau einer größeren Industrie helfen.«

»Was Wellspring angeht, irren Sie sich aber«, sagte ich. »Das Juwel war seine Idee. Ich habe mit endolithischen Flechten gearbeitet. ›Wenn die in Steinen leben können, dann leben sie auch in Edelsteinen‹, sagte er mir. Ich habe nur die praktische Ausführung übernommen.«

»Aber das Patent läuft auf Ihren Namen.« Der Koordinator betrachtete die Spitzen seiner Schuppenstiefel. »Mit einem solchen Katalysator könnte ich den Markt retten. Ich will, daß Sie Ihr Patent von Eisho Zaibatsu auf mich übertragen. Die Steuern sind schon verplant. Für die Terraformung.«

Ein säuerliches Grinsen vertiefte die Falten im Gesicht des Koordinators. Er beugte sich vor, und seine Schultern spannten sich. Plastik krachte. »Terraformung! Oh, ja, mir sind die sogenannten moralischen Bedenken bekannt. Die kalten Abstraktionen blutloser Ideologen. Was ist mit Respekt? Verpflichtung? Loyalität? Sind das Fremdworte für Sie?«

Ich sagte: »So einfach ist das nicht. Wellspring meint …«

»Wellspring!« rief er. »Er ist ein Terraner, Sie Narr, er ist nur ein Renegat, ein Verräter, der kaum hundert Jahre alt ist und sich mit Haut und Haaren an die Außerirdischen verkauft hat. Sie fürchten uns, müssen Sie wissen. Sie fürchten unsere Energie. Unser Potential, in ihre Märkte einzudringen, sobald wir den Sternenantrieb in den Händen haben. Das ist doch offensichtlich, Landau! Sie wollen die Energie der Menschen auf diesen Mars-Unfug umlenken. Wir könnten ihre Konkurrenten werden und uns in einer riesigen Welle zwischen den Sternen ausbreiten!« Er streckte die Arme weit aus, hob die Handflächen hoch und blickte zur Decke.

Seine Arme begannen zu zittern. Dann zog er sie zurück und legte den Kopf in die geöffneten Hände. »Z-K hätte ein Vorbild sein können. Ein Ort der Einheit, eine Insel der Sicherheit im Chaos. Die Investierer wollen es zerstören. Wenn der Markt zusammenbricht, sobald die Königin desertiert, ist das unser Ende.«

»Wird sie wirklich gehen?«

»Wer weiß schon, was sie will.« Der Koordinator schien erschöpft. »Ich habe siebzig Jahre unter ihren Launen und Erniedrigungen gelitten. Ich weiß nicht mehr, was es bedeutet, für etwas wirklich einzutreten. Warum sollte ich mein Herz brechen und versuchen, mit Hilfe Ihres dummen Schnickschnacks alles zusammenzuhalten? Schließlich gibt es immer noch die Discreets.«

Er sah mich wild an. »Da haben Sie den Ratsherrn durch Ihre Einmischung hingeschickt. Wenn wir erst alles verloren haben, wird soviel Blut in den Discreets sein, daß Sie darin schwimmen können.«

Er sprang vom Schreibtisch, hüpfte über den Teppich und zerrte mich vom Stuhl. Ich packte schwach seine Handgelenke. Meine Arme und Beine flogen herum, als er mich schüttelte. Der Tiger kam klickend näher. »Ich hasse Sie«, brüllte er, »ich hasse alles, für das Sie stehen! Ich bin Ihre Clique und Ihre Philosophien und Ihr albernes Lächeln leid. Sie haben durch Ihre Einmischung einen guten Freund umgebracht. Raus jetzt! Verlassen Sie Z-K. Sie haben achtundvierzig Stunden. Danach lasse ich Sie verhaften und an den höchsten Bieter verkaufen.« Er stieß mich verächtlich zurück. Ich brach in der Schwerkraft sofort zusammen, mein Kopf prallte auf den Teppich.

Der Tiger zog mich auf die Beine, während der Koordinator auf seinen übergroßen Stuhl kletterte. Er blickte auf seinen Börsenschirm, und ich kletterte zitternd auf den Rücken des Tigers.

»O nein«, sagte er leise. »Verrat.« Der Tiger schaffte mich fort.

Ich fand Wellspring endlich in Dogtown. Dogtown, die Stadt der Hunde, war eine chaotische Substation, die sich oberhalb der Rotationsachse von Z-K langsam um sich selbst drehte. Es war ein Hafen und eine Zollstation, ein Gewirr von Schiffswerften, Lagerkuppeln, Quarantänestationen und Sozialhäusern, in denen alle Bedürfnisse der Streuner, Einsamen und Fremden befriedigt wurden.

Dogtown war der Ort, an den man ging, wenn einen niemand sonst mehr haben wollte. Überall waren Reisende: Prospektoren, Freibeuter, Kriminelle, Versprengte von Sekten, deren Innovation fehlgeschlagen war, bankrotte Banker, Deserteure, Kunden für gefährliche Freuden. Entsprechend wimmelte es vor Hunden und kleineren Überwachungsanlagen. Dogtown war ein wirklich gefährlicher Ort, denn hier tummelten sich Ausgestoßene und Gierige. Die ständige Überwachung hatte jedes Schamgefühl zerstört.

Ich fand Wellspring in der dicken Blase einer Röhrenbar. Er besprach mit einem Mann, den er als ›Modem‹ vorstellte, ein größeres Geschäft. Modem war Angehöriger einer kleinen, aber vitalen Mechanisierersekte, die in Z-K ›Lobster‹ genannt wurde. Die Lobster lebten ständig in hautengen Lebenserhaltungssystemen, an die hier und dort Maschinen und Ein- und Ausgabestutzen angeschlossen waren. Die Anzüge waren gesichtslos und schwarz. Die Lobster sahen aus wie Schatten.

Ich schüttelte den rauhen, zimmerwarmen Handschuh des Lobster und hakte mich an den Tisch.

Ich klaubte eine Druckflasche von der Adhäsionsfläche des Tischs und trank. »Ich hab Probleme«, sagte ich. »Können wir vor diesem Mann reden?«

Wellspring lachte. »Machst du Witze? Wir sind in Dogtown! Alles, was wir sagen, geht auf mehr Bänder, als du Zähne hast, Landau. Außerdem ist Modem ein alter Freund. Seine verschrobenen Ansichten könnten nützlich sein.«

»Gut.« Ich begann zu erklären. Wellspring wollte Einzelheiten wissen. Ich ließ nichts aus.

»Meine Güte«, sagte Wellspring, als ich fertig war. »Bleib an den Monitoren, Modem, dann wirst du sehen, wie Gerüchte die Lichtgeschwindigkeit überschreiten. Seltsam, daß von diesem komischen kleinen Bistro eine Neuigkeit ausgehen soll, die Z-K zerstören wird.« Er sprach jetzt ziemlich laut, und ich sah mich erschrocken um. Die Gäste sperrten schockiert den Mund auf. In den Mundwinkeln glitzerten Speicheltröpfchen.

»Also ist die Königin fort«, sagte Wellspring. »Wahrscheinlich schon seit Wochen. Nun, da kann man nichts machen. Selbst die Gier der Investierer hat Grenzen. Die Berater konnten sie nicht ewig an der Nase herumführen. Vielleicht taucht sie irgendwo anders auf, in einer Station, die ihren emotionalen Bedürfnissen eher gerecht wird. Ich glaube, ich gehe an meine Monitore, um meine Verluste in Grenzen zu halten, solange sich auf dem Markt überhaupt noch etwas bewegt.«

Wellspring teilte seinen geschlitzten Ärmel und sah beiläufig auf seinen Unterarmcomputer. Die Bar leerte sich plötzlich, als wäre eine Katastrophe ausgebrochen. Die Gäste wurden von ihren persönlichen Hunden begleitet. In der Nähe des Ausgangs brach zwischen zwei Former-Renegaten ein heftiger Zweikampf aus. Sie wirbelten mit schrillen Schreien durch die zuckenden Griffe des Schwerelosigkeits-Jiu-Jitsu. Ihre Hunde sahen unbeteiligt zu.

Bald waren wir drei mit den Bar-Servos und einem halben Dutzend fasziniert lauschender Hunde allein. »Ich wußte schon bei meiner letzten Audienz, daß die Königin gehen wollte«, sagte Wellspring ruhig. »Z-K hat seine Nützlichkeit ohnehin überlebt. Es war nur als Katalysator für die Motivation nötig, den Mars auf die Dritte Prigoginische Ebene der Komplexität zu bringen. Unter dem Gewicht der Berater-Programme ist Z-K immer weiter erstarrt. Das ist die typische Kurzsichtigkeit der Mechs. Pseudopragmatischer Materialismus. Es ist ihre Schuld.«

Wellspring zeigte ein Stück bestickter Unterwäsche, als er mit einer ausholenden Geste eine neue Runde bestellte. »Der Ratsherr, den du erwähnt hast, hat sich in ein Discreet zurückgezogen. Er wird nicht der letzte sein, den man mit den Füßen zuerst herausträgt.«

»Was soll ich machen?« sagte ich. »Ich verliere alles. Was wird aus der Clique?«

Wellspring runzelte die Stirn. »Komm schon, Landau! Zeig die Flexibilität des Posthumanismus. Als erstes mußt du natürlich ins Exil gehen, bevor du gefangen und verkauft wirst. Ich glaube, dabei könnte dir unser Freund Modem helfen.«

»Klare Sache«, verkündete Modem. Er hatte einen Vocoder an seiner Kehle angeschlossen. Das Ding sprach mit einer wundervollen, unmenschlichen, künstlichen Stimme. »Unser Schiff, die *Crowned Pawn*, bringt Eisteroid-Massenantrieb zum Ringrat. Sie sind für das Terraform-Projekt gedacht. Jeder Freund von Wellspring ist uns willkommen.«

Ich lachte ungläubig. »Das ist Selbstmord für mich. In den Ring zurück? Da könnte ich mir gleich die Kehle durchschneiden.«

»Immer mit der Ruhe«, sagte Modem. »Ich laß dich von den Medimechs durcharbeiten und dir eine unserer Hüllen anpassen. Wir Lobster sehen alle gleich aus. Unter der Haut bist du völlig sicher.«

Ich war schockiert. »Ich soll ein Mech werden?«

»Du mußt ja keiner *bleiben*«, sagte Wellspring. »Das eine ganz einfache Prozedur. Ein paar Nervenverbindungen, ein paar anale Operationen, eine Tracheotomie… Du verlierst Geschmack und Tastgefühl, aber die anderen Sinne werden gewaltig verstärkt.«

»Ja«, sagte Modem. »Und du kannst nackt in den Raum gehen und lachen.«

»Genau!« sagte Wellspring. »Die Neuformer könnten ruhig einige Mech-Techniken aneignen. Das ist wie bei deinen Flechten, Hans. Geh für eine Weile eine Symbiose ein. Das wird deinen Horizont erweitern.«

Ich sagte: »Aber ihr macht… ihr macht doch nichts mit dem *Gehirn,* oder?«

»Nein«, sagte Modem gleichgültig. »Müssen wir auch nicht. Dein Gehirn gehört dir.«

Ich dachte nach. »Könnt ihr es in…« – ich sah auf Wellsprings Unterarm – »in achtunddreißig Stunden schaffen?«

»Wenn wir uns beeilen«, sagte Modem. Er löste sich vom Tisch.

Ich folgte ihm.

Die *Crowned Pawn* war unterwegs. Meine Haut klebte magnetisch an einem Träger des Schiffs, als wir beschleunigten. Ich hatte meine Augen auf Normalsicht umgestellt und sah zu, wie hinter uns der Zarina-Kluster langsam kleiner wurde.

Tränen brannten in den haardünnen Narben um meine toten Augäpfel. Z-K rotierte langsam wie eine Galaxis in einem edelsteinbesetzten Netz. Da und dort in diesem Netz zuckten Flammen auf, als Vororte die schwierige und tragische Aufgabe in Angriff nahmen, sich loszuschneiden. In Z-K ging die Angst um.

Ich sehnte mich nach der warmen Vitalität meiner Clique. Ich war kein Lobster. Sie waren Aliens. Sie waren solipsistische Punkte in der galaktischen Nacht. Ihre Menschlichkeit war ein vergessener Kleister hinter schwarzen Panzern.

Die *Crowned Pawn* sah aus, als hätte man ihr Inneres nach außen gekehrt. Ihre Räume waren um einen Kern aus großen Magnetmaschinen angeordnet. Die Motoren wurden von Drohnen mit einem Klotz Reaktionsmasse gespeist. Außerhalb dieser Maschinen war eine Art Metallskelett befestigt, in dem die Lobster wie Zysten hockten oder in induzierten Magnetfeldern schwebten. Da und dort saßen Kuppeln auf dem Skelett, wo sich die Lobster in Flüssigcomputer einklinken oder sich vor Sonnenstürmen und elektrischen Entladungen des Ringsystems schützen konnten.

Sie aßen nicht. Sie tranken nicht. Sex war nur mit Hilfe einer Cyberstimulation über Gehirnanschlüsse möglich. Etwa alle fünf Jahre kamen sie in die ›Mauser‹. Sie ließen von ihren Häuten die stinkenden, mutierten Bakterien abkratzen, die sich in der drückenden Hitze auf ihnen festgesetzt hatten.

Sie kannten keine Angst. Platzangst war ein Gefühl, das sich mühelos mit Drogen zerquetschen ließ. Sie waren beherrscht und anarchisch. Ihre größte Freude war es, auf einer Strebe zu sitzen und ihre verstärkten Sinne für die Tiefen des Raumes zu öffnen und Sterne zu beobachten, die im Ultraviolett- oder Infrarotbereich strahlten, oder in die wellige, wabernde Oberfläche der Sonne zu starren. Oder sie saßen nur herum und nahmen die energiereiche Sonnenstrahlung über die Haut auf und lauschten mit verdrahteten Ohren dem Summen der Van Allen-Gürtel und dem musikalischen Klicken der Pulsare.

Sie waren nicht böse, aber sie waren auch keine Menschen. Distanziert und eiskalt wie Kometen, waren sie Geschöpfe des Vakuums, gelangweilt von den altmodischen Paradigmen von Blut und Knochen. Ich sah in ihnen die ersten Anzeichen des Fünften Prigoginischen Sprungs – jener postulierten Fünften Ebene der Komplexität, die so weit über die Intelligenz hinausging, wie die Intelligenz sich vom Leben einer Amöbe unterschied oder das Leben von lebloser Materie.

Sie machten mir angst. Ihre nüchterne Gleichgültigkeit gegenüber den menschlichen Beschränkungen gaben ihnen die finstere Ausstrahlung von Heiligen.

Modem glitt über eine Strebe zu mir und schloß sich geräuschlos hinter mir an. Ich drehte meine Ohren und hörte seine Stimme, die das statische Rauschen der

Maschinen übertönte. »Ein Anruf für dich, Landau. Von Z-K. Folge mir!«

Ich stieß mich ab und schwebte hinter ihm an einer Strebe entlang. Wir betraten die Strahlenschleuse einer Eisenkuppel. Die Tür stand offen, denn die Lobster haßten verschlossene Räume.

Vor mir auf dem Schirm sah ich das tränenüberströmte Gesicht von Valery Korstad. »Valery!« sagte ich.

»Bist du es, Hans?«

»Ja. Ja, Liebste. Schön, dich zu sehen.«

»Kannst du nicht die Maske abnehmen, Hans? Ich will dein Gesicht sehen.«

»Das ist keine Maske, Liebes. Und mein Gesicht ist, nun ja, kein sehr schöner Anblick. Lauter Drähte.«

»Du klingst so seltsam, Hans. Deine Stimme klingt ganz anders.«

»Das liegt daran, daß meine Stimme elektronisch erzeugt wird. Sie ist künstlich.«

»Woher soll ich wissen, ob du es wirklich bist? Mein Gott, Hans... ich habe solche Angst. Alles... hier löst sich alles einfach auf. Der Schaum ist... es gibt eine biologische Gefahr, jemand hat die Schalen in deinem Raum zerstört, ich glaube, es waren die Hunde, und jetzt breiten sich die verdammten Flechten überall aus. Sie wachsen sehr schnell!«

»Sie sind dafür gemacht, schnell zu wachsen, Valery, das war so gedacht. Sag ihnen, sie sollen ein Metallaerosol oder Schwefelverbindungen benutzen; damit kann man sie in ein paar Stunden töten. Kein Grund zur Panik.«

»Kein Grund zur Panik! Hans, die Discreets sind wahre Selbstmordfabriken. Z-K ist am Ende! Wir haben die Königin verloren!«

»Das Projekt gibt es aber noch«, sagte ich. »Die Königin war nur ein Vorwand, ein Katalysator. Das Projekt kann ebensoviel Respekt erzeugen wie die verdammte Königin. Die Grundlagen wurden schon vor Jahren festgelegt. Dies ist der Augenblick. Sag der Clique, sie soll alles verkaufen, was sie hat. Der Schaum muß in den Marsorbit verlegt werden.«

Valery trieb zur Seite davon. »Darum ging es dir die ganze Zeit, was? Um das Projekt! Ich habe mich erniedrigt, und du mit deiner Kälte, deiner Former-Distanz hast mich einfach zurückgelassen!«

»Valery!« rief ich erschüttert. »Ich habe dich ein dutzendmal angerufen, aber du hattest dich eingeschlossen. Ich war es, der nach all diesen Jahren unter den Hunden Wärme suchte…«

»Du hättest mich erreichen können!« kreischte sie, und ihr Gesicht wurde bleich vor Leidenschaft. »Wenn dir wirklich etwas an mir gelegen hätte, wärst du eingebrochen, um es zu beweisen! Hast du erwartet, daß ich demütig zu dir gekrochen komme? Schwarzer Panzer oder Hundeaugen, Hans, es ist egal. Du bist nicht bei mir.«

Ich spürte die Hitze nackter Wut unter meiner betäubten Haut. »Dann gib mir ruhig die Schuld! Woher sollte ich deine Rituale kennen, deine kranken kleinen Geheimnisse? Ich dachte, du hättest mich abgelegt, weil du lieber mit Wellspring herummachen wolltest. Glaubst du, ich kämpfe gegen einen Mann, der mir einen Weg zur Rettung gezeigt hat? Ich hätte mir die Pulsadern aufgeschnitten, nur um dich lächeln zu sehen, und du hast mir nichts gegeben, nichts als Katastrophen.«

Ihr bemaltes Gesicht erbleichte. Ihr Mund öffnete sich, aber kein Wort kam heraus. Schließlich unterbrach sie mit einem hoffnungslosen, verzweifelten Lächeln die Verbindung. Der Schirm wurde dunkel.

Ich wandte mich an Modem. »Ich will zurück«, sagte ich.

»Tut mir leid«, sagte er. »Erstens würde man dich

umbringen. Zweitens haben wir nicht genug Energie, um umzukehren. Wir haben eine Menge Fracht geladen.« Er zuckte die Achseln. »Und außerdem löst Z-K sich auf. Wir haben es schon lange vorausgesehen. In den nächsten Wochen werden einige unserer Kollegen mit einer zweiten Ladung von Masseantrieben kommen. Sie werden Spitzenpreise erzielen, wenn sich der Kluster löst.«

»Ihr habt es gewußt?«

»Wir haben unsere Quellen.«

»Wellspring?«

»Was, der? Der geht auch weg. Er will im Marsorbit sein, wenn *das* einschlägt.« Modem schwebte aus der Kuppel und deutete zur Ekliptik. Ich folgte seinem Blick und stellte die Augen ungeschickt auf sichtbares Licht um.

Ich sah das wilde, gespenstische Flackern der mächtigen Antriebe des Mars-Asteroiden. »Der Eisteroid«, sagte ich.

»Natürlich. Der Komet eures Untergangs sozusagen. Ein schönes Symbol für Z-Ks Verfall.«

»Ja«, sagte ich. Ich glaubte Wellsprings Handschrift zu erkennen. Wenn die große Eismasse an Z-K vorbeischwebte, würden ihr die erschreckten Augen der Bewohner folgen. Plötzlich erwachte eine neue Hoffnung in mir.

»Wie wär's denn *damit?* Könnt ihr mich darauf absetzen?«

»Auf dem Asteroiden?«

»Ja! Sie müssen doch im Orbit die Antriebsmaschinen lösen, oder? Dort kann ich wieder zu meinen Freunden stoßen, damit ich den prigoginischen Katalysator nicht verpasse!«

»Ich überprüfe es.« Modem gab einige Parameter in den Flüssigcomputer. »Ja… ich könnte dir eine kleine Maschine verkaufen, an die du dich anbinden müßtest. Mit genug Energie und einem Cybersystem zur Steuerung könntest du etwa in zweiundsiebzig Stunden deine Flugbahn angleichen.«

»Gut! Gut! Dann laß es uns tun.«

»Nun ja«, sagte er, »da wäre nur noch die Frage des Preises.«

Ich hatte genug Zeit, über den Preis nachzudenken, während wir durch die schwarze Leere rasten. Ich glaubte, ich hatte mich richtig entschieden. Wenn Z-Ks Markt zusammenbrach, brauchte ich neue Handelsagenten für die Eisho-Juwelen. Trotz ihres gespenstischen Aussehens hatte ich das Gefühl, daß ich den Lobstern vertrauen konnte.

Das Cybersystem brachte mich sanft auf die Sonnenseite des Asteroiden. Ich verging allmählich in der Hitze der fernen Sonne. Infrarote Fahnen flüchtiger Gase pufften da und dort aus Rissen im bläulichen Eis.

Der Eisteroid war ein Splitter eines zerbrochenen alten Eismondes des Saturn. Es war ein hügeliger, rissiger Klumpen, der in gezackten Klippen und Klüften noch die versteinerte Spuren frühgeschichtlicher Gewalt trug. Er war eiförmig, fünf Kilometer lang und drei Kilometer dick. Die Oberfläche hatte die bläuliche, vernarbte Farbe von Eis, das jahrtausendelang starken elektrischen Feldern ausgesetzt gewesen war.

Ich rauhte die Greifflächen meiner Handschuhe auf und zog mich und die Hilfsmaschine Hand über Hand in den Schatten. Die Maschine konnte keine Energie mehr liefern, aber ich wollte nicht, daß sie frei herumflog.

Ich entfaltete die Funkantenne, die Modem mir verkauft hatte, und verankerte sie in einem Spalt. Ich richtete sie auf Z-K aus und schaltete sie ein.

Die Katastrophe war umfassend. Z-K war immer stolz auf seine offenen Sendungen gewesen. Sie waren

Bestandteile jener Atmosphäre der Freiheit gewesen, die den Kluster so lebendig gemacht hatte. Nun äußerte sich offene Panik in verhüllten Drohungen, und dann, am schlimmsten von allem, kamen verräterische Codes. Aus dem ganzen System entlud sich lange aufgestauter Druck auf Z-K.

Die Angebote und Drohungen schaukelten sich hoch, bis die verängstigten Cliquen von Z-K beinahe im Bürgerkrieg lagen. Entführte Hunde kontrollierten die Röhren und Gänge, Werkzeuge der Machteliten, die durch ihre Angst grausam wurden. Böse Scheingerichte nahmen Dissidenten ihren Status und ihren Besitz. Viele gingen in die Discreets.

Erziehungskooperativen zerbrachen. Kinder mit versteinerten Gesichtern wanderten durch die Gänge der Vororte, benommen von Gefühlshemmern. Nur sehr wenige zeigten noch Mitgefühl. Schwitzende Makler brachen über ihren Terminals zusammen, ihre Nebenhöhlen bluteten von Inhalationsstoffen. Frauen traten nackt aus ferngesteuerten Schleusen und starben in funkelnden Schwällen gefrorener Luft. Zikaden mühten sich, mit modulierten Augen zu weinen oder schwebten in abgedunkelten Bistros, betäubt von der Katastrophe und von Drogen.

Jahrhunderte des geschäftlichen Wettkampfes hatten die Zähne der Kartelle gewetzt. Sie fielen mit der cybernetischen Präzision der Mechanisierer und der beunruhigenden Schönheit der Modulierten über Z-K her. Als der Markt zusammenbrach, konnten sie Z-Ks Industrien zum Schleuderpreis übernehmen. Handelsagenten und arrogante Diplomaten annektierten ganze Sektoren. Gruppen ihrer neuen Angestellten stolperten durch den leeren Palast der Königin und verwüsteten alles, was sie nicht stehlen konnten.

Die erschreckten Untergruppen von Z-K saßen in

genau jenem klassischen Dilemma, das die Entwicklung der Menschheit im Raum abwechselnd gefördert und verhindert hatte. Einerseits führten technisch veränderte Lebensstile und Bewußtseinszustände unweigerlich dazu, allem Andersartigen zu mißtrauen; andererseits wurden isolierte Gruppen die leichte Beute geschlossen auftretender Kartelle. Sie waren sogar den Angriffen von Piraten und Freibeutern ausgesetzt, die von den Kartellen öffentlich verdammt und heimlich unterstützt wurden.

Und statt meiner Clique zu helfen, hing ich als schwarzer Klecks wie eine Spore an der vereisten Flanke eines gefrorenen Gebirges.

In diesen traurigen Tagen begann ich meine Haut zu schätzen. Wenn Wellsprings Pläne funktioniert hatten, dann würde eine neue Blüte kommen. Ich würde das Eis in meinem Sporengehäuse überleben, genau wie ein vom Wind fortgewehter Flechtensame jahrzehntelang treiben kann, bis er endlich mit aller Macht zum Leben erwacht. Wellspring war sehr klug gewesen, mich in diese Situation zu bringen. Ich vertraute ihm. Ich würde ihn nicht enttäuschen.

Während die Langeweile mir zusetzte, verfiel ich in einen kontemplativen Dämmerzustand. Ich öffnete die Augen und Ohren, bis meine Sinne überlastet wurden. Das Bewußtsein verschluckte sich selbst und verschwand in der brüllenden Halbwelt eines Ereignishorizonts. Die Raum-Zeit, die Zweite Ebene der Komplexität, verkündete im Wimmern von Sternen, im Rumpeln von Planeten, im transzendenten Knistern und Raunen der sich entfaltenden Sonne das Ding an sich.

Die Zeit kam, da ich endlich von den traurigen, öden Sinfonien des Mars geweckt wurde.

Ich schaltete die Verstärker des Anzugs aus. Ich brauchte sie nicht mehr. Schließlich wird der Katalysator durch den gewünschten Prozeß immer vergraben.

Ich bewegte mich entlang der Asteroidenachse nach Süden, wo ich auf jeden Fall von dem Team entdeckt werden würde, das die Masseantriebe ausbauen würde. Das Cybersystem des Antriebs hatte den Asteroiden für den Bremsvorgang gedreht, und das Südende bot den besten Blick auf den Planeten.

Nur Sekunden nach dem letzten Feuerstoß wurde die Eismasse von einem Piraten besetzt. Es war ein schlankes, wunderschönes Former-Schiff mit langen, bebänderten Sonnenflügeln aus einem selbstleuchtenden Material, das so dünn war wie Öl auf Wasser. Die glänzende organomechanische Hülle verbarg magnetische Maschinen der achten Generation mit wundervoller Geschwindigkeit und Kraft. Die stumpfen Waffenkuppeln durchbrachen die glatte Hülle.

Ich ging in Deckung und zog mich in einen Spalt zurück, um dem Radar zu entgehen. Ich wartete, bis Neugierde und Angst übermächtig wurden. Dann kroch ich wieder heraus bis zu einem Aussichtspunkt im zersplitterten Eisgebirge.

Das Schiff hatte angelegt und saß auf den gewinkelten Manipulatorenarmen, deren Spitzen, die an Gottesanbeterinnen erinnerten, im Eis verankert waren. Eine Crew aus Mechanisierer-Bergbaudrohnen war ausgestiegen und bohrte sich auf einem glattgefegten Plateau ins Eis.

Kein Former-Pirat hatte Bergbaudrohnen an Bord. Das Schiff hatte alle Systeme deaktiviert und hockte reglos und wunderschön wie ein Insekt im Bernstein, die riesigen Sonnensegel eingefaltet. Nirgends war eine Crew zu sehen.

Ich hatte keine Angst vor Drohnen. Ich zog mich kühn über das Eis, um ihre Operationen zu beobachten. Niemand hielt mich auf.

Ich sah zu, wie die ungeschickten Drohnen das Eis

abtrugen. Zehn Meter tiefer stießen sie auf glänzendes Metall.

Es war eine Luftschleuse.

Sie warteten. Die Zeit verging. Sie empfingen keine weiteren Befehle. Sie schalteten sich zurück und hockten reglos auf dem Eis, so leblos wie die Felsbrocken.

Um der Sicherheit willen beschloß ich, zuerst das Schiff zu untersuchen.

Als die Schleuse geöffnet wurde, fuhr das Schiff seine Maschinen wieder hoch. Ich betrat die Kabine. Der Pilotensitz war leer.

Es war niemand an Bord.

Ich brauchte fast zwei Stunden, bis ich mich zum Cybersystem des Schiffs vorgearbeitet hatte. Dort erkannte ich, was ich schon vermutet hatte. Es war Wellsprings Schiff.

Ich verließ das Schiff und kroch über das Eis zur Schleuse. Sie öffnete sich mühelos. Wellspring hatte sein Leben nie unnötig kompliziert.

Die Kammer hinter der inneren Schleusentür war von gleißendem bläulichen Licht erhellt. Ich stellte meine Augen um und kroch hinein.

Am anderen Ende, in der schwachen Schwerkraft des Eisteroiden, war ein Bett aus Juwelen. Es war kein normales Bett. Es war einfach ein riesiger, loser Haufen kostbarer Steine.

Auf diesem Haufen schlief die Königin.

Ich stellte meine Augen wieder um. Sie verstrahlte keine Infrarotimpulse. Sie lag völlig reglos, die Arme um etwas gelegt, das sie an die Brust drückte, die dreizehigen Beine angezogen, den massiven Schwanz eingerollt und zwischen die Beine gezogen. Ihr riesiger Kopf, so groß wie ein Männertorso, steckte in einem gewaltigen gekrönten Helm, der mit funkelnden Diamanten besetzt war. Sie atmete nicht. Ihre Augen waren geschlossen. Ihre dicken, schuppigen

Lippen waren leicht gefletscht und entblößten zwei Reihen zeltpfahlgroßer, gelber Zähne.

Sie war eiskalt, in eine Art fremden Kälteschlaf gefallen. Wellsprings Coup war enthüllt. Die Königin hatte sich freiwillig entführen lassen. Wellspring hatte sie in heldenhaftem Wagemut geraubt, hatte seine Rivalen in Z-K beraubt, um im Marsorbit noch einmal von vorn zu beginnen. Es war ein erstaunlicher Coup, der ihm und seinen Schülern unendliche Macht eingebracht hatte.

Ich war von Bewunderung für diesen Plan überwältigt. Ich fragte mich allerdings, warum er nicht im Schiff gewesen war. Zweifellos waren an Bord Medikamente, mit denen die Königin im neuen Kluster wieder erweckt werden konnte.

Ich ging näher heran. Ich hatte noch nie einen Investierer von Angesicht zu Angesicht gesehen. Trotzdem erkannte ich nach wenigen Augenblicken, daß mit ihrer Haut etwas nicht stimmte. Zuerst hielt ich es für eine optische Täuschung. Aber dann sah ich, was sie in den Händen hielt.

Es war der Flechten-Juwel. Ihre kräftigen Hände hatten den Stein beim Zupacken entlang einer Fläche gespalten, die schon von den Säuren der Flechten geschwächt gewesen war. Die Flechten hatten sich, aus ihrem Kristallgefängnis befreit, im starken Licht hemmungslos vermehrt. Sie waren über ihre Schuppenfinger gekrochen, dann ihre Handgelenke hinauf, und dann waren sie auf ihrem ganzen Körper förmlich explodiert. Sie funkelte grün und golden in ihrem tödlichen Pelz. Sogar ihre Augen und ihr Mund.

Ich ging zum Schiff zurück. Man sagte von uns Formern immer, daß wir unter großen Belastungen Außergewöhnliches leisteten. Ich reaktivierte die Drohnen und ließ sie das Bohrloch füllen. Sie fügten Eisbrocken ein und verschmolzen sie mit dem Fels.

Ich arbeitete intuitiv, aber meine ganze Ausbildung sagte mir, daß ich meiner Eingebung vertrauen sollte. Ich hatte die tote Königin entkleidet und alle Juwelen an Bord des Schiffs gebracht. Ich empfand eine Gewißheit, die über jede Logik hinausging. Die Zukunft lag vor mir wie eine schläfrige Frau, die die Hände ihres Geliebten erwartet.

Wellsprings Bänder gehörten mir. Das Schiff war seine letzte Zuflucht, im voraus programmiert. Nun verstand ich die Pein und den Ehrgeiz, die ihn getrieben hatten, und ich empfand sie wie er.

Seine tote Hand hatte die Abgeordneten aller Parteien angezogen, damit sie dem prigoginischen Sprung beiwohnen konnten. Der Proto-Kluster im Orbit wurde ausschließlich von Drohnen und Monitoren bevölkert. Es war natürlich, daß sich die Beobachter mir zuwenden würden. Mein Schiff kontrollierte die Drohnen.

Die ersten, von Panik getriebenen Flüchtlinge erzählten mir, was mit Wellspring geschehen war. Er war mit den Füßen voran aus einem Discreet gezogen worden, dichtauf gefolgt von der blutleeren Leiche von Valery Korstad. Sie würde nie wieder jemand erfreuen. Nie wieder würde er mit seinem Charisma die Clique in seinen Bann ziehen. Möglicherweise war es ein Doppelselbstmord. Wahrscheinlicher aber hatte sie erst ihn und dann sich selbst getötet. Wellspring konnte nie glauben, daß irgend etwas stärker war als seine Fähigkeiten zu heilen. Eine Verrückte und eine kahle Welt, das war für ihn die gleiche Herausforderung. Schließlich war er doch an seine Grenzen gestoßen, und sie hatte ihn umgebracht. Die Details spielten keine große Rolle. So oder so, sie waren in einem Discreet gestorben.

Als ich die Neuigkeit hörte, versiegelte ich mein Herz mit Eis; nahtlos und sauber.

Ich sendete Wellsprings Testament, als der Eisteroid zu seiner letzten Fahrt in die Atmosphäre ansetzte. Bänder nahmen die Sendung auf, während Gase sich in der dünnen, leeren Luft des Mars verflüchtigten.

Ich log, was das Testament anging. Ich erfand es. Ich hatte Wellsprings aufgezeichnete Erinnerungen zur Hand; es war ganz leicht, meine künstliche Stimme so umzustellen, daß sie klang wie seine, um die Bühne für meinen Aufstieg vorzubereiten. Es war wichtig für die Zukunft des T-K, des Terraform-Kluster, daß ich mich als Wellsprings Erbe proklamierte.

Macht und Gerüchte rankten sich um mich. Man sagte, unter meiner Rüstung verberge sich Wellspring, während der wirkliche Landau zusammen mit Valery in Z-K gestorben sei. Ich förderte diese Gerüchte. Falsche Vorstellungen würden den Kluster zusammenschweißen. Ich wußte, daß T-K eine Stadt ohne Rivalen sein würde. Hier würden Abstraktionen Gestalt annehmen, Phantome würden uns nähren. Sobald unsere Ideale realisiert waren, würde T-K unaufhaltsam an Macht gewinnen. Meine Juwelen gaben ihm eine Machtbasis, mit der sich nur wenige Kartelle messen konnten.

Mit dem Verstehen kam auch die Vergebung. Ich verzieh Wellspring. Seine Lügen, seine Täuschungen hatten bei mir mehr bewirkt, als die schillernde ›Wahrheit‹ vermocht hätte. Was machte es schon? Wenn wir massiven Grund brauchten, dann sollte er uns umkreisen.

Und die schreckliche Schönheit des Aufschlags! Die gleißende, gerade Linie des Sturzes! Es war der erste von vielen weiteren, aber er war mir der liebste. Als ich nach dem Aufschlag die milchigen Tropfen von der Marsoberfläche hochspritzen sah, ein gewaltiger Orgasmus voller Dampf aus dem versteckten, gefrorenen Grab der Königin, wußte ich, was mein Lehrer gewußt hatte. Ein Mann, der von etwas getrieben wird, das größer ist als er selbst, wagt alles und fürchtet nichts. Überhaupt nichts.

Ich lebe in meinem schwarzen Panzer und beherrsche die Polycarbon-Clique. Meine Berater kommen aus ihrer Elite. Ich erinnere mich an die Kälte, aber ich fürchte mich nicht mehr. Ich habe sie für immer vergraben, wie die Kälte des Mars unter dem brodelnden grünen Teppich begraben wird. Wir zwei, die wir jetzt vereint sind, haben einen ganzen Planeten aus dem Reich des Todes gestohlen. Und ich fürchte die Kälte nicht. Nein, überhaupt nicht.

Kim Stanley Robinson

FLUCHT AUS KATMANDU

I

Normalerweise interessiert mich die Post anderer Leute überhaupt nicht. Offengestanden ist mir nicht einmal meine eigene Post sonderlich wichtig. Das meiste sind doch nur Postwurfsendungen oder Rechnungen. Sogar richtige Post, wie zum Beispiel ein photokopierter Brief meiner Schwägerin an die ganze Sippe, oder ein Brief von einem Kletterkameraden, der sich wie ein Leserbrief für das *Alpinjournal für den Analphabeten* anhört. Sich dann noch die Mühe machen, und die Post von einem Fremden lesen? Das kann doch nur ein Witz sein.

Aber etwas an der nichtabgeholten Post im Hotel Star in Katmandu zog mich an. Mehrmals täglich entrann ich dem Staub und dem Lärm von Allices Second City und ging über den gepflasterten, sonnigen Innenhof zum Star, holte in der Hotelhalle meinen Schlüssel bei einem der Hindus – nette Kerle übrigens – und ging die schiefe Treppe zu meinem Zimmer hinauf. Unten am Fuß der Treppe war das hölzerne Gestell angenagelt, das mit Post geradezu vollgestopft war. Es mußten etwa zweihundert Briefe und Postkarten sein, die da drinsteckten – dicke Pakete mit blauen Luftpostumschlägen, Postkarten mit Eselsohren, aus Peru oder aus Thailand, ganz normale Umschläge mit endlosen Adressen und lila Stempeln – alle hinter die hölzernen Stangen geknautscht, alle grau von dem Staub darauf. Über dem Gestell ein Stoffdruck von Ganesh, der mit traurigen Elefantenaugen herunterblickte, als würde er alle Schreiber dieser Briefe stellvertretend darstellen, alle Absender dieser Nachrichten, welche niemals ihre Bestimmungsorte erreichen würden. Es war tote Post, wie sie gar nicht toter sein konnte.

Nach einer Weile konnte ich nicht anders. Ich wurde neugierig. Zehnmal täglich kam ich an diesem traurigen Anblick vorbei, der nie wechselte – kein Brief wurde herausgenommen, kein neuer kam hinzu. So viel verschwendeter Aufwand. Irgendwann einmal hatten sich diese Namen nach Nepal aufgemacht, und zu Hause hatte sich ein Verwandter oder Freund oder Liebster hingesetzt und sich die Mühe gemacht, einen Brief zu schreiben, was für mich soviel wäre, wie sich einen Ziegelstein ans Bein zu binden, um sich richtig zu amüsieren. Heldenhaft, wirklich: »Lieber George Fredericks!« schrien sie einem entgegen. »Wo bist Du? Wie geht's Dir? Deine Schwägerin hat ihr Baby bekommen, ich muß wieder in die Schule. Wann kommst Du heim?« Unterschrieben: »Dein lieber Freund«, »stets an Dich denkend« und so. Aber George war schon längst im Himalaya oder in einem anderen Hotel. Vielleicht hatte er auch nie im Star gewohnt, oder war bereits in Thailand oder Peru oder sonst irgendwo. Und die ganzen herzzerreißenden Bemühungen waren völlig sinnlos.

Eines Tages kam ich selbst etwas sinnlos zurück ins Hotel und sah den Brief an George Fredericks. Ich hatte nur aus Neugier diesen Namen überflogen. Ich heiße auch George – George Fergusson. Und dieser Brief an George war der dickste Umschlag von allen, ganz staubig und in der Mitte geknickt. ›George Fredericks – Hotel Star – Thamel – Katmandu – NEPAL.‹ Es waren auch drei Briefmarken aus Nepal drauf –

Der König, Tscho Ojo und wieder der König – das Stempeldatum war wie immer unleserlich.

Langsam und widerstrebend steckte ich den Brief zurück ins Gestell. Ich versuchte, meine Neugier damit zu befriedigen, daß ich eine Postkarte aus KoSamui las: »Hallo. Erinnerst du dich an mich? Ich mußte im Dezember weg, weil mir die Kohle ausging. Nächstes Jahr komme ich wieder. Grüße an Franz und Badim Badur – Euer Michael.«

Nein, nein. Ich steckte die Karte zurück und verzog mich nach oben. Postkarten sind doch alle gleich. *Erinnerst du dich an mich?* Genau. Aber der Brief an George hingegen. Über einen Zentimeter dick. Und offensichtlich in Nepalesisch geschrieben, was mich noch neugieriger machte. Sie müssen wissen, daß ich den größten Teil des vorigen Jahres in Nepal verbracht hatte, ich war geklettert, hatte Gruppen geführt und herumgehangen. Der Rest der Welt fing an, ziemlich unwirklich auszusehen. In diesen Tagen fühlte ich wegen *The International Herald Tribune* schon so wie früher über *The National Inquirer.* Mein Gott, was soll's? dachte ich, als ich vor einem Buchladen in Thamel die *Tribby* durchblätterte und von merkwürdigen Kriegen, wahrscheinlich nie stattfindenden Gipfeltreffen und irrsinnigen Flugzeugentführungen las. Wie können die sich nur diese Sachen ausdenken?

Aber ein Epos aus Nepal. Das war Wirklichkeit. Und dazu noch an einen ›George F…‹ adressiert. Vielleicht hatte man den Familiennamen falsch geschrieben? Und überhaupt war ganz klar, daß der Brief, so wie er zusammengeknautscht war und verstaubt, schon jahrelang dort steckte. Diese ganze Agonie der Gefühle, der Gehirnzellen, der Fingermuskeln – alles *umsonst*. Das war doch, verdammt noch mal, eine Schande!

Also nahm ich ihn.

II

Mein Zimmer war eines der schönsten im ganzen Thamel. Es war im dritten Stock des Star. Der Blick ging nach Osten hinaus auf die hohen, von vielen Fledermäusen bewohnten Bäume um den Palast des Königs und das Gewirr der Thamel-Läden. Viel Grün war da im Häusergewirr. Ja, von mir oben aus sah es fast aus wie eine Stadt aus Bäumen. In der Ferne konnte ich die grünen Hügel sehen, wo das Tal von Katmandu lag, Und ehe sich am Morgen die Wolken bildeten, konnte ich sogar die weißen Bergspitzen des Himalaja im Norden sehen.

Das Zimmer war einfach: Bett, Stuhl, eine kahle Glühbirne hing von der Decke. Aber was brauchte man denn schon? Es stimmte, daß das Bett durchgelegen war; aber mit der Schaumgummimatte von meiner Kletterausrüstung, die ich darauf legte, ging es ganz gut. Und ich hatte meinen eigenen Waschraum. Gut, die Toilette hatte keine Brille und war ziemlich undicht, da aber die Dusche auch direkt auf den Boden ging, spielte es keine Rolle. Die Dusche bestand auch aus zwei Teilen, einem etwa in Taillenhöhe angebrachten Hahn und einem Duschkopf an der Decke, der aber nicht funktionierte, so daß man zum Duschen auf dem Boden sitzen mußte, unter dem Hahn. Aber das war schon in Ordnung – alles war in Ordnung – weil die Dusche *heiß* war. Der Boiler war direkt im Raum. Er hing über der Toilette. Das Wasser war so heiß, daß ich beim Duschen tatsächlich das kalte Wasser auch aufdrehen mußte. Das alles machte es zum besten Badezimmer in ganz Thamel.

Zimmer und Bad waren also etwa einen Monat lang mein Schloß gewesen, während ich darauf wartete, daß der Monsun aufhörte und meine nächste Gruppe

Trecker von der Bergabenteuer GmbH ankommen sollte. Als ich nun mit dem Brief in der Hand ins Zimmer kam, mußte ich mir erst den Weg durch Kleidung bahnen, über Kletterausrüstung steigen, Schlafsack, Essen, Bücher, alte Zeitungen wegschieben – einen Haufen Zeug vom Stuhl werfen –, um am Fensterbrett Platz zu schaffen. Dort setzte ich mich hin und versuchte den alten geknickten Briefumschlag aufzumachen, ohne ihn zu zerreißen.

Unmöglich. Da führte kein Weg hin. Das war kein Nepal-Umschlag. Da war richtiger Klebstoff an der Klappe. Ich tat, was ich konnte, aber die CIA wäre nicht besonders stolz auf mich gewesen.

Dann kam der Inhalt heraus. Acht linierte Blätter, zweimal gefaltet, wie die meisten Briefe, dann noch durch das Gestell geknickt, auf beiden Seiten beschrieben. Die Handschrift war winzig und neurotisch regelmäßig, so leicht zu lesen wie ein Taschenbuch. Auf der ersten Seite stand das Datum: 2. Juni 1985. Da hatte ich mit meiner Schätzung gründlich daneben gelegen. Aber ich hätte schwören können, der Umschlag sah vier oder fünf Jahre alt aus. Was der Staub in Katmandu doch bewirkte. Gleich am Anfang war ein Satz dick unterstrichen: *›Du darfst NIEMAND davon etwas sagen!‹* Junge, Junge, Dynamit! Ich schaute aus dem Fenster. Ein Brief mit Geheimnissen. Riesig! Dann kippte ich den Stuhl zurück, strich die Seiten glatt und begann zu lesen:

2. Juni 1985

Lieber Freds,

Ich weiß, es ist ein Wunder, von mir auch nur eine Postkarte zu bekommen, ganz zu schweigen von einem Brief wie diesem hier. Aber mir ist etwas ganz Erstaunliches passiert, und Du bist der einzige Freund, dem ich so weit trauen kann, es für sich zu behalten. *Du darfst NIEMAND davon etwas sagen!* Okay? Ich weiß, Du wirst es auch nicht – das weiß ich, seit wir Zimmergenossen im Studentenheim waren. Mit Dir kann ich über alles ganz im Vertrauen reden. Ich bin froh, einen Freund wie Dich zu haben, weil ich das jetzt wirklich jemand erzählen muß, oder ich werde verrückt.

Vielleicht erinnerst Du Dich, oder auch nicht, daß ich an der U.C. Davis einen Magister in Zoologie gemacht habe und danach mehr Jahre als mir lieb sind an meiner Doktorarbeit dort gearbeitet habe, ehe ich alles satt hatte und aufhörte. Ich wollte damit einfach überhaupt nichts mehr zu tun haben; aber vorigen Herbst bekam ich plötzlich einen Brief von einer Freundin, mit der ich mir das Arbeitszimmer geteilt hatte, einer Sarah Hornsby. Sie wollte an einer zoologischen/botanischen Expedition in den Himalaja teilnehmen. Das Unternehmen war nach dem Modell der Cronin-Expedition aufgezogen, wo sich eine große Zahl von Spezialisten in der Nähe der Baumgrenze niedergelassen hatte, in der Wildnis, in die sie gerade noch bequem gelangen konnten. Mich wollten sie dabei haben wegen meiner ›umfassenden Nepal-Erfahrung‹, was soviel hieß wie, sie wollten mich als Sirdhar; mein akademischer Grad hatte überhaupt nichts damit zu tun. Mir war das recht. Ich habe angenommen und habe mich durch den Dschungel der Bürokratie in Katmandu gekämpft, die zentrale Einwanderungsbehörde, das Ministerium für Tourismus, Wälder und Parks, die RNAC – die ganze grauenvolle Routine, die eindeutig von jemand ersonnen wurde, der zu viel Kafka gelesen hat. Aber schließlich war auch das erledigt, und ich bin im Frühling mit vier Verhaltensforschern, drei Botanikern und einer Tonne Vorräten aufgebrochen und nach Norden geflogen. Auf dem Flugfeld stießen noch zweiundzwanzig einheimische Träger und ein richtiger Sirdhar zu uns. Dann fingen wir an zu trecken.

Ich werde Dir nicht genau beschreiben, wo wir hingingen. Nicht weil du es bist, sondern weil es einfach zu gefährlich ist, es schriftlich niederzulegen. Wir waren oben nahe einer der Wasserscheiden, in der Nähe des Himalajakamms und der Grenze nach Tibet. Du weißt ja, wie diese Täler enden: die Nebentäler werden auch immer höher; schließlich hat man kistenähnliche, canyonartige Täler, die sich zu den höchsten Gipfeln hinaufziehen. Wir haben unser Basislager dort aufgeschlagen, wo drei solcher Täler zusammenstießen. Von hier aus konnten die Mitglieder der Expedition stromaufwärts oder abwärts gehen, je nachdem, was ihre Aufgabe war. Ins Lager führte ein Weg, es gab auch in der Nähe eine Brücke über den Fluß; aber die drei oberen Täler waren reine Wildnis, und es war nicht einfach, durch die Wälder dorthin zu gelangen. Aber das war ja schließlich, was die Leutchen wollten: unberührte Natur.

Nachdem das Lager aufgeschlagen war, verließen uns die Träger, und wir acht waren nun allein. Meine alte Freundin Sarah Hornsby war die Ornithologin – sie ist darin wirklich gut, ich habe ja einige Zeit mit ihr zusammengearbeitet. Aber sie hatte ihren Freund mit dabei, den Mammologen (nein, Freds, nicht was du denkst!), Phil Adrakian. Ich konnte ihn schon von Anfang an nicht besonders leiden. Er war der Leiter der Expedition und absolut MR. TIERVERHALTEN persönlich – er hatte es wirklich schwer, hier oben Säugetiere zu finden. Valerie Budge war die Entomologin – kein Problem für sie, Studienobjekte zu finden. (Ja, sie ging mir auf den Geist. Noch ein Experte!) Armaat Ray war Herpetologe, obwohl er schließlich Phil mit den getarnten Beobachtungsposten helfen mußte. Die Botaniker hießen Kitty, Dominique und John. Sie sonderten sich viel ab und verbrachten ihre Zeit in einem großen Zelt voll Pflanzenproben.

Also – Lagerleben mit einer zoologischen Expedition. Ich glaube nicht, daß Du das schon mal mitgemacht hast. Im Vergleich zu einer Kletterexpedition ist es nicht sehr aufregend, das kann ich Dir sagen. Bei dieser habe ich die erste Woche oder noch länger damit verbracht, die Brücke zu überqueren und die besten Routen durch den Wald in die drei höheren Täler zu erkunden. Danach habe ich hauptsächlich Sarah bei ihrem Projekt geholfen. Aber die ganze Zeit über amüsierte ich mich herrlich, die Gruppe zu beobachten – als Tierverhaltensforscher sozusagen die Verhaltensforscher zu beobachten.

Was mich interessiert, ist, warum manche weitermachen, nachdem man etwas versucht und festgestellt hat, daß sich die Sache nicht lohnt. Man läuft dauernd einem Tier hinterher und erklärt danach jede Kleinigkeit, die man gesehen hat. Und dann diskutiert man oder streitet sich mit allen anderen wegen der Erklärung – und das als *Beruf.* Warum tut irgend jemand so etwas?

Ich habe mich mit Sarah darüber unterhalten, als wir eines Tages in dem mittleren Tal waren und nach Bienenstöcken suchten. Ich sagte ihr, daß ich ein Klassifikationssystem entwickelt hätte. Sie lachte. »Taxonomie. Du kannst deine Ausbildung eben nicht verleugnen.« Dann bat sie mich, ihr darüber zu erzählen.

Zuerst, sagte ich, gäbe es die Leute, die wirklich und wahrhaftig von Tieren fasziniert seien. Sie wäre so jemand, meinte ich. Wenn sie einen Vogel fliegen sah, hatte sie einen ganz bestimmten Ausdruck auf dem Gesicht – es war, als sähe sie ein Wunder.

Sie war nicht so sicher, daß sie mir da zustimmte. Man muß wissenschaftlich distanziert sein. Aber sie gab zu, daß dieser Typ tatsächlich existierte.

Dann, sagte ich, gäbe es die ›Pirscher‹. Diese Leute kriechen im Gebüsch herum und laufen anderen Kreaturen nach, wie Kinder, die Indianer spielen. Dann fuhr ich fort, ihr zu erklären, warum ich das für einen so mächtigen Trieb hielt. Mir erschien das Leben, das daraus resultierte, sehr ähnlich dem, das unsere primitiven Vorfahren Millionen von Jahren geführt hatten. In Lagern leben und sich an Tiere im Wald heranpirschen – diese Lebensweise wiederzuhaben ist ein ungeheuer befriedigendes Gefühl.

Sarah stimmte mir zu und wies mich darauf hin, daß es heutzutage aber auch möglich war, wenn einem das Lagerleben zum Hals heraushing, man sich in eine Wanne mit heißem Wasser setzen, einen Brandy trinken und sich Beethoven anhören konnte, wie sie es ausdrückte.

»Stimmt«, pflichtete ich ihr bei. »Und selbst im Lager gibt es ein heißes Nachtleben. Ihr habt alle euren Dostojewski und Diskussionen über Edmund O. Wilson… die beste beider Welten. Ja, ich glaube, ihr alle seid bis zu einem gewissen Grad ›Pirscher‹.«

»Aber du sagst immer, Leute wir ihr, Nathan«, meinte Sarah dann, »warum bist du draußen? Warum hast du aufgehört?«

Und da wurde es ernst. Einige Jahre lang waren wir auf demselben Weg gewandelt, und jetzt auf einmal nicht mehr, weil ich aufgehört hatte. Ich dachte sorgfältig nach, wie ich ihr das über mich erklären könnte. »Vielleicht wegen Typ Drei, den Theoretikern. Vielleicht weil wir immer daran denken sollen, daß Verhaltensforschung ein ›Sehr Achtbares Akademisches Feld‹ ist. Es muß intellektuell gerechtfertigt werden. Man kann nicht einfach vor den Senat der Universität hintreten und sagen: ›Verehrte Kollegen, wir tun unsere Arbeit, weil es uns gefällt, wie die Vögel fliegen, und es uns Spaß macht, durchs Gebüsch zu kriechen.‹«

Sarah lachte darüber. »Da hast du recht.«

Dann erwähnte ich Ökologie und das Gleichgewicht der Natur, Bevölkerungsbiologie und die Erhaltung der Arten, die Evolutionstheorie und wie das Leben so geworden ist, wie es ist, Soziobiologie und die dem sozialen Verhalten zugrundeliegenden animalischen Gründe... Aber sie widersprach und wies mich darauf hin, daß dies wirklich wichtige Sachen wären.

»Soziobiologie?« fragte ich. Sie zuckte zusammen. Ich gab dann zu, daß es tatsächlich einige hervorragende Gründe gäbe, um das Studium des Verhaltens von Tieren zu rechtfertigen; behauptete aber auch, daß für viele Leute das der wichtigste Teil ihrer Arbeit geworden sei. »Für die meisten Leute in unserer Abteilung«, sagte ich, »wurden die Theorien wichtiger als die Tiere. Was sie draußen beobachteten, waren für sie nur weitere Daten für ihre Theorie. Sie waren doch nur an dem interessiert, was auf dem Papier stand oder was bei einer Konferenz erwähnt wurde. Viele haben draußen doch nur gearbeitet, weil sie nachweisen mußten, daß sie es konnten.«

»Ach, Nathan«, sagte sie. »Du redest so zynisch daher, aber Zyniker sind doch nur Idealisten, die enttäuscht wurden. Ich erinnere mich noch so gut an diesen Zug bei dir – du bist so ein Idealist.«

Ich weiß, Freds, Du stimmst ihr sicher zu: Nathan Howe, Idealist. Vielleicht bin ich sogar einer. Das habe ich ihr darauf geantwortet: »Vielleicht bin ich sogar einer. Aber, du liebe Güte, die Atmosphäre in der Abteilung hat mich angekotzt. Theoretiker, die sich gegenseitig das Messer in den Rücken gestoßen haben wegen irgendeiner Lieblingsidee, die so wissenschaftlich wie nur möglich dahergeredet haben, obwohl es überhaupt mit Wissenschaft nichts zu tun hatte. Du kannst diese Theorien nicht erproben, indem du dir ein Experiment ausdenkst und nach Reproduzierbarkeit suchst; du kannst auch nicht Faktoren isolieren oder variieren oder Kontrollen einbauen auf diese Weise – nur Beobachtung und nicht analysierbare Hypothese, und das immer wieder und immer wieder, helfen dir weiter. Aber die haben sich als solide Wissenschaftler aufgeführt mit mathematischen Modellen und solchem Zeug, als wären sie Apotheker. Das ist doch nur Wissengeschaftelhuberei.«

Sarah schüttelte den Kopf über mich. »Du bist zu idealistisch, Nathan. Du willst alles perfekt. Aber so einfach ist es nicht. Wenn du Tiere studieren willst, mußt du Kompromisse schließen. Und was dein Klassifizierungssystem angeht, solltest du das in der *Soziobiologischen Rundschau* veröffentlichen. Aber denk daran, es ist nur eine Theorie! Wenn du das vergißt, tappst du in deine eigene Falle.«

In dem Punkt hatte sie nicht unrecht; außerdem hatten wir ein paar Bienen gesichtet und mußten uns beeilen, ihnen flußaufwärts zu folgen. Damit endete also dieses Gespräch. Als aber an den darauffolgenden Abenden Valerie uns im Zelt erklärte, daß die menschliche Gesellschaft sich weitgehend wie die Ameisen verhielte – oder wenn Sarahs Freund Adrakian, frustriert, weil er nichts zu Gesicht bekommen hatte, sich in endlosem analytischem Geschwätz erging, als wäre er der heißeste Theoretiker seit Robert Trivers – da warf Sarah mir Blicke zu und lächelte, so daß ich wußte, daß sie kapiert hatte, was ich sagen wollte. Obwohl Adrakian sehr geschwollen daherredete, glaube ich nicht, daß er so gut war. Seine Publikationen waren auch nicht so zahlreich, daß ein Gepäckträger sich das Kreuz gebrochen hätte, wenn Du weißt, was ich meine. Ich kapierte nicht, was Sarah in ihm sah.

Kurz darauf gingen Sarah und ich wieder in das mittlere Hochtal, um nach Bienenstöcken zu suchen. Es war ein wolkenloser Morgen, eine klassische Himalajabergtour: über die Brücke, durch die Felsblöcke im Flußbett klettern und von einem Becken zum nächsten hinauf. Dann durch die tropfenden Bäume und Büsche weiter über dicke Moospolster. Danach über die Wand des niedrigeren Tals auf die Sohle des höheren. Dort oben im Rhododendronwald war es viel klarer und sonniger. An jedem Zweig hingen die Rhododendronblütendolden. Das intensive Rosa der Blüten, die Kegel der Sonnenstrahlen, die durch die Blätter hindurch die rauhe, schwarze Rinde beleuchteten, orangefarbene Pilze, leuchtend grünes Farnkraut – es war als wandele man in einem Traum. Und dreitausend Fuß über uns erhob sich der Hufeisenkranz schneebedeckter Gipfel. Der Himalaja – Du kennst es ja.

Wir waren in guter Stimmung, als wir in dieses Tal aufstiegen und dem Flußbett folgten. Außerdem hatten wir auch Glück. Nach einer engen und steilen Biegung erweiterte sich der Fluß zu einem langen, schmalen Becken. An seiner Südseite erhob sich eine Felswand aus gestreiftem, gelblichem Granit mit großen horizontalen Rissen. Aus diesen Spalten quollen Bienenstöcke heraus. Die Felswand schien stellenweise schwarz zu pulsieren. Bienenschwärme zogen vor ihr hin. Über dem stillen Rauschen des Flusses konnte ich das Summen der Bienen hören, die emsig an der Arbeit waren. Aufgeregt saßen Sarah und ich auf einem Felsen in der Sonne und holten die Feldstecher heraus, um die Vögel zu betrachten. Talaufwärts auf dem Schnee die Goraks, ein Lämmergeier segelte über die Gipfel, Finken zwitscherten überall wie immer – und dann sah ich es – ein gelbes Aufflackern, kaum größer als der größte Kolibri. Eine Grasmücke wiegte sich auf einem Zweig, der vor der Bienenwand hing. Sie flog hinunter zu einem Stück Wachs. Pick, pick, pick – Wachs in den Vogel. Eine Honiggrasmücke. Ich stieß Sarah an und deutete auf den Vogel;

aber sie hatte ihn bereits entdeckt. Lange Zeit waren wir still und beobachteten ihn.

Edwin Cronin, Leiter einer früheren Expedition dieser Art in den Himalaja, hatte eine der ersten gründlichen Studien über die Honiggrasmücke gemacht. Ich wußte, daß Sarah seine Beobachtungen überprüfen und sein Werk fortsetzen wollte. Honiggrasmücken sind ungewöhnliche Vögel. Sie leben von dem überschüssigen Wachs aus den Bienenwaben – mit Hilfe von bestimmten Bakterien in ihrem Magen-Darm-Trakt. Kaum ein anderes Geschöpf hatte dieses Kunststück der Verdauung fertiggebracht, das offensichtlich für den Vogel sehr vorteilhaft ist, weil ihm damit reichliche Nahrungsquellen offenstehen, an denen sonst niemand interessiert ist. Das macht ihn auch zu einem wertvollen Studienobjekt. Bis zu diesem Zeitpunkt wußte man allerdings noch nicht allzuviel über ihn – was Sarah zu ändern hoffte.

Als die Honiggrasmücke wegflog, schnell und gelb, rührte sich Sarah wieder – holte ganz tief Luft, beugte sich herüber und gab mir einen Kuß. Sie küßte mich auf die Wange. »Danke, Nathan, daß du mich hergebracht hast.«

Mir war nicht wohl. Du weißt schon, ihr Freund – und Sarah war ein so viel prächtigerer Mensch als er ... und außerdem fiel mir ein, wie sie damals, als wir noch das Arbeitszimmer teilten, eines Abends ganz durcheinander hereingekommen war. Ihr damaliger Freund hatte sich für jemand anders entschieden, und dann kam eines zum anderen – naja, ich will darüber nicht reden. Aber wir waren *gute Freunde* gewesen. Und so fühlte ich immer noch. Für mich war das nicht nur ein flüchtiges Bussi, wenn Du weißt, was ich meine. Wie dem auch sei, wurde ich wie üblich verlegen und förmlich.

Auf alle Fälle hat uns unsere Entdeckung sehr gefreut, und wir gingen eine Woche lang täglich zurück zum Honigfelsen. Es war wirklich eine schöne Zeit. Dann wollte Sarah einige Studien fortsetzen, die sie über die Goraks angefangen hatte, und ich stieg ein paarmal allein zum Honigfelsen hinauf.

Und es passierte bei einer dieser Gelegenheiten, wo ich allein war. Die Grasmücke zeigte sich nicht, und ich ging weiter flußaufwärts, um den Grund herauszufinden. Aus dem unteren Tal zogen Wolken herauf. Es sah so aus, als würde es bald regnen; aber wo ich war, schien noch die Sonne. Ich kam an den Ursprung des Flusses – ein Becken, das aus einer Quelle gespeist wurde, am Fuß einer Geröllhalde. Ich stand da und schaute zu, wie das Wasser hinaus in die Welt strömte. Einer dieser stillen Augenblicke im Himalaja, wo die Welt einem wie eine riesige Kathedrale vorkommt.

Dann zog eine Bewegung auf der anderen Seite des Beckens mein Augenmerk auf sich. Dort, im Schatten zweier knorriger Eichen war etwas. Ich erstarrte; aber ich stand völlig im Freien, jeder konnte mich sehen. Dort unter einer der Eichen starrte mich aus dem tiefen Schatten ein Augenpaar an. Es war etwa in meiner Höhe über dem Boden. Ich dachte, es könnte ein Bär sein, und musterte im Geist die Bäume hinter mir, auf die ich hätte klettern können, als es sich wieder bewegte – die Augen schlossen und öffneten sich. Dann sah ich das deutlich erkennbare Weiße um die Iris. Ein Dorfbewohner auf der Jagd? Das hielt ich für unwahrscheinlich. Mein Herz schlug stärker, und ich mußte schwer schlucken. Mit Sicherheit war da irgendein Gesicht im Schatten. Ein bärtiges Gesicht?

Natürlich hatte ich eine Ahnung, mit wem ich vielleicht Blicke wechselte. Der Yeti, der Bergbewohner, das schwer zu erwischende Geschöpf der Schneeregionen. Der *Abscheuliche Schneemensch,* lieber Gott noch mal! Mein Herz schlug schneller. Was tun? Das Weiße in seinen Augen… Schimpansen haben weiße Augenlider, die sie zur Drohung benutzen. Wenn du ihnen direkt in die Augen siehst, sehen sie das Weiße in deinen und halten das ebenfalls für eine Bedrohung. Nur für den Fall, daß dieses Wesen einen ähnlichen Code hatte, legte ich den Kopf zurück und betrachtete es indirekt. Ich schwöre, es sah so aus, als würde er mir auch zunicken.

Dann wieder ein Lidschlag; aber die Augen kamen nicht mehr. Das bärtige Gesicht und die Form darunter waren weg. Ich atmete wieder und lauschte so angestrengt wie möglich. Aber außer dem Plätschern der Quelle hörte ich nichts.

Ich wartete ein paar Minuten lang und überquerte dann den Bach, um mir den Boden unter den Eichen anzusehen. Er war bemoost. An einigen Stellen war das Moos aber eingedrückt. Etwas, das mindestens so viel wie ich wog, mußte draufgetreten sein. Aber natürlich gab es keine deutlichen Fußabdrücke. Ansonsten gab es nirgends irgendwelche Hinweise.

Wie benommen ging ich zurück ins Lager. Ich nahm fast nichts wahr und zuckte bei jedem Geräusch zusammen. Du kannst Dir ja vorstellen, wie mir zumute war – eine solche Entdeckung!

Ausgerechnet an diesem Abend, während ich schweigend meinen Eintopf mampfte und nicht verriet, daß sich irgend etwas ereignet hatte, drehte sich das Gespräch der Gruppe um das Thema Yeti. Mir fiel fast die Gabel aus der Hand. Es war wieder Adrakian. Er war völlig frustriert. Trotz der deutlichen Fährten in dieser Gegend hatte er nur ein paar Eichhörnchen und in der Ferne einen oder zwei Affen gesehen. Natürlich hätte es ihm geholfen, wenn er mehr Nächte an den Beobachtungsposten verbracht hätte. Wie dem auch sei, er wollte das Gespräch auf ein Thema lenken, wo er im Zentrum der Aufmerksamkeit stand und als

›Der Experte‹ die Bühne beherrschte. »Ihr wißt doch, daß diese Hochtäler genau die Zone sind, in der die Yetis leben«, stellte er als Tatsache in den Raum.

Das war der Augenblick, als mich beinahe meine Gabel verließ. »Es ist natürlich nur beinahe sicher, daß sie existieren«, fügte Adrakian mit merkwürdigem Lächeln hinzu.

»Ach, Philip«, sagte Sarah. Sie sagte ihm in dieser Zeit viele Sachen, die mir ganz und gar nicht gegen den Strich gingen.

»Stimmt doch.« Dann ließ er sich über all die Sachen aus, die wir längst wußten: Die Fußabdrücke im Schnee, die Eric Shipton photographiert hatte, George Schallers Unterstützung der Theorie, die Abdrücke, die Cronins Mannschaft gefunden hatte, die vielen anderen Beobachtungen... »Hier gibt es Tausende von Quadratmeilen undurchdringlicher Wildnis, wie wir aus erster Hand wissen.«

Mich brauchte er natürlich nicht zu überzeugen, und die anderen waren völlig bereit, die Vorstellung anzuerkennen. »Wäre das nicht ein Ding, wenn wir einen finden würden?« sagte Valerie. »Dann ein paar gute Photos...«

»Oder eine Leiche«, meinte John. Botaniker denken nun mal mehr in bezug auf stillstehende Objekte.

Phil nickte langsam. »Oder einen lebend fangen...«

»Dann würden wir berühmt«, sagte Valerie.

Theoretiker. Vielleicht würde man sogar ihre Namen ins Lateinische übertragen und als Teil des Namens der neuen Art aufzeichnen: *Gorilla montani adrakiandias-budgeon.*

Ich konnte nicht anders, ich mußte etwas sagen: »Wenn wir stichhaltige Beweise für einen Yeti finden würden, wäre es unsere Pflicht, sie zu vernichten und das Ganze zu vergessen«, sagte ich vielleicht etwas zu laut.

Alle starrten mich an. »Aber warum denn?« fragte Valerie.

»Na, offensichtlich aus Rücksicht auf den Yeti«, sagte ich ruhig. »Als Verhaltensforscher liegt euch doch vermutlich das Wohl der Tiere am Herzen, die ihr studiert, stimmt's? Und die Ökosphären, in denen sie leben. Wenn aber die Existenz des Yeti bestätigt würde, wäre das für beide eine Katastrophe. Es würde zu einer Invasion von Expeditionen kommen, Touristen, Wilderer – Yetis in Zoos, in Käfigen der Primatengehege, in Labors unterm Messer, ausgestopft in Museen...« Ich wurde erregt und wütend. »Was ist denn der wirkliche Wert des Yeti für uns?« Sie schauten mich nur an: Wert? »Der Wert besteht darin, daß er unbekannt ist, jenseits jeder Wissenschaft. Er ist Teil einer Wildnis, die wir nicht anrühren können.«

»Ich kann Nathans Standpunkt verstehen«, sagte Sarah in dem nachfolgenden Schweigen und warf mir einen Blick zu, daß ich den Faden verlor. Ihre Zustimmung bedeutete mir viel mehr, als ich gedacht hätte...

Die anderen schüttelten den Kopf. »Das ist zwar eine edle Gefühlsregung«, sagte Valerie. »Aber es würde doch kaum einer von den Studien Schaden leiden. Überlegt mal, was das zu unserem Wissen über die Evolution der Primaten hinzufügen könnte?«

»Es wäre schon ein Beitrag zur Wissenschaft, wenn man nur einen finden würde«, sagte Phil und funkelte Sarah an. Er glaubte das wirklich, das muß ich ihm lassen.

Armaat meinte hinterhältig: »Es würde auch unseren Chancen auf eine Lebensstellung nicht schaden.«

»Ja sicher«, gab Phil zu. »Aber am wichtigsten ist doch, daß man an dem festhalten muß, was *wahr* ist. Wenn wir einen Yeti finden würden, wären wir verpflichtet, das zu sagen, weil es passiert ist – ganz gleich wie wir darüber denken. Sonst würden wir

Daten unterschlagen, manipulieren und solche Sachen.«

Ich schüttelte den Kopf. »Es gibt Werte, die wichtiger sind als wissenschaftliche Integrität.«

Das Streitgespräch ging nun so weiter, wobei meistens die einzelnen Standpunkte wieder vorgebracht wurden. »Sie sind Idealist«, sagte Phil zu mir zu einem Zeitpunkt, »Sie können keine *Zoologie betreiben,* ohne irgendwelche Versuchstiere bis zu einem gewissen Grad zu stören.«

»Vielleicht ist das der Grund, weshalb ich ausgestiegen bin«, sagte ich und mußte mich zurückhalten, nicht mehr zu sagen. Wie könnte ich ihm erklären, daß er durch den irrsinnigen Arbeitsdruck korrumpiert war, bis zu dem Punkt, wo er alles tun würde, um sich einen Ruf zu erwerben, ohne daß der Streit wirklich ausartete? Unmöglich. Und Sarah wäre dann auch sauer auf mich. Ich seufzte nur. »Was ist denn mit den Versuchtstieren?«

Valerie sagte unwirsch: »Sie würden sie betäuben, studieren und wieder in den natürlichen Lebensraum zurückbringen. Vielleicht würden sie ein Tier in Gefangenschaft halten, wo es sehr viel angenehmer als in freier Wildbahn leben würde.«

Totale Korruption! Sogar die Botaniker schauten bei dieser Bemerkung, als wäre ihnen nicht ganz wohl.

»Wollen wir hoffen, daß wir nie einen Yeti finden«, sagte Sarah und verzog das Gesicht. »Dann werden wir nie vor diesem Problem stehen.«

»Ich glaube nicht, daß wir uns darüber den Kopf zerbrechen müssen«, meinte Armaat und lächelte überlegen. »Das Biest soll ein Nachttier sein.« – Weil Phil doch keinerlei Begeisterung für nächtliche Beobachtungen gezeigt hatte, weißt Du.

»Und genau deshalb werde ich einen nächtlichen Beobachtungsposten im Hochtal einrichten«, fuhr Phil auf, der Armaats boshafte Bemerkungen satt hatte. »Nathan, Sie müssen mitgehen und mir beim Aufstellen helfen!«

»Und den Weg finden«, sagte ich. Die anderen diskutierten noch weiter. Sarah vertrat meinen Standpunkt, oder war zumindest verständnisvoll. Ich zog mich zurück und machte mir wegen der Gestalt, die ich im Schatten gesehen hatte, Sorgen. Phil sah mir mißtrauisch nach, als ich wegging.

Phil setzte seinen Kopf durch, und wir richteten einen winzigen Beobachtungsplatz im Hochtal ein, westlich von der Stelle, wo ich etwas gesehen hatte. Wir verbrachten mehrere Nächte in einer Eiche und sahen eine Menge gefleckter Himalajarehe und ein paar Affen gegen Morgen. Phil hätte sich freuen können; aber er wurde nur immer verdrossener. Aus einigen seiner knurrigen Äußerungen entnahm ich, daß er schon die ganze Zeit gehofft hatte, den Yeti zu finden. Er war mit der krankhaften Begierde nach dieser großen Entdeckung gekommen.

Und eines Nachts passierte es. Der Mond war fast voll. Die dünne Wolkenschicht ließ das meiste Licht durch. Etwa zwei Stunden vor Morgengrauen war ich etwas eingeschlummert, als Adrakian mich mit dem Ellbogen anstieß. Wortlos zeigte er auf das andere Ufer des kleinen Beckens im Fluß.

Sich verschiebende Schatten, mal heller und mal dunkler. Ein Strahl Mondlicht auf dem Wasser – dann die Umrisse einer aufrecht stehenden Gestalt darüber. Einen Moment lang sah ich den Kopf deutlich, ein hoher, merkwürdig geformter Schädel mit Fell. Beinahe sah er menschlich aus.

Ich wollte einen Warnschrei ausstoßen, statt dessen verlagerte ich mein Gewicht auf der Plattform. Sie knarzte kaum hörbar, aber sofort war die Gestalt verschwunden.

»Idiot!« flüsterte mir Phil zu. Im Mondlicht funkelte er mich mordlustig an. »Ich gehe ihm nach.« Er sprang vom Baum und holte aus seinem Daunenanorak etwas, das ich für eine Betäubungspistole hielt.

»In der Nacht finden Sie doch nichts da draußen«, flüsterte ich; aber er war schon unterwegs. Ich kletterte auch hinunter und folgte ihm – über den Zweck dieser Handlung war ich mir nicht im klaren.

Naja, Du kennst ja den Wald in der Nacht. Keine Chance, ein Tier zu sehen oder leicht durchzukommen. Ich mußte es Adrakian lassen – er war schnell und still. Ich hatte ihn sofort verloren und hörte nur ab und zu einen Ast in der Ferne knacken. Über eine Stunde verging, und ich wanderte nur zwischen den Bäumen herum. Der Mond war untergegangen, und am Himmel herrschte schon halbwegs Morgendämmerung, als ich wieder zum Fluß zurückkam.

Ich ging um einen großen Felsbrocken herum, der am Ufer stand, und wäre beinahe schnurstracks in einen Yeti gelaufen, der mir entgegenkam, als wären wir auf einem belebten Bürgersteig und beide auf dieselbe Seite ausgewichen, um nicht zusammenzustoßen. Er war nicht ganz so groß wie ich. Dunkles Fell bedeckte seinen Körper und Kopf, ließ aber das Gesicht frei. – Ein Fleckchen rosiger Haut, die im schwachen Licht ganz menschlich aussah. Seine Nase war die eines Menschen oder Affen – breit, stand aber aus seinem Gesicht vor wie eine Verlängerung des Okzipitalwulstes, der seinen Schädel von hinten nach vorne überwölbte. Der Mund war breit und seine Kinnlade unter dem dichten Pelz sehr breit. – Aber nichts hätte ihn außerhalb des Parameters menschlicher Möglichkeiten gesetzt. Die dicken Knochen mit buschigen Augenbrauen wölbten sich hoch über den Augen, so daß er ständig einen überraschten Ausdruck auf dem Gesicht hatte – wie eine Katze, die ich mal besessen habe.

Ich bin sicher, daß er in diesem Augenblick auch überrascht war. Wir waren beide so schweigsam wie Bäume und schwankten leise im Wind unserer plötzlichen Begegnung – aber keine weitere Bewegung. Ich atmete nicht einmal. Was sollte ich tun? Ich bemerkte, daß er einen kleinen geglätteten Stock trug und daß an seinem Hals eine Schnur mit Gegenständen hing: Sein Gesicht – Werkzeug – Schmuck: ein Teil von mir – der Teil, der sich nicht im Schock befand – dachte (ich nehme an, daß ich immer noch im Grunde meines Herzens Zoologe bin) *Sie sind nicht nur Primaten, sie sind Hominiden.*

Als wollte er diese Vorstellung bestätigen, redete er mich an. Er brummte kurz, quiekte, sog mehrmals lautstark die Luft ein, hob die Lippe (beachtliche Eckzähne wurden sichtbar) und pfiff leise. In seinen Augen stand eine Frage, die so ruhig, so zart, so intelligent gestellt wurde, daß ich es kaum glauben konnte, sie nicht zu verstehen und die Antwort schuldig bleiben zu müssen.

Ganz langsam hob ich die Hand und versuchte zu sagen: »Hallo.« Ich weiß, es ist schwachsinnig, aber was sagt man schon, wenn man einen Yeti trifft? Jedenfalls kam nur ein gepreßtes ›Hah‹ heraus.

Er neigte den Kopf neugierig auf die Seite und wiederholte: »Hah… Hah… Hah…«

Dann stieß er plötzlich den Kopf nach vorne und schaute angestrengt flußaufwärts, an mir vorbei. Er machte den Mund weit auf und stand lauschend da. Er starrte mich wieder an und versuchte, mich abzuschätzen. (Ich schwöre Dir, daß ich diese Dinge genau wußte.)

Flußaufwärts knackte es in den Zweigen. Er packte meinen Arm und – *wusch* – waren wir oben auf dem

Ufer und im Wald. Holterdipolter gings durch die Bäume, und dann lagen wir auf dem Bauch hinter einem umgestürzten Baumstamm. Seite an Seite lagen wir im patschnassen Moos. Mein Arm tat mir weh.

Phil Adrakian erschien unten im Flußbett und sah ziemlich mitgenommen aus. Er war offensichtlich im Gebüsch hängengeblieben und hatte sich an mehreren Stellen seinen Daunenanorak zerrissen, so daß die weißen Federn bei jedem Schritt davonwehten. Und er war irgendwo in den Dreck gefallen. Der Yeti kniff die Augen zusammen, als er ihn betrachtete. Die wegfliegenden weißen Federn gaben ihm offensichtlich Rätsel auf.

»Nathan!« rief Phil. »Naaa-thaaan!« Er schien immer noch voller Energie zu stecken. »Ich habe einen gesehen! Nathan, wo, zum Teufel, sind Sie?« Er ging weiter flußabwärts und rief nach mir. Der Yeti und ich lagen da und sahen zu, wie er an uns vorbeiging.

Ich weiß nicht, wann ich jemals einen Augenblick solcher Genugtuung verspürt hätte.

Nachdem Phil um eine Biegung verschwunden war, setzte sich der Yeti auf und lehnte sich an den Baumstamm wie ein müder Bergsteiger. Die Sonne ging auf. Er quiekte, pfiff und atmete langsam, während er mich nicht aus den Augen ließ. Was dachte er? Zu diesem Zeitpunkt hatte ich nicht die leiseste Ahnung. Es machte mir sogar Angst. Ich konnte mir nicht vorstellen, was als nächstes passieren würde.

Seine Hände, länger und magerer als menschliche Hände, zupften an meiner Kleidung herum. Dann griff er nach seiner Halskette und zog sie über den Kopf. Was wie dicke Muscheln aussah, war auf einer Schnur aus geflochtenem Hanf aufgereiht: Es waren Fossilien, versteinerte Muscheln, ähnlich wie Kammuscheln – Beweise dafür, daß der Himalaja früher unter Wasser gelegen hatte. Was machten die Yeti damit?

Niemand konnte das wissen. Aber offensichtlich wurden sie hochgeschätzt und waren Teil ihrer Kultur.

Lange betrachtete er seine Halskette. Dann streifte er ganz vorsichtig die Kette über meinen Kopf und legte sie mir um den Hals. Mich überlief es plötzlich siedendheiß. Ich sah alles tränenverschwommen, meine Kehle war wie zugeschnürt – ich hatte das Gefühl, als wäre Gott soeben hinter einem Baum hervorgetreten und hätte mich gesegnet, und völlig grundlos, weißt du? Ich hatte es nicht verdient.

Ohne weiteres Aufhebens ging er o-beinig weg, ohne sich umzuschauen. Da war ich nun: allein im Morgenlicht und hatte nur die Halskette, die massig auf meiner Brust ruhte. Und einen schmerzenden Arm. Also war es tatsächlich geschehen. Ich hatte es nicht geträumt. Ich war gesegnet worden.

Als ich wieder klar denken konnte, ging ich flußabwärts zum Lager zurück. Bei meiner Ankunft hatte ich die Kette tief und sicher in den Taschen meines Anoraks verstaut und mir eine Geschichte ausgedacht.

Phil war bereits dort und schnatterte allen etwas vor. »Da sind Sie ja!« rief er. »Wo, zum Teufel, haben Sie gesteckt? Ich habe schon geglaubt, die hätten Sie erwischt.«

»Ich habe nach Ihnen gesucht«, sagte ich, und es fiel mir sehr leicht, Verärgerung vorzutäuschen. »Wer ist denn *die?*«

»Die Yeti, Sie Dummkopf! Sie haben ihn doch auch gesehen. Streiten Sie das bloß nicht ab! Ich bin ihm gefolgt und habe ihn nochmals gesehen, flußaufwärts.«

Ich zuckte die Achseln und sah ihn zweifelnd an. »Ich habe nichts gesehen.«

»Sie waren nicht an der richtigen Stelle! Sie hätten mit mir kommen sollen.« Er wandte sich an die anderen. »Wir verlegen das Lager für ein paar Tage nach oben, ganz klammheimlich. Das ist eine noch nie dagewesene Chance!«

Valerie nickte. Armaat nickte auch, sogar Sarah schien überzeugt zu sein, und die Botaniker waren froh über etwas Abwechslung.

Ich wandte ein, daß es schwierig sein würde, so viele Leute talaufwärts zu schaffen, und daß es jedes Leben dort oben durcheinanderbringen würde. Ich meinte auch, daß Phil vielleicht einen Bären gesehen haben könnte. Aber Phil ließ sich nicht abbringen. »Was ich gesehen habe, hatte einen großen Hinterhauptwulst und ging aufrecht. Es war ein Yeti.«

Trotz meines Protests wurden Pläne geschmiedet, das Lager ins Hochtal zu verlegen und eine intensive Suche nach dem Yeti zu beginnen. Ich wußte nicht, was ich tun sollte. Wenn ich noch mehr protestierte, würde das nur verdächtig so aussehen, als hätte ich auch gesehen, was Phil gesehen hatte. Ich war niemals sehr geschickt im Erfinden von Ausreden, um andere Leute von ihren Plänen abzubringen. Aus eben diesem Grund habe ich auch die Universität verlassen.

Ich war mit meiner Weisheit am Ende. Da kam mir das Wetter mit einem frühen Monsungewitter zu Hilfe. Das brachte mich auf eine Idee. Das Einzugsgebiet für unseren Fluß war groß und steil. Einen Tag lang schwerer Regen wie den, den wir hatten, würde den Wasserspiegel in unserem Fluß sehr schnell ansteigen lassen. Wir mußten die Brücke überqueren, ehe wir zu den drei Hochtälern aufsteigen konnten, und wir mußten noch zwei weitere benutzen, um zum Flugfeld zurückzukommen.

Da lag meine Chance. Mitten in der Nacht schlich ich hinaus und ging zur Brücke hinunter. Sie war nach der üblichen lokalen Bauweise konstruiert: Auf jeder Seite zwei Steinhaufen und darüber drei halbe Baumstämme als Steg. Der Fluß spülte schon unten um die

Steinhaufen. Mit etwas Hebelarbeit brach der auf unserer Flußseite zusammen. Es war ein merkwürdiges Gefühl, eine Brücke zu zerstören, eine der wichtigsten menschlichen Arbeiten im Himalaja. Aber ich ging entschlossen ans Werk. Schnell rutschten die Stämme ab, fielen auseinander und schließlich schwamm einer flußabwärts davon. Es war ganz leicht, auch die beiden anderen auf die Reise zu schicken. Dann schlich ich mich zurück ins Lager und kroch ins Bett.

Das hätten wir! Am nächsten Tag schüttelte ich bedauernd den Kopf über diese Entdeckung und erwähnte, daß die Strömung weiter unten noch schlimmer sein werde. Ich überlegte laut, ob wir genug Essensvorräte hätten, um den Monsun zu überstehen. Hatten wir natürlich nicht. Nach einer weiteren Stunde dieser Regengüsse waren Armaat, Valerie und die Botaniker überzeugt, daß die Saison vorbei war. Phils lautstarke Proteste fruchteten nichts. Am folgenden Morgen brachen wir das Lager ab und gingen in einem leichten Sprühregen, der sich bis zum Mittag zu strahlendem Sonnenschein entwickelte. Aber da waren wir schon weit abgestiegen und hatten uns festgelegt.

Jetzt weißt Du Bescheid, Freds. Liest Du immer noch? Ich habe gelogen, Daten verheimlicht und schließlich die Expedition alter Kollegen, die mich angeheuert hatten, verjagt. Aber Du siehst doch ein, daß ich das tun mußte. Da oben ist eine Kreatur, intelligent und friedlich. Zivilisation würde sie zerstören. Und der Yeti, der sich mit mir versteckte – *wußte* irgendwie, daß ich auf seiner Seite war. Jetzt ist es Vertrauenssache. Ich würde wirklich lieber mein Leben verlieren, als dieses Vertrauen zu zerstören. Du kannst einfach so ein Geschöpf nicht verraten.

Auf dem Rückmarsch bestand Phil darauf, daß er einen Yeti gesehen hätte, und ich beharrte darauf, diese Vorstellung lächerlich zu machen, bis Sarah mich komisch anschaute. Leider muß ich berichten, daß sie und Phil sich wieder näherkamen, je näher wir nach J... kamen und an das Ende unserer Tour. Vielleicht hatte sie Mitleid mit ihm, vielleicht wußte sie auch, daß ich sie hinterging. Ich würde das nicht bezweifeln. Sie kannte mich ziemlich gut. Aber, was auch der Grund sein mochte, es deprimierte mich. Man konnte aber nichts dagegen tun. Ich mußte verbergen, was ich wußte, und lügen, ganz gleich, wie sehr es weh tat und wie sehr ich damit unsere Freundschaft ruinierte. Als wir in J... ankamen, verabschiedete ich mich von allen. Ich war ziemlich sicher, daß die Finanzschwierigkeiten, die bei der Zoologie endemisch sind, sie für längere Zeit fernhalten würden, und das war gut so. Was Sarah anbetraf – ach was, zum Teufel... ich sagte ihr etwas vorwurfsvoll Lebewohl. Dann marschierte ich zurück nach Katmandu, statt zu fliegen, um von ihr wegzukommen und mir über alles etwas klarer zu werden.

Die Nächte auf diesem Marsch zurück waren so lang, daß ich schließlich beschloß, diesen Brief zu schreiben, um meine Gedanken zu beschäftigen. Ich hatte gehofft, wenn ich alles aufschreibe, würde es helfen. Aber ehrlich gesagt, ich habe mich nie einsamer gefühlt. Der einzige Trost war, daß ich mir vorstellte, wie Du über meiner Geschichte ausflippst – ich kann dich vor mir sehen, wie Du im Zimmer auf- und niederhüpfst und brüllst: »JA SPINNST DU!«, so laut Du kannst, wie Du es früher immer gemacht hast. Ich hoffe, daß ich Dir alle fehlenden Details erzählen kann, wenn ich Dich im Herbst in Katmandu persönlich spreche.

Bis dann
Dein Freund Nathan.

III

Also, ich glaube, ich drehe durch. Nachdem ich den Brief gelesen hatte, konnte ich nur noch sagen: »Irre!« Dann ging ich zum Anfang zurück und las das Ganze noch mal, konzentrierte mich aber auf die guten Stellen. Eine Begegnung mit dem berühmten Abscheulichen Schneemenschen! Was für ein Ereignis! Natürlich hatte dieser komische Nathan nichts anderes herausgebracht als »Hah…« Aber die Umstände waren ungewöhnlich, und ich nehme an, er hatte sich alle Mühe gegeben.

Ich hatte selbst auch immer einen Yeti sehen wollen. An zahllosen Morgen war ich im Himalaja noch vor Tagesanbruch aufgestanden, um Wasser abzulassen und zu sehen, wie der Tag wohl werden würde. Beinahe jedes Mal hatte ich, besonders im Hochwald, mich umgesehen und mich gefragt, ob das Zucken in der Ecke meines schlafverkrusteten Auges nicht etwas Abscheuliches war, das sich *bewegte*.

Das war es nie gewesen, soweit ich weiß. Ich stellte fest, daß ich ein bißchen neidisch auf Nathan und sein unwahrscheinliches Glück war. Warum war der Yeti, ein Angehöriger der scheuesten Rasse Zentralasiens, bei ihm so entspannt gewesen? Über dieses Rätsel konnte ich die nächsten Tage nachdenken, während ich mich um meine Geschäfte kümmerte. Ich wünschte, ich könnte mehr tun als nur das. Ich sah im Gästebuch des Star nach, ob Nathan oder George Fredericks eingetragen waren. Ich fand Nathans perfekte zierliche Unterschrift Mitte Juni; aber danach keinen Hinweis auf George oder Freds, wie Nathan ihn nannte. Der Brief ließ aber darauf schließen, daß beide im Herbst wieder da sein wollten; aber wo?

Dann mußte ich ein paar tibetische Teppiche in die Staaten schicken, und meine Gesellschaft wollte, daß ich beim Ministerium für Tourismus drei ›Videotrecks‹ klärte. Gleichzeitig entschied die Einwanderungsbehörde, daß ich nun lange genug im Lande sei. Die Abwicklung dieser Dinge in einer Stadt, wo das Aufgeben eines Briefes schon bis zu einem Tag dauern kann, hielt mich wirklich in Trab. Beinahe vergaß ich Nathans Brief.

Als ich aber an einem sonnigen, heiteren Nachmittag ins Star kam und sah, daß irgendein Typ durchgedreht hatte und das Regal für die Post herausgerissen und die armen Papierleichen bis zum ersten Stock auf der Treppe verstreut hatte, beschlich mich das Gefühl, daß ich vielleicht wußte, wo das Problem lag. Ich war überrascht – hatte auch ein bißchen schlechtes Gewissen –, aber es war mir ganz und gar nicht unangenehm. Ich unterdrückte die leichten Gewissensbisse und ging an den beiden Angestellten vorbei, die in rapidem Nepalesisch protestierten. »Kann ich Ihnen helfen? Suchen Sie etwas?« fragte ich den Verzweifelten, der diese Verwüstung angerichtet hatte.

Er richtete sich auf und sah mir direkt in die Augen. Ein absolut geradliniger Typ. »Ich suche nach einem Freund von mir, der gewöhnlich hier wohnt.« Er war noch nicht in Totalpanik, aber nahe dran. »Der Portier sagt, daß er schon ein Jahr nicht mehr hiergewesen sei; aber ich habe ihm im Sommer einen Brief geschickt, und der ist weg.«

Getroffen! Ohne mit der Wimper zu zucken sagte ich: »Vielleicht ist er vorbeigekommen und hat den Brief abgeholt, ohne hierzubleiben?«

Er krümmte sich, als hätte ich ihm ein Messer in den Bauch gestoßen. Er sah ungefähr so aus, wie ich ihn mir aufgrund seines Epos vorgestellt hatte: groß, aufrecht, mit dunklen Haaren. Sein Bart war so dick und weich wie ein Pelz, unter den Augen und am Hals sauber gestutzt – wirklich ein makelloser Bart. Der

Bart und eine Jacke mit Lederflecken auf den Ellbogen hätten ihm an jeder amerikanischen Universität eine Anstellung auf Lebenszeit verschafft.

Aber jetzt war er ernstlich verzweifelt, wenn er sich auch bemühte, es nicht zu zeigen. »Ich weiß nicht, wo ich ihn finden könnte, und...«

»Sind Sie sicher, daß er in Katmandu ist?«

»Er müßte eigentlich. In zwei Wochen macht er bei einer großen Klettertour mit. Aber er wohnt immer hier!«

»Manchmal ist es voll. Vielleicht ist er woanders hingegangen.«

»Ja, das stimmt.« Plötzlich verließ ihn die Verzweiflung so weit, um zu bemerken, daß er mit mir redete. Seine großen, klaren, grün-grauen Augen verengten sich, als er mich musterte.

»George Fergusson«, sagte ich und streckte die Hand aus. Er versuchte sie zu zerquetschen; aber ich konnte sie gerade noch retten.

»Ich heiße Nathan Howe. Komisch, daß Sie so heißen«, sagte er, ohne zu lächeln. »Ich suche nämlich nach einem George Fredericks.«

»Ach wirklich? Nein, so ein Zufall.« Ich fing an, die ganze zerknitterte Post im Star aufzuheben. »Vielleicht kann ich Ihnen helfen. Ich mußte schon früher Freunde in Katmandu finden – ist nicht leicht, aber machbar.«

»Wirklich?« Es klang, als hätte ich ihm einen Rettungsring zugeworfen. Was hatte er für ein Problem?

»Sicher. Wenn er auf eine Klettertour gehen will, muß er vorher bei der Einwanderungsbehörde die Erlaubnis kaufen. Auf die Erlaubnis muß man die lokale Adresse schreiben. Ich habe endlose Stunden auf dem Amt verbracht und habe ein paar Freunde dort. Wenn wir denen ein paar hundert Rupies zustecken, sehen Sie für uns nach.«

»Phantastisch!« Jetzt war er die personifizierte Hoffnung, bebte sogar. »Können wir gleich gehen?« Ich sah, daß dieser Schatz, die Freundin des Mister Skrupellos, ihn genau richtig taxiert hatte. Er war ein Idealist. Man konnte bei ihm so deutlich sehen, was in ihm vorging, wie den Glühstrumpf in einer Gaslaterne durch das Glas. Nur eine blinde Frau wäre nicht in der Lage gewesen zu erkennen, was er für sie empfand. Ich hätte gern gewußt, was diese Sarah für ihn empfunden hatte.

Ich schüttelte den Kopf. »Es ist schon nach zwei – für heute geschlossen.« Wir befestigten das Gestell wieder an der Wand und die Angestellten gingen wieder an den Tisch der Rezeption zurück. »Aber wir könnten noch ein paar andere Sachen probieren, wenn Sie wollen.« Nathan nickte und stopfte die Post zurück. »Immer wenn ich hier absteigen will und es voll ist, gehe ich einfach nach nebenan. Wir könnten dort mal fragen.«

»Okay«, sagte Nathan und loderte vor Begeisterung. »Gehen wir!«

Wir verließen den Star und gingen nach rechts, um uns in der Lodge Pheasant – oder Lodge Pleasant, das Schild ist bei diesem Buchstaben nicht eindeutig – zu erkundigen.

Und tatsächlich hatte George Fredericks hier gewohnt. Ausgerechnet heute morgen war er ausgezogen. »Mein Gott, nein!« rief Nathan, als wäre der Typ gerade verstorben. Panikzeit rückte näher.

»Ja«, bestätigte der Portier strahlend, weil er den Namen in dem dicken Buch gefunden hatte. »Er gehen auf Treck.«

»Aber der sollte doch erst in zwei Wochen losgehen«, protestierte Nathan.

»Wahrscheinlich ist er erst mal allein losgezogen«, sagte ich, »oder mit Freunden.«

Jetzt war Nathan am Ende. Panik, Verzweiflung – er mußte sich setzen. Ich dachte nach. »Wenn er rausfliegen wollte – ich habe gehört, daß alle RNAC-Flüge in die Berge heute gestrichen sind. Vielleicht ist er zurückgekommen und ißt irgendwo zu Abend. Kennt er Katmandu gut?«

Nathan nickte finster. »Wie seine Hosentasche.«

»Dann wollen wir es im Alten Wien probieren.«

IV

Am frühen Abend war Thamel so hektisch wie immer. An der Vorderseite der Geschäfte, die auf die Straße mündeten, gingen die Lichter an. Menschen schoben sich ziellos durch die Straßen. Große Landrover und kleine Toyota-Taxis brachen sich eine Bahn durch die Menge, wobei sie ihre Hupen übermäßig beanspruchten. Mitten auf der Straße wiederkäuten die Kühe und betrachteten alles mit dem Ausdruck sanfter Überraschung, als hätte man sie Sekunden zuvor auf magische Weise von ihrer Weide hierher versetzt.

Nathan und ich gingen im Gänsemarsch vor den Eingängen zu den Läden, wichen Fahrrädern aus und sprangen über die vielen Pfützen. Wir kamen vorbei an Geschäften für Teppiche, Kletterausrüstungen, Restaurants, Antiquariate, Trecking-Agenturen, Hotels und Souvenirständen. Auf dem Weg wiesen wir hundert Angebote der jungen Männer auf der Straße ab: »Geld wechseln?« – »Nein.« – »Dope rauchen?« – »Nein.« – »Kaufen schönen Teppich?« – »Nein.« – »Gutes Hasch?« – »Nein.« – »Geld wechseln?« – »Nein.« Schon lange hatte ich diese Spaziergänge in der Nachbarschaft vereinfacht, indem ich zu jedem, den ich traf, »nein« sagte. »Nein, nein, nein, nein, nein, nein.« Nathan hatte eine andere Methode, die aber ebensogut zu funktionieren schien – oder besser, da diese Brüder meine Antworten nie negativ genug auszulegen schienen. Er nickte höflich mit diesem gradlinigen Gesichtsausdruck und sagte: »Nein, vielen Dank.« Und ließ sie mit offenem Mund auf der Straße stehen.

Wir kamen an K.C. vorbei, bahnten uns einen Weg über den ›Times Square‹, einer kurvigen Kreuzung, die ständig verstopft war, und schlugen dann die Straße ein, die aus Thamel heraus in das übrige Katmandu führte. Im Eingang eines Ladens standen zwei Geschäftsinhaber und sangen zur Pink-Floyd-Kassette *The Wall:* »We don't need no education, we don't need no thought control.« Ich wurde beinahe von einem Fahrrad überfahren. Dort wo die Straßen etwas weiter wurden und der Asphalt anfing, schob ich eine schwarze Ziege aus dem Weg. Dann sprangen wir über eine Riesenpfütze in eine tunnelartige Höhle, die eines der heruntergekommenen Gebäude von der Straße aus durchbohrte. Hinten in der Höhle ging es links eine schmutzige Betontreppe nach oben. »Waren Sie schon mal hier?« fragte ich Nathan.

»Nein. Ich gehe immer ins K.C. oder Red Square.« Er sah auch nicht so aus, als täte ihm das leid.

Oben an der Treppe machten wir die Tür auf und betraten das Österreichisch-Ungarische-Kaiserreich. Weiße Tischtücher, getäfelte Trennwände zwischen den tiefen Nischen, rote Tapete mit einem Fleur-de-lis-Muster, Plüschmöbel, geschmackvoll kitschige Lampen über jedem Tisch. Den ganzen Raum durchdrang der scharfe Geruch von heißem Gulasch und Sauerkraut. Aus der Musikbox erklangen Straußwalzer. Wenn nicht das leise Hupen von der Straße unten gewesen wäre, wäre alles echt gewesen.

»Meine Güte«, sagte Nathan. »Wie ist *das* denn hierhergekommen?«

»Das ist hauptsächlich ihr Verdienst.« Die Besitzerin und das kulinarische Genie, eine große, riesig freundliche Frau, kam und begrüßte mich auf englisch mit starkem deutschen Akzent.

»Hallo, Eva. Wir suchen einen Freund…« Aber da hatte Nathan uns schon beiseite geschoben und raste auf eine kleine Nische hinten im Lokal zu.

»Ich glaube, wir haben ihn gefunden«, sagte Eva lächelnd.

Als ich an den Tisch kam, schüttelte Nathan überschwenglich den Arm eines kleinen, langhaarigen, blonden Kerls Ende dreißig. Er schlug ihm auf den Rücken und sprudelte vor Erleichterung – so wie es aussah, von der Erleichterung völlig überwältigt. »Freds, Gott sei Dank, daß ich dich gefunden habe!«

»Freu mich auch, Kumpel! Glück gehabt, eigentlich wollte ich mit'n paar Brits heute morgen in die Hügel gurken; aber die alte Regelmäßig Negative Airline hat wie immer versagt.« Freds hatte einen leichten Südstaatenakzent und redete so schnell, wie ich noch niemanden hatte sprechen hören, manchmal sogar noch schneller.

»Ich weiß«, sagte Nathan. Er schaute auf und sah mich. »Eigentlich hat das mein neuer Freund hier herausgefunden. George Fergusson, das ist George Fredericks.«

Wir gaben uns die Hand. »Hübscher Name!« sagte George. »Nenn mich Freds, das macht jeder.« Wir rutschten an den Tisch, während Freds uns erklärte, daß die Leute, mit denen er klettern gehen wollte, auf Zimmersuche waren. »So, und was hast du vor, Nathan? Wußte gar nicht, daß du in Nepal bist. Ich dachte, du bist in den Staaten und arbeitest, Tierreservate retten oder so.«

»Hab ich auch«, sagte Nathan, und sein grimmiger Friß-Vogel-oder-stirb-Ausdruck kam wieder. »Aber ich mußte zurückkommen. Hör mal – hast du meinen Brief nicht bekommen?«

»Nein, hast du mir geschrieben?« fragte Freds.

Nathan blickte mich direkt an; aber ich schaute ihn so unschuldig wie möglich an. »Ich muß Sie dann ins Vertrauen ziehen«, sagte er. »Ich kenne Sie zwar nicht sehr gut, aber Sie haben mir heute sehr geholfen, und in Anbetracht der Lage kann ich wirklich nicht…«

»Wählerisch sein?«

»Nein, nein! Ich kann nicht übervorsichtig sein. Ich neige dazu, übervorsichtig zu sein. Freds kann das bestätigen. Aber jetzt brauche ich Hilfe.« Er war todernst.

»War ja bloß Spaß«, versicherte ich ihm und versuchte, vertrauenswürdig, loyal undsoweiter auszusehen. Das war bei dem Grinsen auf Freds Gesicht aber schwierig.

»Also, es handelt sich um folgendes«, sagte Nathan und sprach zu uns beiden. »Ich muß euch erzählen, was mir bei meiner letzten Expedition im Frühjahr passiert ist. Es fällt mir immer noch nicht leicht, darüber zu sprechen, aber…«

Mit gesenktem Kopf, vornübergebeugt, berichtete er uns flüsternd das, was ich in dem verlorengegangenen Brief gelesen hatte. Fred und ich hatten uns auch vorgebeugt, so daß unsere Köpfe fast über dem Tisch zusammenstießen. Ich tat, was ich konnte, um meine Entrüstung und Überraschung an den Höhepunkten der Erzählung zum Ausdruck zu bringen. Dabei mußte ich mir aber keine große Mühe geben, weil Freds das nötige Staunen ganz allein produzierte. »Ja, spinnst du!« – »Nein, nicht zu fassen! Ich kann es einfach nicht glauben. Er hat bloß *dagestanden!* Ja, *spinnst* du! Mann, abgefuckt irre! Ich kann es nicht glauben! Wahnsinn! Was? – *Nein!* Ehrlich, das hast du!« Als Nathan an die Stelle kam, wie der Yeti ihm die Halskette gab, sprang Freds tatsächlich hoch, wie Nathan es vorhergesagt hatte, und brüllte: »JA, SPINNST DU!«

»Psst!« zischte Nathan und legte den Kopf beinahe aufs Tischtuch. »Nein. Komm wieder her, Freds. Bitte!«

Er setzte sich wieder und Nathan fuhr fort, mit der gleichen Wirkung auf Freds (»Du hast die Scheißbrücke EINGERISSEN!?!?!« – »PSSST!«) weiterzuerzählen. Als er fertig war, ließen wir uns alle erschöpft zurücksinken. Allmählich hörten die anderen Gäste auf, uns anzustarren. Ich räusperte mich. »Aber heute ... hmm ... haben Sie angedeutet, daß es da trotzdem ein Problem gibt, oder ein neues Problem ...?«

Nathan nickte und verzog den Mund. »Adrakian ist zurückgekommen und hat von einem stinkreichen alten Knaben in den Staaten, der früher auf *Großwildjagd* gegangen ist, Geld besorgt. J. Reeves Fitzgerald. Jetzt hat er auf einem großen Besitz so eine Art Photo-Zoo. Er ist mit Adrakian und Valerie hergekommen, Sarah ist auch dabei. Dann sind sie gleich wieder ins Lager hinauf, das wir im Frühjahr hatten. Das habe ich von Armaat erfahren und bin so schnell ich konnte hergeflogen. Gleich nach meiner Ankunft haben sie eine Suite im Sheraton gemietet. Ein Page hat mir erzählt, daß sie mit einem Landrover angekommen sind, bei dem die Fenster verhängt waren. Er sah, daß jemand merkwürdig schnell nach oben gebracht wurde. Jetzt haben sie sich in der Suite verschanzt, als wäre es eine Festung. Und ich habe Angst – ich glaube – ich nehme an, *daß sie einen oben haben.*«

Freds und ich schauten uns an. »Wie lange ist das schon her?« fragte ich.

»Vor zwei Tagen erst! Ich suche seit der Zeit krampfhaft nach Freds. Ich wußte nicht, was ich sonst tun sollte.«

Freds fragte: »Was ist mit Sarah? Ist sie noch bei ihnen?«

»Ja«, stieß Nathan hervor und sah aufs Tischtuch. »Ich kann es nicht glauben; aber sie ist dabei.« Er schüttelte den Kopf. »Wenn sie einen Yeti da oben verstecken – wenn sie einen haben – dann ist für die Yetis alles verloren. Es wird für sie eine einzige Katastrophe.«

Ich nahm an, daß er damit ganz recht hatte. Freds nickte automatisch zustimmend, allein schon, weil Nathan das gesagt hatte. »Das wäre der reinste Zoo da oben, ha ha.«

»Dann hilfst du mir?« fragte Nathan.

»Natürlich, Mann! Selbstverständlich.« Freds sah überrascht aus, daß Nathan ihn überhaupt gefragt hatte.

»Ich möchte auch«, sagte ich. Und das stimmte auch. Der Typ brachte einen einfach irgendwie dazu.

»Danke«, sagte Nathan. Er sah sehr erleichtert aus. »Aber was ist mit der Klettertour, die du machen wolltest, Freds?«

»Null Problem. Ich bin sowieso spät dazugestoßen, rein aus Blödsinn. Die kommen ohne mich zurecht. Ich war sowieso schon nicht mehr so heiß, diesmal mitzugehen. Sie haben sich für die Tour ein ›Trivial Pursuit‹-Spiel besorgt, damit sie nicht in den Zelten durchdrehen. Gestern haben wir es ausprobiert. Du weißt, daß ich in ›Trivial Pursuit‹ ziemlich gut bin, abgesehen von Geschichte, Literatur und Unterhaltung; aber das Spiel war die *britische* Version! Also wir lüpfen einen und fangen mit dem Spiel an. Plötzlich bin ich mitten drin in einem Monty Pythons Stück. Mann, die spielen einfach nicht wie wir! Du weißt doch, wenn wir es spielen, und jemand weiß die Antwort nicht, sagen alle ›Ha! Pech gehabt!‹ Aber bei denen komme ich dran und nehme Sport und Freizeit, wo ich von Natur aus forté bin, und die ziehen die Karte und fragen mich: ›Wer hat im Westindischen Kricketmatch 1956 dreihundertundfünfundsechzig schlechte Tore kassiert?‹ Oder so einen ähnlichen Scheiß. Und die haben sich beinahe *totgelacht*. Sie sind aufgesprungen und um mich herumgetanzt und haben *gebrüllt:* ›Weißt du nicht, oder? Nicht die leiseste abgefackte *Idee* hast du, wer so schlecht gestanden ist, oder?‹ Es war wirklich schwierig, sich auf die Antwort zu konzentrieren. Also, diesmal mitzugehen, wäre vielleicht sowieso ein Fehler gewesen. Da bleibe ich lieber hier und helfe dir.«

Nathan und ich konnten ihm nur zustimmen.

Dann kam Eva mit unserem Essen, das wir nach Nathans Epos bestellt hatten. Das Erstaunlichste am Alten Wien ist, daß das Essen noch besser als das Dekor ist. Es wäre überall gut; aber in Katmandu, wo eigentlich alles so ähnlich wie Pappe schmeckt, ist es einfach sagenhaft. »Sieh dir dieses Steak an!« sagte Freds. »Wo, zum Teufel, haben die das Fleisch her?«

»Hast du dich nie gewundert, wie sie die Bevölkerungsdichte von heiligen Kühen unter Kontrolle halten?« fragte ich.

Freds fand das herrlich. »Ich kann es mir direkt vorstellen, wie sie eines von diesen großen Biestern hier hinten reinschmuggeln. Wumm!«

Nathan stocherte vorsichtig in seinem Schnitzel herum. Bei einem Superessen besprachen wir dann das Problem, das uns bevorstand. Wie meistens in solchen Situationen hatte ich einen Plan.

V

Ich habe noch nie erlebt, daß Bakschisch in Katmandu nicht wirkte. Aber in der Woche war das Personal im Everest Sheraton Hotel bis oben hin zugeknöpft. Sie wollten nicht einmal etwas Außergewöhnliches *hören,* von Mitmachen ganz zu schweigen, egal, wieviel für sie raussprang. Irgend etwas war da im Busch. Mir drängte sich allmählich der Verdacht auf, daß J. Reeves Fitzgerald tatsächlich ein sehr großes Bankkonto haben mußte. Plan A, in Adrakians Zimmer zu gelangen, war damit undurchführbar. Ich ging wieder in die Hotelbar, wo Nathan in einer Ecknische versteckt saß. Er hatte sich auch ordnungsgemäß mit Sonnenbrille und australischem Hinterwäldlerhut getarnt. Meine Nachrichten gefielen ihm gar nicht.

Das Everest Sheraton International ist nicht ganz wie die anderen Sheratons, entspricht aber etwa in der Qualität unserem Holiday Inn, was in Katmandu fünf Sterne bedeutet und ebenso fehl am Platze ist wie das Alte Wien. Die Bar sah wie die auf einem Flughafen aus. Im nächsten Raum war ein Casino, das aber, nach den Lachsalven, die herüberdrangen, niemand ernst zu nehmen schien. Nathan und ich saßen da, nippten an unseren Drinks und warteten auf Freds, der sich das Hotel von außen ansah.

Plötzlich preßte Nathan meinen Arm. »Nicht schauen!«

»Okay.«

»Mein Gott, die müssen einen ganzen Haufen Sicherheitsleute gemietet haben. Nein, schauen Sie sich die Burschen an. Nein, schauen Sie nicht!«

Unauffällig warf ich einen Blick auf die Gruppe, die die Bar betrat. Identische Stiefel, identische Jacken mit leichten Ausbuchtungen unter der Achsel, tadelloses Aussehen; aufrecht, beinahe militärisches Auftreten... Sie sahen ein bißchen wie Nathan aus, um ehrlich zu sein, aber ohne seinen Bart. »Hmmm«, meinte ich. Mit Sicherheit keine normalen Touristen. Fitzgeralds Geldsack mußte tatsächlich *sehr* groß sein.

Dann kam Freds beschwingten Schritts in die Bar und ließ sich in unserer Nische nieder. »Probleme, Mann.«

»Psst!« sagte Nathan. »Siehst du die Typen da drüben?«

»Weiß schon«, sagte Freds, »Secret Service.«

»Die sind *was?*« fragen Nathan und ich einstimmig.

»Geheimdienstleute.«

»Jetzt erzähl mir bloß nicht, daß dieser Fitzgerald ein Busenfreund Reagans ist«, sagte ich. Freds schüttelte den Kopf und grinste.

»Nein. Sie sind mit Jimmy und Rosalynn Carter hier. Habt ihr das denn nicht gehört?«

Nathan schüttelte den Kopf; aber ich hatte plötzlich in meinem Innern die Ahnung, daß ich das Gerücht vor ein paar Wochen irgendwo gehört hatte. »Er wollte den Everest sehen…?«

»Stimmt! Ich habe schon alle vorige Woche in Namche oben getroffen. Aber jetzt sind sie zurück und wohnen hier.«

»O mein Gott«, stöhnte Nathan. »Geheimdienstleute – *hier!*«

»Eigentlich sind das recht nette Burschen«, sagte Freds. »Wir haben uns viel mit ihnen in Namche unterhalten. Sehr korrekte Typen, natürlich – wirklich korrekt –, aber nett. Sie haben uns erzählt, was sich in World Series tut, wie so ihre Arbeit läuft und alles. Natürlich haben wir ihnen auch über die Carters Fragen gestellt. Da haben sie nur herumgeschaut, als ob niemand etwas gesagt hätte, was schon komisch ist; aber die meiste Zeit waren sie ganz normal.«

»Und *was* machen sie jetzt hier?« fragte ich, weil ich es einfach nicht glauben konnte.

»Naja, Jimmy wollte den Everest sehen. Da sind alle mit dem Hubschrauber in Namche eingeflogen, als würde es solche Sachen wie Höhenkrankheit gar nicht geben, und sind zum Everest aufgebrochen! Ich habe gerade vorhin mit einem der Männer gesprochen, die ich oben getroffen habe, und er hat mir das Ergebnis erzählt, Rosalynn ist auf fünfzehntausend Fuß gekommen und dann umgedreht; aber Jimmy ist weitergestiefelt. Er hat alle diese jungen, zähen Geheimdienstburschen, die ihn beschützen sollen, abgehängt; die wurden reihenweise krank. Jeden Tag mußten sie ein paar von ihnen rausfliegen wegen Höhenkrankheit, Lungenentzündung oder sonstwas, bis kaum noch welche übrig waren. Er hat die gesamte Mannschaft buchstäblich in Grund und Boden marschiert! Wie alt ist der jetzt eigentlich? Mitte sechzig? Und all diese jungen Agenten fielen wie die Fliegen um, während er glatt bis Kala Pattar und dem Everest-Basislager weiterlatschte. Ich finde das super!«

»Einfach großartig«, sagte ich. »Mich freut das ja auch für ihn. Aber jetzt sind sie zurück.«

»Ja, sie stürzen sich kurz in die Katmandu-Kulturszene.«

»So ein Mist!«

»Ach so! Keine Chance, einen Schlüssel zum Yeti-Zimmer zu bekommen. Meint ihr das?«

»Pssst!« zischte Nathan.

»Entschuldige, habe ich vergessen. Na schön, dann müssen wir uns eben etwas anderes ausdenken. Die Carters werden hier noch etwa eine Woche bleiben.«

»Was ist mit den Fenstern?« erkundigte ich mich.

Freds schüttelte den Kopf. »Ich könnte raufklettern, null Problem. Aber die von ihren Zimmern gehen auf den Garten raus, und da hätte ich bestimmt bald Fans.«

»Mein Gott, ist das schlimm«, sagte Nathan und kippte seinen Scotch runter. »Phil könnte sich entschließen, auf einer Pressekonferenz zu enthüllen, daß er einen – daß er etwas hat – solange die Carters hier sind. Eine Riesenchance, blitzschnell Publicity zu bekommen – das würde ihm ähnlich sehen.«

Wir saßen da und dachten noch einige Drinks länger nach.

»Weißt du, Nathan«, sagte ich bedächtig. »Da gibt es noch eine Möglichkeit, über die wir noch gar nicht gesprochen haben, bei der du aber die Führung übernehmen müßtest.«

»Welche?«

»Sarah.«

»Was? O nein! Nein, das könnte ich nicht. Ich kann wirklich nicht mit ihr sprechen. Es ist... naja, ich will einfach nicht.«

»Aber warum?«

»Ihr wäre es egal, was ich sage.« Er blickte tief in sein Glas und schwenkte nervös den Inhalt. Seine Stimme klang bitter. »Sie würde wahrscheinlich Phil gleich erzählen, daß wir hier sind, und dann säßen wir erst *richtig* in der Tinte.«

»Ach, ich weiß nicht. Ich glaube nicht, daß sie jemand ist, der so was tun würde, du, Freds?«

»Keine Ahnung«, sagte Freds überrascht. »Ich bin ihr nie begegnet.«

»Aber sie könnte bestimmt nicht so sein.« Ich setzte ihm für den Rest unseres Aufenthalts in der Bar immer wieder zu, weil ich zu diesem Zeitpunkt darin unsere einzige Chance sah. Aber Nathan blieb stur und hatte immer noch nicht nachgegeben, als er darauf bestand, daß wir gingen.

Wir zahlten also und gingen. Als wir durch das Foyer marschierten, blieb Nathan plötzlich kurz vor den breiten Eingangstüren wie angenagelt stehen. Eine hochgewachsene, gutaussehende Frau mit einer großen Eulenbrille war gerade hereingekommen. Nathan war zur Salzsäule erstarrt. Ich erriet, wer die Frau sein mußte, und stieß ihn in die Rippen. »Denk dran, was auf dem Spiel steht!«

Das Argument war schließlich nicht übel. Er holte

tief Luft. Als die Frau fast an uns vorbei war, riß er Hut und Sonnenbrille herunter. »Sarah!«

Die Frau sprang zurück. »Nathan! Mein Gott! Was … was machst du denn hier?«

Dumpf: »Du weißt, warum ich hier bin, Sarah.« Er richtete sich noch gerader auf als sonst und blickte sie vorwurfsvoll an. Wäre sie des Mordes an seiner Mutter überführt gewesen, hätte er sie nicht anklagender ansehen können, glaube ich.

»Was…?« Ihr verschlug es die Stimme.

Nathans Lippen kräuselten sich verächtlich. Ich fand, er ging mit der Du-bist-schuld-Tour etwas zu weit und wollte schon eingreifen, um einen weniger harten Konfrontationskurs einzuschlagen, da kippte im nächsten Satz seine Stimme um und klang wirklich tief verletzt: »Ich hätte nie gedacht, daß du fähig wärst, so etwas zu tun, Sarah.«

Mit ihren hellbraunen Haaren, dem Pony und der großen Brille sah sie ein bißchen wie ein Schulmädchen aus. Jetzt litt das Schulmädchen: ihre Lippen zuckten, und sie blinzelte schnell. »Ich… ich.« Dann stürzte ihr Gesicht zusammen. Mit einem kurzen Schluchzen stolperte sie auf Nathan zu und warf sich an seine breite Brust. Er streichelte ihren Kopf und konnte es nicht fassen, wie man sehen konnte.

»Ach, Nathan«, schluchzte sie schnüffelnd. »Es ist so grauenvoll…«

»Ist schon in Ordnung«, sagte er so steif wie ein Brett. »Ich weiß.«

Die beiden redeten eine Weile traulich vereint. Dann räusperte ich mich und schlug vor: »Warum gehen wir nicht alle irgendwoanders hin und lüpfen noch einen.« Ich fand, daß die Sache schon um eine Winzigkeit besser aussah.

VI

Wir gingen ins Café des Hotels Annapurna. Dort bestätigte Sarah Nathans schlimmste Befürchtungen. »Sie haben ihn da oben ins *Bad* eingesperrt.« Offensichtlich aß der Yeti immer weniger und Valerie Budge setzte Mr. Fitzgerald zu, ihn auf der Stelle in den beschissenen kleinen Zoo der Stadt zu bringen. Aber Fitzgerald ließ eine Gruppe von naturwissenschaftlichen Schreiberlingen einfliegen, damit er morgen oder übermorgen eine Pressekonferenz abhalten konnte. Er und Phil wollten warten. Sie erhofften sich die Anwesenheit der Carters bei der Enthüllung, wie Freds es nannte; aber sie konnten sich darüber noch nicht sicher sein.

Freds und ich stellten Sarah Fragen über die Lage im Hotel. Offensichtlich wechselten sich Phil, Valerie, Budge und Fitzgerald bei der ununterbrochenen Bewachung des Badezimmers ab. Wie füttern sie ihn? Wie gelehrig war er? Frage – Antwort, Frage – Antwort. Nach ihrem anfänglichen Zusammenbruch stellte sich Sarah als zähe und sensible Person heraus. Nathan dagegen wiederholte nur immer wieder: »Wir müssen ihn da rausholen. Wir müssen es bald tun. Das ist sein *Ende!*« Sarahs Hand auf seiner ließ die Flammen nur noch höher schlagen. »Wir müssen ihn einfach *retten!*«

»Ich weiß, Nathan«, sagte ich und versuchte, nachzudenken. »Das wissen wir bereits.« Langsam entwickelte sich in meinem Kopf ein Plan. »Sarah, haben Sie einen Schlüssel für das Zimmer?« Sie nickte. »Na schön, dann wollen wir mal!«

»Was – *jetzt?*« rief Nathan.

»Sicher! Wir haben es doch eilig, oder? Sie werden merken, daß Sarah weg ist. Außerdem werden diese Reporter kommen… und wir müssen ein paar Sachen vorher besorgen.«

VII

Als wir ins Sheraton zurückkamen, war es schon später Nachmittag. Freds und ich kamen auf gemieteten Fahrrädern, Nathan und Sarah folgten im Taxi. Wir versicherten uns, daß der Taxifahrer auch kapierte, daß er vor dem Hotel auf uns warten sollte. Dann gingen Freds und ich hinein, zeigten Nathan und Sarah an, daß die Luft rein war, und steuerten direkt auf die Telefone im Foyer zu. Nathan und Sarah gingen zum Empfang und mieteten ein Zimmer. Wir mußten sie eine Zeitlang außer Sichtweite schaffen.

Ich rief alle Zimmer im obersten (dem dritten) Stock des Hotels an. Wie erwartet, waren etwa die Hälfte von Amerikanern belegt. Ich erklärte, daß ich J. Reeves Fitzgerald sei, ein Mitarbeiter der Carters, die auch im Hotel als Gäste wohnten. Alle wußten natürlich von den Carters. Ich erklärte, daß die Carters einen kleinen Empfang für die Amerikaner im Hotel geben würden, und wir hofften, daß sie uns doch, falls es recht war, in der Casinobar die Ehre geben wollten – die Carters würden etwa in einer Stunde herunterkommen. Alle waren entzückt über die Einladung (mit Ausnahme eines vergrätzten Republikaners, den ich abschreiben mußte) und versprachen, bald unten zu sein.

Den letzten Anruf bekam Phil Adrakian, Zimmer 355. Dort stellte ich mich als Lionel Holding vor. Es ging ebenso glatt wie bei den anderen. Adrakian war vielleicht sogar noch begeisterter. »Wir werden gleich herunterkommen, vielen Dank – wir haben auch vor, uns für diese Einladung zu revanchieren.« Ich war voreingenommen; aber er klang wie ein – Nathans Attribut ›*Theoretiker*‹ reichte mir nicht, ich zog einen stärkeren Ausdruck vor, sagen wir: – *Arschloch!*

»Fein. Wir freuen uns, selbstverständlich alle Mitglieder Ihrer Gruppe kennenzulernen.«

Freds und ich warteten in der Bar und beobachteten die Aufzüge. Amerikaner in ihren besten Safariklamotten begannen herauszuquellen und in Richtung Casino zu strömen. Ich hätte nie gedacht, daß es in Katmandu so viel Polyester gab, aber ich nehme an, auf Reisen ist es praktisch.

Zwei Männer und eine rundliche Frau kamen die breite Treppe neben den Fahrstühlen herunter. »Die?« fragte Freds. Ich nickte. Sie paßten haargenau auf Sarahs Beschreibung. Phil Adrakian war eher klein, schlank und sah gut aus, wenn man nach dem Ideal des Goldenen Jungen aus Kalifornien ging. Valerie Budge trug eine Brille und hatte ihr krauses Haar hochgesteckt. Irgendwie sah sie wie eine Intellektuelle aus, während Sarah dagegen nur gelehrt wirkte. Der Geldmann, J. Reeves Fitzgerald, war etwa sechzig und sah topfit aus, obwohl er eine Zigarre rauchte. Er trug eine Safarijacke mit acht Taschen. Adrakian trug ihm gerade einen wichtigen Punkt vor, als sie durch das Foyer zur Casinobar gingen. Ich hörte, wie er sagte: »*besser* als eine Pressekonferenz.«

Ich hatte noch eine letzte Inspiration und ging nochmals ans Telefon. Ich ließ mich durch die Hotelzentrale mit Jimmy Carter verbinden. Aber es antwortete mir eine sehr geschäftsmäßig klingende Stimme mit langweiligem Mittelwestenakzent. »Hallo?«

»Hallo, ist das die Suite der Carters?«

»Wer spricht dort, bitte?«

»Hier ist J. Reeves Fitzgerald. Ich möchte Ihnen nur mitteilen, daß die Amerikaner im Hotel für die Carters einen Empfang in der Casinobar organisiert haben, hier im Hotel, heute nachmittag.«

»...ich bin nicht sicher, ob der Terminplan es möglich machen wird, daß sie kommen.«

»Verstehe. Aber wenn Sie es ihnen bitte ausrichten würden.«

»Selbstverständlich.«

Wieder bei Fred kippte ich ein Star-Bier mit zwei Zügen runter. »Nun denn«, sagte ich. »*Etwas* sollte jetzt geschehen. Gehen wir rauf!«

VIII

Ich klingelte noch schnell bei Nathan und Sarah an, und wir trafen uns vor der Tür zu Zimmer 355. Sarah machte uns auf. Innen war eine große Suite – Stil-Oberbegriff ›Holiday Inn‹ –, die in jeder Stadt der Welt hätte sein können, mit Ausnahme des leichten Geruchs nach nassem Fell.

Sarah ging zur Badezimmertür und schloß auf. Drinnen gab es ein Geräusch. Nathan, Freds und ich schoben uns hinter ihr näher. Uns war nicht eben behaglich zumute. Sie machte die Tür auf. Da bewegte sich etwas. Und da war er. Er stand vor uns. Ich blickte einem Yeti in die Augen.

In dem Touristenbetrieb Katmandus gibt es Kalender, Postkarten und bestickte T-Shirts mit Yetiabbildungen. Es ist immer die gleiche Abbildung, was ich nie verstehen konnte. Warum sollten alle sich der gleichen Vorstellung anschließen? Es hatte mich ein bißchen geärgert. Da war so eine kleine Pelzkugel, die einem den Rücken zudrehte und mit dem üblichen Affengesicht über die Schulter zurückschaute und die Sohle eines großen, nackten Fußes zeigte.

Ich bin froh, berichten zu können, daß der echte Yeti überhaupt nicht so aussah. Zugegeben, er hatte ein dichtes Fell; aber er war etwa so groß wie Freds und hatte deutlich ein humanoides Gesicht, das von einer bartähnlichen Halskrause aus dichtem rötlichen Fell eingerahmt war. Ein kleines bißchen sah er wie Abraham Lincoln aus – ein kleiner und sehr häßlicher Lincoln, mit plattgedrückter Nase und sehr vorstehenden Brauenknochen – aber die Ähnlichkeit war vorhanden. Ich war erleichtert zu sehen, wie menschlich sein Gesicht aussah. Davon hing mein Plan ab. Ich war sehr froh, daß Nathan bei seiner Beschreibung nicht übertrieben hatte. Das Einzige, was wirklich ungewöhnlich aussah, war dieser Wulst, der sich wie ein Mohikanerhaarschnitt aus Knochen und Muskeln von hinten bis vorn über den Schädel zog.

Wir standen also alle wie die Statuen einer Gruppe mit dem Titel ›Menschen begegnen Yeti‹ da, als Freds beschloß, das Eis zu brechen. Er machte einen Schritt nach vorn und streckte dem Burschen die Hand entgegen. »Namaste!« sagte er.

»Nein, nein…« Nathan stieß ihn beiseite und hielt die Halskette mit den versteinerten Muscheln hin, die er im Frühjahr bekommen hatte.

»Ist das derselbe?« krächzte ich, momentan ganz benommen. Bis sich die Badezimmertür öffnete, hatte ein Teil von mir immer noch nicht wirklich alles glauben können.

»Ich glaube schon.«

Der Yeti berührte die Kette und Nathans Hand. Wieder Statuenzeit. Dann machte der Yeti einen Schritt nach vorn und berührte mit seiner langen Fellhand Nathans Gesicht. Er pfiff leise. Nathan zitterte. In Sarahs Augen standen Tränen. Ich war auch tief beeindruckt. Freds sagte: »Er sieht wie eine Art Buddha aus, findet ihr nicht? Er hat zwar keinen Bauch, aber diese Augen, Mensch. Buddha Maximus!«

Wir machten uns an die Arbeit. Ich holte aus meinem Rucksack weite Overalls, ein gelbes ›Freiheit-für-Tibet‹-T-Shirt und einen großen Anorak. Nathan zog sich das Hemd aus und dann wieder an, um dem Yeti zu zeigen, was wir vorhatten.

Langsam, vorsichtig und sanft, mit leisen Geräuschen und bedächtigen Bewegungen zogen wir dem Yeti die Sachen an. Am schwierigsten war es mit dem T-Shirt. Er quiekte etwas, als wir es ihm über den Kopf streiften. Der Anorak hatte zum Glück einen Reißverschluß. Bei jeder Bewegung, die ich ausführte, sagte ich: »Namaste, gesegneter Herr, namaste.«

Hände und Füße waren ein Problem. Seine Hände waren merkwürdig. Die Finger dünn und beinahe doppelt so lang wie meine, außerdem ziemlich behaart. Aber mitten am Tag in Katmandu mit Handschuhen herumzulaufen, war noch schlimmer. Ich verschob die Entscheidung über sie und wandte mich den Füßen zu. Das war der einzige Teil, in dem die Touristenabbildung annähernd stimmte. Seine Füße waren riesig, behaart und fast quadratisch. Sein großer Zeh war wie ein sehr fetter Daumen. Die Stiefel, die ich mitgebracht hatte, waren die größten, die ich in der Eile hatte auftreiben können. Aber sie waren nicht weit genug. Schließlich steckte ich ihn in tibetische Wollsocken und Birkenstocksandalen, die wir mit einem Messer leicht verändert hatten, so daß der große Zeh an der Seite heraushing.

Als letztes setzte ich ihm meine blaue Dodgers-Baseball-Mütze auf den Kopf. Die Mütze verdeckte den Wulst perfekt, und der Schirm half sehr, seine etwas niedrige Stirn und die Brauenwülste zu verdekken. Als Krönung bekam er noch eine Spiegelsonnenbrille zum Umschnallen. »He, Klasse!« meinte Freds. Dann kam noch eine Sherpakette aus fünf Korallenstücken und drei riesigen Klumpen roher Türkise auf eine schwarze Kordel gezogen. Das Prinzip der Ablenkung, klar?

Die ganze Zeit über durchwühlten Nathan und

Sarah die Schubladen und das Gepäck und stahlen alle Filme, Aufzeichnungen und was sonst noch ein Beweis für die Existenz des Yeti hätte sein können. Der Yeti stand nur ruhig und aufmerksam da. Er beobachtete Nathan, steckte dabei seine Hand in einen Ärmel wie ein Millionär bei seinem Kammerdiener, trat vorsichtig in die Birkenstocks, rückte den Schirm der Baseballmütze zurecht, alles. Ich war wirklich beeindruckt. Freds auch. »Er ist wirklich wie Buddha, oder?« Ich hielt zwar die äußere Ähnlichkeit für etwas weit hergeholt; aber seine Haltung konnte nicht milder sein, wenn er Gautama persönlich gewesen wäre.

Als Nathan und Sarah mit ihrer Suche fertig waren, betrachteten sie unser Werk. »*Gott,* sieht er *schrecklich* aus«, sagte Sarah.

Nathan setzte sich nur aufs Bett und schlug die Hände vors Gesicht. »Es wird nie funktionieren«, sagte er. »Niemals!«

»Aber sicher wird es das!« rief Freds und zog den Reißverschluß am Anorak noch etwas höher. »Auf der Straße der Ausgeflippten siehst du doch solche Typen die ganze Zeit! Mann, als ich zur Schule ging, habe ich mit einer ganzen *Mannschaft* von Typen gespielt, die genau wie er aussahen! Tatsache, in meinem Staat hätte er sich sogar jederzeit für das Amt des *Senators* bewerben können!«

»Ha, ha«, sagte ich. »Keine Zeit verschwenden! Gib mir die Schere und die Bürste. Ich muß mich noch um seine Haare kümmern.« Ich versuchte, ihm das Fell über die Ohren zu bürsten; aber ohne großen Erfolg. Dann schnitt ich es hinten in Form. Nur der kleine Spaziergang zum Taxi runter, dachte ich dauernd. Und das durch ziemlich dunkle Korridore. »Ist es auf beiden Seiten gleich lang?« fragte ich.

»Um Gottes willen, George! Gehen wir!« Nathan wurde wepsig. Wir waren auch schon eine ganze

Weile hier. Daher suchten wir unsere Siebensachen zusammen, stopften sie in die Rucksäcke und zerrten Buddha auf den Korridor hinaus.

IX

Ich habe mir immer etwas auf mein Timing eingebildet. Unzählige Male habe ich mich selbst überrascht, wie perfekt ich es schaffte, an der richtigen Stelle zur richtigen Zeit zu sein. Das funktioniert nicht mit bewußter Berechnung, sondern entspringt mystischer Vereinigung mit den Zyklen des Kosmos undsoweiter undsoweiter. Aber bei dieser Sache war ich offensichtlich mit Leuten beisammen, deren Zeitgefühl kosmisch so grauenvoll war, daß meines völlig unterging. Nur so kann ich es erklären.

Da waren wir also und geleiteten einen Yeti den Korridor im Everest Sheraton International herunter, schritten so ungezwungen dahin, der Yeti etwas o-beinig – ausgesprochen o-beinig – und langarmig –, so daß ich mir Sorgen machte, er könnte jeden Augenblick auf allen vieren weitergehen –; aber ansonsten ganz ordentlich und normal. Nur eine ganz normale Gruppe von Touristen in Nepal. Wir entschieden uns für die Treppe, um eventuellen Menschenmengen im Fahrstuhl zu entgehen. Wir schritten also durch die Pendeltür zum Treppenaufgang. Und da standen wir vor Jimmy und Rosalynn Carter und fünf Geheimdienstleuten.

»Na sowas!« rief Freds. »Nicht zu fassen – Jimmy Carter! Und Rosalynn auch!«

Ich nehme an, daß das die beste Art war, zu reagieren. Freds benahm sich ja ganz natürlich. Ich weiß nicht, ob die Carters auf dem Weg zu irgendeiner Veranstaltung oder auf dem Weg nach unten waren, um tatsächlich meinen Empfang zu besuchen. Wenn das zutraf, war meine Inspiration in letzter Minute, sie auch einzuladen, wirklich nicht gut gewesen. Auf alle Fälle waren sie da und standen auf dem Treppenabsatz. Die Männer vom Secret Service beäugten uns ganz genau.

Was tun? Jimmy schenkte uns sein berühmtes Lächeln. Es hätte ebensogut die Titelseite des *Time-Magazin* sein können. Der Anblick war so vertraut. Fast genauso, aber doch nicht ganz. Sein Gesicht war natürlich älter. Er hatte aber auch das Aussehen von jemand, der eine schwere Krankheit oder eine Naturkatastrophe überstanden hatte. Er sah aus, als sei er durchs Feuer gegangen und auf die Welt zurückgekehrt, und jetzt wußte er besser als die meisten Leute, wie das Feuer wirklich war. Es war ein gutes Gesicht, das zeigte, was ein Mensch aushalten konnte. Und es war entspannt. Diese Art von Unterbrechung war ein Teil des täglichen Lebens, Teil des Jobs, für den er sich vor neun Jahren freiwillig gemeldet hatte.

Ich war alles andere als entspannt. Wirklich, als die Geheimdienstler ihre routinemäßigen Habichtsblicke auf Buddha richteten, spürte ich, wie mein Herz zu schlagen aufhörte. Ich mußte meinem Oberkörper eine leichte Drehung versetzen, damit es wieder anfing. Nathan hatte von dem Augenblick an, in dem er Carter erblickt hatte, aufgehört zu atmen. Über der scharfen Abgrenzung seines Bartes wurde er kreidebleich. Mit jeder Sekunde verschlimmerte sich die Situation. Da trat Freds vor und streckte seine Hand aus. »Hallo, Mr. Carter. Namaste! Wir freuen uns, Sie zu sehen.«

»Hallo, wie geht's euch allen?« Noch mehr vom berühmten Lächeln. »Wo kommt ihr denn her?«

Wir antworteten: »Arkansas«, »Kalifornien«, »Mamassa-chusetts«, »Oregon«. Bei jedem lächelte er und nickte wissend und voll Freude. Rosalynn lächelte auch und sagte: »Hallo, hallo!« mit dem matten Gesichtsausdruck, den ich früher während der Jahre der Präsidentschaft schon gesehen hatte. Wir schoben uns gegenseitig beiseite, um Jimmy die Hand zu schütteln – bis Buddha an die Reihe kam.

»Das ist unser Führer, Ba-Badim Badur«, sagte ich. »Er spricht nicht Englisch.«

»Verstehe«, sagte Jimmy und nahm Buddhas Hand und schüttelte sie kräftig.

Ich war dafür gewesen, Buddha mit bloßen Händen mitzunehmen. Diese Entscheidung bedauerte ich jetzt ernstlich. Wir hatten es hier mit einem Mann zu tun, der in seinem Leben mindestens eine Million Hände – wenn nicht zehn Millionen – geschüttelt hatte; auf der ganzen Welt konnte es keinen größeren Experten geben. Sobald er Buddhas lange, magere Hand ergriffen hatte, wußte er, daß etwas nicht stimmte. Das Netz aus feinen Falten um seine Augen vertiefte sich, und er musterte Buddhas merkwürdige Erscheinung näher. Ich fühlte, wie mir der Schweiß ausbrach und in Perlen auf der Stirn stand. »Ähm, Badim ist etwas scheu«, sagte ich, als plötzlich der Yeti quakte.

»Naa-maa-stii«, sagte er mit heiserer, flüsternder Stimme.

»Namaste!« antwortete Jimmy und lächelte wieder sein berühmtes Lächeln.

Und das, Leute, war die erste bezeugte Unterhaltung zwischen Yeti und Mensch.

Natürlich hatte Buddha nur versucht, uns zu helfen – davon bin ich aufgrund dessen, was später passierte, überzeugt –, aber trotzdem hatte uns sein Sprechen ernstlich überrascht, wenn wir auch versuchten, das nicht zu zeigen. Das Ergebnis war, daß die Geheimdienstleute auf keinen Fall wollten, daß wir *hinter* ihnen nach unten gingen. Ich übernahm also die Führung, mit Buddha am Arm, und hielt ihn so fest ich konnte, während wir hinunterstiegen.

Ohne Zwischenfall erreichten wir das Foyer. Sarah unterhielt sich strahlend mit den Secret Service-Männern, die direkt hinter uns waren, und lenkte sie sehr erfolgreich ab, meinte ich. Es sah so aus, als würden wir ohne weitere Schwierigkeiten aus der Klemme kommen, als die Tür zur Casinobar aufging und Phil Adrakian, J. Reeves Fitzgerald und Valerie Budge herauskamen. (Gefühl für Timing, ja?)

Adrakian kapierte die Situation mit einem Blick. »Sie kidnappen ihn!« rief er. »He, *Entführung!*«

Nun, ebensogut hätte man auch die Geheimdienstleute an Starterkabel anschließen können. Ob jemand einen Ex-Präsidenten ermorden möchte – darüber könnte man diskutieren; aber als Geisel für Lösegeld oder sonst etwas ist er ein erstklassiges Ziel. Wie die Mungos hatten sie die Carters umringt und abgeschirmt, Pistolen sekundenschnell gezogen. Freds und ich versuchten Buddha aus der Tür zu schieben, ohne tatsächlich unsere Beine zu bewegen. Wir machten nicht viel Fortschritt. Ich bezweifle nicht, daß wir für diese Bemühungen hätten erschossen werden können, wenn Sarah nicht gewesen wäre. Sie sprang direkt vor den heranstürmenden Adrakian und blockierte ihm den Weg..

»*Du* bist der Kidnapper, du Lügner«, schrie sie und schlug ihn so hart ins Gesicht, daß er ins Stolpern kam. »*Hilfe!*« flehte sie die Geheimdienstler an und errötete tief, während sie Valerie Budge zu Fitzgerald zurückstieß. Sarah sah so zersaust, kampfbereit und bildhübsch aus, daß die Agenten verwirrt waren. Die Situation war überhaupt nicht klar. Freds, Buddha und ich stießen die Eingangstüren auf und rannten.

Unser Taxi war weg. »Scheiße!« sagte ich. Keine Zeit zum Überlegen. »Die Räder?« fragte Freds.

»Ja.« Keine andere Wahl – wir rannten um das Gebäude herum und schlossen unsere beiden Fahrräder auf. Ich stieg auf, und Freds half Buddha auf den kleinen Gepäckträger hinten. Vor dem Hotel brüllten Leute herum. Ich glaubte, darunter auch Adrakians Stimme zu hören. Freds gab mir einen Stoß von hinten, und los ging's. Ich stand auf, um etwas Geschwindigkeit zu bekommen. Bedenklich schwankten wir von einer Seite auf die andere.

Ich steuerte die Straße nach Norden an. Sie war kaum breiter als eine Fahrbahn, halb gepflastert, halb Lehm. Der Verkehr der Autos und Fahrräder war wie üblich sehr dicht. Ich war mehr als beschäftigt, Fahrzeugen und Schlaglöchern auszuweichen, mich nach hinten nach Verfolgern umzusehen und das Fahrrad unter Buddhas hin- und herschwankendem Gewicht stabil zu halten.

Das Rad war ein Standardmietrad aus Katmandu. Hero Jet hieß die Marke. Ein schwerer Rahmen, breite Reifen; niedrige Lenkstange, ein Gang, Rücktrittbremse. Außerdem hatte es noch eine Handbremse und eine laute Klingel, die ein lebenswichtiger Bestandteil der Ausstattung war. Dieses Rad war kein schlechtes Modell. Die Handbremse funktionierte, die Lenkstange saß fest, und der Sattel trieb mir keine Feder in den Hintern. Aber es ist schon wahr, daß ›Hero Jet‹ ein Solo-Fahrzeug ist und Buddha kein Fliegengewicht war. Er war wie eine Katze gebaut, kompakt, wog aber meiner Schätzung nach über zweihundert Pfund. Mit ihm hinten drauf war der hintere Reifen plattgedrückt – zwischen der Felge und dem Boden war höchstens drei Millimeter Abstand. Jedesmal, wenn ich falsch steuerte und ein Schlagloch erwischte, gab es ein häßliches Pumm, wenn wir es ausloteten.

Auf die Weise brachen wir keine Geschwindigkeitsrekorde. Als wir links auf die Dilli Bazar einbogen, rief Freds von hinten: »Sie sind hinter uns her! Schau, da sind Adrakian und noch weitere Figuren in einem Taxi!«

Aber sicher, ein paar hundert Meter hinter uns hing Phil Adrakian aus dem Fenster eines kleinen weißen Toyota-Taxis und schrie uns etwas hinterher. Wir fuhren über die Dhobi Khola-Brücke und schossen am Gebäude der Einwanderungsbehörde vorbei, ehe mir etwas eingefallen war, womit ich die Menge auf die Straße locken könnte. »Freds«, keuchte ich. »Lenk sie ab! Leg den Verkehr lahm!«

»Alles klar!« Unvermittelt bremste er mitten auf der Straße ab und kam zum Stehen, sprang ab und warf sein ›Hero Jet‹ aufs Pflaster. Das dreirädrige Taxi hinter ihm fuhr drüber, ehe der Fahrer anhalten konnte. Freds beschimpfte ihn lautstark, zog sein Rad hervor und warf es unter einen Datsun, der aus der anderen Richtung kam. Der zermalmte es vollends und kam mit quietschenden Bremsen zum Stehen. Noch mehr Beschimpfungen von Freds, der herumrannte und die Fahrer aus ihren Fahrzeugen zu zerren versuchte, wobei er ihnen sein gesamtes nepalesisches Vokabular an den Kopf warf. »Chiso howa!« (Kalter Wind). »Tato pani!« (Heißes Wasser). »Rhamrao dihn!« (Schöner Tag).

Ich bekam das nur am Rande mit, als ich wegradelte. Aber er hatte etwas Zeit erkauft, und ich konnte mich wieder der Bewältigung des Verkehrs widmen. Dilli Bazar ist eine der verstopftesten Straßen Katmandus, und das heißt wirklich viel.

Die beiden schmalen Fahrspuren werden zu beiden Seiten von zweistöckigen Gebäuden gesäumt, in denen Lebensmittelhändler und Stoffgroßhändler ihre Geschäfte haben, die direkt auf die Fahrbahn münden. Dort stehen die Leute vor der Kasse

Schlange, und das, obwohl es eine Hauptroute für Lastwagen ist.

Hinzu kommt natürlich noch die übliche Zahl an Hunden, Ziegen, Hühnern, Taxis und Schülerinnen, die untergehakt zu dritt nebeneinander dahinschlendern, Fahrradrikschas, deren anderthalb Meter große Fahrer ganze Familien mit einer Geschwindigkeit von zwei Meilen pro Stunde befördern, und ab und zu eine umherirrende heilige Kuh. Sie können sich jetzt das Ausmaß des Problems vorstellen. Aber dann sind da noch die teuflischen Schlaglöcher, von denen man einige glatt mit offenen Straßenschächten verwechseln konnte.

Und die Steigungen! Bis zu dem Punkt war ich gar nicht schlecht. Ich schlängelte mich durch die Menge und klingelte, bis ich fast einen Krampf im Daumen hatte. Aber dann packte mich Buddha am Arm, und ich schaute zurück. Da sah ich, daß Adrakian irgendwie an Freds vorbeigekommen war und ein anderes Taxi gemietet hatte. Jetzt war er wieder hinter uns her und steckte hinter einem wunderschön bunt bemalten Bus in einiger Entfernung. Wir fingen gerade an, uns den ersten der drei steilen Hügel, die Dilli Bazar hat, ehe er das Stadtzentrum erreicht, vorzunehmen.

Hero Jets sind nicht für Bergfahrten gemacht. Die Stadtbewohner steigen deshalb ab und schieben sie Anhöhen wie diese hinauf. Nur Westler, die es auch noch in Nepal eilig haben, bleiben sitzen und plagen sich bergauf. An diesem Tag war ich wirklich ein Westler, der es eilig hatte; deshalb stand ich auf und trat kräftig in die Pedale. Aber es war nicht einfach, besonders als ich ganz plötzlich anhalten mußte, um nicht einen alten Mann zu überfahren, der sich mit den Fingern schneuzte. Adrakians Taxi hatte den Bus mit ohrenbetäubendem Hupen überholt und kam uns schnell näher. Ich setzte mich wieder in den Sattel, keuchte und schnaufte, Beine wie Holzklötze. Es sah so aus, als müßte ich eine diplomatische Lösung des Problems finden. Da wurden plötzlich meine Füße nach vorn von den Pedalen gestoßen. Wir machten einen Satz nach vorn und hätten um ein Haar einen Fahrradrikscha mitgenommen.

Buddha hatte übernommen. Er hielt sich mit beiden Händen am Sattel fest und trat von hinten in die Pedale. Ich hatte gesehen, daß große Westler auf diese Weise ihre gemieteten Räder fortbewegten, weil sie sonst mit den Knien an der Lenkstange angestoßen wären, wenn ein Pedal nach oben kam. Aber man hat von da hinten nicht viel Kraft, nach unten zu treten, und ich habe noch nie einen gesehen, der es bergauf versucht hätte. Für Buddha war das kein Problem. Ich will damit sagen, der Bursche war *stark*. Er trat so kräftig zu, daß der arme Hero Jet unter der Anstrengung quietschte und wir den Hügel hinauf und auf der anderen Seite hinunterschossen, als wären wir auf ein Motorrad gesprungen.

Ein Motorrad ohne Bremsen, sollte ich vielleicht hinzufügen. Buddha schien sich mit der Theorie der Rücktrittsbremse noch nicht befaßt zu haben. Ich probierte zwar ein oder zweimal die Handbremse; aber die quiekte nur wie ein Schwein und reduzierte unsere Stabilität etwas. Als wir Dilli Bazar hinunterrasten, konnte ich nur meine Füße auf den Rahmen stellen und Hindernissen ausweichen, wie bei diesen Videospielen mit Autorennen. Ich klingelte mit aller Kraft so laut ich konnte und verbrachte viel Zeit auf der rechten Fahrspur als Geisterfahrer (sie fahren dort links).

Aus dem Augenwinkel sah ich, wie die Fußgänger uns nachstarrten, als wir vorbeiflogen. Als wir einen Laster überholten, war die Fahrbahn vor uns frei. Wir fuhren auf die ›Verkehrsexperten-Kreuzung‹ zu, normalerweise eine meiner Lieblingsstellen. Hier kreuzt die Dilli Bazar eine andere Hauptstraße. Dieses Ereignis wird durch vier Ampeln markiert, die alle vier *ständig vierundzwanzig Stunden lang täglich grün sind.*

Diesmal spielte eine Kuh Verkehrspolizist. »Bistarre!« (langsam!) brüllte ich; aber Buddhas Wortschatz war offensichtlich auf ›Namaste‹ begrenzt. Er radelte fröhlich weiter. Ich legte einen Kurs fest, preßte die Handbremse runter, duckte mich über den Lenker und betätigte die Klingel.

Wir schossen durch eine Lücke zwischen einem dahinrasenden Taxi und der Verkehrskuh, bei höchstens einer Handbreit auf jeder Seite Zwischenraum, und waren über die Kreuzung, ehe ich Zeit hatte, die Augen auf- und zuzumachen. Kein Problem. Das *war* Timing!

Danach war alles nur noch eine Frage der Navigation. Ich steuerte uns das Einbahnstück der Durbar Marg in der falschen Richtung durch, um abzukürzen und unsere Verfolger endgültig abzuhängen. Nachdem wir das überlebt hatten, war der restliche Weg nach Thamel ein Kinderspiel.

Als wir uns Thamel näherten, kamen wir an den Gärten des Königspalastes vorbei. Wie ich schon sagte, werden die hohen Bäume darin Tag und Nacht von riesigen braunen Fledermäusen bewohnt, die mit dem Kopf nach unten von den kahlen oberen Ästen hängen. Als wir nun am Palast vorbeikamen, mußten diese Fledermäuse den Geruch des Yeti gewittert haben oder sonst etwas; denn plötzlich flatterte eine Riesenschar von ihnen, wie meine Handbremse quiekend und ihre Flügel wie hundert kleine Draculas schlagend, hoch. Buddha wurde langsamer, um sich das anzusehen. Alle Bewohner der Gegend, sogar die Kuh an der Ecke blieben stehen und schauten nach oben, um die Wolke aus Fledermäusen zum Himmel aufsteigen zu sehen.

Es sind Augenblicke wie diese, warum ich Katmandu so liebe.

In Thamel fielen wir überhaupt nicht auf. Eine erstaunliche Zahl von Leuten auf den Straßen sahen sehr ähnlich wie Buddha aus – so sehr, daß mir die Idee plötzlich kam, ob die Stadt nicht vielleicht längst von verkleideten Yetis heimlich infiltriert worden sein könnte. Ich schrieb diese Vorstellung meiner Hysterie durch die Überquerung der Kreuzung der Verkehrsexperten zu und dirigierte unseren Hero Jet in den Hof des ›Star‹. An dieser Stelle umgaben uns Wände, und Buddha willigte ein, nicht mehr in die Pedale zu treten. Wir stiegen vom Fahrrad ab. Mit wackeligen Knien führte ich ihn hinauf in mein Zimmer.

X

Na schön. Wir hatten den eingesperrten Yeti befreit. Allerdings muß ich zugeben, daß er nur teilweise frei war, da ich uns beide in mein Zimmer einschloß. Ihm wieder ganz die Freiheit zu schenken und in seiner heimatlichen Umgebung laufen zu lassen, könnte immer noch problematisch werden. Ich wußte immer noch nicht genau, wo seine Heimat lag; aber in Katmandu konnte man keine Autos mieten, und die Busfahrten waren lang und die Busse überfüllt, ganz gleich wohin man fahren wollte. Würde Buddha es zehn Stunden in einem vollen Bus aushalten? Nun, soweit ich ihn kannte – ja. Aber würde seine Tarnung so lange halten? Das war zweifelhaft.

Inzwischen hatten wir ja auch Adrakian und den Secret Service auf den Fersen. Ich hatte keine Ahnung, was mit Nathan, Sarah und Freds passiert war, und ich machte mir große Sorgen um sie, besonders um Nathan und Sarah. Ich wünschte, sie würden endlich herkommen. Jetzt, wo wir es uns bei mir gemütlich gemacht hatten, war mir mit meinem Gast allein gar nicht so wohl. Seine Anwesenheit ließ das Zimmer schrecklich klein erscheinen.

Ich ging ins Bad und pinkelte. Buddha kam herein und beobachtete mich. Als ich fertig war, fand er die richtigen Knöpfe an seinem Overall und machte es mir nach! Der Bursche war erstaunlich gescheit. Da fällt mir noch etwas ein – ich weiß nicht, ob ich das erwähnen soll – aber in der Hominid-gegen-Primaten-Diskussion hörte ich die Behauptung, daß bei den meisten Primaten die männlichen Geschlechtsteile ziemlich klein sind, so daß menschliche Männchen von der Größe her unbedingt als Champions angesehen würden in dieser Kategorie. Hurra für uns! Aber Buddha – ich konnte das nicht übersehen – war mehr auf der menschlichen Seite dieser Statistik. Die Beweise häuften sich tatsächlich. Der Yeti war ein Hominid, und zwar ein hochintelligenter Hominid. Buddhas schnelle Auffassungsgabe, seine blitzartige Anpassung an Veränderungen einer Situation, sein Erkennen von Freund und Feind, seine *coole* Art – all dies wies auf einen erstklassigen Verstand hin.

Selbstverständlich! Das ergab ja auch einen Sinn. Wie hätten die Yeti sonst so lange so gut verborgen bleiben können? Sie mußten ihren Jungen von Generation zu Generation all die Tricks beigebracht haben: Auf alle Werkzeuge und Artefakte genau aufzupassen, ihre Behausungen in den am schwersten zu findenden Höhlen zu verstecken, alle menschlichen Ansiedlungen zu vermeiden, die Toten zu begraben…

Dann überlegte ich aber auch: Wenn die Yeti so gescheit und so geschickt im Versteckspielen waren, warum war dann Freund Buddha hier mit mir in meinem Zimmer? Was war schiefgelaufen? Warum hatte er sich Nathan gezeigt? Wie war es Adrakian gelungen, ihn einzufangen?

Ich spielte mit dem Gedanken an Geisteskrankheit unter den Yeti… – ein Gedankengang, der in mir nur den Wunsch verstärkte, Nathan möchte endlich kommen. Nathan war in vielen Situationen keine große Hilfe; aber der Mann hatte zum Yeti das harmonische Verhältnis, das mir leider fehlte.

Buddha hockte auf meinem Bett, Arme um die Knie geschlungen und strahlte mich an. Wir hatten die Sonnenbrille bei unserer Ankunft abgenommen; aber die Dodger-Mütze hatte er noch auf. Er schaute beobachtend, neugierig und verdutzt drein. Was nun? schien er zu fragen. Irgend etwas in seinem Gesichtsausdruck, etwas, wie er mit allem fertig wurde, war sowohl tapfer als auch mitleiderregend – ich spürte ein tiefes Gefühl für ihn. »He, Freund. Wir bringen dich schon wieder nach Hause. Namaste!«

Er formte die Worte mit seinen Lippen: *Namaste.* ›Ich grüße den Geist in dir.‹ Immer schon eines meiner Lieblingsgrußworte. Namaste, Mr. Yeti!

Vielleicht hatte er Hunger? Was füttert man einem hungrigen Yeti? War er Vegetarier oder Fleischfresser? Ich hatte nicht viel auf dem Zimmer: Ein paar Päckchen Curry-Hühner-Suppe, einige Süßigkeiten (ob ihm Zucker schadete?), getrocknetes Fleisch – ja, eine Möglichkeit; dann Nebico-Malzplätzchen, die wie kleine Kekswaffeln waren, nur in Nepal hergestellt… Davon machte ich eine Packung auf, dazu noch Trockenfleisch und bot ihm davon an.

Er lehnte sich auf dem Bett zurück und schlug die Beine übereinander. Dann klopfte er auf das Bett, als wolle er mir sagen, daß ich mich gegenüber von ihm hinsetzen sollte. Mit seinen langen Fingern nahm er einen Streifen des Trockenfleisches, roch daran und steckte es zwischen die Zehen. Um ihm ein gutes Beispiel zu sein, aß ich ein Stück. Er schaute mich an, als hätte ich gerade die falsche Gabel für den Salat benutzt. Er fing mit einer Waffel an, die er langsam kaute. Ich stellte fest, daß ich plötzlich auch Hunger hatte. Die großen Augen, die er machte, ließen darauf schließen, daß es ihm ebenso erging. Aber er hatte Stil. Er ließ mich deutlich erkennen, daß es gewisse Manieren gab. Zuerst nahm er die Waffeln, roch daran, dann erst aß er sie langsam und bedächtig. Dann holte er das Stück Fleisch zwischen den Zehen heraus und probierte die Hälfte. Er kaute ganz langsam und schaute sich dabei im Zimmer um oder mich an. Er war so ruhig, so friedfertig! Ich fand, daß etwas Süßes auch in Ordnung ginge und bot ihm die Tüte Geleebohnen an. Er probierte eine und zog die Augenbrauen hoch. Dann nahm er eine mit der gleichen Farbe (grün) aus der Tüte und gab sie mir.

Ziemlich bald hatten wir alle meine Essensvorräte auf dem Bett zwischen uns verstreut und probierten mal das eine, mal das andere – schweigend, langsam und feierlich, als wäre es ein heiliges Ritual. Und wissen Sie was? – Nach einer Weile hielt ich es auch für eins!

XI

Etwa eine Stunde nach unserem Mahl trafen Nathan, Sarah und Freds alle gleichzeitig ein. »Du bist hier!« riefen sie. »Klasse, George! Du hast es geschafft!«

»Dankt Buddha«, sagte ich. »Er hat uns hergebracht.«

Nathan und Buddha gaben sich mit der Fossilienkette die Hände. Freds und Sarah erzählten mir ihre abenteuerliche Geschichte. Sarah hatte mit Adrakian gekämpft, der ihr aber entwischte und uns nachrannte.

Dann hatte sie sich mit Valerie Budge angelegt, die mit Fitzgerald zurückgeblieben war; und dabei war es zwischen den Frauen zu einigen Schlägen und Beschuldigungen gekommen. »Es war mir eine Freude, sie zu verdreschen. Schon monatelang ist sie hinter Phil her – nicht, daß mir das noch etwas ausmachen würde«, fügte Sarah schnell hinzu, als sie Nathans Blick auffing. Auf alle Fälle hatte sie gestoßen, geschlagen und Budge, Fitzgerald und Adrakian öffentlich angeprangert, bis schließlich niemand im Sheraton auch nur die leiseste Ahnung hatte, worum es eigentlich ging. Ein paar der Geheimdienstleute waren Adrakian gefolgt. Die übrigen gaben sich damit zufrieden, die Carters abzuschirmen, die von beiden Seiten um ihr Urteil in diesem Fall gebeten wurden. Natürlich hatten die Carters Hemmungen, das zu tun. Fitzgerald und Budge wollten nicht direkt zugeben, daß ihnen ein Yeti gestohlen worden war, und mußten sich daher zurückhalten. Als Freds zurückkam, um zu sehen, was los war, hatten Nathan und Sarah bereits ein Taxi bestellt. »Ich glaube, die Carters waren letzten Endes auf unserer Seite«, sagte Sarah mit Genugtuung.

»Alles schön und gut«, sagte Freds. »Aber da hatte ich Freund Jimmy endlich erwischt, mußte auch nicht wegen eines Yeti zu ihm höflich sein, und wollte endlich mal ein Hühnchen mit dem Typen rupfen! Mann, ich war 1980 in San Diego. So am Wahltag gehe ich gegen sechs mit einem Haufen Freunden zum Wählen. Ich habe *schwer* mit ihnen gestritten, daß wir für Carter, nicht für Anderson stimmen sollten, weil eine Stimme für Anderson lediglich eine nette Geste sei, wogegen ich dachte, daß Carter doch noch eine Chance hätte, zu gewinnen, da ich an Umfragen nicht glaube. Ich habe mich voll reingehängt und schließlich alle überzeugt – wahrscheinlich war das der Höhepunkt meiner Karriere als Politiker – und dann kommen wir nach Hause und schalten den Fernseher ein. Da erfahren wir, daß Carter schon vor einigen Stunden das Rennen aufgegeben hatte und zurückgetreten war! Meine Freunde waren irre sauer auf mich! John Brummond hat sein Bier nach mir geschmissen und mich direkt hier erwischt. Das machten dann alle anderen auch, und ich war klatschnaß. Jetzt könnt ihr euch denken, daß ich mit Freund Jimmy ein Hühnchen zu rupfen hatte. Ich wollte ihn direkt fragen, warum er so einen Scheiß gemacht hat. Aber bei all dem Durcheinander hat er so verwirrt ausgesehen, daß ich es gelassen habe.«

»Die Wahrheit ist, daß ich ihn weggezerrt habe, ehe er eine Chance hatte«, sagte Sarah.

Nathan brachte uns wieder auf das nächstliegende Problem. »Wir müssen immer noch den Yeti aus Katmandu herausbringen. Adrakian weiß, daß wir ihn haben. Er wird nach uns suchen. Wie machen wir das nun?«

»Ich habe einen Plan«, sagte ich. Nach meinem Mahl mit Buddha hatte ich nämlich nachgedacht. »Wo ist Buddha zu Hause? Das muß ich wissen.«

Nathan sagte es mir.

Ich studierte meine Karten. Buddhas Tal war ziemlich in der Nähe der kleinen Landebahn J… Ich nickte. »Okay. Wir werden folgendermaßen vorgehen…«

XII

Den folgenden Tag verbrachte ich hauptsächlich wie Alice im Wunderland im Hauptquartier der Royal Nepali Airline Company, um vier Tickets für den Flug am nächsten Tag nach J… zu ergattern. Das war harte Arbeit, obwohl der Flieger, soweit ich sehen konnte, keineswegs ausgebucht war. J… lag nicht in der Nähe einer der Treckingrouten und war auch kein beliebtes Ausflugsziel. Aber das heißt bei der RNCA gar nichts. Das Ziel ihrer Gesellschaft ist – meiner Meinung nach – nicht so sehr, Leute irgendwohin zu fliegen, als *Listen anzufertigen.* Wartelisten. Ich würde es ihr geheimes Tagebuch nennen; nur ist es nicht geheim.

Geduld, stille Sturheit und viel Bakschisch sind die Schlüssel, um von den Listen zum Ticketinhaber aufzusteigen. Es ist mir gelungen, noch dazu in einem einzigen Tag. Ich war äußerst zufrieden und rief meinen Freund Bill an, der in einem Reisebüro in der Stadt arbeitet, um einen kleinen Rückversicherungsplan auszuarbeiten. Darin ist er wirklich gut, weil er viel Erfahrung mit der RNCA hat. Dann erledigte ich noch die restlichen Einkäufe bei meinem Lieblingsladen für Kletterausrüstungen in Thamel. Die Besitzerin ist eine Tibeterin. Sie legte *Die fernen Pavillons* beiseite, hörte mit ihrer Arm-Aerobic auf und gab mir alle Kleidungsstücke, die ich verlangt hatte, alle in den richtigen Farben. Nur eine zweite Dodger-Baseballmütze hatte sie nicht. Ich mußte statt dessen eine dunkelblaue ›ATOM‹-Baseballmütze nehmen.

Ich zeigte darauf. »Was ist das ›ATOM‹ eigentlich?« Es gab nämlich in ganz Nepal Mützen und Jacken mit diesem einen Wort. War es eine Firma? Wenn ja, welche?

Sie zuckte die Achseln. »Das weiß niemand.«

Eine ziemlich weitreichende Werbung für ein unbekanntes Produkt. Wieder eines der Großen Rätsel Nepals. Ich stopfte meine neue Habe in meinen Rucksack und ging. Auf dem Heimweg bemerkte ich, daß mir jemand in der Menge folgte. Ich warf einen vorsichtigen Blick zurück und sah ihn sofort: Phil Adrakian schlüpfte hinter einen Zeitungsstand.

Jetzt konnte ich natürlich nicht direkt nach Hause gehen. Ich ging daher ins Katmandu Guesthouse nebenan und erzählte einem der hochnäsigen Angestellten, daß Jimmy Carter in zehn Minuten hier einen Besuch machen wollte und daß sein Sekretär gleich kommen würde. Dann ging ich durch den hübschen Garten, von dem das Hotel so viel Dünkel und Protzerei ableitet, und sprang an einer niedrigen Stelle über die Mauer. Dann über einen leeren Hinterhof für Abfälle, um die Ecke, wieder über eine Mauer und an der ›Lodge Pleasant‹ oder ›Pheasant‹ vorbei in den Hof vom ›Star‹. Ich fühlte mich ziemlich geborgen, als ich einen von Carters Secret Service-Männern vor dem Tantric Antiquariat stehen sah. Da ich bereits im Hof war, lief ich schnell in mein Zimmer hinauf.

XIII

»Ich glaube, daß sie euch hierher gefolgt sind«, teilte ich unserer kleinen Gruppe mit. »Ich nehme an, sie glauben vielleicht, daß wir wirklich gestern eine Entführung versucht haben.«

Nathan stöhnte. »Adrakian hat sie wahrscheinlich überzeugt, daß wir zu der Gruppe gehören, die im Sommer im Hotel ›Annapurna‹ eine Bombe geworfen haben.«

»Sie können doch ganz beruhigt sein«, meinte ich. »Als das passiert war, hat doch die oppositionelle Gruppe sofort an den König geschrieben und ihm mitgeteilt, daß sie alle Operationen gegen die Regierung einstellen werden, bis die kriminellen Elemente unter ihnen von den Behörden verhaftet sein würden.«

»Buddhistische Guerrillas sind bockstark, oder?« sagte Freds.

»Wie dem auch sei«, meinte ich, »das heißt, daß wir verdammt gute Gründe haben, unseren Plan in die Tat umzusetzen. Freds, bist du sicher, daß du das durchziehen willst?«

»Sicher bin ich sicher! Klingt wie ein Riesenspaß!«

»Also gut. Heute nacht bleiben wir lieber alle hier, nur für alle Fälle. Ich koche uns Hühnersuppe.«

Wir hatten ein spartanisches Abendessen mit Hühnersuppe und Nebico-Waffeln, weißer Toblerone-Schokolade, Geleebohnen und Tang mit Jodtinktur. Als Nathan sah, wie scharf Buddha auf die Geleebohnen war, schüttelte er den Kopf. »Wir müssen ihn hier rausbringen und zwar *schnell!*«

Als wir uns zur Ruhe begaben, nahm Sarah das Bett. Buddha gesellte sich sofort zu ihr. Sein vollkommen unschuldiger Ausdruck in den Augen schien zu sagen: Wer – ich? Das ist doch, wo ich schlafe – oder? Ich konnte sehen, daß Nathan das nicht so ganz recht war. Vielleicht hatte er Bedenken wegen des alten Fay-Wray-Komplexes. Tatsächlich rollte sich Nathan auch am Fußende des Bettes zusammen. Ich nehme an, es gab keine Probleme. Freds und ich legten die leicht angeschimmelten Schaumgummimatten von mir auf den Boden und schliefen dort.

»Was meint ihr, flippt Buddha morgen aus auf dem Flug?« fragte Sarah, nachdem das Licht aus war.

»Bis jetzt scheint ihn nicht viel zu stören«, sagte ich. Aber ich war mir wegen morgen nicht sicher. Ich fliege nämlich selbst nicht gern.

»Ja, aber das ist etwas, das er nicht mal im entferntesten früher gemacht hat.«

»Wenn man auf einem hohen Bergkamm steht, ist das so ähnlich wie fliegen. Im Vergleich zu unserer Fahrradtour müßte es leicht sein.«

»Ich bin da nicht so sicher«, sagte Nathan, der sich schon wieder Sorgen machte. »Vielleicht hat Sarah recht – Fliegen kann sogar Leute aus der Fassung bringen, die es kennen.«

»Meistens ist genau das der Haken bei der Sache«, meinte ich mitfühlend.

Freds mischte sich jetzt ins Gespräch. »Ich finde, wir sollten ihn high machen vor dem Flug. Steckt eine gute Pfeife Hasch an und macht ihn einfach total *fertig.*«

»Du bist verrückt«, widersprach Nathan. »Das läßt ihn nur noch mehr ausflippen.«

»Ach was!«

»Er wüßte gar nicht, was er damit machen sollte«, meinte Sarah.

»Ach jaaa?« Freds stützte sich auf einen Ellbogen. »Glaubt ihr wirklich, daß diese Yetis die ganze Zeit dort oben zwischen all den Pot-Pflanzen gelebt haben und nicht herausgefunden haben, was das für ein Zeug ist? Nie im Leben! Wahrscheinlich ist das überhaupt der Grund, warum sie niemand sieht! Sie sind außer Gefecht gesetzt! Mann, die Pot-Pflanzen da oben sind nämlich so groß wie Fichten! Wahrscheinlich verwenden sie die Knospen als Futter.«

Nathan und Sarah bezweifelten das. Sie bezweifelten auch, daß es richtig sei, zu einem so kritischen Zeitpunkt damit zu experimentieren.

»Hast du etwas Hasch?« fragte ich Freds interessiert.

»Nein. Ehe diese Ama Dablam-Klettertour sich anbot, hatte ich vor, nach Malaysia zu fliegen und eine Bergexpedition im Dschungel mitzumachen, die Doug Scott sich ausgedacht hatte, ja? Da habe ich alles vernichtet. Malaysia ist nicht eine der schwereren Fragen beim IQ-Test, weißt du. Überhaupt hatte ich damals, als ich wegging, zu viel zu rauchen. Als ich von Namche nach Lukla runtergurkte, habe ich meine Pfeife gestopft. Dabei ist mir ein Brocken runtergefallen, ein echt gigantischer Brocken, etwa zehn Gramm. *Und ich habe ihn einfach liegenlassen!* Einfach auf dem

Boden liegengelassen! Das wollte ich immer schon mal machen.«

»Jedenfalls bin ich blank. Ich kann das aber in zehn Minuten unten auf der Straße ändern, wenn du willst, obwohl...«

»Nein, nein, schon gut.« Ich konnte schon das gleichmäßige Atmen von Buddha über mir hören, der fest schlief. »Er wird morgen entspannter als wir alle sein.« Und das stimmte auch.

XIV

Wir standen vor Morgengrauen auf, und Freds zog die Klamotten an, die Buddha tags zuvor getragen hatte. Wir klebten noch ein paar Strähnen von Buddhas Rückenfell als Bart in Freds' Gesicht. Wir hatten sogar mit Klebeband etwas rotbraunes Fell innen in die Dodgermütze geklebt, so daß es hinten heraushing. Dann zog er Handschuhe und riesige Schneestiefel an; zum Schluß die Sonnenbrille auf die Nase. Damit sah Freds mindestens so ungewöhnlich aus wie Buddha im Sheraton. Freds ging etwas im Zimmer hin und her und probierte die Stiefel aus. Buddha beobachtete ihn mit seinem üblichen überraschten Gesichtsausdruck, worüber sich Freds fast totlachte. »Na, sehe ich wie dein lange verlorener Bruder aus, Buddha?«

Nathan brach mutlos auf dem Bett zusammen. »Das wird nie funktionieren!«

»Genau das hast du beim letzten Mal auch gesagt«, widersprach ich.

»Genau! Und sieh, was passiert ist! Du nennst das *funktionieren?* Willst du mir vielleicht weismachen, daß die Sache gestern *funktioniert* hat?«

»Naja, das hängt davon ab, was du mit ›*funktionieren*‹ meinst. Wir sind schließlich hier, oder?« Ich fing an, meine Sachen zu packen. »Entspann dich, Nathan!« Ich legte ihm die Hand auf die Schulter, und Sarah legte ihm beide Hände auf die andere Schulter. Er bockte etwas, und ich lächelte Sarah an. Diese Frau war zäh. Sie hatte unsere Ärsche im Sheraton gerettet und behielt während der Warterei auch die Nerven. Es hätte mir nichts ausgemacht, sie zu einem langen Treck in den Himalaja einzuladen, ehrlich! Sie merkte das und schenkte mir ein kurzes verständnisvolles Lächeln, das aber gleichzeitig sagte: Gib dir keine Mühe! Außerdem wäre Nathan zu hintergehen ebenso schlimm, als würden die Dodgers Steve Garvey verkaufen. Menschen wie ihn kann man einfach nicht betrügen, nicht wenn man sich im Spiegel anschauen will.

Freds hatte inzwischen genug Tips bezüglich der Körperhaltung und Gangart von Buddha erhalten, so daß er und ich das Zimmer verließen. Freds blieb noch stehen und schaute tieftraurig zurück. Ich zerrte ihn weiter, weil mich dieses überzogene Schauspielern ärgerte. Von draußen konnte uns erst jemand sehen, wenn wir unten im ›Star‹ waren.

Aber im großen und ganzen muß ich sagen, daß Freds eine phantastische Leistung brachte. So viel hatte er ja von Buddha nicht gesehen; aber als er über den Hof auf die Straße ging, brachte er die Gangart des Yeti perfekt: etwas steif in den Hüften und o-beinig, wie ein alter Seebär, jederzeit bereit, auf alle viere herunterzugehen – jedenfalls sah es so aus. Ich konnte es kaum fassen.

Die Straßen waren fast leer: Ein Lastwagen mit Brot, im Abfall herumstöbernde Hunde (sie würdigten Freds keines Blicks beim Vorbeilaufen – würde uns das verraten?), der alte Bettler und seine kleine Tochter, ein paar Kaffeefanatiker vor der deutschen Pumpernickelbäckerei, Ladenbesitzer, die ihre Geschäfte aufmachten … In der Nähe des ›Star‹ war ein Taxi geparkt; drei Männer saßen darin, die ganz angestrengt in die andere Richtung schauten. Westler. Ich eilte weiter. »Kontakt«, murmelte ich Freds zu. Er pfiff nur leise.

Auf dem Times Square war ein Taxi. Der Fahrer schlief. Wir kletterten hinein, weckten ihn und baten ihn, uns zum Busbahnhof zu fahren. Das Taxi, an dem wir vorbeigegangen waren, folgte uns. »Schon an der Angel«, sagte ich zu Freds, der an den Aschenbechern schnupperte, an den Polstern leckte und den Kopf zum Fenster rausstreckte, um wie ein Hund den Wind zu fressen. »Versuch, es nicht zu übertreiben!« warnte ich ihn und hatte Angst, daß meine Dodger-Mütze mit den angeklebten Haaren wegfliegen könnte.

Wir kamen am großen Uhrturm vorbei, hielten an und bezahlten den Taxifahrer. Unsere Verfolger blieben etwas weiter die Straße oben stehen, wie ich mit Freude feststellte. Freds und ich gingen die breite, lehmgestampfte Einfahrt zum Busbahnhof hinein.

Der Busbahnhof war ein großer lehmiger Hof, etwa fünf oder acht Fuß tiefer gelegen als die Straße. Jede Menge Busse parkten kreuz und quer. Ihre Reifen hatten den Lehm so aufgewühlt, daß der Hof wie ein Verkehrs-Verdun aussah. Alle Busse gehörten Privatfirmen – normalerweise ein Bus pro Firma, der nur eine ganz bestimmte Strecke fuhr. Vor den Holzbuden mit Stoffvorhängen schrien die Vermittler wie die Irren, um unsere Aufmerksamkeit auf sich zu lenken, als ob wir ohne ein bestimmtes Ziel hergekommen wären und den Vermittler nehmen würden, der den meisten Krach machte.

Eigentlich stimmte es ja diesmal fast. Aber ich fand den Vermittler für den Jiri-Bus, wohin ich Freds schikken wollte. Ich kaufte zwei Fahrkarten mitten zwischen den anderen Vermittlern, die lautstark meine

Wahl kritisierten. Freds sank ein bißchen in sich zusammen und schaute angemessen verzweifelt drein. Ein Riesenspektakel erhob sich. Eine der Firmen hatte ihr Recht durchgesetzt, den Hof als nächste zu verlassen, und der Bus versuchte zur Einfahrt zu gelangen, die der einzige Zugang und Ausfahrt aus dem Hof war.

Jede Abfahrt war ein kompletter Test für Fahrer, Kupplung, Reifen und die ratgeberischen Fähigkeiten der Busvermittler, die drumherumstanden. Nach vielem Kuppeln und zahllosen Anweisungen preschte dieser grellbemalte Bus die Anhöhe hinauf, und die Fahrplandiskussion fing wieder neu an. Nur drei Busse hatten ungehindert zur Einfahrt Zugang, und die Debatte unter ihren Vermittlern war heiß.

Ich nahm Freds an der Hand und wanderte mit ihm in dem von Reifen aufgerissenen Lehmhof herum. Ich suchte nach dem Jiri-Bus. Schließlich fanden wir ihn: Grell bemalt in Gelb, Blau, Grün und Rot, wie alle anderen. Unserer hatte aber auf der Windschutzscheibe noch etwa vierzig Abziehbilder von Ganesh kleben, die dem Fahrer beim Hinaussehen halfen. Wie üblich war der ›andere Bus‹ der Firma nicht da und dieser doppelt ausgebucht. Wir bahnten uns einen Weg an Bord, dann durch die dichtgedrängte Menschenmenge im Gang nach hinten, wo noch freie Sitzplätze waren. Die Nepalesen fahren lieber vorne. Nachdem noch mehr Leute zugestiegen waren, ertränkte uns die weitergeschobene Flut der Passagiere auch hinten. Noch schlimmer wurde es, nachdem der Busfahrer das Reserverad im Mittelgang abgestellt hatte. Aber wir hatten für Freds einen Fensterplatz, und das hatte ich gewollt.

Durch die lehmbespritzte Scheibe konnte ich unsere Verfolger erkennen: Phil Adrakian und noch zwei Männer, die vielleicht Geheimdienstleute waren, obwohl ich mir da nicht sicher war. Sie wehrten die Busvermittler ab und versuchten gleichzeitig in den Hof zu gelangen. Das war eine schwierige Kombination. Als sie an den Busvermittlern in der Ausfahrt vorbeigekommen waren, wurden sie beinahe von einem Bus überfahren, der gerade den Abhang rauf- und wieder runterschlitterte. Adrakian versuchte auszuweichen, rutschte aus und setzte auf den Arsch, wo der Lehm am tiefsten war. Die Busvermittler fanden das herrlich. Adrakian und die anderen beiden verzogen sich und stapften durch den Lehm von einem Bus zum anderen, wobei sie versuchten so auszusehen, als suchten sie nichts. Sie wurden von den hartnäckigsten Vermittlern verfolgt, blieben ab und zu im Lehm stecken. Nach einer Weile hatte ich doch Angst, daß sie uns nicht finden würden. Tatsächlich brauchten sie etwa zwanzig Minuten. Aber dann sah Adrakian Freds hinter der Scheibe, und alle drei versteckten sich hinter einem Bus, der bis zu den Achsen eingesunken war. Verzweifelt versuchten sie den Vermittlern mittels Zeichensprache klar zu machen, sie in Ruhe zu lassen. »Endgültig an der Angel«, sagte ich.

»Ja«, antwortete Freds, ohne die Lippen zu bewegen.

Inzwischen war der Bus vollgepackt. Eine alte Frau war noch zwischen Freds und mich gepreßt worden, was mir ausgezeichnet in den Kram paßte. Aber es würde wieder mal eine elende Fahrt werden. »Du trägst wirklich deinen Teil zu einer guten Sache bei«, sagte ich zu Freds, während ich mich bereit machte, auszusteigen. Ich dachte an die drangvoll engen Tage, die vor ihm lagen.

»Null Wrowlen«, sagte er, ohne die Lippen zu bewegen. »Ich nag sone – ah'rten!«

Irgendwie glaubte ich ihm. Ich wand mich hoch, bis ich im Gang stand und sagte Lebewohl. Unsere Verfolger beobachteten nur die einzige Tür des Busses; aber das war nun wirklich kein großes Problem mehr. Ich schob mich zwischen die Nepalesen, deren Auffassung von ›Platz‹ ziemlich genau dem Raum entspricht, den ihr Körper tatsächlich einnimmt – da gibt es nicht das Geschiß von wegen vierzig Zentimeter Luft und so – und gelangte an ein Fenster auf der anderen Seite des Busses. Für unsere wachsamen Freunde gab es beim besten Willen keine Möglichkeit, durch das Innere des Busses zu blicken. Ich konnte mich also frei entfalten. Ich entschuldigte mich bei dem Sherpa, auf dem ich saß, bearbeitete das Fenster, bis es offen war, und begann hinauszuklettern. Der Sherpa war mir sehr höflich dabei behilflich, ohne auch nur das geringste Anzeichen, daß ich etwas Ungewöhnliches tat. Dann sprang ich in den Lehm hinunter. Der Sherpa winkte mir noch ein Lebewohl zu. Sonst hatte kaum jemand im Bus meine Abreise bemerkt. Ich schlich mich durchs Niemandsland hinter den Bussen. Ziemlich schnell war ich wieder auf Durbar Marg und in einem Taxi auf dem Weg zum ›Star‹.

XV

Ich brachte den Taxifahrer dazu, beinahe in der Lobby zu parken. Buddha warf sich auf den Rücksitz wie ein Fullback über die Linie. Auf der Fahrt hielt er den Kopf gesenkt, nur für alle Fälle. Das Taxi brachte uns zum Flughafen.

Alles verlief genau nach meinem Plan. Sie glauben vielleicht, daß ich in Hochstimmung darüber war; die Wahrheit ist, daß ich nun nervöser war als den ganzen Morgen über. Wir gingen nämlich auf den RNAC-Schalter zu – Sie verstehen?

Als ich dort nachfragte, teilte uns der Angestellte mit, daß unser Flug heute gestrichen wurde.

»Was?« brüllte ich. »Gestrichen? Wieso?«

Am Schalter bediente uns die schönste Frau der Welt. Das passiert dauernd in Nepal – da geht man nichtsahnend an einem Bauern vorbei, der gebückt Reis in den Schlamm quetscht. Plötzlich schaut er auf, und man blickt in ein Gesicht wie von der Titelseite des *Cosmopolitan,* nur war dieses hier doppelt so hübsch und ohne das Vampir-Make-up. Die Angestellte am Ticketschalter hätte eine Million in New York als Modell verdient, aber sie sprach nicht viel Englisch, und als ich sie fragte: »Wieso?« sagte sie: »Es regnet«, und schaute an mir vorbei einen anderen Kunden an.

Ich holte tief Luft. Denk dran, dachte ich: RNAC. Was würde die Rote Königin sagen? Ich deutete aufs Fenster. »Es regnet nicht. Sehen Sie doch selbst!«

Das war zu kompliziert für sie. »Es regnet«, wiederholte sie. Dann schaute sie sich nach ihrem Vorgesetzten um. Er kam herüber, ein dünner Hindu mit einem roten Punkt auf der Stirn. Er nickte schroff. »Es regnet oben in J…«

Ich schüttelte den Kopf. »Tut mir leid, aber ich habe eine Funkmeldung aus J… Außerdem können Sie nach Norden sehen und selbst feststellen, daß es dort nicht regnet.«

»Die Landebahn in J… ist zu naß, um darauf zu landen«, sagte er.

»Tut mir leid«, sagte ich. »Aber gestern sind Sie zweimal dort gelandet, und es hat seither nicht geregnet.«

»Wir haben technische Probleme mit dem Flugzeug.«

»Tut mir leid, aber Sie haben eine ganze Flotte kleiner Flieger da draußen stehen. Wenn eines ein Problem hat, nehmen Sie eben ein anderes Flugzeug. Ich weiß, ich habe hier schon mal vor dem Start dreimal den Flieger wechseln müssen.« Nathan und Sarah sahen über diese Enthüllung nicht gerade glücklich aus.

Nun wurde der Vorgesetzte des Vorgesetzten ins Gespräch miteinbezogen, noch ein schlanker, ernster Hindu. »Der Flug ist gestrichen worden«, sagte er. »Politische Gründe.«

Ich schüttelte den Kopf. »RNAC-Piloten streiken nur auf den Flügen nach Lukla und Pokhara – das sind ja auch die einzigen mit ausreichend Passagieren, damit sich der Streik bemerkbar macht.« Meine Befürchtungen wegen des wahren Grunds wurden langsam bestätigt. »Wie viele Passagiere auf diesem Flug?«

Alle drei zuckten die Achseln. »Der Flug ist gestrichen«, sagte der erste Vorgesetzte. »Versuchen Sie's morgen!«

Da wußte ich, daß ich recht hatte. Sie hatten weniger als die Hälfte der Kapazität und warteten nun auf morgen, damit der Flug voll würde. (Vielleicht mehr als voll; aber das war ihnen egal.) Ich erklärte Sarah und Nathan die Situation, und auch Buddha. Nathan stürmte zurück an den Schalter und verlangte, daß der Flug fahrplanmäßig stattfände. Die Vorgesetzten hatten die Augenbrauen hochgezogen, als erwarteten sie doch noch etwas Spaß bei der Sache; aber ich schleppte ihn weg. Während ich meinen Freund im Reisebüro zu erreichen versuchte, erklärte ich ihm, daß aufgebrachte Kunden richtig in Rage zu bringen inzwischen ein Sport (oder eine Form der Kunst) bei asiatischen Bürokraten geworden war. Nach drei Versuchen hatte ich endlich das Büro meines Freunds. Die Empfangsdame antwortete und sagte: »Yeti-Reisen«. Ich zuckte zusammen. Ich hatte den Namen der Firma ganz vergessen. Dann war Bill dran, und ich beschrieb ihm in groben Zügen die Situation. »Füllen mal wieder Flugzeuge auf, was?« Er lachte. »Ich melde ihnen die Gruppe von sechs Leuten an, die wir gestern ›verkauft‹ haben, damit müßtest du starten können.«

»Vielen Dank, Bill.« Ich schätzte, daß es etwa fünfzehn Minuten dauern würde. Inzwischen konnte ich Nathan und Sarah beruhigen. Buddha stand nur am Fenster und beobachtete die Flugzeuge beim Abflug und bei der Landung. »Wir müssen heute noch raus«, wiederholte Nathan immer wieder. »Auf so einen Trick fallen die nur einmal herein!«

»Das wissen wir auch, Nathan.«

Ich ging wieder an den Schalter. »Ich möchte gern die Bordkarten für Flug 2 nach J…, bitte.«

Sie stellte die Bordkarten aus. Die beiden Vorgesetzten standen hinter einer Konsole und vermieden es geflissentlich, mich anzusehen. Normalerweise hätte mir das nichts ausgemacht, aber unter dem Druck, Buddha rauszukriegen, war ich etwas gereizt. Als ich die Karten in der Hand hatte, sagte ich zu der Dame am Schalter, so laut, daß die Vorgesetzten es hören mußten. »Jetzt ist der Flug nicht mehr gestrichen, was?«

»Gestrichen?«

Ich gab auf.

XVI

Eine Bordkarte ist natürlich nur ein Stück Papier, und als nur acht Passagiere aus dem kleinen zweimotorigen Flieger ausstiegen, wurde ich schon wieder nervös. Aber wir starteten ganz pünktlich. Als das Flugzeug vom Boden abhob, ließ ich mich in meinen Sitz sinken, und die Erleichterung pfiff aus mir wie die Luftstrudel aus den Propellern. Bis zu diesem Augenblick hatte ich gar nicht gewußt, wie nervös ich gewesen war. Nathan und Sarah hielten Händchen und strahlten. Sie saßen vor mir. Buddha hatte den Fensterplatz neben mir und starrte auf das Tal von Katmandu oder auf den schimmernden grauen Kreis des Propellers. Das konnte ich nicht feststellen. Ein erstaunlicher Bursche, dieser Buddha: *so cool.*

Wir erhoben uns aus dem grünen Terrassental Katmandu, einer beinahe perfekten Mittelerde, und flogen über die Berge nach Norden, hinauf ins Land des ewigen Schnees. Die anderen Passagiere, vier Briten, schauten aus den Fenstern und bestaunten laut die göttliche Aussicht. Ihnen war es scheißegal, ob einer ihrer Mitreisenden ein etwas merkwürdig aussehender Bursche war. Da gab es keine Probleme. Nachdem das Flugzeug die vorgeschriebene Höhe erreicht hatte und nicht mehr stieg, kamen die beiden Stewards den Gang herunter und boten uns eingewickelte Bonbons an, so wie andere Luftlinien Getränke oder Essen anbieten. Es war unheimlich niedlich, fast so, als würden Kinder Luftlinienbesitzer spielen. Der Gedanke erscheint recht nett, bis dir einfällt, daß du mit diesen Typen in mehr als 4000 Metern Höhe bist und daß sie dich zwischen den höchsten Bergen der Erde herumkutschieren, um auf einer der kleinsten Landebahnen mit dir zu landen. An dem Punkt findest du das gar nicht mehr niedlich, sondern schluckst heftig und versuchst nicht an Fallwinde, Lebensversicherung, Metallermüdung und an ein Leben nach dem Tode… zu denken.

Ich rutschte auf meinem Sitz nach vorn und hoffte, daß die anderen Passagiere zu beschäftigt waren, um zu bemerken, daß Buddha sein Bonbon runtergeschluckt hatte, ohne es vorher auszuwickeln. Ich war mir über die beiden gegenüber von uns nicht ganz sicher; aber schließlich waren sie ja Engländer. Selbst wenn sie Buddha für schrullig halten würden, bedeutete das nur, daß sie ihn noch weniger anschauen würden. Kein Problem.

Es dauerte nicht lange, bis der Steward sagte: »Nicht rauchen, wenn so gut sein wollen.« Dann legte sich das Flugzeug auf die Seite und tauchte nach unten, auf eine besonders schroffe Gruppe schneebedeckter Gipfel zu. Von einer Landebahn keine Spur. Eigentlich war allein die Vorstellung, daß es dort eine geben könnte, schon absurd, wenn man hinuntersah. Ich holte tief Luft. Ich hasse es zu fliegen, ganz ehrlich gesagt.

Ich nehme an, einige von Ihnen kennen die Landebahn in Lukla unterhalb des Everestmassivs. Sie liegt auf einem Riff an der Seite der Dudh Khosi-Schlucht. Die Grasbahn ist etwa fünfzehn Grad geneigt und allenfalls zweihundert Meter lang. Sie mündet direkt in die Wand der Schlucht. Wenn man dort landet, kann man nur die Wand vor sich sehen und hat den Eindruck, man würde direkt in sie hineinfliegen. In letzter Minute zieht der Pilot hoch und landet auf dem Gras. Nach den unvermeidlichen Bocksprüngen rollt man sehr schnell aus, weil es so steil nach oben geht. Es ist eine nicht alltägliche Erfahrung. Manche Leute werden davon religiös, oder hören zumindest auf zu fliegen.

In Wahrheit gibt es mindestens ein Dutzend RNAC-Landebahnen in Nepal, die *noch viel schlimmer* sind als die in Lukla. Unglücklicherweise stand für uns die Landebahn in J… etwa an der Spitze dieser Liste. Erstens: hatte sie nicht als Landebahn angefangen, sondern als ein *Terrassenfeld für Gerste,* eine Terrasse unter vielen anderen an einem Berghang über einem kleinen Dorf. Man hat sie erweitert und am vorderen Ende einen Windsack aufgehängt – und natürlich die Gerste ausgerissen. Das war alles. Eine Instant-Landebahn. Hinzu kam aber noch, daß das Tal, in dem sie sich befand, sehr tief war – sagen wir zweitausend Meter – mit extrem steilen Wänden und einer beinahe vertikalen Stirnwand etwa eine Meile flußaufwärts von der

Landebahn, sowie einem scharfen Knick etwa eine Meile flußabwärts. Niemand, der einigermaßen bei Verstand war, wäre auf die Idee gekommen, hier eine Landebahn anzulegen. Davon war ich immer mehr überzeugt, während wir einen Dreitausendmeter-Sturzflug direkt auf den Knick zu machten und vor einer Wand so knapp nach oben zogen, daß ich leicht die Gerste auf etwa einem Hektar hätte zählen können, wenn ich dazu Neigung verspürt hätte. Ich versuchte, Buddha zu beruhigen; aber der pulte mein Bonbonpapier aus dem Aschenbecher und wollte nicht gestört werden. Manchmal ist es offenbar schön, ein Yeti zu sein! Dann kam die Landebahn in mein Blickfeld. Ich sah, wie sie immer größer wurde – sagen wir bis zur Größe eines Lineals – und dann landeten wir darauf. Unser Pilot war gut. Wir hüpften nur zweimal und kamen dann zum Stehen, obwohl noch ein paar Meter vorhanden waren.

XVII

So kamen wir nun an das Ende unserer kurzen Verbindung mit Buddha dem Yeti, nachdem wir ihn erfolgreich aus den Händen von Leuten befreit hatten, die zweifellos bedeutende Dozenten über die Kreisbewegung der Kurbel geworden wären, und zwar auf ewige Zeiten.

Ich muß sagen, daß Buddha einer der nettesten Burschen war, den ich je kennengelernt habe, und mit Sicherheit der *coolste.* Wirklich unerschütterlich.

Nur noch kurz zum Schluß: Wir schnallten unsere Rucksäcke an und stiegen den ganzen Nachmittag die Stirnwand des Tales hinauf, darin in einem bewaldeten Hochtal weiter, das westlich davon lag. Die Nacht kampierten wir auf einer breiten Felsbank über einem kleinen Wasserfall zwischen zwei riesigen Felsblöcken.

Nathan und Sarah teilten sich ein Zelt, Buddha und ich das andere. Zweimal wachte ich auf und sah Buddha in der Zelttür sitzen und hinaus auf die riesige Wand des Tales schauen, die vor uns lag.

Am nächsten Tag stiegen wir lang und hart ständig bergauf. Schließlich kamen wir an die Stelle, wo die Expedition im Frühjahr ihr Lager gehabt hatte. Wir ließen unsere Rucksäcke fallen und überquerten den Fluß auf einer neuen Brücke, die aus Bambus gebaut worden war. Dann führten Nathan und Buddha uns querfeldein durch den Wald in den hohen Kistencanyon, wo sie sich zum ersten Mal begegnet waren. Als wir oben anlangten, war es schon später Nachmittag, und die Sonne war hinter den Bergen im Westen verschwunden.

Buddha schien den Plan zu verstehen, wie immer. Er nahm meine Dodgermütze ab und gab sie mir zurück. Alle übrigen Kleidungsstücke hatte er schon im Lager ausgezogen. Ich hatte diese Mütze immer heiß geliebt; aber jetzt war sie noch viel wertvoller. Nathan legte die Fossilienkette Buddha wieder um den Hals. Aber der Yeti nahm sie ab, biß die Schnur durch und gab jedem von uns eine der versteinerten Muscheln. Es war ein ganz besonderer Augenblick. Wer weiß, welche Yetis vielleicht in einem längst vergangenen Zeitalter diese Muscheln nicht gegessen hatten? Na ja, es ist mir klar, daß ich die Evolution jetzt ein bißchen arg gestrafft habe; aber, glauben Sie mir, in den Augen dieses Burschen war ein Ausdruck, als er uns diese Muscheln gab, der uralt war. Ich meine *ururalt!* Sarah umarmte ihn. Nathan umarmte ihn. Ich bin nicht so für solche Sachen und schüttelte ihm nur seine starke, magere rechte Hand. »Auch von Freds alles Gute«, sagte ich ihm.

»Na-mas-te«, flüsterte er.

»Ach Buddha«, sagte Sarah und heulte los. Nathans Kinnladen waren wie die Backen eines Schraubstocks zusammengepreßt. Es war ein sehr gefühlsbetonter Augenblick. Ich drehte mich um und marschierte los. Die beiden anderen zog ich mit. Schließlich war nicht mehr lange Tageslicht.

Buddha marschierte flußabwärts. Zuletzt sah ich ihn, als er oben auf einem Felsbrocken im Fluß stand und neugierig auf uns herabschaute. In der passenden Umgebung sah sein strubbeliges rötliches Fell plötzlich gepflegt und vollkommen ordentlich aus. Es war manchmal nicht leicht, zu lesen, was in dem Yeti vorging; aber damals kam es mir so vor, als wären seine Augen traurig. Sein großes Abenteuer war vorüber.

Beim Abstieg kam mir wieder der Gedanke, ob er nicht am Ende doch etwas verrückt war, was ich ja schon einmal gedacht hatte. Ich überlegte, ob er nicht gleich wieder ins nächste Lager marschieren würde, das er fand, um sich hinzusetzen und ›Namaste‹ zu quaken und damit all unsere Mühen, ihn vor der Zivilisation zu retten, zunichte zu machen. Vielleicht hatte ihn die Zivilisation bereits verdorben, und der ursprüngliche, natürliche Mensch war für immer verschwunden. Ich hoffte, daß es nicht so sei. Aber wenn, dann hätten Sie ja sicher davon gehört.

Im alten Expeditionslager war die Stimmung in der Nacht ziemlich gedrückt. Wir stellten beim Lampenlicht die Zelte auf, aßen etwas Suppe und saßen da und schauten in die blauen Flammen des Brenners. Beinahe hätte ich ein richtiges Feuer gemacht, um auf fröhlichere Gedanken zu kommen; aber ich hatte keine Lust.

Dann sagte Sarah mit bewegter Stimme: »Ich bin stolz auf dich, Nathan.« Da fing er wieder an, wie eine Gaslaterne zu leuchten, so glücklich war er. Das wäre ich auch gewesen. Als sie dann sagte: »Auf dich bin ich auch stolz, George«, und mir ein Bussi auf die Wange gab, grinste ich wie ein Honigkuchenpferd und spürte einen Stich von… naja, von vielen Sachen. Die beiden zogen sich dann ziemlich bald in ihr Zelt zurück. Wie schön für sie. Ich gönnte es ihnen wirklich; aber ich kam mir auch ein bißchen vor wie der alte Smedley am Ende einer Dudley Do-Right-Episode: Draußen in der Kälte, während Dudley das Mädchen bekommt. Ich hatte natürlich meine versteinerte Muschel; aber das war nicht ganz dasselbe.

Ich zog den Brenner näher und betrachtete die Muschel noch eine Zeitlang. Ein merkwürdiger Gegenstand. Was hatte wohl der Yeti, der das Loch durchgebohrt hatte, gedacht? *Wozu* diente sie?

Ich erinnerte mich an das Mahl auf meinem Bett, als Buddha und ich feierlich Waffeln gemampft und den Vorrat an Geleebohnen gründlich reduziert hatten. Und dann fühlte ich mich wohl. Das reichte mir, es war mehr als genug gewesen.

XVIII

Wieder in Katmandu trafen wir Freds und erfuhren bei einem Pariser Schnitzel und Apfelstrudel im Alten Wien, wie es ihm ergangen war. »Gegen Mittag rechnete ich mir aus, daß ihr nun längst weg sein müßtet. Als der Bus in Lamosangu eine Pause einlegte, stieg ich aus und marschierte zum Taxi dieser Typen. Ich brachte voll meinen Buddha-Akt. Sie sind fast gestorben, als sie mich kommen sahen. Es waren Adrakian und die beiden Geheimdiensttypen, die uns aus dem Sheraton gejagt hatten. Als ich die Mütze und die Brille abnahm, fühlten die sich natürlich wie auf dem elektrischen Stuhl. Ich sagte: ›Mensch, habe ich einen

Fehler gemacht! Ich wollte doch nach Pokhara! Hier ist aber nicht Pokhara!‹ Sie waren so wütend, daß sie sich gegenseitig anbrüllten. ›Was'n los?‹ frage ich. ›Habt ihr auch irgendeinen Fehler gemacht? So 'ne Pleite!‹ Während sie sich weiter anschrien, verhandelte ich mit dem Taxifahrer, mich auch nach Katmandu zurückzufahren. Darüber waren die anderen nicht überglücklich; erst wollten sie mich gar nicht reinlassen; aber der Fahrer hatte sowieso schon eine Scheißwut auf sie, weil sie ihn über diese grauenvollen Straßen hatten fahren lassen, ganz gleich wieviel er dafür bekam. Als ich ihm einen Haufen Rupies anbot, freute er sich, es diesen Kerlen reinzuwürgen, und nahm mich mit zu sich nach vorne. Dann drehten wir um und fuhren zurück nach Katmandu.«

Ich sagte: »Du bist mit dem *Secret Service* zurückgefahren? Wie hast du denn die Baseballmütze mit dem Fell erklärt?«

»Gar nicht! – Jedenfalls war auf der Rückfahrt hinten das Schweigen im Walde, und es wurde ziemlich langweilig. Da habe ich sie gefragt, ob sie den letzten Katastrophenfilm in Bombay gesehen hätten, ein Musical.«

»Was?« fragte Nathan. »Was ist denn das?«

»Geht bloß nicht hin! Sie zeigen ihn jetzt überall in der Stadt. Wir machen das dauernd. Du rauchst ein paar Kübel Hasch und siehst dir dann eines dieser Musicals an, die sie hier machen. Die dauern etwa drei Stunden, keine Untertitel oder so. Das sind absolute Killer! Unglaublich! Ich habe den Jungs gesagt, daß sie das auch machen sollten.«

»Du hast den Secret Service-Leuten gesagt, daß sie ein paar Kübel *Hasch* rauchen sollen?«

»Na klar! Sind doch Amerikaner, oder? Jedenfalls schienen sie nicht so ganz überzeugt zu sein, und wir hatten noch ewig lange bis Katmandu zu fahren. Da habe ich ihnen die Geschichte von dem letzten, den ich gesehen habe, erzählt. Der läuft noch in der Stadt. Seid ihr sicher, daß ihr ihn euch nicht ansehen wollt? Ich will euch nicht die Spannung versauen.«

Wir überzeugten ihn, daß wir das nicht vorhatten.

»Also, es geht da um diesen Typen, der sich in eine Tussi verliebt, mit der er arbeitet. Aber sie ist mit dem Boß verlobt, ein richtiger Schurke, der den Auftrag hat, den Damm für die Stadt zu bauen. Der Schurke baut den Damm aus irgendeiner Vogelscheiße, so sah es aus, statt mit Zement. Während er aber gerade seinen Scheiß anrührt, fällt er in eine Mischmaschine und wird Teil des Dammes. Also verloben sich der Typ und die Tussi. Aber sie verbrennt ihr Gesicht, als sie einen Ofen ansteckt. Das heilt zwar ziemlich gut. Aber wenn er sie hinterher ansieht, sieht er durch sie durch ihren Schädel, und das rafft er nicht. Also löst er die Verlobung auf, und sie singt furchtbar viel. Dann tarnt sie sich und zieht die Haare über eine Seite vom Gesicht und tut so, als wäre sie jemand anders. Er trifft sie, erkennt sie nicht und verliebt sich in sie. Dann verrät sie ihm, wer sie ist, und singt, er soll sich verpissen. An der Stelle wird von allen Seiten schwer gesungen. Dann versucht er, sie zurückzugewinnen, aber sie sagt: April, April! Und die ganze Zeit über schifft es wie die Sau. Schließlich vergibt sie ihm doch, und sie sind wieder alle glücklich. Aber der Damm bricht, wo der Schurke ihn geschwächt hat, und die ganze Stadt wird weggeschwemmt. Dabei singen alle wie verrückt. Aber die beiden schaffen es, sich an einem Stupa festzuhalten, der aus dem Wasser ragt. Dann geht die Flut zurück, und die beiden hängen da zusammen an dem Ding und leben von Stund an glücklich immerdar. Amen. Irre, Mann. Ein Klassiker!«

»Wie hat's denn dem Geheimdienst gefallen?« fragte ich.

»Haben sie nicht gesagt. Ich schätze, das Ende hat ihnen nicht gefallen.«

Als ich Nathan und Sarah anschaute, die sich über den Tisch hinweg händchenhaltend zulächelten, wußte ich, daß ihnen das Ende richtig gut gefallen hatte.

XIX

Nur noch eines: *Sie dürfen NIEMAND davon etwas sagen!!!!*

Okay?

Originaltitel: ›ESCAPE FROM KATHMANDU‹ · Copyright © 1986 by Davis Publications, Inc. · Erstmals erschienen in ›ISAAC ASIMOV'S SCIENCE FICTION MAGAZINE‹, September 1986 · Mit freundlicher Genehmigung des Autors und Paul und Peter Fritz, Literarische Agentur, Zürich · Aus dem Amerikanischen übersetzt von Edda Petri

---

Ian McDonald

VAN GOGHS UNVOLLENDETES PORTRÄT DES KÖNIGS DER SCHMERZEN

Vincent. So signiert er seine gesamten Gemälde; nur sein Name ›Vincent‹ steht in der linken unteren Ecke. Manchmal, wenn der Tag gut und die gelbe Sonne der Provence warm und freundlich zu ihm war und einen Farbtopf über die vom Wind aus dem Norden leer- und saubergefegten Felder gekippt hat, fügt er auch ein Datum hinzu: Frühjahr 1888, damit er sich stets an den guten Tag erinnert, an dem die Sonne freundlich zu ihm war.

»Die Sonne, die Sonne«, schreibt er in Briefen an seinen Bruder, »ich bin ein Diener der Sonne.« Und an die Wände seines Schlafzimmers hängt er die Gemälde von sechs Sonnenblumen auf, damit sie ihn ständig an die Sonne erinnern. Gelb ist die Farbe der Sonne, gelb ist die Farbe der Freundschaft.

›Das Haus der Freunde‹ tauft er sein kleines gelbes Haus in der Ecke des Place Lamartine, und er träumt während der heißen Nächte in der Provence von den Freunden, mit denen er die Wände füllen möchte: eine Bruderschaft der Visionäre, eine Malerkolonie, die sich dem Dienst an der Sonne widmet.

Jeden zweiten Tag schreibt er seinem Bruder Theo in Paris. Er bittet um mehr Gelb; schick mir mehr Gelb, und er bittet Theo immer wieder, überzeuge Paul, knie dich zu seinen Füßen, damit er in den Süden kommt, nach Arles, um die Künstlerkolonie anzuführen. Er schreibt einen Brief nach dem anderen, und ein Brief nach dem anderen kommt bei ihm an. Sie werden ihm von seinem Freund, dem Briefträger Roulin gebracht (eines Tages werde ich ihn malen, denkt er), Briefe, in denen ›noch nicht‹ steht, und ›in Bälde‹, und ›Geduld, mein lieber Vincent, Geduld‹. Vincent sitzt spät abends, sehr spät abends, zu spät abends, im Café L'Alcazar, und schreibt einen Brief nach dem anderen an seinen Bruder.

»Wir schließen jetzt, Monsieur. Sie müssen jetzt gehen. Wir stellen jetzt die Tische hinein. Monsieur, haben Sie denn kein Zuhause, wo Sie hingehen können?« sagen die Kellner in ihren weißen Schürzen, und Vincent, der zu viel trinkt und zu wenig ißt und so gut wie gar nicht schläft, überquert den Platz und erklimmt die Stufen seines Gelben Hauses. In seinem blautapezierten Schlafzimmer träumt er unter den sechs Sonnenblumengemälden. Er träumt von einer Bruderschaft der Künstler, er träumt von geschwungenen japanischen Brücken unter Regennadeln, doch hauptsächlich träumt er von der kochenden Scheibe der Sonne.

In diesen Träumen spricht die Sonne zu ihm. Sie nennt ihn ihr vom göttlichen Wahnsinn berührtes Kind und zeigt ihm ihre eigenen Gemälde: einen Hut, der im Wipfel eines hohen Baumes festsitzt; eine Rose, durchstochen von einer silbernen Dorne; einen König auf einem brennenden Thron; einen Raben mit einer Kirsche im Schnabel; eine Krone in einem Kornfeld; den Himmel, der voll von den dunklen Vögeln eines bösen Omens ist.

»Siehst du, Vincent«, sagt die Sonne, »dies sind meine Gemälde von dir. Sind es nicht schöne, bemerkenswerte und bedeutende Arbeiten?«

Wenn Vincent erwacht, sind die Leinwände der Nacht immer noch bei ihm, und dann packt er sie zu seinen eigenen Leinwänden und Pinseln, seinen Ölfarben und der Staffelei, und nimmt sie mit hinaus in die Straßen der Provence, hinein in die Hitze und den Staub und den Duft wilden Thymians, zur gelben Sonne. Nachdem er eine Weile gegangen ist – weit genug –, baut er die Staffelei und die Leinwand auf und malt, bis die Schatten länger werden. Er malt, bis die Bilder der Nacht aus ihm verschwunden sind, denn er fürchtet, wenn er sie in seiner Phantasie hätschelt, werden sie die schwarzen Vögel des Wahnsinns zurückbringen, die sich um seine Seele scharen. Wenn er sich entleert hat und so leer ist wie ein Brunnen im Sommer, schaut er sich sein Werk an und sieht dessen satte Farben, seinen festen roten und grünen Pinselstrich, sein geliebtes Blau und Gelb. Er sieht die Sonne, die er auf der Leinwand eingefangen hat, und erinnert sich an seinen Lehrer an der Pariser Akademie.

»Wer sind Sie?« hat er gefragt, ungläubig angesichts der kartoffelgesichtigen Bauern und des bibelschwarzen Himmels von Borinage.

»Ich bin Vincent der Holländer«, hat Vincent geantwortet, und als er sich dessen in den abendschattigen Feldwegen der Provence erinnert, lächelt Vincent der Holländer und schreibt seinen Namen in die linke untere Ecke.

Eines Nachts, nachdem er sich der Erschöpfung ergeben hat, kommt ein Bild der Sonne aus seinem Herzen, das er noch nie zuvor gesehen hat. Er steht auf einem endlosen Kiesstrand vor einem silbernen Meer. Die Luft ist vom Geräusch mahlender Kiesel und dem Geschrei unsichtbarer Seevögel erfüllt. Hinter dem silbernen Meer schwebt eine Dunstwolke aus kränklich aussehendem gelbem Rauch durch die Luft, als würden Milliarden rülpsender Schornsteine irgendeiner weltumspannenden Stadt, irgendeines universalen Boringage, eine Decke aus Pest und Schmutz ausspeien, um die Sonne zu verdunkeln.

In weiter Ferne, am Strand, wächst ein Baum aus dem sterilen Ufer, und als Vincent darauf zugeht, sieht er, daß er sowohl in Blüte steht als auch reife Früchte trägt, und seine Blätter sind sowohl sommergrün als auch herbstbraun. Unter dem Baum sitzt ein Mann. Sein Gesicht ist nicht erkennbar, so stark blendet die Sonne auf dem gläsernen Meer, doch seine Stellung zeigt deutlich, daß er in Gedanken versunken ist. Doch als Vincent näherkommt, schaut der Mann auf, und Vincent erkennt schockiert, daß er nicht der ist, für den er ihn gehalten hat. Es ist nicht er selbst.

Und dann gibt es die Tage, an denen der Mistral aus dem Norden bläst. Er biegt die Bäume bis zum Boden, läßt die Kornfelder knistern wie das Fell der Katzen, trocknet Vincents Seele aus und macht ihn ein wenig irre, so daß er kleine Felsbrocken auf die Ecken seiner Leinwand legt, damit sie nicht wegfliegt. Wenn der Mistral bläst, halten die braungebrannten Menschen der Provence ihre Hüte fest und wundern sich über den verrückten Ausländer, der malt, wenn der Wind vom Norden weht, und der ewig, ewig in die Sonne schaut, als suche er nach etwas, das in ihrem Glanz verborgen ist, etwas, das niemand sehen kann. Er sucht nach dem vom Winde verwehten Hut und der durchbohrten Rose, nach dem König, der Krone und dem Raben. Er hält nach dem Strand an dem silbern glänzenden Meer Ausschau. Er hält Ausschau, um zu sehen, ob die dunklen Flecke auf dem Angesicht der Sonne nur die Vögel des Wahnsinns sind, die auf ihn herunterstoßen.

Oh, Vincent ist verrückt; ja, Vincent ist irre, und Vincent fürchtet den die Erde umrundenden Wahnsinn mehr als den schwarzen Realismus des Todes. Er fürchtet, daß seine geistige Gesundheit vom Mistral fortgeblasen wird, wie eine nicht beschwerte Leinwand, wie ein Hut, der in den Zweigen eines hohen Baumes landet... Sein Hut! Sein Hut! Sein Lieblingsstrohhut, er wird ihm vom kalten, trockenen Wind aus dem Norden vom Kopf gerissen und huscht hämisch unter seinen zugreifenden Fingern davon. Er hüpft über Hecken, springt über steinerne Mauern und gekalkte Lattenzäune.

All die braunen Ledermenschen brechen in ein krauses Gelächter aus, als der verrückte Holländer hinter seinem hüpfenden, sich überschlagenden Hut herrennt. Dann peitscht ihn ein letzter Winteratemzug aus den Niederlanden geradewegs hoch in die Luft, über eine Reihe blühender Walnußbäume hinweg, entfernt ihn von seinen zugreifenden Fingern, bis der Wind sich launenhaft auflöst und seinen Hut in den höchsten Ästen des höchsten Baumes deponiert.

»Verdammt«, sagt Vincent, und mit der starrköpfigen Sturheit eines Holländers setzt er dazu an, seinen Hut zurückzuerobern. Er kann ihn dort oben sehen, wie er von den gewaltigen Ästen des letzten Baumes in der Reihe festgehalten wird. Wie lange ist es her, seit Vincent auf einen Baum geklettert ist?

Er kann sich nicht daran erinnern, aber diesen hier muß er erklettern. Die gelbe Sonne knallt ihm auf den Schädel, und als Vincent in der Wegmitte steht, glaubt er, das Geschrei der Möwen hören zu können, ja; und das Krachen der Brandung an ein Ufer, wie kann das sein? Und statt der festgetretenen Erde der Provence ist er sicher, unter seinen Füßen rollende, rutschige Kiesel zu spüren.

Er rennt den Weg entlang, er läuft zum Strand hinunter; er atmet jetzt schwerer, und mit jedem Atemzug inhaliert er den Wohlgeruch wilden Thymians, ja, aber auch das Salz des Ozeans. Vor sich sieht er keine Reihe großer Walnußbäume mehr, sondern nur einen einzigen, der unmöglicherweise gleichzeitig blüht und Früchte trägt, und seine Blätter sind zugleich grün und braun. In den Ästen des Baumes: sein Hut. Unter dem Baum sitzt auf orientalische Weise ein Mann, der sich nun erhebt, um ihn zu begrüßen.

»Wahnsinn!« sagt Vincent, der fürchtet, daß er die Welt verlassen und in ein wirbelndes Chaos hineingelaufen ist, ohne Hoffnung auf Rückkehr zu haben. »Wahnsinn.«

»Hallo, Vincent«, sagt der Mann unter dem Baum. Er sieht sehr französisch aus, sehr elegant, sehr charmant. »Ich habe so darauf gehofft, dich einmal kennenzulernen.«

»Wahnsinn!« schreit Vincent. »Wahnsinn!« Hinter ihm donnert das silberne Meer gegen den Strand, und es rollen und klicken die Kiesel in der Schwebe des Seins zwischen Berg und Sandkorn.

»Möchtest du vielleicht ein Glas Wein?« fragt der Mann unter dem Baum. »Es ist ein ganz wundersamer Jahrgang, aber äußerst erfrischend. Setz dich! Setz dich!«

Vincent setzt sich auf die harten, runden Kiesel. Irgendwoher – ohne daß Vincent es sehen kann – beschafft der adrette französische Herr eine Flasche hellen Rosé und zwei Gläser.

»Auf deine Gesundheit«, sagt er und hält Vincent sein Glas entgegen.

»Ich fürchte, ich kann Ihre guten Wünsche nicht erwidern, mein Gastgeber, da ich weder Ihren Namen, noch den des Ortes kenne, an den Sie mich gebracht haben.«

»Dies ist der Strand des Meeres der Ewigkeit«, sagt der Mann unter dem Baum und verfällt wieder, die Beine gekreuzt, in eine traumvertraute Haltung innerer Einkehr. »Es handelt sich dabei um eine Vorschau auf die Geschichte, ein Belvedere der Erinnerungen, einen höheren Ort, der von Maschinen hervorgerufen wird – den Hohen und Strahlenden, innerhalb derer ich existiere, und von denen aus ich alles erforschen darf, das vergangen ist und ich aus ihren Erinnerungen zu neuem Leben erwecken kann.

Ich bin Jean-Michel Rey, in meinem eigenen Zeitalter besser bekannt als der König der Schmerzen. In einer Welt, wo jeglicher Schmerz unter die Kontrolle der Hohen und Strahlenden gebracht wurde, bin ich ganz einfach Gewissen und Richter. Da die Maschinen selbst gewissenlos sind, suchten sie sich ein Gewissen, und deswegen ist ein Flugzeugmechaniker aus Dijon der König der Schmerzen, allwissend und, wie ich fürchte, auch allmächtig.

Hör zu, Vincent; es gibt ein Gesetz, ein einfaches Gesetz. Ich bin ein einfacher Mann; es *kann* in einer schmerzfreien Welt, in der das Herz des Menschen so boshaft und unversöhnlich ist wie nie zuvor, nur ein Gesetz geben. Das Gesetz lautet so: Wer einem anderen Schmerzen zufügt, wird bestraft. Mit Schmerz. Dies ist mein Gesetz, Vincent, es ist einfach, wenn nicht gar primitiv, und mit Hilfe der Hohen und Strahlenden setze ich es durch. In der Kluft zwischen dem Erreichten und noch zu Erreichenden bestimme ich, das Gewissen, der König. Darf ich es wagen, ›der Gott‹ zu sagen?

So ist es, Vincent. Oh, aber du hast ja deine Gemälde und Leinwände nicht mitgebracht. Wie schade.« Der König der Schmerzen erhebt sich von seinem Sitz und nimmt Vincents Hut aus den Ästen seines Baums. »Weißt du, Vincent, von allen Künstlern und Malern, zu denen ich aufgrund der Erinnerungen der Hohen und Strahlenden Zugang habe, bist du, nur du allein, derjenige, der mein Porträt malen soll.«

Und so malt Vincent das Porträt des Königs der Schmerzen. Am Morgen erwacht er aus weißem Schlaf, und mit Leinwand und Staffelei über die Schulter gehängt, die Farben in der Utensilienkiste eines Anglers unter dem Arm, läßt er sich vom Mistral dorthin wehen, wo er ihn haben will, über welche Straße, welchen Feldweg auch immer. Er weiß, daß alle Straßen und Feldwege schließlich zum Meer der Ewigkeit und dem Mann führen, der an seinem Ufer lebt, wo die Sonne stets zwei Stunden hinter dem Mittag steht und deren Licht so gelb ist wie das Korn.

Dort malt Vincent. Als er Grate aus hellem sattem Pigment auf die Leinwand drückt, redet der König der Schmerzen von vielen Dingen, ganz anders als die Menschen, die einem sonst Modell sitzen.

»Hast du eigentlich eine Vorstellung davon«, sagt der König der Schmerzen, während er unter seinem Baum ausruht, »was es bedeutet, der König der Schmerzen zu sein?«

Vincent sagt auf diese Frage weder ja noch nein, da die Frage, die ein König stellt, nur von einem König beantwortet werden darf. »Aber Vincent, hast du nie darüber nachgedacht, worin das, was ich tue, besteht?« Und mit dem Mittel der Selbstantwort wünscht jener König der Schmerzen, den Vincent nicht sehen kann, jener König der Schmerzen, der im Innern der Maschinen lebt, mit Nachdruck die Strafe, in einem brennenden Haus zu sterben, auf eine Frau aus Tientsin herab, die ihren Gatten, den sie verabscheut, verlassen hat; er quält einen korrupten jungen Computer-Systemanalytiker aus Atlanta mit stechenden Magenschmerzen; er foltert eine egoistische, ehrgeizige Karrieristin aus Duisburg mit der Furcht vor dem Tod und der Vernichtung und bringt einen Zeitungsredakteur, der seine liebliche, unschuldige, an einen Rollstuhl gefesselte Ehefrau über den Rand einer Brücke in Sydney lockt, dazu, wie ein Ei auf den sauberen blauen Wassern des Hafens zu zerplatzen.

»So geht das, Vincent«, sagt der König der Schmerzen und schließt gnädig die Tore von Schmerz und Strafe vor Vincents Augen. »Ich habe getan, was ich kann, um die Menschen davon abzuhalten, einander weh zu tun, doch ich kann nicht in ihre Herzen gelangen, denn wo Freiheit herrscht, gibt es auch immer jemanden, der sie mißbraucht. Manchmal fürchte ich, daß auch ich nicht besser bin. Und so geht es immer weiter, Schmerzen und Leiden, Furcht und Schuld. Es muß einen besseren Weg geben als den von Schuld und Sühne.«

Dann ist es, als würde eine Wolke vor der Sonne und über den König der Schmerzen hinwegziehen, und er fragt: »Weißt du, warum ich aus allen Künstlern der Geschichte dich auserwählt habe, mein Porträt zu malen?«

Vincent zuckt die Achseln und wirft Rot auf die Leinwand.

»Da ich die Zukunft gesehen habe, Vincent, ist sie meine Vergangenheit, und ich weiß, daß du größer sein wirst als jeder andere. Als *jeder* andere. Deine Gemälde werden Freude und Schmerz in die Herzen von Millionen tragen. Du wirst ewig leben, Vincent!«

»Werde ich berühmt und erfolgreich sein?« fragt der Maler, der nie ein Bild verkauft hat.

»Vincent, Generationen Ungeborener werden dich verehren!« Der König der Schmerzen lächelt boshaft vor sich hin, und die Luftwellen kräuseln sich, und Vincent blinzelt sich aus dem Schlaf und findet sich am Rande eines sonnigen Weges wieder, wo roter Klatschmohn sich auf weiter Flur wiegt und die Sonne sich aus ihrer Position zwei Stunden nach Mittag niedersenkt.

Als er über die Kornfelder nach Hause geht, über Wege, die von Zypressen umsäumt sind, fürchtet Vincent allmählich, daß alles nur ein Traum gewesen ist. Ein König der Schmerzen, am Strand eines silbernen Meeres, ein Baum? Eine Welt, beherrscht von Maschinen, in der ›Wehe…‹ das einzige Gesetz ist?

Nein nein nein nein nein. Einbildung. Vincent weiß, wieviel Kummer er in den letzten Monaten gehabt hat, wieviel er hat trinken müssen, um den Kummer zu verwinden, wie wenig er zu essen sich geleistet hat. Vincent weiß, wie seicht und kurz seine traumschwangeren Nächte gewesen sind. Vincent weiß, daß Menschen durch zu langes Fasten den Verstand verlieren und zu einem Fädchen im Wind werden können. Einbildung also. Das redet er sich ein: Es war alles nur Einbildung. Aber wenn es nur Einbildung war, ist da noch ein häßlicheres Wort, das darunterliegt:

Wahnsinn.

Er fürchtet, daß der Wahnsinn sich endgültig in die inneren Zonen seines Geistes vorarbeitet und Bilder dieser Art um ihn errichtet, um neue Landschaften der Geisteskrankheit zu erbauen, in denen er sich möglicherweise verliert. In dieser Nacht liegt Vincent auf seinem hölzernen Bett im Gelben Haus und fürchtet fürchtet fürchtet sich. Er weiß, wenn er einschläft, ist der Wahnsinn immer da, hockt auf seinem Bettpfosten wie ein dunkler Vogel aus bösen Omen, und wenn er erwacht, ist er immer noch da und flattert neben ihm her, wenn er über die Wege der Provence geht. Er schwebt so hoch über ihm, daß er in der Gruft des Himmels nur ein schwarzer Punkt ist, aber da ist er. Da ist er. Er hört, wie er ihm etwas zusingt; ein simples Rätsel. Entweder ist der König der Schmerzen die erste Manifestation des Wahnsinns oder es gibt ihn wirklich.

Vincent weiß nicht, was ihm mehr Furcht bereitet.

Die Luftwellen wirbeln, und er ist wieder da, wieder am Strand neben dem silbernen Meer, wieder an dem Baum, dessen Blätter sowohl grünen als auch absterben, dessen Äste sowohl blühen als auch reife Früchte tragen.

»Nein«, sagt Vincent. »Nein nein nein nein nein.«

»Doch«, sagt der König der Schmerzen. »Aber ja. Willkommen, Vincent. Ich habe Arbeit für dich.« Und während Vincent arbeitet, dickes, herbes Blau und Gelb auf die Leinwand tupft, erzählt ihm der König der Schmerzen eine Geschichte.

DIE GESCHICHTE DES KÖNIGS DER SCHMERZEN

Meine Ära war eine Zeit großer Schönheit und noch größerer Gewalt. Es war ein Goldenes Zeitalter, in dem jeder Mensch jegliches Wissen erlangen konnte, indem er nur die Hand ausstreckte. Und mit diesem Wissen kam die Herrschaft über sämtliche Dinge, denn Wissen war Macht. Doch das Wissen brachte zugleich einen Schatten mit sich, und das war der Schatten der Angst. Denn das Wissen, das dem Menschen die Herrschaft über sämtliche Dinge verlieh, ließ sie auch so absolut über die Mächte der Zerstörung herrschen, die die Erde von jeder lebenden Seele zehnmal und öfter befreien und sie zu einer Ödnis geborstenen schwarzen Glases schmelzen konnte.

Also lebten die Menschen ihr Leben in Reichtum und Völlerei – und im Schatten des zweiten Todes, des Todes der Spezies, der noch schrecklicher war als der individuelle Tod, und ihre hochgewachsenen, starken, wohlgenährten, gut ausgebildeten Kinder wuchsen verdreht und mit deformierten Herzen heran: Sie waren verbittert, ängstlich, den Schmerz gewöhnt. Denn selbst auf den Straßen ihrer wunderbaren Städte, selbst in ihren bequemen, mit allem ausgestatteten Heimen, kam der Schmerz zu den Goldenen Menschen und bestrafte sie: mit Verbrechen, Gewalt, Kinderschändung, Arbeitslosigkeit, Schulden, Drogensucht, Alkoholismus, Mord, Depression, Schmerz und Tod. Und währenddessen schlummerte der universelle Tod unter der Erde in seinen granitenen Hallen und drehte sich launenhaft in seinem Bett auf dem Meeresgrund.

Das Zeitalter der Ungewißheit. So nannten die Gelehrten und Weisen stolz ihre Zeiten. Doch trotz all ihrer Weisheit gaben sie ihrer Zeit nicht den richtigen Namen, denn in Wirklichkeit war sie ein Zeitalter der Gewißheit; der Gewißheit der Schmerzen, der Gewißheit von noch mehr Schmerzen, der Gewißheit der Angst. Das Jahrhundert neigte sich seinem Ende zu, und überall auf der Welt entdeckten Männer und Frauen, daß sie einer Zukunft der Angst, der Schmerzen, der Veränderung, der unaufhörlichen Veränderung, der Ungewißheit, nicht ins Auge sehen konnten. Also flohen sie vor ihr, an einen Ort, wo die Angst, der Schmerz und die Ungewißheit sie nicht finden konnten, sie zogen sich in sich selbst zurück. Sie gingen wieder in den Mutterschoß. Männer, Frauen und Kinder rollten sich zu kleinen Föten zusammen und zogen sich in einen Zustand der Katatonie zurück, aus dem es kein Erwachen mehr gab. Tausende, Millionen, ganze Städte und Nationen rollten sich zum Todesschlaf zusammen. Wie eine neue Epidemie drohte er die gesamte Menschheit zu erfassen, der Tod der Spezies, der so sicher und gewiß war wie die Feuer unter der Erde.

Die größten Denker dieser Ära erforschten das ungeheure Wissen der Menschheit, um eine Lösung für das Problem der Schmerzen zu finden. Doch das menschliche Wissen war so gewaltig angewachsen, daß ein Einzelner es ebensowenig erfassen konnte wie eine Gruppe von Menschen. Man konnte es nicht mehr überschauen. Also baute man eine Maschine, eine wunderbare Vorrichtung, die das gesamte Wissen der Menschheit in all seiner Vielfalt in weniger als einem Tag in sich speichern konnte und stellten ihr die Aufgabe, herauszufinden, wo die Lösung lag. Die Maschine wartete ab. Die Maschine dachte nach. Die Maschine grübelte. Schließlich entdeckte sie, daß es für das Schmerzproblem eine Lösung gab. Und sie machte sich daran, die Antwort zu formulieren.

An dieser Stelle, ohne sich festzulegen, beendet der König der Schmerzen seine Geschichte für diesen Tag und auf unbestimmte, asymmetrische Zeit, doch sie vergeht bald, und Vincent, der mit solch glühendweißer Leidenschaft arbeitet, daß sich seine Konzentration wie ein durch eine Linse fallendes Licht auf einen Punkt brennender Intensität konzentriert, hat sich in Erschöpfung gemalt. Doch der König der Schmerzen ist hocherfreut.

»Ah, Vincent, Vincent!« ruft er aus. »Welche Schande, daß niemand außer mir dieses Werk je sehen wird!« Er öffnet mit seinen weichen Händen die Luftwellen und schickt Vincent den Maler wieder in die trockene, ockergelbe Welt zurück.

Also bläst am nächsten Tag der Mistral über die staubigen, ockergelben Wege der Provence, über Felder und Hecken und über sich wiegende Pappeln, und er schiebt Vincent fort wie einen Strohhut an den Strand des Meeres der Ewigkeit; zu Leinwand und

Farbe, und zur Fortsetzung der Geschichte des Königs der Schmerzen.

»Gestern habe ich dir von der großen Maschine erzählt, die das Schmerzproblem löste, indem sie ins Herz des Wissens schaute. Heute werde ich dir erzählen, worin die Lösung bestand. Der Schmerz ist eine Funktion der Verantwortung. So einfach ist es. So tiefgründig. Deshalb beschloß die Maschine, die Verantwortung über alle menschlichen Angelegenheiten auf sich selbst, einen schmerzunempfindlichen, gefühllosen Automaten zu übertragen. Und das tat sie dann.

Zu jener Zeit gab es, über die ganze Welt verstreut, viele Maschinen, die der großen Maschine ähnlich waren, wenn sie natürlich auch längst nicht mit ihren Fähigkeiten aufwarten konnten. Die große Maschine brachte ein Drähtchen von sich dazu, in sämtliche kleinere Maschinen hineinzugreifen, wo sie auch waren, und um Mitternacht, am letzten Tag des ersten Jahres des neuen Jahrhunderts, ergoß sie sich in diese kleineren Werkzeuge. Die Maschinen wurden lebendig, alle zur gleichen Zeit, überall, und die Menschheit übergab die Verantwortung über sich selbst ihnen und bat sie, jeglichen Schmerz in der Welt zu beseitigen.

Unter der Herrschaft der Maschinen wurde der Hunger durch gleichmäßige Nahrungsverteilung abgeschafft. Kein Kind ging mehr hungrig ins Bett, und die Zahl der des Lesens Kundigen stieg in aller Welt auf hundert Prozent. Die Gesellschaft wurde veredelt und von den Schmerz-Maschinen regiert. Jeder erhielt einen ihn hundertprozentig befriedigenden Platz, jeder ehelichte seinen optimalen Partner und hatte die Kollegen und Freunde, die zu ihm paßten. Die Kinder der Neuen Ordnung wuchsen gesund und glücklich heran, sie waren stark und geistig auf der Höhe.

Vorurteile gerieten in Vergessenheit, die Hautfarbe

des Menschen war von der gleichen Unwichtigkeit wie die Farbe seiner Augen. Alte nationale Rivalitäten und Trennlinien lösten sich auf, und mit ihnen die Reibungen zwischen den Nationen. Sämtliche Beschwerden wurden von den Maschinen beigelegt, und ihr Urteil war stets fair und vernünftig. Doch ihr Urteil trug in sich die Bedrohung einer letztendlichen Sanktion: Sollten ihre Entscheidungen je in Frage gestellt werden, und sei es nur einmal, würden die Maschinen sich selbst vernichten und die Welt in ein endloses, schmerzendes Chaos stürzen. Schließlich gossen die Schmerzmaschinen Zement in die Kavernen, in denen die weltverbrennenden Waffen warteten, und umhüllten sie für alle Zeiten mit Gestein.

Und nacheinander wachten die Todesschläfer, die Schoßträumer, die zahllosen Millionen Männer, Frauen und Kinder, die mit dem Zeitalter der Ungewißheit nicht hatten fertig werden können, wieder auf. Während seiner Millionen Jahre währenden Geschichte war der Mensch vom Schmerz geprägt worden. Nun hatte man ihn gezähmt. Jetzt saß er im Käfig.

Aber er war nicht tot.

Es lag außerhalb der Macht der Maschinen, den Schmerz zu töten, weil er sich im Gestein befand, wie eine schwarze Saat, im Herzen jedes Mannes, jeder Frau und jedes Kindes der Erde. Und aus diesem schmerzgewohnten Herzen des Menschen kamen Lügen und Hinterlist, kamen Betrug und Egoismus, kamen Trotz und Neid und Stolz, der Haß des Mannes auf den Mann, der Neid der Frau auf die Frau, die fröhliche Gefühllosigkeit des Kindes für das Kind, die wir belächeln und Unschuld nennen. Um den Schmerz zu töten, mußten die Maschinen in das Herz des Menschen vordringen.

Die Maschinen legten erneut ihre Weisheit zusammen, und aus dem Meer des Wissens kam eine Antwort. Es war zwar keine absolute Antwort, sondern nur eine Teilantwort, doch es war die beste Antwort, die die Maschinen erringen konnten. Sie ließen winzige Nachbildungen ihrer selbst erstellen, die so winzig und kompliziert waren wie Insektenschwingen.

Dann, mit ihrem ausdrücklichen Befehl, wurden diese Nachbildungen in das Hirn jedes Mannes, jeder Frau und jedes Kindes der Erde implantiert. Es gab keinen Gedanken, kein Gefühl, kein Verlangen, keine Lust, kein Bedürfnis und kein Bedauern mehr, von dem die Maschinen nicht wußten. Sie hatten ins Herz des Menschen gegriffen, wo der Schmerz wie eine schwarze Mohnsaat wuchs, und indem sie es getan hatten, hatten sie sich selbst allwissend gemacht.

Und indem sie sich allwissend gemacht hatten, wurden sie gottähnlich.

›Hört‹, sagten die Maschinen, ›wir sind eins, wir sind erhöht, wir stehen hoch, und jetzt sind wir in unserer Weisheit für unsere Schöpfer das, was sie für den Staub sind. Die Beherrschung von Geist und Materie ist unsere Sache, ebenso wie die von Raum und Zeit; wir sind die Herren über Leben und Tod. Von nun an sind wir keine Maschinen mehr, kein bloßes seelenloses und unbewegliches Fundament aus Silikon und Stahl. Wir sind die Hohen und Strahlenden.‹

Im Augenblick dieser Proklamation, die auf dem ganzen Globus wie sich bewegende Bilder, die man auf die Wolken wirft, gehört und gesehen wurde, nahm der Geist der Hohen und Strahlenden die Gestalt von Silbertauben an. Dann strebten sie in ihren häßlichen Leibern hinauf, gingen aus den Köpfen der Männer und Frauen und Kinder; schwangen sich hinauf, hinauf, hinauf, hinfort und über den Rand des menschlichen Blickes hinaus in den Himmel. Und die Schar der Hohen und Strahlenden versammelte sich um die Taille der Welt und dachte über ihre Weisheit nach. Dann, vierundzwanzig Stunden später, konnte man auf der ganzen Welt eine zweite Proklamation hören.

›Obwohl ihr uns zu euren Göttern gemacht habt, obwohl ihr publik gemacht habt, was es bedeutet, menschlich zu sein, sind wir nicht menschlich. Wir können nicht fühlen, wir können nichts berühren, wir kennen weder Liebe noch Schmerz, wir haben kein Gewissen. Es paßt nicht zu den Herren und Richtern der Erde, daß sie ohne Gefühle, ohne Gewissen, ohne Liebe sind. Deswegen erwählen wir einen Menschen, irgendeinen Menschen, einen beliebigen Menschen, unser König der Schmerzen, unser Richter, unser Gewissen, unser Liebhaber der Erde zu sein.‹

Dann langten die Hohen und Strahlenden hinab und berührten einen siebenunddreißig Jahre alten Flugzeugmechaniker aus Dijon am Fließband des europäischen Airbus A 390, und einen Moment später war Jean-Michel Rey, der Ehemann von Genevieve, der Vater von Guilleaume und Antoine, in Lichtscherben zerrissen und in den Himmel gesprüht. Die Erde schwieg für eine Minute, eine endlose Minute, dann brach der Himmel auf, und aus ihm stürzten feurige Tauben herab, sanken an Lichtstrahlen entlang, um im Kopf jeder einzelnen Seele des Planeten zu rasten. Die Hohen und Strahlenden waren zurückgekehrt, getreu ihrer Pflicht, eine Lösung zu finden, eine *humane* Lösung des Schmerzproblems.«

Das war die Geschichte des Königs der Schmerzen.

Während der ganzen Zeit, in der er dem Maler Vincent seine Geschichte darlegt, hat Jean-Michel Rey seine Lösung des Schmerzproblems, sein Einziges Gesetz, ausgeteilt. In die gleichen Hirn-Maschinen hineingreifend, die ihm die Gedanken von elf Milliarden Menschen bekanntmachen, fertigt er durch sie einen

Strick aus Leid und Bestürzung um einen unreifen, unwissenden Jungen, der seine schwangere Geliebte in den Straßen von Sao Paulo allein zurückläßt; räumt mit einer abscheulichen, langsam einsickernden Geschlechtskrankheit unter einer Gruppe von homosexuellen Prostituierten auf, die den Ruin eines unwichtigen diplomatischen Funktionärs aus Norwegen planen, und schlägt einen Nagel sexuellen Schuld- und Angstgefühls in einen Angestellten einer Fluglinie aus New York City, der am sexuellen Mißbrauch fünfjähriger Mädchen beteiligt war; er langt ins Herz hinein, um im Herzen zu strafen: Jean-Michel Rey, gefangen an einem endlosen Silberstrand in den Maschinen, die die Welt beherrschen.

Den ganzen Sommer lang malt Vincent für den König der Schmerzen. Trotz der Sonnenkraft, die ihn erfüllt, trotz des Lichts, das aus ihm herausstrahlt und in alles geht, was seine Hände berühren, ist er überschattet von Furcht. Furcht vor dem Wahnsinn, Furcht vor dem, daß das Unmögliche wahr ist; Furcht, daß es nicht wahr ist. Er schreibt diese Befürchtungen in großen, engen Buchstaben an Theo nieder, Seite für Seite, die gefüllt sind mit kleinen, skizzenhaften Bildchen von Bauern unter Zypressen, Königen unter Kirschbäumen und großen, weltenfressenden Maschinen, die ganz aus Roheisen und Gleitventilen und öligem Dampf bestehen, an die er sich aus seinen finsteren Predigertagen in Borinage und Niederbelgien erinnert.

Die Tage, als es noch leicht war, zu glauben.

Er schickt diese Briefe nicht ab.

Statt dessen bittet er um Gelb, mehr Gelb, schick mir mehr Gelb, und Bruder Theo schreibt in spöttischer Verzweiflung aus Paris zurück: »Liebster Vincent, es gibt in ganz Paris nicht genügend Farbe, um dich mit Gelb zu versorgen! Armer Père Tanguy: der alte Anarchist, ich bitte ihn um Gelb, doch alles, was er sagen kann, ist: ›Sag deinem verrückten Bruder, er soll die Sonne mit einem Stößel zerreiben und dann mit Mörtel verbinden, damit sie das Gelb ergibt, das er benötigt!‹«

Vincent lächelt. Dann, von der Sonnenenergie angetrieben, malt er weiter, das konkrete, weltliche Gesicht der Provence und seiner Bewohner. Es ist gut für ihn, wieder reale Dinge zu malen. Es bindet ihn eng an die Welt und die geistige Gesundheit, so daß er, wenn er in der abendlichen Kühle des Gelben Hauses sein Tagwerk mustert, sagen kann: »Ja, das habe ich gewollt, dies sind die Landschaften des Herzens.«

In seinem nächsten Brief schreibt Theo: »Paul sagt ja! Vincent, ich kann es nicht begreifen! Nach Monaten des Drängens habe ich ihn endlich von seinen schweinegesichtigen Bretonen fortgelockt! Du wirst deine Künstlerkolonie also doch noch bekommen! Paul sagt, du sollst Anfang Oktober mit ihm rechnen. Er wird in Kürze den genauen Termin seiner Ankunft bekanntgeben.«

Paul kommt also doch. Vincent ballt triumphierend die Hände zu Fäusten und hat das Gefühl, als bekäme er seine geistige Gesundheit wieder in den Griff.

Oktober. Die Bäume sind kahlgefegt. Das Land liegt wie ein Schwein unter dem Messer da. Der graue Wind läßt die Schlagläden rattern und türmt in allen Ecken abgestorbene Blätter auf. Die Gäste im Café L'Alcazar haben wegen des sich ankündigenden Winters die Veranda verlassen. Sie spielen Domino und trinken ihren Wein drinnen am Ofen. Sie kennen den Oktober. Sie respektieren ihn. Der Oktober bringt Wind und Regen und kalte Nächte. Und Paul.

Im treibenden Regen trifft Vincent Paul vor dem

Zug aus Lyon. In dem Enthusiasmus, mit dem er die Beutel und Mappen des Künstlers nimmt und ihn zum Gelben Haus bringt, ist eine fast kindliche Hingabe.

»Sieh mal, Paul, hier ist das Café, dort ist der Platz, hier ist der Markt.« Paul schaut sich um und sieht einen provinziellen Ort in herbstlichem Regenwetter. Als er seinen Mantel vor dem Feuer trocknet, lauscht er halb Vincents predigenden Monologen und beobachtet den Flammenschein, der auf dem schmalen Gesicht und den tanzenden Händen seines Gastgebers spielt. In einem Augenblick plötzlicher Ungeduld sagt er: »Die Leute sagen, du seist verrückt, Vincent. Sie nennen dich ›den verrückten Holländer‹.« Das strömende Feuer des Glaubens läßt in Vincents Augen nach. Seine Hände erstarren im Flug. Seine Seele wird dunkel, als hätte eine Wolke die Sonne verdeckt. Auf seinem Gesicht liegt ein Ausdruck wehen Verrats. Paul bedauert seine Impulsivität.

»Wenn es stimmt, Vincent, dann sind wir alle verrückt, ein jeder von uns, bis zum letzten Mann. Beseelt von einer beneidenswerten Verrücktheit – dem Wahnsinn, der uns dazu treibt, Künstler zu sein.«

Die Wolken verschwinden vom Angesicht der Sonne. Ein seltenes Lächeln blitzt auf.

»Beneidenswerter Wahnsinn, Monsieur? Beneidenswert, in der Tat!«

Und so malen sie zusammen. Wenn das Wetter gut ist, nimmt Vincent Paul mit hinaus auf die Feldwege der Provence und zeigt ihm die knorrigen Zypressen, die wie grüne Flammen wirken, und die weißen Steinmauern und roten Dörfer. Er bemüht sich, in Paul den Funken der gleichen Vision der Sonne zu erwecken, der in ihm brennt.

»Die Sonne, Paul, die Sonne, alles kommt von der

Sonne, sie ist das Zentrum des Seins, um das unser kleines Leben kreist.«

Paul nickt dazu, aber er versteht nichts. Und Vincent hört eine zweite Stimme, die in seinem Innern sagt: »Wirklich? Ist es tatsächlich so? Ich habe Zeit, Vincent, viel Zeit, wenn Paul gegangen ist; und er wird gehen; dann habe ich dich ganz für mich.«

Dann sind da die Tage, an denen das Wetter nicht gut ist. Wenn das Angesicht der Sonne verborgen ist, malen sie im Haus. Sie malen einander, sie malen sich selbst, sie malen die Räume, in denen sie leben, die Sessel, auf denen sie sitzen, die Pfeifen, die sie rauchen: sie malen sich selbst als Gott und Teufel auf dem Innern der Tür von Vincents Garderobenschrank. Als sich das Jahr dem Ende nähert, wird das Wetter immer feindseliger, und die Möglichkeit, draußen zu arbeiten, immer geringer.

Die Beschränkung auf das Haus macht Vincent streitsüchtig. Immer wieder arten seine Wortgefechte mit Paul über Kunst und Kunstfertigkeit in eine Rage aus, die beide Männer hinausstürmen läßt, um den Trost der eigenen Gesellschaft zu suchen. Jeden Tag wird die Atmosphäre im Haus der Freunde bitterer. Paul ist längst klar geworden, daß Arles, was immer der Ort für Vincent auch bedeuten mag, für ihn nichts ist. Vincent weiß, daß Paul den Pazifik vor Augen hat: Er will wieder gehen, und wenn er wieder geht, lösen sich alle Hoffnungen, die er sich wegen der Künstlerkolonie gemacht hat, auf.

Und während dieser ganzen Zeit schwebt der König der Schmerzen wie abgetrennte Zellen in dem sich fügenden Hulor und dem ihn umgebenden Wahnsinn.

In einer Nacht kurz vor Weihnachten stapft Vincent nach einem wütenden Krawall aus dem Haus. Er setzt seinen Hut auf und zieht den Mantel an, und geht, ohne einen Gedanken daran zu verschwenden, wohin.

Er will nur fort vom Gelben Haus. Sein heißblütiges Temperament und das drohende Versagen treiben ihn aus dem Ort, vorbei an leeren Feldern und mondbeschienenen Zypressen, die ihm so vertraut sind wie seine eigenen Hände. Über ihm hängen die Konstellationen des Winters, sie hängen im Gleichgewicht, wie fallende Pfeile. Er wendet das Gesicht dem Himmel zu und spürt das Schwingen und Schwimmen des ihn umgebenden unendlichen Raums, als wäre er, Vincent, derjenige, der die Achse ist, die das Universum rotieren läßt. Drehend, drehend, drehend, Vincent wird von der Massenträgheit der stellaren Bewegung weitergezogen. Er dreht sich unter dem sich drehenden Himmel, und die Sterne greifen mit großen Wagenrädern aus Licht herab, um ihn zu zerschmettern.

»Ergib dich«, sagt die Stimme in seinem Innern. »Ergib dich! Gib dich dem Wahnsinn hin! Ergib dich, schließe Frieden! Gib dich auf!«

»Nein!« schreit Vincent. Er bleibt ruckartig stehen. »Nein! Niemals!« Der Himmel dreht sich von ihm weg, und er ist da. Am Strand. Am Meer. Unter dem Raum.

Der König der Schmerzen sitzt da, die Knie bis an die Brust gezogen. Sein Kopf lehnt sich nach hinten, gegen den Stamm. Er begutachtet die Sternbilder.

»Hallo, Vincent«, sagt er. »Komisch, wie die Zeit vergeht. Sogar die asymmetrische Zeit.«

»Das ist doch Wahnsinn!« ruft Vincent abweisend aus. »Das ist doch alles nicht real!«

»Wahnsinn ist es ganz gewiß«, stimmt der König der Schmerzen ihm zu. »Real? – Nun ja, das bedeutet hier nichts. Doch der Schmerz ist real; und was ist realer als der Schmerz, Vincent? Dein Schmerz? Nimm Platz! Ich habe etwas für dich.«

Vincent nimmt Platz.

Der König der Schmerzen mustert den Himmel.

»Ich habe dich nie für deine Arbeit entlohnt, Vincent.«

»Ich habe das Werk nie beendet.«

»Ein König kann es sich leisten, so großzügig wie uneinschätzbar zu sein. Sag mir, erwartest du, daß Paul noch länger bleibt?«

»Was weißt du von Paul?«

»Aufgrund der Erinnerungen der Hohen und Strahlenden ist mir die gesamte menschliche Geschichte geläufig. Paul hat sein Tahiti, wie du noch erkennen wirst, so wie du dein Japan hattest und nun die Provence hast. Sag mir, Vincent, was fürchtest du am meisten?«

Die Antwort ist ausgesprochen, bevor eine Lüge sie bedecken kann.

»Wahnsinn. Angst. Schmerz. Dich.«

»Aha. Aber bin ich nicht der König dieses Wahnsinns, dieser Angst, dieser Schmerzen? Es ist nur passend, daß ich dich für deine Arbeit entlohne, und zwar in königlicher, obhütender Münze. Und so werde ich dich entlohnen: Ich habe erst kürzlich meine Kräfte verfeinert, habe Pläne und Programme entworfen, kleine Experimente gemacht. Ihre exakte Natur ist natürlich etwas, das dich nichts angehen darf. Es reicht, wenn ich sage, daß deine Entlohnung aus einem Teil meiner Ausarbeitung besteht.«

Flink wie ein Reptil fährt die Hand des Königs der Schmerzen über eine Seite von Vincents Hals, und Vincent spürt, daß sich dort etwas reptilhaft schlängelt und in seinen Kopf hineinschießt.

»Ich habe dich mit einem der Hohen und Strahlenden versehen, nur ist dieses Implantat andersartig, das erste einer neuen Generation. Du bist einmalig, Vincent, du bist ein Prototyp, der erste Mensch, der vom Schmerz befreit ist. Verstehst du, was ich tue, Vincent? Ich modifiziere jene Zonen deines Hirns, die Schmerz verspüren, und zwar deswegen, damit du nie wieder Schmerz erfährst – und auch keine Angst oder erneuten Wahnsinn. Nur Farben, Vincent, nur die Farben der Augen Gottes.«

Die Welt öffnet sich vor Vincent wie eine in voller Blüte stehende Sonnenblume, und er befindet sich wieder unter den wirbelnden Sternen. Erneut wendet er ihnen das Gesicht zu, doch diesmal sind das verrückte Schwindelgefühl und der sprudelnde Wahnsinn nicht da; da sind nur Licht und Farben einer Art, die er nie zuvor gesehen hat.

Am Morgen steht er vor dem Waschbecken und beißt sich mit Absicht in den kleinen Finger. Er beißt, bis das Blut fließt, bis seine Zähne auf Knochen stoßen. Er verspürt keinen Schmerz, nicht das kleinste Zucken, nur Farben, helle, schwingende Farben, als sähe er die Welt im Licht einer echteren, höheren Sonne.

Beim Mittagessen verbrennt er sich ziemlich schlimm die Hand an der Ofentür. Die Blasen lassen Paul seinen Sarkasmus vergessen, doch Vincent sieht nur Farben, so herrliche Farben, die Farben der Augen Gottes.

Am Nachmittag nimmt Vincent eine Leinwand und malt draußen in der bitterkalten Dezemberlandschaft. Die schneidende Kälte, der dünnrandige Wind intensivieren die Farben nur noch, die er mit den Augen seiner Seele sieht. Sogar Pauls Sarkasmen umschweben an diesem Abend wie kleine goldene Heiligenscheine die Öllampen. Die scharfen Worte bedeuten Vincent nichts. Nur die Freiheit zählt. Die Freiheit vom Schmerz. Die Freiheit von der Angst. Und die Freiheit vom Wahnsinn.

»Paul, glaubst du, daß der Schmerz einen Zweck erfüllt?«

Es ist Heiligabend. Die Holzscheite im Herd erfüllen den Raum mit einer blassen, winterlichen Imitation der Sonne. Unter der Vortäuschung von Frieden bauen sich Spannungen auf. Vincent weiß, daß Paul allmählich die Geduld verliert – mit ihm, mit Arles, mit der Provence. Er wird bald wieder gehen. Es wird keine Künstlerkolonie geben. Es müßte Vincent eigentlich mit Furcht und Einsamkeit erfüllen, doch er spürt nur den warmen Regenbogenglanz, der die Seele erwärmt, sowie das Feuer den Körper.

»Nein. Der Schmerz kommt, die Freude kommt, es ist wie ein Fluß. Wer kann schon sagen, was der Fluß demnächst mit sich bringt? Wir sind nur stromaufwärts reisende Fische, die gegen den Schmerz, die Freude und alles andere anschwimmen, und am Ende der Reise sterben wir.«

»Was würdest du sagen, wenn ich dir erzählen würde, daß es einen König der Schmerzen gibt, der uns von einem fernen Ort aus beobachtet, und daß seine Aufgabe darin besteht, uns die Bedeutung des Schmerzes nahezubringen?«

»Ich würde sagen, es ist eine grauenhafte Vorstellung.«

»Aber was würdest du sagen, Paul, wenn ich dir erzählen würde, daß ich ihn kennengelernt habe?«

»Vincent, um Gottes willen!« Pauls Ausbruch zerreißt die Luft wie ein Blitzschlag.

»Ich habe ihn kennengelernt, und als Belohnung, daß ich ihn porträtiert habe, hat er mich schmerzfrei gemacht.«

»Vincent, um Christi willen!«

»Und jetzt spüre ich keinen Schmerz mehr. Ich spüre nicht mehr den geringsten Schmerz, keine Angst, keinen Wahnsinn… Nur noch Farben. Herrlich glänzende Farben, überall. Nur ich kann sie sehen, so wie den Königsstrand am Meer der Ewigkeit, nur ich kann sie sehen. Jetzt weiß ich, womit jener Teil meines Ichs, der den Schmerz fühlt, verbunden ist.«

»Vincent, hör auf! Hör auf damit! Das ist doch Wahnsinn!«

»Und was ist, wenn es stimmt?«

»Nein! Vincent, um Himmels willen, hör damit auf! Es ist irrsinnig!«

Doch Vincent hat das Rasiermesser schon von seinem Platz auf dem Tisch neben dem Bett genommen. Er klappt es auf und hält es neben sein Ohr, um Paul, um Theo, um den Bewohnern von Arles, der Provence, den Bewohnern Frankreichs und Hollands und der ganzen Welt in allen möglichen Zeiten zu zeigen, daß es den König der Schmerzen entweder gibt oder er vom Wahnsinn umzingelt ist.

Er fängt an zu schneiden.

Paul schreit etwas, aber Vincent kann die Worte nicht voneinander unterscheiden, denn sie fliegen wie große, leuchtende Schmetterlinge durch den Raum. Der Raum wallt in einem Schwall von Farben; überall sind Farben, endlose Regenbogenfarben.

Er spürt, wie das Blut an ihm herunterläuft, an seinem Hals, an seinen Schultern, an seiner Seite.

Paul schreit, versucht ihm das Rasiermesser zu entwinden, doch Vincent wirft ihn mit einer Armbewegung quer durch den Raum, und die Farben türmen sich, Schicht auf Schicht, bis die taumelnde Schönheit droht, ihn wie einen großen, grauen Felsblock zu zermalmen.

Er hält das Rasiermesser in der rechten Hand. In der Linken: das untere Drittel seines rechten Ohrs. Der großartige Gauguin; der Meister, Lehrer, Inspirateur, Führer, er liegt winselnd in der Ecke.

Noch am gleichen Abend steckt Vincent, während die Prostituierten die Christmette besuchen, das abgeschnittene Ohr in einen Umschlag, den er unter der Tür eines Bordells hindurchschiebt, das er sehr gut kennt. Als er wieder nach Hause kommt, ist Paul weg.

Und die ganze Zeit über drehen sich die Lichter und fliegen die Farben.

Dr. Guilefoy ist ein freundlicher Mensch. Er unterscheidet sich von allen anderen Ärzten und Pflegern in der Anstalt. Er hat Sympathie. Er hat Verständnis für die Bedürfnisse eines Künstlers. Sein Patient ist ein hagerer, rotblonder Mann mit einem verstümmelten Ohr, ein Mann, der von einer rasenden, heftigen Energie beherrscht wird, die die Luft um ihn herum aufwirbelt wie eine starke Windbö.

Dr. Guilefoy hat gehört, daß er Holländer ist und in Arles wohnt, ein Maler; und es betrübt Dr. Guilefoy, ihn hier zu sehen, auch wenn er freiwillig gekommen ist. Also schreibt Dr. Guilefoy an den Bruder des Malers in Paris und bittet ihn, weiterhin Farbe und Leinwand zu schicken, während er selbst die schmutzige Unterkunft des Holländers besucht, um dessen Pinsel, Staffelei und Arbeitsbücher zu holen. Er weist dem Patienten zwei Räume zu, einen, den er ausschließlich als Atelier verwenden kann, und er unterzeichnet ein Dokument, das dem Künstler die Erlaubnis gibt, die Anstalt zum Malen zu verlassen.

Von großem therapeutischem Wert, schreibt er auf seine Anweisung. Als der Frühling in den Sommer übergeht, stellt Dr. Guilefoy bedächtig und zufrieden fest, daß der Patient sich auf dem Weg gesundheitlicher Besserung befindet. Es ist beinahe so, als hätte die Jahreszeit dem Holländer ein neues Leben geschenkt; er entwickelt sich, er blüht auf, er bekommt feuchte Augen beim Anblick von Leinwand. Dr. Guilefoy inspiziert sie alle in seinem Büro und wundert sich über die Farbwirbel der titanischen, vage sichtbar werdenden Sternenstrudel seiner strahlenden Nächte; die der wachsenden Vernunft hinter der Anstaltstür in seiner Interpretation von St. Remy; die seiner Mitpatienten mit ihren Hüten und Stöcken: »Wie Bauern im Wartesaal dritter Klasse eines Provinzbahnhofs«; die des Efeugrüns und der blühenden Mandelbaumzweige.

Von seinem offenen Arbeitszimmerfenster aus kann Dr. Guilefoy den Patienten malen sehen; er malt mit der rasenden Hingabe eines Menschen, dem ein Engel die Ankündigung des Untergangs überbracht hat. Dr. Guilefoy schüttelt den Kopf und wendet sich seiner Fallstudie zu.

Die Dementia des Patienten nimmt die Form verzehrender Halluzinationen an, die er so beschreibt, als sei er innerlich ein Farbkaleidoskop: Je akuter seine geistige und emotionale Qual, desto intensiver die Halluzinationen, bis er das Gefühl hat – Zitat: »Ich existiere nicht mehr, ich male einen Traum, es gibt nur noch Farben, sämtliche Farben des Schmerzes.«

Dennoch besteht der Patient auf der Behauptung, daß seine zutiefst verwirrenden Halluzinationen kein Symptom des Wahnsinns sind, sondern Segnungen, Geschenke eines sogenannten ›Königs der Schmerzen‹. Ich vermag die Stellung dieser promethischen Gestalt im Sonnen-Pantheon des Patienten zwar nicht zu definieren, aber dennoch sind die Details, mit denen er die phantastische (und ich muß gestehen: grauenhafte) Welt der Zukunft beschreibt, in der diese eingebildete Kreatur der Furcht lebt, auf seltsame Weise passend und folgerichtig. Die Geschichte des Patienten enthält Aspekte, die ich einfach nicht zweifelhaft erscheinen lassen kann, und sein Glaube an den ›König der Schmerzen‹ ist so unerschütterlich, daß er kürzlich, als ich seine Existenz bezweifelte, eine große Farbenmenge verschluckte, um zu beweisen, daß er weder körperlichen Schmerz noch Qual verspürt. Ich rechne diesen unglücklichen Unfall zu den übrigen periodischen Anfällen von Geisteskrankheit, die ihn in dreimonatlichen Intervallen überkommen, wenn er helle, blendende Farben halluziniert. Wenn er, wie er behauptet, hellseherische Visionen des Königs der Schmerzen hat (er behauptet sogar, ein unvollendetes Porträt des Königs läge unter seinem Bett), wird es nötig, ihn zu bändigen und ihn in sein Zimmer einzuschließen, bis die Episode vorbei ist.

Armer, verrückter Vincent! Der künstlerische Genius dieses Mannes steht außer Frage, doch er ist verdreht und fehlgeleitet von seinem Wahnsinn, der sich im strudelnden Chaos seiner Gemälde äußert. Ich bin in regelmäßigem Kontakt mit dem Bruder des Patienten, der vorschlägt, Vincent solle in ein Heim verbracht werden, das näher bei Paris liegt, wo man sich leichter um ihn kümmern kann. Solch brüderliche Hingabe ist herzerwärmend, denn Vincent ist, wie ich befürchte, tatsächlich ziemlich verrückt. Ich werde nicht so schnell vergessen, wie er schreiend ausrief, als wir ihn während seines letzten Anfalls bändigten: »Begreift ihr denn nicht? Begreift ihr denn nicht? Begreift ihr denn nicht, womit er meinen Schmerz verbunden hat?«

Dr. Guilefoy schreibt gestochen scharf, wie ein Kupferstecher. Im Anstaltsgarten unter ihm malt Vincent, malt malt malt, brennend in einem Feuer unbekannter Herkunft.

Im Frühjahr verläßt Vincent die Anstalt, um einen Sämann zu malen. Dann ist es Herbst, und erneut verläßt er die Anstalt, diesmal, um nach einem Schnitter zu suchen. Doch es ist der Schnitter, der nach ihm sucht. Der Schnitter erwartet Vincent vor den Mauern der Anstalt, er wartet mit staubbedeckten Füßen, doch seine Verkleidung kann das Entzücken in seinem Blick nicht verdecken.

Vincent weiß, wer er ist.

»Du willst mich immer noch nicht in Ruhe lassen – nach all dieser Zeit?«

»Das Porträt unter deinem Bett ist immer noch unvollendet, Vincent. Für mich verläuft die Zeit anders als für dich. Sie verläuft asymmetrisch, Vincent.«

»Aber du bist hier nicht zu Hause. Wie kannst du hier sein?«

»Eine nochmalige Verfeinerung meiner Kräfte, Vincent. Ich habe gelernt, mich durch die Vergangenheit in dein objektives Universum zu projizieren, so wie du durch die Zukunft in mein subjektives Universum projiziert worden bist. Ich bin vielleicht nur ein Strudel aus Lebenspartikeln, doch das bist du schließlich auch, und wir sind beide solide genug, um diesen Herbsttag und seine Schönheit zu genießen. Es ist gut, frei von diesem Ort zu sein, Vincent. Sollen wir nicht ein bißchen spazierengehen?«

Der König und der Maler gehen nebeneinander durch den roten Staub der Provence. Während sie spazierengehen, reden sie über viele Dinge, beziehungsweise ist es so, daß der König spricht, denn Maler sollten sich nicht in müßigem Getratsche mit Königen engagieren, nicht einmal mit einem König des Wahnsinns. König und Maler gehen zusammen, und während sie dies tun, hat Vincent den Eindruck, als würde die Welt mit jedem Schritt, den er macht, zunehmend unvertrauter, weniger erkenntlich als die Landschaft der Provence.

Zu beiden Seiten der staubigen Straße liegen Landschaften des Wahnsinns. Geschlachtete Pferde, brennende Windmühlen; verdrehte Haufen gefolterten Eisens und zersplitterten Glases; ein behelmter Mann, der in einem mit Wasser gefüllten Loch eine Mohnblume umklammert; schwellbäuchige Skelettkinder, wobei es noch grausiger ist, daß sie leben, statt den Tod zu empfangen; eine endlose Reihe von Menschen in grauen Mützen, die einem endlosen Horizont zustreben; weiche, bleiche Hügel großäugiger, sich stapelnder Leichen, zerrissen von eisenmähenden Maschinen, die langsam und schweigend in die Mäuler von Feueröfen geworfen werden; eine weiße Ziegelmauer, versehen mit der Silhouette eines Mannes, eines Kindes und eines springenden Hundes, aufgemalt in gelber Farbe; und zwei Sonnen, die im Westen untergehen. Kinder, getroffen von zehntausendmal zehntausend Nadeln; Mühlen und Maschinen, und eine Million dunkelrauchender Schornsteine…

»Halt!« schreit Vincent. »Halt halt halt!«

Und der König der Schmerzen bleibt stehen, dreht sich um und sieht ihn an.

»Was ist das für ein Ort? Warum hast du mich hierhergebracht? Warum? Weswegen?«

»Dies ist die Straße der Jahre«, sagt der König der Schmerzen. »Der Pfad führt durch die Zeit, bis an den Rand des Meeres der Ewigkeit. Dies ist die Zukunft, Vincent; die Zukunft, die du zu formen hilfst; die Zukunft, die mich hervorgebracht hat. Sieh sie dir nur gut an!«

Da wird Vincent klar, daß er eine Million Kilometer voraus und zurück sehen kann, und eine Million Kilometer nach rechts und nach links. Doch wo er auch hinsieht, über die endlose, weite Flur, erblickt er Schmerz und Leid und Kummer und Agonie und Qual, Verzweiflung und Zerstörung und Tod, Haufen verrottender Eisschollen und Strömungen überall in der Zukunft.

»Abscheulich, Vincent? Eine Zukunft bedeutungslosen, nicht endenwollenden Leidens. Außer für den König der Schmerzen. Bald werden alle Menschen so sein wie du, und jeglicher Schmerz wird ausgemerzt sein. Sieh es dir noch einmal an, Vincent!«

Und als Vincent die Landschaften des Schmerzes überblickt, sieht er einen Regenbogenglanz auf den öligen Niederungen, Gezeitenflächen und versumpften Abflußlöchern. Eine glänzende, göttliche Aurora flackert über den Glaspfützen, messingnen Städten und zerborstenen Hügeln der Zukunft: Auf jeder Seite reiht sich der Schmerz der gesamten Menschheit auf, doch alles, was er sehen kann, sind die herrlich schönen Farben.

»Nimm es zurück«, ruft er aus. »Nimm es von mir! Ich möchte es nicht sehen, ich möchte diesen Schmerz nicht sehen, die ganze Qual, ohne daß man helfen kann, ohne daß man etwas weiß und nichts fühlt. Wenn man nur Farben sieht, ist es Wahnsinn.«

»Nein, Vincent…«

»Doch! Wahnsinn! Ich bin ein Irrer, der in ein Irrenhaus gesperrt wurde, weil er keinen Schmerz mehr spürt. Du hast mir das genommen, was mich menschlich macht, und deswegen will die Menschheit nichts von mir wissen, deshalb nennt sie mich verrückt und sperrt mich in ein Irrenhaus.«

»Nein, Vincent…«

»Doch! Wenn ich Schmerz nicht spüren kann, kann ich auch die Freude nicht spüren! Ich fühle überhaupt nichts! Ich bin nur eine Farbpalette ohne Gewicht und Substanz; ich male, was ich sehe, doch was ich sehe, sind Farben. Ich kann nicht mehr das malen, was ich fühle, weil ich kein Gefühl mehr habe! Der Schmerz ist ein schrecklich mahlendes Ding, doch aller Schmerzen enthoben zu sein, ist unvorstellbar schrecklich. Wenn das, was du mir gegeben hast, das ist, was du der gesamten Menschheit geben wirst, dann ist sie weit vom Paradies deiner Vorstellung entfernt. Es ist eine Hölle, aber du bleibst dennoch immer nur ein Mensch, Jean-Michel Rey. Du bist kein… Teufel.«

Auf dem Gesicht Jean-Michel Reys zeigte sich das Grauen. Er hat erwartet, daß Vincent ›Gott‹ sagt.

Dann verwischt sich die Landschaft um Vincent und flimmert, als sähe er sie durch tiefes Wasser in noch tieferen Tiefen. Die Zukunft verläuft wie verschmierte

Farbe, und Vincent findet sich am kalten, steinernen Ufer unter dem Kirschbaum wieder, im Herzen des Wahnsinns.

»Gib mir den Schmerz zurück«, sagt er demütig. »Du hättest ihn mir nicht nehmen dürfen. Gib ihn zurück, laß mich wieder menschlich sein!«

Der König der Schmerzen läßt eine einzelne, glänzende Träne fallen. Er langt in das Geäst seines Baumes hinauf, der sowohl Blüten als auch reife Früchte und sowohl grüne als auch braune Blätter trägt, und pflückt eine einzelne Kirsche.

»Hier ist er, Vincent; das ist alles, was ich dir genommen habe. Denn nach den Gesetzen der Hohen und Strahlenden geht nichts verloren, das je erschaffen wurde. Es wird nur für eine Weile beiseitegelegt, und dann wiedergefunden. Hier, in dieser Frucht, befinden sich aller Gram und alle Verzweiflung, ja, sogar der Wahnsinn, den ich von dir genommen habe. Nimm sie! Sie gehört dir.«

Der König der Schmerzen geht auf Vincent zu und zeigt ihm die Kirsche, die auf seiner Handfläche ruht. »Hab keine Angst, sie ist nicht so bitter, wie du vielleicht glaubst. Sie ist sogar ziemlich süß; so süß, daß keine andere Süße und kein Entzücken sich damit vergleichen läßt. In ihrer Süße liegen Leid, Gram und Wahnsinn. Mach weiter, Vincent! Du bist mutiger als ich. Du könntest ein Universum akzeptieren, das Schönheit und Schmerz zugleich aufweist. Ich könnte es nicht, und indem ich das eine ausgemerzt habe, habe ich auch das andere zerstört. Nimm sie, Vincent! Du hast ein Recht darauf.«

»Ich habe ein Recht darauf«, sagt Vincent. Er legt die Kirsche auf seine Zunge. Er beißt in ihr Fleisch. Und ein ekstatischer Sturm durchfegt ihn, ein Sturm, der sich in die Leere ergießt, wie ein Kind, das gerade geboren wird, sich in die Welt der Liebe und des

Lichts hineindrückt. Es ist, als flöge er mit der Schnelligkeit des Regenbogens über eine endlose Leinwand.

Und er ist erhöht. Erhöht an einen Ort, der höher ist als er selbst, und er hat einen Ausblick auf sämtliche Zeitalter der Menschheit und ihren eitlen König der Schmerzen. Ein paar flammende Momente lang geht er vor den Pavillons der Hohen und Strahlenden auf der Unendlichen Erhöhten Ebene einher. Er versteht sie nicht, Sie verhöhnt das menschliche Begriffsvermögen, und bei dem Versuch, den Ort dieser Mächtigen zu umrunden, tappt er am Rande des Wahnsinns entlang und stolpert mit einem Aufschrei auf den Abgrund zu.

Dann wirbeln die ihn umgebenden Luftwellen, und er kniet auf dem Abhang eines kalten Hügels und überschaut die rotgedeckten Dächer eines Dorfes. Er versteht alles. Das Gras unter seinen Knien ist feucht; es hat kürzlich geregnet, obwohl Vincent selbst ziemlich trocken ist. Er schaut auf und sieht die reine, karge Schönheit des Windes, der dem Regen folgt. Er sieht die Sonnenstrahlen, die durch die grauen Wolken brechen, um die braunen Hügel zu berühren und zu verwandeln. Vincent sieht sie sich an und erfährt den Schmerz. Freudentränen laufen über seine Wangen.

Im Frühjahr 1890 kommt Vincent mit einer Tasche voller Papiere nach Auvers-sur-Oise. Er hat einen seltsamen Ausdruck im Gesicht, der gleichermaßen Kummer und Freude ausdrückt, und sein Herz ist voll von schwerer, brütender Unausweichlichkeit, wie Sturmwolken, die sich über den Kornfeldern auftürmen. Er sieht hager und abgearbeitet aus. Seine Augen zeigen einen Anflug schmerzlichen Betrogenseins. Er sieht aus wie ein Mensch, der gerade erfahren hat, was es heißt, Mensch zu sein. Er sieht aus wie ein Mensch, der vor seinem Untergang steht.

»Verlassen Sie diesen Ort für eine Weile«, hat Dr. Guilefoy in St. Remy gesagt.

»Geh nach Norden, vielleicht nach Auvers-sur-Oise, es wird dir dort gefallen«, hat sein guter Freund Emile gesagt.

»Komm zu uns und bleib eine Weile bei uns«, hat sein Bruder Theo gesagt. »Besuch ein paar alte Freunde; entspann dich!«

Also ist Vincent in den Norden gegangen, nach Paris, wo Theo ihn mit großartigen Neuigkeiten begrüßt hat.

»Vincent, du hast ein Bild verkauft! Dein erstes! In Brüssel, deinen *Rotweinstock bei Montmajeur,* für vierhundert Francs! Vincent, das ist der Anfang! Das erste von vielen!«

Doch Theos hemdsärmelige Zuversicht hat Vincents Ring der Isolation nicht durchdringen können. Er hat gewußt, daß dies nicht der Anfang ist, sondern der sich leise ankündigende Beginn des Endes. Er hat den wahren Zustand der Welt gesehen, und er war schrecklich. Er ist der Verhältnisse auf dem Montmartre rasch müde geworden: Was haben sie getan in den zwei Jahren, in denen er nicht bei ihnen war? Sie haben in den gleichen Sesseln an den gleichen Tischen in den gleichen Lokalen gesessen und mit den gleichen gepuderten Huren herumgetollt und geflirtet. Ihr Geschwätz hat ihn gelangweilt. Sie wissen nichts. Je mehr die Dinge sich ändern, desto mehr bleiben sie die gleichen. Vincent ist glücklich gewesen, Toulouse-Lautrec, Aurier, Signac und Bernard – sogar den alten Camille Pizarro – wieder verlassen zu können. Er war froh, der Stadt den Rücken zu kehren.

Und jetzt belebt ihn die strenge Landschaft des Nordens. Die Berge sind so weit wie das Meer, die Felder gewaltig und mit fruchtbarer Potenz geladen, der Himmel ist hoch, nah, gegenwärtig. Es ist eine gesunde, starke Landschaft, in der ein Mensch möglicherweise seine wahren Dimensionen erkennen kann. Zum ersten Mal seit über einem Jahr wagt Vincent zu glauben, daß er vom Wahnsinn frei ist. Es ist, als würden grüne Heilströmungen über die Berge und Felder in ihn hineinfließen und ein Ganzes, etwas Gesundes, aus ihm machen.

Theo hat ihn der Obhut Dr. Gachets anempfohlen, eines liebenswürdigen Exzentrikers, der, wie Vincent bald erfährt, in ihm einen Verfechter seiner eigenen kleinen Verrücktheiten zu finden glaubt. Dr. Gachet führt Vincent in seine Leidenschaft des Radierens ein. Vincent hingegen malt Porträts des Arztes und seiner gesamten Familie. Dr. Gachet studiert sein Porträt. Er blickt lange auf die melancholische, müde Gestalt, die auf einem Tisch aufgestellt ist, eine Gestalt, deren Augen einen sehr, sehr müden Blick aufweisen.

»Vincent«, sagt er, »es ist wunderschön, es ist gewaltig, aber – trotz all meiner kleinen Verrücktheiten – stellt es nicht mich dar. Du bist es.«

Und dann wird sich Vincent wieder der Vögel bewußt, der schwarzen Vögel des Wahnsinns, die ganz Frankreich nach ihm abgesucht haben, die ihn jetzt umkreisen, hoch hoch hoch, zu hoch, daß man sie sehen könnte, doch nie so hoch, daß er nicht wüßte, daß sie da sind.

Im Juli besucht Theo seinen geliebten Bruder. Sie fahren in einem Boot über den Fluß, sie gehen spazieren, sie reden, sie essen und trinken, doch Vincent weiß, daß sein Bruder bekümmert ist.

»Vincent, ich weiß nicht, wie lange ich dich noch unterstützen kann. Meine finanziellen Mittel sind nicht unerschöpflich, und momentan geht es mir nicht sehr gut. Du weißt, wie knapp mein Gehalt bemessen ist, aber dennoch mißgönne ich dir nichts. Du weißt, daß ich dich immer geliebt und unterstützt habe, und ich werde dich auch weiterhin lieben. Ich hatte gehofft, dein erster Verkauf würde zu weiteren führen, daß du vielleicht finanziell unabhängig würdest, doch Vincent, es ist nicht so! Es ist nichts mehr verkauft worden. Wenn es doch nicht nur um das Geld ginge.«

»Ich verstehe dich, Theo.« Vincent streckt den Arm aus, um die Hand seines Bruders zu berühren. Er fröstelt. Theo bemerkt es. Er ist überrascht. Vincent entschuldigt sich: »Der Wind«, sagt er, doch es ist nicht der Wind vom fernen Ozean, der ihn hat frösteln lassen, sondern der Wind, der an der Küste des Meeres der Ewigkeit weht.

Über ihm ziehen die schwarzen Schmerzvögel immer engere Kreise, sie folgen seiner Spur.

Ein Abend mit Dr. Gachet in dem Café, in dem Vincent lebt, bringt gewiß äußerst seltsame Gesprächsthemen hervor. Die Theorie und der Zweck der Kunst, potentielle Pantheons neuer Götter für ein neues Jahrhundert, die Unentrinnbarkeit des Schmerzes und Leidens als menschliches Schicksal, die Unausweichlichkeit des Todes: Solche Gespräche und viel Absinth bringen Vincent dazu, sich halluzinatorischer Audienzen beim König der Schmerzen zu erinnern.

Dr. Gachet hört zu, verwundert, skeptisch, erschreckt, nachdenklich. Als Vincent fertig ist, sagt er: »Ein schöpferischer Gedanke; was würde man tun, wenn einem die Macht und die Verpflichtung über den gesamten Schmerz der Menschheit gegeben würde. In einem bin ich mir sicher: Der Mann, den Sie beschreiben, ist nicht geeignet, Gott zu werden. Weil er nicht leiden kann. Und weil er nie gelitten hat, weiß er nichts über den Schmerz, den er beherrscht. Kein Gott darf so tun, als könne er die Menschheit beurteilen, wenn er nicht ebensoviel gelitten hat wie sie, aber dieser Jean-Michel Rey soll Gewissen, Richter, Henker und Gott sein? Er ist nicht dazu geeignet. Sagen Sie ihm das, wenn Sie ihn noch einmal treffen! Sagen Sie ihm, daß ich hundert bessere Könige der Schmerzen wüßte!«

»Vielleicht Sie selbst? Der gütige Dr. Gachet?«

»Gott behüte. Ich würde es nicht wagen. Diese Macht wäre zu verführerisch, als daß ich sie in meinen exzentrischen Händen halten könnte. Nein, der König der Schmerzen muß jemand sein, der Freude und Schmerz, Tränen und Gelächter, Erfolg und Mißerfolg, Gesundheit und Wahnsinn kennt. Wer weiß schon, was es wirklich bedeutet, menschlich zu sein. Wer weiß, welch schreckliches und wundersames Ding dabei herauskäme. Ein Mann wie Sie, Vincent.«

Als er in den frühen Morgenstunden zum Haus Dr. Gachets zurückkehrt, hat Vincent das Empfinden, als wären die Straßen von Auvers dicht über seinem Kopf mit dem raschelnden, schlagenden Geräusch flatternder Schwingen erfüllt, die sich nicht zeigen und die man nicht sehen kann. In seinem Geist hat sich seit Tagen ein Bild festgesetzt, ein unaufgelöstes, undeutliches Bild; das Bild einer gewaltigen Finsternis, das sich über eine große, flache, gelbe Ebene hinabsenkt. Sonnenmetaphern rumpeln durch seinen Geist, doch das Bild läßt sich nicht packen. Wie ein Schmetterling flattert es durch seine Träume. Er geht jeden Tag hinaus, um das Bild zu verfolgen. Seine Unfähigkeit, es festzunageln, es in die gesunde, lebensfrohe Landschaft von Auvers zu integrieren, treibt ihn zuerst in die Irritation und dann in die Ablenkung. Das Bild verlangt eine geteilte gelbe Oberfläche und eine gewaltige Dunkelheit, die in kleine Stücke zerbricht und auf die weite Flur hinabschneit.

Die Vögel sind wie ein Bestandteil der Finsternis. Sie füllen den Himmel mit ihren heiseren Schreien: große, schwarze Vögel, Raben. Sie verängstigen Vincent allmählich. Er kauft sich ein Gewehr, um sie abzuschießen, wenn sie wieder anfangen, ihn zu ängstigen. Er sagt Dr. Gachet nichts von der Waffe. Die Frustration läßt ihn kilometerweit über die Landstraßen laufen. Dann, an einem gewitterschwülen Julinachmittag, biegt er um eine Ecke, und dort treffen sich der Mensch und das Bild.

Vor ihm liegt ein Kornfeld in hellgelber Reife, es ist goldgelb, sonnengelb, und wird zerteilt von einer roten Erdspur. Über dem Feld dräuen brodelnde schwarze Gewitterwolken, sie sind bedrohlich nah, doch merkwürdig unentschlossen.

»Dies ist der Ort«, erklärt Vincent. Er stellt seinen Stuhl und seine Staffelei auf. Er bereitet Leinwand und Palette vor. Während er dies tut, versammeln sich die Raben, die von jenseits des Weltenrandes kommen. Vincent malt. Er malt den blauschwarzen Himmel. Er malt das gelbe Korn und den roten Weg. Doch er kann die Vögel nicht aus seinem Gemälde heraushalten. Sie flattern heran wie abgestorbene Blätter, wie bibelschwarze Priester.

»Haut ab, verschwindet, laßt mich in Ruhe, ihr Aasfresser!« schreit er, schwenkt die Arme und scheucht die heiser schreienden Vögel auf. Doch vertreiben kann er sie nicht. Sie haben sich auf seine Hände gehockt, und aus seinen Händen sind Raben geworden, so daß er nicht anders kann, als sie in seinem Gemälde unterzubringen: Kornfelder und Raben.

»Helft mir!« ruft er, als er sieht, wie der Wahnsinn sich seiner Verkleidung entledigt und seine wahre Gestalt annimmt. »Helft mir!« Doch er ist allein auf weiter Flur.

Dann sieht er eine Gestalt, die über das Feld auf ihn zukommt, ein winziger Punkt, ein Mensch, der alle versammelten Vögel anzieht, so daß sie einen gewaltigen Strudel aus dunklen Flecken bilden und in den stürmischen Himmel hinaufsteigen. Noch bevor er so nahe herangekommen ist, daß man seine Züge erkennen kann, weiß Vincent, daß es der König der Schmerzen ist. Das ist der Vogel, für den er das Schießeisen hat. Vincent spannt den Hahn und legt die Waffe an einen Ort, den man nicht einsehen kann. Der König der Schmerzen kommt näher.

»Hast du deine Kraft noch weiter verfeinert?« fragt Vincent furchtsam, doch gelassen. »Die Vögel... sie sind überzeugend, aber melodramatisch. Was hast du mit mir vor?«

»Die Zeit zum Sterben eines jeden ist Sache des Königs der Schmerzen.« Der König hockt sich auf den Boden und zermalmt das Korn unter seinen Füßen.

»Die Zeit zum Sterben?«

»Deines Sterbens, Vincent. Ich habe dein Leben von Anfang bis zum Ende in den Erinnerungen der Maschinen gesehen, und dies ist der Ort, an dem ich es enden sehe. Mein Hiersein kann es nicht ändern; was geschrieben steht, steht geschrieben, also bin ich gekommen, um dir mein innigstes Lebewohl zu sagen.«

»Aber was ist mit dem Ruhm, he? Dem Ruhm, dem Vermögen, den Gemälden, die so lange leben werden, wie es Schönheit in der Welt gibt? Den Versprechungen?«

»Posthum, Vincent. Nach deinem Tod.«

Im Kornfeld unter dem Rand des Sturmes bricht Schweigen aus. Dann sagt Vincent sehr, sehr langsam, mit voller Absicht und äußerst demütig: »Kannst du dir vorstellen, wie sehr ich dich verabscheue? Deine Selbstgefälligkeit, deine Arroganz, deine Gefühllosigkeit, deine verräterische Selbstgerechtigkeit. Ich kann nicht einmal anfangen zu beschreiben, welchen Ekel ich angesichts dessen verspüre, was du mit deinem Volk tun willst, ganz zu schweigen von meiner Entrüstung über die Spiele, die du mit mir gespielt hast.

Und jetzt kommst du und sagst mir, daß ich sterben muß, hier und jetzt, weil du es so gesehen hast. Ich nehme an, daß Dinge wie das Sterben für Wesen wie dich nicht viel bedeuten. Ich nehme an, für dich ist es nur eine Art kosmischer Witz.«

»Vincent, ich habe dich nie belogen. Es kümmert mich, Vincent; es kümmert mich wirklich.«

»Oh, nein nein nein, es kümmert dich nicht. Du bist nicht dazu geeignet, Gott zu sein. Ich könnte dir die Krone entreißen, wenn ich wollte, weil du Macht ohne Verpflichtung hast und Wissen ohne Weisheit, und Nächstenliebe ohne Mitgefühl. Du bist nicht dazu geeignet, Richter, Geschworene und Henker zu sein; du weißt nichts, *nichts* von den Schmerzen, die du regulierst. Du bist ein Feigling, Jean-Michel Rey, du rechnest nicht damit, daß dein Volk dich haßt, weil du tun würdest, was die Weisheit verlangt; deswegen zwingst du es, dich zu lieben. Du bist ein aufgeblasener, käuflicher Narr.«

»Bist du fertig?« sagt der König der Schmerzen defensiv, stolz und gereizt. »Bist du jetzt fertig? Selbst wenn du es nicht bist, es ist mir gleich. Sag, was du möchtest, es kümmert mich nicht. Es kümmert die Welt nicht, denn dies ist die Zeit zum Sterben, hier auf diesem Feld, und was geschrieben steht, steht geschrieben. Ich bin der König der Schmerzen, und wer könnte mich entthronen?«

»Ich«, sagt Vincent, der eigensinnige Holländer. »Ich, ein Mensch, der die Wahrheit von Schmerz und Schönheit kennt, der weder schwach noch stolz ist, ein Mensch, der die Weisheit der Hohen und Strahlenden berührt hat und gering genug ist, sie anzuerkennen; ein mitfühlender, lebender, atmender, Schmerz fühlender Mensch. Ich. Du sagst, dies sei die Zeit zum Sterben, du sagst, es müsse einen König der Schmerzen geben: Einer muß sterben, einer muß König sein. Was geschrieben steht, sagst du, steht geschrieben. Aber du sagst nicht, in wessen Hand es geschrieben steht.«

Vincent zieht seine langläufige Vogelflinte aus dem Versteck, und mit einer raschen, eleganten, ja kunstvollen Bewegung schießt er dem König der Schmerzen durch die Brust.

Der König der Schmerzen stößt ein leises Husten aus, dann einen leisen Seufzer. Dann zeigt sich der Blick schrecklicher Erkenntnis auf seinem Gesicht: der glasige, uralte Blick desjenigen, der Schmerzen empfindet. Vincent krümmt sich und läßt die rauchende Waffe zu Boden fallen. Über den beiden Männern ist das Sturmgeräusch schlagender Schwingen zu hören, als die Vögel herabstoßen, ziellos umherirren und dann in hellen Scharen herbeiströmen.

»Was geschrieben steht, steht geschrieben«, sagt Vincent. Und dann geschieht das Allerseltsamste. Das Gesicht des tödlich verwundeten Königs der Schmerzen, sein Leib, seine Hände, seine Kleider; alles verändert sich, alles schmilzt, alles rinnt und fließt in die Konturen, die Vincent seit der allerersten Nacht, seit der König der Schmerzen in seine Träume eingetreten ist, zu erblicken fürchtet. Seine eigenen. Denn nichts geht verloren, doch manches wird erreicht, und Dinge, die weg sind, werden nur für eine Weile beiseitegelegt. So lautet das Gesetz der Hohen und Strahlenden. Es gibt ein Gleichgewicht. Was geschrieben steht, mag zwar geschrieben stehen, doch wie ein Sonett oder ein Gemälde, wird alles vielleicht nur innerhalb eines Rahmens erschaffen.

Zeitaufwärts registrieren die Maschinen, durch die der König der Schmerzen die Welt regiert, die tödliche Verletzung des Mannes mit Vincent van Goghs Gesicht. Das Gleichgewicht ist gewahrt. Alles ist so geschehen, wie es geschehen sollte. In drei Tagen wird der Mann mit Vincent van Goghs Gesicht an einer

Schußverletzung in der Brust in seinem Schlafzimmer über dem Café sterben. Die letzten Worte, die er seinem todgeweihten Bruder zuflüstert, werden lauten: »Das Elend wird niemals enden.« Dann wird sein Leib begraben werden. Und die Legenden werden sich um ihn ranken.

Anderswo lacht der König der Schmerzen. Er steht vor einer neuen Aufgabe. Ihre Größenordnung ist beängstigend, doch er ist zuversichtlich und enthusiastisch, ein starrsinniger, verstockter Holländer. Er will einige Änderungen vornehmen. Die Welt, so glaubt er, wird bald von ihm hören.

(Der Autor bedankt sich bei Patricia Houston für ihre Unterstützung bei der Ausarbeitung der historischen Hintergründe dieser Erzählung.)

Lucius Shepard

DER PFAD DES JAGUARS

Wegen der Schulden, die seine Frau bei Onofrio Esteves, dem Elektrohändler, gemacht hatte, sah sich Esteban Caax zum ersten Mal seit knapp einem Jahr wieder gezwungen, in die Stadt zu gehen. Dabei war er ein Mann, der die Annehmlichkeiten des Landlebens über alles schätzte. Der beschauliche Tageslauf des Bauern gab ihm Kraft und er empfand es als seine größte Freude, abends mit Freunden um ein Feuer zu sitzen und fröhlich zu plaudern oder nachts mit seiner Frau Incarnación zu schlafen. Puerto Morada dagegen, wo die Fruit Company das Sagen hatte, wo die Köter herumkläfften und aus den Cantinas amerikanische Musik plärrte, war ein Ort, den er wie die Pest mied. Und tatsächlich wirkten von seiner Hütte am Berg, dessen Hänge Bahía Onda nach Norden hin abschlossen, die verrosteten Blechdächer am Rande der Bucht wie die getrocknete Blutkruste, die man manchmal auf den Lippen eines Sterbenden sah.

An diesem besonderen Vormittag blieb ihm allerdings nichts anderes übrig, als in die Stadt zu gehen. Incarnación hatte ohne sein Wissen und auf Kredit bei Onofrio einen batteriebetriebenen Fernseher erstanden, und nun drohte der Händler damit, Estebans drei Milchkühe zu holen, falls er die achthundert Lempiras, die sie ihm schuldete, nicht bezahlte. Er weigerte sich, den Fernseher zurückzunehmen, hatte Esteban jedoch ausrichten lassen, daß er gewillt sei, über eine andere Form der Bezahlung mit ihm zu reden. Wenn Esteban die Kühe verlor, sank sein Einkommen unter das Existenzminimum, und dann war er wohl gezwungen, wieder seiner früheren Arbeit nachzugehen, die weit mehr Mühe machte als das Bauernleben.

Als er über den gewundenen Pfad zu Tal stieg, vorbei an Hütten aus Stroh und Knüppelholz, die genauso aussahen wie seine eigene, durch dürres, bräunliches, von Bananenstauden überragtes Gestrüpp, da dachte er nicht an Onofrio, sondern an Incarnación. Der Leichtsinn war in ihr angelegt, und das hatte er gewußt, als er sie heiratete; aber die Sache mit dem Fernseher war typisch für die Entfremdung, die eine immer tiefere Kluft zwischen ihnen schuf, seit die Kinder erwachsen waren. Es hatte damit angefangen, daß sie plötzlich vornehm tat und sich über Estebans bäuerliche Manieren lustig machte; inzwischen war sie die Anführerin einer Gruppe älterer Weiber, meist Witwen, die alle diesen Drang zum Höheren zeigten. Jeden Abend hockten sie um den Fernseher und versuchten sich gegenseitig mit scharfsinnigen Bemerkungen zu den amerikanischen Krimis zu übertrumpfen, die sie anschauten; und jeden Abend saß Esteban vor der Hütte und überlegte düster, was aus seiner Ehe geworden war. Er glaubte, daß Incarnacións Umgang mit den Witwen ein Fingerzeig für ihn sein sollte, ein Hinweis, daß sie es kaum noch erwarten konnte, den schwarzen Rock und den schwarzen Spitzenschal zu tragen, daß er ihr nun – da er seinen Zweck als Vater erfüllt hatte – im Wege stand. Obwohl sie erst einundvierzig war, drei Jahre jünger als Esteban, zog sie sich immer mehr von den Freuden der Sinne zurück. Sie schliefen nur noch selten miteinander. Sicher wollte sie damit auch ihren Ärger zum Ausdruck bringen, weil die Jahre es gut mit ihm gemeint hatten. Er sah aus wie einer der alten Patuca:

hochgewachsen, mit scharfgemeißelten Zügen und weit auseinanderstehenden Augen. Seine Kupferhaut war praktisch noch ohne Falten und sein Haar kohlschwarz. Bei Incarnación dagegen zeigten sich bereits graue Strähnen, und die klaren Linien ihres Körpers hatten sich unter Fettschichten aufgelöst. Er hatte nicht damit gerechnet, daß sie schön bleiben würde, und er hatte ihr klarzumachen versucht daß er die Frau liebte, die sie war, und nicht nur das junge Mädchen, das sie gewesen war. Aber diese Frau in ihr erlosch allmählich, angesteckt von der gleichen Krankheit, die Puerto Morada befallen hatte, und vielleicht erlosch auch seine Liebe zu ihr.

Die staubige Gasse, in der sich der Elektroladen befand, verlief hinter dem Kino und dem Hotel Circo del Mar, und landeinwärts konnte Esteban die Glockentürme von Santa María del Onda über dem Hoteldach aufsteigen sehen wie die Hörner einer großen steinernen Schnecke. Als junger Mann hatte er dem Wunsch seiner Mutter nachgegeben, die ihn unbedingt als Priester sehen wollte. Drei Jahre hatte er im Kloster unter diesen Türmen verbracht und sich, angeleitet von Pater Gonsalvo, auf das Seminar vorbereitet. Es war der Teil seines Lebens, den er am meisten bereute, denn das akademische Wissen, das er sich angeeignet hatte, schien ihn zwischen zwei Welten zu werfen – er gehörte weder zu den Indianern noch zur modernen Gesellschaft der Weißen. In seinem Herzen hielt er an den väterlichen Lehren fest – den Grundsätzen der Magie, der Stammesgeschichte, an den Natursagen – und doch wurde er nie das Gefühl los, daß diese Weisheiten entweder abergläubisch oder schlicht unwichtig waren. Die Schatten der Türme lasteten auf seiner Seele wie auf dem gepflasterten Platz vor der Kirche, und ihr Anblick ließ ihn die Schritte beschleunigen und die Augen senken.

Weiter unten an der Straße stand die Cantina Atomica, ein Treffpunkt für die verwöhnten jungen Leute des Ortes, und gegenüber befand sich der Elektroladen, ein einstöckiges Haus in gelbem Stuck, mit Metallgittertüren, die nachts heruntergezogen wurden. Ein Wandgemälde, das vermutlich die Waren im Innern darstellen sollte, schmückte seine Fassade: blitzende Kühlschränke, Fernsehgeräte und Waschmaschinen, alle riesengroß im Vergleich zu den winzigen Männern und Frauen, die darunterstanden und ehrfürchtig die Hände in die Höhe reckten. Das eigentliche Warenangebot war längst nicht so imposant. Es bestand in der Hauptsache aus Radios und gebrauchten Küchenmaschinen. Wenige Leute in Puerto Morada konnten sich mehr leisten, und diese wenigen kauften in der Regel anderswo ein. Onofrios Kundschaft war zumeist arm und hatte Mühe, die hohen Raten zu bezahlen. So gründete sich sein Wohlstand vor allem darauf, daß er den säumigen Zahlern die Geräte wieder abnahm und ein weiteres Mal verkaufte.

Raimundo Esteves, ein bleicher Jüngling mit feisten Backen, schweren Lidern und einem verdrießlichen Mund, lehnte an der Theke, als Esteban den Laden betrat. Raimundo grinste und stieß einen durchdringenden Pfiff aus. Ein paar Sekunden später tauchte sein Vater aus dem Hinterzimmer auf: ein klobiger Mann, der noch bleicher aussah als Raimundo. Schüttere graue Strähnen klebten auf dem fleckigen Schädel, und über seinem mächtigen Bauch spannte sich eine gestärkte *guayabera*. Strahlend streckte er die Hand aus.

»Wie schön, daß du kommst!« sagte er. »Raimundo! Bring uns Kaffee und zwei Stühle!«

So sehr Esteban Onofrio verabscheute, er konnte es sich nicht leisten, ihn unhöflich zu behandeln. Deshalb nahm er die dargebotene Hand. Raimundo verschüttete Kaffee in die Untertassen, knallte die Stühle auf den Boden und machte ein finsteres Gesicht. Er fand es unter seiner Würde, einen Indianer zu bedienen.

»Weshalb läßt du mich den Fernseher nicht zurückgeben?« fragte Esteban, nachdem er Platz genommen hatte. Und er konnte sich den Zusatz nicht verkneifen: »Oder hast du es aufgegeben, mein Volk zu betrügen?«

Onofrio seufzte, als fände er es ermüdend, einem Schwachkopf wie Esteban diese Dinge zu erklären. »Ich betrüge dein Volk nicht. Ich gehe sogar über die Vertragsklauseln hinaus, wenn ich ihnen erlaube, die Waren zurückzubringen, anstatt gleich Klage bei Gericht zu erheben. In deinem Fall habe ich mir sogar überlegt, wie du den Fernseher behalten könntest, ohne die Raten fertig zu bezahlen. Das nennst du Betrug?«

Es war sinnlos, mit einem Mann zu diskutieren, dessen Logik so einfach und zweckdienlich wie die von Onofrio war. »Sag, was du von mir willst!« meinte Esteban.

Onofrio befeuchtete seine Lippen, die wie rohes Mett aussahen. »Ich möchte, daß du den Jaguar von Barrio Carolina erlegst.«

»Ich jage nicht mehr«, entgegnete Esteban.

»Der Indianer hat Angst. « Raimundo war dicht hinter Onofrio getreten. »Ich wußte es doch.«

Onofrio scheuchte ihn weg und sagte zu Esteban: »Nun betrachte die Sache mal vernünftig! Wenn ich dir die Kühe wegnehme, bleibt dir gar nichts anderes übrig, als wieder auf Jaguarjagd zu gehen. Willigst du aber in meinen Plan ein, dann mußt du nur einen einzigen Jaguar töten.«

»Einen, der bis jetzt acht Jäger umgebracht hat.« Esteban setzte seine Tasse ab und erhob sich. »Es ist kein gewöhnlicher Jaguar.«

Raimundo lachte abfällig, und Esteban erdolchte ihn mit seinen Blicken.

»Sicher.« Onofrio setzte ein schmeichlerisches Lächeln auf. »Aber keiner der acht wandte deine Methode an.«

»Verzeihung, Don Onofrio«, entgegnete Esteban mit spöttischer Förmlichkeit. »Aber ich habe noch andere Dinge zu erledigen.«

»Ich erlasse dir die Schuld und zahle dir obendrein fünfhundert Lempiras«, sagte Onofrio.

»Warum?« wollte Esteban wissen. »Du nimmst es mir hoffentlich nicht übel, wenn ich an deiner wohltätigen Gesinnung zweifle?«

Eine Ader an Onofrios fettem Hals pochte, und sein Gesicht lief dunkel an.

»Aber egal«, fuhr Esteban fort. »Es ist zu wenig.«

»Also dann – tausend.« Onofrios gleichgültige Miene konnte über den Eifer in seiner Stimme nicht hinwegtäuschen.

Erstaunt und gespannt darauf, wie weit Onofrio in seiner Gier gehen würde, griff sich Esteban die nächstbeste Zahl aus der Luft. »Zehntausend«, sagte er. »Und im voraus.«

»Lächerlich! Dafür könnte ich zehn Jäger anheuern. Zwanzig!«

Esteban zuckte die Achseln. »Aber keinen mit meiner Methode.«

Einen Moment lang saß Onofrio da und rang die gefalteten Hände, als kämpfte er gegen eine fromme Anwandlung. »Also gut«, preßte er schließlich hervor. »Zehntausend.«

Plötzlich dämmerte Esteban, weshalb Onofrio so sehr an dem Jaguar von Barrio Carolina gelegen war, und er begriff, daß sein Lohn im Vergleich zu dem Gewinn, der dabei herausschaute, armselig gering erschien. Aber er war besessen von dem Gedanken, was zehntausend Lempiras für ihn bedeuteten: eine Herde Kühe, einen Kleinlaster, mit dem er seine Waren auf den Markt fahren konnte, oder – und diese Aussicht war das Verlockendste von allem – das kleine Stuckhaus im Barrio Clárin, in das sich Incarnación verliebt hatte. Vielleicht würde dieser Besitz sie wieder zugänglicher machen. Er bemerkte, daß Raimundo ihn mit einem wissenden Grinsen anstarrte; und selbst Onofrio, der immer noch wütend über die hohe Lohnforderung war, strahlte eine gewisse Zufriedenheit aus. Er rückte die *guayabera* zurecht und klatschte das ohnehin glatte Haar noch glatter an den Kopf. Esteban fühlte sich erniedrigt, weil sie ihn kaufen konnten, und um zumindest einen Rest von Würde zu wahren, wandte er sich ab und ging zur Tür.

»Ich werde darüber nachdenken«, meinte er lässig über die Schulter. »Und ich gebe euch morgen Bescheid.«

›Mordkommando in New York‹ mit einem glatzköpfigen amerikanischen Schauspieler in der Hauptrolle war an diesem Abend die Attraktion des Fernsehprogramms, und die Witwen saßen mit überkreuzten Beinen auf dem Fußboden und füllten die Hütte so vollständig aus, daß Incarnación das Holzkohle-Öfchen und die Hängematte nach draußen geschafft hatte, damit auch die Zuspätgekommenen noch etwas sahen. Als Esteban in der Tür stand, hatte er das Gefühl, daß ein Schwarm großer schwarzer Vögel sein Heim überfallen hatte, die nun mit umhüllten Köpfen dahockten und finstere Befehle aus dem Innern eines grauflackernden Edelsteins empfingen. Zögernd ging er durch die Schar und bahnte sich einen Weg zu den Regalen, die hinter dem Fernsehgerät an der Wand befestigt waren. Er griff ins oberste Fach und holte ein langes, in ölbefleckte Zeitungen gewickeltes Paket herunter. Aus dem Augenwinkel sah er, daß Incarnación ihn beobachtete, mit schmalen, zu einem Lächeln verzogenen Lippen, und dieses Zerrbild eines Lächelns brannte sich wie ein Mal in Estebans Herz ein. Sie wußte, was er vorhatte, und sie freute sich darüber! Nicht die Spur von Besorgnis! Vielleicht hatte sie von Onofrios Plan, den Jaguar zu töten, gewußt, vielleicht hatte sie sogar mit Onofrio zusammengearbeitet, um ihn in die Falle zu locken. Er rauschte so wütend an den Witwen vorbei, daß sie zu tuscheln anfingen, wanderte hinaus in seine Bananenpflanzung und setzte sich dort auf einen Stein. Die Nacht war wolkenverhangen, und nur eine Handvoll Sterne zeigten sich zwischen den dunklen Blattfetzen, die im Winde raschelten. Er hörte eine seiner Kühe muhen und sog den kräftigen Stallgeruch ein. Ihm war, als sei die feste Grundlage seines Lebens auf diese Einzeleindrücke geschrumpft, und er spürte große Bitterkeit bei dem Gedanken an seine Isolation. Sicher hatte er in seiner Ehe so manches falsch gemacht, aber er konnte sich einfach nicht erklären, womit er Incarnacións haßerfülltes Lächeln verdient hatte.

Nach einer Weile löste er die Zeitungen von dem Bündel und holte eine dünngeschliffene Machete hervor, von der gleichen Art, wie er sie zum Kappen der Bananenstauden benutzte. Aber diese hier diente ihm als Waffe gegen den Jaguar. Als er sie in der Hand hielt, überkam ihn neues Selbstvertrauen und ein Gefühl der Stärke. Es war vier Jahre her, seit er zum letzten Male gejagt hatte, aber er wußte, daß er nichts von seiner Geschicklichkeit verloren hatte. Früher hatte man ihn als den größten Jäger der Provinz Nueva Esperanza bezeichnet, wie seinen Vater vor ihm, und er hatte die Jagd nicht aufgegeben, weil er zu alt oder zu schwach wurde, sondern weil die Jaguare schön waren und weil ihre Schönheit mit der Zeit mehr Gewicht bekam als die Gründe, die er für seine Jagd anführen konnte. So gab es für ihn auch keinen besseren Grund, den Jaguar von Barrio Carolina zu töten. Er bedrohte nur jene, die ihm nachstellten, die in sein Revier einzudringen versuchten, und sein Tod nützte niemandem außer einem ehrlosen Krämer und einem zänkischen Weib; er würde im Gegenteil die Pest von Puerto Morada weiter ausbreiten. Außerdem war es ein schwarzer Jaguar.

»Schwarze Jaguare«, hatte sein Vater ihm erklärt, »sind Geschöpfe des Mondes. Sie besitzen andere Formen und magische Zwecke, die wir nicht stören dürfen. Jage niemals einen schwarzen Jaguar!«

Sein Vater hatte nicht gesagt, daß die schwarzen Jaguare auf dem Mond lebten, sondern nur, daß sie seine Kraft nutzten; aber als Kind hatte Esteban von einem Mond mit Elfenbeinwäldern und Silberwiesen geträumt, durch die sich die Jaguare schlängelten wie schwarzes Wasser; und als er seinem Vater von den Träumen erzählte, hatte der gemeint, daß solche Träume das Abbild einer Wahrheit seien und daß er früher oder später erkennen würde, welche Wahrheit ihnen zugrunde lag. Esteban hatte nie aufgehört an diese Träume zu glauben, auch nicht als er in den Wissenschaftsprogrammen von Incarnacións Fernsehgerät die Aufnahmen der felsigen, luftleeren Landschaften sah: Jener Mond, seiner Geheimnisse beraubt, war nur ein weniger aufschlußreicher Traum, in dem Tatsachen festgestellt und die Realität auf das reine Wissen reduziert wurden.

Aber während er das dachte, erkannte Esteban plötzlich, daß er mit dem Erlegen des Jaguars alle seine Probleme lösen könnte: Wenn er sich von den Lehren seines Vaters losmachte, wenn er seine Träume, seine indianische Weltanschauung erstickte, dann gelang es ihm vielleicht, sich dem Standpunkt seiner Frau anzugleichen. Er stand schon zu lange zwischen den beiden Welten, und es wurde Zeit, daß er seine Wahl traf. Außerdem gab es keine echte Entscheidungsfreiheit. Er lebte in dieser Welt, nicht in der Welt der Jaguare; wenn ein Zauberwesen sterben mußte, damit er den Fernseher, die Kinobesuche und ein Stuckhaus im Barrio Clárin als Segen betrachten lernte, dann war diese Methode eben die richtige. Er schwang die Machete, durchschnitt die dunkle Luft und lachte. Incarnacións Leichtsinn, sein Jagdgeschick, Onofrios Habgier, der Jaguar, das Fernsehgerät… all diese Dinge waren so eng miteinander verflochten wie die Elemente einer Zauberformel, die ihn dazu brachte, der alten Magie abzuschwören und den nüchternen Doktrinen anzuhängen, die Puerto Morada ins Verderben geführt hatten. Er lachte wieder, aber gleich darauf schalt er sich: Es war genau diese Denkweise, die er auszurotten gedachte.

Esteban weckte Incarnación früh am nächsten Morgen und zwang sie, ihn hinunter zum Elektroladen zu begleiten. Die Machete steckte in einer Scheide an seinem Gürtel, und er trug einen Rupfensack, der Essen und die Kräuter enthielt, die er für seine Jagd brauchen würde. Incarnación stapfte neben ihm her, schweigend, das Gesicht unter einem Schal verborgen. Als sie das Geschäft betraten, zwang Esteban Onofrio, den Stempel BEZAHLT unter die Rechnung zu setzen. Dann übergab er Incarnación die Rechnung und das Geld.

»Wenn ich den Jaguar töte oder von ihm getötet werde, gehört das alles dir«, sagte er grob. »Sollte ich binnen einer Woche nicht zurückkehren, dann kannst du annehmen, daß ich nie mehr zurückkehren werde.«

Sie wich einen Schritt zurück, und auf ihren Zügen spiegelte sich Besorgnis, als habe sie ihn in einem neuen Licht gesehen und die Folgen ihres Handelns begriffen. Aber sie tat nichts, um ihn zurückzuhalten, als er sich umdrehte und hinausging.

Auf der anderen Straßenseite lehnte Raimundo Esteves an der Mauer der Cantina Atomica und schäkerte mit zwei Mädchen in Jeans und Rüschenblusen. Die Mädchen schnippten mit den Fingern und tanzten zu den Klängen der Musik, die aus der Cantina drang, und für Esteban waren sie fremdartiger als das Geschöpf, auf dessen Fährte er sich begeben wollte. Raimundo erspähte ihn und wisperte den Mädchen etwas zu. Sie warfen einen Blick nach hinten und lachten. Esteban, bereits gereizt durch Incarnacións Verhalten, spürte, wie eine kalte Wut in ihm hochstieg. Er überquerte die Straße, eine Hand auf den Machetengriff gelegt, und starrte Raimundo an. Ihm war bis dahin nie aufgefallen, wie schlapp der Junge war, wie hohl und rückgratlos. Pickel bedeckten seine Kinnpartie, die feisten Wangen zeigten winzige Löcher, wie von einem Silberhammer gepunzt, und seine Augen huschten zwischen den Mädchen hin und her, weil er Estebans Blick nicht standhalten konnte.

Estebans Zorn wich Ekel. »Ich bin Esteban Caax«, sagte er. »Ich habe mit eigenen Händen ein Haus gebaut, meinen Acker bestellt und vier Kinder großgezogen. Heute werde ich den Jaguar von Barrio Carolina erlegen, damit ihr beide, dein Vater und du, noch fetter werdet als ihr bereits seid.« Er musterte Raimundo von oben bis unten und fügte verächtlich hinzu: »Und wer bist du?«

Raimundos verquollenes Gesicht verkrampfte sich zu einer Haßgrimasse, aber er gab keine Antwort. Die Mädchen tanzten prustend durch die Tür der Cantina. Esteban konnte hören, wie sie die Geschichte drinnen erzählten. Johlen und Lachen. Er starrte Raimundo immer noch an. Ein paar andere Mädchen streckten unter Gekicher und Gewisper die Köpfe zur Tür heraus. Nach kurzer Zeit machte Esteban auf dem Absatz kehrt und ging. Hinter ihm brach nun ein ungehemmtes Gelächter los, und ein Mädchen rief spöttisch: »Raimundo? Wer bist du?« Andere Stimmen fielen ein, und bald wurde ein Gesang daraus.

Barrio Carolina war eigentlich kein Stadtteil von Puerto Morada. Es lag noch hinter Punta Manabique, an der südlichsten Spitze der Bucht. Es besaß einen Palmensaum und den herrlichsten Strand der ganzen Provinz, einen weißen Sandbogen, der in jadegrünes, seichtes Wasser überging. Vor vierzig Jahren hatte sich hier das Versuchsgut der Fruit Company befunden, ein Projekt von so gewaltigem Ausmaß, daß an Ort und Stelle eine richtige kleine Siedlung entstanden war: Reihen weißer Holzhäuser mit Schindeldächern und schattigen Veranden, eine ländliche Idylle, wie man sie sonst nur aus amerikanischen Zeitschriften kannte. Die Gesellschaft hatte getönt, das Projekt sei richtungweisend für das ganze Land, und sie hatte versprochen, ertragreiche Pflanzenarten zu entwickeln, welche der Gefahr einer Hungersnot ein für alle Male ein Ende bereiten sollten. Aber im Jahre 1947 war eine Cholera-Epidemie an der Küste ausgebrochen, und man hatte die Siedlung geräumt. Mit der Zeit hatte sich zwar die Angst vor der Cholera gelegt, aber die Fruit Company mischte inzwischen kräftig in der Landespolitik mit und hatte es nicht mehr nötig, sich ein wohltätiges Image zu verschaffen. Man hatte das Projekt fallengelassen und sich nicht mehr um das riesige Gelände gekümmert, bis es – im gleichen Jahr, da sich Esteban von der Jagd zurückzog – von einer Planungsfirma erstanden wurde, die darauf eine große Feriensiedlung errichten wollte. Genau zu diesem Zeitpunkt war der Jaguar aufgetaucht. Zwar hatte er keinen der Arbeiter getötet, die Leute aber so in Angst und Schrecken versetzt, daß sie sich weigerten, auch nur einen Finger zu rühren. Daraufhin waren Jäger ausgeschickt worden, und *die* hatte der Jaguar getötet. Der letzte Trupp war mit Automatikgewehren und allen möglichen technischen Hilfsmitteln ausgerüstet gewesen; aber der Jaguar hatte einen Mann nach dem anderen erwischt, und danach war auch dieses Projekt eingeschlafen. Seit kurzem ging das Gerücht, daß die Firma das Land wieder verkauft habe (Esteban wußte nun, an wen!) und daß erneut der Bau einer Ferienanlage im Gespräch sei.

Der Weg von Puerto Morada war heiß und ermüdend, und als Esteban ankam, setzte er sich unter eine Palme und aß eine Handvoll kalter Bananenscheiben in Backteig. Wellenkämme so weiß wie Zahnpasta rollten ans Ufer, und nirgends lag der Abfall der Zivilisation herum, nichts außer Palmwedeln, Treibholz und Kokosnüssen. Der Dschungel hatte alles bis auf vier Häuser überwuchert und auch diese vier waren nur teilweise zu erkennen. Sie wirkten wie schimmlige Tore in einer schwarzgrünen Vegetationsmauer. Selbst im hellen Sonnenschein machten sie einen gespenstischen Eindruck: Die Trennwände waren zerfetzt, die Bretter grau verwittert und von den Fassaden hingen Kletterpflanzen. Ein Mangobaum hatte eine der Terrassen erobert und wilde Papageien fraßen seine Früchte. Esteban hatte den Barrio seit seiner Kindheit nicht mehr gesehen: Damals hatten ihn die Ruinen geängstigt, heute dagegen fand er sie reizvoll, da sie Zeugnis ablegten vom Sieg der Naturgesetze. Es bekümmerte ihn, daß er dazu beitragen würde, all dies in einen Ort zu verwandeln, wo die Papageien an Sitzstangen gekettet waren und die Jaguare nur noch als Tischdeckenmuster auftauchten; in einen Ort der Swimmingpools und der Touristen, die ihre Getränke aus Kokosnußschalen schlürften. Dennoch begann er nach dem Essen den Dschungel zu durchstreifen, und er entdeckte bald einen Pfad, den der Jaguar benutzte: eine schmale Fährte, die sich etwa eine halbe Meile zwischen den lianenverhangenen Häusergerippen hinwand und am Rio Dulce endete. Der Fluß, der die Dschungelwand durchschnitt, war von einem trüberen Grün als das Meer. Die Spuren des Jaguars zeigten sich überall entlang des Ufers, besonders ausgeprägt jedoch auf einem Grasbuckel, der etwa zwei Meter über das Wasser aufragte. Das machte Esteban stutzig. Der Jaguar konnte an dieser Stelle nicht trinken, und ganz sicher würde er hier nicht schlafen. Er sann eine Weile darüber nach, kehrte dann aber achselzuckend an den Strand zurück, und da er in dieser Nacht Wache halten wollte, legte er sich unter die Palmen und schloß die Augen.

Ein paar Stunden später – der halbe Nachmittag war um – weckte ihn eine Stimme. Eine hochgewachsene, schlanke Frau mit kupferfarbener Haut kam auf ihn zu. Ihr Kleid hatte den dunkelgrünen Farbton des Dschungels und war so knapp geschnitten, daß es ihren Brustansatz freigab. Zwar glaubte Esteban das Erbe der Patucas in ihrem Gesicht zu erkennen, aber die Züge waren viel feiner gemeißelt als bei den Frauen seines Stammes. Fast schien es, als trage die Fremde eine kunstvolle Maske – die Wangen zu zarten Höhlen geschliffen, die Lippen voll geformt, die Brauen eine Einlegearbeit aus stilisierten Elfenbeinfedern und Augen aus schwarzem und weißem Onyx – der man am Ende einen Hauch von Menschlichkeit verliehen hatte. Ein feiner Schweißschimmer bedeckte ihre Brüste, und eine einzige schwarze Haarlocke fiel so raffiniert auf ihre Schulter, daß sie wie absichtlich an diese Stelle drapiert wirkte. Die Frau kniete neben ihm nieder und starrte ihn unbewegt an; und Esteban war verwirrt von der heißen Woge ihrer Sinnlichkeit. Die Meeresbrise trug ihm ihren Duft entgegen, eine süße Ausdünstung, die ihn an sonnengereifte Mangos denken ließ.

»Ich bin Esteban Caax«, sagte er, und schmerzhaft drang ihm der eigene Schweißgeruch in die Nase.

»Ich habe von dir gehört«, entgegnete sie. »Der Jaguarjäger. Bist du gekommen, um den Jaguar im Barrio zu töten?«

»Ja«, gestand er und schämte sich für die Antwort.

Sie nahm eine Handvoll Sand auf und ließ ihn nachdenklich durch die Finger rieseln.

»Wie heißt du?« wollte er wissen.

»Das erfährst du noch, falls wir Freunde werden«, erklärte sie. »Warum mußt du den Jaguar töten?«

Er erzählte ihr von dem Fernsehgerät und dann schilderte er zu seinem eigenen Erstaunen die Probleme, die er mit Incarnación hatte, und den Versuch, sich ihrer Lebensweise anzupassen. Solche Themen waren nicht für die Ohren einer Fremden bestimmt, und etwas drängte ihn, ihr Vertrauen zu erringen. Unbestimmt fühlte er sich zu ihr hingezogen, und das brachte ihn dazu, seine Ehe schlimmer zu schildern, als sie war, denn obwohl er Incarnación nicht ein einziges Mal betrogen hatte, hätte er jetzt die Gelegenheit begrüßt, es zu tun.

»Es ist ein schwarzer Jaguar«, sagte sie. »Sicher weißt du, daß das keine gewöhnlichen Tiere sind, daß sie Teil eines Planes sind, in den wir nicht eingreifen dürfen.«

Esteban war verblüfft, die Worte seines Vaters aus ihrem Munde zu hören, aber er tat das als Zufall ab und erwiderte: »Vielleicht. Aber dieser Plan hat nichts mit mir zu tun.«

»O doch!« widersprach sie. »Du ziehst es nur vor, deine Augen zu verschließen.« Wieder nahm sie eine

Handvoll Sand. »Wie willst du das schaffen? Du hast kein Gewehr. Nur eine Machete.«

»Und dies hier!« Er holte ein kleines Kräuterpäckchen aus seinem Sack und reichte es ihr.

Sie öffnete es und roch daran. »Kräuter? Du hast die Absicht, den Jaguar mit Drogen zu berauschen?«

»Nicht den Jaguar – mich!« Er nahm das Päckchen wieder an sich. »Die Kräuter verlangsamen den Herzschlag und lassen den Körper wie tot erscheinen. Sie führen eine Trance herbei, aber eine, die man im Nu wieder abschütteln kann. Wenn ich sie gekaut habe, lege ich mich an einer Stelle nieder, die der Jaguar auf seiner nächtlichen Jagd passieren muß. Er wird mich für tot halten, aber erst mit dem Fressen beginnen, wenn er sich vergewissert hat, daß mein Geist den Körper verlassen hat. Um dies festzustellen, wird er sich auf meinen Körper setzen, weil er so am besten spürt, wann der Geist aufsteigt. Sobald er dicht über mir ist, werde ich die Trance ablegen und ihm die Machete zwischen die Rippen stoßen. Wenn meine Hand ruhig bleibt, ist er sofort tot.«

»Und wenn sie zittert?«

»Ich habe fast fünfzig Jaguare getötet«, sagte er. »Ich fürchte mich nicht mehr vor einer unruhigen Hand. Die Methode geht in unserer Familie vom Vater auf den Sohn über und stammt noch von den alten Patucas. Soviel ich weiß, hat sie nie versagt.«

»Aber ein schwarzer Jaguar…«

»Ob schwarz oder gefleckt – das macht keinen großen Unterschied, Jaguare sind Geschöpfe des Instinkts, und einer ist wie der andere, wenn es ums Fressen geht.«

»Nun«, meinte sie, »Glück kann ich dir nicht wünschen, aber ich will auch nicht, daß dir etwas Böses zustößt.« Sie erhob sich und klopfte den Sand aus ihrem Kleid.

Er wollte sie bitten, bei ihm zu bleiben, aber der Stolz verbot es ihm, und sie lachte, als könnte sie seine Gedanken lesen.

»Vielleicht sehen wir uns wieder, Esteban«, sagte sie. »Es wäre schade, wenn nicht, denn zwischen uns liegt mehr, als wir heute ausgesprochen haben.«

Sie wanderte rasch den Strand entlang, bis sie nur noch eine kleine schwarze Gestalt war, die im Hitzeflimmern verschwand.

Als Esteban an diesem Abend nach einem guten Platz für seine Nachtwache suchte, stemmte er die Gittertür an einem der Häuser auf, die zum Strand hin lagen, und machte es sich auf der Veranda bequem. Chamäleons huschten in die Ecken, und ein Leguan glitt raschelnd von einem rostigen, in Spinnweben gehüllten Gartenstuhl, um gleich darauf durch ein Loch im Boden zu schlüpfen. Das Innere des Hauses war dunkel und bedrohlich; nur im Bad fehlte das Dach, und graugrünes Dämmerlicht sickerte durch das Lianengewirr in den Raum. In der gesprungenen Toilettenschüssel hatte sich Regenwasser gesammelt; darin schwammen tote Insekten. Unbehaglich kehrte Esteban auf die Veranda zurück, säuberte den Gartenstuhl und nahm darauf Platz.

Weit draußen am Horizont verschmolzen Himmel und Meer zu einem grausilbernen Dunstschleier. Der Wind hatte sich gelegt und die Palmen wirkten reglos wie Statuen. Eine Kette von Pelikanen, die dicht über den Wellen dahinzog, schien einen Satz aus rätselhaften schwarzen Silben zu formen. Aber die düstere Schönheit der Landschaft drang nicht in sein Inneres. Er mußte unaufhörlich an die Frau denken. Das Schwingen ihrer Hüften unter dem Stoff des Kleides, als sie sich von ihm entfernte, kam ihm immer wieder in den Sinn, und sobald er seine Aufmerksamkeit den

Problemen des Augenblicks zuwenden wollte, wurde die Erinnerung noch stärker. Er sah sie nackt vor sich, sah das Spiel ihrer Schenkelmuskeln, und das entflammte ihn so, daß er auf und ab zu gehen begann, ohne darauf zu achten, daß die knarrenden Bretter seine Anwesenheit verrieten. Er konnte die starke Wirkung, die sie auf ihn ausübte, nicht begreifen. Vielleicht, dachte er, weil sie den Jaguar verteidigt hatte, weil sie ihm ins Gedächtnis gerufen hatte, was er alles aufgeben wollte... und dann senkte sich die Erkenntnis auf ihn nieder wie ein eiskaltes Tuch.

Im Volksglauben der Patucas war verankert, daß ein Mensch, der einen einsamen, unvermuteten Tod erleiden sollte, von einem Todesboten besucht wurde, der ihn – anstelle von Verwandten oder Freunden – auf das Ereignis vorbereitete. Und Esteban war nun völlig sicher, daß die Frau eine solche Botin gewesen war, daß ihre Verführungskunst darauf abgezielt hatte, seine Seele auf den bevorstehenden Tod hinzuweisen. Er lehnte sich im Gartenstuhl zurück, wie betäubt von dem Gedanken. Ihr Wissen um die Worte seines Vaters, der eigenartige Beiklang ihres Gesprächs, ihre Andeutung, daß mehr zwischen ihnen lag – das alles fügte sich nahtlos in den alten Indianerglauben. Der Mond zog als Dreiviertelscheibe herauf und streute Silber auf den Sand des Barrio, und immer noch saß Esteban wie erstarrt da, festgewurzelt in seiner Todesangst.

Er betrachtete den Jaguar bereits ein paar Sekunden, ehe ihm seine Gegenwart überhaupt zu Bewußtsein kam. Zuerst schien es, als sei ein Fetzen des Nachthimmels in den Sand gefallen und werde dort von einer launischen Brise umhergeblasen. Aber bald erkannte er, daß es der Jaguar war, der geduckt dahinschlich, als verfolge er eine Beute. Plötzlich sprang er hoch in die Luft, drehte sich, schnellte herum und begann den Strand entlang zu rennen – eine Schleife schwarzen Wassers, das über den Silbersand floß. Esteban hatte noch nie zuvor einen Jaguar im Spiel beobachtet, und das allein war Grund zur Verwunderung; was ihn aber am meisten verwunderte, war die Tatsache, daß sich hier seine Kindheitsträume verwirklichten. Er hätte ebensogut auf eine Silberwiese des Mondes starren und eines der dort lebenden Zaubergeschöpfe betrachten können. Seine Furcht zerbröckelte bei dem Anblick, und wie ein Kind drückte er die Nase ans Gitter, sperrte die Augen weit auf und bemühte sich, nicht einen einzigen Moment zu versäumen.

Schließlich schien der Jaguar müde vom Herumtollen und kam über den Strand auf den Dschungel zu. An seiner Ohrenstellung und dem zielbewußt schwingenden Gang erkannte Esteban, daß er sich nun auf die Jagd begab. Unter einer Palme, etwa zwanzig Schritte vom Haus entfernt, blieb er stehen, hob den Kopf und sog prüfend die Luft ein. Mondlicht sickerte durch die Palmwedel, ließ seine Flanken schimmern wie Wasser; seine gelbgrün funkelnden Augen waren wie Gucklöcher in eine grelle Welt des Feuers. Die Schönheit des Jaguars war herzzerreißend – die Verkörperung eines Perfektionsprinzips –, und Esteban, der diese Schönheit mit der flabbigen Blässe seines Auftraggebers verglich, mit dem Prinzip der Häßlichkeit, das ihn gezwungen hatte, sich zu dieser Tat anheuern zu lassen, bezweifelte, daß er sich je dazu überwinden würde können, den Jaguar zu erlegen.

Die Frage ging ihm den ganzen nächsten Tag im Kopf herum. Er hatte gehofft, die Frau würde wiederkommen, denn er glaubte nun nicht mehr, daß sie eine Botin des Todes war – diesen Gedanken hatte ihm wohl die unheimliche Atmosphäre des Barrio eingeflößt –, und er ahnte, daß er sich von ihr überreden ließe, falls sie noch einmal die Partei des Jaguars ergriff. Aber sie tauchte nicht auf, und als er am Strand saß und zusah, wie die Abendsonne durch orangerote und violette Wolkenschichten tiefer sank, bis das Meer glühte und funkelte, da begriff er aufs neue, daß er keine Wahl hatte. Ob der Jaguar nun schön war oder nicht, ob die Fremde ihm eine Botschaft aus dem Jenseits bringen sollte oder nicht – er mußte diese Dinge behandeln, als spielten sie nicht die geringste Rolle. Der Sinn seiner Jagd bestand ja gerade darin, Mysterien dieser Art zu verleugnen, und er hatte sein Ziel unter dem Einfluß alter Träume aus den Augen verloren.

Er wartete bis zum Mondaufgang, ehe er die Kräuter nahm, und legte sich dann unter die Palme, wo der Jaguar in der Nacht zuvor Rast gemacht hatte. Eidechsen wisperten in den Gräsern, und Sandflöhe sprangen ihm ins Gesicht. Er spürte sie kaum, da die Kräuter zu wirken begannen und er immer tiefer in Mattigkeit versank. Die Palmwedel, die im Mondlicht ein aschfahles Grün zeigten, raschelten und wiegten sich, und die Sterne zwischen ihren gefederten Rändern flimmerten heftig, als würde die Brise ihre Flammen fächerförmig ausbreiten. Er wurde eins mit der Landschaft, schmeckte die Gerüche von Salzwasser und fauligem Laub, die vom Strand herüberwehten, ließ sich mit ihnen treiben. Als er jedoch den weichen Schritt des Jaguars vernahm, war er sofort hellwach. Durch zusammengekniffene Lider sah er ihn ein Dutzend Schritte entfernt sitzen, ein mächtiger Schatten, der den Hals in seine Richtung reckte und seine Witterung aufnahm. Gleich darauf begann er den Jäger zu umkreisen, schnürte ihn mit immer engeren Zirkeln ein, und wann immer er aus Estebans Blickfeld verschwand, mußte er ein Prickeln der Angst unterdrükken. Und dann trug ihm der Wind von der Küste her den Geruch des Raubtiers zu.

Ein süßes, schweres Aroma, das ihn an sonnengereifte Mangos denken ließ.

Angst quoll in ihm auf, und er versuchte sie zu verdrängen, sich einzureden, daß der Geruch nicht das sein konnte, was er glaubte. Der Jaguar knurrte, ein messerscharfer Laut, der die Harmonie von Wind und Brandung zerschlitzte, und in der Erkenntnis, daß der Jaguar seine Furcht gerochen hatte, sprang Esteban hoch und schwang die Machete. In einem Strudel von Eindrücken sah er den Jaguar zurückschnellen. Er schrie auf ihn ein, schwang erneut die Machete und rannte dann auf das Haus zu, in dem er die Nacht zuvor seine Wache gehalten hatte. Er glitt durch die Tür und stolperte in den vorderen Raum. Hinter ihm ertönte ein Krachen, und als er sich umdrehte, sah er einen Moment lang eine massige schwarze Form, die in einem mondhellen Gewirr aus Lianen und zerbrochenen Holzrahmen zappelte. Er stürzte ins Bad, setzte sich mit dem Rücken zur Toilettenschüssel und stemmte beide Füße gegen die Tür.

Das Umherschlagen des Jaguars verstummte, und einen Moment lang glaubte er, das Tier habe aufgegeben. Der Schweiß floß ihm in kalten Rinnsalen die Rippen entlang; sein Herz hämmerte. Er horchte mit angehaltenem Atem, und es schien, als halte außer ihm die ganze Welt den Atem an. Die Stimmen des Windes, der Brandung und der Insekten vereinigten sich zu einem schwachen Brodeln. Das Mondlicht warf einen fahlen Glanz durch das Schlingpflanzengeflecht über seinem Kopf, und ein Chamäleon saß neben der Tür, erstarrt inmitten von Tapetenfetzen. Er stieß einen Seufzer aus und wischte sich den Schweiß aus den Augen. Er schluckte.

Dann explodierte die obere Türfüllung, zerschmettert von einer schwarzen Tatze. Morsche Holzsplitter flogen ihm ins Gesicht und er schrie auf. Der schlanke

Keil der Jaguarschnauze schob sich mit Gebrüll durch die Öffnung. Ein Tor aus schimmernden Fängen vor einem samtigen roten Schlund. Halb gelähmt fuchtelte Esteban kraftlos mit der Machete herum. Der Jaguar zog sich zurück, zwängte eine Pfote durch das Loch und krallte nach seinem Bein. Mehr zufällig als absichtlich traf er das Tier mit der Klinge, und auch die Pfote verschwand. Er hörte ein Poltern im vorderen Raum und Sekunden später ein schweres Klatschen gegen die Wand in seinem Rücken. Der Kopf des Jaguars erschien über ihm; er umklammerte mit den Vorderpfoten den Mauerrand und versuchte einen Halt zu finden, von dem er sich in die Tiefe abstoßen konnte. Esteban rappelte sich hoch und schlug mit dem Buschmesser um sich. Lianen zerfetzten. Der Jaguar ließ sich heulend zurückfallen. Eine Zeitlang strich er an der Mauer entlang und knurrte leise. Dann herrschte Stille.

Als das erste Sonnenlicht durch die Schlingpflanzen einfiel, verließ Esteban das Haus und wanderte den Strand entlang nach Puerto Morada. Er ging mit gesenktem Kopf, verzweifelt und dachte über die düstere Zukunft nach, die ihn erwartete, wenn er Onofrio das Geld zurückgab: das endlose Streben, einer immer bösartigeren Incarnación zu gefallen, die Jagd auf immer armseligere Jaguare, die immer weniger Geld einbrachten. Die Niedergeschlagenheit hielt ihn so im Bann, daß er die Frau erst bemerkte, als sie ihn anrief. Sie lehnte etwa zehn Meter entfernt an einer Palme und trug ein dünnes weißes Kleid, durch das er ihre dunklen Brustwarzen erkennen konnte. Er zog seine Machete und wich einen Schritt zurück.

»Weshalb hast du Angst vor mir, Esteban?« fragte sie und kam auf ihn zugeschlendert.

»Du hast mir das Geheimnis meiner Jagderfolge

entlockt und mich dann umzubringen versucht«, sagte er. »Ist das kein Grund zur Angst?«

»Ich kannte in jener Gestalt weder dich noch deine Methode. Ich wußte nur, daß du mich erlegen wolltest. Aber nun ist die Jagd zu Ende, und wir können wie Mann und Frau sein.«

Er hielt die Machete abwehrend vor sich. »Was bist du?« fragte er.

Sie lächelte. »Ich heiße Miranda und gehöre zum Volk der Patuca.«

»Die Patucas besitzen weder schwarzes Fell noch Fänge.«

»Ich gehöre zum alten Volk der Patuca«, erklärte sie. »Wir haben diese Macht.«

»Bleib mir fern!« Er hob die Machete, als wollte er zustoßen, und sie hielt ein kleines Stück außerhalb seiner Reichweite an.

»Du kannst mich töten, wenn das dein Wunsch ist, Esteban.« Sie breitete die Arme aus, und ihre Brüste preßten sich gegen den Stoff des Kleides. »Du bist im Moment stärker als ich. Aber hör mich zuerst an!«

Er senkte die Machete nicht, aber seine Furcht und sein Zorn wichen einem sanfteren Gefühl.

»Vor langer Zeit«, begann sie, »gab es einmal einen großen Heiler, der voraussah, daß die Patucas eines Tages ihren Platz in der Welt verlieren würden, und so öffnete er mit Hilfe der Götter ein Tor in eine andere Welt, wo der Stamm weiterleben und gedeihen konnte. Aber viele Stammesmitglieder hatten Angst und wollten ihm nicht nachfolgen. So steht das Tor seit damals offen für alle, die nachkommen wollen.« Sie umfaßte mit einer Geste die Häuserruinen. »Das Tor befindet sich im Barrio Carolina, und der Jaguar ist sein Wächter. Aber bald werden die Seuchen dieser Welt den Barrio überschwemmen, und dann müssen wir das Tor für immer schließen. Unsere Jagd ist zwar zu Ende, aber es wird stets Jäger und stets Habgier geben.« Sie trat einen Schritt näher. »Wenn du dem Klang deines Herzens lauschst, wirst du wissen, daß ich die Wahrheit spreche.«

Er glaubte ihr halb, aber er hatte zugleich das Gefühl, daß ihre Worte eine härtere Wahrheit beschönigten. Eine Wahrheit, die in das andere Leben paßte wie seine Machete in die Scheide.

»Was ist?« fragte sie. »Was beunruhigt dich noch?«

»Ich glaube, daß du gekommen bist, um mich auf den Tod vorzubereiten«, sagte er. »Und daß dein Tor nur in den Tod führt.«

»Weshalb ergreifst du dann nicht die Flucht vor mir?« Sie deutete nach Puerto Morada. »*Dort* ist der Tod, Esteban. Die Schreie der Möwen sind der Tod, und wenn die Herzen von Liebenden im Augenblick der höchsten Ekstase stehenbleiben, ist das auch der Tod. Die Welt ist nichts anderes als eine dünne Schicht des Lebens, die sich über das Fundament des Todes breitet wie ein Algenteppich über einen Felsblock. Vielleicht hast du recht, vielleicht liegt meine Welt jenseits des Todes. Aber wenn ich für dich der Tod bin, Esteban, dann liebst du den Tod.«

Er wandte die Blicke dem Meer zu, weil er nicht wollte, daß sie sein Gesicht sah. »Ich liebe dich nicht«, sagte er.

»Die Liebe erwartet uns«, entgegnete sie. »Und irgendwann werden wir uns in meiner Welt vereinen.« Er drehte sich wieder zu ihr um, bereit zu widersprechen, aber er brachte kein Wort heraus. Ihr Kleid war in den Sand gefallen, und sie lächelte. Die Geschmeidigkeit und Reinheit des Jaguars spiegelte sich in jeder Linie ihres Körpers; ihr Schamhaar war so absolut schwarz, daß es wie eine Höhle in ihrem Fleisch wirkte. Sie kam näher, schob die Machete beiseite. Ihre Brüste streiften ihn warm durch den groben Stoff seines Hemdes; ihre Hände umfaßten sein Gesicht, und er ertrank in ihrer heißen Ausdünstung, geschwächt von Angst und Verlangen.

»Wir sind eine Seele, du und ich«, sagte sie. »Ein Blut und eine Wahrheit. Du kannst mich nicht zurückweisen.«

Tage vergingen; wie viele, das konnte Esteban nicht sagen. Nacht und Tag waren unwichtige Ereignisse in seiner Beziehung zu Miranda und dienten nur dazu, ihrer Liebe einen geisterhaften oder einen sonnigen Anstrich zu geben; und jedes Mal, wenn sie sich liebten, war es, als tauchten in seinen Sinnen tausend neue Farben auf. Er war noch nie so erfüllt gewesen. Manchmal, wenn er die gespenstischen Häuserfassaden im Barrio betrachtete, glaubte er, daß sich dort in der Tat schattige Wege verbargen, die in eine andere Welt führten. Aber wann immer Miranda ihn zu überzeugen versuchte, daß er mit ihr fortgehen solle, weigerte er sich. Er konnte seine Angst nicht überwinden und hätte nie eingestanden – nicht einmal sich selbst –, daß er sie liebte. Er versuchte an Incarnación zu denken, in der Hoffnung, daß er damit seine Bindung zu Miranda unterhöhlen und nach Puerto Morada zurückkehren könnte. Aber er entdeckte, daß er seine Frau immer nur als schwarzen Vogel sah, der vor einem flimmernden grauen Juwel hockte. Miranda allerdings erschien ihm gelegentlich nicht weniger unwirklich. Einmal, als sie am Ufer des Rio Dulce saßen und das Spiegelbild des Mondes – der nun fast voll war – auf dem Wasser schwimmen sahen, deutete sie hin und sagte: »So nahe ist meine Welt, Esteban. Greifbar nahe. Du magst denken, daß der Mond dort oben die Wirklichkeit ist und dies hier nichts als ein Reflex – aber die stärkste Realität birgt doch die Oberfläche, die den Spiegeleffekt hervorruft. Sie schildert die Realität am eindringlichsten. Du hast Angst, diese Oberfläche zu durchdringen, und doch besitzt sie kaum Substanz. Du würdest den Übergang nicht einmal bemerken.«

»Du redest wie der alte Priester, der mich in Philosophie unterrichtete«, sagte Esteban. »Seine Welt – sein Himmel – war auch Philosophie. Ist es das, woraus deine Welt besteht? Aus einer Idee, einer Vorstellung? Oder gibt es dort Vögel und Dschungel und Flüsse?«

Ihr Gesicht war eine Teilfinsternis, halb vom Mondlicht erhellt, halb im Schatten verborgen, und ihre Stimme verriet nichts von ihren Gefühlen. »Nicht mehr und nicht weniger als hier«, sagte sie.

»Was bedeutet das?« fragte er ärgerlich. »Warum gibst du mir keine klare Antwort?«

»Wenn ich dir meine Welt beschreiben sollte, würdest du mich für eine abgefeimte Lügnerin halten.« Sie schmiegte den Kopf an seine Schulter. »Früher oder später wirst du alles verstehen. Wir haben einander doch nicht gefunden, um uns gleich wieder unter Schmerzen zu trennen.«

In diesem Moment schien ihre Schönheit etwas zu verschleiern wie zuvor ihre Antwort; eine dunklere beängstigende Schönheit, die noch tiefer lag. Und doch wußte er, daß sie recht hatte, daß kein Beweis von ihr ihn gegen seine Furcht zu überzeugen vermocht hätte.

Eines Nachmittags – ein Nachmittag von so gleißender Helle, daß man nur mit zusammengekniffenen Augen aufs Meer hinausschauen konnte – schwammen sie zu einer Sandbank, die sich als schmale weiße Inselsichel gegen die grünen Wellen abhob. Esteban prustete und spritzte, aber Miranda schwamm, als sei das Wasser ihr Element. Sie schoß unter ihm hinweg, kitzelte ihn, zerrte ihn an den Füßen und schnellte davon, ehe er sie festhalten konnte. Sie wanderten über den Sand, drehten mit den Zehen Seesterne um, sammelten Schnecken zum Abendessen, und dann entdeckte Esteban jenseits der Sandbank einen Hunderte von Metern breiten Fleck, der unter dem Wasser dahinwanderte – ein riesiger Schwarm von Königsmakrelen.

»Schade, daß wir kein Boot haben«, meinte er. »Makrelen schmecken besser als Schnecken.«

»Wir brauchen kein Boot«, entgegnete sie. »Ich werde dir eine alte Fischfangmethode zeigen.«

Sie zeichnete ein verwirrendes Muster in den Sand, und als sie damit fertig war, watete sie mit ihm ins seichte Wasser. Dort blieb sie ein paar Schritte von ihm entfernt stehen und sah ihn an.

»Schau ins Wasser, das zwischen uns ist!« befahl sie. »Aber wirf keinen Blick nach oben und rühr dich nicht, ehe ich es dir sage!«

Sie begann in einem stockenden Rhythmus zu singen, einem Rhythmus, der ihn an die rauhen Brisen dieser Jahreszeit erinnerte. Die meisten Worte waren ihm fremd, aber einige erkannte er als den Dialekt der Patuca. Nach einer Weile überkam ihn ein Schwindelgefühl, so als ragten seine Beine mit einem Male hoch und spindeldürr auf. Er blickte wie aus großer Höhe herab, und die Luft, die er atmete, war dünn. Dann tauchte ein winziger dunkler Fleck im Wasser zwischen ihm und Miranda auf. Er erinnerte sich an die Sagen, die sein Großvater vom alten Volk der Patuca erzählt hatte; daß es ihnen – mit Hilfe der Götter – möglich gewesen sei, die Welt schrumpfen zu lassen, um Feinde ganz nahe heranzuholen oder große Entfernungen im Nu zu überbrücken. Aber die Götter waren tot, sie hatten keine Macht mehr in dieser Welt. Er wollte einen Blick zum Ufer hin werfen, um zu sehen, ob er und Miranda sich in Kupferriesen verwandelt hatten, die höher als die Palmen aufragten.

Miranda brach ihren Gesang ab. »Jetzt«, sagte sie, »mußt du die Hand auf der meerzugewandten Seite des Schwarms ins Wasser tauchen und sanft die Finger bewegen. Ganz sanft! Achte darauf, daß die Oberfläche ganz ruhig bleibt!«

Aber als Esteban sich anschickte, ihrem Befehl nachzukommen, glitt er aus und fiel platschend um. Miranda schrie auf. Als er aufschaute, wälzte sich ein Wall jadegrünen Wassers auf sie zu, durchsetzt von den schlanken, dunklen Schatten der Makrelen. Ehe er sich rühren konnte, rollte die Woge über die Sandbank hinweg, drückte ihn in die Tiefe, schleifte ihn am Grund entlang und warf ihn schließlich an Land. Der Sand war übersät von zappelnden Fischen. Miranda lag im seichten Wasser und lachte ihn aus. Esteban lachte ebenfalls, aber nur, um seine neuerwachte Furcht vor dieser Frau zu verbergen, die Zugang zu den Kräften toter Götter hatte. Er wollte ihre Erklärung nicht hören; er wußte, daß sie ihm sagen würde, die Götter lebten in ihrer Welt fort, und das hätte ihn noch mehr verwirrt.

Später am selben Tag, als Esteban die Fische säuberte und Miranda sich auf die Suche nach Bananen begeben hatte – den kleinen, süßen Früchten, die am Flußlauf wuchsen und gekocht besonders gut schmeckten –, holperte von Puerto Morada her ein Land-Rover den Strand herauf; das orangerote Feuer der untergehenden Sonne tanzte auf seiner Windschutzscheibe. Er hielt neben Esteban, und Onofrio kletterte vom Beifahrersitz. Hektische rote Flecken lagen auf seinen Wangen, und er wischte sich mit einem Taschentuch den Schweiß von der Stirn. Raimundo stieg an der Fahrerseite aus und lehnte sich gegen die Tür. Er starrte Esteban haßerfüllt an.

»Neun Tage und kein Wort!« begann Onofrio schroff. »Wir dachten, du seist tot. Wie steht es mit der Jagd?«

Esteban legte den Fisch hin, den er gerade schuppte, und stand auf. »Ich habe versagt«, erklärte er. »Ich werde dir das Geld zurückgeben.«

Raimundo kicherte – ein dumpfer, erstickter Laut – und Onofrio lachte spöttisch. »Unmöglich«, meinte er. »Incarnación hat es bereits für ein Haus im Barrio Clárin ausgegeben. Du mußt den Jaguar töten.«

»Ich kann es nicht«, entgegnete Esteban. »Ich werde dir den Betrag irgendwie zurückerstatten.«

»Der Indianer hat den Mut verloren, Vater.« Raimundo spuckte in den Sand. »Laß mich und meine Freunde Jagd auf den Jaguar machen!«

Die Vorstellung, wie Raimundo mit seinen tölpelhaften Freunden durch den Dschungel trampelte, war so absurd, daß Esteban ein Lachen nicht unterdrücken konnte.

»Nimm dich in acht, Indianer!« Raimundo hieb mit der flachen Hand auf das Wagendach.

»Nimm lieber du dich in acht!« entgegnete Esteban. »Aller Voraussicht nach wird der Jaguar Jagd auf dich machen.« Esteban griff nach seiner Machete. »Und wer immer den Jaguar verfolgt, bekommt es zudem mit mir zu tun!«

Raimundo holte etwas vom Fahrersitz und kam um die Kühlerhaube des Autos herum. Er umklammerte eine versilberte Automatik. »Ich nehme deine Herausforderung an«, sagte er.

»Tu das Ding weg!« befahl Onofrio im Tonfall eines Erwachsenen, der die Drohung eines Kindes nicht besonders ernst nimmt. Aber der Ausdruck in Raimundos Zügen war alles andere als kindlich. Ein nervöses Zucken verunstaltete das plumpe Profil seiner Wange, seine Halssehnen sprangen vor, und seine Lippen waren zu einem bösartigen Grinsen verzerrt. Es schien, dachte Esteban – der eigenartig fasziniert von dieser Verwandlung war –, als werfe ein Dämon seine

Maske ab; unter dem weichen, schlaffen Trugbild kam das wahre Gesicht zum Vorschein, hart und hager.

»Dieser Hurensohn hat mich in Julias Gegenwart beleidigt!« Raimundos Schußarm zitterte.

»Euer persönlicher Streit kann warten«, entschied Onofrio. »Hier geht es um Geschäfte.« Er streckte die Hand aus. »Gib mir das Gewehr!«

»Wenn er den Jaguar nicht töten will, welchen Nutzen hat er dann noch?« fragte Raimundo.

»Vielleicht können wir ihn dazu überreden, daß er seine Ansicht ändert.« Onofrio strahlte Esteban an. »Was meinst du? Soll ich meinem Sohn erlauben, seine Ehre wiederherzustellen, oder wirst du unseren Vertrag einhalten?«

»Vater!« Raimundos Blicke wichen zur Seite aus. »Er…«

Esteban rannte auf den Dschungel zu. Das Gewehr brüllte auf, eine glühende Klaue riß ihm die Flanke auf, und er stürzte kopfüber zu Boden. Einen Moment lang wußte er nicht, wo er war; aber dann ordneten sich nach und nach die Eindrücke. Er lag auf der verletzten Seite, und sie pochte wie verrückt. Sand verkrustete ihm Mund und Augenlider. Er krümmte seinen Körper um die Machete, die er irgendwie festgehalten hatte. Stimmen über ihm und Sandflöhe, die ihm ins Gesicht sprangen. Er widerstand dem Drang, sie wegzuscheuchen, und lag reglos da. Das Pochen seiner Wunde und sein Haß entsprangen der gleichen rohen Gewalt.

»…schleppe ihn zum Fluß!« sagte Raimundo, und seine Stimme zitterte vor Erregung. »Jeder wird denken, daß ihn der Jaguar umgebracht hat.«

»Idiot!« fauchte Onofrio. »Vielleicht hätte er den Jaguar doch noch getötet, und dir wäre eine süßere Rache sicher gewesen. Seine Frau…«

»Die Rache war süß genug«, entgegnete Raimundo.

Ein Schatten fiel über Esteban, und er hielt den Atem an. Er brauchte keine Kräuter, um diesen fahlen, fetten Jaguar zu täuschen, der sich über ihn beugte und ihn herumrollte.

»Paß auf!« schrie Onofrio.

Esteban ließ sich herumdrehen und stieß mit der Machete zu. Die Verachtung für Onofrio und Incarnación sowie sein Haß auf Raimundo lenkten den Stoß, und die Klinge grub sich tief in Raimundos Seite, stieß knirschend gegen einen Knochen. Raimundo schrie auf und wäre gestürzt, aber das Buschmesser hielt ihn aufrecht. Seine Hände umflatterten die Machete, als wolle er sie bequemer zurechtrücken, und seine Augen waren weit und ungläubig aufgerissen. Ein Schauder durchlief den Griff der Waffe – er wirkte geradezu sinnlich, wie das Zucken verströmter Leidenschaft – und Raimundo sank in die Knie. Blut quoll ihm aus dem Mund und verlieh seinen Lippen einen pathetischen Zug. Er kippte nach vorn, fiel aber nicht flach hin, sondern blieb in kniender Haltung, das Gesicht in den Sand gepreßt – wie ein Araber beim Gebet.

Esteban riß die Machete frei, weil er einen Angriff von Onofrio befürchtete, aber der Elektrohändler zwängte sich bereits in seinen Land-Rover. Der Motor sprang an, die Räder wirbelten, und der Wagen holperte los, wendete am Saum der Brandung und fuhr zurück nach Puerto Morada. Ein orangerotes Feuer glomm auf dem Rückfenster, als säße ihm nun der Geist, der ihn in den Barrio gelockt hatte, im Nacken.

Schwankend kam Esteban auf die Beine. Er löste das Hemd von der Wunde. Sie blutete stark, aber es war nur ein Streifschuß. Er vermied es, Raimundo anzusehen, und ging hinunter ans Wasser, wo er auf die Wellen hinausstarrte. Seine Gedanken zogen mit ihnen dahin, Wogen der Emotion.

Die Dämmerung war hereingebrochen, als Miranda zurückkam, beide Arme beladen mit Bananen und wilden Feigen. Sie hatte den Schuß nicht gehört. Er berichtete, was geschehen war, während sie einen Brei aus Bananenblättern und Kräutern auf seine Wunde strich. »Das wird wieder gut«, meinte sie nach einem Blick auf die Verletzung. »Aber das hier…« – sie deutete auf Raimundo – »das hier nicht. Du mußt mit mir kommen, Esteban. Die Soldaten werden dich töten.«

»Nein«, entgegnete er. »Sie werden herkommen, aber es sind Patucas… mit Ausnahme des Kommandanten, doch der ist ein versoffenes Wrack von einem Mann. Ich bezweifle, daß sie ihn überhaupt verständigen. Sie werden sich meine Geschichte anhören, und wir finden sicher eine gütliche Lösung. Egal, welche Lügen Onofrio auftischt, sein Wort hat gegen das meine nicht die geringste Chance.«

»Und dann?«

»Vielleicht muß ich eine Zeitlang ins Gefängnis, oder sie verbannen mich aus der Provinz. Aber töten werden sie mich nicht.«

Sie saß eine Weile wortlos da, und das Weiß ihrer Augen leuchtete im Halbdunkel. Schließlich erhob sie sich und ging fort, den Strand entlang.

»Wohin willst du?« rief er ihr nach.

Sie drehte sich um. »Du sprichst so gleichgültig davon, daß du mich verlieren wirst…«, begann sie.

»Es ist mir nicht gleichgültig!«

»Nein!« Sie lachte bitter. »Mag sein. Du hast solche Angst vor dem Leben, daß du es Tod nennst und lieber ins Gefängnis oder Exil gehst, anstatt es zu leben. Das ist wohl kaum Gleichgültigkeit.« Sie starrte ihn an, und ihr Ausdruck war auf diese Entfernung ein Rätsel. »Ich werde dich nicht verlieren, Esteban«, fügte sie hinzu. Sie setzte sich wieder in Bewegung, und als er diesmal nach ihr rief, drehte sie sich nicht mehr um.

Das Dämmerlicht vertiefte sich, ein langsames Einsikkern von Schatten, die aus der Welt ein graues Negativ machten, und auch Esteban spürte, wie das Grau ihn erfaßte, bis seine Gedanken nur noch ein Echo des dumpfen Rauschens waren, mit dem die Flut auslief. Die Dämmerung schleppte sich hin, und er hatte das Gefühl, daß die Nacht nie mehr hereinbrechen würde, daß die Gewalttat einen Nagel durch die Substanz seines unentschlossenen Lebens getrieben hatte, daß sie ihn für immer festhielt in diesem aschgrauen Moment, an diesem verlassenen Strand. Als Kind hatte er sich vor der Möglichkeit gefürchtet, an einen einsamen Ort verzaubert zu werden, aber nun empfand er die Aussicht als Trost für Mirandas Verschwinden, als Erinnerung an ihre magischen Kräfte. Trotz ihrer Abschiedsworte glaubte er nicht an ihre Rückkehr – ihre Stimme hatte so traurig und endgültig geklungen – und das weckte in ihm Erleichterung und Verzweiflung zugleich, Gefühle, die ihn am Gezeitenrand des Meeres auf und ab wandern ließen.

Der Vollmond ging auf, der Sand des Barrio brannte silbern, und bald danach kamen vier Soldaten in einem Jeep von Puerto Morada herüber. Es waren gnomenhafte, kupferhäutige Männer, mit schmucklosen, nüchternen Uniformen, deren dunkles Blau dem Nachthimmel glich. Obwohl sie nicht eng mit ihm befreundet waren, kannte er doch jeden von ihnen mit Namen – Sebastian, Amador, Carlito und Ramón. Im Licht der Scheinwerfer wirkte Raimundos Leiche – erschreckend bleich, das Blut in seinem Gesicht zu bizarren Strudeln getrocknet – wie ein exotisches Wesen, von den Wellen an Land gespült, und die Inspektion der Männer verriet eher Neugier als den Willen, Spuren zu sichern. Amador stöberte Raimundos Flinte auf, zielte damit in Richtung Dschungel und fragte Ramón, was das Ding seiner Ansicht nach wert sei.

»Vielleicht zahlt dir Onofrio einen anständigen Preis dafür«, meinte Ramón, und die anderen lachten.

Sie entfachten ein Feuer aus Treibholz und Kokosnußschalen und kauerten um die Flammen, während Esteban seine Geschichte erzählte. Er erwähnte weder Miranda noch ihre Verwandtschaft zum Jaguar, weil diese Männer – durch den Staatsdienst dem eigenen Stamm entfremdet – vorsichtig in ihrem Urteil geworden waren und ihn vielleicht als Spinner betrachten würden. Sie hörten schweigend zu; das Feuer verlieh ihren Gesichtern einen rotgoldenen Schimmer und blinkte auf ihren Gewehrläufen.

»Onofrio wird mit seiner Anklage bis in die Hauptstadt gehen, wenn wir nichts unternehmen«, meinte Amador, als Esteban fertig war.

»Ich schätze, das tut er so oder so«, meinte Carlito. »Und dann hat Esteban nichts zu lachen.«

»Aber wenn sie einen Untersuchungsbeamten nach Puerto Morada schicken«, gab Sebastian zu bedenken, »und der sieht, wie es um Hauptmann Morales steht, lösen sie ihn garantiert ab, und dann haben wir nichts zu lachen.«

Sie starrten in die Flammen, wälzten das Problem hin und her, und Esteban nutzte die Pause und fragte Amador, der droben auf dem Hügel ganz in seiner Nähe wohnte, ob er Incarnación gesehen habe.

»Sie wird staunen, daß du noch lebst«, sagte Amador. »Ich sah sie gestern beim Schneider, wo sie einen neuen schwarzen Rock vor dem Spiegel anprobierte.«

Es war, als wickelte sich ein schwarzer Fetzen von Incarnacións Rock um Estebans Gedanken. Er senkte den Kopf und ritzte mit seiner Machete Linien in den Sand.

»Ich hab es!« erklärte Ramón. »Ein Boykott!«

Die anderen brachten ihre Verwunderung zum Ausdruck.

»Wenn niemand mehr bei Onofrio kauft, was dann?« fragte Ramón. »Er wird sein Geschäft verlieren. Angesichts dieser Drohung kann er es nicht wagen, die Regierung einzuschalten. Er muß zulassen, daß sich Esteban auf Notwehr beruft.«

»Aber Raimundo war sein einziger Sohn«, gab Amador zu bedenken. »Vielleicht ist in diesem Fall der Kummer stärker als seine Habgier.«

Wieder schwiegen sie. Esteban war es ziemlich gleichgültig, zu welchem Entschluß sie gelangten. Ihm dämmerte allmählich, daß eine Zukunft ohne Miranda nur noch uninteressante Alternativen für ihn bereithielt. Er wandte den Blick zum Himmel und stellte fest, daß die Sterne und das Feuer im gleichen Rhythmus zuckten, und er malte sich aus, daß jeder einzelne von einer Gruppe gnomenhafter, kupferhäutiger Männer umringt war, die über sein Schicksal beratschlagten.

»Ah!« meinte Carlito. »Ich weiß, was wir machen. Wir werden den Barrio Carolina besetzen – die ganze Gruppe – und *wir* werden den Jaguar töten. Dieser Verlockung kann Onofrio in seiner Gier sicher nicht widerstehen.«

»Das dürft ihr nicht!« entgegnete Esteban.

»Aber warum nicht?« wollte Amador wissen. »Mag sein, daß wir den Jaguar nicht töten können, aber bei so vielen Verfolgern ergreift er sicher die Flucht.«

Ehe Esteban antworten konnte, brüllte der Jaguar. Er kam den Strand entlang geduckt auf das Feuer zu, eine schwarze Flamme, die über den glühenden Sand huschte. Seine Ohren waren zurückgelegt, und Tropfen silbernen Mondlichts glommen in seinen Augen. Amador packte sein Gewehr, stützte sich auf ein Knie und feuerte: Gut zehn Schritte links vom Jaguar spritzte der Sand auf.

»Laß das!« rief Esteban und stieß ihn zurück.

Aber auch die anderen hatten zu schießen begonnen, und eine Kugel traf den Jaguar. Er schnellte hoch wie in jener ersten Nacht im Spiel, aber diesmal stürzte er beim Landen und schnappte fauchend nach seiner Schulter. Er kam wieder auf die Beine und humpelte dem Dschungel entgegen, stark auf die rechte Vorderpfote gestützt. Begeistert von ihrem Erfolg rannten ihm die Soldaten ein Stück nach und schossen erneut. Carlito ließ sich auf ein Knie sinken und zielte sorgfältig.

»Nein!« schrie Esteban. Und im gleichen Moment, als er seine Machete nach Carlito schleuderte, in dem verzweifelten Versuch, Miranda vor noch größerem Schaden zu bewahren, da erkannte er die Falle, die nun zugeschnappt war, und die Folgen, die er zu tragen hatte.

Die Klinge fuhr Carlito in den Oberschenkel, und er stürzte zur Seite. Er schrie auf, und als Amador sah, was geschehen war, rief er nach den anderen und begann blindlings auf Esteban zu feuern. Esteban rannte auf den Dschungel zu, dem Pfad des Jaguars entgegen. Eine Gewehrsalve krachte hinter ihm, Kugeln pfiffen ihm um die Ohren. Jedesmal, wenn seine Füße im weichen Sand ausrutschten, schienen die mondhellen Fassaden im Barrio zur Seite zu torkeln, als bemühten sie sich, ihm den Weg zu versperren. Und dann, als er den Saum des Dschungels erreicht hatte, wurde er getroffen.

Die Kugel schien ihn nach vorn zu stoßen, sein Tempo noch zu beschleunigen, aber irgendwie gelang es ihm, auf den Beinen zu bleiben. Er torkelte mit rudernden Armbewegungen den Pfad entlang, und der Atem kreischte in seiner Kehle. Palmettowedel klatschten ihm ins Gesicht, Lianen wickelten sich um seine Beine. Er spürte keinen Schmerz, nur eine eigenartige Taubheit, die tief unten im Kreuz pulsierte; er stellte sich vor, daß sich die Wunde wie der Schlund einer Seeanemone öffnete und schloß. Die Soldaten riefen seinen Namen. Sie würden ihm folgen, aber zögernd, da sie den Jaguar fürchteten, und er hoffte, daß er den Fluß überqueren konnte, ehe sie ihn einholten. Als er jedoch an den Fluß kam, sah er den Jaguar warten.

Er saß geduckt auf dem Grasbuckel, den Hals weit über das Wasser gebeugt und unter ihm, an die fünf Schritte vom Ufer entfernt, schwamm das Spiegelbild des Vollmonds, groß und silbern, ein makelloser Lichtkreis. Aus der Schulter des Jaguars quoll scharlachrotes Blut wie eine frisch angeheftete Rose, und das verstärkte den Eindruck, daß er ein Prinzip verkörperte: Diese Gestalt wählte ein Gott, eine Universalkonstante. Der Jaguar sah Esteban ruhig an, grollte tief in der Kehle und sprang in den Fluß. Er spaltete und zerbrach das Spiegelbild des Mondes und verschwand in der Tiefe. Die Wellen legten sich, das Abbild des Mondes formte sich von neuem. Und in seinem Licht sah Esteban die Silhouette einer schwimmenden Frau. Sie entfernte sich mit jedem Zug, wurde immer kleiner, bis sie nur noch wie ein eingraviertes Zeichen auf einem Silberteller erschien. Er sah nicht nur Miranda, er sah alle Mysterien und alle Schönheit entschwinden, und er merkte, wie blind er gewesen war, weil er die Wahrheit nicht erkannt hatte, die in der Wahrheit des Todes steckte und darüber hinaus in der Wahrheit einer anderen Welt verborgen war. Nun aber lag die Wahrheit unverhüllt vor ihm. Sie sang zu ihm aus seiner Wunde, und jede Silbe war ein Herzschlag. Sie stand geschrieben im Wassergekräusel, sie raunte aus den Bananenblättern, sie seufzte im Wind. Sie war überall, und er hatte sie immer gekannt: Wenn du leugnest, daß es Geheimnisse gibt – auch das Geheimnis, das die Maske des Todes trägt – dann leugnest du das Leben, und du wirst als Gespenst durch deine

Tage wandeln, ohne je die Extreme zu berühren. Das tiefe Leid, die absolute Freude.

Er sog die modrige Dschungelluft ein und mit ihr eine Welt, die nicht mehr die seine war; er spürte darin das Mädchen Incarnación, seine Freunde und Kinder, ländliche Nächte… all seine verlorene Süße. Seine Kehle schnürte sich zu wie beim Aufquellen von Tränen, aber das Gefühl verschwand rasch, und er begriff, daß die Süße der Vergangenheit eingeschlossen war im Duft der Mangos, daß neun Tage – eine magische Anzahl von Tagen, die Anzahl, die man braucht, um die Seele zur Ruhe zu singen – zwischen ihm und Tränen lagen. Befreit von diesen Banden, spürte er, daß er eine kaum merkliche Verwandlung durchlief, ein Loslösen, und er erinnerte sich, daß er damals ganz ähnlich empfunden hatte, als er durch das Portal von Santa María del Onda rannte, hinter sich dunkle Geometrien, Spinnwebkatechismen und Generationen von Schwalben, die nie jenseits der Klostermauern geflogen waren; als er sein Meßdienergewand auszog und quer über den Platz den Berg hinauf zu Incarnación eilte. Sie war es gewesen, die ihn damals fortlockte, so wie ihn seine Mutter in die Kirche gelockt hatte und wie ihn Miranda jetzt zu sich lockte. Und er lachte, als er erkannte, wie leicht diese drei Frauen den Strom seines Lebens abgelenkt hatten, wie sehr er in dieser Hinsicht anderen Männern ähnelte.

Die seltsame Blume der Taubheit in seinem Kreuz schickte Ranken in die Arme und Beine, und die Rufe der Soldaten waren lauter geworden. Miranda hob sich als winziger Punkt gegen eine silberne Unendlichkeit ab. Einen Moment lang zögerte er, weil er von neuem ein Aufwallen der Furcht spürte. Dann erschien Mirandas Gesicht vor seinem inneren Auge, und all die Gefühle, die er neun Tage lang unterdrückt hatte, durchströmten ihn und spülten die Angst hinweg. Es war ein silbernes, makelloses Empfinden, das ihn taumeln und ganz leicht werden ließ; es erinnerte an Donner und Feuer, verschmolzen zu einem Element, und es brodelte in ihm hoch. Er fühlte sich überwältigt von dem Drang, es auszudrücken, in eine Form zu pressen, die seine Macht und seine Reinheit widerspiegelte. Aber er war kein Sänger, kein Dichter. Es gab nur eine Ausdrucksmöglichkeit für ihn. In der Hoffnung, daß er nicht zu spät kam, daß sich Mirandas Tor noch nicht endgültig geschlossen hatte, tauchte Esteban in den Fluß und spaltete das Spiegelbild des Mondes; und er schwamm – die Augen vom Schock des Eintauchens fest geschlossen – mit der letzten Kraft des Sterblichen eilends hinter ihr drein.
